隆回二中一百周年校庆纪念文集

特别鸣谢高1997届校友刘志福先生为本书出版提供经费支持

放歌默深园

主编　欧阳文邦　尹锋　刘昭陵

湘潭大学出版社
XIANGTAN UNIVERSITY PRESS

主　　编

欧阳文邦　尹　锋　刘昭陵

副 主 编

刘日光　陈卫民　邹茜鸶

李君琴　曾止戈　罗文骅

王璐媛　谭泽锋

编　　委

陈齐政　罗开成　黄玉莹

罗雅妮　刘　武　陈吉军

袁　倩　刘小娟

法律顾问

刘昭陵

雏凤清于老凤声

——隆回二中一百周年校庆纪念文集《放歌默深园》序

◇ **刘仁文**

多年前，我到韩国开会，一位因为要参加高中同学聚会而不得已早点离席的韩国友人告诉我，在韩国，高中同学的感情是最深的。无独有偶，早些天参加一个工作餐，席间一位北大教授很自豪地说，这个暑假他回老家，成功组织了一次高中同学聚会。我接过他的话问大家，如何看待韩国教授提出的高中同学感情最深的观点。结果大家都认为有道理，因为高中阶段不仅是人生观形成的重要时期和奋斗的关键时期，而且同学们在共同的成长过程中也有着共同的追求目标，容易结下最纯粹长久的友谊，只不过由于中国太大了，我们高中毕业后各奔东西，彼此离得太远，不像韩国那样高中同学聚起来方便，所以多年来，我们往往遮蔽了内心最隐秘的这一点。

1986 年，我从隆回二中高 111 班毕业，侥幸以当年二中文科应届生第一名的高考成绩被中国人民公安大学这所准军事化院校提前录取，在母校老师“跨长江，过黄河”的激励下，带着憧憬离开了家乡。后来免试保送到中国政法大学读研，又相继攻读了中国政法大学的法学博士、中国社会科学院的经济学博士后和北京大学的社会学博士后，还去了哈佛、牛津等世界名校做访问学者。工作上，我从中国社会科学院的助理研究员干起，历经副研究员、研究员、博士生导师、博士后合作导师，迄今已担任中国社会科学院的刑法学科负责人十有余年。弹指一挥间，38 年过去，经历的人和事不可谓不多，但若问最难忘的是什么？我想还是高中毕业拿到大学录取通知书的那一刻。

2024 年 10 月，我们的母校隆回二中即将迎来百年校庆。校友们献礼这一重要时刻的纪念文集《放歌默深园》也将同步出版。编委会邀请我给该书作序，我诚惶诚恐，虽然觉得这是一种巨大的信任与荣誉，但毕竟离开母校太久了，对学弟学妹们太不熟悉了，所以接到邀请反而有一种“近乡情更怯”的窘迫。几番推辞而不得，只好硬着头皮答应下来。

我与隆回二中的渊源很深，家父是隆回二中的第一届高中毕业生。我在建华中学上初中时，有两位难忘的初中老师都是二中校友：一位是扎根本土的著名乡土作家、号称“光华灿烂一支笔”的胡光曙老师，一位是全国劳模、“甘做党和人民的傻儿子”的欧阳恩成老师。高中时代，有幸得到周青云、刘益轩、阳和坤等一批名师的言传身教，终生难忘。我们是隆回二中在六都寨的最后一届毕业生，当年因为辰河采金导致地面下陷、教室墙上出现裂缝而引起恐慌，这也成为当时学校迁址的一大背景。2006 年的寒假，我在时任校长陈惟凡先生的邀请下，携妻儿参访了早已搬迁到新址的母校。母校 90 周年校庆时，我陪同当时的隆回二中校领导王书博书记前往杰出校友陈早春学长家中，请他为隆回二中题写了校名（今悬于校门的四个大字）。我还受邀担任了隆回二中北京校友会的副会长……

回首百年，不同时期不同地点的隆回二中，无不映衬着时代的足迹和历史的变迁：1924 年，在民主科学思潮的影响下，宝庆十六区区立女子高级小学在土桥（现金石桥）太园垴上筹备，并于 1927 年正式开学，这是隆回二中的溯源；1945 年，新隆中学在原女子高级小学旧址于抗日战争胜利的号角声中正式成立，承担起百废待兴后人才培养的重任，这是二中的前身；1952 年，学校更名为隆回县第二初级中学，为平衡当时隆回县中学教育的布局，于次年迁至六都寨米珠峰下；1958 年，学校发展成为一所完全中学，正式称为隆回县第二中学，开启了高中教育的新阶段；1986 年，学校南迁花门老虎山下、赧水河边，在这里笳吹弦诵迈进新的发展阶段。校歌里唱到——“孟母三迁，把校园移近桃花小镇”，叙说的就是隆回二中三迁校址、艰难曲折的发展历程。

一百年来，母校弦歌不辍，荣誉满墙：学校在 2003 年被评为湖南省重点中学，2004 年晋升为湖南省示范性普通高级中学，2012 年获评全国特色学校……这是历代二中师生辛勤耕耘、长期积累的结果，凝聚着多少人的心血与奋斗。

一百年来，母校持续发展，硕果累累：每年高考捷报频传，学科竞赛屡有斩获，艺体大赛榜上有名，教学科研大奖不断，课间操被誉为“湖南第一操”，学生社团活跃，默深文学社更是获评中学校园“全国十佳文学社”……这正是“厚德、砺志、博学、卓越”校训的体现，是对社会各界关心关爱隆回二中的最好报答。

一百年来，母校人才辈出，名满天下：出版泰斗陈早春、电力专家刘本粹、党的十五大代表欧阳恩成、军旅诗人马萧萧、中科院学者黄亿华、影视作家周劲翔、“少年沈从文”李傻傻、联运投资董事长邹联运……他们在各自领域均取得了可圈可点的成绩，是隆回二中人才培养的一面镜子。

百年二中，虽然创造了诸多辉煌，但我们必须看到，隆回毕竟还是一个经济欠发达的地区，这一现状肯定会制约隆回二中的各种硬件和软件建设。《早安隆回》让隆回在网络时代一夜成名，也在某种程度上带动了隆回的经济社会发展，然而，“罗马不是一天建成的”，我们必须正视这一现实，未来除了继续发扬吃苦耐劳、敢打敢拼的优良传统，更要以知耻而后勇的精神，扎扎实实地把各项事业推向前进。人有人格，国有国格，一所学校也应当有自己的校格。我衷心希望，隆回二中能成为一所声誉更加卓著、各方面更加受人尊敬的国内一流中学，为国家和社会培养出更多更优秀的人才。

记得40多年前，我们上高中时，老校长宋鹤鸣先生曾为校刊《凤声报》题词——雏凤清于老凤声。这次这本百年校庆文集取名为《放歌默深园》，我觉得这个书名取得很好，“默深园”不仅在地理上意指隆回二中是魏源故里的一所三湘名校，而且在精神上也激励着广大师生传承魏源的“睁眼看世界”思想（魏源字默深，隆回人）；而“放歌”亦很有画面感，既代表着毕业校友对母校的深厚情谊，也仿佛让人看到在校的学弟学妹青春放歌的生动景象。这不正是宋鹤鸣老校长的期待么：雏凤鸣，老凤鸣，老少齐放歌，雏凤清于老凤声。

最后，我要向《放歌默深园》编委会的校友们致以崇高的敬意，感谢你们为母校隆回二中百年校庆献上这道匠心独具的精神大餐。让我们齐唱感恩之歌，感恩母校和老师的栽培；齐唱祝福之歌，祝福母校在新的征程中再创新的辉煌！

刘仁文

2024年8月于北京

（刘仁文：中国社会科学院法学研究所研究员，中国社会科学院大学法学院教授，中国刑法学研究会副会长，中国犯罪学学会副会长，最高人民法院特邀咨询员，最高人民检察院专家咨询委员会委员）

目　录

百年风华

栏目主持：刘日光

同学少年

栏目主持：陈卫民、王璐媛

我型我秀

栏目主持：尹　锋、罗文骅

师恩如海

栏目主持：邹茜鸶、曾止戈

教坛春秋

栏目主持：李君琴

岁月如歌

栏目主持：刘昭陵

百年风华

隆回二中从太园坳上走到米珠峰下，最后又来到赧水河畔。一百年的历史，几多风云变幻。每一个脚步，都那么踏实、坚定。

教育是时代的映射。时代风云变幻，都会在教育里投下光影。不变的，唯有那学子们的青春，是那样朝气蓬勃、奋发昂扬！

河　孕

❖ 谭泽锋

一条河，于早春时节里
趟过了太园坳、米珠峰
顺着先哲的脚步
在一扇花朵的门后
孕育成一片汪洋

一条河，正以端庄、昂扬的姿态
以孕育水草的方式
放牧着自由、博学与卓越
百年流光里，趟过了
历史的色彩斑斓与盛衰交替

一条河，集结了九龙回转的芳香
用百年的凤鸣，嘹亮成华夏脊梁
在辽阔的东方黄土地上
河的血脉，被一次次泼墨起笔
画心、写礼、塑静，蔚然成林

【栏目主持简介】

刘日光，1971年出生，1983年至1989年在二中修行。在校时梦想叱咤风云，走上社会却一直默默无闻。数十年过去，找不回当初的模样，再也回不到儿时的纯真，却已活成了无数段子里的人。

早春时节

※ 张清泉

破茧而出的中学教育

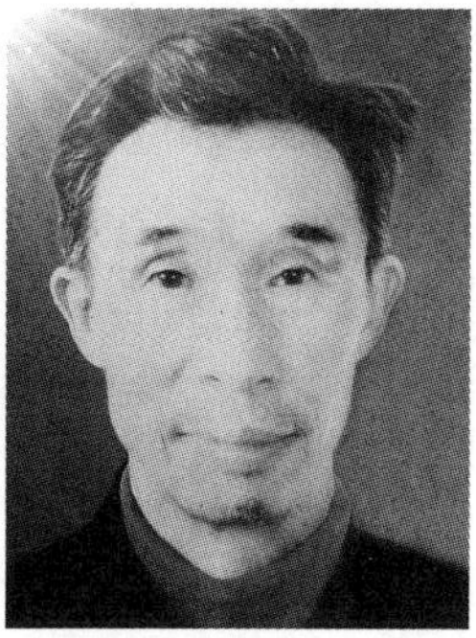

张清泉，原名张生琳，男，1930年3月—2016年11月，隆回金石桥黄金井人。其于1946—1948年就读于新隆中学初中3班，毕业后入伍42军，参加了抗美援朝战争，后驻守深圳罗浮桥，退役后任教于鸭田学区。

隆回历史上人文蔚起，素有兴办私学的传统。抗日战争时期，私立小学（含私塾）发展特别快，到中华人民共和国成立前夕全县境内据说达到了200多所。这些私立小学，有的是利用祠堂公田或会产兴办的族学，以供本族子弟上学；有的是当时官僚、地主、社会名流、富商和豪绅捐款兴办的；有的是贤达人士向社会各界募捐兴办的。我所读的小学鉴湖学校（今黄金井中学）是以贺姓人家为主捐办的，当时是隆中乡方圆几十里最好的学校，一般的私立学校教师工资是5~8担谷，鉴湖学校的老师待遇则是其他学校老师的好几倍，该校一般教师收入可达15~30担谷。中华人民共和国成立后，鉴湖学校的校长谢希韫被任命为新隆中学（隆回二中前身）的副校长。

新隆中学的兴办，我认为与当时的时局和大量外地学校的迁入有很大关系。民国二十六年（1937年），“七七”事变后，由于日本飞机的轰炸，邵阳县城以及一些外地的中学，教师、学生的生命安全受到威胁，有多所学校相继迁入今隆回境内，其中迁入隆回北部的有好几所。如湖南私立枫林初级中学，从长沙迁来高平大桥边；邵阳简易乡村师范学校迁往司门前石桥铺阳姓宗祠；三民中学于民国三十三年（1944年）夏，由邵东廉桥迁入隆回魏家塅石山湾。迁入隆中乡（今金石桥地区）的学校，则有四所之多，估计是金石桥这个地方的战略位置比较重要吧。金石桥是一个四周环山的小盆地，背倚雪峰山区，进可攻，退可守。在

隆回二中溯源于1924年在土桥（今金石桥）筹备的女子高级小学，后更名为邵阳县第九区女校。1945年，由孙泽英和龚述畴为主要发起人在女校原址创建私立新隆初级中学，中学教育由此开端。

我的印象中，抗战期间迁入的外地中学有邵阳循程中学（现为邵阳六中），这在当时的邵阳是一所很有名望的学校，校长叫仇同，办学地点为金石桥洞下村的陈家祠堂；部陵中学从邵阳搬迁来，搬在月山的洞龙湾那个地方，校长叫黄甲；湖南私立清华职业初级中学于民国三十三年秋，从攸县迁来金石桥高洲；最早迁入的当属武汉成达女中，于民国三十三年夏迁入金石桥黄金井，校长为贺稚晨。贺稚晨是本地名人贺学海（清末举人）的女儿，成达女中是她所办。该校有高、初中各三个班，学生两百余人，不过在第二年夏天就全部迁走了。

抗战期间多所中学迁入隆中乡，激起了本地部分高小毕业生入读的强烈愿望，但即便你读书很厉害或家里很富有，也不是那么容易进这些学校插班就读的。这种现象逐步让一些本地的绅士和社会贤达看到了中学教育发展的趋势和需求，于是开始了在本地创办中学教育的探索，所以抗战胜利后，新隆中学成立并招生也就成为必然。

种得梧桐树，引得凤凰来

1945 年秋，某个吃早饭的时分，哥哥从街上回来，兴致勃勃地跟家里大声说："告诉你们一个天大的好消息，日本鬼子投降啦!"我们全家和附近邻居根本不敢相信，因为前一段时间部队还在附近与日本鬼子交战呢。大家七嘴八舌地议论开了，战争带给人民的创伤太深了，虽然当时已经看到日军的一些败象，但没想到投降来得那么快，所以一旦希望变成了现实，善良的老百姓还不敢相信呢。家里人感慨这幸福来得真不容易，纷纷认为得好好规划一下以后的生活了。此时，哥哥又发布了一个消息，说隆中乡可能会在邵阳第九区女校的基础上办一所中学，叫新隆中学，弟弟从鉴湖学校毕业了，是不是应该去读中学呢？因为我们家里属于普通人家，在那时供一个孩子上中学是件非常奢侈的事情，到外地上中学基本上是有钱人家和大户人家的专利，哥哥的提法一下子在家里炸开了锅……出于想让家里出一个读书人的愿望，父亲和哥哥们决定举全家之力助我努力一搏。

新隆中学第一届秋季班招生还没有轮得上我报名就结束了。1945 年第一届秋季班招生共两个班（即 1 班和 2 班，1948 年夏天毕业），因为社会对读书需求很高，1945 年底又招了一个班（即 3 班，1946 年春天入学，1948 年冬天毕业），我如愿报上了名并考上了新隆中学 3 班。那时高小升中学考试是很难的，数学题与现在城里小学生的奥数题目差不多，所以录取率也非常低，应该与 1980 年代考大学差不多。中华人民共和国成立前的初中生在那时也算是比较稀有的"知识分子"，这么说可能现在的年轻人都不理解，但我却是亲历者。

1952 年 11 月，湖南省教育厅发文改新隆中学为"湖南省隆回县第二初级中学"，隆回二中正式诞生，彭德新为首任校长。1953 年 5 月，为平衡隆回中学教育格局，学校由金石桥搬至六都寨镇。

云溪河畔，太园垴上，新隆中学就依偎在这山水之间。学校是原隆中乡政府所在地，前有大槽门，门内有一长约 20 米、宽约 12 米的水塘，后有六栋同样高度的木质结构房子，三排二进，错落有致、左右对称地矗立在太园垴上，左边有一个约 2000 平方米大的操场，右边有一口大水井。学校的左右和后边都有山，山与学校房顶差不多高。登高远望，风水师说太园垴就是一个凤凰窝，也像一把太师椅，这是一方风水宝地，是一个出状元的地方，以后必定人才辈出。

春季开学了，同学们从四面八方会聚到太园垴上，我们 3 班同学共有 50 余人，多数来自今天的隆回北面四个乡，也有来自溆浦、新化那边的同学。我的同学里面有大富豪子弟魏柏青（据说是司门前第一富豪，自家土地一年可以收租八千担谷），有亲如兄弟的欧阳良、张树德、刘期皆、张春芳等，也有张吟蛾、黄初芳等十来个女同学，班长是活动能力比较强也爱出风头的胡世琢同学。毕业时大家都在同学录留了通信地址，每个任课教师都在我们的同学录上留了言。中华人民共和国成立后，我参军入伍，参加了抗美援朝战争，后来又在当时的小渔村罗湖村（现在的深圳）驻边，后转业分配至海南和黑龙江。但本人放弃了工作分配，几经转折又回到了老家，一直从事教育工作。回家后同学录也遗失了，又加上当时交通与通信非常不方便，我和大多数同学失去了联系，很多同学毕业后即成永别。

春风化雨，师恩难忘

学校创始之初，尽管各种资源匮乏，但还是有一批让人难以忘怀的老师。第一任校长孙泽英，来自司门前孙家垅，在学校兼任生物课教师。据说他曾经担任过国民政府一个比较偏僻县的县长，后来厌倦了政治生涯，弃政从教。那时很多教育界的人士都有如此经历，也许是由于太热爱教育或者别的原因，放弃了从政的机会，比如松坡中学（今隆回一中）的创始人李剑农就是如此。孙先生谈吐举止给人的感觉就是一个彬彬有礼的文人，常年穿着四楞布单长袍，总是一副温文尔雅的样子，后来我读到鲁迅的《孔乙己》这篇文章时，总是不由自主地想起孙先生。当然，孙先生虽穿着比较传统，但绝不是孔乙己那样思想古板之人，不然也不可能成就这样大的事业。孙先生由于政治观点比较保守，也许因为经历复杂，据说中华人民共和国成立前夕去了台湾。我后来一直在关注孙先生的各种资料，才知道孙先生非常热爱教育事业，对邵阳以及隆回教育事业的贡献是可以与李剑农并驾齐驱的。资料显示，孙泽英担任过邵阳市宝郡联中的校长，同时也是松坡中学的创始发起人之一，而新隆中学则是由孙泽英和龚述畴为主要发起人创立的学校。孙泽英参与了隆回两所最高学府的创办，贡献不可谓不大。

新隆中学初 1 班和 2 班是学校第一届初中毕业班，两班 1945 年秋天入校，1948 年上期因学生人数减少而合并为一班，1948 年 7 月毕业。

教导主任蔡荫湘是蔡家垄人，一位非常开明的绅士，平时走路昂首挺胸眼平视，千万不要以为他趾高气扬，其实，他是我一生中最钦佩的一位老师，不但态度和蔼可亲，而且口才出众，教学上他循循善诱，生活中也很坦诚开放。当时他负责我们班理化课程的教学，听他的课总是如沐春风。听其他老师的课总是嫌时间过得太慢，而听蔡先生的课则总是感到时间不足，乐趣有余，连瞌睡虫也不知跑哪里去了。蔡先生也是一个多才多艺的老师，每逢重大节日或者活动，他带领学生既编又导搞节目，自己也经常上台引吭高歌。

数学老师黄修豪是小沙江人，大学科班出身，是一位难得的数学老师，也是我们班黄初芳同学的父亲。他上数学课教导有方，破题有术，很多难题经他一点拨，大家茅塞顿开。曾经有段时间上几何课，一位老师教了几个月，大家都一头雾水，没有几个听得懂，大家强烈要求换老师，后来黄老师又改教我们几何，大家都觉得几何一下变得容易了。据说，中华人民共和国成立后黄老师去了南京紫金山天文台任职。

陈麓樵老师是金石桥洞下村人，一位很好的语文老师和历史老师，有点龅牙，从谈吐到教书都给人一种很有内涵的感觉。陈老师也是一个极具神奇经历的传奇人物，据他的孙子回忆，他早年曾经在部队担任过中校军需处长，从军界退下后历任邵阳教育会会长兼教育局代局长、华容县县长、浏阳县（现浏阳市）代理县长，退职来到新隆中学当老师。陈老师有一手好书法，特别是他教历史别具一格，既不照本宣科，也不脱离教材，经常妙语连珠，很精辟地点评历史事件或者历史人物。唯一比较遗憾的是那时候由于外语人才奇缺，外语教师也变化频繁，至今没有太多印象了。

学校的第二任校长是龚述畴，他也是学校创始人之一。龚述畴身材非常魁梧，声音也非常洪亮，又加上发胖，肚子突出，与孙校长比，他少了一些文人气息，但是多了一股威武之风。据说他确实是出身行伍，曾经是国军的一个团级军官。但龚述畴又是行伍之中难得的文人，他在学校兼任公民课老师（相当于现在的政治课）。龚先生无论是在课堂、礼堂或者室外训话，从来不用扩音器，语音气发丹田，在礼堂里演讲时经常发出“嗤嗤”的回声。从龚先生的谈话中，你会不自觉地获得一种振奋的能量。记得有一次在课堂上讲政治时，一个学生开口闭口说“共产党怎么怎么”，龚先生当即严肃而又关爱地说：“你们还太年轻了，对政治不了解，希望不要被外面的宣传所误导，不要谈论时事，否则对你们以后发展会有影响。共产党并不是你们说的那样，更不是什么匪，那边的政治环境比我们还好呢。”龚先生的这番话体现了一个长者的智慧，也体现了一个老师对无知学生的引导，在那个时代说出这样的话是带有很大政治风险的，但是为了学生不迷失方向，龚先生做了一个师长应做的事情。

新隆中学初 3 班是针对学校招生火爆而特设的班级，1945 年底招生，1946 年春天入校，1948 年冬季毕业。

还有一位使我印象很深的老师叫陈义宽，鸭田人，湖南艺专毕业，是5班的班主任、语文老师，兼任我们班的美术教师。美术不是主课，每次上课时，他总是说“我给你们讲5分钟的时事”，结果10分钟、20分钟过去了他还在讲时事。在一节美术课上，同学们希望换换胃口，要求他讲讲国家形势和新闻。他想了想，竟然讲了一堂辽沈战役的战况，他讲得既严肃又活泼，风格有点像现在的《百家讲坛》。令我印象最深的是他把林彪描绘得活灵活现：其在东北一拳重击拿下四平，使国军损兵折将，回手又一拳打下锦州。锦州乃关内通向东北的门户，是东北的咽喉所在，共产党现在已经夺取了锦州，几十万国军已经被关住，形成了关门打狗的局势，所以廖耀湘兵团最终全军覆灭。你们要知道，廖耀湘可是我们邵阳人，也是国军里面鲜有败绩的军队奇才，即使与日军对阵，廖先生也不曾落下风。最后，辽沈战役把蒋委员长吓得坐飞机从沈阳落荒而逃……陈老师的这堂课听得我们目瞪口呆，全班同学鸦雀无声，再加上龚校长前段时间的“共产党论”，联系起来一琢磨，论调好像如出一辙。现在回想起来，所有的这一切，是老师暗中给我们指明方向，使我们不要在黎明前的黑夜迷失了方向。而这一切是一般的为人师表者所不敢做的，毕竟那是一个白色恐怖的年代，而我们学生又恰好处于一个缺乏是非分辨能力的年龄。中华人民共和国成立后才知道，陈老师确实是地下党员，后来他当过新化一中校长，再后来入湖南革大学习，毕业后在湖南日报社、湖南大学等单位工作。

特殊的5班

5班在陈义宽老师的带动下，成了全校当时最为特殊、最富传奇色彩的一个班级。从陈义宽老师的言行已经基本上确定他是一个共产党员，5班在他的教化之下也就无形中成了共产党在隆回的人才培训基地，当时的龚述畴校长对此也是睁只眼闭只眼，听之任之。后来才知道龚述畴校长也是地下党员，不过他没有暴露得像陈老师那么明显。

一个好的老师足以改变一个学生一辈子的命运，我深以为然。5班也因为陈老师的教诲和培养，大部分同学尚未毕业就直接参加了革命，进入了新隆回的第一届党政机关。

罐头的故事

在新隆中学还有一件使我非常难忘的事情，那就是1947年冬，上面分了好几十盒美国大罐头，这给学校老师和寄宿的学生打了一次洋牙祭，可当时还有二十多个家庭经济比较困难的走读生没能享受到。听到寄宿学生纷纷称赞美国大罐头的味道，走读生感觉受了冷落，大家心怀不满，于是纷纷找知心同学倾诉甚至挖苦道：“这是美国老板赏赐给你们的哦，你们要好好地学 yes 和 no，不然你们以后就享受不到主人的恩赐了哦。”寄宿

新隆中学初4班1946年秋季入学，1949年夏天毕业。

同学则难堪地回答："下次有机会欢迎你们一起 come!"走读生酸溜溜地回答说："我们是打入另册的私生子，你们吃好了就行。"这些对话不知怎么传到学校教导室去了。事有凑巧，隔了不到一个月的时间，学校又分配来了 50 多盒美国罐头，这次好心的蔡荫湘主任特地做好了寄宿学生的思想工作，把罐头全部发给了二十多位走读生，每人两盒。罐头是圆柱形的，直径 20 厘米，高约 30 厘米，有两斤多一盒。发放罐头时，蔡主任特地为上一次忽略了走读生的事情向大家道歉，并且说："这次发放罐头，我只是借花献佛，这是所有老师和寄宿的同学共同决定的，我们一定要做到有福同享、有难同当。"所有的走读生都感动得热泪盈眶，大家把罐头拿回去与家里人一起品尝，个个都说很好吃，那也是我有生以来尝到的最美味食品。

罐头事件虽然不大，对我的影响却很深。我想这不是一个简单的事件，而是体现一个学校的公平，教与学的公平，一个老师的言与行，一定会影响一个学生的一生。在我以后的教育生涯中，我也特别注意自己的言与行，特别关注弱势群体的心理与需求，去暗中帮助他们，却不让他们知道自己受到了特别的照顾。比如 20 世纪 80 年代以前，很多地主、富农子弟受到歧视，我常暗中帮助他们，禁止其他学生喊他们"地主崽、地主孙"，毕竟出身不是他们的错也不是他们自己能够选择的。后来很多的地主子弟都发奋学习，取得了可喜的成就。前不久看到台湾的马英九发布了一番言论：政府的主要功能不是发展经济或是创造了多少 GDP，而是建立一个公平公正的平台让大家进行平等的竞争，我深以为然，教育也是这样。

新隆中学从 1945 年开始招生，到 1952 年更名为隆回二中，一共只延续了七年时间，对于母校悠久的历史来说，七年时间真的是太短了！然而这七年却见证了隆回教育的跨越式发展，更让家乡中学教育有了一个良好的开端，当年太园垴上的凤凰窝已经历孟母三迁，箭吹弦诵于赧水河畔，今天已成为享誉三湘的示范性普通高级中学。新隆中学时期是隆回二中成长史上的早春时节，因为早春的健康成长，才有了今天隆回二中的非凡成就。

——原载《早春时节》（湖南人民出版社，2014 年 9 月出版）

新隆中学初 5 班和 6 班分别于 1947 年春季和秋季入学，其中以 5 班学生为主体，在地下党员、班主任陈义宽老师的带领下，两班同学大部分在中华人民共和国成立后当上了干部或继续深造。

从太园垴上到米珠峰下

※ 张嘉兴

张嘉兴，男，1922—2017年，隆回金石桥人；曾两度在隆回二中担任语文教师，见证了学校搬迁六都寨和花门的两大历史性事件。

隆回二中的前身是新隆中学，其校址经历过三变：学校成立初在金石桥太园垴上，1953年迁六都寨米珠峰下，1986年迁桃花坪澄水村。新隆中学是1945年创办的，名曰“私立”，实乃三乡（中华人民共和国成立前的隆回、隆中、隆治三乡）联立。当时抗日战火已蔓延到邵阳，本地学生外出求学困难，在龚述畴、孙泽英等一班有识之士的倡导下，接收原已停办的十六区女校的校舍田产，开办了新隆中学。中华人民共和国成立后不久，学校在人民政府教育厅中教（52）第399号通知的要求下，改新隆中学为“湖南省隆回县第二初级中学”，隆回二中从此诞生。

县人民政府派彭德新为校长，负责接收事宜。当时我县南有一中，北有三中，而中部地区没有中学，为适应形势发展和县内中学合理布局的需要，于是决定将隆回二中迁往六都寨，同时拨款10万元在六都寨洪江村划地3.62公顷修建新校舍。1953年5月15日，新校舍落成，搬迁工作也随之开始。当时金石桥至六都寨还没有通车，大家只好步行前往六都寨。师生300多人组成浩浩荡荡的队伍，各人挑着自己的行李，公家的东西如课桌、凳、床、柜等就雇请民夫搬运，朝发夕至。面对新环境、新气象，全校师生无不欢欣鼓舞，从此弦歌不辍，桃李芬芳，在此一晃就是33年。

我在二中前后共工作16年，分两个阶段：前段为1949年下期至1957年上期，为时8年；后段为1978年下期至1986年上期，也恰好是8年。二中的三处校址都留下我工作和生活的脚印，两次大搬迁曾洒下我的汗水和苦水，至今仍难以忘怀。有关

新隆中学初7班1948年春季入学，1950年冬天毕业。该班刚入校时高达100多人，只能安排在学校礼堂就读，后来由于局势动荡，毕业时只有二三十人。

隆回二中的全部历史，《县志》《县教育志》均有详细记载，我这里只就学校成立初在金石桥的一些情况作片段回忆，因当事人健在者已寥若晨星了。

新隆中学曾是传播革命种子的摇篮。中华人民共和国成立前夕，风云变幻，新隆中学这块文化教育阵地，进步与反动、革命与反革命两股势力斗争异常尖锐。代表进步力量、大力传播革命种子的主要人物是陈伯容（陈义宽），他乃鸭田人，个子高挑，爽快精干，行动果敢。陈伯容1947年进入新隆中学教国文后，大胆积极宣传革命形势，宣讲革命理论。每一上课，就开门见山地说："同学们，给你们讲20分钟的时事！"于是话匣子打开了，淮海战役怎样，中原形势又怎样，讲得眉飞色舞，有根有据。同学们聚精会神，听得津津有味。陈老师有时会印发《论人民民主专政》等油印件给学生读，因他同社会上的进步人士多有联系，还常常安排刘焕保、邹必卿、尹铛仁等学生为他送信。校长龚述畴在那紧张而又复杂的社会形势面前，左右逢源。当反动头目进入学校要大家效忠党国时，校长带头举手宣誓；当陈伯容进行进步活动时，他网开一面，暗予支持。我最初并不认识陈伯容，和他相识时已是1949年上半年，当时我在新化复初中学教书，暑假应李冠文之约回金石桥闹革命，由于志趣相投，很快就结识了陈伯容。是年9月，我又由陈伯容介绍进入新隆中学任教。不久，我们又逐步联系上了革命老同志如谢希韫、欧阳洪端等，团结了谢泉等一班进步青年。后来，经由李冠文、陈伯容两人潜行密访，在新化找到了省工委有关负责同志，同意我们建立"新民主主义建设协会"，迎接隆回解放。那时，我们常在学校附近的一个偏僻山沟里开会，研究出墙报、贴标语、送情报、策反等一系列工作，直到1949年10月隆回正式解放，迎接解放的任务胜利完成，大家才各自走上革命工作岗位。中华人民共和国成立后，陈伯容更是意气风发，席不暇暖，穿上军装就参加征粮去了，他还发动并率领学校一大批学生去上资江公学，为革命培养和输送了一批新生力量。接着，陈伯容又参加了土改，后调隆回一中任教导主任，再后来调任新化一中任校长。不久，他被调往长沙《湖南农民报》工作，后又调到长沙艺术专科学校工作。"文化大革命"后期，他不幸抱病逝世。

改革开放后，新隆中学在党和人民政府的领导下，首先是对领导班子及教师队伍进行整顿清理：校长龚述畴有进步表现，继续留任；谢希韫新增为副校长；教导主任蔡荫湘是开明绅士，也留用；姓田的训育主任被带走劳改；教师绝大多数原职留用，极个别激起民愤的则被农会揪返老家。

学校除正常教学外，突出的工作是搞社会宣传，结合党的中心工作，宣传党的方针政策，如减租反霸、土地改革、抗美援朝等。写标语、出墙报、喊广播，参加各种斗争会、公审会是宣传工作的主要形式。此外，大规模演戏也是那时的一项重要工作，我还

新隆中学初8班1948年秋季入学，1951年夏天毕业，在动荡的局势中，很多同学都没有读完就休学了，后来局势稳定又继续跟在别的班级求学。

记得部分演出的戏目，如《白毛女》《赤叶河》等由于剧中人物多，因此教师个个要上阵，不管年老年轻，会演不会演，都要粉墨登场，表演一番。除了在学校演，我们还去附近村子演，甚至到更远一些的集镇去演。

陶醉在新的天地里，全校师生个个喜气洋洋、干劲十足。晚上，教师们还要提一盏马灯，到附近村里去教夜学，每人固定一个点，风雨无阻。上课的时候，老师拿一本《农民识字课本》，两支粉笔，就在堂屋里讲了起来。村民的热情也很高，男女老少都踊跃参加，渐渐认识了一些字后，有人不但能写自己的大名，还会写别人的名字了。夜校开设后的好处明显，村子里搞起选举来，可以不再用"豆选"，而是直接用票选了。

中华人民共和国成立前，新隆中学的经济来源主要靠几百石田租，中华人民共和国成立后土地分给了农民，学校已一无所有，连一粒谷子都收不上。又因学校是私立，政府没有拨款，学生学费也微乎其微，所以，中华人民共和国成立初期有段时间学校处境极其困难，教师没有工资且不说，就连正常生活也很难保证，每天只能喝两顿粥。当时，大家谁也没有去考虑物质待遇，相反，以苦为乐，干得很欢。后来，学校逐渐发了一点供给。1952 年，教师们开始有了一点工资，直到 1956 年正式开始按职称评定工资，生活才慢慢好起来。

中华人民共和国成立后，学校面貌焕然一新，工作蒸蒸日上，要说有问题就是校领导间不团结。校长与副校长也许是各有资本，各吹各号，互不服气，甚至明争暗斗，这无疑对工作带来了不少影响。上级领导及时发现了这个问题，将副校长谢希韫调往六都寨中心小学任校长，教导主任蔡荫湘被解职到洞口县任教师，校长龚述畴则自找关系到福建工作去了。1951 年 3 月，县人民政府派张杰担任校长，吴力云担任教导主任，共青团员王民初担任生活辅导员——他算学校唯一一个有政治身份的人。这期间，教师人数也陆续增加，调进了李中魁、刘文虎等人，后又有刘隆礼、袁征凯、谢超义、杨世彬等人相继调入。

因参干参军走了很多学生，当时各班的学生数额很不足，有的班只有二三十人，多的也不过三四十人，亟待补充。考虑到土改后广大农民在政治上经济上翻了身，文化上也应该翻身，上级指示开展劝学运动。教师分片包干，纷纷下乡下村，挨家挨户摸底调查。劝学的对象是贫下中农子弟，文化底子差一点不要紧，年龄大一点也不要紧，都要动员来上学，这样一来，学生人数有了增加。同时，学校还扩大了招生范围：以前只招老三乡青年，现在扩大到全县，甚至邻县溆浦龙潭一带的学生也招收进来。

当时，支农是教师的一项重要任务，每年插秧收割自不待说，有临时任务也得下去，比如禾苗受虫灾、冰雹灾，或抗旱，或修水利、修马路等。有一次，学校附近一个村子

新隆中学初 9 班 1949 年春季入学，1951 年冬天毕业。由于局势的影响，学生流失严重，老师们纷纷下到乡里去拉生源。

的禾苗起了虫，上级布置停课捉虫，师生每人拿着自己的脸盆奔赴田里，捉了一个下午，到吃晚饭时才返校。返校后，学校按人登记数目，以便评比。登记妥当后食堂就开餐了，师生按往常席次进餐，我和张杰校长及刘文虎老师等共席。

张杰："刘老师，今天下午捉虫，你为什么没去？"

刘文虎："我有病。"

张杰："有病也要请个假啊。"

刘文虎："我向王民初老师请了的。"

张杰虎起脸，筷子一拍，扬起身，"妈的！"手掌直往刘文虎背上猛击。

学生们看在眼里，大吼："不要打人！校长不准打人！"食堂一片喧哗。张杰看到形势不对，饭没吃完就往自己房子走去，并关上房门。学生们蜂拥到房门边，大喊大吼："校长打人是恶霸作风！打倒恶霸作风！"声浪此起彼伏，越来越高，后在老师们的劝导下学生才渐渐散开。区政府领导很快就知道了这件事，赶紧来学校了解情况，还集合师生训话。领导对两位当事人各打五十大板，说刘老师一点伤风感冒就逃避劳动是不对的，校长处理的方式方法也有欠缺，事情才算结束。

1952 年 11 月，县人民政府任命彭德新（共青团员）为校长，陈涛元（共产党员）为教导主任，胡昆（共产党员）为总务主任，接管新隆中学，并改校名为隆回二中。原新隆中学第 12 班改为隆回二中第 1 班，原新隆中学第 13 班改为隆回二中第 2 班，依此类推。学校从此走上新的发展阶段，面貌焕然一新，政治氛围更加浓厚，校风学风更加优良，教师积极性更加高涨，师生关系更加融洽，校群关系更加密切。

1953 年 5 月，隆回二中由金石桥迁六都寨，校史又翻开了新的一页。

新隆中学时期（1945—1952 年），历时共七年，为国家培养了一大批优秀人才，就我所知，如陈早春（人民文学出版社社长、著名作家）、张全寿（北京交通大学副校长、铁道部专家）、邓松山（隆回县县长）、张拾遗（解放军副师级将官）、陈惟洋（浙江省矿冶专家）、欧阳范水（新疆拜城县政协主席）以及各界各业的专家、教授、高级工程师、高级教师、企业高管、德艺双馨的文艺工作者、主任医师等，未及一一列举。隆回二中迁六都寨办学 33 年，迁县城花门办学至今（2024）已 38 年，培养出的人才更是星光灿烂，硕果累累，方兴未艾了。

——原载《早春时节》（湖南人民出版社，2014 年 9 月出版，入选本书时略做修改）

新隆中学初 10 班和 11 班虽然不是同时入校，但却是同时毕业，他们也是新隆中学最后一届毕业生。

我们是高中老大哥

※ 欧阳群

欧阳群，学生时代曾名欧阳有福，男，1941年生，隆回七江人；1955—1961年先后就读于隆回二中初14班、高2班，后毕业于湖南师范学院；中学物理高级教师，1984年开始任教于隆回二中直至退休。

1956年隆回一中开办了高中班，为了平衡隆回县高中教育的办学资源，隆回二中于1958年开始招收高中班，首期招收两个班，编号为1班和2班，毕业名册上人数合计75人。我恰好于1958年从隆回二中初14班毕业，顺利考入高2班，荣幸地成为隆回二中第一届高中生。要知道，在隆回一中办高中之前，我们隆回的学生读高中都要往邵阳市区跑。隆回二中创办高中以后，隆回北面的学子就可以就近入学，用不着往桃花坪跑了。

支农监收和“小秋收”

我们这一届就读高中时，正好赶上国家三年经济困难时期，全国人民的吃饭问题面临很大的困难，支援生产搞劳动成为学校生活的常态。1960年9月底，正当秋收之际，由于下面一些生产队搞起了瞒产私分，六都寨区政府组织二中的高中生下乡支农搞监收。我们十来个同学被分到丁山公社的田螺街大队，每两个同学一组下到各个生产队，一边监收，一边帮助晒谷。每天打多少湿谷，进仓多少燥谷，都要我们看秤，然后记数上报，还要检查是否有“黑晒场”。支农监收期间，我们在生产队的公共食堂吃钵子饭，每餐还由队里补助一两米，吃饭吃得很是滋润，比在学校食堂要强太多。更有意思的是，那里的社员们都叫我们干部，队里的保管员对大家都很恭敬，甚至还有几分怕我们。第一次感受到了“干部身份”的优越性，八天支农监收，大家过得开心快活。

1960年冬天，农村公共食堂开始下放了。学校支持我们周末

新隆中学为政府接管后，学校第12班改为隆回二中第1班，第13班改为隆回二中第2班，14班改为第3班，15班则为第4班。

到野外挖野菜，摘野果，刨农民挖过的红薯地，捡落下的小红薯填肚子，这在当时叫“小秋收”。一个周末，我和彭中春同学从双江口进入刘家排的山冲里搞“小秋收”。当时人民公社生产队是集体出工，山冲里的红薯挖得比较毛糙，我们在一堆不要的薯蔸下面捡到三个大红薯，约有半斤一个。两个人高兴得跳了起来，舞着红薯边跑边喊：“高举三个红薯前进!”短短一个多小时，我们捡了20来斤红薯，在老乡家里煮了八九斤吃，过了一回饱瘾，几十年后想起来仍回味无穷。

三年苦日子，全体师生想方设法自力更生。虽说曾吃过烂红薯，照的是煤油灯，但生活却丰富多彩，每天都有文体活动课。肚子吃不饱，心情却是快乐而豪迈的！师生们从来不曾向困难低头，在战胜饥饿的过程中始终保持了革命的乐观主义精神。

那些难忘的恩师

第一届高中班开办的时候，师资力量准备并不充分，老师们普遍经验不足。即使如此，在隆回二中期间，我们还是遇到了很多好老师。

刘隆礼老师教我们的文学课，他用抑扬顿挫的古腔读《诗经》的声音，六十年后仍然在我耳边回响。后来被称为隆回语文教学王牌的唐道雄老师，1961年上学期给我们代了几堂文学课。他讲蒲松龄的《聊斋》，绘声绘色，让人如临其境。唐老师上课肢体语言丰富，他那经典的转身动作和眼神，至今还一直印在我的脑海里。但最让我难忘、最让我敬佩的，要数袁征凯老师和宁峥嵘校长。

我读初二时，学校开了几何学，袁征凯老师负责教学。他可以不拿圆规和三角板上课，画出来的圆和直线如同用圆规与三角板画的一样。他那方块字板书如同印刷出来的，语言精练到一个字不可多，一个字也不可省。袁老师打得一手好篮球，常常和我们一起打，他一般都打前锋，偶尔也打中锋，这更加深了我们师生的感情。1958年上期，袁老师不知何因没来上课，我后来才知道他被打成“右派”了。我们虽然没有参加批斗会，但晚自习下课路经办公室时还是能隐约听到批斗袁老师的声音，每每此时，我都会感到心中一阵绞痛。1958年下学期，我读高中了，袁老师被送回高平老家当了农民。我经常向高平来的同学打听袁老师的情况，心里老惦记着他。20世纪80年代，袁老师头上的“右派”帽子终于被摘掉了，我们师徒俩又得以重逢于二中校园。机缘巧合的是，袁老师重返讲台后正好教我大女儿欧阳晖漫的数学，他又成了我家第二代人的恩师。

1958年下学期，国家政治运动如火如荼，我们学生也搞起了“大鸣大放”。由于对“右派”老师的特殊感情，我也鸣放了几张大字报。团支部抄了我的材料上报，于是我和一些同学被划成“小右派”。但后来上面来了政策，明确称中学生不准被打成“右

隆回二中初1班和2班均在1953年夏天毕业，其中2班同学为了提前毕业赶进度，在暑假中努力复习，一度非常辛苦。此后，学校招生全部统一为秋季招生。

派”。宁峥嵘校长坚决执行上级政策，把我们几个“小右派”叫去办公室，宣读了上级政策，并当着大家的面把将我们划成“右派”的材料给烧了。在那个特殊的年代，我们这些“小右派”能够安心安意读书，没有背上思想包袱，没有受到政治运动太大的冲击，是因为宁峥嵘校长担当了很多，保护了我们。每次想到这些，我就不由得想起与宁校长相识的那些岁月。

一路走来，我总感觉自己和宁校长在人生道路上具有某种神奇的缘分。1953 年我考入朝阳铺完小读书时，宁老师在朝阳铺完小当校长。朝阳铺完小是隆回最有名气、资历最老的小学之一，能担当这所学校的校长，宁校长的水平能力自然是没有话说的。1955 年我考入二中读初中，宁校长正好调入二中当教导主任。1958 年，隆回二中升为完全中学，我成为学校首届高中生，宁校长升为完全中学的第一任校长。

宁校长说话有一个“大问题”的口头禅。凡事就搭出一句话——这是个大问题。有一次宁校长作报告时，刘其业同学数了个“9”，结果被宁校长听见了，他问：“你讲什么?”有位班干部接过话说：“您讲话喜欢说‘这是个大问题’，他数到第九个了。”宁校长并没有生气，只是轻轻说了声“要用心听”。从那以后，我们再也没有听到他的“大问题”口头禅了。他改正自己的不足颇具张学良戒毒的大决心。

同学们与第一届高考

大家都非常关心隆回二中第一届高中班的高考成绩。在后面的人看来，我们的高考成绩不是太理想，应届考上的人总体不多，但根据《隆回县教育志》记载，我们这一届考上本科的有 24 人，其中 1 班有 8 人，2 班有 16 人，总体数量还是很可观的。按照当时的标准，两个班考上重点名牌大学的同学为数极少，印象中只有 1 班张百如一人，他考上的是西安军事电讯学院（今西安电子科技大学）。

在工作岗位上，我们这届有很多同学表现得有声有色。张甫生同学在我看来属于懂事早的一类人，看完《红楼梦》还讲里面的爱情故事给我们听。他考上的是湖南建设学院（中专），毕业后回来搞社教，后在隆回县劳动局工作，官至劳动局局长，可惜英年早逝。陈再生是金石桥人，退休前是湖南公安高等专科学校（现湖南警察学院）的教授。段以成、王植松、魏光豪、刘其业、谭炯芝等五人考上了湖南水利水电职业技术学院，其中刘其业在工作岗位上干得有声有色，后来官至湖南省水利厅副厅长。李威光、谭克六、贺方求、邹定山、曾保田等五人考上了西安工程兵工程学院，他们后来为我国的铁路事业发展贡献了力量。唐祥亿考在湖南大学，毕业后一直在隆回一中任教，退休前是隆回县为数极少的数学特级教师，在平凡的岗位上表现得非常突出。

隆回二中初 3 班和 4 班于 1954 年夏天毕业，从学业成绩来看，3 班的尖子生略多一点，后来考上高中的人数也要多一些。

值得一提的是，那时考不上学校也是可以复读的，但实际上很少有人复读，一般毕业后就直接务农去了。当然，也有人中途入伍从军，后来在那一片领域获得了发展，比如，高平的周乐直同学入伍从军去了新疆，后来随爱人转业定居天津。

这里和大家说说我自己。1961 年，我应届考上了湖南师范学院物理系。大学毕业后我曾在城步一中等学校工作，几经周折于 1984 年 8 月调入母校任教。2001 年退休后，我一直舍不得到外地和儿女居住，而是继续住在二中校内。因为置身母校，和着学生的节奏一起生活，我总觉得自己还很年轻，在二中求学时的一些人、一些事，也常常会从记忆深处涌现出来。

不知不觉，隆回二中在时代的浪潮中迎来了 100 周年华诞，我们也从这里毕业 63 年了。回首漫漫人生路，我们作为隆回二中的高中老大哥，虽然历经了过苦日子的三年经济困难时期，也赶上了一些政治运动，遭遇初中老师向高中老师转型经验不足等问题，但相比后来政治运动频繁、“文革”时期正常的教学秩序受到冲击，英雄交白卷、好汉打零分，上大学靠推荐等情况，我觉得我们隆回二中第一届高中班总体来说是比较幸运的，经历过公平的选拔，才有优秀学子脱颖而出；经历过艰苦的劳动，才更加珍惜后面来之不易的生活；经历过艰难的探索，才有隆回二中高中教育一步步壮大做强。

隆回二中初 5 班和 6 班刚入校不久，学校就由金石桥迁往六都寨。

跨越时代的高考之旅

❈ 邓玉庄

在隆回县城以北，有一座小镇名六都寨。寨市小镇，拥有数千人口，据悉明代开宗始祖朱元璋与陈友谅大战时，他们的部队在这一片留下过足迹；贺龙部队的战士也在这一带打过仗，流过血。1970 年春，我们一群喝着辰河水长大的孩子，来到了寨市小镇的米珠峰下，成为隆回二中的初中新生。

当时，国家根据毛泽东主席“学制要缩短，教育要革命”的指示，小学到高中改为九年制。初中和高中均由三年改为两年。我从 1970 年初进入隆回二中，到 1974 年高中毕业，加上后来回到母校参加短暂复习，准备高等学校入学考试并考上了大学，我在二中度过了难忘的，也是人生中最重要的四年多时光。

邓玉庄，又名江风、江峰等，男，隆回六都寨人。1970—1974 年先后就读于隆回二中初 56 班、高 42 班；1978 年考入华中师范大学，后进入中国社会科学院研究生院和加拿大卡尔顿大学攻读。主要从事国际经济政策分析与研究，在加拿大创办《跨国公司评论》英文期刊，现由浙江大学负责编辑出版。代表性出版物包括湖南出版社《青年马克思评传》和英国剑桥学术出版社《东方与西方：国际发展研究》以及有关论文。

停课闹革命与复课闹革命

在我入读初中前后，影响最大的是“文化大革命”带来的“教育大改革”。进入初中之前，国家已经开启 1600 万“知识青年到农村去”的伟大运动。高等学校停止了从高中直接招考，而是推荐有生产和社会经验的“工农兵学员”进入高校。“文化大革命”初期，全国大中小学大都停课闹革命。在学校读书没有教材，小学期间我读得最多的是《毛主席语录》和《毛主席诗词》，不少语录诗词至今都没有忘记。在停课闹革命的背景下，我们小学的几年基本上没有学什么知识，文化成绩可以说是等于零。刚入初中时，数学老师在第一堂课出了几道题作为摸底测验。很惊讶的是，大部分同学对“1/2+1/3”都不知怎么计算。我们的母校、我们的老师就是在这种情况下肩负起历史性责任，接过了培

隆回二中初中 1956 届共有 7、8 两个班，这也是二中搬迁到六都寨后的第一次招生。

育这些懵懵懂懂少年学子的重任。

1967 年 10 月 14 日，中共中央、国务院、中央军委和中央文革小组发出《关于大、中、小学校复课闹革命的通知》，要求全国各地大、中、小学一律复课，一边进行教学，一边进行改革。此后，各地中、小学陆续复课，学生从各地停课串联中返回学校。我们班很多同学是停课多年后进入学校接受教育的，初中班里大约 50 位同学，年龄差距很大。有些是淘气贪玩的小孩，有些年龄较大的甚至已经结了婚。在中学阶段，学校开设政治、语文、数学、英文、体育、音乐及农业基础知识等课程，没有历史、地理课。

初中期间，我们村有七位同学在同一个班，其中一位与我们住的地方相隔甚远，其他几位经常一起走路去学校。一路上，我们时而会追赶嬉闹。有一次，我们在路上比赛扔小石头，看谁扔得远。我在几个同学中，年龄是偏小的，扔石头比不过其他同学。然而，有位同学要求大家都得参加。结果，我不小心把一颗石子扔到了附近农田。当时扔了石子，比了赛也就没事了。到了学校，有位同学把我扔石子到农田的事告诉给了班主任，说我是破坏庄稼。这事在当时是很严重的，班主任老师找我谈话，要我写检讨，不然会开除学籍。老师的话把我吓坏了，给我留下深刻印象。班主任后来说，我的学习成绩不错，照顾了我，所以给我的学期评语是：学业成绩优异；希望突出无产阶级政治，做又红又专的好学生。

1971 年，初中毕业后，根据当时政审要求和条件，我出身于贫下中农家庭，学业成绩也很不错，没有遇到太多困难就接着在隆回二中继续就读高中。

高中两年，学校开始抓教学质量。高中第一次摸底考试后，学校根据学生的成绩高低，将原来的六个班次改编成了四个提高班（快班）和两个补课班（慢班）。各科教学都抓得很紧，有的老师甚至认为恢复到了“文革”前的教育状态。

然而，我们还是受到了外界大环境的影响。1973 年暑期，东北上山下乡知识青年张铁生被推荐去参加大学招生考试，他在物理考试时遇上较大困难，于是在试卷背面写下《给尊敬领导的一封信》便交了卷。不久，《辽宁日报》为此发表了《一篇发人深省的答卷》，紧接着《人民日报》予以转载。张铁生成为全国知识青年榜样并被铁岭农学院录取。此事对以后数年中小学教育带来很大影响，包括隆回二中的教学与考试从那时开始就明显松弛起来。学校不少课程考试变成开卷走过场，导致很多同学再也不去钻研课程、勤奋学习。

开门办学体验工农生活实践

1966 年 5 月 7 日，毛泽东审阅军委总后勤部《关于进一步搞好部队副业生产的报

初中 1957 届共有 9~12 四个班，这一届特点有三：一是只要上了初中就能享受干部身份，可转粮食关系；二是历史上首次同届招收四个班；三是由于反右导致很多高中招生减少，考高中难度史上最大。

告》后，给林彪写了一封信，这封信的内容后来被称为“五·七指示”。信中对学生的要求是：学生以学为主，即不但学文，也要学工、学农、学军，也要批判资产阶级……“五·七指示”一度成为各地学校办学的指导方针。国家科技教育领导小组倡导教育要走与工农相结合的道路，尤其强调文科教育要把学校办到“阶级斗争”和实际生活中去。在这一历史条件下，我参加了学校组织的两次“开门办学”活动。

第一次是前往当时在“农业学大寨”运动中开始修建的木瓜山水库参观学习，时间是一周。各年级各班选派代表参加，加上学校的文艺宣传队十几位男女同学以及老师，我们整个队伍一百多人，浩浩荡荡步行前往距离学校约有20多公里的水库工地。师生队伍扛着红旗，背着背包，大有学习解放军野营拉练的派头。从学校到工地，我们沿途走着山路，高唱“三大纪律八项注意”和“国际歌”。一路上，不少群众包括路过家门口时我的父母，还有一些小孩都跟着我们走了好远的路。到达水库的第二天、第三天，水库工地各方面负责人向我们介绍工程进展情况，我们还参加了两个下午的劳动。参观中，看到大量民工在河流两岸的悬崖峭壁上拉着绳索，钻石开炮，那是我生平第一次见到人山人海的场景。按照学校的要求，每位参加开门办学活动的学生都得交一篇作文。我写的题目是《木瓜山之歌》，主要以一位年过六旬的民工在悬崖上撬石放炮，被工地誉为“老黄忠”的事迹为基础而写成的。学校的文艺慰问演出是在我们准备离开的前两晚，除了大量民工坐在大坪里，整个周围都站满了其他观众，还有不少人在两面土堆上观看。领队老师也就是我的班主任亲自登台，演出了他自编自导的一种叫作“常德丝弦”曲调，赞颂木瓜山水库工地的全体民工。

还有一次是去县氮肥厂“体验生活”，时间也是一周。各班级代表加上老师大约50人，就住在氮肥厂礼堂。氮肥厂是为了支援农业生产和农业学大寨运动，县里通过艰苦奋斗建起来的。二中请氮肥厂一位学习“毛著”先进退伍军人到学校做过宣讲报告，所以这位退伍军人就成了我们那次活动的联络人。通过在氮肥厂的几天体验，我写了一首短诗，叫作《氮肥厂抒情》，主要是以坐落在赧水河畔的氮肥厂厂区建设为题材写成的。在离开氮肥厂的最后一天，学校与氮肥厂经过商量把我们送到离厂区不远的县城自由活动。我一个人背着小挎包，在从来没有去过的县城转悠了半天。我在县城一座水井边流连忘返，还在井旁一个小卖店买过两个包子充饥，临走时把一个茶杯落在卖包子的地方。在这半天里，我知道原来除了农村的家和隆回二中，还有那么大的一片世界！我第一次感觉到外面的天地很宽广。

似乎很快就度过了高中两年时间。毕业那一天，班主任老师组织了班级毕业典礼，不少科任老师也来到教室跟同学们道别。同学们在毕业典礼活动中畅所欲言，也许那是

隆回二中初中1958届共有13、14两个班，两个班实力不相上下，竞争很激烈。当届就读时正值反右时期，很多受欢迎的老师都被打倒，同学们心里难以接受。

高中期间老师和同学最自由的交流。我的班主任老师同时是语文老师，他的书法在全县是有名的。毕业典礼准备过程中，老师拿着一块抹布，沾了一点水，在黑板上写下“毕业典礼”四个大字。接着，他叫我用不同颜色的粉笔去描写那带着水痕的四个大字。我花了大概十多分钟才把这四个字用不同粉笔描摹出来。描绘过程中，我感受到“毕业典礼”几个大字优美俊秀、苍劲有力；毕业之后在农村做民办教师期间，我还深深感觉受到老师的影响，多次模仿老师的方式到黑板上去这么写字。离开隆回二中那天，学校领导和老师站在校园人行道两旁，向离校学生频频挥手，连声说“欢迎回来”，目送着学子们离开校园。这一幕动人场景令我记忆犹新，成为我数十年深藏的情怀和前行的激励。

恢复高考让我重返母校

1974 年初于隆回二中毕业后，我回到农村任劳任怨地做起了各种农活，后来通过参与考试竞争，成为一名民办教师。在这期间，我一直期待着推荐上大学的机会。1977 年 9 月，教育部在北京召开全国高等学校招生工作会议，决定恢复已经停止十余年的全国高等院校招生考试（简称“恢复高考”）。我没有进行任何复习尝试参加了初次高考，结果名落孙山。

到 1978 年高考前两个月，我收到高中班主任老师一封信，动员我回母校参加高考复习准备应考。经过充分考虑后，我带着老师的信回到了母校。我的初高中两位班主任老师，也是两位语文老师耐心等候着这位已在农村摸爬滚打数年的寒酸学生。我的初中班主任老师是科班出身，高中班主任没有读过大学，是自学成才的。他们两位同在一个教研室，因为各自经历有所不同，在教学方法上有不一致地方。除了教研室开会，他们很少面对面坐在一起。然而为了我和我的复习考试，为了一个学生的高考前程，他们两位一起在一间小房等着我的到来。一阵寒暄过后，为了谁先对我说话，两位老师客气地推让。最终还是先由初中班主任老师介绍了他的高考经验和高校求学经历，鼓励我参加复习。两位老师在动员我参加复习准备迎考这件事上，意见是完全一致的。

那天下午，两位老师跟我谈了许多，一直谈到傍晚。到了晚上八点多钟，他们对于我一人回家走数公里山路很不放心。于是，高二班主任老师竟然让我与他同睡学校礼堂讲台旁边的一间小房。那天晚上，老师还给我烧了洗脚水，要我好好烫烫脚睡个好觉。他嘱咐我第二天就回家把被子带来，插入复习班准备复习考试。在两位老师的劝导鼓励下，我跟父母说明情况后，于 1978 年上学期中途插入文科复习班。在复习班里，我获得大量与高考相关的知识和资料，经过短暂准备，我在当年考入武汉华中师范大学。

在进入二中上学的年代遇上“文化大革命”，我们是不幸的，虚度了许多美好年华。

隆回二中初中 1959 届共有 15、16、17、18 四个班，这一届最大的特点是按照身高分配班级，15 班同学身材普遍高于其他班级的同学，18 班的同学身高相对最低。

我们也是幸运的，毕竟在复课闹革命之际进入学校学习，不但学习了文化，还通过学工学农锻炼了体魄，了解了社会，提高了写作水平。毕业多年后还迎来了恢复高考这一历史性变化，最终获得进入高校学习的机会。个人无法选择时代，但可以通过努力适应时代，可以让我们所处的时代越来越好。那个年代在隆回二中上学的往事，永远是我生命中难忘的记忆，也是生命中最宝贵的年华和经历。母校隆回二中，成为我心灵中的一片净土，一个值得衷心感恩的美好地方。

作者附注：本文系陆续忆述而成，写作过程中得到家人朋友，尤其不少同学校友浏览和帮助。离校时间较长，记忆不一定准确，欢迎有关同学校友批评指正。

隆回二中初中 1960 届共有 19、20、21、22 四个班。这一届也按照身高分配班级，19 班同学身材普遍较高，依次降低。学业成绩上，20 班较为突出。

风声嘹亮

——默深文学社诞生与成长

※尹　锋

1918年，中国新文学史上第一个校园文学社团“新潮社”在北京大学诞生，其种子飞过大江南北、崇山峻岭，几十年后在江南田园之中的隆回二中默深文学社蓬勃生长。

尹锋，男，20世纪70年代末出生，隆回西洋江人。1994—1997年先后就读于隆回二中高182班、183班；喜舞文弄墨，但以药学谋生；吉林大学制药工程硕士，国家注册执业药师、福建省高层次人才。

我既是《放歌默深园》的主编，又曾任隆回二中默深文学社社长，加之其他各种原因，图书编委会委托我写这篇《风声嘹亮》，记录默深文学社诞生与成长这一重大的历史事件。

隆回二中已走过百年风雨历程，这所百年名校，在发展历程中与文艺结缘，从金石桥迁入六都寨的北二中，坐落在美丽的田园之中、蓝幽幽的魏源湖水库之下、水声潺潺的小河前，好一方风水宝地！后来迁至县城边的赧水之滨（湘西技校旧址），也是在田园之中，俗称南二中。南二中风景更美，巨木参天，鸟语花香，文化氛围浓郁。如此隆回二中，自然能培养出国之英才，也让诞生于此的默深文学社迅速享誉三湘、名播华夏、跨出国门。

那是一段激情燃烧的岁月。

20世纪80年代初的中华大地，处处涌动改革浪潮。当时的省级特级教师、校长宋鹤鸣极具改革创新意识，提出为实现“面向现代化、面向世界、面向未来”的教育理想，必须对旧的教学方法、教学手段、教学体系加以改革，决定改革第一课堂（教学课堂）、发展第二课堂（课外活动）、开辟第三课堂（职业技术教育），建立三个课堂同步发展的新体系，为四个现代化培养创造型、开拓型人才打好基础。在崇尚精神生活的80年代，所有征婚启事中，必写上“爱好文学”。谁发表了文学作品，如同为国、

隆回二中初中1961届共有23、24两个班，两个班级各方面比较均衡，其中24班由体育老师担任了三年的班主任。

为民立了大功一样神圣而伟大。宋校长自然是想在学生中播撒文学的种子，培养未来的作家，同时提升语言文字能力，让学生们的未来更有发展潜力，也让学生们将来好找伴侣，成家立业。1984 年秋天开学不久，一个阳光灿烂的日子，宋鹤鸣校长亲临萧逍遥老师的房间，征求他对发展第二课堂的意见，有意请他抓文学课外活动。在陋室中的交谈中，他们初步勾勒了隆回二中创办文艺社团、创办文学刊物的蓝图。

在方方面面的大力支持下，在隆回二中语文教研组特别是聂松山、王庚甫老师的鼎力支持下，积极筹备文艺社的有关事宜，以最快的速度拟定初步方案送审，一路绿灯一路欢歌。

1984 年 11 月 22 日，这是一个值得纪念的日子。

隆回二中，以隆回先哲，清代著名爱国主义思想家、文学家，中国睁眼看世界第一人魏源之字（默深）命名的“默深文艺社”正式诞生了！

第一任名誉社长：宋鹤鸣；社长：聂松山；副社长：萧逍遥；顾问：张嘉兴、曾昭读。文艺社下设文学组和艺术组：文学组组长萧逍遥；艺术组组长尹爱民。萧逍遥兼任文艺社社刊《凤声报》的主编，五位老师两名学生担任编委。当时定位为以培养学生为主、师生共同参与的文艺社。默深文艺社成立大会后，做了第一堂关于文学与作文的讲座，旨在激发学生们的文学潜能，把爱好择好，把作文写好，把高考语文考好。

1984 年 12 月 15 日，四开四版的《凤声报》创刊号出版了，师生们一片欢腾！

这是一期中国独有的古董级报纸，由宋鹤鸣校长亲笔题写刊名，套红两色印刷，两只红色的栩栩如生的凤凰展翅欲飞，初看是铅字印刷，细细一看，原来是蜡版刻印。这鬼斧神工来自陈球德老师的妙手打造。在《凤声报》头版，宋鹤鸣名誉社长、聂松山社长、张嘉兴顾问均赋诗二首。宋诗曰：“桃李争春百媚生，芳心点点最含情。红楼高倚梧桐树，日立阶阴听凤声。”聂诗曰：“耳顺年华业未成，自惭老凤少才情。何妨学作乌鸦噪，飞向梧桐助凤声。”张诗云：“……米珠峰下桃千树，化作朝霞瑞色明。”独门绝技拥有者陈球德老师在第三版赋诗一首——《凤声创刊号刻写完成感言》：“老圃归耕业弗成，杏林风貌总关情。虽今未立高梧下，却听凤凰第一声。”陈老师的绝技让《凤声报》创刊号成了出版界纯手工打造的“劳斯莱斯”。

《凤声报》创刊号百分之九十的版面发表高中、初中部伍倩薇、赵云超、王朝晖、王永福等二十多名社员的诗歌、散文、小说、小品等，皆为处女作，雏凤清于老凤声，老凤雏凤齐欢鸣。创刊号上王永福同学的散文《闪电赋》、王朝晖同学的《蜗牛的骄傲》经推荐，很快在全国公开发行杂志《少年作文辅导》《中学生报》转载刊发，社员们的写作热情空前高涨，马萧萧、周亦翔、龙学敏、王朝晖、马汝萍、魏甫华、刘烨洲、王

隆回二中初中 1962 届共有 25、26、27、28 四个班，其中 27 班为重点班，由于国家经济困难，生源流失，四个班后来合并为 27 和 28 班。

永福、阳建会、刘朝阳等近30名社员常在《凤声报》上发表诗歌、散文、小说、杂文、童话、小品，马萧萧发表诗歌、散文为最，周亦翔则多发小说、散文。湖南省文联的贺振扬老师、邵阳地区文联的胡晓春老师、隆回县文化馆的罗长江老师亲临指导。

《凤声报》从第二期开始改为铅字印刷，且套红两色，师生们看到自己的创作变成铅字，印在报纸上，欣喜满满。在默深文艺社成立两周年暨《凤声报》创刊两周年之际，决定出版一期对开大报并获得校长支持。通过各种关系，用湖南418地质队刚从国外进口的一台电脑激光机器进行编排，经过反复的改呀改、拼呀拼，终于将《凤声报》第十期用当时中国最先进的电脑激光照排系统编排印刷，成为中国报业的一个传奇。

这一期的《凤声报》充盈着社会各界特别是文艺界的温馨爱意。中国作家协会顾问、著名诗人臧克家题诗："千仞岗上向天鸣，雏凤清于老凤声。为《凤声》报创刊二周年题句，八六年十二月，北京。"著名女作家冰心题词："敬贺凤声创刊两周年。冰心，一九八七。"湖南省文联副主席、省作家协会主席、著名诗人未央题词："雏凤声声飞向世界，《凤声》创刊两周年未央。87年元旦。"湖南省文联副主席、省作家协会副主席、著名作家谢璞题词："学子可爱，德智体好，功课全面发展，又能妙笔生花办《凤声》。一瞬两周年，青果累累，希更上层楼勇攀登！谢璞1987年1月6日于长沙。"湖南省作家协会副主席、《湖南文学》主编、著名作家任光春题词："雏凤清于老凤声，隆回二中默深文学社《凤声报》编辑部全体同仁留念。一九八七年三月八日，任光春。"

《凤声报》是师生们的乐园，是一方文学的小小百花园。正如每期必登的《征稿启事》："《凤声》热烈欢迎——隽永流丽的散文、短小精悍的小说、活泼新鲜的诗歌、大胆泼辣的杂文、想象别致的童话、情文并茂的日记、趣味横生的故事、令人捧腹的笑话。"文艺社以《凤声报》为平台，全面展示社员们的成果，《凤声报》助推文艺社的发展。默深文艺社首届社员马萧萧荣获全国十大校园诗人奖，周亦翔、王朝晖的小说，阳建会、魏甫华的散文荣获中南五省中学生文学创作大奖及全国大奖，龙学敏的散文《童年趣事》在《小溪流》上发表，著名作家金振林的评论长信《童稚可嘉——致隆回二中龙学敏同学》同期发表，人民文学出版社社长、著名出版家陈早春写来了热情洋溢、情真意切的亲笔信。在学校的大力支持下、在师生的共同努力下，处在山野田园之中的《凤声报》惊艳登场、声声嘹亮，先是享誉县内外，继而省内外，后来国外也来信来函。不知道《凤声报》是如何漂洋过海的，美国的旧金山、新加坡、马来西亚、印度尼西亚的华人华侨竟然来信了。默深文艺社评为中南五省中学优秀文学社团一等奖。《中学生报》、山东文艺出版社把默深文艺社列为全国二十家有影响的重点文学社团。文坛权威大报《文学报》等二十多家报刊电台宣传报道默深文艺社的成果。

初中1963届最初有29~32四个班，由于国家经历三年经济困难时期，超过16岁且有劳动能力的学生被要求回家从事生产劳动，于是29、30班被合并为30班，31和32班被合并为32班，一直到毕业。

20 世纪 90 年代中期，在半夏子主事期间，“默深文艺社”更名为“默深文学社”，并且一直沿用至今。

默深文学社发展至今，社员先后在《光明日报》《中国教育报》《中国青年报》《诗刊》《中国校园文学》《文学月报》《湖南日报》《湖南文学》《芙蓉》等 200 余家报刊上发表文学作品 3500 多篇，获市级以上文学大赛、作文大赛奖励将近 360 人次。2023 年，作为“全国十佳文学社”的默深文学社，一年之内就在全国省市级以上杂志上发表 258 篇文章，惊艳全国。

伴随奇迹出现的，是一届一届、一批一批的作家、诗人迅速成长、享誉八方。马萧萧、周亦翔、刘仁文、周劲翔、李傻傻（蒲友德）、谭华杰、魏甫华、谭克修、王朝晖、刘烨洲、龙学敏、赵云超、魏斌、江冬、刘定光、马汝萍、罗晓晴、廖朝晖、海啸、欧阳文邦、谭剑、赵玉燕、胡百年、陈洛湘、陈勇光、陈晓宇、刘晓东、阳建会、王永福、刘柏林、陈德川、刘朝阳、陈家传、刘旭明、张一峰、卿红、伍倩薇、阳雄彪、陈卫民、熊澜、王健、阳竹君、刘辉、邓玲、陈光杰、袁静林、张胜、钱永红、阳小鸿、陈定球、晏志成、周玉意、刘仕成、李晃、谭泽锋、袁叙田、李典芩、周志雄、郑明富、邹茜鸶、刘春玉、阳梦华、刘丁、刘昭陵、袁飞、李君琴、陈莉莉、周恒、刘雨晗、欧阳都、肖朝阳、肖伟、许世杰、罗开成、谭玉彤、卿芬芬、魏立宇、王璐媛、罗雅妮、郑雲桂、柳梦婕、罗雅琳、宁美艳、林戴嵘、陈美怡……优秀少年，群星闪烁。

这些闪烁的群星，以及和我一样在文学方面没有什么建树的社员，都离不开默深文学社的深远影响。

毕业后，虽然工作很忙，但缘于对文学的热爱，对家乡、对母校的感恩之心，我和文学社骨干社员欧阳文邦一起主编了四本散文集。《网聚那缕缕乡情》《网聚乡情》分别从乡镇特点、风景名胜、民情风俗、亲情、乡情、校园、方言七个方面，全方位多角度展示隆回这片神奇的土地。隆回二中杰出校友陈早春为《网聚乡情》作序，一大批默深文学社的社员参与这两本书的写作和编辑。作为礼物献给母校 90 周年校庆的《早春时节》，忆往昔少年之美、青春之怀、师生之情、校友之谊、母校之恩，让曾经的点滴，汇融成最难忘的记忆，发酵成最香醇的回味。这是来自二中，深受默深文学社影响的 8 位主编、104 位作者深情谱写的感恩之歌。十年以后，我们主编的《放歌默深园》文章质量更高，内容更丰富，作者阵容更强大，更多的默深文学社指导老师、社长、成为专业作家的社员参与编辑和写作。

在《早春时节》《放歌默深园》两本书中，默深文学社历任指导老师中的萧逍遥、陈扬桂、半夏子、廖小菊、王勇、张怡春等均撰文叙述他们在二中的教学生涯，文中都

隆回二中初中 1964 届共有 33、34、35 三个班，由于生源减少，34 班后来被撤销，改组后的 33 班和 35 班正常毕业。

离不开对默深文学社的相关回忆。默深文学社不少社长深情撰文回忆母校生活，他们的作品也离不开在默深文学社的那段岁月。刘定光的《〈风声报〉编辑部》一看标题就知道深受默深文学社的影响；谭泽锋《邮票印记里的五彩青春》重点讲述了《风声报》为他开专版的事迹，他与默深文学社培养的那些文学明星、全国各类文学刊物编辑、各地读者的书信往来；袁叙田的《默深往事》写到，默深文学社对他整个生命的走向发挥了不可替代的作用。

其他社员作品，如周亦翔《燃梦辰水河》、马迟迟《逐梦诗歌》、陈奕瑄《我心归处是默深》、欧阳璐《默深文学社那粒种子》、向君华《一堂影响一生的文学课》从不同角度描写了默深文学社对他们学业、事业、情感、思想观念的影响。正如周亦翔说的，那些文学的痴狂、不羁的梦想，在被成长的波涛一一打碎后，早已重新融进身体、流进血液。

在这群深受默深文学社影响的人群中，不得不提到以下这一批杰出的代表。

马萧萧，1970 年 6 月出生于隆回长鄄乡（今荷田乡），默深文学社首批骨干社员，《风声报》首任学生编委，在校期间在各级文学报刊发表诗歌、散文作品，荣获首届中国十大校园诗人奖；1989 年 3 月特招入伍，毕业于解放军南京政治学院新闻系，中国作家协会会员，出版诗集《少年诗人马萧萧作品》《马萧萧军旅诗选》《中国地名手记》、散文评论合集《谢谢你的美丽》、长篇纪实文学《红色婚姻档案》、译注《孙子兵法》《鬼谷子》、画册《春水谣》《诗书画·马萧萧作品选》等各类作品二十余部；荣获首届中国十佳军旅诗人奖、首届甘肃诗歌八骏、首届中国人民解放军出版奖、中国新诗百年百位最具影响力诗人奖、第九届解放军优秀文艺作品奖、第四届全国优秀妇女读物奖、首届黄河文学奖、首届《飞天》十年文学奖、首届《延河》最受读者欢迎奖等奖项和荣誉，全国文坛诗歌界驰名人物。

刘仁文，隆回七江镇人，默深文学社首届社员，中国政法大学法学博士，中国社会科学院经济学博士后，北京大学社会学博士后，现任中国社会科学院法学研究所刑法研究室主任、二级研究员、创新工程首席研究员、博士生导师、博士后合作导师，中国社会科学院刑法学重点学科负责人，中国社会科学院大学法学院教授、刑法教研室主任、刑法导师组组长，中国法学会理事，中国刑法学研究会副会长，中国犯罪学学会副会长，最高人民法院特邀咨询员，最高人民检察院专家咨询委员会委员，中国警察协会学术委员，国务院有突出贡献的政府特殊津贴专家，中国社会科学院领军人才，曾挂职最高人民检察院公诉厅（现已撤销）副厅长，任美国哈佛大学、耶鲁大学等高校访问学者或客座研究员，发表学术论文和理论文章 200 余篇，出版法学著作 30 余部、译著 9 部、散文

隆回二中初中 1965 届共有 36、37 两个班，两个班整体学习成绩很好，那时流行尖子上高中，成绩一般的同学读中专。

随笔集《远游与慎思》《法律的灯绳》《死刑的温度》《司法的细节》等7部，中国当代著名法学家，亦被誉为“法学界的文学家”。

周亦翔，1971出生于隆回，默深文学社首批骨干社员，在省市级、国家级报刊发表文学作品并获奖，中南大学工商管理硕士，现为湖南出版投资控股集团有限公司党委委员、中南出版传媒集团股份有限公司总经理、中南博集天卷传媒有限公司董事长。先后被授予“全国新华书店系统先进个人”荣誉称号、“中国改革开放40年图书发行业——致敬影响力人物”荣誉称号、中国新华书店“新华功勋”荣誉称号、“中国出版政府奖优秀出版人物奖”等国家级荣誉称号，全国出版界杰出人物。

周劲翔，1976年出生于隆回罗洪镇，担任隆回二中默深文学社社长，1999年毕业于北京电影学院戏剧影视文学本科班，编剧或投资拍摄电影《我的中国‘芯’》《大荒野》《我的左手》《与时尚同居》、电视剧《春光灿烂猪八戒》《水浒后传》《吕布与貂蝉》《胜诉在美国》等，《我的中国‘芯’》荣获中国电影文学最高奖“夏衍文学奖”，《我的左手》获得第十一届华表奖最佳故事片奖、2007年度十佳优秀国产影片，《桃花源记》获日本TBS动画数字作品大赛年度最优秀奖、2006年中国动画学会奖等，现为北京容丞和悦影视文化传媒有限公司法定代表人，是中国著名编剧和影视制作人。

谭克修，1971年出生于隆回县古同村，默深文学社骨干社员，在校学习期间开始写作诗歌并发表在省市及国家级报刊上，就读于西安建筑科技大学期间成为全国知名校园诗人，作品发表于《诗刊》《星星》等刊物，曾获得过“首届昌耀诗歌奖”“中国年度诗歌奖”“中国独立诗歌奖特别大奖”“1986—2006中国十大新锐诗人”“新世纪中国十大先锋诗人”等荣誉，著有诗集《三重奏》。2013年开始创作《万国城》，并发起地方主义诗歌运动。谭克修是我国诗坛颇具影响力的一线诗人，也是城市诗学的研究者与践行者、别具创意的城市规划师、成功的青年企业家。

魏甫华，1971年出生于隆回七江乡元古村，默深文学社首届骨干社员，在全国各类报刊发表诗歌，获“丁玲杯”青少年诗歌优秀奖、《山西青年报》全国中学生诗歌奖，中山大学哲学硕士，1998年在南方知名财经媒体《粤港信息日报》参与策划《实践是检验真理唯一标准》发表20周年“与真理同行20年”特刊和《观察》副刊，获前广东省委书记任仲夷和林若充分肯定；入《财经》杂志工作后撰写《中国经济的“皱纹”》《监管者史美伦》等系列文章广受好评；担任《法律与生活》杂志社总编辑，创刊的《中国法律人》被评为“最值得看的法律媒体”；进入中国经济体制改革杂志社，任《改革内参》主编；2007年调入深圳市社会科学院，任《南方论丛》编辑和文化研究所副所长；2014年调入深圳出版集团，任华文国际传媒有限公司总经理；现为深圳出版社副总

隆回二中初中1966届共有38、39、40等三个班，这是第一届在“文革”中毕业的学生。

编辑、副社长、《书都》杂志总编辑，兼深圳全民阅读推广人、坪山文化智库专家委员、鹤湖智库专家委员等，是中国知名记者、财经作家、出版家。

李傻傻，原名蒲荔子、蒲友德，1981年出生于隆回桃洪镇，默深文学社社长，中学时代开始发表散文、诗歌类作品，2000年考入西北大学中文系，开始在文坛崭露头角，《被当作鬼的人》《一九九三年的马蹄》《雪地的兔子》等优秀作品驰名文坛，新浪、网易、天涯同时推出其作品专题，曾于中国核心文学名刊《芙蓉》一次发表两万字的散文作品，2003年入选“80后十大写手”，2004年出版长篇小说《红×》、散文集《被当作鬼的人》等引起轰动，引发了大量讨论，成为新一代青年作家的佼佼者和突出代表，被称为“80后中国文坛实力五虎将之首”“少年沈从文”。2005年，他登上美国《时代》周刊，被作为“中国新文化”代表人物专题报道，现任广州市作家协会副主席、中国作家协会会员，中国文坛新生代风云人物。

魏斌，1978年10月出生于司门前魏家塅，1993年加入默深文学社并开始在《中国校园文学》等校园报刊发表大量作品，高中阶段三次在中国诗坛最权威的杂志《诗刊》发表诗歌；1997年在当时诗坛最具影响力的、面向全国诗人的“诗神杯”全国诗歌大奖赛中获得一等奖第一名，名动诗坛，诗作入选北京十月文艺出版社《中国当代文学作品精选（1949—1999）》（入选该书最年轻的诗人）；历任《年轻人》杂志编辑、编辑部主任、主编，《科学启蒙》杂志常务副主编，湖南省寓言童话文学研究会副会长；2005年被评为首届湖南省优秀中青年期刊出版工作者、双十佳期刊编辑，获科普作品奖、责任编辑奖，主编《画说经典——孩子必读的成语故事》（全6册）入选教育部中小学阅读指导目录（2020年版）；工作之余在《诗刊》《儿童文学》《青年文学》等报刊发表诗歌、散文、小说、评论百余万字并多次获奖，出版诗集《我看见雪花的翅膀》《长沙书》，现为“中国最美期刊”、湖南教育报刊集团文学杂志《爱你》主编，是教师文学百花园中集诗人、作家、编辑于一体的代表性人物。

江冬，1985年出生于隆回鸭田镇，1997—2003年就读于隆回二中，担任默深文学社社长并开始发表诗歌。其大学毕业后在多个部门工作，现为湖南教育报刊集团《初中生》杂志主编、副编审，创办有《千金作文》《最美母语》等品牌栏目，主编“千金作文”评选合集《另一个世界》《月亮的印章》《假如目光有颜色》等；少年学诗，2006年开始小说写作，为中国作家协会会员，鲁迅文学院第三十四届高研班学员，湖南省“三百工程”文艺人才；在《作品》《长江文艺》《青年文学》《湖南文学》等刊发表中短篇小说，出版小说集《鲸鱼和老头的故事》，长篇儿童小说《小懒驴奇遇记》，获第二十届黑蓝小说奖，第二届湖南文艺奖·青年文学奖，著名青年作家。

隆回二中初中1967届共有41、42、43三个班，1964年秋季入校，由于“文革”动荡，教育管理混乱，本届学生全部推迟一年和1968届学生一同毕业。

刘定光，1982年出生于隆回南岳庙，默深文学社社长，在老师的引导、指导、支持下，培养了文学兴趣，在心里播下了文学的种子；2007年毕业于湖南师范大学，曾任湖南师范大学黑蚂蚁诗社社长；自初中开始，在《中国校园文学》《诗刊》《文学界》等杂志发表文学作品200多篇（首），被誉为湖南80后最具代表性的诗人；大学毕业后分别在长沙、郴州、省人大常委会工作，现任株洲市荷塘区委常委、荷塘区人民政府副区长。

从默深文学社走出的优秀少年，他们后来有的成为有名的作家、诗人、编剧，有的成为记者、制片人，有的成为顶级科研院所、知名大学的学者、教授，有的成为能编能写的出版家，有的成为文化底蕴深厚的实业家，有的成为学者型中高级领导干部，他们分布在党委政府、人民军队、高校及研究机构、企事业单位、文艺文学及影视机构、大型出版集团、上市公司、民营企业群，也有的在步入社会后慢慢淡化了文学理想，也有的为人妻、为人父后醉心于工作和家庭而逐渐疏远了文学。但无论哪种情形，默深文学社对他们的事业、生活、家庭乃至下一代的影响都是潜移默化和深远的。

江南凤声鸣，年年栖梧桐。默深文学社诞生于改革开放的朝霞中，发展于文学的中心时代，随着文学地位的边移，20世纪80年代成立的文艺社团到今天，百分之九十九已偃旗息鼓、土崩瓦解，空留一片回忆与哀叹，但是成立已近四十年的默深文学社，在隆回二中这壮硕的梧桐大树上年年凤鸣，且凤声嘹亮，这又是一个奇迹。这充分证明隆回二中以宋鹤鸣、卿国烈、颜扬孝、欧阳钟瑞、罗宝田、李世藩、陈惟凡、胡名顶、卢小军、李柏树、廖敦燕为代表的一届一届学校领导班子，是有战略眼光的真正教育家，默深文学社萧逍遥、陈扬桂、游祖丁、王勇、刘豪放、颜和平、半夏子、张怡春、张良、廖小菊、刘剑等文学指导老师是无私奉献且具有文学情怀的优秀名师伯乐，默深文学社的一批一批社员传承魏源的开放思想，理想远大、综合素养高，练就凤声天下鸣。我们坚信，迎着朝霞、蹚过风雨、沐浴新时代阳光的默深文学社一定会走向更持久的辉煌。

永安隆回，凤鸣千年。

隆回二中初中1968届共有44~47等四个班，由于从1966年4月开始到1968年学校正常教学秩序受到冲击，学生基本不读书，忙于上山下乡，指导农村闹革命，被称为历史上读书最少的一届。

难忘 1986　难忘校园交接

❈ 戴深烈

戴深烈，男，1943年生，隆回横板桥罗子团人；1957—1960年就读于隆回二中初21班，1960—1963年就读于隆回二中高6班，1983—1991年担任湘西技校校长，后任湖南航天磁电集团总裁、书记直至退休；担任湘西技校校长期间，主持了把湘西技校校址转交给隆回二中这一重大历史性事件。

回想起隆回二中校园由金石桥到六都寨再到花门的三次变更，我发自内心地为母校今日的繁荣感到骄傲。弦歌不辍，三曲成章，金声玉振，大雅返璞。我想用三节质朴的文字，来记录1986年我作为隆回二中校友、湘西技校校长，参与母校南迁花门、进行校园交接时那些鲜为人知的故事。

良机

我是横板桥罗子团人，1957—1960年就读于隆回二中初中21班，1960—1963年就读于高6班。在母校的求学岁月是我人生的黄金时期，是母校的辛勤培育让我从山沟里起步腾飞。当时，二中地处六都寨，前往学校读书要翻越高耸的大东山，再加上国家百废待兴以及三年困难时期的影响，我们的求学条件格外艰苦，但青春因为磨砺而闪光耀眼。1963年高考后，我告别母校赴华中工学院深造。此后，领略了广阔世界的我，每次回到母校时，一方面为母校取得的成就感到自豪，另一方面也为其遇到的问题而深感忧虑。尤其是20世纪80年代六都寨的居民在河床上淘金导致地面下沉、房屋开裂，严重威胁着学校师生的安全，让我和不少校友深感担忧却又力不从心。1985年那阵子，湖南航天局准备在长沙开窗口。我当时担任航天局下属单位——湘西技校校长，听到这个消息后灵机一动：何不把湘西技校校园整体转给隆回二中？一来湘西技校可以迁往长沙，二来可以解决母校发展的瓶颈问题，为两所学校的发展都带来重大的历史机遇。我和当时的技校党委书记张凤梧商量后认为，此事对于两所学校都是双赢，一

隆回二中初中1969届共有48~51等四个班，1966年秋天入学，中间遭遇“复课闹革命”，学制缩短，学生只读了一年半就被要求回原籍，后来都草草毕业。1969年春天，部分同学升入二中高中部。

定要想办法全力促成。当时湘西技校的教师大部分是外地人，他们当然更希望迁往条件更为便利的长沙，所以，湘西技校整体迁往长沙的提议一经公布，就获得了三分之二左右的多数通过。

波折

机不可失，事不宜迟。我决定速与隆回二中沟通。当时在湘西技校任教的肖治国老师曾担任隆回二中教导主任，熟悉二中的领导班子，于是肖老师便充当了两所学校之间的使者。他把有关情况和隆回二中校长宋鹤鸣等领导沟通后，立马得到了二中的积极回应，也得到了隆回县委县政府的重视与支持。

总体意向达成后就是具体事务的商谈。湘西技校校园曾是我们从邵阳师专（今邵阳学院）花了180万购买来的，尽管湘西技校后来又修建了两栋新楼，但我们决定还是以180万转给二中。隆回县委县政府与二中都对此表示接受。其中有个小插曲，当时的谈判工作是在县政府分管教育的副县长和湘西技校领导之间进行的，二中则希望直接和湘西技校商谈，可湘西技校却并不愿意。宋鹤鸣校长当时对这一点是有看法的，他认为湘西技校属于正处级学校，从行政级别上看不起二中。其实，这真是对我们最大的误解。虽然在其位谋其政，屁股决定脑袋，但我对于母校的校长，打心底里非常尊重，绝对没有看不起二中的意思，而是兹事体大，仅隆回二中一家是敲不定的，这么大的工程必须由县政府拍板，毕竟是政府掏钱为二中搬迁。

创业艰难百战多，一波未平，一波又起。湘西技校整体搬迁虽然得到了航天局主要领导的大力支持，却并没有获得航天局班子全体会议的通过。他们认为，航天局目前在长沙还只建有一个小基地，开了一个窗口，并没多余的土地，湘西技校根本不具备整体搬迁到长沙的条件，还得在隆回原地办学。搬迁事件骤然刹车，真可谓世少坦途，好事多磨。

奋斗

山重水复，湘西技校未能及时搬迁，一下子陷入了进退两难的困境。由于已与隆回县委县政府及二中达成协议，出尔反尔、失信毁约显然是无法交代的，因为这样会对湘西技校和地方政府的关系产生极为不利的影响，也会给二中的办学安全带来不可预见的隐患，这都是我不愿见到的。隆回县委县政府似乎也听到了风声，他们从二中师生安危的角度出发，步步紧逼对湘西技校施压，要求尽快搬离以便腾出地方为二中办学。我当时也觉得愧对母校，毅然顶住压力把技校搬到隆回卷烟厂对面的仓库里面办学。从宽敞

隆回二中初中1970届共有52~55等四个班，这一届1969年春天入校，1970年冬天毕业。当时小升初、初升高均不要考试，只有家庭成分好的学生才可能获推荐入读高中。

的校园沦落到逼仄的仓库，技校的师生难免怨声载道，一些人私下写大字报说我是“败家子”，尤其是在下雨漏水师生们忍着寒风就读时，个别人还曾说出过更加难听的话。我虽然感到委屈，却并不在意部分人私下的牢骚，因为我心里明白，我们不是“败家子”，隆回二中搬迁过来后会有更大的发展空间，湘西技校克服暂时的困难后也会有更好的前景。正是本着这样的信念，湘西技校全体师生在艰苦的条件下，在隆回卷烟厂对面一直坚持了三年，直到 1989 年才正式迁到长沙。

校园交接并不是一帆风顺的。湘西技校当时有一百多名后勤人员，他们的家属在学校种点西瓜、橘子和花生，也算得上有一份较为稳定的收入，再加上他们大部分是隆回人，学校整体搬迁后，他们的家属都将失去这份种植工作，所以后勤人员反对迁校的非常多。个别人甚至把学校的天线转播台故意弄坏，以此表达内心的不满，这自然给隆回二中接手带来不小的困扰，他们认为湘西技校对搬迁工作有情绪。于是我们一方面加强对技校师生的解释与管理工作，另一方面与二中协调沟通，把工作做到细处，最终顺利实现了交接和过渡。

对于湘西技校校园转给二中的价格问题，部分二中人颇有微词，因为后来（五年后）印发了整体搬迁文件，根据文件精神，航天 803、804、861 厂区以及 722 医院都是搬迁后无偿交给地方。只有湘西技校却还要二中掏钱，有人认为太不厚道了。对此，我是既有愧又无愧。有愧的是我对母校没做出贡献，无愧的是湘西技校校园作为第一个转交给地方的场地，在当时缺乏整体搬迁文件的指导，没有转让费湘西技校根本不可能搬迁长沙，有偿转让给隆回二中实为无奈之举。后来，隆回县政府通过二中支付了 150 万元给湘西技校，还有 30 万元最终不了了之。湘西技校后来自己去航天部争取了 30 万元，在长沙新建了航天技校。即使再后来湖南航天局整体迁出隆回后，我们也没有再找隆回二中追要那 30 万元。

难忘 1986，难忘校园交接！昔日的艰苦奋斗已经铭刻校史。风物长宜放眼量，看到母校乔迁花门后蒸蒸日上、繁荣发展，又恰逢今年是建校 100 周年，我作为隆回二中培养出来的学子，倍感欣慰与自豪。衷心祝愿二中宏图大展，弦歌不辍，薪火相传，我们的母校明天更美好！

隆回二中初中 1971 届共有 56~58 等三个班，其中两个班于 1972 年 2 月入学，1974 年 3 月毕业。

幺七八，一齐发

❖ 邹宗威

邹宗威，男，1977年生，隆回小沙江人；1991—1997年先后就读于隆回二中初80班、高178班，1997—2001年就读于湖南农业大学；现居上海，任上海熙宝商贸有限公司总经理。

建班背景

20世纪90年代，市场经济如火如荼，社会对人才的需求和学校的人才培养方向都发生了重大变化。二中校领导已敏锐捕捉到趋势，开始对本校初中毕业班学生做思想工作：尽量升高中考大学，不鼓励去考中专。果然没多久，“中专毕业不包分配”“大学扩招”的政策陆续出台。校领导和老师的先见之明，指引着懵懂迷茫的我们在人生的十字路口上做出了正确的选择。

在1994年的那个春末夏初，学校酝酿后决定组建二中历史上首个高中理科实验班。如何把全县最优秀的那些初中毕业生更多地招进高中实验班，老师们苦口婆心地做了不少动员和劝说工作……

蜜月憧憬

中考前夕，学校从二中初79、80班选拔30多名自愿放弃考中专的同学，加上从乡镇中学选拔了近10名同学，组建了隆回二中首个实验班，拉到西教学楼一间教室开始单独上课了。学校为此配备了最精干强悍的师资力量：马轶麟副校长亲自挂帅担任班主任，陈慈英任语文老师，朱贤舜任数学老师，唐佐中任英语老师，物理由米伯良老师领衔，化学由陈联芳老师担纲。马校长的规划是：配备最强师资力量，集中最优秀学生，刻苦学习，力争两年就参加高考，要在隆回县高考成绩榜放一颗振聋发聩的原子弹。

隆回二中初中59班和60班班主任分别为谢菊德、刘韵连，两个班1973年2月入学，1975年3月毕业。这也是“文革”期间二中的最后一届初中班，直到1982年学校才恢复招收初中班。

根据班级排序编号，下一届高中班从 178 班开始。学校将 178 这个编号给了实验班，即使后来文理分班，也没按惯例把 178 这个班号给文科班，178 从高一到高三都专属于首个理科实验班。马校长和朱老师根据谐音戏称“幺七八，一齐发”，朱老师还将“一齐发”三个字刻在了班级撮箕上，希望这个班所有同学“一齐发”，也希望同学们学业和事业“一齐发”。

马校长（我们私下里都称之老马）虽然很忙，但还是隔三岔五地来班上“温和”地训话，还利用自己的语文教学特长，对古文鉴赏、作文撰写等进行了专项辅导。因工作繁忙，马校长让朱老师兼任副班主任协助管理，马校长外出开会就让朱老师代管班级事务，经常开玩笑“马不在家猪（朱）在家”，引得同学们开怀大笑。各科任课老师也精心备课，开始讲授高中课程。那阵子全班同心，师生心气相应，同学们一直热血沸腾，对未来充满希望和信心。

这是令人振奋、憧憬无限的一个月；这是摩拳擦掌、干劲十足的一个月；这也是思想统一、无比愉悦的一个月。这是 178 班正式开学前一个让人难忘、怀念至今的蜜月！

激情消退

暑假后，同学们带着大干一场的劲头迎来新学期，接到的却是晴天霹雳的坏消息。原来，班级创始人马校长因太过优秀，被县领导看中，暑假中已决定将其调往一中担任主要领导。

这个结果，二中不能接受，因为舍不得放走一匹“好马”。老马自己也不能接受，据说他和时任校长罗保田去请县委组织部部长吃饭请求留下，结果人家先把单买了，然后一通党性和组织原则的大道理讲出来，让老马无功而返。178 班全体同学更不能接受：刚刚点燃的激情快速消退，梦想开始破碎。

后来，班级同学代表去一中看望了老马，老马除了歉意，更多的是鼓励，鼓励大家刻苦学习，希望实验班一定要好好走下去，按原定的目标去努力。

两年平淡

高一新学期，学校又选拔了一批新同学进入 178 实验班，定编 49 人。学校对各学科师资力量的配备还是有所侧重的，总之，各学科老师都是二中名师。毫无悬念，副班主任朱贤舜老师接任班主任，安慰大家“马走了，猪（朱）还在”。朱老师同样是全国优秀教师，但风格和老马迥异，对我们更多的是包容和宽容，更多的是引导大家自主学习。

1994—1995 学年，其实是二中史上校风学风比较差的时期。178 班的学风虽然比较

隆回二中初中 1985 届共有 61、62 两个班，班主任分别为刘林杰、马轶麟，这是“文革”后二中恢复初中部招收的第一届学生。

好，但也或多或少会受些影响。之后二中发生了两件大事，一是1995届高考惨败，上线人数创历史新低，只有21人；二是1995年下学期校领导班子更换，新班子实行封闭式管理。同时新班子对178班也调整了班主任，年轻气盛、较为严厉的周跃平老师走马上任。周老师是教地理的、口才很好，自高二担任我们班主任以后，周老师好像完全变了一个人，不再对我们进行讽刺挖苦，而是谆谆教诲、鼓励有加，经常做思想工作，给同学们打气，鼓励同学们树立远大理想和目标，全力以赴学好知识，为高三打下坚实基础。

高二两个学期，数理化老师又都陆续调整了，化学罗玉洪老师、物理刘检球副校长、数学黄正文老师先后任教178班。

一晃两年过去了，实验班平平淡淡，没有太出彩的事迹。

重整旗鼓

高二文理分科后，几位同学分流到了179、180文科班，同时从原179、180班补充了相同数量的理科同学进来，组成了178高三理科实验班，维持49名同学数量不变、9名女生数量不变。

得益于封闭式管理，1996年高考，二中取得了空前的胜利，全县6位600分以上的"学霸"，二中占了5位。此时校领导更重视实验班了，安排从外校调来的优秀教师龙雪松担任班主任和英语老师，刘检球副校长继续兼任物理老师，加上筹备阶段就担任语文教学后来升任副校长的陈慈英老师，出现了两位副校长兼任178班任课教师的高配局面，还有时任教务处副主任的著名化学老师胡绍轩再次加入，可以说此时师资力量配备是最强的了。

龙雪松老师，他的英语教学水平高超，当班主任尽职尽责，最擅长的就是和学生一对一谈心，把关心输送到每一位同学身上，各种集体打气和个别激励的手段全都用上了，大家仿佛感受到了建班第一个月时的氛围。

高三的178，学习紧张、干劲十足、全力冲刺高考的气氛浓郁，同学们不再躺平，也不再悲观，心里有的全是高考目标，眼里有的全是题海遨游。一切准备就绪，只等高考来临。

高考遗憾

高考成绩出来了，可以说是考砸了，600分以上一个都没有，尖子生都没冒尖，从这一点来说实验班实验是不成功的。但上线人数达27人，178一个班上线人数比1995届一个年级还多6人，最终本科录取18人，上线人数和本科录取人数是创下新纪录了，加

隆回二中初中1986届共有63、64两个班，63班先后由陈尚志、刘爱武两位老师担任班主任，64班一直由米小武老师担任班主任。相比之下，64班比较活跃。

上高二分班输送到文科班的一位同学考了当年隆回县的文科第一名，给二中争到了一点面子。

高考失利或志愿不理想的部分同学，后来通过复读都考上了理想的大学，毕竟实验班出身的同学，功底功力还是有的。

自从178班以后，1998届的实验班185、186班，以及1999届的191、192班吸取教训，总结经验，班级管理和发展都比178班要顺利很多。

后　记

多年以后，178班同学相聚，反思当年的实验班，比较一致的看法：一是创始人过早调走，没有引起后来校领导的重视，出现了“人走政息”的局面；二是四次更换班主任，管理风格切换太明显，让学生无法适应，总体来说，严格管理会有更好的效果；三是频繁更换任课教师，对师资配备缺乏长远规划。

往事如烟，昔日的遗憾完全可以用今日的辉煌去抚平。如今，178班的同学中有大学教授、博士生导师、知名学者、名校校长，政界、商界精英，教育界、医疗界骨干，公司董事长、总经理或企业主等，分布在各行各业各条战线，都是行业翘楚，都发展得非常不错，人生和事业“一齐发”可以说实现了。

178实验班的成立是因材施教教育理念的重大实践，也是全新培养模式的重要探索。客观地说，178实验班有失败的教训，也有成功的经验。178班的成立和实践，为后来的实验班乃至珍珠班的顺利发展和复制奠定了基础，在隆回二中历史上起到了一个创新引领的作用。

隆回二中初中1987届共有65、66两个班，两班实力相当，各经历三任班主任，初二后学校搬迁花门，同学们转出转入，大家提前感受离别。

那一年，我们在二中画了一个圈

※ 陈慈英

陈慈英，女，1963年生，隆回司门前人；1990—1997年在隆回二中任教，历任教务处副主任、副校长；曾任隆回县人民政府副县长，邵阳市民政局副局长，湖南省民政厅副厅长、一级巡视员，湖南省政协社会和法制委员会副主任。

1990年暑假，知了在幽静的校园里响亮地叫着夏天，我穿过斑驳的法国梧桐树荫，走进了隆回二中，开始了第二个七年的教师生涯，也开启了无数难以忘怀的记忆。忘不了住在筒子楼的青年教师们一起其乐融融的同事情谊，忘不了大家在四合院三角地带谈论天下大事时的激情飞扬，忘不了那一群当年活泼可爱今天却依然称呼我为“陈老师”的二中学生……然而，最让我难忘的还是要数1995年，那一年，我们在李世藩校长带领下，一起在隆回二中画了一个圈，开启了学校管理的全新时代。

1995年，隆回二中高考遭遇滑铁卢——全校本科专科上线人数合计只有21人，创下了历史最低纪录。二中的表现显然和社会各界对学校的期待有很大的差距。县教育局在高考过后就着手调整二中原有的领导班子成员，我和李世藩、陈惟凡、刘检球等同志一道进入了新的领导班子。李世藩担任校长，陈惟凡分管后勤，刘检球主抓教学，我负责政教，年富力强的卢小军担任政教处主任、王书博担任团委书记，他们两人协助我一道抓学生工作。

当时的二中，大概维持在24个班、不足1500人的办学规模，学生进出校门享有绝对的自由，校外的各种商店、摊点、出租房因此生意兴隆，澄水村附近的不少居民就是靠做学生的生意养活自己一大家子。由于管理松散，因此每天都有大批学生趁着一日三餐的空隙和晚上就寝后的时间，跑到校外去打桌球、玩电子游戏，还有的甚至去桃花坪看录像彻夜不归。据统计，高峰时候有三四百人的队伍涌向校外就餐，这些人里面的相当一部分用完餐

隆回二中初中1988届共有67、68两个班，两个班初中三年从来没有换过班主任，67班班主任为龙吉水老师，他对班级实行怀柔政策；68班班主任为刘林杰老师，一直以“严厉治班”著称。

后就地打桌球和玩电子游戏，上课铃不响，他们绝对不会回教室学习；即使回到教室，他们的心也依然没有收回。何况桌球厅、电子游戏厅、录像厅本来就为是非之地，在这些场所发生的打架斗殴事件层出不穷，给学生的生命财产带来一定的安全隐患。以这样的状态来备战高考，其结果可想而知，1995 年高考的惨败也就不足为奇了。据可靠消息，校外势力准备在 1995 年下半年开始大干一场，有人一次性就购买了三四十张床，准备放在出租屋内，出租给二中学生。面对如此恶劣的校外环境，我们如果不采取断然措施，没有壮士断腕的勇气，恐怕很难扭转日益下滑的校风。

新班子上任的第一件事就是整顿校风。要想让同学们收心，首先要让他们收身，要想方设法把他们从校外的桌球厅、电子游戏厅拉回到课堂上。领导班子成员经过认真商讨，决定从 1995 年下半年开始全面实行封闭式管理，只在星期天下午允许大家出校门自由活动，其余时间一律不允许学生外出。正式施行封闭式管理的第一天早餐时分，学校领导班子成员、政教处全体工作人员、初高中所有班主任全部站在校门口严阵以待，严密地防范前往校外就餐的“不法分子”。尽管我们三令五申地对新政策做了宣传，但还是有少数同学企图溜出校园，然而，如此庞大的阵势让他们一时傻了眼，只敢远远地观望。校门外的摊贩尽管大部分都听说了封闭式管理，但他们不知道二中执行这项政策的决心，依然抱着试试看的态度，把摊子摆到了校门口旁边，企图通过铁门栏杆之间的口子完成买卖交易。那天早晨，校门口没有成交一桩买卖，热气腾腾的摊子后，我看到的是摊贩们怨恨的眼神。

在狠抓就餐的同时，我们对学生的就寝管理一点也不含糊，这可辛苦了各位班主任老师，他们被要求每晚坚持蹲守到 11 点才能回家休息，碰到特殊情况还要随喊随到，第二天照样要早起和学生一道出操。比班主任更辛苦的要数我们的政教处工作人员，我们一日三餐不能按时吃，还要和校门口的小摊小贩们以及本校“不法分子”周旋和斗争，在学生晚上就寝后可能还需蹲守在围墙外监听风吹草动。领导班子的坚决态度、班主任和政教处老师的任劳任怨，为封闭式管理的顺利推行提供了充分保障，隆回二中校园能够再度风清气正，封闭式管理厥功至伟。当然，这一政策也是以很多人的竭力付出为前提的，就拿我来说，作为一名语文教师，我每天只需上完两三堂课就可以自由支配时间，完全能做到生活规律、按时作息，可一旦待在政教这个岗位，情形就截然不同了。那段时间，我不能正常给 10 岁的儿子辅导功课不说，还无法按时为他做晚餐，常常害得他肚子饿得咕咕叫，最后去教工食堂解决了事。第二天早上，由于涉及出早操，我很难抽出时间为儿子烹制早餐，只好给他两三块钱去他们学校附近解决。一时之间，我的生活规律完全被打乱，家人也对之颇有怨言。忘不了无数个夜深人静的晚上，我和同事们巡视

隆回二中初中 1989 届共有 69、70 两个班，这是二中搬迁到花门来招收的第一届初中班。其中 69 班一直由李凯荣担任班主任，70 班先后由米小武、陈扬桂担任班主任。

在校园的各个角落，屏住气息等待“不法分子”现身的时候，我总会不由自主地抬头仰望星空，也许，只有天上那些星星才能理解我内心的苦衷。数年后，有位学生曾问我：“陈老师，您在隆回二中和隆回六中各工作了七年，您对哪所学校的感情更深？”我没有正面回答他的问题，只是说：“我在二中付出了更多！”说这句话的时候，辉映的场景就是自己在二中仰望星空的那些夜晚。

该来的总是会来的！隆回二中实行封闭式管理力度如此之大，终于招致了摊贩们的强烈反弹。不记得是哪一天了，商贩们挥舞着扁担和木棍，气势汹汹地扑进了校园。政教处老师中冲在最前面的自然是二中第一“武林高手”孙卫龙老师，他曾在学校晚会上表演过“咽喉顶尖梭”的绝技，让全校师生叹为观止；他“独掌劈红砖”的功夫，让台下掌声如潮。只见孙老师一手叉腰，一手抄起一根扁担，大有一夫当关、万夫莫开的架势，一双小眼睛怒目圆瞪，身后站着牛高马大的邹启文、行伍出身的蒋平如等一批政教处干将，个个大义凛然、气势如虹……商贩们虽然有些犹豫，但到底还是攻上来了。三五个身强力壮的商贩首先抡着棍棒冲向了孙卫龙，孙老师敢打敢拼，并不时左腾右挪，将扁担挥舞得虎虎生风，光影重重，一时让商贩们不敢近身。无奈对方人多势众，很快就有人绕到孙老师后面，和其他老师短兵相接。那场打斗双方都有人挨了打，最终由于摊贩们不齐心，加上老人、妇女之类的摊贩不敢恋战，他们不得不退出了校门。后来还有一次摊贩大闹学生食堂的经历也让我印象深刻。那是一个中午，附近居民和摊贩们混入校内，未经学校同意，私自拣走食堂多余的饭菜，给同学们就餐环境带来了很大的影响，在政教处老师制止不听的情况下，双方厮打在一起，又是一场血雨腥风。

外患刚平，内忧又起。尽管学校实行封闭式管理得到了绝大部分师生的理解和支持，但于个别利益攸关的老师和家属来说，封闭式管理给他们在校外的生意带来了毁灭性打击，无异于一场灾难。个别人于是便迁怒于学校领导班子，温文尔雅、细声细气的李世藩校长多次和其沟通都没有结果。一个星期一的早晨，正是升旗仪式的时候，全体老师和同学都在等待国旗上升，可操场上突然响起了李校长和一位教师激烈的争吵声，一时间人声鼎沸，众多学生不知到底发生了什么，只是远远地隔着薄雾朝着国旗方向张望。这就是二中历史上的著名事件——国旗下的对骂。一时间，李世藩校长处在了风口浪尖之上。

李校长经受着超乎寻常的压力，我又何尝不是如此呢？实行封闭式管理之后，校外很多人就开始打听我的情况，他们纷纷说：“这个陈慈英是谁？是从哪里蹦出来的？二中什么时候来了个女的抓政教？”除了议论，他们还发出了对我的个人威胁，并扬言要捅我两刀。李世藩校长对我的安危十分担心，有段时间经常劝我不要单独外出，特别是不要

隆回二中初中1990届共有71、72两个班，两个班初中三年从来没有换过班主任，71班为刘爱武老师，72班为刘胜保老师。

在校门外停留。不知为什么，在那样的气氛下我的胆子竟然大得出奇，竟反过来宽慰李校长说，没事的，他们既然放出风来要捅我两刀，那就不会真的捅；要是真的想捅我两刀，他们就不会放风出来。事实证明，我的判断是对的。

如果认为封闭式管理只重一个“堵”字，那样的理解就是极其片面的。实际上，我们既重视堵，更重视疏，疏堵结合，本来就是封闭式管理这一新政策的核心内涵。大家深知，把一群活力四射的少男少女限制在一个特定的空间，只能算是权宜之计，更重要的是培养他们学习生活的良好习惯和面对诱惑的克制能力，为个人的长远发展打下坚实的基础。为此，我们推出了声势浩大的养成教育，并制定了《隆回二中规章制度汇编》，专门组织大家深入细致地学习。

有位学生在回忆二中往事时曾对我说：“陈老师，您抓政教的时候，学校怎么那么舍得花时间去搞养成教育，那时连续搞了两三天，甚至有时还整天不上课，全校师生都投入养成教育之中，这是我在二中六年期间从未有过的，在那个以高考为指挥棒的年代，也是不可想象的。”

的确，为了让同学们在学习、出勤、就餐就寝、劳动卫生、尊敬师长等方面都能自觉养成良好习惯，我们每个星期一都雷打不动地安排国旗下的讲话，针对上个星期的校风问题进行讲评，对学生予以正面引导。与此同时，学校还多次把全体同学集中在大操场，校级领导班子集体出动，每人侧重一个方面，给学生上了好几堂养成教育课。由于我是班子成员中唯一的女性，受隆回口音的毒害稍微少一点，很多同学对我的讲话记忆深刻，这也成为当时那几届学生对我印象最深的回忆。从 1996 年开始，每届新生入校的第一堂课就是养成教育课，在课堂教育的熏陶下，同学们学以致用，自觉遵守校纪班规，校风有了根本性的改观，师生关系也进一步融洽。印象较深的是各班的庆祝教师节活动，同学们自发行动起来，有的在课堂上给老师送束鲜花，有的在讲台上给老师泡一杯热茶，有的组织前往老师家中进行慰问……孩子们用自己特有的方式向老师表达着感恩之心，现在想来都让我感觉特别温馨。每周一中午，丁字楼与东教学楼之间的宣传栏旁边总会围满了人，那是班主任和同学们在查看各自班级上周的操行分加分、扣分明细。叽叽喳喳的人群中，有的兴高采烈，有的捶胸顿足，有的满脸存疑，有的扼腕痛惜……每每见此场景，我都由衷感到欣慰，在养成教育的陶冶下，我们的老师更有责任感了，孩子们的集体荣誉感更强了。

实行封闭式管理取得了立竿见影的效果。第二年，学校被评为邵阳市综合治理先进单位，我作为隆回二中的代表在会上做了典型发言。1996 年高考，隆回二中获得了前所未有的大丰收，全县理科六个上了 600 分的同学，竟然有五个出自隆回二中，这在学校

隆回二中初中 1991 届共有 73、74 两个班，73 班班主任换个不停，74 班一直由刘林杰老师担任班主任。

历史上是前所未有的，也是不可想象的。当年招生，不少家长就是因为看到二中实行封闭式管理后效果明显，才格外热衷将孩子送到二中就读。从此，封闭式管理作为隆回二中的一项基本政策，一直延续下来，并成为隆回乃至邵阳市不少学校实行该项政策的样板工程。

时光摇曳，终将离别的风铃摇响！1997 年 2 月的一天，在上了两堂语文课之后，怀着未能亲手送走高三 178 班的遗憾，我前往隆回县教育局任职，从此告别了历时 14 年的教师生涯。逝者如斯夫，不舍昼夜。转眼间，我离开那座熟悉的校园已经 27 年了，隆回二中也在阳光风雨中走过了 100 个春秋，相比 100 周年，我在这里工作的七年充其量也就是一个不长不短的片段，但这七年却是我最充实、最满足的时光，因为我和李世藩校长等同仁一道在二中历史上画了一个圈，圈住了青春的躁动，也圈出了三湘中学教育界一座举足轻重的学术重镇。

——原载《早春时节》（湖南人民出版社，2014 年 9 月出版）

隆回二中初中 1992 届共有 75、76 两个班，这一届的特点是 75 班成为名副其实的考中专大户，导致为高中少输送了很多尖子生，一定程度上影响了 1995 年的高考。

湖南第一操

※ 宁龙熙

偶尔有机会与教育行业同行交流，得知我是来自隆回二中时，很多人都会竖起大拇指——隆回二中的“湖南第一操”名扬四海！每每此时，我都能充分感受到作为一个二中人的自豪，思绪总会不由自主地回到 2004 年 5 月 12 日。那天阳光灿烂，对隆回二中来说，是个不同寻常的日子。这一天，湖南省体育局和湖南省教育厅印发了《关于省级体育传统项目学校评估情况的通报》（湘体群字〔2004〕25 号），正式认定隆回二中课间操为“湖南第一操”。消息传来，全校一片欢腾。殊不知，在这金光闪闪的荣耀背后，还有一个个鲜为人知的故事。

宁龙熙，男，1965 年生，隆回西洋江人；2001—2007 年在隆回二中办公室工作，后调入隆回县教育局机关工作，2018 年回到隆回二中工作至今；先后在人民网、《人民日报》及海外版、《中国教育报》《中国青年报》《湖南日报》《湖南教育》等报刊网台上发表文学作品、新闻通讯、经验论文 1200 余篇（首）。

众志成城

2001 年 4 月，隆回二中以最高分通过邵阳市首批重点中学评估。校长李世藩率领全体师生，经过六年的开拓进取，为二中的快速发展奠定了坚实基础。当年暑假，全县实行民主推选校长制，陈惟凡当选为隆回二中校长（兼党总支书记），贺春晖分管后勤，胡绍轩负责教学，戴明礼负责政教，刘兴高任工会主席，阳同福任党总支副书记（陈华堂 2003 年 3 月任党总支书记）。新的领导班子成立后，学校确立了“育人为本，质量第一，锐意创新，突出特色”的办学理念，把创建省重点中学作为首要任务，把创建全国千强学校作为奋斗目标，高度重视操风建设，认为“操风就是校风”。

说干就干，政教处和体育组制订“两操方案”：从高一新生入校军训开始，每天早上、下午各训练 1 小时；利用军训、体育

隆回二中初中 1993 届共有 77、78 两个班，这一届的特点是两个班级实力旗鼓相当、势均力敌、竞争白热化。77 班班主任有刘爱武、谢久雄，78 班班主任为孙凤贞、卿松青。

课进行学习和训练，军训完后举行广播体操比赛，比赛结果纳入军训优秀班级评比；首先利用军训和体育课进行班级集体和单独训练，然后在平时的早操和课间操时间，安排体育老师和学生会干部检查和督促，班主任全部参与，将做操不认真的班级和学生留下来加强练习。早操铃响前和第二节课下课后 5 分钟内，所有学生必须赶到指定地点，按“快、静、齐”的要求站好队伍，做操时做到动作整齐、规范有力、节奏一致。做完操后，学生按规定的要求集合成若干个方阵，并按照“S”形的队形依次从四个出口退场。每次做操时，安排 3 个体育老师轮流在主席台上带队做操，其他老师在队伍中检查督促。体育组 12 位老师，廖佰成任组长，与麾下的王建雄、阳彩云、肖健华、李兆民、周文岚、刘丁光、胡军、孙卫龙、罗亮、罗建军、宁瑾老师，人称“十二金刚”，年轻有劲，活力四射。政教处担负安全重任，副主任李柏树用皮尺把教室到操场的距离都量好，确定学生入场、退场最安全的路线和最佳速度。班主任和学生打成一片，决不让班上“操”风掉队。为训练好早操，体育老师和班主任是最辛苦的，学生早上 6 点 10 分起床，体育老师和班主任不论寒暑都要提前 10 分钟到达操场，但从没有谁喊过累、叫过苦。二中学生呢，个个有志气，力争第一。训练时，敢打敢拼，都有“东风吹，战鼓擂，甩出膀子谁怕谁”的王者之风，成为校园里一道亮丽的风景线。

操名由来

隆回二中的课间操，早在 1997 年全县中小学课间操比赛中就获得了高中组第一名。因此，在组织、管理上是有经验的，尤其是在封闭式管理下的养成教育模式中，学校坚守初心，认真实施，不断完善。当时市、县领导多次来学校指导申报市重点中学工作，对课间操称赞不已。学校也认为，把课间操推介出去，能够在创建省重点中学时加“印象”分。

机会来了，2001 年 8 月 2 日，省政协主管的《湘声报》记者来隆回二中，对学校的教育教学管理工作进行了深入细致的采访，并要学校提供一份 3000 字左右的经验材料和 10 幅图片。学校高度重视，办公室刘杰贤主任连夜策划，我马上动笔组稿。周华老师选来两张图片，其中一张是他爬到丁字楼楼顶拍下的 1997 年全县课间操比赛夺冠的图片：2600 名学生，身穿蓝白相间的校服，中间套配红色的“二中”大字，亮丽夺目，构成一幅美丽的画卷。大家都说这张照片好，但对题图文字意见不一，有题“隆回二中课间操”的，有题“隆回第一操”的，有题“邵阳第一操”的，最后大家一致同意陈惟凡校长的“隆回二中的课间操被誉为湖南第一操”，虽然吹了点牛，但让人抓不到把柄，更重要的是让人看到了二中人争创全省第一的豪情！8 月 30 日《湘声报》第 3 版以《开拓进取著华章》为题，专版报道隆回二中。在占了八分之一版的压尾照上，“湖南第一操”

隆回二中初中 1994 届共有 79、80 两个班，这一届的特点是班主任更换频繁，79 班三年经历了四任班主任（刘豪放、戴琳燕、魏华习、周飞跃）；80 班经历了三任（孙凤贞、马艺玲、米伯良）。

五个字赫然入目，这是在媒体宣传上，隆回二中第一次出现了“湖南第一操”的名号！

这篇报道可看作是隆回二中创建市重点中学的总结，更是吹响了创建省重点中学的号角。为此，2003 年 7 月 11 日，隆回二中省重点中学挂牌庆典时，学校把它和当天《邵阳日报》专版《勇立潮头唱大风》一起，作为礼物，赠送给莅临祝贺的领导、来宾、校友和师生。这张有“二中”字样的“湖南第一操”照片，只用了这一次。

2001 年 9 月 8 日，中央电视台来隆回二中采访的前一天，学校 4500 多名学生进行了做操演练，周华老师站到校门口东侧民房三楼楼顶，用三脚架固定拍摄学生做第八套广播体操。整个画面大气磅礴，激情无限。学校办公室首次冲洗了 100 张，发给前来参观采访的单位领导或记者。2002 年 6 月 14 日《人民日报》第 5 版，以《以人为本 着眼未来》为题报道二中，压尾照是“湖南第一操”；2002 年 11 月 1 日《光明日报》B4 版头条，以《风景这边独好》为题报道二中，压题照是“湖南第一操”；2005 年 2 月 18 日《湖南日报》A1 版要闻，以《为未来奠基》为题，报道邵阳市加强和改进未成年人思想道德建设，其中大篇幅推介隆回二中“三色”教育，压题照也是“湖南第一操”……这张图片成了隆回二中经典名片，通过它认识二中、赞美二中的人多不胜数。

誉满三湘

“依法治校，以德育人，科研兴教，特色办学，创建名校”是隆回二中的办学思路，坚持“改革、示范、实验”，在创建省重点中学的道路上，全校上下，汗往一处流，劲往一处使，一步一个脚印，坚实地跨越式向前迈进。

六年间（2001—2007 年），省教育厅督评隆回二中共 5 次，其中省重点中学评估团来二中 3 次，省示范性普通高中参观团来过 1 次（2004 年 7 月 27 日，湖南省将省重点中学更名为省示范性普通高级中学），省督评团来过 1 次。这 5 次有一个共同点，就是观看“湖南第一操”，但又各有故事。2005 年 12 月 19 日这次规模最大：省教育厅组织全省近百所省示范高中的校长来隆回二中参观学习，观看了专题片《腾飞的二中》，观赏了“湖南第一操”。2006 年 11 月 18 日，省示范高中督导评估团来二中进行“三年一督评”。临走时，专家们用诗意般的话语说：“这次来评估，是来聆听二中花开的声音。”最让人终生难忘的是第一次：2002 年 6 月 17 日，省重点中学评估团来隆回二中进行初评。在课间操前 5 分钟，评估团的领导、专家来到丁字楼二楼检阅台，66 岁的专家组组长李铁荪说：“隆回二中的课间操，报纸上都称‘湖南第一操’，太夸张了吧！”李老退休前是省重点中学长沙县一中的校长、特级教师、全国教育系统劳动模范、徐特立教育奖获得者，是湖南省德高望重的教育专家。陪同的市、县领导纷纷表示：虚心接受李老的意见，恳

隆回二中初中 1995 届共有 81、82、83、84 两个班，这也是“文革”后二中恢复初中办学后第一次招收四个班的新生。

请多提宝贵意见。随着课间操铃声响起，学生入场、集合、整队、做操、退场，气壮山河，一气呵成，李老看得心花怒放，和大家不停地鼓掌。他笑着对大家说："我服了。"

这六年，来隆回二中参观考察的海内外团体和个人，办公室都有登记本记载，总共436个参观团8700余人次，让"湖南第一操"名扬三湘。记得最多的一天有7个参观团来考察，办公室人手不够，只好把总务室热心的宁秋萍老师"借"来帮忙。在众多参观考察中，有4次省部级领导的视察。2003年4月1日，教育部原副部长周远清视察隆回二中，盛赞"湖南第一操"，4月25日他又给二中寄来"追求卓越，敢为人先"的题词。2003年9月14日副省长许云昭、2004年4月21日湖南省人大常委会副主任罗海藩先后视察隆回二中，观看了课间操。2003年下学期，学校深化德育工作改革，政教副校长戴明礼制订"行动军事化，行为高雅化，追求高远化，教育自我化"的"四化"细则，我提炼出"红色"激励教育、"绿色"成长教育、"黑色"警示教育的"三色"教育。当年年底，我以《念"四化"经 打"三色"牌》为题，全面报道二中德育工作。稿子寄到《科技导报·教育周刊》，2004年2月3日2版头条重磅推出，在省内引起较大反响。为了贯彻中央8号文件，省委宣传部、省文明办组织湖南卫视、红网、《湖南日报》等省级媒体，对邵阳市未成年人思想建设工作进行宣传和推介。2005年1月19日，省采访团来隆回二中，深入了解"三色"教育，观看"湖南第一操"。2月18日，《潇湘晨报》以《隆回二中：湖南第一操》为题，报道我校"三色"教育为主的德育工作。湖南省人大常委会副主任唐之享看了该报道后，对隆回二中加强和改进未成年人思想道德建设工作高度关注，3月6日专程来隆回二中调研"三色"教育，视察"湖南第一操"，欣然题词：加强德育工作，培养"四有"新人。并号召全省中小学校，学习隆回二中，始终坚持党的教育方针，培养有理想、有道德、有文化、有纪律的时代新人。

走向世界

六年里，隆回二中"湖南第一操"三上中央电视台，它标志着：隆回二中课间操，红遍中国，走向世界！

2001年9月9日，中央电视台来二中采访，拍摄"湖南第一操"。采访于9月16日晚8点在中央一台播放，学校"凤声"电视台全程转播，各班统一观看。彭光石老师认真录制，在学校"凤声新闻"连播一个星期。"湖南第一操"随央视走向五湖四海，走向全球。2006年3月4日上午，中央电视台《人与社会》栏目记者牛向云和李瑶，来隆回二中采访青年女教师郑玮华夫妇关爱羊古坳乡中团中学阳志成老师，使之坦然面对白血病的动人事迹，并拍摄了学生课间操。节目于"三八"国际妇女节晚上9点30分开

隆回二中初1996届共有两个班，85班经历了王勇、周飞跃两任班主任，86班经历了卿松青、谭雪云两任班主任。学习上86班相对更为突出，罗海燕是超级"学霸"。

播，12 分钟的专题节目里，“湖南第一操”的镜头出现了 3 次。2006 年 5 月初，教育部要求：展示全国中小学校在加强未成年人思想道德建设、全面推进素质教育中的积极成果，全方位展示校园文化建设的风采。省教育厅选定长沙市一中、湖南师范大学附属中学、常德市一中、隆回二中、岳阳市一中 5 所省示范高中学校参展。中央电视台现场拍摄录制专题，分期在央视少儿频道《金螺号》栏目，每周日 11 时 10 分播出。5 月 26 日至 29 日，央视来隆回二中，对教师队伍建设、后勤管理、教育科研、默深文学社、“三色”教育称赞不已，对“湖南第一操”更是情有独钟！

中央电视台把“湖南第一操”推向世界，而“湖南第一操”又吸引外国教育考察团来隆回二中参观学习。六年里，日本教育考察团就来了 3 次。2002 年 8 月 20 日，日本大野町立楫东中学教育访问团 9 人参观隆回二中；2004 年 8 月 5 日，日本大野町教育考察团 16 人来隆回二中。这两次都是暑假来的，但他们还是观看了暑假补课的高三学生课间操，对“湖南第一操”称赞不已。2005 年 4 月 21 日，日本大野町议会会长杉山丰年，率教育考察团 22 人来隆回二中参观。考察团来到学生寝室，观赏“五线谱”：毛巾晾成一条线，杯子牙膏牙刷摆成一条线，衣服晾成一条线，热水瓶放成一条线，鞋子摆成一条线，被子叠成豆腐块，不是军营，胜似军营。考察团来到学生食堂，欣赏了“两面镜”：5000 多名学生进餐厅，排队有序；就餐时，地上不掉一粒饭，桌上不剩一粒饭；饭后桌面、地面扫得干净如镜。副校长贺春晖向杉山会长介绍，隆回二中的勤工俭学、食堂管理是全省的一面旗帜。来到丁字楼二楼，考察团兴致勃勃走进了检阅台隔壁的教科室，廖敦燕主任正和朱贤舜老师审编《二中教研》。办公桌上，资料柜里，一册册教研资料装订整整齐齐，考察团成员伸出大拇指，夸赞“四面齐”。日本十分推崇精细化管理，细微之处见精神！随着课间操铃声一响，考察团成员全神贯注，被学生的精、气、神深深震撼了。杉山丰年激动地说：“太好了，‘第一操’！”

我于 2001 年 2 月 10 日调入隆回二中，在办公室连续工作了六年，见证了“湖南第一操”诞生和发展的光辉历程，这份荣誉凝结了全校师生许许多多的汗水和心血，隆回二中课间操获得“湖南第一操”这一称号当之无愧！2018 年，我又从县教育局调回隆回二中工作，今年恰逢学校建校 100 周年，《放歌默深园》图书编委会准备在书中记载“湖南第一操”这一校史上的标志性事件，邀请我用文字还原事件的来龙去脉。撰写文章的那些日子里，天天徜徉在美丽的校园中寻找灵感和素材，我一直有一种强烈的幸福感和满足感，何其有幸生活在这个欣欣向荣的伟大时代，何其有幸能够见证和记录这所百年名校的辉煌节点，何其有幸能够把个人的青春和热血融入学校发展的滚滚浪潮之中，千言万语化作一句话——惟愿隆回二中明天更美好！

隆回二中初 1997 届共有 87、88 两个班，两个班级以叛逆著称，据说初中毕业后两班只有二三十人升上本校高中。

那一年，隆回二中晋升省级梯队

※ 陈惟凡

陈惟凡，男，1959年生，隆回金石桥人，研究生学历；正高级教师、特级教师、全国优秀教师、全国优秀校长；1982年7月参加工作，1995—2006年曾在隆回二中任职，先后担任后勤副校长、校长，2007—2018年担任隆回一中校长。

在隆回二中百年办学历程中，有许多非常重要的时间节点，见证了这所知名学府的百年风华。但对我和不少二中人来说，2003年7月11日，无疑是一个意义非凡的日子。因为这一天，在校园里举行了“隆回二中省重点中学授牌仪式”，隆回二中正式成为湖南省重点中学（现为湖南省示范性普通高级中学）。

隆回二中成为省重点中学背后的故事，还得从李世藩校长主政时说起。2001年6月，以李世藩校长为首的二中领导班子集体决定——申报省重点中学。对此，省教育厅，邵阳市、隆回县教育局高度重视，县委、县人大、县政府、县政协更是把二中申报创建省重点中学列入振兴隆回、教育强县的重点工作。后来，县里更是将这项工作写进了2002年的《隆回县人民政府工作报告》。省、市教育系统的领导，县里面的主要领导们都多次来二中考察指导申省重工作，甚至现场办公。各级领导及党委政府的重视，为二中创省重指明了方向，奠定了基础。

2001年暑假，隆回县推行高中教育体制改革，民主推选学校班子成员。当年7月21日，通过民主推选产生了二中新的领导班子，我本人被推选为校长（书记）。新班子团结务实、开拓进取、作风民主、公正廉洁，得到了全体教工的信任和拥护，同时更加坚定地筹划创建省重点中学的工作。当然，这项工作在当时并不是没有杂音，学校内部有许多老师对此不理解，社会上说风凉话的人也很多，说什么一山不容二虎，一个国家级贫困县已经有了一所省重点中学，不可能再评第二所。确实，那时候拥有两所省重点中学的县城很少。但新班子不信这个邪，认定了目标，就只

隆回二中初中1998届共有89、90、91、92等四个班，其中以90班特色最为突出，班主任谢坚明老师对学生实行军事化管理，要求十分严格。

管前行!

省重点创建工作千头万绪，600 多项准备工作都要落实到人。我们提纲挈领，在夯实日常教育教学工作的基础上，一方面大力开展校园建设，同时大力加强后勤管理，加强养成教育。多管齐下，不懈奋斗。

通过对校园的重新规划和建设，除了建设图书馆、教学楼、体训馆，我们还建设了图书馆前“腾飞”雕塑、葡萄架，修建美化餐饮楼广场、默深园广场、默深池、默深亭。引进雪松、茶花、香樟、四季桂、八月桂、罗汉松等苗木，将全校所有道路两旁栽上行道树，还建起了餐饮楼后面的十余亩植物园。把适合校园的景观园林奇石二十余方请进校园，安置于合适方位，成为一道道独特的奇石文化风景。原湘西技校留下的破旧的低矮平房不见了，取而代之的是四季如春、鸟语花香、现代建筑与亭榭楼阁相映生辉的现代化校园，是“校在园中、园在校中”的“湖南省园林式单位”和“湖南省绿色学校”。

为了开源节流，我们建成了自成体系的校园产业，拥有大型的养猪场、机砖厂、粉笔厂、粉面与豆腐作坊、商店、理发店、修补店、眼镜店、苗木基地等 10 余个厂、场、店。这样的校园产业，既极大地服务了师生，降低了食堂的成本，又创造了可观的经济效益，得到了省教育厅的充分肯定，被省厅称之为“隆回二中模式”，并在文件中号召全省学习“隆回二中模式”。

硬件是基础，学生的成长及发展才是根本。为此，我们提出了“依法治校，以德育人，科研兴校，特色办学”的发展思路，全面推进素质教育。其中的关键举措就是在养成教育上持续发力，形成品牌。学生就餐后，食堂地面与餐桌上没有掉落的饭粒；学生寝室被子叠成豆腐块，室内物品各成一线，整齐划一；学生出操，行动迅速，秩序井然，动作整齐，气势磅礴，令人震撼，被誉为“湖南第一操”；菊花傲霜的时节，隆回二中校园内的橘树挂满了黄澄澄的橘子，没有学生去摘；石榴花开的红五月，迎春路旁的两棵杨梅树上的杨梅熟透了，没有学生去采……所有这些被络绎不绝的省内外参观团成员传为美谈。2002 年中央电视台经济频道记者来校，对隆回二中的德育工作开展了为期四天的采访和拍摄，并在中央电视台经济频道播放。教育部副部长周远清，省人大常委会副主任罗海藩、唐之享，副省长许云昭，省教育厅厅长张放平等领导先后都对隆回二中的养成教育给予了高度评价。市委书记盛茂林在大会上长时间表扬隆回二中的德育工作，省里五大主流媒体记者团联合采访报道推介隆回二中的“三色教育”……

创建工作引领全校师生积极向上、追求卓越，极大地推动了学校的发展，营造出了一流的教风、学风和校风，实现了风气养人。正是这一流的风气引领着全校师生创造出

隆回二中初中 1999 届共有 93、94、95、96 等四个班，其中 94 班在黄爱荷老师的带领下实行军事化管理，对操行分评定非常严格。

了一个又一个奇迹。最终的结果就是高考和奥赛成绩出现“薄田高产”现象。2001 年，陈明考入清华大学，刷新了学校自 1989 年以来没有“清北”学生的记录，2002 年、2003 年高考成绩继续发力、持续向好。各学科奥赛全市领先：2001 年，戴兴红荣获化学奥赛国家级一等奖，另有 3 人获国家级二、三等奖；2002 年，刘遵逵获化学奥赛国家级一等奖，另有两人获国家级二等奖；2003 年，史兴清、谭星分获物理、化学奥赛国家级一等奖，另有 4 人获国家级二等奖，6 人获国家级三等奖。

在抓创建、迎评估的日日夜夜，隆回二中的教职员工总是一副行色匆匆的身影。这些忙碌的身影融化成一个整体，合成一股强力，无坚不摧，无战不胜！2002 年 5 月以来，教职员工除了正常教学还得为创建省级重点加班加点。600 多项准备工作都落实到人。大家每天工作十多个小时。翻开英语教师兼女生辅导员孙红梅的日记，她的日程是这样安排的：早上 5∶40 起床，忙完家务，6∶20 去女生寝室，6∶50 指导学生早读，中午帮英语组或政教处整理创省重点有关资料，晚上 22∶30 查完寝室回家休息。为了搞好迎检档案，负责档案管理的教务处副主任魏华习，在档案室里度过了一个又一个不眠之夜。冷了，搓搓手；瞌睡来了，喝口二锅头！评估结束后，这位身重 148 斤的硬汉瘦到 126 斤。对于我自己来说，何尝又不是如此？创建省重点中学这两年多的时间，我没有半刻休闲，拿到牌匾的当天，有同事说看到了我头上的缕缕白发。今天回想起来，真心感谢大家，所有的成绩不是来自幸运，都来自全体教职员工的辛勤付出。

奇迹自在人为，付出终有回报。党政的重视、务实的管理、勤廉的教风、纯正的学风、优良的校风、出色的业绩、鲜明的特色，赢得了评估组和省教育厅的充分认可。2003 年 7 月 11 日，平时不修边幅的我，正儿八经地打起了领带，穿上了西装，皮鞋擦得锃亮。因为我要参与一项特别重大的活动——隆回二中省重点中学授牌仪式。礼堂的气氛空前喜庆而热烈，5000 多师生都在等待着消息宣布的那一神圣时刻。当省教育厅副厅长朱俊杰将省重点中学的牌匾交给我和陈华堂书记时，礼堂内响起了经久不息的热烈掌声，我们脸上也洋溢着无比的骄傲与自豪。我们高举着牌匾，心情不亚于奥运冠军站在领奖台上！这么多年的期盼终成现实，这么多年的坚持终得回报，这么多年的耕耘终获犒赏！当天，我与二中师生载歌载舞、喜笑颜开，一起跃入狂欢的海洋……

2003 年，隆回二中晋升为省重点中学，历史翻开了新的篇章，学校进入了高速发展的快车道。2004 年高考在 2001 年招收优质生源不足全县 20%的基础上，一本上线 159 人，二本以上上线 356 人，本科录取 372 人，二本以上上线人数全县第一、全市第二，本科录取人数全市第一，其中，史兴清考取清华大学，覃旺军考取北京大学。2005 年，罗敬平考取清华大学。2006 年，阳恩林考取清华大学……

隆回二中初中 2000 届最初有 97～100 等四个班，每个班多达七十几人。在短暂的军训之后，学校将这一届进行了重组，从每个班抽出十几个人组成了一个新的班级——101 班。

2004—2006年，隆回二中的学科奥赛和体育、艺术成果也是划时代的。

先说奥赛。2004年有7人获奥赛国家级二等奖，8人获国家级三等奖。2005年，隆回二中共获16个奥赛国家级一、二、三等奖，其中，全市仅有的三个全国一等奖均被我们囊括。阳恩林获得数学、物理奥赛两个全国一等奖，被清华大学数理科学基础班保送录取。刘茜醇荣获化学奥赛国家级一等奖、全省第二名，进入奥赛冬令营集训队，在复旦大学参加全国化学奥赛总决赛，因实验操作失误打烂一只烧杯只获得银牌，被南京大学保送录取。

再说体育。2004年，隆回二中荣获女子排球全市第一名；女子篮球全市第一名，全省第五名。2005年，隆回二中男子排球队荣获全省第四名，女子排球队则位列第三名；学校射击代表队一举夺得"湖南省首届中学生军用枪射击比赛团体冠军"。

最后说艺术。2005年，"中国星"全国声乐大赛中刘姝麟获金奖，另有三位同学分获银奖和铜奖。2006年，在全国中学生声乐大赛中，蒋璐妍获金奖；在"三独"比赛中，袁珍珍独唱获省一等奖；隆回二中风声艺术团选送的管乐曲《威廉特尔序曲》在湖南省艺术展演活动中荣获省一等奖。

…………

奋力拼搏的二中人，在百万隆回人们的期盼和鼓舞下，用钢铁般的意志，经历七百多个日夜，用无数付出和汗水，创造了一个奇迹，堆垒起一座高耸的丰碑，创造出了骄人的办学业绩！我为隆回二中感到骄傲，我为自己全程参与这一重大历史进程感到自豪！

隆回二中初中2001届共有102、103、104三个班，这一届最初只有102班一个班，班主任为马艺玲，后来由于人数较多导致一分为二，再后来二分为三。

永远的铭记

——难忘参与隆回二中建校90周年庆典的那些人和事

❈ 卢小军

2009年8月15日，于我来说是一个永生难忘的日子。那天，组织上把我和同事王书博这两位校友送到隆回二中去任职，我担任校长，王书博同志担任党总支书记，从此，我们在母校又耕耘了十四个春秋。在隆回二中十四年的校长生涯中，忘不了的人和事数不胜数，但最让我感动的还是2014年，我担任校长的第五年，有幸主持筹备隆回二中90周年校庆典礼，那一张张熟悉的面孔，他们在二中校园留下的印记，时过多年依然会不时浮现在我眼前……

卢小军，男，1964年生，隆回滩头人；中学高级教师，邵阳市优秀教师，湖南省骨干教师；1987—1997年在隆回二中从事生物教学，历任生物教研组组长、团委书记、政教处主任；1997—2003年担任隆回职业中专副校长、书记、校长；2003—2007年担任隆回一中党总支书记；2007—2009年担任县教育局党委委员、主任督学；2009—2023年担任隆回二中党总支副书记、校长，任期内被评为全国优秀科研校长、湖南省“双师型”教师。

说起办校庆，最难做的工作就是校友的联络工作。在此之前，除了2006年纪念乔迁花门20周年成立隆回二中校友助学会，积累了一定的校友资源，隆回二中从来没有发动广大校友举办过校庆典礼。当然，政策尺度的把握，校史馆的规划和设计，校友名册的整理，校园文化如何起步，举行庆典的体育场馆如何解决……都是一些特别具体的问题。

决心下定以后，我们坚持“简朴欢庆”的主调，积极筹备校庆各项事宜。学校成立了校庆筹备工作领导小组，由我担任组长，王书博书记担任常务组长，并选定了刘胜保老师担任校友联络办主任。刘胜保老师是随老二中南迁过来的元老级教师，桃李满天下，是联络校友的绝佳人选。全体师生分工合作，积极参与校庆筹备工作。

尽管组织工作困难重重，但我们并没有害怕，更没有放弃，作为二中的老师，我们也必须为在校学子做好榜样，更要将困难作为对我们的鞭策，将奋斗作为我们的底色。于是，我们一面积

初2002届共有105~109五个班，班主任分别为范洛华、刘东焕、黄爱荷、庞凤云、阳银花等老师，几个班竞争激烈。其中107班表现突出，109班是初二时从其他班各抽五分之一的学生重新组合的。

极筹备规划校庆思路，一面将存在的困难及时向县委县政府做了报告，并得到了县里主要领导的高度重视和大力支持。前期准备工作妥当以后，从 2013 年下半年起，我们就开始按筹备计划逐步实施。

忘不了，为了广泛成立校友会，挥洒过汗水的那一张张热情的笑脸。在校友联络办的多方奔走下，长株潭、深圳、北京、广州、珠海、上海、邵阳等地的校友会如雨后春笋般成立起来。涌现出了欧阳文邦、胡柏祥、郭时碑、邹功益、阳波、赵玉君、胡建军、聂怡初、陈晓宇、邹宗威、刘旭明、周玉意等一批热心校友，为联络工作作出了重大贡献。

忘不了，为了给在校学子提供精神食粮，那一位位不辞劳苦、远道回来做励志公益讲座的校友们。王亮生、王本陆、邹今友、粟斌、周劲翔……一个个名字现在回忆起来都倍感亲切。

忘不了，为了解决品学兼优贫困学子的燃眉之急，初 72 班校友欧阳毅和高 1992 届校友丁群设立贫困学生资助基金，邹今友等校友通过“一对一”互助形式，帮助众多寒门学子圆了大学梦。

忘不了，校庆前后校友们热情的捐赠：高 80 届校友捐赠了长达 50 余米的魏源文化墙，高 87 届校友邹今友捐资 10 万元购来景观石以及几万册图书，初 90 届校友欧阳毅、袁广见为母校捐赠了魏源铜像，高 91 届 144 班校友魏彬、陈代云、袁小黎、王小琳等捐资 40 万元硬化科教楼前停车场以及修建汉白玉栏杆，高 92 届校友丁群为母校建立彩色多功能电子显示屏，高 93 届校友王江田捐资 40 万元修建办公楼前 128 米长的汉白玉栏杆……

忘不了，社会各界对于 90 周年校庆庆典的支持，友谊集团董事长向长江先生尤其让我感动。当时的隆回二中，没有大型体育场馆，更别说拥有能够支撑举办庆典的各种用具。向长江先生知晓此事后，当即表示相关用具——现场主席台、音响、电子显示屏和嘉宾座位等，全部由友谊集团无偿提供。整个庆典晚会的费用，由向长江先生捐赠 30 万元予以解决，同时也带来了两个精彩的节目。向长江先生的一系列援助，解决了庆典现场的难题，为庆典的成功举办提供了有力保障，也让现场更为精彩纷呈。此外，校友刘淮保带领邵阳学院艺术生亲临现场演出，让我们充分感受到了来自隆回之外的关爱。县委书记赵湘明亲临现场讲话、县长马健强亲自主持校庆典礼，欧阳日坪校友从海外归来并发表热情洋溢的致辞……正是有了校内校外的团结一致，90 周年庆典才变得更加出彩！隆回二中，不仅是师生校友们的二中，更是全体隆回人民的二中！

忘不了，2014 年 10 月 3 日庆典日当天，五千多名学生和近千名海内外校友欢聚一

初 2003 届共有 110~116 等七个班，这一届班主任更换频繁，唯一没换过班主任的是郑维庭老师的 115 班。110 班在初三的时候被分化组合，同届比较吵的全都集中到 110 班，由庞凤云老师担任班主任。

堂，氛围无比浓烈。所有校友都在学校食堂就餐，体会学生时代的感受。校友们纷纷回到求学时的教室，和原班主任及科任老师一起，重温学生时代的美好。阔别多年的师生再次相见，亲切握手，热情相拥，热泪盈眶，互诉衷肠……

隆回二中90周年校庆，既有大多数学校校庆的共同点，也有意想不到的两个独家亮点。

一是意外获捐“联运楼”。校庆前夕，我们收到邵阳校友会传来的消息，初44班校友、邵阳市人大代表、湖南联运投资集团董事长邹联运先生准备为母校捐赠300万元修建一栋教学楼。在市总工会刘文贤、市发改局欧阳晨光等校友的陪同下，邹联运先生于校庆日回到二中，参观了二中校园，并在校庆典礼上举牌捐赠300万元修建教学楼，也就是现在的“联运楼”。联运楼每间教室均配备有现代化的多媒体教学设施，可容纳1500名学生同时学习，大大改善了学校的硬件设施，优化了教学环境，为师生提供了一个舒适的学习场所。

如果说联运楼的修建体现了校友对于母校的物质回报，那么《早春时节》图书出版并捐赠给母校，则代表隆回二中校友对于母校的精神回报。早在2013年春节过后，高97届校友、青年作家欧阳文邦和尹锋得知母校将于2014年举行建校90周年庆典，他们便提出要给母校生日献上一份别致的礼物。经过一年多的广泛动员和组稿审稿印刷，隆回二中90周年校庆纪念文集《早春时节》由湖南人民出版社出版、湖南省老领导唐之享作序、高79届校友廖中和全资赞助，在母校90周年华诞之际隆重推出，既是给校友们送去的一份精神大餐，也是献给母校生日的一份厚礼。在我有限的认知中，校友自发筹款编书献给母校作为生日礼物，这在我国中学教育界尚属首创。因为以往的校庆纪念文集都是学校主导编写，校庆期间统一发放给校友作为庆典礼物，隆回二中校友别出心裁，自发征文、自发筹款编辑图书为母校生日献礼，这份礼物很难说前无古人，但一定是匠心独具。《早春时节》是校庆期间参与人数最多的一份礼物，算上页脚的“心声表达”那部分内容，参与人数达到了200多人，如此庞大的阵容以集体的智慧为母校献上一份生日大礼，隆回二中校友的才华、爱心和凝聚力，让全体师生备受鼓舞，《早春时节》也成了我国教育界校庆礼物的样板和标杆。

2014年10月2日，当年就读的高二学生亲眼见证了《早春时节》的捐赠典礼。这部洋溢着浓浓校友情怀的作品，随着捐赠仪式的举行永远刻在母校每一个学子心中。我相信，在学长们榜样的示范效应下，从隆回二中走出去的所有学子，必将怀着一颗感恩的心来回报母校、回报家乡、回报社会，这是一堂让人永远无法忘却的思想品德教育课。

值得一提的是，学校准备把“欧阳文邦和尹锋捐赠10000册《早春时节》，价值88

隆回二中初中2004届共有117~124等八个班，这一届的班主任老师大多是新从各乡镇初中选调来的，既有经验，又有热情，班级都比较稳定，三年下来，班主任都没换过。

万元”写在校庆捐赠礼单上，他们两位坚决推辞，并一再表示他们是代表全体隆回二中校友向母校捐赠生日礼物，任何个人绝对不能单独享受这份荣誉。于是，学校在礼单上特别注明——《早春时节》图书编委会捐赠10000册图书，价值88万元。欧阳文邦和尹锋都是我教过的学生，他们在校庆中体现出来的大气和谦让，时至今日让我回想起来都感觉特别骄傲和感动。

校庆那一年，在学校内部也涌现出无数温馨和感动。比如，在广大师生们的齐心协力、奋勇拼搏下，2014年高考成绩可谓天道酬勤、亮点纷呈——二本上线人数突破800人，秦艳玲同学考上清华大学，为90周年校庆提前献上厚礼。再比如，以王书博、刘胜保为代表的众多老师，在任教时对学生倾注了大量心血，在他们毕业后又关心其职业发展，和他们保持密切联系，正因为这些老师的倾情付出，校友联络工作才开展得顺畅有效。

十年弹指一挥间，转眼隆回二中即将迎来百岁华诞，而我已于2023年8月从领导岗位上退了下来，但却并不能泯灭心中对于母校的情怀。今天，站在隆回二中建校百年的时间节点，回忆起90周年庆典的点点滴滴，我发自内心地感恩隆回二中全体校友、师生员工，隆回二中的历史，因为你们的参与而更加精彩，同时也希望大家坚定支持以李柏树书记、廖敦燕校长为首的新一任领导班子，齐心协力办好隆回二中100周年校庆庆典，让浓浓的校友情怀在后辈学子中代代相传，让隆回二中这片园地在温情和爱心的浇灌下变得更加美丽和美好。

初2005届有125~133共9个班，这一届见证了二中初中扩招的步伐，被称为史上班级最多的一届初中。133班是初二时从每个班各抽几人重组的，班主任为廖吉仁老师。成绩最好的是128与129班。

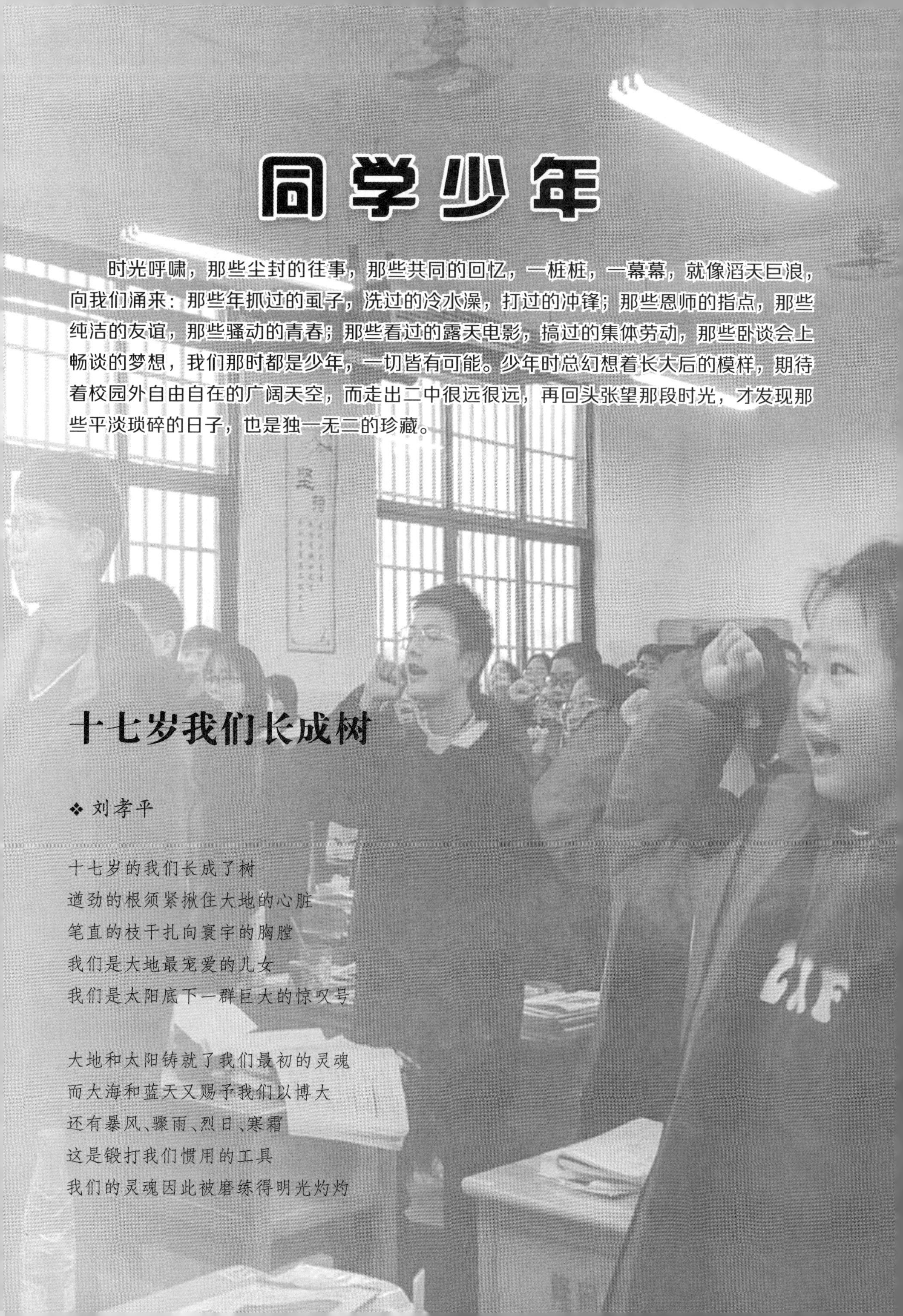

同学少年

时光呼啸，那些尘封的往事，那些共同的回忆，一桩桩，一幕幕，就像滔天巨浪，向我们涌来：那些年抓过的虱子，洗过的冷水澡，打过的冲锋；那些恩师的指点，那些纯洁的友谊，那些骚动的青春；那些看过的露天电影，搞过的集体劳动，那些卧谈会上畅谈的梦想，我们那时都是少年，一切皆有可能。少年时总幻想着长大后的模样，期待着校园外自由自在的广阔天空，而走出二中很远很远，再回头张望那段时光，才发现那些平淡琐碎的日子，也是独一无二的珍藏。

十七岁我们长成树

❖ 刘孝平

十七岁的我们长成了树
遒劲的根须紧揪住大地的心脏
笔直的枝干扎向寰宇的胸膛
我们是大地最宠爱的儿女
我们是太阳底下一群巨大的惊叹号

大地和太阳铸就了我们最初的灵魂
而大海和蓝天又赐予我们以博大
还有暴风、骤雨、烈日、寒霜
这是锻打我们惯用的工具
我们的灵魂因此被磨练得明光灼灼

【栏目主持简介】

陈卫民，字未名，号有味，1993年至1999年就读于隆回二中，中年非油腻大叔，自认为是永远的文学青年。好美食，喜好文，乐好字。精神充盈，物质贫困。人生信条：“言慢者贵，性柔者富，德厚者旺，利他者成。”

王璐媛，隆回二中2019届毕业生，隆回羊古坳人，00后，热爱诗歌，心有所向，却掩埋在为裹食腹的工作之中。愿有仁爱之心为宝璐，具蕙兰之气即贤媛；愿笔耕不辍、热爱不减；愿在诗词中看清照九万里风鹏正举，学诗仙仰天大笑出门去。

新隆中学·隆回二中忆往

※ 陈早春

陈早春，笔名史索，男，1935—2018年，隆回金石桥人；1953年毕业于隆回二中初中2班，为其首届毕业生；1964年毕业于武汉大学中文系研究生院，曾任人民文学出版社社长、总编辑，全国第八、九届政协委员；1964年开始发表作品，1988年加入中国作家协会，著有长篇传记文学《冯雪峰》，论文集《绠短集》《冯雪峰评传》，散文集《蔓草缀珠》。

隆回二中的前身，是隆回私立新隆中学，大概成立于抗日战争时期。至于她前身的前身，我们这一代人已很难说清楚了，校史上说是1924年创办于金石桥镇的高级女子专门学校。总之，她的历史很悠久，听说我的伯父就在女校读过书，在当地农民中号称“秀才”，琴棋书画都会，还会女红、刺绣，他可能是混进女校的男生。

这新隆中学，我是比较熟悉的，1946—1947年我在她的毗邻读高小，她建在金石桥南侧的太园垴上，排列有十多栋木结构房子，大都为上下两层。东侧小部分为高小，其余大部分为新隆中学所有。我在读高小时，就见到冬穿长袍马褂，头戴博士帽，夏穿衬衫和吊带裤，手拄文明棍的大知识分子老师，以及男穿中山装、女着旗袍的“大学生”，令我们这些刚脱下开裆裤的小学生艳羡不已。艳羡得甚至嫉妒，有一阵子，有些“大学生”常到我们这边的厕所来方便，这边的一帮淘气鬼认为自己领地被侵占，便用手电筒照射来反抗。结果双方的手电筒越用越强，从一节电池的发展到三四节不等，总想以强光压住对方。这场手电战持续了一两个月，也许是战火惊动了校方，彼此进行了交涉才平息。

1951年初，我居然也成了新隆中学的“大学生”，但其过程颇为曲折。

我高小毕业后，即在家当后备农民，一当就是三年。在这三年中，新隆中学我曾三入其门，前两次是入门而未能入住。1948年春，即我高小毕业不到两个月，新隆中学春季招生了，我因家贫不敢奢望去报考，却应邀为一高小同班的胡姓同学去代考。当

隆回二中初2006届共有134～140等七个班，教师子女大多集中在139、140班，班主任分别为庞凤云、刘敏华老师，优质生源以134、136班居多。

时没有贴照片的准考证，入考时难以验明正身，所以代考成风。代考不是什么难事，花的时间只有一天，上午考语文，主要是作文；下午考数学。结果考中了，胡姓同学如期入学了，但他后来似乎没有继续读下去。代考也有报酬，就是考试当天的中午他请我去金石桥街上一家小馆子吃碗清汤包。当时包括小孩在内，颇有君子之风，视钱为“阿堵”。这是第一次。1949 年春，又有一高小同班的陈姓同学要我为他代考。他因上一届考试落榜了，不得不另请高明。其时我自以为已不高明了，因我自高小毕业后就为口腹所役，专心致志当后备农民，学业已丢到脑后一年多了，不敢领命，但经不住他的再三恳请，只好从命为他代考。虽然我是战战兢兢进入考场的，但走出考场时却春风得意，十拿九稳地告诉他：“你等着入学吧。”果然他如愿上了这学校。这是第二次。第三次与前两次的入学考试无关，但它却给了我一把打开新隆中学大门的钥匙，其实只能算是一个诱惑。1950 年该校放寒假时，金石桥开全区干部会，借这学校为会址。其时，我地解放了，人说“共产党的会多”，何况是政权刚建立时，会就更多了。我在农会虽没一官半职，但比农民干部要多认识几个字，听南下干部作报告要少些语言障碍，于是乎我常被拉去为他们听报告、记报告，回去传达报告。某次开会时，我在学校的公告栏内看到一则消息，大意是政府为帮助贫困子弟上学，特设助学金。由于这则公告贴出多日，有的字已模糊难辨，如“助学金”三个字中的“学”我就把它当成了“堂”字。散会回家，我就反复向父亲提起这“助堂金”的事，执意要靠它去上学了。父亲搞不懂这“助堂金”是怎么回事，另外又想到我这个后备农民很快就可顶半边天了，除身体孱弱些，一些手上功夫甚至比农民干得更快更利索，舍不得我这个劳动力了，所以期期以为不可，但禁不住我的再三磨泡，加之母亲又跟我站在一条阵线上，最后他勉强同意说：“你身体弱，当农民没出息，不能做个废人。去读书可以另求谋生之路，或当个教书先生，或做个账房先生……”

就这样交涉定了，我赶去新隆中学报考。其时入学考试已过，但由于全国刚解放，制度尚未完善，加上招生未满额，学校同意我报考，就在当时的教师办公室里考。一口气连考了语文和数学，中间没休息。考完了，我感到最满意的是作文，用古文写作，且用的是四六骈文，自认为对仗工整，用典精当，无可挑剔。在我当后备农民的三年中，找不到学习的门径，只好在劳作之余去死啃古文，一有时间就练习用古文写作，还执拗地认为这是最高学问。真是不识时务！其实，刚解放时，舆论认为凡古代的东西都是封建的，所以我这篇自鸣得意的作文让老师犯难了：作者是否为封建余孽？是否是个已成年的冬烘先生？录取与否？颇费周折。后来虽然被录取了，但却受到了老师的训诫：“在入学的这一期内，你必须把写古文的恶习改过来，要用口语写文章，要准备一个笔记本，把群众中的鲜活语言记下来，要多学赵树理的写作，要坚持每天写日记……”由于我有

由于政策原因，隆回二中初中 2007 届没有毕业班，也直接影响了 2010 届（386—413 班）高中班的生源质量。

些羞愧，对这老师的对症针砭，我牢记在心，并身体力行，但对这位为我重新开蒙的老师，我却连名字都没记下，只记得他有一个最显眼的酒糟鼻子。

由于我是中途挤上入学这班车，原指望的助学金早已被瓜分完了，轮不到我。这样搭坐有两个月，因交不出膳食（学校食堂一日三餐，由在籍学生轮流供膳，学生吃的是百家饭），我屡被停餐，经同班同学匡礼庭及在补习的刘承浩救急才熬过两次。但救急不能救穷，我最终还是被停餐了，当时正是春寒料峭的季节，加之身上没有热源，我特别怕冷，常在厨房里烤火。有一次，一位生活部长在厨房向大师傅下达指示：现在停餐的人多，厨房要加强防备，剩饭剩菜应入柜下锁。我听到了这些话，感到被人当贼防，人格受到了极大的侮辱，火冒三丈，卷起铺盖连夜就赶回家了。

其时，家里也经常断炊。农民家大都寅吃卯粮，入春之后就得靠借贷度日，当时正值减租反霸，公私的粮仓都被封了，无处求贷。这样，我这个入籍的学生又回到家里当农民，而且是遍啃百草的神农。据说神农每天遇到七十二难，我却比他幸运多了，只遇到过一难：一次吃当地的棕树籽，吃下去却拉不出来。真是吃一堑长一智，从那以后，我们只吃牲畜能吃的东西，特别是猪草。人与猪争食，弄得猪也闹饥荒了。后来听说离村十多里的丫吉山顶有蕨，其嫩芽可吃，捶榨其根，经沉淀能做成可食用的蕨粉。可这蕨粉取之不易，先得挖个与人的身高相近深度的坑，才能掘到它富含淀粉的粗壮的底根，为了获得它而付出的体能往往与之提供的热能相当，所以只有到了闹饥荒的年头才有人去光顾它，用它去骗骗肚子。不过，时过境迁，现在它们已是席上的绿色珍品。

就这样日日为了口腹操劳，读书这精神食粮也就顾不上了，只能晚上临睡前在油灯下看看从学校带回来的课本。也许是学理源于事理，居然能做到无师自通。临到期末，我去学校死皮赖脸要求准予参加期末考试，学校恩准了，没有追究我近四个月的旷课，至今让我感恩戴德！

真是瞎猫碰上了死耗子！张榜公布期末成绩，我居然名列第一。第二学期开始时，学校举办了各年级均参加的作文、数学和大字比赛。作文比赛，我写了一位农妇翻身的故事，洋洋洒洒五六千字，得了第一名。数学比赛只因卷面潦草被扣一分，得了第二名。大字从未练过，也得了个第三名。我三次登台领奖，让全校师生大为惊愕，因绝大部分师生都不认识我，以为我是外来的插班生，于是我就成了动物园里的珍稀动物，总被人盯着、议论着。张杰校长也盯上了我，颁奖会不久，他叫我去他办公室。这校长平素很威严，听说他曾任新化县人民法院院长或公安局局长之类的职位，是专门对付坏人的。我以为自己不经意犯了错误，或是他要追究我长期旷课的前科，手脚发抖，魂不守舍地进了他的办公室。没想到他却和颜悦色，并轻轻地拍着我的肩膀说：“今后就安心读书

隆回二中初 2008 届只有 141 班一个班，学校好不容易才申办了这个班，班主任为马艺玲，班级管理宽松，任课教师大多为有子女在这个班就读的二中教师，学生除了教师子女，大多为留守儿童。

吧！你的学杂费全免了，并给你每月六元钱的乙等助学金，膳食费正好也是这个数，这样你吃住在学校里，一分钱也不要花了。”他还关切地指着我的背说：“你的背有点驼了，要注意挺起胸脯来。”确实，由于我长期负重过度，背脊骨弯了。自他这次提醒我，我才有意识地去调整驼背，整了多年才稍稍整得直溜些。

多次把我拒之门外的新隆中学，一经入住就觉得很温馨。首感温馨的是环境，学校在山塅上，校舍规整而宽敞，塅下环镶着农舍，北侧有云溪环绕，南侧有田垄相依，是一幅典型的农村山水画。这自然环境，让农村子弟感到亲切。而当时的政治环境，则让人感到舒心。旧社会的邪恶势力和腐败现象，在五星红旗的照耀下一扫而光。师生之间怡然相处，彼此都是志同道合的同志，年龄有长幼，师道有尊严，大家都在建设社会主义的共同目标下矢志以求。

这学校给我留下印象的还有司令作息时间的木铎，它是老祖宗在教席上使用过的古董；另外是为防火巡夜而响起的更梆。由于校舍都是木结构的建筑，学校担心失火，特聘更夫敲梆巡夜，一般从二更敲到五更。梆声加上附近农舍五更的鸡鸣，常使我们回到“三更暮鼓五更鸡”的古代农耕社会，静谧而安详。

静谧安详并不等于舒适。我们班三十多名同学，大都是农家子弟，且有不少是重获学习机会的大龄青年。身为学生却过着拮据的农民生活，农民本色，农民装扮，赤脚上课，两条单裤过冬，冻得脚像姜芽，上牙磕下牙。重获曾经失去的东西，大家总是倍感珍惜，所以学习很认真，校纪校风很好。因青春期躁动导致的事也很少见到，概因心有所专，专在学习上，无暇旁骛。另外加上女同学少，且大多名花有主，浪漫不起来。在这批丑小鸭中，不少后来成了“大佬”，如高度近视，总是面黄肌瘦的邹新禧，本来读的是师范，经学校保送上了湖南大学，后来当了教授，先后在湖南大学和湘潭大学任教。经历与他类似的还有胡楚雄，当时他的一双眼老是睁不开，到武汉建工学校读中专，毕业后由学校保送至重庆大学深造，毕业后即留校任教。像洋娃娃的小不点陈惟洋毕业于中南矿冶学院，后来成为高级工程师，同为高级工程师的还有刘道德等。与我一起被同学们戏称为“CC 团”的陈正清，颇有领导才能，新隆中学的共青团组织就是他一手组建的。初中毕业后，他参军了，后来转业至冶金部下属的一个大厂当党委书记，属司局级干部。从政当官的不多，好像只有刘述恂，他在一处长岗位上干得有声有色。同学中也有曾在社会中产生过轰动效应的，如号称“楷博物”的欧阳楷。他生性好辩，笔头功夫也行，“文革”中当上了造反派“湘江风雷”的头头，因此而遭缧绁之灾。在他得势和失势时，媒体都有报道。另一个号称“典博物”的欧阳典，心灵手巧，如在孟尝君门下，可属于鸡鸣狗盗的门客。他因私刻公章入狱，出狱后搞私营企业，富甲一方。这两

隆回二中初中 2009 届只有 142 班一个班，班主任为赵瑞蓉，教师子女多且成绩好，学生很团结、可爱，自主学习能力强。

人在校时，爱与同学们嬉闹，所以有“博物”的雅号。记得有几次晚自习，我唆使他们捣乱，有一次被老师逮住了，把我这个始作俑者供了出来，老师没追究我，反而向他们说：“你们谁敢跟陈早春比？”这事让我很愧疚。其他同学大都学有所成，后来毕业于师范学院或大专，战斗在多条战线上，毕业即失业的情况很少。而与我关系较好的补习生欧阳隆、刘承浩、张嘉和后来都考上了名牌大学。

静谧和安详中也有闹腾，闹腾得最厉害的是臭虫。这臭虫几乎无处不在，宿舍不用说了，连教室里、走廊中也常有潜伏，凡你所到之处，它们都会悄没声息地向你进行攻击，排阵一般往你身上爬。在我的印象里，学校至少组织了全校师生员工对它们实施了两次不留死角的歼灭战。一次是向多处缝隙灌注开水，效果不佳，因为墙壁、房顶无法浇注。浇注的水渍未干，它们又列队出阵了。另一次是用剧毒的六六粉喷洒，效果要好一些，但参战的人员也受了伤：头晕、睁不开眼睛。我想，学校后来迁址六都寨，可能与这臭虫的袭扰也有关，真是惹不起，躲得起。

新隆中学地处隆回北面的僻野，庙小，但神灵多，师资队伍颇为雄厚，少数是多年从教的耆宿，大多数是因抗战和内战滞留乡里的大学生。由于他们的饱学和名望，慕名而来的学生除了当地子弟外，还有不少来自邻近的溆浦和新化各县，也有来自隆回南面的。这些教师，后来大都调升至高中任教，听说有的还调至大学当教授了。

在这些授课老师中，使我受益最深的一是前面曾提及的那位酒糟鼻先生，他给我补了“五四”文化运动的课。因我入学不久即旷课四月，第二学期他就调走不见了，所以对他没有更深的印象。第二位是教我们班语文课一年多的吴力耘老师，他是邵东人，家租住在附近的农舍，其时他患活动期的肺结核，经常咳血，学校特准他对学生每周一次的作文只阅改两篇，一是范文，一是差错较多者。他阅改的这两份卷子贴在教室的后墙上，供大家传观。他的批改除了纠错，还像脂砚斋批点《红楼梦》、李卓吾评点《百回本水浒传》那样，就文章的立意主旨、谋篇布局、层次条理、辞章、气韵等进行内涵和艺术形式的分析。卷面上有眉批、行间夹批、文末总评等，批点的总字数，有的甚至超过了学生作文的本身。贴出来的两份卷子，我是每期必看的，是它们培养了我的艺术兴趣，从任务式的阅读变成了趣味性的阅读。我曾蒙他的错爱，被传观的范文较多，但因他患的是传染病，我与他很少亲近，离校后也没和他联系过。听说他调往隆回一中高中部任教时，于1957年被错划为“右派”，受了不少磨难而病死于老家。第三位是至今仍与我保持联系的张嘉兴老师，对他我曾有专文记叙，收在我的散文集《蔓草缀珠》中，在这里只强调一点，是他指点和规划了我此后的人生道路。初中临毕业时，校长动员大家报考军校和师范学校，他作为我的班主任，也是这样在班上动员的，但他照本宣科动

隆回二中初中2010届只有143班一个班，班主任为刘美华老师，学生很懂事、情商高，学习努力，42个学生考上隆回二中高中部的有30多人。

员后，即悄悄地叫我去他办公室告诫我："我的话不是对你说的，你要报考普高，以便将来考大学……要坚持读下去，直读到没有读书的地方为止……"我心领神会，以后我就是按着他的指点去走自己的求学之路。

入学不久，就听说学校要改名。传说最盛的是改为默深中学。默深是近代思想家、文学家魏源的字，他的出生地在隆回金潭，以他的字命名，当在情理之中，何况隆回南已有以蔡锷的字命名的松坡中学，也算有前例可循。但不久，红头文件下达了：松坡中学改名隆回一中，新隆中学改名隆回二中，高平的一所学校改名隆回三中。当时全县仅有这三所初级中学。我原属新隆中学第 13 班，这时成了隆回二中的第 2 班。

1953 年春，隆回二中迁址六都寨，校址在米珠峰山麓的河滩上。我们搬入时，校舍是刚砌好的红砖房，抹在墙上的石灰还是潮的，校园的路还未竣工，泥土、沙石、水泥路并存，坑坑洼洼，路边的绿化树还只是些树苗。学校周围没有农舍，只有一个劳改工厂在烧红砖。这劳改工厂似乎也是学校，学员出出进进，分批"毕业"了，"毕业"的不少是女生，听说这些女生大都是大城市来的娼妓，"毕业"后就从良嫁人成家了。中华人民共和国成立初期，一举就革除了旧社会普遍存在的嫖娼吸毒恶习，是很值得当今社会借鉴的。

迁入新校址不久，国家教育部门改春季招生为秋季招生。为了处理像我们这类春季招生的在籍学生的遗留问题，准予我们提前半年毕业。于是我们 2 班要在很短的时间内学完两个学期的功课，与应届毕业的第 1 班同时毕业，我班与第 1 班同时成了隆回二中的首届毕业生。

为了弥补 2 班毕业生的先天不足，毕业考试后，就由老师带着我们全班赴邵阳市准备中考。那个夏天，我们没有放暑假，而是租住在原省立六中的校舍里进行强化补习。可我却还是给自己放了暑假，这倒不是因我与应届毕业生同考仍得了第一名而自骄，而是因为补习是炒冷饭引不起求知的欲望，加之好玩的童心未泯，乡巴佬进城，一切都感到新鲜。在强化补习期间，我几乎每天早餐后就去东瓜桥（现名青龙桥）附近的一个中药店，去观赏、端详那圈养铁笼中的吊眼老虎，百看不厌。看完老虎后，就近站在东瓜桥上看河畔停泊的各样船只，看船工们如何洗甲板，如何修补渔网，有时还跑到李子园去看正在修建、行将竣工的邵阳市一中校园，她是我心仪的高中。

这次强化补习进行了一个多月，同学们是如何补习的，带队的老师是谁，我都一概不知。我进入新隆中学便以旷课始，离开二中时又以旷课终。我不是母校的好学生，但母校却给予我很多，她是我永远怀念的母港，怀念她已历经了一个甲子。

——原载《早春时节》（湖南人民出版社，2014 年 9 月第一版）

隆回二中初中 2011 届只有 144 班一个班，班主任先为郑维庭老师，后来是范洛华老师，这一个班学生人数多达 78 人，管理难度大，但成绩好的也不少。

梦里依旧是少年

※ 欧阳晓风

欧阳晓风，男，1967年生，隆回荷田人；1982—1985年就读于隆回二中高110班；长沙交通学院学士，湖南大学硕士，中南大学博士；高级会计师、高级经济师；现居长沙，任湖南省工业和信息化厅党组成员、副厅长。

1982年秋，我从荷田中学考入隆回二中读高中，和107、108、109、110等四个班的同学一道，开启了一段激情燃烧的岁月。

荷田中学的那些同学们

那一年荷田中学两个毕业班共120个同学，能够进入二中的只有8人。李敦杰同学是初三从荷田中学转学至金石桥中学，再从金石桥中学考入的。阳中贵同学也是荷田中学毕业的，先读的十二中，再从十二中转学来的。算上他俩，荷田中学升入二中的恰好是10人，另7位是谭永池、谭世亮、阳文菊、张国清、陈金华、庞掌顺、彭述军。

阳文菊、陈金华、庞掌顺、彭述军四位同学因家庭困难，中途就辍学了。张国清同学高二时应征入伍，成为一名武警战士，读军校、提干，后转业至县执法局工作。李敦杰同学毕业于湖南大学，分配至湖南汽车制造厂。当时的湖南汽制是神一般的存在，可惜后来改制不成功，成为湖南工业永远的痛。后来敦杰同学考上邵阳市北塔区政府的公务员，现任北塔区人大常委会领导。阳中贵同学从事法律工作，是湖南一家知名律师事务所的合伙人。谭世亮同学1989年分配在隆回县一家企业，后来辗转去了香港发展。谭永池同学和我既是同学又是亲戚，从小一起长大，从初一开始，我们就在一个班。他天资聪颖，成绩优秀，尤其是作文和书法，一直是我学习的榜样，后肄业于湖南大学，历经人生坎坷，仍乐观向上，矢志不渝。

阳文菊同学是我们这10人中唯一的女生，我们是同村人。

隆回二中初中2012届有145、146两个班，班主任分别为赵瑞蓉、马艺玲老师，145班学生中教师子女多，学生上进心强，自觉性高，赵老师带得很轻松，很满意。

小时候去爷爷奶奶家，要从她家门口经过，我经常看到她在田里打猪草。她长相清秀甜美，扎着一对小羊角辫，眼睛先天近视，看人总是把眼睛眯成一条线。她学习成绩优秀，一般稳居全校第一，是我们公认的“学霸”。初三那年参加中专考试，听老师讲她考上了，我们都为她高兴，后来听说被人调了包，又来到隆回二中读高中（据说那年中专没招生）。记得高一第一期快放寒假的某天傍晚，我在校园提水的地方碰到也正在提水的阳文菊。那时候，我们男女同学之间都很腼腆忸怩，相互不敢说话。她小声地对我说“下学期我不来读书了”，我还没反应过来，她已转身离去，消失在灰蒙蒙的校园里。从此，我再也没有见到她，后来听说她嫁到了邻村一个谭姓家里。有年初中同学聚会，筹备负责人到处联系她，希望她能参加，没找着，说是在外地打工，回不来。

高110班那些典型人物

我所在的110班，初入学时有54人，女同学10人，男同学44人。据说，学号是按入学成绩分男女倒排的，女同学排前10，男同学从11开始排到53。只有阳荷池同学是最后面来报到的，排54号。我是45号，说明入学时成绩属于中等偏上。高三时，全年级文理分科，107、108、110班为理科班，109班成为文科班，各班同学有所调整。加上中途插班的，110班先后共有75名同学（名单见附录）。陈健、陈赐斌、李征宇、阳恩贤四位同学已经去世，我们永远怀念他们！

110班的班长是贺朝晖同学，金石桥镇黄金井人。贺班长憨厚朴实，学习刻苦，成绩优秀，履行班长职责三年，协助班主任管理全班，尽心尽力。至今，我们仍称呼他为老班长。老班长大学毕业后，先短暂在怀化辰溪县工作，后调回隆回公安系统，先后任派出所所长、法制办主任等职。因他所在岗位的特殊性，同学们有什么事，或家人亲戚有什么事，难免麻烦他，他每次都热情协调，秉公处理。不管在哪个岗位，他都永葆老班长本色，为“平安隆回”默默奉献。

110班一直被认为是最难带的一个班。公认的捣蛋鬼有罗国银、廖国军、卢治文、陈维勇等，当然也包括笔者本人。罗国银同学的拿手好戏就是欺负女同学，搞得女同学又爱又恨。他当年考上湖南警察学校，毕业后分配至隆回县公安局任刑警队长，一枪击毙逃犯，威名远播四方，受到政府表彰。后弃政从商，在企业管理方面颇有建树。国银同学爱读书，善读书，以第一名的成绩从六都寨中学考入110班。工作之后，又获得学士学位和湖南大学硕士学位、博士学位。我曾经在湖南大学MBA班学习，很荣幸与他同为马超群教授的学生。国银同学意志坚强，乐观开朗，坦然面对人生不幸。现他一子两女，家庭幸福，妥妥的人生赢家。廖国军同学是“草鞋帮”成员之一，所谓“草鞋帮”

隆回二中初2013届有147、148两个班，班主任分别为刘美华、姚春兰老师。在他们的带动下，班上学风浓、考风好。

就是一年四季都穿草鞋的一帮同学。他也是几个到我荷田老家搞过“双抢”、扳过禾的同学之一。国军同学经常大闹课堂，搞得老师无法上课，同学无法听讲。后考上湖南师范大学数学系，现在深圳市从事教育工作，娶了二中的师妹，过着神仙眷侣的生活。卢治文同学从小没吃过饱饭，营养不良，全班属他个子最为矮小，但脑子灵活，古灵精怪，没少惹老师生气。从湖南农业大学食品专业毕业后，他三十岁不到就担任邵阳市某国营厂厂长。后辞职，商海泛舟，游刃有余，腰包鼓起，财务自由。尤其令我们羡慕的是，一双儿女，青胜于蓝。陈维勇同学经常调皮，搞得老师和同学哭笑不得。他现在也是一名光荣的人民教师，在三尺讲台之上，辛勤耕耘，桃李满园。

高三是我们调皮捣蛋的顶峰阶段。学校规定不能到教室吃饭，在离教室不远的地上画了一条“三八线”。辅导员陈建华老师站在“三八线”上执法，不准越雷池半步。陈建华老师身材不高，但很敦实，讲一口流利的双峰话，神情严肃，不怒而威，一般同学望而却步，彳亍不敢向前。我们班的同学，如廖国军、陈维勇，当然还包括我本人等捣蛋大王，却是偏向虎山行，硬是要“闯关”。有一次，把陈老师惹毛了，一把将我那个装满饭菜的铝饭盒抢了过去，重重地往地上摔，饭菜如天女散花般洒满一地。如此这般，还用那穿着皮鞋的双脚，狠狠地在铝饭盒上踩着、踏着，一下、两下、三下……直到长方形的饭盒被踩成一坨废铝为止，然后气呼呼地扬长而去。我把饭盒捡起，用一根铁丝系上，挂在教室门口的桂花树上。其时正是刘文贤老师教我们经济体制改革的课，我不忘活学活用，在饭盒上写上一副充满“正能量”的对联——砸烂铁饭碗，实行责任制，惹得同学们会心大笑。不久陈老师离开了二中，离开了教育战线，是不是与这些经历有关，我不得而知。后来陈老师任乡镇党委书记、县扶贫办主任。因为工作关系，我们接触比较多，我深知陈老师责任心很强，为隆回人民脱贫致富做出了重要贡献。

教学楼后面的那片橘子园是二中学子的精神家园。绿油油的叶子顽强地向上舒展着，朴素得让人肃然起敬，即使在冬天，皑皑白雪覆盖在橘子树上，也总能透出一丝绿意，昭示出春天的气息。高三时的那个金秋十月，黄澄澄的橘子挂在枝头，在夕阳中显得格外诱人。一天晚自习后，我们回到宿舍准备就寝，不知哪位同学摘了几个橘子回来，晚上九十点钟，正是饥肠辘辘的时候，大家便一哄而上，抢而食之，一股浓郁的橘子味弥漫在宿舍里。这时校辅导员尹爱民老师来宿舍查铺，同学们赶紧把橘子皮丢出窗外。尹老师一脚踏进宿舍，被橘子味呛住了，厉声问道：“谁偷了橘子？”没有人回答。“谁偷了橘子？”尹老师再一次发问，寝室里还是一片寂静。尹老师怒道：“要得，你们不说是吧？我把你们的门锁了，看你们说不说！”说罢，尹老师狠狠地把门从外面反锁了，然后气冲冲地走了。同学们面面相觑，钻进了被子。可怜田正生同学此时还未上过厕所的，

隆回二中初 2014 届有 149、150 两个班，149 的班主任初一为肖遥老师，初二开始为赵瑞容老师；150 班一直是刘志华老师。教师子女大多在 149 班。

尿胀得不行，喊天天不应，叫地地不灵，实在憋不住了，只好对着门缝，一撒了之。

高三一年五换班主任

110 班臭名昭著，班主任如换刀把，高三一年竟然换了五次班主任。

第一个是语文老师欧阳辉。欧阳辉老师时年已近六十，经常着一身中山装，操一口司门前话，“鱼”“无”不分。他讲课很有特点，声音洪亮，神采飞扬，一节课五十分钟，前段二十分钟纯粹闲聊，但看似漫无边际，实则如散文，形散而神不散。经常讲到的词句是“文学啊，古今中外，浩如烟海，你们要攒劲哦……”欧阳辉老师初次担任我们班主任时信心十足：“凭老夫几十年教学带班经验，定当不辱使命。”大概两个星期后，欧阳辉老师急流勇退：“如此，老命危矣！”

见老将败下阵来，学校又安排年轻力壮的化学老师胡绍祥继任。胡老师刚从三中调来不久，也正想借此机会展示自己。刚一个多星期，新官上任三把火还只烧了一把，“乖乖，烈火烧不烂，硫酸溶不了，这是啥东西呀？”胡老师知难而退，“一世英名，不能毁于一旦呀！”

见化学方法失效，学校又安排物理老师廖名齐。廖老师，洞口县醪田镇人，瘦瘦高高，篮球打得好，常常打中锋，且是三分球高手。廖老师有一股不信邪的倔强，经常拿一句名言与我们共勉：“给我一个支点，我将撬动整个地球。”他一改胡老师的化学方法，而是运用力学原理来带班，既施巧力，又用蛮劲。但是几番运筹，支点选了一个又一个，仍未把我们撬动。廖老师虽然折戟沉沙，但不打不成交，与我们结下深厚的师生情谊。一年暑假，我去二中看望已退休的廖老师。走进老师家里，我感到震惊，老师家里真的可用一贫如洗来形容，从此我对老师更加由衷的敬佩！后来老师在湘雅医院住了几次院，每次都打电话告诉我，我不管多忙，总是挤时间去医院看望老师。多年以后的一个傍晚，廖老师的儿子廖兴武先生打电话来，说廖老师已经仙逝了，廖老师走得安详，临终前嘱咐他，一定要跟我联系，表达对我的感谢。顿时我泪眼婆娑，老师临终还记挂我这个学生，但我却没能送老师最后一程！

廖老师之后，学校不知用了什么方法，竟说服老实本分的数学老师孙茂德担任我们的班主任。孙老师操一口长沙口音，数学课教得不错，语调平缓，波澜不惊，逻辑清晰。有一次班会，孙老师为了杀鸡儆猴，责令我到讲台前做检讨，我磨磨蹭蹭地走上讲台，从口袋中摸出皱皱巴巴的检讨书，当着同学们的面，大声朗读起来，同学们哄堂大笑。这哪里是检讨书，这分明是对孙老师下的一封战书。只见孙老师的脸，顿时青一块紫一块，十分尴尬。此后孙老师对我们采取了无为而治的策略，直到高三第一期结束。高三

2012、2013 年下学期因特殊原因初中部没有招生，因此 2015、2016 届没有初中毕业生。

第二期孙老师就调走了，也不知调哪去了，有说是调去了株洲，但也没有确凿的消息，至今没有孙老师的音讯。如果哪一天能见到老师，我想当面向老师表达我的歉意，真的，我们那时少不更事，让老师操心了！

高三第二期，周炯华老师担任我们班主任，是周老师把我们这班“瘟神”送出了二中。当年我们班有十多位同学考上大中专学校，是四个班考得最多的。其中周东翔、李敦杰、肖春华等同学分别考上南京工学院（今东南大学）、湖南大学、四川大学等全国重点大学。此后五十几个同学陆陆续续通过考学、招工、招干、参军等方式跳出了农门，成为各行各业的中坚骨干。孙海鹰、谭健民同学是邵阳著名大夫、有名的“一把刀”。魏仁干、袁卫华、田天沐、刘宏等同学是大学教授。肖时喜、周国华、李艳雄、杨世益、刘自云、彭涛、邓伯源、刘任胡、陈立晖、阳立清、马明枢、田正生、谭跃青、田旭春等同学是国（民）企高管。唐建湘、郭顺国、马黄英、廖志坚、廖丽萍、袁名雄、王云斌、郑能斌、阳六龙等同学在政府部门工作。即使少数几个扎根农村的，也成了致富能手，为乡村振兴贡献力量。时光荏苒，我们归来，梦里依旧是少年。

落笔此刻，秋日的夕阳透过窗户，映照在我的身上，手机里传来《如水年华》那悠扬的旋律：

> 落叶它静静地铺满了这条街
> 蓦然回首才发现人已到中年
> 往日的一切啊仿佛都在昨天
> 这一转身就是岁岁年年
> ……

附：隆回二中高 110 班同学名录

刘晓红	谢一凡	陈　健	苏映红	彭　涛	杨世益	马黄英	刘自云	李艳雄
刘庚兰	廖迪和	魏仁干	袁卫华	陈赐斌	肖时喜	陈　勇	袁名雄	谭永池
张国清	阳希云	廖国军	刘艳雯	陈锦槐	陈立晖	郭顺国	王辉凡	张积良
廖志坚	谭跃青	刘常松	阳恩贤	孙海鹰	田正生	陈维勇	阳立清	周国华
卢治文	田旭春	肖春华	王云彬	张家亮	胡凯琴	刘任胡	欧阳晓风	
邓伯源	谭健民	周少宏	陈　博	马明枢	贺朝晖	唐建湘	李敦杰	郑能斌
张晓庭	谭　颖	秦世斌	罗国银	阳荷池	谭　琼	孙红霞	刘　斌	周东翔
谭平秀	田天沐	刘　宏	廖丽萍	阳六龙	秦后沐	马席文	戴建雄	彭述军
李征宇	卿举践	陈万新	胡世清					

隆回二中初 2017 届有 151～154 四个班级，班主任分别为戴建湘、刘晓玉、刘志华、谢博老师。

心中的“巴黎”

❖ 刘志云

2023 年 1 月 20 日，在回老家过春节的途中，我回了一趟隆回二中。走在熟悉而又陌生的校园里，惊觉自己离开这里已经整整 30 年。往事历历在目，百感交集，想起一句话：归来依然少年。

刘志云，女，1977 年生，隆回六都寨丁山人；1990—1993 年就读于隆回二中初 77 班；现任职于广东东莞市长安东安初级中学，担任学校党支部书记、校长；中学语文高级教师，东莞市语文骨干教师，东莞市家庭教育讲师团成员。2019 年其办学优秀事迹《做有温度的教育》全文刊登在《中国好老师》上。

我的家在隆回六都寨。我读初一那一年，恰逢全县人口普查，我父亲当时是村支部书记，所以县里很多干部驻点在我家吃饭办公，我命运的齿轮从这里开始转动……

当时，我原本跟所有小学同学一样，就近在我们镇丁山中学读初中，县驻点的一个干部见我家墙上到处贴着我小学的各种奖状，就跟我父亲说：这孩子不错，为什么不去隆回二中读呢？说者无心，听者有意，我父亲动了心，把墙上所有奖状撕下来，带着我坐车去县城。那是我第一次到隆回二中。

很多的细节已经记不清了，只记得父亲和我在行政楼那个廊道等了校长很长一段时间。后来有个领导从办公室开完会出来，听了父亲老实巴交的诉求，看了那一堆皱巴巴的奖状后，居然二话不说，就把我收了。后来得知，那位领导是当时隆回二中的政教主任，叫马铁麟。

这件事情，影响了我一辈子。现在，我在东莞一所新莞人子弟学校做校长，经常有各种各样的家长，因为各种原因给孩子找学位或者申请缓交学费的时候，我都会怀着恻隐之心，在我能力范围之内，给一个家庭多一分希望。

海明威说过：“假如你有幸年轻时在巴黎生活过，那么你此后一生中不论去到哪里，她都与你同在，因为巴黎是一席流动的盛宴。”我虽然只在二中读了初中三年，但是二中于我，就是我

隆回二中初 2018 届有 155~158 四个班级，班主任分别为付军老师、谢博老师、莫小勇老师、刘芳老师。

心中的“巴黎”。

我就读于初77班，班主任是刘爱武老师。人如其名，不爱红妆爱武装，教数学的爱武老师穿着朴素，班级管理严格，对我们极其关心爱护。说来惭愧，因为我从初中开始就偏科，数学一塌糊涂，所以爱武老师上课的样子我反而觉得模糊，只记得她经常抓我们几个数学成绩差的去她家“开小灶”辅导，补完课后还留下来吃饭的情景了。

在爱武老师家吃饭，有一个细节，我一直记得很清楚：吃完饭后每个人要自己洗碗。先在水龙头下把碗冲干净，然后再放门口一口热气腾腾的锅里烫一下消毒。她的家门口有几丛竹子，竹子周围种了很多花，兰花和月季居多。搬着小板凳在竹叶下听爱武老师讲解数学题的画面，成了我们记忆中永远定格的美好。

很多年后，当我给我的学生讲林徽因《城南旧事》的节选“爸爸的花儿落了”，讲到天性爱花的爸爸的院子时，我脑海中浮现的，居然是爱武老师在院子里给我们辅导的画面。

有两位语文老师对我影响很大，一位是龙吉水老师，一位是刘胜保老师。

龙吉水老师的作文讲评很有特色。每次看到他划在我作文本上一大段一大段的波浪线、遒劲有力的“传观”二字；每次听他在课堂上抑扬顿挫地朗读我的作文；每次听他说：“加油，你是一个写作文的好苗子……”我的心里就有说不出的热乎，那种温暖的感觉现在回想起来依然感动。自己当了老师以后，才明白龙老师是深谙激励的艺术。正是龙老师这样毫无保留的鼓励和赞美，激发了少年的我那颗向上的心。

刘胜保老师那个时候真年轻。他上课戴着一副银色边框的眼镜，斯斯文文的，板书极其工整美观，朗读课文的时候，可好听了。我们女生经常在宿舍讨论他，用当下流行的话来说，都是他的小“迷妹”。他鼓励我们写日记，并且批阅及时，师生之间这种文字的对话，是一种非常治愈的力量。

还记得初二那年，班上流行看台湾作家三毛的散文。有一天，缘何而起已经忘记，我和班上另一个叫刘意俏的女孩，打算逃学，学三毛去流浪。我们在宿舍把东西收拾好后，觉得自己就这样不辞而别，对不起自己喜欢的语文老师。于是，我们在那天的日记本里，写了一个告别的字条。刘老师发现后第一时间找我和意俏谈了话，打消了我们逃学的念头。这件事，他自始至终没有跟班主任爱武老师“投诉”，成了我们仨之间的秘密，我和意俏也就更喜欢他了。

2023年春节我重返隆回二中，向路上遇见的老师打听我的恩师，得知刘胜保老师去年已经退休，去了长沙儿子家。我想，即使见到，他一生桃李满天下，也不一定记得我了吧。

隆回二中初2019届有159~164五个班级，班主任分别为肖遥、吴阿芳、黄明意、刘婷、谢博老师。谢博老师幽默风趣的教学风格给学生留下了深刻的印象。

这件事情也影响了我一辈子，让我养成了两个习惯：一是对学生作业要及时批阅；二是要尊重学生，替学生保守秘密，做学生成长路上的“重要他人”。

隆回二中的三年，可以说是我最快乐无忧的三年。走向教师岗位从教已经22年的我，发现这些年提的“减负”“五育并举”“立德树人”“核心素养”这些新名词，在隆回二中这个古老朴素的校园里，早就已经发生了……

记得那个时候，每到秋天，各班都要去后面“黄土高坡”的橘子园帮忙摘橘子。黄澄澄的橘子挂满枝头，笑盈盈的少年跑满山坡。一筐筐橘子摘下来后，学校就会组织看露天电影。看电影的时候，每个班会分到一筐橘子品尝。很多年后，当我教鲁迅的《社戏》，读到“一直到现在，我实在再没有吃到那夜似的好豆，——也不再看到那夜似的好戏了”就深有同感。每年，我都会托人从老家隆回带橘子过来东莞，但都不是隆回二中看露天电影时，吃的那个橘子的味道了。

春天的时候，我和同学喜欢去“黄土高坡”那片桃树林赏花。有的时候，坐在桃花盛开的树下看书，阳光斑驳，树影婆娑，看着看着，就在桃树下睡着了，缕缕花瓣飘落，散在身上、书上……

记得当时年纪小
你爱谈天我爱笑
有一回并肩坐在桃树下
风在林梢鸟儿在叫
我们不知怎样睡着了
梦里花落知多少

这是我们当时生活的真实写照。

在这样的人文土壤里，也就难怪隆回二中的默深文学社能成为全国十佳文学社，培养出如马萧萧、海啸、周劲翔、陈晓宇等一大批文艺才子。

说到默深文学社，就不能不提那件事……

夏天的周末的早晨，我和同学喜欢去河边玩。河边杨柳依依，倒映在清澈的河面上，河畔的船只静默着，远处有三五放牛的人……

这样的水墨画是不是很美？我和我的同学张羽飞就这样在河边玩着玩着，然后上了河边的船只。在那摇摇晃晃中，不知怎么的，就掉到水里去了，是路边放牛的人把我们拉了起来。湿答答的我们，就找到了当时担任默深文学社社长的海啸师兄，他当时在学校附近租房子，是他帮我们解决了衣服问题。

这个事情，就到此为止。我们没有因为私自出校门，私自去河边，而被勒令退学。

初2020届有165~170六个班级。班主任分别为陈晓军、丁晓东、欧阳飞、刘辉黎、肖天林、王灿灿老师。刘辉黎主任对年级管理进行了大刀阔斧的改革，增加了课余活动时间，丰富了学生课余生活。

与默深文学社相关的，还有一件记忆尤深的事情。同学刘意俏的老乡胡昌鹏也是一个文艺青年。那年愚人节，他来找小老乡意俏的时候，被我捉弄了一番。我后来把这件事情写成了一篇文章《愚人节记事》，被我的语文老师推荐到校刊《凤声报》发表了。

哈佛中心（上海）曾在上海举办“全国重点中学校长年度论坛”，大会的发言主题之一是“学生的创新能力”。上海平和中学的万玮校长在发言中说，创新的基础是“三闲”，即闲时、闲钱与闲情。“闲时”和“闲钱”都可通过努力创造，“闲情”却太难具备了。我深以为然，“闲情”凝聚了一生中经历过的那些“无用”的东西，需要我们用一种极其虔诚的方式将其表达出来，有多少人做事有这种“闲情”？但是，二中给我们提供了这样的土壤。

还记得文艺晚会上，马铁麟主任带领我们全校师生一起唱他亲自写的校歌。我这个四肢不协调的孩子，也生平第一次在全校舞台上跳舞。还记得，我们班那年跳的是邓丽君的《在水一方》。

还记得音乐课上，音乐老师说，谁的歌词写得最好，他会亲自作曲，教全班同学唱。于是，我人生第一次，做了一回“作词人”。音乐课上，音乐老师弹着手风琴和我们一起唱歌的欢乐与深情，比当下千校一面，一起唱的“每周一歌”有意思太多……

还记得秋天的时候，我们一班人提锅带碗，浩浩荡荡去后山野炊，生火煮饺子把自己弄成大花脸的捧腹不禁……

……

似乎，那个时候的隆回二中并没有像当下的教育这样，有很多关于教育改革的新鲜热词，而只是遵循教育的规律，让课程自然生长，让学习真实发生。

我其实不是隆回二中的优秀学生。甚至，因为严重偏科，初中考高中的时候，我都没能考上隆回二中本部的高中，而是去了隆回十二中。但是，隆回二中三年的学习，增长了我的“见识”，给我的一生打上了良好的精神底子。什么是“见识”？首先要“见”，经历过一些事情；然后是“识”，对这些事情有认识。在隆回二中三年最大的收获，就是我通过这些经历，产生了对这个世界的认知。

2002 年，我入职珠三角最富有镇街的一所公办实验中学。2013 年，在职业上升期，我却选择离开体制，去追寻自己对教育的理解。

今年是我离开体制的第十年，“回首向来萧瑟处，也无风雨也无晴”。

“见自己，见天地，见众生”，如果要问我离开隆回二中 30 年来，我最怀念最珍惜的是什么？还是校园里的那份“闲情”，以及对美好教育的理解。

隆回二中初 2021 届有 171～176 六个班级。班主任分别为钟正亮（171 班初三由丁晓东担任）、付军、宁顺钱（173 班初三由徐会兵担任）、钱霞艳、张梅芬、谭冬（176 班初三由王聪担任）。

默深文学社那粒种子

※ 欧阳璐

欧阳璐，女，1986年生，隆回司门前人；2001—2004年先后就读于隆回二中高257、255、263班；湖南大学新闻传播与影视艺术学院硕士研究生，湖南省作家协会会员，媒体编辑，专栏作家，出版书籍《种子的世界——袁隆平院士团队杂交水稻援外工作纪实》（第一作者）。

"刘区长好。"在2023年4月的一次老乡聚会上，当我见到以前隆回二中默深文学社社长刘定光的时候，下意识地喊出了一声跟往日不一样的称呼。

我知道，当我喊出这一声的时候，同样作为二中默深文学社的成员，大家的命运在毕业近二十年后已经是天翻地覆的差别。

吃饭也是在一个老乡开的饭店里，刘区长已经成为饭桌上的焦点人物，大家敬酒夹菜，为老乡的今天感到开心骄傲，末尾一首合唱的《早安隆回》更是将气氛推向了高潮。可我突然有点怀念从前。

如果要问起在隆回二中什么最令人怀念，默深文学社算一个。

我是2001年入学隆回二中的，到了二中才知道学校有一个文学社，而且办得那么好，社刊《风声报》还是冰心题字的，里面出了很多人才，比如我们当时听到却没有见到的马萧萧、李傻傻、魏斌等。当然现实中见到的写作水平很高的也很多，比如默深文学社的指导老师半夏子、我们文学社社长刘定光等，他们的文章都是大家所喜爱的。

文学社最吸引我的是文学采风活动。我跟着去过九龙山、白马山等很多地方，大家一起坐着大巴车去往同一个地方，一起看风景，一起交谈，一起欢笑，仿佛没有任何烦恼。大巴车来回的路上会有人用收录机放着一些流行歌曲，比如任贤齐的《春天花会开》，我很多时候都希望这趟车永远不会停。因为相比于文学采风活动，课堂上的气氛都过于紧张沉闷了，特别是理科的

隆回二中初2022届有177~180四个班级。班主任分别为肖遥、曾林丹、马艺玲、刘志华老师。教工子女多集中在180班。

课堂。

当然，文学采风活动也曾让我十分痛苦。

有一次，当我在宿舍东收拾、西收拾，匆匆赶到校门口大巴车集合点时，车子已经走了，大家已经走了——我错过了去南山牧场的文学采风活动。我不知道当时大家有没有找我或者稍微等一下我，但是那个时候大家都没有用手机，是无法及时联系的。要知道，在所有的文学采风活动中，我最想去的就是南山牧场啊！那里有让我这个小镇少年如此向往的辽阔草原。哎，我这该死的拖延症。

后来，多年过去了，我早已走出了校园，看到了更大的草原，但是有一点没有改变，那就是拖延症。有一回我的初恋跟我说："你迟早要因为拖延而付出巨大的代价的！"我一惊，年少时在二中校门口一个人孤零零地站着的场景又出现在眼前。这个曾经巨大的代价，不就是以前因此错失了去南山牧场的文学采风活动吗？

以后还会有什么巨大的代价呢？

后来，饱受拖延症困扰的我，每每想下定决心改变的时候，都会想起这次黑暗的过去，拖延的习惯就渐渐改善了。

比如这次的隆回老乡聚会。在长沙，我从望城开车去接一个市中心的老乡，再开到南边的饭店，两个多小时，穿过大半个长沙，也是准时到了。

当然，当我喊出"刘区长"的时候，刘定光师兄也是笑着说"莫揶揄我"。昔日隆回二中默深文学社的社长现在已经是株洲市荷塘区委常委、副区长了，但我知道，那份高中以来的校友情、文学社成员情是没有变的。很开心，文学社里面还有很多人现在还在联系着，比如魏斌、刘定光、江冬、赵振球、谭泽锋、马迟迟等。大家很多人还在进行着文学创作，即使不从事专业领域的文学创作，在自己的领域也取得了一定的成绩。关键是，在一起也聊得来。

我很珍惜这样的聚会，它提醒着我，我们曾经都是文学少年。我不要把自己弄丢太远。

后来的我，在大学里面学习的是汉语言文学专业，也是文学社的主编；在研究生阶段学习的是新闻传播学，梦想着进媒体；工作了，虽然进的是比较没落的纸媒，但好歹也是以写作为业，以热爱谋生。仿佛回头还能看到那个曾经的自己。

我记得在自己的书籍《种子的世界——袁隆平院士团队杂交水稻援外工作纪实》的后序中，写下了这样一段话：

> 种子的世界，通过一粒种子，可以到达全世界。
> 世界的种子，通过一粒种子，可以连接全人类。

隆回二中初 2023 届有 181～184 四个班级。毕业班班主任分别为欧阳飞、丁晓东、马阿特、肖遥老师。这一届是划片招生的第一届，教工子女多集中在 181 班。

在珍贵无比的种子面前，人类从来都是命运共同体。

这就是种子的力量。

不管是杂交水稻种子，还是其他种子，我们很多时候都在不自觉地播下一粒粒种子，在时间的沃土中，默默生根发芽，不觉间有了收获。

而我想，自己不就是在默深文学社播下了一粒写作的种子吗？

感谢二中，感谢默深文学社，让我的梦想一直没有磨灭，面对未知，眼中还有光，可以继续走向前方。

隆回二中初2024届有185~191班共七个班，教工子弟集中在185班，班主任为许慧君老师，其他班主任分别是谢芳敏、邓莹、丁心根、刘向东、吴文姣、陈佳等六位老师。

高三那一年

❈ 肖　聪

肖聪，男，1984年生，隆回七江人；1997—2000年，入隆回二中初中部101班；2000—2003年，入高中部235班、229班；2007年毕业于北京交通大学土木工程系；现居广州，自由职业。

前几天，女儿周末回家，找我拿手机对数学作业的答案。她妈一回来就问她，作业写完了吗？答案对过了吗？我说，是她拿手机对的答案。她妈说，你咋这样子呢？你女儿肯定又抄答案了，这样下去怎么考高中……女儿一脸的悻悻然。

看着她的表情，我明白了一切，我的思绪也被拉回到二十多年前，那严肃紧张的高三时光。

高三的班主任，是廖敦燕老师，教语文。我比较喜欢文学，所以语文成绩一直还行。那时隆回二中正在创建“省重点”，学校抓得很严。而我的生活作息一贯“自成体系”：喜欢早起后跑跑步，再去上自习，所以早操和早自习经常迟到，扣了不少班级的操行分。廖老师每到第八节课，就要对扣操行分的情况进行惩罚，而我无疑首当其冲，经常被罚去寝室搞厕所卫生。

我开始去搞了几次，后面索性就不去了。虽然不去搞了，但是心里还是放不下，毕竟违背了老师的命令。由于心里有“事”，成绩慢慢就下滑了，廖老师有点担心，他了解到，同级239班的班主任尹建兴老师，是我的初中班主任，他向尹老师打听我的情况，还找我谈心，尹老师也找我聊过一次。廖老师的“关心”，反而让我觉得有点不自然，成绩依旧不温不火，甚至又有所下滑。

就这样，过了两三个月，我有点着急了：万一考不上大学，怎么办？我反思了很久，终于发现了问题所在。

我发现自己特别“享受独处”，不管是“打扰”，还是“关心”，都会让我觉得不自然，不舒服。于是，我千思万想之后，决定找廖老师单独聊聊，聊啥呢？就一句话：我的事，不需要您

隆回二中高1961届共有1、2两个班，这也是隆回二中第一届高中班，毕业当年很多人考上了大学，但遗憾没人考上重点大学。相对来说，2班的理科成绩更为突出。

管。不管成绩变差，还是变好，您都不用负责任，但如果是因为我，扣了班级的操行分，我也没办法。

刚开始，我以为廖老师肯定不会同意，毕竟“创建省重点”正如火如荼地开展着，谁都不敢掉以轻心。然而，出乎意料，廖老师同意了。于是，我又回归了“自我”，成绩开始上升，记得某次月考，还考过年级第一。

高三的学习生活，是紧张的。总复习刚开始的第二个月，我把所有教材放到一起，叠起来，发现一个问题：书太多了，比书店书架上的《金庸作品集》还多，即便匆匆忙忙看一遍，也来不及了，怎么办？

熬夜复习，肯定是不行的，这条路走不通。

粗粗看一遍，好像也不行，因为这样既浪费了时间，而且也没效果……

百思不得其解。

那时我每到周末，礼拜天放半天假的时候，经常去书店。当我翻看到《等你在北大》和《等你在清华》这两本书，才幡然醒悟：每次月考和周考的试卷，就是我要复习的重点。

为什么呢？原因有三：一是每次考试的试卷，是老师精心选择的，所以含金量自不待言；二是每次考试，我都不能拿满分，那么肯定测试出了我的“薄弱之处”，如果把这些“薄弱之处”补强了，那么我的短板也就变长了；三是每次考试完，就把每张试卷，像教材辅导书讲例题一样，自行分析一遍，时间刚刚好。

于是，我开始行动起来。

选择题，把选项封住，当成填空题来做；问答题，把问题封住，争取看完题干，就明白出题人想要问什么。高考作文的话，我发现了一种“八股文”的写法，就是开头和结尾一定要文辞出彩，多用排比句，中间的文字，可以平庸一些。

至于前述的教材，就把它当成“词典”，唯一的用处：仅供查阅。换句话来说，就是当试卷中的某道题，自己不是很清楚的时候，找教材翻看一下，弄懂就行，仅此而已。

试卷分析得多了，很多题目，我甚至不看选项，就能猜出十之八九。

高三有一个环节，是评选省级和市级三好学生。省级三好学生，高考加 10 分，市级三好学生，高考加 5 分。据了解，因为可以加分，有些教师子弟，就会给班主任打招呼，弄得老师们左右为难。

当班主任廖老师宣布要评选时，同学们一片沸腾。而我当时转念一想：高考总分有 750 分，加这个 10 分或者 5 分，意义不大，没有决定性影响，不如好好复习，争取多考 10 分或者 5 分，反而更好，甚至更容易。于是当廖老师说，谁愿意放弃评选时，我第一个举手了。

隆回二中高 1962 届共有 3、4 两个班，这是隆回二中第二届高中班，本届有四个同学考上重点大学（当时全国有 22 所），也是隆回二中第一次有本校学生直接考上重点大学。

多年后，同学聚会，聊起往事，仍然不禁慨然。

记得还有一件事，改变了我们班两个同学的命运。当年高考，矿业和地质类，是特招高考，试卷与我们不同。当时我们班有卿翠贵和黄小丰参加了，均考上了中南大学。现在卿翠贵是宁波某地勘所的技术骨干，黄小丰是某矿业公司的领导。现在这两位同学，都发自内心地感谢廖老师的推荐。看来，高三的同学应该多多了解升学路径，说不定会有意外惊喜，据说现在高三毕业生升学路径已经达到 30 多条。

万众瞩目的高考终于在我们紧张的期盼中来临了。

我记得，我们这一届，是第一年在 6 月高考，之前都是在 7 月。

如前所述，一切仿佛在朝着最好的方向发展，而且在考英语的那个早晨，我背了一篇英语作文，没想到，在考英语时，竟然基本上全用到了。

但是这一年的数学高考，却给我来了个猝不及防。在考场上，数学的选择题，很顺利，基本上可以全对。但是后面的问答题，第一道，只会第一小问；第二道，不会；第三道，不会；第四道，不会；第五道，也就是最后一道大题，终于会了。在考场上呆坐了几个小时，把会做的题，全部检查了一遍；不会做的，只能留下空白了。我记得，这次数学考试我竟然没有恐慌，反而出奇地冷静。

走出考场，我发现有些同学在嚎啕大哭，泪流满面。十年寒窗，高考数学的大题居然大部分不会，想想都会让人极度不舒服。考完后，我打电话给我妈，我说，估计要复读了，明年再参加高考。

成绩出来后，我的高考数学成绩是 79 分，全年级高考数学最高分是阳蓉，考了 130 多分，妥妥的“学霸”。填志愿期间，在学校的小道上，我碰到数学老师戴明礼，他问起我的数学分数，戴老师表示不可理解。然而事实确实如此。

多年后，通过网络才知道，2003 年的高考，数学之所以这么难，原因竟然是试卷被盗了，临时启用了 B 卷，这次的数学 B 卷号称是历年高考中最难的数学高考试卷。

那年的高考，我考了 548 分，重点线 501 分，我超出了 47 分，可以报考除国防科大外省内任意一所高校。后面我发现：幸亏这次数学难，我才有机会上重点大学，因为数学不是我的强项。如果数学很难，大部分人都不会，分数就拉不开距离；如果中等难度，分数就能拉开，对我是最不利的；如果容易，大部分人都会，分数同样拉不开，对我也有利。

高考结束后，很多同学把书卖了，甚至烧了，以此告别这苦难的高三。而我却把所有的书及试卷带回了家，放在纸箱里，至今，静静地躺在家里的某个角落。也许，等我老了，老到再也不能动了，在某天的黄昏，会想起高三那年的风和雨，那年的人和事，那年的点点滴滴，感觉是那么的真实。

隆回二中高 1963 届共有 5、6、7、8 四个班，其中 5、6 班大部分同学由初中 19~22 班的同学保送直升；7、8 班同学大部分由本校及外校同学通过中考考入。

一湾春水向远方

❈ 罗茂卿

沃尔特·惠特曼诗中写道："做一个世界的水手，游遍所有的港口！"我的童年是泡在家乡的春溪河里度过的。看到小河里游来游去的小鱼儿，我常常会想：它们明天会游到哪里去呢？它们什么时候才能游进大海？记不起是哪一天，也记不得是在哪本书上，读到了惠特曼的这句诗，我心里充满了憧憬！从此，我就想着，长大以后我要去看更大的河、更大的江，我要去看大海！在后面的岁月里，无论我航行得有多远，我都永远记得我梦想的启航地、我力量的源泉地——母校隆回二中，记得那些年在母校发生的点点滴滴。

罗茂卿，男，1969年出生，隆回罗洪人；1982—1988年在二中就读初中（62班）、高中（高一123、高二高三126班），1989年又返校复读一年（132班）。1992年，其在邵阳师专英语系毕业后曾在隆回三中任教，1995年下海经商，现居广东东莞市，自营一家外贸型企业。

录取通知，二中船票

1982年，隆回二中"文革"后的第一届初中班正式面向隆回北面五区招生。那年初夏，我年满12岁，小学5年级（当时学制只有5年），参加了小升初的全县统考。统考之后，我就开始了漫长的等待，眼看就要开学了，而录取通知书却迟迟没有到来。我心里忐忑不安，担心自己遭遇了滑铁卢，也曾偷偷抹泪，也曾懊悔自责，情绪低落到了谷底。盼星星盼月亮，终于在8月尾的一天，我等到了心心念念的录取通知书！唉，你怎么姗姗来迟呢？只怪从前慢，车马慢，而罗洪太偏太远！同批被录取的还有游仕文、罗崇宏，我们3人后来被统一收编在二中62班。粗粗算了一下，罗洪19个大队（现在叫村）共约600名考生，当年上线被录取的仅有我们这3个幸运儿，这绝对称得上是二百里挑一的"海选"加"甄选"和"严选"！毫不夸张地说，当年的我们一定是很多人眼中的"别人家的孩子"。

隆回二中高1964届共有9~10两个班，相对来说，9班文科成绩更为突出，10班理科成绩更为突出。

1982 年 9 月开学季，怀揣着这张录取通知书，我告别了陪伴我整个童年的那条春溪，来到六都寨辰河边，正式踏上隆回二中这艘船，为我以后航向远方夯实基础、积蓄力量。

我的同学，藏龙卧虎

二中初中部就 61 班、62 班两个班。初一时，同学们大都在十二三岁的年纪，个头普遍不高。我现在还记得我们初一时有过一次体检，我的身高是 138cm，嘿嘿，就咱这高度也还没拉班级后腿，在班上也算是平均水平。没有最小，只有更小，61 班 9 岁的小朋友谭华杰，小我整整 3 岁，矮我整整一个头！在我们眼里，谭华杰真的就像是家中父母有事，实在没辙了而让姐姐（谭明杰，也在 61 班）临时托管照顾的那个小弟弟！可别小看这个小不点谭华杰，他可是一个小神童，数学超级厉害，能与其抗衡的仅有咱们 62 班的廖志刚，也是迷你小小个儿，在我眼里也是个数学小天才。61 班的李桃花，不仅数学好，其他功课也很拔尖，成绩名列前茅，老师们喜爱（甚至有点偏爱），同学们羡慕（也许还有点嫉妒）。马柏华，也是超级“学霸”一枚，他沉默又沉稳，定海神针一般，妥妥的 61 班之光！几乎每次都雄踞 62 班成绩金字塔塔尖的彭中友，是 62 班的“学霸”，成绩稳定，No. 1 的位置几乎从未失守过！周永军，是一个喜欢二极管、电动机的典型理工少年，科技达人，我是他的小迷弟，在他的影响下，我还买过一个非常迷你的电动小风扇呢！我们两个班盛产文学才子，61 班周亦翔、刘旭明、卿红等，62 班王永福、阳雄彪、王朝晖、马汝萍等，堪称二中文学界的黄金一代！我从小也喜欢看《小溪流》等文学刊物，小学时的作文也屡屡被老师圈圈点点表扬过，我的高光时刻——小学毕业考试的作文还拿过满分呢！然而，到二中后，作为来自隆回边地——罗洪的山村少年，我明显感觉自己与六都寨的小镇少年还是有很大差距的。记得王朝晖（笔名王子曰，默深文学社成员）以寓言的体裁、连载的形式写过日记作文，而题材竟然是当时与我们亲密接触的虱子，如此脑洞大开，我真是佩服得不行！

初一时，我们两个班还组织过一场学习经验交流会，“学霸”们纷纷上场，分享各自的独门秘笈！印象较深的是周亦翔，他的开场白措辞得体，谦虚文雅，我当时就被折服了，自愧不如，看到了自己与高手的差距！至今仍记得马轶麟老师为此拟的一副对联：蜂蜜是精华，皆因采自群蕊；迷踪称绝技，岂止得于霍家？（注：那时正值香港电视连续剧《霍元甲》热播。）

这一群优秀的同学是我学习的榜样，激励我、鞭策我勤奋努力，永不停歇。

峥嵘岁月，辉煌荣誉

记忆中，我们 62 班教室后边黑板报上方的墙壁上挂满了各类奖状，有运动会的，有

隆回二中高 1965 届共有 11、12 两个班，12 班孙梅生考取清华大学，成为隆回二中第一个清华生。

校级、县级文艺演出的，有班级竞赛的，有卫生评比的……这是62班集体的荣耀，是凝聚了50多颗心的辉煌，更是老师们辛勤教诲的硕果展示！拍毕业照时，我们把荣誉墙上的奖状取下，它们早已成为62班这个集体不可分割的一部分，拍毕业照自然不能撇下它们！一张张奖状整齐排列在我们的队列最前面，煞是夺目壮观！

在那个物质匮乏、生活贫瘠的年代，我们的文艺生活却多姿多彩、充盈富足！我们62班班主任马轶麟老师操刀创作、导演了单人双簧小品《食堂里的大老鼠》，形式活泼新颖，内容紧贴生活，主演廖晔模仿食堂里嚣张得意的大老鼠，动作神态惟妙惟肖，令人捧腹，一举夺得一等奖！廖晔也从此获得“大老鼠”的美名。马老师的另一经典力作《三朵小红花》汇聚两个班的名角，廖晔演爷爷，61班的张玲、李艳梅、谭明杰分饰三朵小红花（三个小孙女），宣扬生男生女都一样的先进思想观念，大获成功，轰动全校。后来，他们还多次去县里参加巡演，反响强烈，载誉而归！在年轻的62班物理老师杨小艳的辅导下，我们班的文艺骨干张胜、罗健新、刘敏、阳晖漫、马汝萍等同学凭借舞蹈《在希望的田野上》毫无悬念地获得一等奖。61班的文艺班花魏艳霞几乎凭一己之力挑起61班的文艺大梁，创作了《采蘑菇的小姑娘》，清新明快、俏皮可爱的风格赢得了观众的欢呼和掌声，获舞蹈类节目并列一等奖！印象很深的还有61班女高音李桂军的一曲代表作《游子吟》饱含深情，如诉如泣，令人回味至今。

后来，杨小艳老师再接再厉，编排了《赤足走在田埂上》，由两班的六位舞者：魏艳霞、魏双能、张胜、马汝萍、彭慧春、阳晖漫组队，代表二中赴县参加汇报演出，艳惊四座、大放异彩，获得舞蹈类节目第一名！据杨老师回忆，隆回一中的舞蹈辅导老师聂碧连在赛后曾向杨老师“刺探军情”，问舞蹈动作是哪个高手编的，演出服装是在哪里买的，得到的答案竟是——动作是杨老师“瞎胡乱编的”，服装则是杨老师找了校门口的一个小裁缝店“随便做的”。哈哈！杨老师好任性的高级凡尔赛！

初二时，县里举行语文基础知识大赛，我们62班的王朝晖、阳雄彪荣获一等奖，马汝萍获得二等奖，61班马柏华、周亦翔、刘旭明获三等奖。这支梦之队一鸣惊人，几乎囊括了所有奖项！后来马柏华又参加了邵阳市（当时叫地区）的语文基础知识竞赛，一举斩获一等奖！“学霸”实力，遇强则强，杠杠滴！

每年一届的运动会盛大隆重，颇有仪式感。运动会上涌现的健将还真不少！61班胡绍丽速度耐力兼具，短跑长跑全能！62班有飞毛腿肖玉华。运动场上，两人并驾齐驱，难分伯仲！62班男生队的阳立初，立定跳远、跳高都是摘金夺银的热门人选；李去非也是体育健将，奖牌大户，为我们62班立下赫赫战功。最有看头的要数女生篮球赛了！双方主力阵容：61班有阳翠峰、阳小秋、胡绍丽等；62班有罗健新、彭慧春、刘贡连等。

隆回二中高1966届共有13、14两个班，本届学子遭遇了“文革”废除高考的第一年，大学采用“自愿报名，群众推荐，领导批准，学校复审”的十六字方针录取新生。

抛开技术层面，比赛现场绝对很燃很嗨，女同学们实在太给力了，集体荣誉感在球场大爆发。双方防守严密，你争我抢，互不相让，各种花式大小犯规动作齐发，婀娜多姿，分外妖娆！比分胶着，难舍难分，尽管双方努力拼搏（也许用“肉搏”更贴切一点），最终的比分也基本定格在两位数以下。一场比赛下来，观众大饱眼福，笑声满场！只是把裁判累了个够呛。咱们的女篮精神，真强！

这些活动锻炼和提高了我们的综合素质，培养了我们积极向上、永不服输的性格。这些荣誉一直激励着我要走得更远！

幕后英雄，马师母

初中三年时光，匆匆地就流走了，留下点点滴滴的往事和回忆，留下丝丝缕缕的留恋和怅惘，留下一张沉默无言的毕业照……有一次无意中在照片左上角发现一个模糊的人像，难道是谁的“野像”不小心与我们同框了？我们的毕业照是在球场的台阶上拍的，而这个“野像”在后边教学楼二楼上，与我们的队列相距应该有几十米。经仔细辨认及反复考证，越看越眼熟——她竟然是我们的马师母！她默默地站在二楼尽头，倚着栏杆，微微侧着身子，远远地看着我们。照片上她的脸模糊不清，但她平日慈爱的笑容却异常清晰地刻在我们心里！太暖心了！让人瞬间破防而泪奔！也许是爱屋及乌吧，师母对62班感情至深。她淳朴善良，不善言辞，却总是在背后默默地关心着我们，甚至能叫出很多同学的名字！有校友回忆说，他最喜欢去马师母的窗口打饭，马师母慈眉善目，就像一位乐善好施的大善人，让每一个来窗口打饭的同学都“满载”而归，当然她也并不是慷公家之慨，而是不忍让一堆剩余的饭菜最后沦为猪食。此刻，师母完全可以并排与马老师坐在62班的C位！我忽然觉得好愧疚，这么重要的时刻，我们怎么就把她给忘却了呢？我们把荣誉墙上的奖状都取下来与我们合影，怎么就忘了所有荣誉背后的马师母？她太默默无闻了！此刻，我想代表62班所有同学向马师母说一声“对不起”！同时让我们对您说：“谢谢您，师母！”同学们取得的成绩，离不开马老师的奉献，也离不开您对马老师工作的支持，离不开您对我们的关心。

“虱”横遍野，毛里求“虱”

男生寝室就在教室上边的二楼，以地板为床，我们睡的是大通铺。晚自习后，回到寝室，我常常会使出一招“懒驴打滚”，一下子滚过好几个床铺，放松解压极了！这样的卫生环境和条件，几乎每个男生都无法幸免，身上都养满了虱子，说“虱”横遍野真的一点也不夸张！都说“虱子多了不怕痒”，那绝对是骗人的，因为我身（深）有体会

高1967届共有15、16两个班，本届在高二第二学期遭遇“文革”，教学秩序受到冲击，学生有半年左右的时间到处串联、游荡，后来在复课闹革命的规定下，重回课堂，毕业时大家连毕业证都没有。

啊！那么多虱子，漫山遍野，四处流窜，哪哪都痒啊！挠起痒来，左支右绌，顾此失彼，应接不暇，能不痒嘛？为了治理虱子，马老师想了一个妙招，别开生面地举行了一次抓虱子“比赛”。一次班会课，马老师宣布规则后，男生们回到寝室，脱下衣服互换，统计对方虱子数量，虱子蛋蛋（虱子卵）呢，大约是两个换算成一只虱子。女同学呢，头发较长，被分成小组，互相扒拉对方头上的“虱”地公园，马老师笑称为“毛里求虱”！按统计数据，×姓同学以微弱优势胜出！其实，大家基本差不多，我猜也许是帮×同学计数的那位对手捉虱子动作更娴熟一点吧！最后的结果也不过是50只笑51只罢了。通过这次“比赛”后，同学们也加强了个人卫生管理，加上医务室的支援，虱子治理，速见成效！

在那个物质极度贫乏的年代里，其他各方面的条件也很不如人意。例如，在如何回家这件事上，我们绞尽脑汁，为了节省8毛钱的车费，曾经有过雪中徒步回高平的经历。现在想来，这些困苦也是我们的财富，让我们比一般人更能吃苦，更有毅力，从而能走得更远。

母校二中，诗与远方

1985年9月，我高一入学被收编在二中123班，高二文理分科后，我选择了文科，进入了126班，也就在这个时候（1986年9月），二中顺着辰河的流向，从六都寨搬到了花门的赧水河畔。1988年，我高中毕业，不幸高考落榜。同年9月，我再次来到二中报到，继续“深造”，攻读“高四”。这样，在新的二中校园，我又待了三年。复读一年后，我考入邵阳师专。于是，1989年的那个夏天，我离开了二中，从赧水河摆渡到下一个港口——邵水河。

1992年大学毕业后，我分配到了高平的隆回三中。1994年7月7日—9日，我前往十二中（也就是原来的六都寨老二中）监考，而这一年恰好是二中母校的70华诞！彼时，当年教61班物理的阳新苗老师已经是十二中的阳校长了。从1982到1994年，整整12年，经过了一轮，我又重回母校故地。当年初一教室前面那棵石榴树依然还在，她静静地伫立在那里，仿佛在默默地等着我回来……

从春溪淙淙到辰河潺潺，从赧水河奔涌到邵水河浩荡，再到我辞职下海后在珠江、香江里徜徉，在法国巴黎的塞纳河漫步，在美国洛杉矶西岸浩瀚的太平洋海岸踏浪……凭着在母校二中打下的基础，我驾船航向一个又一个更远的远方……

隆回二中高1968届共有17~19三个班，这一届由于遇到“文革”，实际上只读了一年半就参与各种运动去了，毕业时大家也没有毕业证。

我的少年时代

❈ 刘思思

如果要用几个词形容我的少年时代，脑海里首先跳出来的词大概是平淡、无趣、乏善可陈。从十二岁到十八岁，我在隆回二中的校园里度过了人生中最青葱的少年时代，而记忆中的那段时光却近乎透明，又静默得如同二中校园里最平凡的草木。没有青春的叛逆与躁动，只有作息时间表上按部就班的日复一日；没有诗和远方的漫游，只有围墙里经冬复历春的四季更迭。多年之后，沿着记忆的脉络将这段少年时光徐徐展开，沿着二中那条种满香樟的小道往前走，那是熟悉的操场，操场前倾泻而下的迎春花藤，是青灰色的默深楼……

刘思思，女，1990年生，隆回西洋江人；2002—2008年先后就读于隆回二中初129班、高331班；湖南师范大学文学院文学学士、硕士；现居长沙，任教于某小学。

晚饭时间的下课铃一响，整个校园里即刻沸腾起来，通往食堂的那条主干道瞬间就变成了百米冲刺的赛场。男生们一马当先，左手端着饭盒，右手拎着热水瓶，仗着自己身高腿长，向前猛冲而去。女生们也不甘落后，凭着自己的轻巧灵活，在人群里快速穿梭。没有人指挥，却仿佛被一种强大的节奏感引领着，从校园的各个方向奔涌而来，脚步声、喧闹声、铁皮饭盒碰撞发出的清脆声响汹涌着澎湃着汇入食堂这个中心。为了在这场“食堂跑步大赛”中名列前茅，早在下课铃响之前的几分钟，教学楼中便开始暗潮涌动，班上最靠近楼梯口的后门不知道什么时候悄悄打开了，座位靠近后门的同学把凳子朝门口移了移，又微微挪了挪。“还有一分钟。”有手表的同学开始紧盯表盘，准备进入倒计时。坐在最靠近后门口的男生把一只脚稍伸了出去，身子朝门口倾斜，背微微弓起，如同架设在发射台上的火箭。“三、二、一！”倒计时的同桌同学一边偷瞄着讲台上的老师，一边用一种

隆回二中高1969届共有21~24班等四个班，恰逢学制缩短，原定于1971年夏天毕业的1970届25~28班，提前到1971年元月和21~24班一同毕业。

几乎微不可闻的声音宣布着这一庄重的时刻。整装待发的男生即刻从座位上弹起，可是下课铃还并没有如预想般响起，又以迅雷不及掩耳之势撤回座位上正襟危坐，然后埋怨地白了一眼倒计时的同桌。同桌懊恼地挠挠头："哎呀，这是北京时间，不是二中时间。"说话间，那急促的、拖着欢快尾音的下课铃声响了起来，立刻有一个人影几乎与铃声同时飞出了教室，留在众人或惊叹或懊恼的眼神里。那时候我们对此乐在其中，少年时的快乐似乎就是这么简单而纯粹，让看似无聊的小事也熠熠发光。

大家匆匆忙忙吃完饭赶回教室，往往也"另有图谋"。那时，每个教室都有一台电视机锁在柜子里，只有在晚自习前20分钟由班上的电教委员打开，通过校园电视台看一会新闻或节目。而不知道从什么时候开始，也不知道是谁，忽然发现把电视机的某根线伸出窗外再搜索频道，竟然可以搜到一个不知名的地方台，正好在晚饭时间段会播放电视连续剧。

于是大家一吃饭回来就央求着班上负责管理电视的电教委员："早点开电视吧。"而掌握这一权力和技术的电教委员拗不过广大群众的殷殷目光，只得打开电视机。开始调台了，只见他侧着身子，把一根电线伸出窗外，左摇一下，右摆一下。忽然，满是黑白点雪花的屏幕上闪过一帧画面，"啊！停！"在众人的一阵惊喜呼喊中，电教委员保持着刚才的姿势，小心翼翼地试探着。"有了！"电视机里传来了断断续续的声音，画质很不清晰甚至还在抖动，但大家已经十分满意了，围在电视机前，目不转睛地盯着那方小小的电视屏幕。而负责的电教委员则保持着刚才的姿势，等着下一位同学来接力充当人形支架。而这种机会并不多，因为一方面电教委员要冒着担责的风险，另一方面电视信号也时常并不稳定，所以能够顺利播放的时间就弥足珍贵。后来即使看过更大的电视，更精彩的节目，却总也难忘年少时的这段经历，那是属于一群人的简单的满足。

那时候觉得时间过得很慢，学校后面有一座小山，传闻叫老虎山，偶尔某个从教学楼回寝室的途中无意间抬头远望，惊奇地发现山顶绿了或又黄了，才感叹原来又是一秋。陪伴我走过这漫长少年时代的是我的老师们。初二的时候因为原班主任的身体抱恙，我们更换了一个名为刘琼的英语老师兼班主任，正值叛逆期的我们因为对老师的刻板印象，从一开始就对这位刘琼老师充满了敌意，哪哪都看她不顺眼。在班上一群极有个性的男生的组织下，我们班一部分同学还向校长信箱写了投诉信，据说校长还找其中的几个代表进行了谈话。而这之后，一切看似风平浪静，我们依旧不喜欢刘老师。某节英语课上，不记得是因为什么原因，刘老师忽然讲到自己的孩子，声音忽然就哽咽了："我每天出门的时候他还没有醒，我回家的时候他已经睡着了，一个星期我都没有见到他……"因为我们是封闭式的全寄宿学校，班主任老师几乎是从清早陪到深夜，她又讲到了我们，具

隆回二中高1970届25～28班，原定于1971年夏天毕业，提前到1971年元月和21～24班一同毕业。

体讲了些什么我已经忘记了，只记得她边讲眼泪就抑制不住地落了下来，当时班上有好些女生也低头抹起了眼泪，那一刻我们充满了愧疚，原来被我们敌对的老师默默付出了那么多，原来看似严厉无坚不摧的老师内心是如此柔弱。从那之后，我们慢慢接受了刘老师，但正值叛逆期的我们依然让她操了不少心，据男生讲，初三快毕业考试的那段时间，男生寝室凌晨两三点钟讲话，还被她抓住了。第二天一早刚出寝室大门又碰到了一脸困意的她，他们怀疑刘老师是不是守了一个晚上。当时的我们对这一切并不以为意，现在想来对于刘老师充满了愧疚与感激。

进入高中，迎接我的是一位名为阳林的男班主任老师，他个子很高，瘦瘦的，眼睛微微凹陷，看起来很深邃，瞪起人来的时候又如老鹰般锐利。我记得他在开学第一天跟我们讲的话："从今天开始，希望你们为自己设立一个目标，然后朝着这个方向努力。"阳老师对我们看起来几乎是放养的模式，由班长自行组织班干部团队，每月轮换一次，座位是根据量化分的排名先后自主选择，班上的大多数事务他都放心地交给了我们自己完成。他看起来是个很懒的班主任，但很久之后我却深深感佩他的智慧，他让本来紧张的高中生活依然自由而轻盈，才生长出属于我们自己的力量。我永远记得他在跟我们交谈时，因为个子比我们高，总是会微微佝着背，低下头耐心地听我们说。他会在考完试之后和我们交流时安慰我们，每一次考试注定是有遗憾的。我尤其记得高考结束那天晚上的晚会上，班上一个男生当着全班同学的面对着阳老师跪下，阳老师想把他扶起来说话，他却执意如此，他郑重地朝阳老师磕了个头感谢阳老师，他哭了，阳老师的眼眶也红了。我并不知道其中发生了什么，我想一定是极深极重的感情，才会让一个十七八岁的心高气傲的男生通过这样的方式来表达自己对老师的这份感念。

少年时代陪伴我成长的老师还有许多，他们的形象至今历历在目，他们温柔耐心又细致地陪着那一群懵懂叛逆的少年走过青葱年华。许多当年不曾懂得的细枝末节，现在想来那是被这些师长温柔守护的岁月。除了感恩，亦有愧怍，愧怍于自己并没有完成老师们的期许，没有拿得出手的成就。亦愧怍于自己毕业之后几乎再没有回去看望老师们，也未曾当面向老师们表达感谢。曾经的这些老师们，不知是依然守望在二中校园里或已退休，这复杂的心绪，唯有寄于文字，致敬陪伴我少年时代的老师们。

少年时总是幻想着长大后的模样，期待着校园外自由自在的广阔天空，而当真的走出二中的校园很远很远，再回头张望那段时光，才发现那些平淡琐碎的日子也是独一无二的珍藏。曾经只想快点走出二中的高墙，而今却多想回到那年的课堂，再走一走那细雨朦胧时的樟树林，闻一闻玉兰的清香……

隆回二中高 1971 届共有 29~31 班等三个班，1969 年春天入校，1970 年冬天毕业。这是学校首届两年制高中班，一直延续到 1983 年。

那一年，我们大醉一场

※杨　国

杨国，男，1977年生，隆回县金石桥人；1990—1996年先后就读于隆回二中初中78班，高中177班、176班，1996—2003年在复旦大学生命科学学院学习，获硕士学位；现居上海，任职于某医药公司，从事新药研发工作。

三十多年前，我在隆回二中度过了六年时光（1990—1996）。感恩在二中的六年，让我跳出农门，考上大学。大学毕业后一直身在他乡，但心底总念着故乡。白云苍狗，沧海桑田，二中早已不复旧时模样，而那些年、那些人和那些事，却不时浮现于脑海。

卧谈会

经过一天的紧张学习，躺在床上，三五好友，海阔天空，瞎侃神聊，在隆回二中却非常难得。每晚，学生会的干部、政教处的老师，走马灯似的穿梭，哪有风吹草动，他们就会突然冒出。想要聊天，那肯定要等到第一轮查寝以后开始，不过有时他们还会杀个回马枪，令人不得不防。初中时候，大家还比较安分，卧谈比较少，也不敢太过放肆。高中就大胆多了，我们曾有过几次“卧谈通宵，第二天照常上课而不瞌睡”的记录。

卧谈的内容，大多不足为外人道也，绯闻八卦，时事政治，家长里短，应有尽有。

高一时，熄灯铃响后，我们聊兴正酣，敲门声山响，进来的是政教处的邹启文老师，他高大威猛、声如洪钟，把我们几位熄灯讲话者，一股脑叫到班主任孙立安老师那，也少不了绘声绘色地把我们卧聊之事描述了一遍。雷声之后，必有暴雨，心中不免惶恐，就等孙老师发飙。万万没想到，孙老师却是和风细雨地问我们，在讨论什么，这么晚还不睡，都快半夜了。我们就说是因为邹老师在外面大喊大叫地抓学生，吵得我们睡不着，于是大家开始选举寝室长，这么一个拙劣的谎言，居然蒙混过关了。

隆回二中高1972届共有32~35班等四个班，1970年春天入校，1971年冬天毕业。

我们都知道，孙老师心如明镜，他不拆穿我们，打发我们赶紧回寝室睡觉，别影响第二天的学习。以后虽然还是少不了卧聊，却再也没有聊通宵。

米师傅

认识米伯良老师的时候，我已是初三，那时他刚调到隆回二中，教初77/78班物理。第一堂课，他轻松幽默地自我介绍，喜欢自称“本师傅”，从此我们背后开始叫他米师傅，喊顺口了当面也叫米师傅。熬到初三，我成了物理课代表。物理课代表的本职工作，就是送作业给任课老师。

跟米老师的日常交往并不多，只有每周送作业的时候，才会单独相处一会，这却是我一周最开心最幸福的时刻。只因米师傅一直误以为我成绩非常好，总拿我和年级前几名相提并论。其实我也就数理化还凑合，其他科目平平，英语更是惨不忍睹，成绩总在班级二十名、年级三四十名左右徘徊。米老师的谬赞，让我很是尴尬，大概虚荣心作祟吧，我没否定米老师的夸奖，暗自替自己鼓劲，只有努力学习，才能对得起老师的鼓励。

在米老师日复一日地肯定之下，我的自信心开始膨胀，数理化开始领先，其他科目也有所提高。

在物理老师米伯良和化学老师文保佳的推荐下，我和其他两位搭档一起代表二中参加县教委组织的“初中生理化实验操作大赛”，带队老师正是米师傅。抽中的实验是我主操作，其他两位协助，因为我的重大操作失误，大赛成绩惨不忍睹，大概是全县七八名吧。我非常失落，也很是自责，米师傅作为指导老师当然脸上无光，然而他却一直在安慰我，鼓励我，让我继续参与即将到来的物理和化学联赛，当然后来我的发挥也还不错，物理和化学都是县里一等奖。

初三是我初中阶段进步最快的一年，我从年级三四十名居然进入前十名，超水平发挥还能进前五，有幸成为免试直升隆回二中高中部的“十人团”成员。

初三毕业，米老师送了我一本《高一物理》和《高一化学》甲种本。高中阶段，虽然没法再聆听米老师的课堂教诲，但每次校园遇到米师傅，总能得到满满的鼓励。米老师建议我学医，因为种种原因未能如愿，但我从事新药研发，也算是跟学医相关吧。

离开二中以后，我还一直和米老师保持联系，再次聆听米师傅教诲，已是2014年二中九十年校庆之时。下次再会，估计是二中百年校庆了。到那时，我一定要跟米师傅好好拥抱一下。

喝醉了

李娜的《好人一生平安》里，有句歌词“谁能与我同醉，相知年年岁岁”，还真别

隆回二中高1973届共有36~38班等三个班，1971年春天入校，1972年冬天毕业。

说，在一个春风沉醉的晚上，陈哲、唐军、李曦、彭国胜和我，曾经醉倒在二中“黄土高坡”下的宿舍里。

大约是1994年的一次月假吧，几个没有回家扛米的小伙，紧张学习之余有了难得的放松时刻。闲着无聊，我们去隆回二中后面闲逛，偶然看到很多小小的竹笋（非普通竹笋，外地叫作“扁尖”），遂采之，一路下来，收获不少，约两斤左右。带回宿舍，自然想到把它变为美食。去皮，砍了两斤猪肉（想多砍，可惜囊中羞涩），在校外一家小饭馆炒了，装了满满的一饭盆。有肉自然不可无酒，一瓶邵阳大曲，一瓶竹叶青，兄弟几个，在隆回二中后面的“黄土高坡”，盘腿坐下，大口喝酒，小块吃肉，不亦快哉。也许是因为空腹，也有可能是大家酒量的确不咋的，五个人，两瓶酒下肚，居然都开始飘飘然了。

带着几分酒意回到寝室，唐军和陈哲最先撑不住，倒在床上，然后就是陈哲开始呕吐，这家伙在上铺，从高处倾泻而下，酒味开始在寝室弥漫。唐兄倒好，倒头睡了，没有一点声响。我们其他几个稍微好点，不过也是闲得无聊，怎么看床怎么不顺眼，于是决定把床移个位置，于是三人借着酒意，搬了起来，在轰轰烈烈的搬动中，把寝室所有床移了个遍。

闹够了，就累了，累了，自然就睡了。次日起来，日上三竿，酒劲全消。犹记得唐军一醒来就大呼：“不会来小偷了吧，床怎么换位置了？”

这是我平生第一次醉酒，没有像刘伶一样“天地为栋宇，屋室为裈衣”，也没有李太白的“斗酒诗百篇”，只有陶渊明的“此中有真意，欲辨已忘言”。同醉至今，已过去三十年。陈哲成了南华大学附二医院的主任医师，曾作为第一批志愿者，参与2020年那场震惊全球又可歌可泣的武汉抗疫战役。唐军现为蓝思科技副总，曾以个人名义捐资印刷隆回二中九十周年校庆图书《早春时节》7200余册，赠全校学生人手一册。李曦更是才高八斗学富五车，数理化罕逢敌手，还是文学青年，时有诗作见于《凤声报》，现居南昌，为某国企总经理。国胜兄乃文学青年，不写诗词，好写小说，曾任《凤声报》副主编之职，有多篇小说见报，也是高中就赚稿费的主，为人豪爽仗义，有古名士之风，现为贵州师范大学历史系教授。

1996年离开二中以后，却总是无法聚齐五人，共谋一醉而不可得。时至今日，何日无酒？何日无肉？但少可以共醉之人耳。若能再次同醉，二中这些往事，便是极佳的下酒菜了。

隆回二中高1974届共有39~44班等六个班，1972年春天入校，1973年冬天毕业，根据学习成绩，班级后来重新进行了分化组合，其中43班定为“后进班”。

与尖子生共舞的日子

❈ 欧阳立群

1978 年，我进入高二，学校进行了一次分班考试，按照文理、重点、非重点重新进行分班，我被编入 72 班。面临高考，高二成了重点关照对象，主课全部换成了一线骨干教师，当时的师资配备堪称“史上最强”——语文张嘉兴、数学陈昌合、物理阳伯龙、化学宋鹤鸣、政治廖春和，英语是刚平反恢复工作的袁愈生老师负责教学，其他辅课基本停止。教学采用标准的应试教育模式，通过反复练习和模拟，提高熟练程度，训练应试技巧。

欧阳立群，男，1963 年生，隆回荷田镇黄皮岭人；1977—1979 年先后就读于隆回二中高 74 班、高 72 班，1983 年和 1990 年分获北京航空航天大学学士学位与上海交通大学硕士学位；毕业后先后在云马飞机制造厂、上海智力开发研究所、中国华源集团上海恒盛投资管理有限公司和上海恒生投资发展有限公司等单位工作。

72 班人数达 65 人，教室显得拥挤。班主任由专带毕业班的数学老师陈昌合担任。陈老师个子高挑，年富力强，注重形象，不苟言笑，不怒而威，教学严谨，在讲台上授课，声音洪亮，中气十足，是学校的教学骨干和中坚。

陈老师管理下的 72 班集体生活堪比军营。天蒙蒙亮，电铃一响，大家立刻起床，端着空脸盆来到教室外走廊集合，参加早操。脸盆紧挨放着，里边摆着毛巾。每天值班不参加早操的同学，到水房用桶抬水过来，小心地平均分到每个脸盆里。时间长了，热水早已不热。早操结束后，大家回来匆匆洗把脸，进行早自习，一天的生活就这样开始了。

半军事化的生活管理出奇严格。为引起大家重视，保持高考临战的良好状态，陈老师采用各种激励办法。说得最多的，就是“龙虫论”“皮草鞋论”，即考上大学的人是龙，考不上大学的人是虫；考上大学的人穿皮鞋，考不上大学的人穿草鞋。浅显直白的道理，通过陈老师反复宣讲强化，人人心领神会。同时，陈老师采用高考倒计时，提醒同学们保持紧张兴奋，避免懒惰懈怠。

隆回二中高 1975 届共有 45～53 班等九个班，这是二中高中部班级较多的一届，前无古人，直到 20 世纪 80 年代学校办复读班才打破这一纪录。

最高压的政策莫过于废除学号终身制，依据最新成绩，动态排名，张榜公布。为鼓舞士气，陈老师常用前两届成功考生的例子激励我们，包括张敏、周田、张建秋等“学霸”，日复一日，这些名字我们都耳熟能详了。

为长期保持高效学习状态，陈老师呕心沥血。午休时，同学们趴在桌上睡觉，陈老师在前面讲台，搬来竹藤靠背椅，陪着一起打个盹。其实，竹藤椅靠背很低，无法放松，而且他还要随时关注全班同学的动静，所以，陈老师很难入睡，大部分时间是假寐。

陈老师的卧室兼办公室，从教室前面讲台旁的一扇门进去。教室左侧一排窗户，右侧前后两扇门。陈老师会不定时察看动静，有时从前门出来，有时从后门进来，还有的时候，站在左侧的窗外静静地盯着。陈老师神出鬼没一样的全方位监督，让同学们感觉他的眼睛无处不在，大家都不敢偷懒捣蛋。

在陈老师眼里，同学们的午休，必须绝对保证，不容半点干扰。那年夏天，有位远道而来的同学妈妈，送来滋补食品，在教室外叫唤同学名字。正值午休时间，不少同学被吵醒，可谁也没敢动，都保持原状假装在睡觉，包括那位同学。陈老师起身，将教室门打开条小缝隙，出去后返身将门拉上，站在门外低声而严肃地批评了这位家长。家长小声认了错，物品请陈老师转交，和儿子面都没见就回家了。这一切，在寂静的夏日中午，同学们听得真真切切。

陈老师的严谨和认真，体现在学生管理上，更表现在他的教学业务上。他的板书和讲解很讲究，一丝不苟，层层递进，条理分明。遇到好的试题，他会冷不丁地走进来，一言不发，将题目书写在黑板的一角上。等大家注意了，思考过了，他再慢慢讲解。难题讲解完毕，陈老师会观察同学们的反应。如效果理想，他脸上会难得地浮现出惬意的微笑。他会将费时的板书，预先写在黑板上，以挤出更多时间在课堂上讲解。我坚信，陈老师的课堂板书或者教案，一定可以奉为经典。

72 班的生活，并非全部围绕高考。紧邻教室左侧是校园大操场，配备了些简陋的锻炼设施。课后间隙，三三两两利用单杠做引体向上和翻滚，成为我们的放松方式。班上订了两份报纸——《中国青年报》和《参考消息》，每天新来的报纸，压在教室前面右侧门边的报刊框内。大家读报很积极，我更是最感兴趣。

记得当时青年报连载中篇小说《第二次握手》，隔几天登一部分，大家看得如痴如醉。小说中的男女主人公苏冠兰和丁洁琼，叫人至今难忘。主人公年轻时第一次海边相遇，丁洁琼溺水，被海浪冲到海滩上，全身湿透，被苏冠兰救起。久经磨难后，人到中年两人重新相遇，平反后一个厂长一个工程师，第二次激起爱情的浪花。同学们私下反复讨论海边初次相遇的情节，苏冠兰英雄救美，羡慕极了。

隆回二中高 1976 届共有 54~59 班等六个班，1974 年 9 月—1976 年 6 月在二中就读，没有所谓的重点班和文理分科。

陈老师不在时，我和阳勇坚、周田佳到他办公室做作业。桌子不大，无法同时开工，三人就轮流做。田佳比较认真，我和勇坚则不甚专心。陈老师订阅了《大众电影》杂志，偶尔放置在办公桌的右上角。勇坚小心翼翼地翻出来，大家一起偷偷地瞄上几眼明星美人照，再轻轻放回，保持原状，陈老师似乎从没有发现过。

高考前的气氛十分紧张。由于住校，早晚自习时间充裕。每位任课老师均很负责，不定时来教室查看，答疑解难。但在同学们看来，如果任课老师到来时，没有复习他教的课程，内心难免有所歉意和愧疚。鉴于此，许多同学将每门课的教材，都摆在桌上，哪位任课教师来查，就复习他的课。有一次，化学老师宋鹤鸣、物理老师阳伯龙、数学老师陈昌合三位老师同时来了，大家手足无措，不知该复习哪门课。老师们感觉到了同学们的不便，相视一笑，陆续离开了教室。

在陈老师授意下，学校在高考前举行了庄重的表决心仪式。那天下午，同学们列队从教室出发，我带队走在最前面，陈老师在全班队伍边上跟随，一路敲锣打鼓，径直来到金步云校长办公室外的过道上，金校长笑眯眯地站在那迎接。在校长面前，我拿出稿子，照本宣科地念起来。我略显紧张，表决心时偷眼观看校长。金校长十分高兴，脸上洋溢着满意的笑容，当场给同学们鼓劲打气。

1979 年高考前夕，陈老师把我叫到办公室，我发现父亲在那等候。原来，在湘运开卡车很少关注我的父亲，竟然破天荒来到二中。父亲买了两斤白砂糖专程送来，在高考那几天补补身体。白砂糖一斤一包，纸包好后用线扎住，摆在陈老师办公桌上。

高考考场就在二中校园里。考试时，金校长来教室巡视了一趟，并在我的身后注视了一会，观看答题情况。这届化学考试时间安排靠前，前面的实验题很多，耽误了很多时间，后面两道熟悉的大分计算题，反而没时间做，考完后大家士气低落。第二天考前，阳伯龙和陈昌合老师在操场给大家鼓劲，说大家不要着急，兄弟学校比我们考得更差。忘记化学吧，全力考好下一科。老师的话果然起了作用，物理考试比较顺利。考完刚出来，阳伯龙老师单独找我，挨个问了那些题目是如何作答的，我一一汇报后，阳老师简单说了一句，考好下一门！不过从他微笑放松的表情看，应该对我的答案是满意的。

高考结果发布后，72 班同学有 20 多个人考取了大中专院校，其中有 3 位同学被北京航空学院（今北京航空航天大学）、湘潭大学、中南矿冶学院（今中南大学）等重点高校录取。粗略统计，记录在册的 65 位同学中，50 多位最终通过高考考取各级各类学校的方式进入工作岗位，最终没有成功跳出“农门”的不足 5 名。我本人当年拿到了北京航空学院的录取通知书，在老家挨家挨户向邻居辞行时，乡亲们都往我口袋里塞鸡蛋，让带在路上吃，并叮嘱一定要在天安门前照个相寄回来，去纪念堂看看毛主席。怀揣沉甸甸的乡愁，15 岁的我第一次离开二中，离开家乡，开始了独自在外的人生旅途。

隆回二中高 1977 届共有 60~65 班共六个班，1975 年 9 月—1977 年 6 月在二中就读，这是实行推荐上大学的最后一届，平时考试中，有些学科（如政治）可开卷考试。

只此少年时光

※江　萍

江萍，女，1969年生，隆回六都寨人；1984—1988年先后就读于隆回二中高117班、116班、126班；北京大学哲学学士，清华大学金融硕士，中国人民大学传媒经济学博士；现居北京，担任中创协资本创始合伙人、中创协·赤子母基金执行董事。

向往县城北面那所叫作隆回二中的高中，只因为她的一池荷花，还有荷塘旁边的楼上，总是有悠扬的笛声。

我放弃了中专考试来读高中，很多人认为我心高气傲，一个女孩还想考大学——父母都是双职工，接班就是嘛，考么子大学？

来到心仪的隆回二中。她坐落在雪峰山脉西山脚下，为资水支流辰河所环抱。魏源湖水库就在中学后山腰旁，远远望去像一面蓝色的宝镜，静躺在绿山白云中。

二中所在的六都寨，是县城第二大镇。曾有数个“三线”国企建于此，有名的要数隆回造纸厂、隆回酒厂。当时，二中附近的辰河河畔，已有人淘金，后来小镇富翁如雨后春笋，即便如此，“唯有读书高”之风气，在小镇仍很浓郁。

在二中，我找到了自己的一片新乐园。不仅能与初中时就心仪的舞蹈队翩翩共舞，还能领略合唱团、管弦乐队风采，最让我着迷的，当属“默深文学社”。

默深文学社成立于1984年，其创刊号《风声报》，是全国十大校园文学社团刊物。至1999年，创刊才十五周年，却11次获全国优秀社刊奖，名扬海内外。文学社可谓群星璀璨，人才济济，当时二中就有5人入省作协，其中马萧萧更是全国十大校园诗人（排名第二）。

我兴趣广泛，又是镇上国企子弟，交朋处友，不看出身，不论成绩，而且性格随和，故人缘颇好，在高中交了不少单纯而真诚的好友。当时，不少帅哥美女也都认识我，我竟然好几次成了

隆回二中高1978届共有66~71班共六个班，本届学生年龄差距较大，很多都是过去的复读生进来插班就读。

人家递纸条的“红娘”。

二中学习与生活最值得记录的一笔，当属那些令人惊艳的优秀老师。

高一，曾是我遇良师最多、并对理工科产生浓郁兴趣的一年。那些博学而有趣的数理化生老师，他们的每一堂课都令我全神贯注。

首先是化学老师黄贵华，人称“摩尔”。他戴着金边眼镜，风度翩翩。他一上讲台，有趣的神态，立马吸引了全场注意力。他的实验课堂，变魔术一般，总是那么引人入胜，下课铃响了我们还沉浸其中。

与化学老师风格不同的，是稳重而有条理、谆谆善诱、像福尔摩斯解密一样抽丝剥茧、引导你下回分解的物理老师廖名齐与生物老师邹锡国。高二上期，我的生化成绩仍一直逼近满分，物理也是优秀的。

令我印象最深刻的，是数学老师。高一数学已开始有点难度，有时题目一出来，台下几乎无人举手。而此时，文采书法皆斐然的数学老师朱贤舜先生，就会毫无征兆地开始点我名，让我上台答题。我大脑一片空白，硬着头皮上台。在台上，迅速再审一遍题，心里有了思路，竟然鬼使神差地解答了出来。后来我每逢重大考试，尤其高考，都会超水平发挥，这项潜能大概是那个时候被朱老师发现并激活的。

到了高二上学期，我发现自己数学天赋不够，优势不突出，到高二下，我决定“改理学文”。人一辈子很漫长，但要紧处往往只有几步。若当年不放弃中专改上二中，若没有高二下“改理为文”，我应该是考不上北大的。

比较幸运的是，不管我选择去理科 116 班，还是回文科 117 班，我的语文老师一直是范善成先生。事实上，从高一起，我就被他的课深深吸引住了。范老师的课，是文化与精神的顶级享受。

高一开学没多久，范老师就给了我们一篇上年度的高考语文真题试卷。我好奇地做完试卷后，又回家专门针对试卷，做了一份高考语文知识点及能力测评分析图。这份分析图被范老师要求张贴在教室门口与黑板侧示范。这让我和同学们，一下子近距离感受了高考。范老师平时的讲课，并没有太多应试的痕迹，但是他把精神与灵魂、少年人格与价值观的培养，悄然融入每堂课绘声绘色的讲解中，真所谓润物无声。上范老师的课，心灵是喜悦而自由的。我很喜欢范老师给我们布置的周记。我的周记，包罗万象，天马行空。有对狂风骤雨中雏鸟恐慌地摇曳在闺楼窗前柚树上整夜的担忧；有因父母支农“双抢”而跟着踏上田野的喜悦；有对时代不良现象的深刻思考；有对新生事物的鼓与呼……

地理老师周青云先生，是来自北京师范大学的资深教师，其立体活泛、类似理科的

隆回二中高 1979 届共有 72~78 等七个班，其中 72 班为理科尖子班，应届考上学校的人大部分是 72 班的。

教学方法，让每节课下来，课堂内容我不需反复记忆，就已全部印记于脑。历史老师刘益轩先生，是湖南师范大学的高材生，也是我远亲，高三时我寄居在他家，但历史却差点拖我后腿，原因是我上课开小差都去遐想老师讲的课外史料去了。政治老师是思路清晰、年轻有为的刘杰贤先生，或许是我受益于阅读《新华文摘》等政论文章，我的政治学习是愉快而轻松的，以至于我高考时差点迟到也没影响我照样拿高分。

值得一提的，还有两位优秀的女性英语老师，一位是我高二读理科时的班主任庞求娥老师，她在我申请“理转文”时特意来我家做工作，并去校方保证我能学理科考上重点大学，庞老师的独到细致令我震撼与感动。另一位是我文科复读时的英语老师兼班主任丁乐云老师，她如沐春风般的笑容永远是最治愈的良药，她担心我早恋，把我和另一位女生邀请到她家寄宿，真是用心良苦。

按同学们的说法，我从一个活跃、精力旺盛的社会活动家，变成如今能坐冷板凳的学问钻研者，令人佩服。回想起二中的求学经历，我能走出大山考上北大，有一些感慨。

首先是父辈的期待。“山窝窝里飞出金凤凰”，是那个年代家长对孩子的普遍希望。

其次是榜样的力量。我在高二就思考，好朋友都离开小镇，跨过长江，跨过黄河读书去了，世界那么大，我也想去看看。恰在此时，我在二中的广播中，听到了闺蜜的哥哥在武汉大学获优秀学生奖的喜报，从此他就成了我的偶像……

最后是把书越读越薄的乐趣。这方面表现最明显的是历史科目。高考历史与会考不同，不是死记硬背，而是打破教材局限，还原历史真相。历史事件纵横捭阖，历史现象错综复杂，又交叉关联，需要剥丝抽茧，从纷繁的历史事件之间洞察其客观规律、因果趋势，甚至相关启示。而当达此境界时，所有的知识点均已化零为整，为我所用。将书越读越薄，不仅是方法，也是能力。

回首半生，我能有今天，其实要感谢在二中做出的“理改文”决定。刚进二中时，我并不清楚自己想要什么，高二“理改文”时，我已做出重大抉择，那就是我要考重点大学。高二会考结束，我已清楚，自己可冥想“至少能坐在中山大学的教室里听讲，并开启更广阔人生”了。当然，随此冥想同来的，便是魏源的《海国图志》、黄埔军校里的飒爽英姿、为中华崛起而读书等意象，一种豪情油然而生：今日我以二中为荣，来日二中以我为豪。

是的，只此少年时光，终生难忘，当有更好明天。

隆回二中高 1980 届共有 79~86 等八个班，本届特点有二：一大特点是改革开放后第一届从全县北面五个区统一招生选拔上来的；二是高考预考制度也是从 80 届开始实施的。

恰同学少年

※ 张建国

1996年9月1日，这天大清早，母亲带着我从长铺赶最早的班车到隆回南站，然后再花五毛钱，坐三轮车到隆回二中。终于可以走进二中，我有点激动，也有点忐忑：这里藏龙卧虎，高手云集，竞争激烈，虽然原来我在天福中学成绩还不错，但是在二中，能不能继续保持优势，甚至更上一层楼？

张建国，男，1981年生，隆回三阁司人；1996—1999年就读于隆回二中高191班，2003年毕业于长沙理工大学；先后就职于日本白央印刷株式会社、深圳市鄂信钻石科等公司，现任深圳市铭镭激光外贸总监；足迹遍布欧洲、美洲、中东、东南亚等大半个地球，到访50多个国家和地区，为中国出口贸易做出了自己的贡献。

我很庆幸被分到了实验班高191班。班主任曾世明是一名非常负责任的优秀老师，班干部成员以阮丽娟为首，与肖智勇、马飞勇、王波涛等一起，把班级管理得井井有条。我们一方面认真学好书本上的知识，另一方面也力求德智体美劳全面发展，力争一项也不落下。学校的各类比赛层出不穷，数理化奥赛、作文比赛、英语演讲比赛、书法绘画比赛、球类运动赛等，给我们的高中生活增添了不少色彩。

有趣的物化

高中的学习生活是紧张而充实的。我们在课堂上聆听老师的讲解，深入理解知识的奥秘：知道了水通过电解可以制造出氧气和氢气，氢气在氧气中燃烧又会生成水而不会产生一氧化碳和二氧化碳，是名副其实的清洁能源；石墨和钻石互为同素异形体，本质上算是碳元素的两个孪生兄弟，不过由于晶体结构上的差异（碳原子排列方式的不同）导致两者在硬度上的天壤之别，石墨质地柔软，钻石坚不可摧。学到这些时，我特别感兴趣，越钻研越感觉知识的奥妙无穷。都说钻石昂贵，世间流传一句话“钻石恒久远，一颗永流传”，还有说“钻石恒久远，一颗就破产”，想

隆回二中高1981届共有87~94等八个班，其中87班为理科尖子班，应届考上学校的同学大部分是87班的。从这一届起，学校开始招收复读班。

到这里，我结合物理和化学的知识，了解分子结构，了解改变分子结构的物理环境和化学环境，知道了碳原子可以通过物理反应或者化学反应两种方法来改变分子结构，从而创造出人造钻石。当然，此类的知识太多也太过奥妙，我们一方面要博览课外书，有选择性地吸收，同时也不能耽误课本知识的学习。

我们在图书馆中埋头苦读，为了解答心中的疑惑；我们在实验室中做实验，亲身体验科学的魅力。这种学习方式虽然艰辛，但每一次解答出难题，都会给我们带来无比的满足感和成就感。

多彩的文学

二中的校园文学源远流长，全国闻名。诗词、散文、小说佳作不断，文学才俊群星璀璨。

在学好书本知识的同时，默深文学社会员在多才多艺的文学指导老师半夏子的带领下，经常参加各种笔会，寻找创作灵感。其时文学人才辈出，蒲友德、袁飞（忆梦）、王旭初、魏兰芳、郑明富、黄勇军、郭时碑、晏志成、孙泽斌、陈卫民、朱宏标、周玉意等，都是当时学校有名的文学干将，其中默深文学社社长蒲苇（原名蒲友德、蒲荔子、后改笔名李傻傻），后来被评为“80后中国文坛实力五虎将之首”，也被称为“少年沈从文”，并在2005年6月登上了美国《时代》周刊（全球版），作为“中国新文化”代表人物进行专题报道。高中时候，二中的刊物《风声报》曾整版刊登了李傻傻的诗歌和小说，诗人魏斌曾对李傻傻的诗给予了高度的评价——充满希望的敞开与抵达。

当时佳作如雨后春笋般涌现，除了李傻傻的诗，还有魏兰芳的《唤魂》、孙泽斌的《雾魂》、我的《望云山云海》、郑明富的《衣锦还乡》、袁飞的《芳儿》、谭剑的《自卑 自负 自强》、陈琦的《狐狸岛游记》等，都是那时候的佳作。

青春的风采

高中的生活是欢乐的，青春是多彩的，结下的友谊是深厚的。我们一起度过了许多难忘的时光，一起分享了无数的欢笑和快乐。我们一起参加学校的各种比赛，我们在一起谈论电影、音乐、书籍，分享彼此的梦想。我们在一起度过了困难时期，一起面对了生活中的挑战。这些经历让我们更加深入地了解彼此，也让我们更加珍惜彼此的友谊。

由于隆回二中实行的是封闭式管理，在课余饭后，操场和“黄土高坡”便成了我们展现青春风采的最佳场所。

丁字楼前面的操场上，食堂下面的灯光球场上，都是我们一展三步扣篮绝技的最佳场所。191班的宁晓明、黄博学、刘仁湖、刘云等人，高高的个子，弹跳力特别好，传

隆回二中高1982届共有95~101等七个班，其中95班为理科尖子班，应届考上学校的同学大部分是95班的。

球也特别准。在与郭时碑带领的校篮球队的比赛中，宁晓明和黄博学身子特别灵巧，他们发球、运球、传球、断球、拼抢、投篮……双方运动员个个生龙活虎，激烈争夺，气氛紧张，我们的眼睛都瞪得老大，紧紧盯住篮球被传来传去，嘴里不时高喊："191，加油！191，加油！"在啦啦队歇斯底里的呐喊声中，黄博学三步上篮，腾空一记三分球，"好球，漂亮！"当然校队也不是吃素的，几个左冲右突，也不甘示弱，最后比分不相上下，双方势均力敌。192 班的黄国才，个子不高，投球的命中率超高，没有花里胡哨的动作，在三分线外面可以背对着篮筐投篮，三分球，太牛了！

挥洒汗水赛足球，驰骋绿茵展风采。在文学创作上，我们与文科班确实相差一截，但是在运动场上，191 班的足球队当时是全校有名，不管是与 195 班的足球队比赛还是与校足球队的比赛，191 班很少败北，比较勇猛的黄荣光、陈才、拿破仑（胡盛年）、阳恩峰、肖智勇、土匪（胡伟）、将军（谭承海）、凯老大（欧阳凯）、杨会勇，还有守门员王球保，个个都是运动健将，在"黄土高坡"上，个个动作敏捷。当然友谊第一比赛第二，虽然在绿茵场上个个杀得眼睛血红，但是赛后总能收获最纯真的友谊，友谊万岁！

青涩的情愫

花季雨季的少男少女，情窦初开。一旦有了目标，就开始默默追求，得到的最多的回复可能是"谢谢你的喜欢，但是我想考北京××大学，要不我们一起努力，去那里相约，好吗？"这回答给了对方满满的希望与力量，这比老师苦口婆心劝告的效果好多了。从此以后，追求者一心埋头苦读，倒还有那么几例，如愿相约北京××大学，成为神仙眷侣，一时传为美谈。比如我们 191 班的魏利才和罗梅英就牵手成功。

1997 年的 11 月 29 日晚，半夏子老师带领我们默深文学社的社员跟隆回六中的文学爱好者们，怀着激动的心情，拖着疲惫的身躯，听着响水泉的咕噜噜水响，伴着朦胧的月色，登上了望云山山顶。期间我第一次与异性拉手，躁动的心，开始如小鹿乱撞，默默写下一首《牵手》：

> 一篇怀旧的散文/两扇初开的心门/一次黑夜的牵手/两颗悸动的灵魂/山顶乳白的云朵/山涧低鸣的泉水/山泉流淌着花季的幻想/云海遮掩着雨季的惆怅……

高中三年，有趣的物理化学知识、丰富多彩的课外活动、青涩而甜蜜的情愫、纯真而深厚的友谊，犹如钢琴曲的不同乐章，三年点滴犹如不同的音符，一起演绎了我们那段激情的岁月。恰同学少年，白衣飘飘、歌声嘹亮！

隆回二中高 1983 届共有 105~106 两个班，本届特点有二：一是最后一届两年制的高中班；二是本届有陈东军、蔡水平考上清华大学，成为恢复高考以来隆回县首批清华生。

高 178 班众生相

❈ 魏鹏飞

近日，无意间翻及隆回二中首个实验班——高 178 班的老照片，二十余年过去了，大家都还是过去那个性格，而后续的人生之路，大部分都契合了这个性格，这就是所谓的性格决定命运吧，一如老人说：三岁看小，八岁看老。

魏鹏飞，男，1978 年生，隆回司门前人；1994—1997 年就读于隆回二中高 178 班，后毕业于东北大学冶金工程专业；现居湖南株洲，株洲汉谋商务咨询有限公司创始人。

周新，高一是班上的小不点，比我们小了 2~3 岁，我们班大部分人都是 1978 年出生的，这厮居然是 80 后。不过到了高三，他就变成班上的大个子了，导致我经常被他“欺负”，出去散步他总爱把手搭在我肩膀上，难道是为了报复我高一时把手搭在他肩膀上的行为？厚积薄发，低调内敛，周新这个性格一如他的身高一样，不经意间，就收获硕果累累。他考试前常常说，哎，我考得不好，结果考出来总是名列前茅。最后这家伙应届考上兰大，兰大偏安一隅，是低调内敛的 985，非常契合周新的个人气质，正所谓：

周家村里一小生，低调务实暖人心；
自是兰大树一帜，西北汉子卓不群。

康一丰，这位同学高中最爱指点江山，激扬文字。每日茶余饭后，休闲时间的辩论主角必然是康大同学。而且康大同学的辩论总是那么慷慨激昂，大义凛然，从哥白尼到相对论，从大陆法到案例法，康同学口水与唾沫齐飞，思想与理论一色，辩论起来基本上没有人是他的对手。后来，康一丰考上西南政法，现在从事律师工作。

隆回二中高 1984 届共有 102~104 三个班，本届和 105、106 班同时于 1981 年秋天入校，经过筛选，105、106 班成为最后一届两年制高中班，102~104 班则成为恢复后的第一届三年制高中班。

慷慨激昂康一丰，西南政法学刑统；
骨子正义初心在，今日广州从律政。

尹爱军，这是一个妥妥的“学霸”，从重庆大学的本硕博到成为该校的教授，可谓一鼓作气。高中时候他总是戴一副黑框深色眼镜，可能是因为眼镜略大的缘故，眼镜旁边用两根细绳绑着。别看尹爱军个子小，却是实验班有名的智多星，连康大同学在辩论的时候，看到尹爱军都会把语调降低三分。爱军号称“毛驴”，可我觉得应该是“茅庐”，因为这家伙太像三顾茅庐才肯出山的高人，只要他答应出手的题目，都会迎刃而解，正所谓：

小瓜脑袋智多星，黑框遮掩配细绳；
遥想他年读书日，重大教授似孔明。

廖镇宇，原名廖立中，是我们那一代农村学子以瘦小肩膀承担家庭压力艰苦奋斗的典型。那时候，我和立中常常就是打个饭，然后一点干萝卜配白开水，然而即便这样的环境，我们依然担当和努力，并在本该青春激昂的岁月，过多地分担了双抢、种红薯、砍柴等农活。立中在高中时就说：希望自己考上医学院，让老百姓病有所治，病有所医。后来，立中历经种种挫折，圆梦重庆医科大学，成为省城某医院担当。

寒门学子有爱心，镇宇心系众苍生。
苦修医学五六载，今日医官在省城。

阳文帮，简称帮主，是妥妥的“学霸”，以应届隆回文科状元考上南开。“学霸”总是有些特殊的地方，帮主的一个特色就是那双永恒的拖鞋。哪怕数九寒天，帮主也是赤脚拖鞋，这是为了保持脚冷以刺激大脑的兴奋吗？一如古人的悬梁刺股？另外一个特色就是帮主最爱吃豆腐，这个习惯一直保持到现在。请帮主吃饭，最高的规格应该是：白豆腐、油豆腐、煎豆腐、霉豆腐、豆腐脑、香干……

数九寒天人字拖，学霸南开不一样；
叱咤风云文一名，最爱豆腐是文帮。

肖伟，我和高中女生交往其实不多，应该说那时我患上了女生交往社恐症，这也是我高中没谈恋爱的原因。实验班有女生 10 人，但三年期间与我说话超过 10 句的女生可能就只有肖伟。本班的“女神”一般不食人间烟火，和男生之间基本上没有太多的沟通，搞得我高中想和女生说话都跑到 179、180 班去找两个活泼的女生。之所以我和肖伟

隆回二中高 1985 届共有 107~110 等四个班，本届最大的亮点是 2005 年集体回归母校，组织了一次规模盛大的同学聚会，被网友誉为“隆回历史上规模最大的同学聚会”。

偶尔有些聊天，一是因为都来自司门前，二是肖伟同学在高中是假小子性格，其他女生的书桌都收拾得干干净净，肖伟的书桌那是横七竖八、杂乱无章。后来，肖伟成了一名大学教师，爱好摄影，教学反而成了副业。

天生一副假小子，三年不见穿裙子；
教学更像闲逛子，今日摄影是痴子。

杨中明，如果说闷骚有段位，中明绝对排第一名。这家伙做事总是扭扭捏捏，大姑娘上轿一样，你还真别说，这丫还真有大姑娘潜质，白皙的皮肤异于常人，很注重生活品质，在艰苦的读书环境中也能通过戏谑的言语、课余的生活来激励自己。记得高考之前，他还扭扭捏捏地去看了一部德国大片，从此落得“西德”之名。后来，这家伙去了某集团公司搞技术工作，工作之余马拉松、羽毛球样样精通。

闷骚中明语惊人，肤白毛黄人实诚；
高考之前圆月夜，西德从此是诨名。

刘颜隆，这家伙当年估计是报考选错了学校，滩头一般都是去一中读书的，他带着浓浓的滩头口音来到二中，好多北面学生都听不懂他说话。颜隆同学思路清晰，做事不拘小节，解题常常有独到的视角，尤其是在数理化方面。独到而弥专，他选择了半军半民的大连海事大学，周游列国之后，以其运筹帷幄的视野经商、独到专业的风格做事，在大家都模仿创新的时候，他坚持高端科技成果转化的商业发展道路，终有所成，最近他的公司入驻雄安新区首届科技成果引领展。

滩头乡音读书郎，周游列国夷他乡；
矢志不移创新路，入驻雄安展真章。

限于篇幅，还有很多个性鲜明、令我记忆深刻的同学就不一一表述了。但高中的性格，契合了同学们后来的人生发展道路。如字正腔圆的肖志斌，当年在广播站宣讲道德楷模，后来果然成了京城著名高中的校长；师从支书父亲的阳威武，后来果然去了卫生部（现卫健委）成了一名公务员；走路气宇轩昂、人帅爆棚的李君，后来也去了部队成为领导……

隆回二中高 1986 届共有 111~114 等四个班，本届最大的特点是学生毕业后，学校就由于淘金导致的地面下沉被迫从六都寨搬到了花门，因而也被笑称为“读倒二中的一届”。

二中的你我

※ 卿芬芬

“嘿，你是横板桥中学毕业的吧？”

“是的呀。”

“我也是，当时在你们隔壁班，你那长长又浓密的头发，给我留下了太深的印象了，我叫卿芬芬，现在在415班。”

“我叫周玲莉，现在在417班。”

“那就在我们楼上，我到时候来找你玩哦。”

2008年9月，我们十五六岁，一起从初中走入了隆回二中，开启了属于我们的故事。

经过慢慢相处，我给你起了一个外号——嗲妹，主要是因为你的声音太好听了，又温柔又甜美，而且普通话还很标准。我特别喜欢与你聊天，就这样，我们成了无话不说的闺蜜。

被嗲妹妈妈的便当深深吸引的时刻，有很多。

以前我有个愿望是，下课的时候，妈妈手拿便当出现在校门口向我招手。然后，你妈妈实现了我的愿望。从高一你妈妈第一次给你送便当起，你就开始与我分享，从那以后，每次你妈妈都会多带一些，并且超级暖心地问我喜欢吃什么菜，下次给我做。那时候，让我感受到了，原来，妈妈的爱，如此的美好。

现在我依然清晰地记得，便当里的炸鱼块、鸡肉、猪心、猪血丸子等，每次都是被我俩吃得精光。还记得你说你喜欢吃猪血丸子的皮，我说我喜欢吃猪血丸子的心，这不就是天生注定走在一起的好闺蜜嘛。也是在那时，我爱上了猪血丸子，也是从那时起，我在二中也享受到了家里的味道。

被嗲妹制造的浪漫与惊喜时刻，有很多。

卿芬芬，女，1992年生，隆回南岳庙人；2008—2011年就读于隆回二中高415班，后毕业于南华大学医学检验技术专业；现居常德，创立常德市澳森优教育咨询有限公司。创业以来，自身公司参与以及利用社会资源为隆回二中“优秀且贫困”的学子提供生活补助，累积达到35人，同时呼吁更多二中校友参与到爱心公益活动中来。

隆回二中高1987届共有115～121等七个班，他们从老二中走来，是第一届毕业于新二中的高中生。

有一天，你和我说："芬，小说里说，找到四叶草的人会很幸运哦。"我一直对你的话都深信不疑，你相信的东西，我也相信。终于有一天中午，我们一起相约等老师查完寝后，一起溜出去寻找四叶草。还记得那天从各个教学楼走到教师宿舍楼，再逛遍了整个"黄土高坡"，我们也没有找到四叶草，带着一些失落回到了教室。那一段时间，我像着了魔一样，只要有时间，我就去校园各个地方寻找四叶草，不记得是寻找的第多少次，我在图书馆旁边的一大片草丛里找到了好几片四叶草，内心是那么的开心与激动，立马收集起来，拿去送给你。

你同样还是一个仪式感满满的人，十八岁的那一天，你说："芬，我和你一起过吧！"这可是我的十八岁呢，立马就要成为大人啦，那肯定要好好纪念一下。又是一个老师查完寝后的中午，你带着我从"黄土高坡"后面的破围墙翻了出去，胆战心惊又开开心心地跑去了方大公园，你带我第一次坐了摩天轮，在摩天轮的最高点，你为我唱生日快乐歌，我许下了我十八岁的生日愿望，那一刻的浪漫与惊喜永远定格在了我的脑海中。

被嗲妹关心与宠爱的时刻，有很多。

那时候，还没有手机的我们，距离却是如此的近，因为我们总会想到很多的办法去表达对彼此的关心。

文理分班后的我们，我选择了理科，你选择了文科，就不在同一栋楼啦，那时候为了让我们可以第一时间关心到彼此，我们决定买一本小册子用来写"小纸条"。想彼此的时候，就在册子里写下思念；有新鲜事物想要分享的时候，就在册子里写下八卦；心情不好的时候，就在册子里写下苦水。每天，这本册子，就在两栋教学楼里传递着，我们对彼此的关心也写满了册子。

后来，你买了一个 MP3，哇，这是多么神奇的东西呀！你会在里面下载好你最喜欢的歌曲，然后把 MP3 给我听，并且告诉我这是你喜欢的歌。慢慢地，《素颜》《传奇》《一个像秋天一个像夏天》天天徘徊在我的脑海里，因为你，我爱上了听歌，同时也爱上了你的声音。因为 MP3 里除了你喜欢的歌，还有你说给我的话，让我在那个时期体会到了，什么叫被宠爱着的闺蜜之情。

你是我高中三年的温暖与美好，每一幅甜蜜的画面，都是那么的清晰与熟悉。

隆回二中高 1988 届共有 122~126 等五个班，其中 126 班在高三为文科班，本届是最后一届需要预考的学生。江萍、张胜两位文科女生在当年高考同分名列隆回县第一名，其中江萍考入北京大学。

一堂影响一生的文学课

❖ 向君华

向君华，男，1972年生，隆回金石桥镇人；1987—1990年就读于隆回二中高138班，后毕业于四川大学；曾就职于国防科技大学，现为湖南师范大学教授、硕士生导师。

从隆回二中毕业三十多年后，在长沙的一次高中同学小聚中，我们有幸遇到了高一和高二的班主任，两位老师的同时到场让同学们倍感兴奋。“万里飘然不系舟，老来专忆旧交游”，情动酒酣之下，大家或口沸目赤，或讪牙闲嗑地聊起了二中时期那些难忘的老师、难忘的课，还有老师们惹眼的“课风”：如孙立安老师的激情风，罗水和老师的睿智风，郑典福老师的稳重风，魏仁杰老师的幽默脱口秀风，袁愈生老师的苦口婆心风，隆万里老师的万马奔腾风，罗向南老师的呢喃细语风，等等。一时之间思绪如飞到过去，满眼里都是特写。但让我印象最深、对我影响最大的是一堂文学课。那是我中学期间听过的为数不多的“杂”课，也是见证隆回二中文教创新、文艺繁荣的一堂课。正所谓“乾坤空落落，岁月去堂堂”，未来再长，一切都已深铭肺腑，眷眷不忘。

隆回二中是县内最早重视学生素质教育的学校之一。默以养德，深以修身，德智体美，全面发展。为促进中学语文教学改革，搞好文艺素质教育，培养文艺人才，隆回二中于1984年成立默深文学社，创办《风声报》。一时间，雏凤清鸣，辉光日新，众多的文学小草在米珠峰下萌芽，在辰水河边茁壮成长。一些小伙伴昨天还是以在学校臭水塘里偷偷摸鱼为乐的懵懂顽童，仿佛一夜之间，却已蜕变成衔华佩实的文学少年，诗和文都云霞满纸起来。从此，校园内诗歌、小说从不务正业堂而皇之登上了大雅之堂。《少年文艺》《小溪流》《儿童文学》等成了热门读物。校园内逐渐涌现出一批文学小明星，“校园诗人”的风头差点盖过

隆回二中高1989届共有127~132等六个班，他们是第一届完整就读于新二中的高中生，也是取消预考后的第一届考生。本届“学霸”彭南友考上清华大学。

“文革”后县里的第一个清华大学生。

榜样的力量是无穷的，短时间内，校园文学就已在二中呈现出欣欣向荣的景象，且大有在整个县域范围内星火燎原之势，学校领导和老师们乐见其成，就经常开办一些文学讲座、经验交流会之类的小活动来推波助澜。

本人文艺细胞贫乏，语文课外极少作文，偶尔写篇小文，也是黄泥巴涂满脚杆子——老实巴交得很，缺少文学的灵气。但在文艺的河边走久了，也难免会沾上些文学的湿气，加之平时学业成绩还不错，是老师眼里的“一样行应该样样行”，于是在高一下学期，我被学校发展成为文艺社社员。

那是我刚入社不久的一个下午，有消息说有老师来讲文学课，社员们都可以去听，我正好好奇且有空，于是就去了。

讲课的是罗长江老师，时任县文化馆文学专干，是县里的文学名人。日本有个“文坛伯乐”叫根本昌夫，罗长江就是隆回的“根本昌夫”。罗老师不仅“慧眼识珠”了一批本土的文学新秀，自己也创作了许多优秀作品，在本地人眼里，似乎更胜根本昌夫。

文学课在丁字楼二楼一间大的会议室里进行，听课的都是些未来的“角田光代”和“吉本芭娜娜”，一个个抟心揖志、如饥似渴的样子，眼里满是虔诚，印堂上映着熠熠的文学之光。

课程的主要内容是怎样写小说。

罗老师娓娓而谈，分享着他成功的经验。他从小说的内涵讲起，一直谈到小说人应该具备的条件，以及小说的真实感、主角的人称选择等。他说写小说要有广博的知识，文章好的开头是成功的一半，他还说直觉使小说更生动更有趣。最后，罗老师用一个自己亲历的故事诠释了一篇小说是如何生成的。

“有一天，我去省城出差，在隆回汽车站坐长途车。”罗老师端起面前的茶杯，浅浅地抿了一口，神情悠悠地回忆道。那年代隆回县城的汽车站只有一个，每天去长沙的长途车只有两趟。

“我很顺利地上了车，找了一个靠窗的位置坐下，把手里的小包放好，然后开始闭目养神。”

“那天是端午，坐车的人很多，车里车外都很嘈杂，位置很快坐满了，车子开始发动。”

“就在车开的一刹那，我隐隐约约听见车窗外传来一句话，然后就没有了下文。”罗老师停顿了一下，接着说，“因为车子已经走远了。”

“一句什么话呢？”又停，喝水，典型的卖关子。

隆回二中高 1990 届共有 133～138 共六个班，本届特点有二：一是二中南迁后全面放开在南面招生，是“南北大交汇”的一届；二是同学们参加了首次高等学校招生标准化考试。

众多目光被成功吸引。

“有人掉水里了。”老师笑了笑。

台下充满疑惑。

“就这句话”，老师特意强调：“我只模模糊糊听到了这句话，没看清说话的人，我甚至没弄清说这话的是男是女。”

男女都没分清，是够模糊的。

“坐车去长沙要六七个小时，不好打发，我当时正发愁呢，正是这句话，使我脑海里突然有了一个难以压抑的想法。”

又停，关子很多，罗老师可以随便卖。

“我想构思一篇小说，就根据这句话。”

果然石破天惊，一句话衍生出一篇小说？

“小说是自由的，你可以用多种形式去表达，科学也好，哲学也好，甚至传闻也可以是小说，所以，你写下的东西是不是全盘臆想都无所谓，你只要写下自己想要相信的事就行。”边讲故事边说教，初听有些懵，细想都是道理。

“回到主题哈，有人掉水里了，那么，什么人掉水里了？男的女的？老的少的？”老师完全模拟当初坐车时情形，双手抱胸，眯眼睛做沉思状。

“老人和女人自保能力差些，掉到水里也算平常，要想故事性强些，咱们是不是得反其道而行之？”

“那么，咱就设定，掉进水里的那个倒霉蛋是个体育成绩优秀的男青年咯。”

“怎么会掉水里呢？”又一口茶，一个关子。

讲台下热烈讨论，各种猜测。

“没错，合理的解释可以有很多种，比如干农活不小心啦，赶鸭、鹅没注意啦，诸如此类的，但是这些理由是不是太过平常？还是那句话，讲故事嘛，我们就要不走寻常路。”

“所以，咱就设定，他是被人推下水的，而且是被女人推下水的。”罗老师笑了笑：“好了，这下落水的原因也找到了。”

“接下来，就该亮明主人公身份了，首先是男主人公，他是干什么的？作田的农民？砌房子的手艺人？”

“这样的人农村小路上一抓一大把，不小心掉水里好像也不太容易成故事，你们看呢？”

台下听取“蛙声”一片，热烈如前。

隆回二中高1991届共有139~145等六个班，本届最大的特点是开始实行“三南”高考改革，学生分理工、农医、文史、地矿等四类参加高考。

“好吧，我们可以假设，男主人公是一个城里人，城里来的知识分子。”

“什么知识分子常跑乡下来呢？咱可文艺点，就设定他是一位下乡采风的青年作家吧。”

“女的呢？一个能推男人下水的女孩，不仅要豪爽泼辣，还要有胆识，什么人合适呢？”

“对了，乡镇女干部、女老师都可以，就女干部吧，一位乡镇扶贫女干部，经常在村里行走的。”

“故事的时间、地点、人物三要素都已具备，接下来就是起因、经过和结果了。”

“什么样的情节最能吸引人又能把以上要素合理地串联在一起？爱情故事通常是大家喜闻乐见的，如此这般，这篇小说的基调也就定好了。”

“不是冤家不碰头，别看这对青年男女开头闹得凶，最终是要办喜酒的。”罗老师诙谐地说，台下“轰”的一声笑了，没办法，小说作者天生就有左右笔下角色命运的权利。

在罗老师抽丝剥茧的分析和引导中，一篇美丽的爱情小说就这样诞生了，喜剧的结尾让人如沐春风，过程也如自己谈了个恋爱，安逸而酸爽，一种立马伏案写作的欲望油然而生。

斯蒂芬·金曾经说过，所谓写作，就是心灵感应，一切艺术在一定程度上都要仰仗心灵感应。罗老师的课就像唤醒听者们心灵感应的那枚钥匙，这是一个高明的教育者才能拥有的能力。

“你如果想成为作家，必须首先做到两件事：多读，多写，据我所知别无捷径。”罗老师最后说，“今天我就讲这么多吧，我们花费许多时间来讨论写作，始终不如花时间真的去写，作为中学生，我们还要养成多学习、多观察、多思考的习惯，才能写出好文章。”

大概，这就是文学创作的奥秘吧。

课后，个人自觉多了几点认识：第一，听一堂好课如饮甘饴；第二，想象是小说的翅膀；第三，故事是否虚构不重要，重要的是写小说时你要虔诚地认为它就是真的。

可惜我算不上真正的文学爱好者，有的只是短时间内对文学社的好奇，我和大多数同学一样，都把高考当成了学习的终极目的。所以，最终我以九个志愿里填报八个相同专业的任性走上了另外一条职业之路，远离了文学。

但是，中学的教育对一个学生的影响终究是深远的，哪怕是短短的一节课。它虽没能让我成为作家，却也让我开阔了眼界，学会了文学欣赏。同时我相信，在当初一起上课的同学中，坚持初心到现在的肯定还大有人在。“任由前路风兼雨，依旧初心孤胆

隆回二中高1992届共有146~151等六个班，本届也是最后分理工、农医、文史、地矿等四类参加高考的一届。

身”，我真心地佩服他们。

近几年来，我有时会受邀参加大学的一些教学评课，有本科的，有研究生的，也有青年教师竞赛的，评价的内容很多很全面，除了备课、内容、仪表、语言、板书、时间、课堂纪律把握等基础内容外，还有创新、思政以及课件制作等诸多的方面，但是很遗憾的，标准里总是找不到“教学特色或特点”这一条。

有特色的课、有特点的老师才能让学生们终生难忘。一个老师，一堂课，真的可能影响到学生的一生。

百年来，隆回二中这所名校之所以能保持长盛不衰，与其拥有一大批个性鲜明、特点突出的老师是分不开的，他们是学校的灵魂，也是学校的传承。如今，默深文学社也已成传承，一种校园文化的传承，深深影响了一代又一代二中学子！

隆回二中高1993届共有152~157等6个班，其中152、153班在高三为文科班，其余都是理科班。本届的一大典型特点是，又开始恢复文理分科考试。

我伴清风无一事，满河光影看二中

※ 刘日光

刘日光，男，1971年生，隆回高平人；1983—1989年先后就读于隆回二中初64班，高127班、132班；现居于长沙，就职于某电力企业。

九月中旬（2023年），我接受了《放歌默深园》图书编委会的约稿，写篇记录初中生活的文章。为了写好此文，拜读了诸多校友的大作，历届才子佳人，跃然纸上；风云豪迈，俱现眼前；师生情谊，涓涓流淌；生活趣事，信手拈来。信哉！建校百年，校址三迁，育得英才数万！叹哉！校园代有才人出，各领风骚两三年！我也从模糊的记忆中，选上一些片段，流水账般记下，纪念那段艰苦又快乐的青春岁月。

初入二中时

四十年以前的一个夏天，我第一次出门坐车来到二中。“隆回县第二中学”几个大字，第一眼就刻在我心里。

进了学校，报到、交钱、称米、摊铺，找食堂、找教室、找澡堂，哪儿都是人挤人。让我吃惊的是，阳国万同学竟然穿着拖鞋，卷着裤腿，满身泥点来报到了。看着自己身上还算干净整齐的衣服，一种莫名的优越感涌上心头。第一堂晚自习，大伙都很陌生，各找座位。我看中了靠墙单排的一个位置，正欲坐下，却被人推开。一瞧，是个戴眼镜的同学。“干什么?”“这个位置我看上了!”“我先看到的!”“我是六都寨街上的!”“那又有什么?”我一屁股坐下了。“你!”戴眼镜的同学没法，又不敢动手，只得另找一个座位坐下了，再无他话。后来，我知道了这个“仗街欺人”的眼镜同学叫作莫崇立，竟是个文采飞扬的文学少年，最后成了我的死党。

隆回二中高1994届共有158~163等6个班，其中158、159班在高三为文科班，其余都是理科班。

满室搔痒声

我们是“文革”后招收的第二届初中班，被安排在了两层小楼。一楼做教室，二楼做男生寝室。由于条件简陋，初一时我们三四十个男生，睡在楼上的房间里，铺挨着铺。铺下垫的是厚厚的稻草。脚的那一头，牙刷、杯子、洗脸毛巾等，整齐地摆在箱子上。一到晚上，外面的风声、雨声，路人的谈话声，一屋子的鼾声，夹杂在一起。

正是这种密切接触和卫生条件有限，某个同学长了疥疮后，一屋子男生很快也有了疥疮。疥疮很痒，无法克制，只能抓。但身上有些部位自己抓不到，一到晚上，“帮我挠挠！”“左边一点，再一点！”“右边！右边！”声音此起彼伏。只有窗外响起老师的脚步声时，才会静一下。脚步声一远，声音依旧。最终，在医务室的老师指导下，在硫磺皂的强力洗涤下，疥疮终于消失。而我们，初二时也终于搬进了正规的寝室。以后每次开学，学校都会强调要讲究个人卫生，防疮防病。

可爱的恩师们

班主任是米小伍老师，刚从邵阳师专毕业，正是意气风发的时候。他和我们一起出操，发现有谁不认真，晨跑完后，他会牵着你的小手，在操场上再跑上两三圈。精力旺盛的他，越跑越快，而被牵着小手的同学，却是气喘吁吁，苦不堪言。记得经常享受米老师陪跑待遇的，有刘应黎、张尧成、王调巧等个子小巧却活泼调皮的家伙。课余时，他又开始教我们打坐练气功，说是有利于提高记忆力，防止近视。当然，米老师开始谈恋爱之后，练气功就停止了，中国也就少了一位气功大师。早自习时，他教我们读课本上没有的唐诗宋词，或者是给我们朗读一些优美的散文。这些诗词，我们都记在了小本子上。而上课时，他更是讲得眉飞色舞、声情并茂、激情四射。语文老师一般有一些藏书。这些书，就成了我们眼中的宝贝。平时表现一向良好的我（不许笑），获得了借阅的奖励。而晚自习，就成了我们看课外书的黄金时段。但晚自习是不许看课外书的，发现了就会被没收。于是，米老师的藏书，就在借、收缴、借的循环中，默默地滋养了我们。

初二时，原来的英语老师被调往新疆，英语改由年轻美丽的张富荣老师执教。张老师很柔和地找我谈话。我不敢正眼看她，只听见她说，看你的英语成绩，一直没上过九十分。其实，你是有潜力的。这期，你考个九十分给我看看，怎么样？我小心脏突突猛跳着，低声答应了，并下决心猛追。于是，期中考试时，我的英语第一次上了九十分。那时起，我才发现，英语比高平话也难不了多少嘛。初三，张老师生小孩去了，这让许

隆回二中高 1995 届共有 164~169 等 6 个班，本届最突出的特点是高考失利，导致学校新任领导班子上台后实行封闭式管理政策，这一政策延续至今。

多同学都有点小小遗憾。肖希跃老师接班后，他开始与米老师争抢早读的时间。上课时，他是严肃的。每个单词，每个语法，他都讲得那么认真，读得那么用力，好像要把单词、语法，通过他的用力，刻入每一个学生的脑海。课外时，他喜欢吹吹笛子。这也是每次班会时他的必备节目。或许，已远去天国的肖老师，此时也在悠然地吹着笛子，不用再那么认真地备课了吧？

初一时，袁征凯老师教我们数学。这是一个和蔼可亲的老师，很难见他发脾气。他与袁愈生、聂松山、王庚甫老师一样，名望都很高，父辈们都听说过他们的名字。袁老师利用课余时间，搞了一个兴趣班，给我们讲一些数学趣事，还教我们怎么用数学原理算命。这些都极大提高了大伙学数学的兴趣。初二开始，数学老师换成了刘爱武老师。这是一个有点严厉的女老师，对学业、对为人，都要求特别高，对工作有一股革命的激情。有一次，学校搞篝火晚会，我被安排去捡柴，不能参加跳舞。心有不甘的我，随口就发了一句牢骚："捡柴的不跳舞，跳舞的不捡柴，太不公平！"这话不知怎么被刘老师知道了。于是，那堂数学课，刘老师从为人处世讲起，批评这是资产阶级思想，是不健康的，大约讲了二十分钟。而一向自认刚强的我，则早已泪眼婆娑，悔不当初。

初中的地理，是在周青云老师吞云吐雾中上完的。周老师是一位名家，是隆回少有的特级教师之一。在讲课时，他能同时抽烟，并确保烟不熄火，这是我极为佩服的。上课时，我多半都在关注他的烟卷，期待着突然掉下来的那一刻。估计这也是很多同学都期待的时刻。而这一刻，直到我毕业，都没发生过。而边说话边抽烟的功夫，我到现在也没练成。周老师表扬人时，喜欢说这是个聪明人。而他不高兴时，会说那些上课不认真的同学，"你是一个超聪明人！"而"超聪明人"往往就在他的注视之下，低下了东张西望的头。

奇人奇事与暗恋

二中期间，印象深刻的，除了优秀的恩师，就是那些包括"学霸"在内的天赋异禀之人。

有一位同学，特别爱吃肥肉。学校一周两次打"牙祭"，肥肉多，瘦肉少。他常把分到的瘦肉与同学换肥肉吃。他的衣服，经常是几个月不换。看起来，他比我懒多了。但这小子初二开始争"学霸"的位置，更厉害的是，高中后一直稳居年级前三。他就是后来考上了清华的彭南友。

"学霸"是大神，我等凡人也有各自的精彩。

有同学爱打乒乓球，一下课拿着拍子奔往水泥台；有同学喜欢集邮，还有的甚至喜

高 1996 届共有 170~177 等 7 个班，后来 170 班被撤销，171、172 班在高三时转为文科班。全县高考理科六个 600 分以上的考生，杨国、廖运河、魏木存、魏树权、马冠群五人出自二中，被称为"二中五虎"。

欢集糖纸。集邮的，常去翻看同学收到的信封；集糖纸的，常去垃圾堆翻找。最不可思议的，是刘应黎利用上课的时间写武侠小说。写完一页纸，就传给周围的同学看，同学看后抑制不住笑，就被老师发现了。

初中也是情窦初开的时候。当63班的男同学们暗恋着女同学的时候，64班的女同学却把教室里的男同学都赶了出去，她们把心目中的帅哥名字写在纸上，让每个女同学去抓阄，谁抓到了哪一位帅哥，都乐不可支。看她们在教室里笑得那么开心，窗外的男同学都抓耳挠腮。不知谁把这事捅了出去，结果班主任又给她们好好上了一课。

当时，班上男同学最喜欢诱导女同学读“公园”的英语单词garden，发音跟高平话“嫁给你”非常接近。女生在认真地读单词，男生们窃笑不已。

暗恋开始发芽，写信写诗来表达。信是写给女同学的，诗委婉表白心迹。或明或暗，都在展示自己的心。胆大的，有些表白了；胆小的，默默思恋到如今。

要毕业了还查寝

终于，初三要毕业了。那么突然，又那么自然。二中是骄傲的，他不允许学生报考中专。每个班二十名之前的同学，如果要考中专，那就只能转学。有同学想办法转学了，只为早点考个中专，早点工作。而大部分同学留在校园里，等着参加毕业会考。

会考之前的复习是紧张的，同学是，老师也是。那么紧张的氛围之下，班主任老师还有心情查房，并在会考前一天晚上，毫不留情地把我从62班的老乡袁晓文手里抢来的《射雕英雄传》给缴了！我后悔不已，心里想着：讲小话比看小说好——讲小话被抓，顶多被老师讲几句；而看小说被抓，损失惨重！

考完了，该走了。同学手中的毕业留言册在传，每个人自感还潇洒英俊或美丽动人的照片在分发。“米珠峰下，辰水河畔，我们相聚在这里。”“挥一挥手，不带走一丝云彩，只留下我们的真情！”

三年，辰水在日夜陪伴着我们。我们走了，米珠峰沉默，辰水河无言。

高1997届共有178~184等7个班，其中178班为学校历史上第一个实验班，181班在高三文理分科时被撤销，179、180班为文科班。本届高考文科优于理科，178班应届上线人数不少，但高分考生很少。

默深老友记

❖ 邹茜鸶

广播里《赛马》曲子播到尾声的时候，早读课一定马上就要迟到了，我从睡梦中惊醒，冲出早已空无一人的宿舍，往默深楼狂奔，奔过“肃静”的教学四楼，奔过灰扑扑的教学三楼，一路没有几个迟到同好，只有教学楼边缤纷的厕所有机物气体，与我一路狂奔，如影随形。踩着铃声三两步跳下楼梯，胜利曙光已然在望，一道冷静的声音斜刺里扑过来：“同学，你校牌呢?”

多年以后，站在默深楼低矮的护栏边，记忆里这份突如其来的惊恐，仍然能使我在某个瞬间如芒刺扎背，一个激灵。2002年已经很遥远了，这一年开启的默深岁月却长久而鲜活地住在时光百宝箱里，那些丰盛的细节、亲切的老友，如同细密老珍珠，颗颗粒粒，莹润可人。

今夜，穿过时光甬道……

邹茜鸶，女，1990年生，隆回罗洪人；2002—2008年先后就读于隆回二中初129班、高347班、高351班，曾任默深文学社社长；湖南师范大学文学学士、湖南大学文学硕士；现居长沙，湖南师范大学文学博士在读。

微缩版“超女超男”往事

轮神是一名很有趣的同桌，但十三岁的我绝不会承认这一点，那时我们在课桌上下明争暗斗，一边在纸上生搬硬造地开展歇后语大战，一边为了桌下寸土肘推脚踢。后桌廖小姐就很坦荡，她毫不掩饰对轮神的欣赏，课间休息，常常掏一粒糖剥一瓣橘子推到桌角，踢踢轮神凳子：“有人要吃么?”这明显偏心的食物投喂令我感到有些羡慕嫉妒，羡慕她这份坦荡，嫉妒他天性讨喜。廖小姐的同桌刘君却没有这七弯八绕，他傻乎乎伸出手指，刚碰着桌边的“朝贡品”，会被一声严厉的呵斥吓得缩回去——“刘妹儿！你偷东西咯！”他悻悻道：“不是你问谁要吃吗！”我们

隆回二中高1998届共有185~190等6个班，其中185、186班为理科实验班，187、188班在高三时为文科班。185班高考成绩优秀，被称为史上最厉害高考班级，遗憾的是无人考上清华和北大。

噗嗤笑出来。

刘君实是“能人”，以年级前三的入校成绩分到我班，一小时便能将金庸某书翻阅一遍，智商不可谓不高，但言行却常常稚嫩得令人发笑，于是总成为被逗弄的对象——十三岁的少年们，尚不懂“尊重”他人的必要。廖小姐来自“小西藏”小沙江，是草书版“王熙凤”的性子，奔放热烈，时常语出惊人，坐在这样组合的前桌，我便拥有了许多“不入流”的快乐。

每天早读课的“咿咿呀呀”里，总能听到廖小姐尖细又声情并茂的语调：“你脏死了！臭死了！你看你的衣服领子，天呀，我怎么和这样的人同桌。”刘君急得有些语无伦次：“那你呢，你看你，你看你，你……”你到一半，廖小姐又夺过话头去：“哎呀，刘X！你妈妈来看你了，你看，你看，哎哟，你妈妈呢，在窗子外面!”刘君涨红了脸，下意识往窗外张望，一个老妇从外面走过，他气道：“是你妈妈！是你妈妈!”但他总是说不过牙尖嘴利的廖小姐。有一天他实在受不了，很委屈地在作文里指控廖小姐的罪行，其中不乏“她总是指着外面的老女人说是我妈妈”之类的语句。写毕他像攻下王城的将军，拍拍作文本，转一转笔管，优哉游哉：“呵呵，姓廖的，你等着吧，你完了。”我与轮神看罢，又同廖小姐进行了分享，三人笑得三日不知忧伤为何物。

2004 年“超女”正热，我们四人角落的早自习也成了歌声海洋。每天分两派，我做廖小姐的粉丝，轮神做刘君后盾，廖小姐唱杨钰莹的《红蜻蜓》，唱完后娇羞地对着左右“谢谢，谢谢”，刘君一个春天都在唱缠绵悱恻的《心太软》，发音时眼睛微眯，下巴微抬，极度投入，临唱还要来一个全身肌肉都参与的颤抖，每每笑得我们捶胸顿足，刘君一脸正经地睁开眼睛，很不满我们有什么好笑的。这时候班长谭受不了我们的不务正业，反头瞪我们几眼，我与轮神识相地竖起书本大声朗读，廖小姐却朝她媚媚地飞上一个秋波。

“玄冥二老”偷菜记

告别轮神后，我迎来了一生“狗友”——同桌花花君，我们组队演小品，瞎走模特步，冲出“默深”，走向“大校园”——鬼使神差地闯进了校园风采大赛决赛。赛前一日，参赛小品仍然内容未定，等到决赛夜上台时，只好硬着头皮完成一场匆促生涩的表演。据特意翘晚自习来加油助阵的同学描述：“我羞得脸都红了，我甚至不敢说台上是我同学。”无论如何，从此组队演小品成了我与花花君的业余行当，逢班会需要，便拉起草台班子。遂有班上同仁封我俩做“玄冥二老”，大概意指形影不离，又“作恶多端”——后一个形容词，我的前桌王兄一定是颇为认可的。

隆回二中高 1999 届共有 191～196 等 6 个班，其中 191、192 班为理科实验班，193、194 班在高三时为文科班，这是高考扩招的第一届，考专科已经明显不吃香。

王兄是我与花花君的固定前桌，他脑回路惊奇，话匣一开，空气中俨然有快板二胡就位，而他音韵铿锵，化身神棍，说东拉西，鬼话连篇。你每和他讲黄河，他就同你说长江，你若问他珠穆朗玛，他跟你畅谈喜马拉雅，但我和花花君很喜欢他，每回他与搭档老根选好座位，我们便挑他俩后头位子坐。仔细说来，其中有一重大经济因素：菜！对，菜。

此事背景：寄宿制二中。“手里呀捧着窝窝头，菜里没有一滴油”的岁月。

此事开端、经过、结果：话说当年王兄妈妈担心他营养不良，经常给他送菜，鸡鸭鱼肉隔三岔五就到，我和花花君最初颇矜持，在看到王妈妈的一瞬，会匆忙放下正在踢他凳子的脚，并殷勤称呼阿姨，夸赞王兄懂事上进，刻苦努力。王妈妈得知我们俩是“好学生”后颇为感动，一来二往，某次竟给我们也带了一罐菜，上帝啊，那是很香的干鸭子！可人的欲望真如无底深渊，微笑着目送王妈妈远去后，我们会反头坏笑地望着“孱弱”的王兄：“这罐菜不够我们俩用！再分我们一点！”

由于此事有损我后来一直伪装的淑女形象，我原本已经忘记了。但多年后我与王兄重逢，他仍旧历历道来，使我立马昨日重现。其实，我们干过比“要菜”更恶劣的事情——“偷菜”！我们“偷菜”不用天时地利，只要课间休息王兄去如厕了，而我们又刚好瞅到了他课桌里的菜罐子，就敢光天化日之下，伸出我们罪恶的手指。一般情况下，我们都能掐准时间，在王兄入教室前半分钟结束“饕餮”，并伪装好现场，即抖一抖罐子，使得菜罐里的菜松动些，显得多一些，然后笑嘻嘻地看着王兄，殷勤问他如厕顺利吗，无人插队吗，龙头渗水吗。王兄打量一下我们，一副了然在胸的样子，抿着嘴巴高深莫测地长长“嗯——”一声。倘是被他逮了个正着，我们也有一百个奇怪的理由：“你的书掉了”“你的菜罐子脏了”“你的菜罐子真好看”“咦你的菜竟然跑我嘴巴里了”，王兄憋住笑，依然抿着嘴巴，高深莫测地长长“嗯——”一声。

毕业十年后的冬天，我与王兄碰面，他谈历史、人类、动物、爱情、各种哲学事物，将说东道西的潜质发挥到淋漓尽致罢，终于坦白了他的心声：当年毕业之际，他兴奋莫名，觉得终于可以摆脱我这个小巫婆了，并深深诅咒了我从此买方便面没有调料包。隔着长长的时间，我们对桌笑倒在县城一隅的“汉堡王”。

今夜，我从记忆之海里撷取这零星碎金，少女时代的澄澈欢乐包裹着我。思绪信马由缰，穿过岁月走廊，回到2003年的二中，回到张少芳老师的语文课堂上，她指着窗外远远的老虎山下那片梨花林，让我们写一篇梨花的日记，我支着头绞尽脑汁想，梨花那么臭，怎么赞美它呢。今夜思绪信马由缰，就着她的手指望过去，二十年软风拂拂，远方老虎山下悠悠颤动的一片梨花白，如云如雪，如春深的月。

隆回二中高2000届共有197~203等7个班，198和200班为文科班，197和203班的理科成绩较为突出。

我的文字里有你的故事

❖ 袁静林

袁静林，女，1974年生，隆回高平人；1989—1992年就读于隆回二中初75班，爱好写作，偏爱随笔、散文等；现为盛世湘黔网特邀作者、益友文学社宣传部副部长、邵阳女子楹联委员会编辑、贵州省青年文化学会会员、湖南省诗协会员、湖南省楹联家协会会员、中国楹联学会会员、中华诗词学会会员。

母校二中即将迎来百年华诞。韶华似水，岁月如歌，回望，那一串串历史的足迹，那一幅幅壮丽的画卷，一百年，光阴如梦；一百年，栉风沐雨；一百年，历尽沧桑；一百年，文脉绵长。一代又一代二中人，不凉热血，励精图治，砥砺前行！乐学，让您充满底蕴；包容，让您包罗万象；创新，让您引领潮流。岁月变迁，沧海桑田，流逝的是时光，沉淀的是情感，这里薪火传承，英才辈出，多少旧事今回首，犹觉春华梦香甜。

犹记得第一天到初75班报到，见到了班主任欧阳蔚华老师，欧阳老师偏瘦，眼睛深邃，身着笔挺、立领的浅灰色中山装，不苟言笑，精神奕奕，给人感觉博学、儒雅、干练、不怒自威。欧阳老师迈着稳健的步伐，从容走上讲台，教室里顿时变得鸦雀无声。上课前夕，欧阳老师先用威严的目光，环视一下教室，开始讲课，或用他那已被烟熏黄的大拇指和食指夹起粉笔，认真在黑板上书写内容提纲。讲解试卷时，更是不苟言笑，他拿起一叠试卷，砰的一下放在桌面上，我们顿时忐忑不安。欧阳老师班会总结时，话不多，分量却很重，寥寥数语，振聋发聩。作为师者，欧阳老师问道至真，专注教研，用爱和智慧托举我们的梦想；作为管理者，他一丝不苟、敢想敢干，严谨细致，以高度的责任心和事业心，将全部的热情投入教育事业，他是一道光，照亮了我们逐梦的航灯。

那时候，欧阳老师对我们的要求是精诚团结，勇争第一，扬我班风。班级实行操行分管理制度，赏罚分明，随时可以让同学们体验爱恨就在一瞬间。班干部采用轮流值班制——有两套管理

隆回二中高2001届共有204~213等10个班，这是第一次实行“3+X”高考的一届，地理、生物又一次走进了高考。本届陈明同学考上清华大学，刷新了学校11年没出清华北大学生的历史。

班子，这周是这个班长带领团队管理班集体，下周则是由另一个班长来管理，所以班长人选较多，有陈军、陈俐、彭乐章、田宇明、田俊、江宏等好几位，学习委员是王霞和曾喜鹏。陈定球是书记，每次班会时作笔录总结，辞趣翩翩，文笔细腻而又精准，班上传阅时令人眼前一亮，深受读者喜爱。纪律委员聂怡峰，保卫委员魏健权，生活委员胡平波，体育委员胡冠华、邹传运，文娱委员周玲，都在自己的岗位上认真负责，一丝不苟。负责卫生的罗金柱和阳卓栋，为75班领先争创“绿色环保文明班集体”立下汗马功劳，特别是罗金柱，荣获“扫地僧”雅号。凡经他的巧手整理过的桌椅板凳，横平竖直，井井有条。在他们的带领下，教室干净整洁，课桌一尘不染，身处如此环境，心情也变得十分愉悦。

尺有所短，寸有所长，欧阳老师综合每个同学的特长和优势，选定了各科目科代表，负责布置各科作业和平时的单科测试出题、阅卷、评分、纠错等工作。印象中，语文科代表是陈定球，英语科代表是刘玲，数学科代表是刘毕峰，物理科代表是黄明锋，地理科代表是袁湘乾。肖爱民、肖乾祝、刘爱平等人任职过组织委员和宣传委员。王姗姗和肖兰是读报组的小组长，她们对朗诵的节奏把握得很精准，抑扬顿挫，声情并茂，极具感染力，把作品的思想与感情展现得淋漓尽致。她们带有磁性声音的朗诵，娓娓动听，让枯燥的时事政治也变得妙趣横生。每位班干部之间团结协作、各尽其能，为我们75班发光发热，默契的合作是彼此友谊的纽带，荣辱与共的责任心是大家向上的源动力。那时我们班，纪律严，风气正，学风浓，勤学善思，比学赶超，奋勇争先，大家高度自觉自律，老师在不在场一个样。每逢考试，我们班优势凸显：有一次英语考试，总分120分，我们班平均分96分，比同年级的76班整整高了20分！

所有的同学当中，最令人难以忘怀的人非王霞莫属，王霞的学号是1，堪称是全校德、智、体、美、劳全能冠军，是校内公认的、无法被人超越的“学霸”型女神，是美貌与智慧的结合体——千秋无绝色，悦目是佳人。她身材高挑，才貌双全，明眸皓齿，嘴唇饱满而圆润，嘴角上扬，梨涡浅笑，很有少女感。王霞的气质属于端庄大气、明艳脱俗的类型，她展现出年龄无法定义的魅力和自信，她是1号，她是传奇，以独特的个性，惊艳了我们整个学生时代。曾有一次校园知识抢答赛，当时我们班派出的参赛选手代表是王霞、胡平波、袁湘乾三人。这次比赛竞争激烈，剧情不断反转，成了全校师生关注度最高的赛事，经几番斗智斗勇，最后我们75班获得了全校第一名。看到他们在赛场身穿白衬衣，神采飞扬，自带光芒的样子，真是——除却君身三重雪，天下谁人配白衣……那次比赛获胜，让我们班所有同学有了强烈的荣誉感、力量感、归属感。75班，就像一幅长长的画卷，所有绚丽耀眼的色彩，皆由师生共同点染绘成，镌刻在记忆的画

隆回二中高2002届共有214~225等12个班，214~217为理科实验班，这是1997年首届实验班开设以来，理科实验班第一次扩展到四个的规模。218~221为理科普通班。

板之上。

那时同学们最喜欢的一项集体劳动，就是摘橘子。金秋十月，从远处眺望橘园，橘园好似一片金黄色的海洋，又宛若一团团正在燃烧的火焰；走近橘园，枝头上的橘子金灿灿，红彤彤，有如万千盏圆圆的小灯笼挂在树梢上，在阳光的映衬下，橘子在墨绿的树叶里闪烁着耀眼光芒。一阵秋风吹过，满园的橘子散发出清新淡雅的芳香，沁人心脾。轻轻剥开橘子外衣，那一瓣一瓣的橘黄色果肉，像弯弯的月亮，鼻子一闻，令人垂涎欲滴。女同学喜欢三五成群围在一起边采摘橘子，边说着悄悄话，待橘子装满塑料桶之后，交给生活委员称重并登记。有些调皮的男同学，则在橘园嬉戏打闹，你追我赶。同学们的吵闹声、嬉笑声、讨论声交织在一起，欢声笑语不断，霎时间让橘园充满了活力和朝气。多年以后，不经意的回眸，才发现这段回忆，定格成了永远不褪色的风景。

我因父母常年不在家，自己又极度晕车、很不喜欢乘坐汽车回家，所以，只有学校放寒假、暑假时我才回高平。每次放月假的时候，我都是选择留校。我喜欢独自一人沿着资江河畔散步，看江水一浪接一浪冲刷着礁石，犹“乱石穿空，惊涛拍岸，卷起千堆雪”。风平浪静时，江水是那样的安静，夕阳把江水染得通红，像仙女剪下的红绸，把江面装点得格外美丽。在晚风的抚摸下，江水荡起了层层涟漪，犹如一根根红丝带似的轻轻地舞动着……莺声燕语柳丝垂，山色湖光映翠微，踏青郊外，落霞伴我归。

季节辗转向前，岁月的轮盘，又开启了新的一轮转动，故事在悄悄地改变着，有些人只是擦肩而过，有些人却会悄然进入我们的生命旅程。记忆里的我们，永远是初见的嫣然，想来，那些不经意间的相逢，那些未经雕饰的美好，才最动人心魄吧。当我们回味 75 班，往事像电影回放的慢镜头一般掠过，涌上心头的是温暖，是感动，是念想，便是人间值得了。深情不改年年色，一阕清词待赠君——我的文字里有你的故事，刚刚好的温度，刚刚好的情怀，刚刚好的执念，在山水间，在白云上，在月夜中，在字里行间，我想剪一抹秋色，采一枚红枫，再借一夜东风，快递给你……

隆回二中高 2003 届共有 226~240 等 15 个班，本届特点有三：一是没有开设实验班；二是为了符合省重点中学对班级人数的要求，后来又增加了一个 240 班；三是高考时间提前到 6 月 7 日。

理想源泉地

※ 罗永胜

罗永胜，男，1979年生，隆回雨山长扶人；1996—1997年就读于隆回二中高179班；湖南师范大学文学学士，广东外语外贸大学文学硕士，上海外国语大学文学博士；现居广东东莞，任职于广东医科大学，担任该校外国语学院副院长。

如果不是机缘巧合，我连二中的校门都迈不进；如果我没去二中插班读高三，我连考大学的梦想都不会有，更不会有想做一名人民教师的理想。二中，是我梦想和理想的萌芽地，二中的老师和同学是我一直坚持理想的力量源泉。

我是以插班生的身份进入二中读书的，而且只读了高三一年。之所以要插班，估计现在的学生做梦也想不到——因为我原来就读的化工子弟学校高中部解散了，高三剩下的十来名学生，就分散到全市九县三区的各个高中继续完成学业。我的老家在隆回，家里也有亲戚熟悉二中的情况，就把我送到了隆回二中插班学习。

那时候的大中型企业子弟学校的学生，大多会就读一所技术学校，然后回工厂做一名技术工人。因此，大多子弟学校的学生没有考大学的打算，读高中的目的就是混一个高中毕业证，接父亲或者母亲的班（俗称接班），然后就可以读技校或者直接进入工厂工作。上大学，在我们那个大学生还算是凤毛麟角的时代，是大部分年轻人的梦想，其中绝大部分人只能想想而已。毕竟，能够考上大学的人实在是太少，就算是隆回二中这种名校，一个班能够应届考上大学的学生也是屈指可数。我在去二中读书之前，似乎连上大学的梦想都没有。

进入二中之后，看到班上所有同学都在拼命地学习，都想着要上大学，我似乎也心动了。当然，开始的时候，我也只是想想，因为成绩实在太烂。我永远记得高三的第一次月考，150分的英语，我只获得30来分，其余各科成绩也是惨不忍睹，五科

隆回二中高2004届共有241～262等22个班，本届最大的特点是高考二本及以上的上线人数位居隆回县第一，开创了学校高考成绩的新记录。

750的总分，我的得分似乎没有超过200分。这种成绩，自然是无法考上大学的。然而，身边同学的执着和努力，老师们的谆谆教导，整个二中积极向上、求知若渴的文化氛围，琅琅读书声，沙沙答卷声，各种激人奋进的标语，还有富有历史价值的文化墙，让我整个精神面貌发生了历史性的转折——我要努力，我要奋斗，我要认真读书，我要让梦想成真，我要和身边的同学一样——考上大学。

在二中高三这一年，我的职业理想也非常明朗——成为一名人民教师。这个理想缘于二中的任课老师们，因为之前我是想和父亲一样，成为一名光荣的产业工人，正是在二中老师身上感受到了诸多的优秀品质，让我的职业理想发生了颠覆性的变化。

忘不了，总是让我们满黑板地抄写例句的英语老师罗清江，让我体会到了句子分析和背诵对语言学习的重要性，我现在时常还回想起罗老师语重心长地嘱咐——你们要多背一些句子啊！受罗老师的影响，我现在也经常对我的学生说，要想学好语法就要学会分析句子，要多背例句。忘不了，总是身着白色衬衫、腰身挺拔如松、话语优雅如兰、教导温润如玉、讲课慢条斯理的语文老师廖敦燕，让我体会到汉语言文学的魅力，也让我常常提醒自己，作为一名教师，无论是行为上、言语上，还是衣着上都要有老师的样子。所谓言为人师，行为世范，衣为世容，应该就是廖老师在我心中的印象了。忘不了，思想深邃的历史王洪海老师，让我体会到了“所有历史都是当代史”的深刻含义；总是一身中山装讲课有板有眼的政治老师谭孟明，则让我明白“所有的历史问题都是当代的政治问题”，历史不过是当代政治的向后延伸。政治、历史和哲学是三位一体的，文史哲是不分家的，我现在还经常喜欢阅读一点历史和哲学类书籍，探讨一些政治上的问题，关心一些热点时政问题，和王洪海、谭孟明两位老师的影响有很大关系。

这些老师都以他们独特的人文魅力和深厚的专业底蕴在我心中留下了深刻的烙印，让我看到了人民教师身上所体现出来的真善美，而对我影响最大的，还是父亲般慈爱而又才华横溢的数学老师兼班主任肖体玉，让我看到了一名人民教师的大爱情怀和无私奉献。

肖老师是我在二中见到的第一位老师。我清楚地记得，踏入二中大门的第一眼，看到的就是肖老师那张精神矍铄、消瘦而又和蔼可亲的脸。是肖老师把我带到教室，安排好座位；也是肖老师把我带到宿舍，安排好床位。当父亲把我交给肖老师然后离开二中的时候，肖老师就成了我在心理上唯一的倚仗，也是我能够迅速适应二中寄宿生活的主要原因。最初几个月的生活费和餐票，都是肖老师替我保管的，他就像父亲一样，每个月按时给我零花钱，给我生活费，叮嘱我寄宿生活和学习的注意事项。肖老师不仅在生活上对我照顾得无微不至，在学习上也对我特别严格，每次数学月考之后，都要看着我

隆回二中高2005届共有263~281等19个班，毕业当年是湖南高考第一次全面实行平行志愿的录取模式，很多人都摸不着头脑，招生录取有时出现一些戏剧性的变化。

错误连篇的试卷，语重心长地告诉我，要细心，要认真更正错题，要学会总结错误，要学会举一反三，要对自己有信心。印象中，肖老师总是能够就一道题，针对不同的错误类型，写出好几种解题方法。在肖老师细心而又独特的教导下，我的数学成绩提升得特别快，就一年时间，从班上的倒数几名，冲到了前几名。高考的时候，数学也是五门课程中成绩最好的，依稀记得是 117 分。现在的我，还能辅导孩子的初中数学，还能够给孩子讲解几种不同的解题方法，和肖体玉老师的悉心教导是分不开的。

二中老师对我的影响无比巨大，二中校园里浓厚的学习氛围让我顽性初收，而身边同学们奋发向上的积极心态，永不言弃、死磕到底的奋斗精神，认认真真、一丝不苟的学习态度，以及乐于助人、互相支持的团队合作精神，让我看到了学校教育的深层次意义——学校所能够提供的不仅仅是教学师资和学习环境，更重要的是给年龄相近的孩子提供了相互交流和沟通的机会。这种同辈之间的相互交流和学习，从某种意义上来说，对孩子的影响还要超过老师对孩子的影响。对我有影响的同学很多，其中有一位同学以她深厚的知识底蕴和文学修养，让我终生难忘。

她是我进入 179 班插班后的第一任同桌，尽管坐一桌的时间只有一个学期，但她给予了我学习上最大的帮助。那时候，我不太善于学习，也不太善于记笔记，而且还比较内向，不太善于交际。一次偶然的机会，我看到了她的听课笔记，满满的几大本，工工整整、密密麻麻地写满了各种知识点。当时带给我的那种直击灵魂的震撼，我到现在还难以忘怀。于是，我小心翼翼地问她："是否可以借笔记抄一下?"她不仅欣然同意了，还给我讲解了一些知识难点。刹那间，我似乎找到了学习的窍门。有了窍门就有了更多的动力。从那以后，我除了认认真真学习做试卷、改错题，查漏补缺，就是向她请教解题之法，抄她的笔记，工工整整地抄了满满的几大本。现在想来，这几大本笔记抄下来，成为后来我能够考上大学的一个重要原因——好记性不如烂笔头，多抄几遍，好多知识点也就记住了、弄明白了。

一次偶然的机会，我知道了她还是学校一位教师的子弟，也是默深文学社的成员，天啦，要知道默深文学社对于我这种插班进来的学渣来说就是殿堂级的存在。我还知道她的哥哥，也是隆回二中的师兄，十六岁就以优异的成绩考上了厦门大学，而肖体玉老师的儿子则是以优异的成绩考入了清华大学。我那时禁不住在内心嘀咕，老师的子弟都这么优秀，老师自己要读多少书，才能培养出这么优秀的子弟啊，想要成为老师的理想也就更加坚定了。不过，现在有了自己的孩子，看看孩子的成绩和日常表现，不禁感慨，不是每个教师的子弟都能那么优秀的，往后需要多花点时间和精力教育孩子，才能不愧于一个教师父亲的身份。

隆回二中高 2006 届共有 282~303 等 22 个班，本届阳恩林同学保送进入清华大学，被学校广为宣传，成为隆回家喻户晓的人物。

她后来考上了国内一所知名的外国语大学，毕业后，又考去了北京一所顶尖大学的研究生院，研究比较文学和世界文学。班上其他大多数同学也陆续考上了理想的大学，如电子科技大学、中国人民大学、湖南大学、中南财经政法大学、湖南师范大学等，现在大都成了各行各业的骨干和精英。而我，第一志愿填报了湖南师范大学，加上其他各种机缘巧合，后来也读了研究生，攻读了文学博士学位，研究外国语言学及应用语言学，最终成为一名光荣的人民教师。现在的我，也是一名二十多年教龄的老教师了。当然，这是后话。

在隆回二中的生活以同学之间一次疯狂的活动而结束。依稀记得，在我回邵阳市参加高考前几天，我们几个比较要好的同学，好像有肖中奇、刘述党、宁贞、谢婕妤、刘喜凤、陈洁、龚拔群、陈玲珍、彭向存、袁士栋等，吃完晚饭后，走到“黄土高坡”的操场上，绕着操场聊着天，喝着含有酒精的饮料，在夜色和酒精的作用下，带着眼泪，疯狂地唱歌，大声地喊叫。还记得其中有两首歌的名字，一首叫《同桌的你》，一首叫《伙伴》，喊出的一句口号叫——今天我以二中为荣，明天二中以我为荣！

明朝立德、立言、立功三不朽的圣人，心学的创始人王阳明说——立志是人生的头等大事。现在想来，有了梦想和理想，并把梦想转化成理想，是隆回二中赋予我人生最有价值的一部分，尽管我当时的理想只是想考上大学，成为一名好老师，却也因此有了前进的动力。助学生树立正确的人生目标，激发起学生的内驱力，让学生进入自发学习、自我奋斗的状态，正是学校教育最成功的标志。二中在我身上做到了，在其他同学身上也做到了，并为国家和社会输送了一批又一批的优秀人才。

27 年过去了，我还能清楚地记得老师们的谆谆教导，还能清楚地记得同学们的青春笑语，还能清楚地记得同桌详尽的笔记和错题的讲解，却还未能做到让二中以我为荣，实在有点惭愧。余生还很长，不忘初心、方得始终，唯有继续努力，方能不负母校的教诲，终有一天让母校以我辈为荣！

高 2007 届共有 304~328 等 25 个班，这一届的特点主要体现在招生环节，2004 年一中和二中的录取分数线相同，所以有些报了二中的同学选择去一中读书，二中和一中竟然打起了官司。

我的老师我的同学我的班

❖ 马忠文

马忠文，男，1970年生，隆回荷田长鄄人；1986—1989年就读于隆回二中高128班，现居北京。

1986年夏天开学季，我洗尽腿上的泥巴、全身的汗味，穿上干净清爽的衣服，带着田间劳作的疲惫，怀着自豪、兴奋、向往的心情，一根扁担挑着一口木箱、一床棉被，挤上开往县城的客车，去隆回二中花门新校址报到。在教导处128班学生签到表上签上自己的名字，从此，“128”就像一个符号，印刻在我的身上和心里。

128班高一时的教室在丁字楼东边的一栋两层教学楼里，面临大操场，后面是宿舍，楼前道路临操场一边是一排高大的法桐，颇有气势。在这个教室里，我褪去了农村孩子的羞涩，见识了来自城镇同学的阳光、自信、优雅、大方，在周末组织的班会上第一次欣赏到了迪斯科、霹雳舞，时光虽然很短，但来自城乡的同学们就此和谐地相处在一起。高一时的128班是新奇快乐的，我深深地热爱上了这个班集体。高二、高三时，128班搬到了半坡上的四合院里，平房，红砖红瓦，两个大门正对着，中间是个大天井。院子两边，各3间教室，右边129、128、127班，左边132、131、130班。在这个教室里，在紧张的学习中，在一知半解、似懂非懂中，在与同学的称兄道弟、指点江山、意气风发中，我度过了将近两年。

128班高一班主任刘光玉老师，刚大学毕业，身材瘦削，皮肤白皙，T恤配牛仔裤，显得朝气蓬勃、干练利落。因为年轻、性格好，刘老师很快就赢得了同学们的亲近，尤其是他无为的管理风格，让同学们都能自由快乐地成长。高二开学后，再未见刘老师，消息灵通人士称，刘老师调去了周旺的一个高中。无论过

隆回二中高2008届共有329~357等29个班，被称为史上班级最多的一届，学校高中在校班级规模由此达到阶段最高点，其中332、336、338、340、346等五个班为理科实验班。

去多少年，只要想起128班，想起隆回二中，刘老师的形象总是会从我的脑海里清晰浮现。

高二时文理分科，受“学好数理化，走遍天下都不怕”传统观念影响，虽然理科成绩一般，但我还是选择留在128班。我们迎来了新的班主任——胡绍轩老师，胡老师戴副眼镜，温文尔雅，说话铿锵有力、不紧不慢，爽朗的笑声非常有感染力。听高年级同学说，胡老师是隆回二中化学名师。第一眼，我喜欢上了胡老师，也喜欢上了胡老师的课。在胡老师当班主任的两年里，我不显山不露水，表现平平，没给胡老师争过光，也没给胡老师惹过事。高三离毕业还有3个月时，国家春季征兵，怀着对“千军万马挤独木桥”高考的畏惧、逃避心理，我应征入伍，成为新疆马兰中国核试验基地的一名新兵。走之前，胡老师请我到他家里吃了一顿饭，那是我在二中吃得最香甜、最温馨，也是最忐忑的一顿饭，至今记忆犹新。到部队一个多月后，我收到了胡老师的回信，谆谆话语里，尽是鼓励，尽是期望，尤其那句“你是我最喜欢的学生”，让我受宠若惊，倍感骄傲，倍受鼓舞，这是我学生时代、职业生涯、人生旅途中受到的最高评价。人生中，能遇见胡老师这样的良师益友，何其有幸！

128班，可谓藏龙卧虎、叱咤风云，又有风花雪月、诗情画意。在这个充满活力的集体里，我们学习着、快乐着、成长着，许多生涩温馨、甜蜜痛苦的人和事，印刻在脑海深处，记忆永远那么鲜明。128班的第一任班长，是校花龙学敏，现在回想起学敏的模样，我的心里马上会涌现出天生丽质、小巧玲珑、鲜艳欲滴、活泼可爱这些美好的词语。学敏班长不仅人漂亮、聪明伶俐、管理能力强，还很有文学天分，时不时有大作在《风声报》刊登，真让我高山仰止。因为出色的文科成绩，学敏选择去了132班，我们迎来第二任班长刘建波。建波成绩好，人缘好，大家都很拥护他。后来他班长当腻了，忽然搞出一个民主选举来，自己顺利落选，不过没多久，又在群众的呼声中再度上任。现在回想起来，真是佩服他的政治头脑、领导才能。政息人去后，两位班长给我留下的尽是美好印象，他们从来没有因为当班长而颐指气使、盛气凌人过，在高中时代就显露出了过人的领导特质。大学毕业后，两位班长都走上了仕途，学敏当上了长沙一所知名小学的校长，建波成了国家能源集团的一名高管。

128班学习成绩最好的，自然是邹代锋。他几乎每个学期都是班级第一、年级前五，自然也就成了老师心目中的宝贝，同学眼中的未来之星。代锋应届考上了湖南大学，听说毕业后自己创业开了一家大公司，真是智商有多高，成就有多高。前年我去代锋的家乡小沙江玩，发了一个朋友圈被代锋发现，他马上电话打过来要安排亲戚朋友接待，我内心的感动难以言表：老同学就是铁！

隆回二中高2009届共有358~385等28个班，359、363、366、368、371等五个班级是理科实验班，这是最后一次经历传统“3+X”高考的一届。

要说128班目前学术成就最高的，非黄亿华莫属。他高中毕业上了北大，北大毕业后去了美国深造，后又毅然回到了祖国，进了中国科学院一个研究所，做出了很大成就，如今已是两院院士候选人。他和曾方关系很好，我和曾方是同乡，所以我和亿华也就很熟络，平时在一起吹牛的机会很多。亿华话不多，但一说出来很有深意、耐人寻味，展现出超常的思维和深邃的思想。亿华非常会关心人，同学在一起喝酒时，他知道我不胜酒力，怕我喝多，一次次给我挡酒，让我感觉好温暖。有这样的同学真好！

128班同学当中，最富传奇色彩的当数刘中华同学了。中华来自滩头，性格和我一样憨厚，高一时我们就成了好朋友。中华高中三年默默无闻，十几年后再知道他的消息时，他已是东莞一家民企的老总，通过微信发来的照片里，中华坐在大老板椅上，还真有点派头。中华很有家乡情结，响应家乡招商引资的号召，在邵阳市经开区、邵阳县投资上亿建设了两个大工厂，他公司的名字很有含义，福兰地（谐音湖南的）科技有限公司，家乡情结冰心可鉴。衷心祝愿中华事业越做越大，有朝一日代表我们128班，在母校捐建一栋“中华楼”，屹立在百年二中的光荣史上。

要说起最来，128班每个同学都可以有一个“最”的评价。女同学当中，气质最佳当属李爱军同学，时隔多年，本班或外班男生都老实交代，曾暗恋过爱军，我真是很佩服这些男同学的眼光，同时也感慨审美观这么一致；最有魅力当然是黄海燕同学了，沉静、典雅、高贵，与海燕相处，如沐春风，无论她家庭条件有多好，自身条件有多优越，她和同学之间没有一点距离感；最能歌善舞的是阮军菊同学，一直到现在都不能忘记她优美的歌喉、优雅的舞姿；最有集体荣誉感的是王全芳同学，年级女子篮球比赛，她拍着篮球从后场跑到前场投篮的拼劲至今历历在目；钱永红应该算是最精灵乖巧了，生性活泼，笑靥如花，一笑一颦都是班上的焦点；最漂亮自然是杨丹萍同学，闭月羞花、沉鱼落雁一点都不夸张，她刚加入班级时我自卑得不敢直视，高中时代漂亮女生的标准，就是丹萍这个模样；当然还有最朴实、最温婉、最害羞的卿胜兰同学、刘丽珍同学、聂柳贞同学、黄细红同学等。男同学当中，周黎同学最阳光帅气，身材高大，戴副眼镜，时常荡漾在脸上的微笑让人觉得优雅斯文；范跃奇同学最潇洒时尚，情商特高，与谁都能处到一块，无论过去多少年，同学们都会记得范同学；最胆大彪悍当属邱飞同学，课堂上规规矩矩，课堂外威风八面，交了好一帮兄弟，天生一个当大哥的人物；当然还有最腼腆的邹恺同学，学习最用功的刘定敢同学，围棋下得最好的龙三文同学，后来插班进来的交往能力最强、现在同学群里最活跃的邹功益同学等。说起来，128真是人才济济，每个同学都有过人之处，展示出了二中人应有的素质。

二中90周年校庆的时候，128班同学齐聚母校，为母校庆生，看看曾经学习生活过

隆回二中高2010届共有386~413等28个班，这一届经历了湖南新课改的首次高考，2010年高考600分以上42人，欧阳烨烨以663分（实考分）成为隆回县理科状元，陈瑛考取空军航空大学飞行员。

的地方，看望可亲可敬的老师，分享进入社会后的成功喜悦。在胡绍轩老师的家里，胡老师看着一个个成熟自信、事业有成的学生，动情地说："你们没有辜负母校的期望，没有辜负老师的培育，你们都是我最好的学生，都是隆回二中的骄傲。"

时光荏苒，今年又是母校100周年校庆，无论何时何地，想起在隆回二中的学习时光，依然感觉美好着，自豪着；想起我的每位老师，我依旧敬爱着，感激着；想起我128班的每位同学，也永远激动着，亲切着。在此，衷心祝愿我的母校越办越好，祝愿老师们身体健康，祝愿同学们前程远大！

隆回二中高2011届有414~440共27个班，由于没有初中直升生，被称为生源质量最差的一届，2008年中考全县前100名无一人在二中。高考成绩却还不错，二本以上上线583人，稳居全市第二。

韶华似水

——致曾经的我们

※ 袁静林

袁静林，女，1974年生，隆回高平人；1989—1992年就读于隆回二中初75班，爱好写作，偏爱随笔、散文等；现为盛世湘黔网特邀作者、益友文学社宣传部副部长、邵阳女子楹联委员会编辑、贵州省青年文化学会会员、湖南省诗协会员、湖南省楹联家协会会员、中国楹联学会会员、中华诗词学会会员。

当我收到《放歌默深园》图书编委会的约稿函时，一瞬间，所有的记忆，都打开了闸门，许多被岁月遗忘的某个时刻、某个场景，倾泻而来。隆回二中，是我记忆硬盘里最鲜活的回忆。很多次，我都想伸手抓住成长路上一闪而逝的身影，伸开手，我抓住的只是凉薄的空气，那些年少的往事，就这样在成长的路上渐行渐远。

1989年的清秋，我们踌躇满志地走进二中校园，迎面而来的是道路两旁的梧桐树，高大挺拔，浓荫满地。这是我们最喜欢散步的地方，常有同学在树荫下朗读英语；绿意葱茏的操场上，男生们踢足球打篮球，少年意气风发；红砖灰瓦、绿树掩映之间，教室窗明几净，那一张张青春的面庞，穿行其中。清晨，当第一缕阳光洒进校园，就已传来同学们的琅琅书声，清脆、悦耳，追梦年龄的我们，青涩稚嫩、纯真无邪，就像一块块未经雕琢的璞玉，每个人都充满对未来美好生活的热爱和憧憬。

大约是在1992年的3月份，班主任欧阳蔚华老师最后一次调动座位，我跟王姗姗成了同桌。王姗姗的学号是3，她敏而好学，聪颖绝伦，是众所周知的“小神童”，因连续跳级，班上年纪最小，比我小了4岁，是最受欢迎的小师妹。姗姗的整个学生时代，从小学开始，到研究生毕业，都品学兼优，一路保送。所以，她从来就没有体验过升学考试的压力和焦虑。珊珊的父亲是二中名师朱贤舜，这是一位文学书法有极高造诣的数学老师，真是虎父无犬女。

王姗姗娇小玲珑，圆圆的脸蛋，长长的睫毛，水汪汪的大眼

隆回二中高2012届起初只有22个班，即441~462班。高二文理分科时，又新加了463、464、465三个班，一共25个班。这25个班中，446、448、451、452班为理科实验班。

睛，透着一股俏皮而灵动的劲儿。她的脸娇嫩得能掐出水来，一笑起来，梨涡浅浅，可爱稚气，似不食人间烟火；生气起来，小嘴嘟嘟，让人又爱又怜。姗姗靠窗而坐，午后的阳光投射到她的脸上，她的两颊显得更加红润。双手托腮，下颌上扬，这是她冥思苦想时的神态。姗姗爱好广泛，多才多艺，唱歌、跳舞、主持、播音、黑板报……

那时候，我体弱多病，夏天怕热，常长痱子，哪怕静坐，也大汗淋漓，姗姗曾戏称我是水做的"林妹妹"；冬天畏寒而生冻疮，手脚红肿得有些刺眼，冷热交替之际，最是苦不堪言。姗姗每次看报纸时，都会特别留意生活小妙招这一版面，经常找一些她认为有价值的相关养生小知识给我，或者分享她从妈妈那里获得的一些妙方："静林，我妈妈说这个方法很有效，你要不要试一下，说不定管用?"这时候我总是对她的善意与细心微微一笑。临近毕业的课间休息时，珊珊似乎比平日更忙碌，因她太受同学们喜欢，大家纷纷在她的笔记本上留言，她收到的礼物、相片也越来越多，每次她满载而归时，都会心生欢喜，与我絮语她所偏爱的某份礼物或某段毕业留言……我向来喜欢安静，可是自从和姗姗成为同桌之后，我突然发现，姗姗的每一天，就是我羡慕的理想生活的样子。

中考前的最后一次放月假，同学们早已离校返家，平日充满欢声笑语的寝室，此时唯留我一个人，略显冷清。吃完晚饭，我准备去操场散步，姗姗突然来找我："静林，我初中几年从没住过宿舍，好想体验一下住宿舍的感觉，你就收留我一晚，好不好?"我有点吃惊，不可置信地看了她一眼，问道："真的吗，你爸妈同意了吗?""我已向爸妈申请过啦，你绝对放心好啦!"姗姗开心地跑过来拥抱了我一下，仿佛这件事是她期待已久的，然后拉住我的手，轻轻摇晃着，我的心瞬间被她软萌的样子迷住了，根本无从拒绝。我俩顺道去校门口商店里买了瓜子、饼干返回宿舍。

宿舍只有我俩，姗姗好像一直有聊不完的话题，而我，就算不说话，也不会感到尴尬，我就做个聆听者，静静地享受这份自在。不知姗姗突然想到了什么，她对着我神秘一笑，问："静林，有没有蜡烛?"宿舍偶尔停电，同学常备蜡烛，我找了出来给她。"静林，今晚开个独属于我们的联欢会吧!"姗姗的声音像一阵轻柔的风，轻轻地吹拂着我的心弦。我们的联欢晚会开始，从《童年》《水手》《恋曲 1990》《最真的梦》，一直唱到《一起走过的日子》《让我欢喜让我忧》《大约在冬季》……那一夜，我们第一次放纵了自己，我们的友谊在清脆的碰杯声中升温，我们一边吮吸着老冰棍，一边絮说那些散落的青春，我们郑重约定——今日乐相乐，别后莫相忘……我们对着烛光，将心愿许得无限大，烛光熄灭后，黑暗中，我们看到了彼此眼中灿若星辰。

姗姗是我心目中永远长不大的小妹妹，而另一位同学袁伟华说起来则是我一辈子的好闺蜜。伟华与我，从小学到初中，一路都是同学。到二中后，我与伟华同铺，关系更

隆回二中高 2013 届共有 466~490 等 25 个班，466、469、478、488 为理科实验班，其中 478 班一枝独秀，全班同学在应届均考上二本及以上院校。

亲近了。我性格内向且慢热、文静而忧郁，不善言辞；而伟华则活泼好动，性情爽朗。她古道热肠，常怀侠义之心，所以人缘特好，跟班上的男女同学都交情不错，她消息灵通，常有最新资讯跟我分享。伟华有运动天赋，长跑和短跑都是她的强项，每次校运会时，我都是伟华的超级粉丝，为她递水、擦汗，为她鼓劲、喝彩，每当她获得荣誉，为班争光时，我更是引以为傲。我和伟华的情谊无人可替代，我生病时，她嘘寒问暖；我晕车时，她细心递上橘皮；每次回家或返校，下车之后，她帮我搬运行李，替我负重前行……青涩的年华，我们见证彼此成长；懵懂的岁月，我伴她笑，她陪我哭；失意、无助的时候，她会听我懂我的言不由衷，更懂我的沉默不语；待我工作之后，伟华无意中又化身为"红娘"，而我，成了她的表嫂……

除了姐妹情与闺蜜情，二中学习期间，还有很多值得回忆的场景。

曾记得，下课后走廊里、操场上一片喧哗，同学们仿佛是一群撒开缰绳的小野马；曾记得，吃饭时间到了，学校立刻沸腾起来，同学们争先恐后地奔向食堂；曾记得，有人说我梦中可以和人对话，梦话水平已至化境；也曾记得，看电影时，小伙伴三五成群一起嗑着瓜子、吮着老冰棍、吃着葱香味的酥脆沙琪玛，幸福感油然而生。关于沙琪玛，这是大家共同的记忆，校园商店里的沙琪玛，大家都喜欢，二毛五分钱一个，直到现在，我们还会开玩笑说：二毛五的沙琪玛必须多来几打才行，这是请客的标配！

总以为毕业遥遥无期，眨眼间就要各分东西。曾经，烛光摇曳，灯影婆娑，苦思冥想，伏案疾书；曾经，晨光溢彩，烈日高悬，田径场上展英姿；曾经，恩师教诲，学友相帮，课间嬉闹，寝室高谈，一路走来一路情……留言本上的空白页面，逐渐被同学们填满，一横一竖、一撇一捺，诉说着最真挚的祝福。青春就像一本书，我们那一页，翻得匆匆，太匆匆！有时我在想，假如，我把时钟一圈圈倒拨，会不会有那么一瞬间，时光真的会回到从前？初相识，长相随，纸短情长，诉不尽当时年少，我的故事都是关于"金牌 75 班"的你、我、他，那花名册上一个个熟悉的名字，那一张张灿烂的笑脸，那一份份沉甸甸的荣誉，那恋恋不舍的情谊，一切的一切，仿佛都在无声呼唤着我，引我以笔书写心声。

天之涯，地之角，纵有千言万语，又怎堪时光若弦，我在人间贩卖黄昏，只等收集世间所有的温柔去见你。曾经在乎的，不在乎的，原来都经不起时光的搁浅。我托清秋的晚风做信差，把我的思念传送。或许，你不曾老去，我亦未曾沧桑，随心，随性，随喜，随缘，等一场相逢，月光下，若有故人来，相邀入座，一盏清茶，半杯秋色，相视一笑，不必说好久不见，就这样阅尽万家灯火，回忆二中往事……

高 2014 届有 491~515 等 25 个班，本届高考本科二批以上上线 645 人，本科一批上线 262 人，600 分以上 31 人，秦艳玲考取清华大学，李巍被香港中文大学录取，以优异的成绩向学校 90 周年校庆献礼。

难忘那些亲密的师友

※ 马忠善

马忠善，字淳善，1938年生，隆回长鄄（今荷田）人；1951—1954年在隆回二中初中3班就读，1963年7月毕业于贵州大学，1976年加入中国共产党；毕业后分到龙里中学任教21年；1984年6月受聘于中共六盘水市委讲师团，曾任副教授、主任、党支部副书记；1998年12月退休；现为中华诗词学会、多个中国或世界文艺协会会员，已出版著作《中师古诗文注释》《椿萱根韵》《拒腐防变说》。

1953年春，我从新化上梅中学转入隆回二中初二3班就读，1954年从隆回二中毕业后，距今已近70年。这70年里，我在贵州读大学，然后留在贵州工作、生活。虽然远离了隆回、远离了母校，但我与二中许多的老师、校友、同学一直保持着紧密的联系，在长久的交往中，感情如一壶老酒，更加浓烈。但遗憾的是，我不能一一列举，只能择其一二而述之。

我和张嘉兴老师关系最亲密，七十年来少有断过师生情谊。我转入二中时，班主任是他，初二他教英语，初三他教英语和语文两科。不久迁校。张老师在隆回二中90周年校庆纪念文集《早春时节》里面曾这样回顾迁校："为适应形势发展和县内中学合理布局的需要，于是决定将隆回二中迁往六都寨……1953年5月15日新校舍落成……师生300多人组成浩浩荡荡的队伍，各人挑着自己的行李，公家的东西如课桌、凳、床、柜等就雇请民夫搬运，朝发夕至……"我就是"师生300多人组成浩浩荡荡的队伍"中的一员，至今70年了，记忆犹新！我曾填词《思佳客》一阕，以表纪念：

赤日炎炎似火红，爬坡绕岭像长龙。龙头领唱歌声起，山谷包容全二中！

晨别了，土桥踪。师生三百步行骢。夕阳照耀辰河岸，寨镇融融欢笑容！

我一直仰慕张嘉兴老师几十年，也一直与张老师保持着密切联系。

高2015届有28个班级，班号是从516～543，本届高考二本以上上线687人，重点本科上线281人，600分以上33人。518班魏龙同学考上清华大学，536班胡乐斌考上飞行员。

2002 年 10 月，张老师为我的诗集《椿萱根韵》作序，序评全面、高雅、富文采，极力赞扬我的创新和用新声韵：“马君洊善以诗稿托雁使远寄于余，实喜不自胜。初视之以为奇；展读之，感其真；卒掩卷而思之，应统摄为新。若无创新之思，就不能出此新奇的形式，更不能由此形式表达出真悃之感情，是传统诗词用武之地亦广矣哉！《椿萱根韵》强调用新声韵，紧跟时代前进步伐，诚为可贵……语言均从实际生活托出，从心底托出，朴实、自然、形象生动，写实力强，不做作，不用典，去陈言，无腐气。例子俯拾皆是……”

张老师从不把我当外人，从 2010 年始，张老师为了他的两个孙子张宝鹤、张浩中读书，找到了我。他们为了到贵州六盘水市参加高考，从合法落户，到取得“准考证”，直至最后考上大学，我不知跑了多少路，操了多少心！但想到老师过去对我的恩，值！

对于张嘉兴老师，我曾写过一首藏头诗《七绝・仰张嘉兴》，诗云：

仰观今变土桥红，张献新隆私改公。
嘉迹二都辰水显，兴衰中外语精通。

对我影响很深的还有刘隆礼老师，我也曾给刘老师写过一首藏头诗《七绝・仰刘隆礼》，诗曰：

仰慕文学系正宗，刘郎前度二中红。
隆情倾注国文教，礼让温良语敬恭。

刘老师在 1953 年教我们班语文。备课、讲课、批改作文，特别认真，课文范读、语言表达，特别生动。因为我后来也是一名语文老师，刘老师一直是我的职场榜样。刘老师课后爱与同学们闲聊，问长问短，关心我们的生活。自我出校门后，虽几十年未联系，但师生之情不减。1985 年秋，六盘水各中学正招聘教师，他特意来到市委讲师团找到我。我亲自带他到就近的市三中校长室，安排他试教高中语文，因乡音太重学生反应“听不懂”而未应聘成功。我想介绍他到市一、二中，但他说“算了”。他在我家住了两天，让我在生活上略表了做学生的情意。

在二中，除了有幸能聆听许多我敬重的老师的教诲，也有幸结识了一批杰出的、趣味相投的校友、同学。我以他们为榜样，我也为他们感到骄傲。

陈早春，金石桥人，在二中 1 班，我在 3 班，初认识，有交往。1953 年秋他上了邵阳市一中，我于 1954 年秋进入邵阳市一中。他高中毕业考上老名牌武汉大学中文系，

隆回二中高 2016 届有 26 个班级，班号从 544 班到 569 班。这一届学生亲眼见证了《早春时节》图书捐赠仪式，参与了隆回二中 90 周年校庆，是接受爱校教育最为直接的一届。

1960年于武大毕业后，分到人民文学出版社工作，后来成为全国政协委员，人民文学出版社社长、总编辑，终身享受国务院政府特殊津贴的专家。而我这个仅低他一个年级的同学，1957年临近高中毕业就休学回家养病，到1959年参加高考，改理工而学文，考上贵州大学中文系，1963年毕业后命运安排我只能在落后的山区艰难曲折爬行，几十年奋斗结果也只是一个县级单位的最高职称“副教授”，与老同学比，真有天壤之别！但因浓厚的同学情与乡情，他无丝毫嫌弃。2002年，我寄书稿《椿萱根韵》到北京，要他题词，他很快用雄浑雅致的毛笔字书写一联付邮——椿萱根韵清新奇特；瓜瓞香风远曼悠长。十四字概括了张嘉兴老师4000字序文旨意，太珍贵！

陈锡仁，金石桥人，与我同班同龄，个子小，学习很好，多在班上前三名。毕业后与我一同考上邵阳市一中读高中。1957年，我回家养病，他考上湖南师范学院中文系，1961年毕业后，分回邵阳、隆回任教。与我一直书信联系。1962—1974年间，我夫人邹碧云在金石桥供销社工作，为购物他与她亦常有接触，我每次回家探亲也必能探到他。1984年5月，六盘水市首创向全国大量招聘人才，我被聘用到六盘水市委宣传部筹建市委讲师团，后成为讲师团元老之一。七月，我用书信、电话把招聘消息详告与他。他当时在隆回六中，回信立即上来应聘。我马上联系好六盘水师专（我夫人当时已被安排在师专办公室）。八月，他全家人搬了上来，被安排到师专附中。谁也没料想到，他应聘成功的消息不胫而走，成了隆回乃至邵阳地区的爆炸性新闻！一传十、十传百、百传千！一时间，讲师团办公室和我家成了“招聘接待站”！从隆回来找我们帮忙者，多为二中校友！我们虽得到“助人为乐”赞，也遭到“助人之错”损，叹世事之错综复杂也！来六盘水应聘成功命运完全改变者，几十年来为六盘水做出巨大贡献！他们的子女们正接替父辈在全市、全省甚至全国的各条战线，发挥着顶梁柱作用！不知产生了多少可歌可泣的事迹！每思至此，又恢复了我们“助人为乐”之欣慰也！

马建元，与我同村、同宗、同年、同小学中学、同从新化转到隆回二中，他在4班，与我的亲近程度，无校友可比。1957年他于武冈师范毕业，分在七江任教。我患胸膜炎回家养病，每到寒暑假他必带慰问品和5元钱（那时月工资29.5元）来看我，交谈少许时间，留他吃饭，他却连一口水都不喝，就往他家的路上跑了！到正月初，他还要来专请我甚至全家人到他家赴宴。1959—1963年我求学贵大，正是国家三年困难时期，假期他来家看望我，除了带慰问品还要加上一二十斤粮票。1963年秋，我贵大毕业也有工资收入了，他假期仍带慰问品来家看望，这已经成为一种习惯和常态。春节期间，如果我未返乡探亲，他就于初一给我父母拜年，或年前请我父母到他家过

隆回二中高2017届从570班到595班，共有26个班级，年级主任为周家龙老师。本届高考二本以上上线663人，600分以上人数17人，其中576班王基宇同学被中国科学院大学录取。

年。有恩必涌泉相报。1984 年到 1985 年，他为解决三个子女的升学问题，也想来贵州，我立即联系好六盘水农校，只等待他全家搬迁上来。但由于他舍不得他辛苦一辈子建造的新楼房，又怕老父亲上来不适应，结果只好回绝了市农校。因为没来贵州，他早已做好三个儿女在家的职业安排：老大学木匠，老二跟母亲学缝纫，老三学漆匠。我要推翻他这种安排，通过一系列规划，三个小孩都考了学，参加了工作，后来的发展都很好，我们也深感欣慰。

胡光曙，七江人，二中 6 班的同学。他于中小学时代就在全国名刊发表诗作，曾受过当代诗歌泰斗臧克家的接见并与之合影。后来我在他家见过他们的合影照。他在县文史界颇有声望，是从事魏源研究的本土专家，每年都要接待不少来自全国各地的魏源研究学者。据他在赠我的《写在魏源的故乡》《乡情随笔》的自我简介，他是国家二级作家、副研究馆员、系中国民间文艺家协会会员、湖南省作家协会会员、隆回县作家协会主席。20 世纪 50 年代开始，他在全国各报刊发表作品，计 200 余万字。然而，这么一位富有才华的同学，在 1984 年以前，还只是一个没转正的民办教师！1984 年秋，我收到他想上六盘水应聘的信，我立即向市委宣传部领导们推荐，领导皆赞扬胡的才华，一致同意安排到市文联。我又立即告知胡。当他携全家从七江出发去贵州，到隆回时被拦截。隆回县相关部门很快把他全家转为居民户口，把他安排到县文化馆，以后工作顺风顺水。

刘本粹、阳锡如，分别为七江、丁山人，是我夫人邹碧云于 1959 年升入隆回二中高 4 班的同班同学，于 1962 年毕业。三个人在班上的学习成绩都很优秀，名列前茅，毕业后也联系紧密。邹在二中因为“左”的问题入不了共青团，进而被取消大学录取资格，只好回到金石桥供销社上班，1974 年调迁贵州龙里后，于 1976 年即加入中国共产党，于 1986 年获得成人大学专科文凭、主管会计师资格证，后被任命为后勤处长，1998 年退休后担任师专退休党支部首届支部书记。阳锡如考进湖南财经学院，1967 年正处“文革”期间，长沙武斗厉害，阳锡如为避武斗而返隆回，路经金石桥找到邹。邹冒着“保护造反派”的风险，不顾别人反对，向招待所说好话，使其免费吃住，第二天搭了便车回家。阳锡如后来任湖南省机械进出口公司党委书记。刘本粹考入武汉水利电力学院（现为武汉大学水利水电学院），后来任国家能源部（已撤销）基建司司长。刘于 1994 年春从北京来到六盘水，检查盘县（现盘州市）电厂修建情况。因忙，没来我们家会面，给邹寄来一长信，回忆了在二中同窗乐事，不尽感怀！我们回信试探：我们的老二马韶华，面临师专毕业分配，不想从教，能否帮忙进电厂？刘立即寄给盘县电力局一短信，正逢盘县电厂急需进人，不花一文钱，就使我家老二

隆回二中高 2018 届有 26 个班级，班级号是从 596 到 621，有 5 个实验班，616 班是特长班。本届学生高考二本上线 683 人，其中一本上线 287 人，600 分以上高分考生 36 人。

进了盘电！后来又帮助我女婿胡建林到清华大学培训数月，使其技术管理水平大大提高。

母校隆回二中把我、我夫人和各位恩师、各位校友、各位同学紧密联系在了一起。风雨路上，我们一起扶持、一起走过；繁华盛世，我们一起欢庆、一起分享。有如此师友，夫复何求！

隆回二中高2019届有25个班级，班号从622班到646班，本届学生高考二本上线697人，其中一本上线285人。632班陈彦考上北京大学，班主任是贺伟华老师。

天门寺的苹果

※ 李傻傻

我去过天门寺，望云山的天门寺。但我又怀疑，我并没有见过天门寺。

印象中，少年时代的隆回，是一片阳光明丽的土地。跟许多山区小城一样，留给我的印象好像是阳光照耀在树叶上的闪光，看得久了，会使人产生幻影。唯有天门寺，是在云雾中向我涌来的。我人生最难解的一些谜团，在那片海拔一千五百米的云雾里探头探脑，从此占据我的脑海，至今难以寻找答案。

所有令人铭记终生的事情，总是毫无预兆地开始，充满了奇怪的偶然。应该是在高二那年的秋天，默深文学社指导老师半夏子先生，联系了隆回六中的云溪文学社，组织了一次采风。一行二十余个少年，有初中生，有高中生。说是采风，其实叫秋游更为恰当。作为一个内向的人，我对这样的秋游并不抱太大的向往。我更爱和熟悉亲近的人去学校后山的草坪一起玩耍、打闹，或者找点野果子吃。和一大群人交流，对我来说，是种沉重的负担。旅途中，我像是一只混进鸟群的鸭子，大家叽叽喳喳，而我只是紧张地跟随着队伍。

头一天游玩了许多地方。我记得晚稻已经变得澄黄，等待收割；记得路边的野花杂树，颠簸的车。魏源故居是几间修葺了的木房子，高洲温泉是一眼野泉，也可以说是个冒热气的水坑，一次只能同时容下几个人，深夜下水让人有点害怕。这一天的行程，我几乎没有别的印象了。直到第二天傍晚，天色昏暗，仿佛是偶然又像是必然的事情发生了。

作为诗人，半夏子老师豪兴不浅，总带着我们做一些不合

李傻傻，原名蒲友德，男，1981年生，隆回桃洪镇人；1993—1999年先后就读于隆回二中初85班、高194班，曾任默深文学社社长，2004年毕业于西北大学中文系；中国作家协会会员，广州市作协副主席；出版有《红X》《被当作鬼的人》《李傻傻三年》《你是我的虚荣》《虚荣广场》等。

高2020届647~671班共25个班级，年级主任为周家龙老师。本届是湖南最后一届文理分科老高考，高考二本上线813人，首次突破800大关，一本上线461人，600分以上人数为65人。

时宜的事情。这个傍晚，他满怀豪情地提议，趁月色正好，不如夜登望云山，勇闯天门寺。

为了引起我们的兴趣，他跟我们说起望云山的传说，以及那句流传千古的上联。相传秦始皇焚书坑儒，卢生逃此避难，修炼成仙。友人侯生来访，盘桓数日离去，后居武冈云山。卢生思念友人，常于山顶望之，故改山名为“望云山”。后人题有一联——望云山上望云山，云山在望，至今无人对出让人心悦诚服的下联。

故事很美，恰如黄昏的田野。田野里，鸭子正被主人赶回家中。秋月已经升起，此前躁动不安的初中生和高中生们，都成了和我一样的鸭子，只想疲惫地回去，不想在夜里走几小时山路。

但云溪文学社某个女生喊了一句——我想去。她有秋天般高瘦的身材和清澈的眼。我的朋友张海荣立即响应了她，说：“怕什么？望云山我还没上去过呢。”随后，一些男孩大概为了在女孩面前表现自己的勇敢甚至勇猛，大声叫喊着“出发，出发”。有人问，我们没有手电筒，会不会掉下山去。半夏子老师指着月亮，说那有一盏最亮的灯。

大家风风火火地出发了。仿佛我们不是单纯的爬山，而是深夜进山打猎一般，有美好的猎物等待被活捉。我掂了掂肩上的背包，略感沉重，但没有拒绝的理由，便跟在队伍后方，踏着月色，往山里进发。

我自认走山路有一点优势，因为我曾经挑着一百多斤的担子，多次翻山越岭走亲戚。但去往望云山顶的夜路，还是超出了我以往的所有经验。

我们没有想到的是，月光无法穿透树林。何况树丛又是如此茂盛，围合成密不透风的隧道。何况，上山的路窄而陡峭，此前下过小雨，还有些潮湿。在几乎完全的黑暗中，一开始大家还互相打气，很快，只能听到彼此粗重的呼吸和有人偶尔踢到石子的尖叫。尤其是走在我前方的一个初中部的女孩，明显体力不支，几次差点滑倒。

我很犹豫要不要拉她一把。我特别希望此刻我有一种法力，黑暗是我的坐骑，让我可以沿着黑暗的道路一路奔跑下去，没有石子会绊我的脚。但她没有开口要我帮她，我便不敢主动上前。现在想来，那时我就像对别人的困难无动于衷似的。而这一切的原因，只是因为我害怕别人看出我对这个女孩的喜欢。

在一段差不多要手脚并用的陡路上，满地落叶，湿滑，我超过了女孩。密林围拱的隧道前方透出光来，月光仿佛在洞口张开发亮的双臂迎接我们。回头看去，微弱的月光照亮了女孩的小脸，她正抬头看着我。我似乎看见她笑了一下。我不能记述更多的细节了，因为其中有多少是真实发生的，又有多少是我臆想创造的，可能已难以分

高 2021 届高一高二时有 26 个班，高三时接管万和学校 10 个班级，共有 36 个班级。本届学生经历了“3+1+2”模式下的第一届新高考，672 班魏召珂同学考上清华大学。

清。只是在那一瞬间，我感到自己化作了另一个人，我将她的背包取下，又拉上她的手，并指着前方月光透出的地方，告诉她说，那里有块平地，很快就到了。由于太黑，其他人似乎没看到，我也便不那么脸红了，而进入一种专注的用力帮她前进的心情。

我们终于看到前方那片平缓的坡地。有人已经到达了，在那里大声地呼喊。月光躺倒在坡地上，我们也躺倒。秋夜的露珠过于浓密，也顾不上了。

这时我明确地看到她笑了笑，因为有些出汗，脸上带着一种新鲜而湿润的颜色。吹着冷冽的山风，月光在森林的顶端滑行，这一瞬间，我处于一种十分复杂的感受当中，我不能不感到，这种复杂可能在我一生中难以再有第二次了。一个多小时负重爬行的夜路，使我饥渴难当，又有一种坚持之后即将望见胜利的兴奋。更多的，是第一次牵女孩手的莫名的躁动难安，虽然这种牵手完全是光明正大的。后来，一个朋友的举动加深了这种复杂。

其实他只是问了一句，你要吃苹果吗？

我什么也没带，没有水也没有食物，早已饥肠辘辘。还想礼貌地推脱一下，他已经递了过来。

月光下看不清苹果的颜色，但是能看见苹果的个头，我们只能形容它很大很圆。但当它凑近，那种带着凉意的清香已经不由分说钻进你的鼻子，仿佛你的鼻子才是最饿的器官。这香气提醒你所有神经，吃了它。我完全抵抗不住，大咬一口，很脆，汁水丰富。没有什么能形容这种满足，只能用它去形容别的满足。比如，当我第一次亲吻，我感觉像我在望云山半山腰咬的第一口苹果。

“这是我吃过最好吃的苹果了。”我对朋友说。

“我姐给我带的。”他说。

他有几个姐姐，常常会带来姐姐们给他的各种零食和我们分享，我十分羡慕。我突然想把这最美味的苹果和女孩分享，可是我已经咬了一口，该怎么办？我厚起脸皮问朋友，你还有吗？没有了，他说。我不知是该继续吃完这个苹果，还是想个办法分一半给女孩。我就那么举着苹果停在了半空。

“其实还有很多啦。”朋友哈哈哈笑了。

我问他要了两个，拿去递给女孩和她的朋友。她声音很低地说谢谢，而我像一个完成作业的人，等着批改，又不知道该说点什么，只能假装看着远方的森林，对她说，应该快到了。

她仿佛连抬头看我的力气也没有了，只专心地吃着苹果。

继续往上，山势逐渐平缓起来，有一段甚至是下坡路。一路上，我没有再和女孩

高2022届有31个班级，班号从698班到728班，其中712班为艺术专业班。本届高考特控线上线人数786人，本科上线人数超过1300人，均创历史新高。其中706班谢槿旋考上清华大学。

说话。因为不说话并肩行走已使我十分快乐。

海拔一千五百余米的山峰上，树变得低矮，几乎就和人差不多高低。女孩突然头一回跟我主动开口，她说，好奇怪，这些树怎么在发光？

每棵树都发散着幽暗的白光。我含糊地说，是不是开花了，有的树是秋天开花的。

为了证明我的答案，我去抓身边的树枝。一触碰，我不由得惊叫了一声，也明白这些光是从何而来。

是树枝的结冰。不知何时，气温陡降。或者只是因为海拔过高。掉光叶子的树，冰结在树枝的下沿，像是一道月光剪成的白色裙边。是冰！我大喊着。所有人都兴奋起来，纷纷去摸身边的树枝，扯掉一两根，有人把冰塞进嘴里，咔哧咔哧地咬碎，吃起来。我折断了几根冰溜子，递给女孩，她像是看见很新奇的玩具那样接过来，又被冻得飞快地扔掉。

半夏子老师喊着大家不要打闹，不要玩耍，不要摔跤。说很快就到庙里了，那里有火，有食物。

终于到了顶峰。远远的，我看到从未见过的月色，被天门寺的石壁铁瓦勾勒出了骨头。但更多的是云雾，是包裹一切的云雾。

驻寺的和尚生起了柴火，噼里啪啦的火，像是把我们的笑语扔进了火堆。他又给我们煮了食物，讲起如果次日天晴，将见到云海上的金光，那景象会令你以及和你一起的人毕生难忘。他还说了另外版本的望云山的由来，更细致也更真实，却似乎没有那么传奇。只有那句对联，是一字不差的。而我的耳朵听着各种声音，目光却像是那晚强劲的山风一样，只往一个方向。

强烈的火光下，张海荣和那个秋天般的女孩紧靠在一起，发出细微的声音。有人提议读诗，有人提议玩游戏，也有人说走了太久的路，想睡觉了。而我看向我想看的女孩，问她要不要一起玩一下再睡。

“我不太舒服，可能吃苹果冷到肚子了……”女孩的朋友面色有点苍白，央求女孩陪她去寺庙的客房。女孩低着头，凝视着火堆，很快她就起身，陪朋友走向偏殿那边。

剩下的人彻夜狂欢。

次日上午，我们一大早起来看日出，想亲眼看看云海上的金光。可是只有云雾，如同大海一般翻滚的云雾。身后的天门寺、卢公观音殿，已和浓雾浑然一体，分不清墙和瓦，也分不清屋檐和柱子，仿佛它们并不存在。女孩也站在这雾海之中，并且似乎要成为雾的一部分。

高 2023 届从 729~763 班，后增加一个专业班，高三共 35 个班。高考上线人数创隆回二中历史新高，特控线以上人数达 708 人，本科上线人数首次突破 1400 人大关，600 分以上 52 人。

我问她，昨晚睡得还好吗？

她点了点头。

我再问她，苹果没吃坏肚子吧？

她摇了摇头。

回到学校后，半夏子老师让我写一篇记录此次采风的文章，在校园电视台播出。我记得，我在文章里写到了望云山的传说、对联、云雾，以及山峦和山峦之间的沟壑。但在播出时，我把“沟壑”念成了“沟豁”。

隆回二中高 2024 届高一高二年级时是 39 个班级，班级号从 764 到 802，高三年级时，增加了一个远达班和一个专业班，共有 41 个班级。这一届班级数目史上最多，学生人数史上最多。

我型我秀

曾经，你用全部的激情逐梦诗歌；曾经，你用五彩的邮票印记青春。那曾经梦碎的少年，最终圆梦成为出版界湘军掌门人；那曾经的“小镇做题家”，成长为互联网大厂的技术骨干；那曾经在光影中、在黑白颠倒的日子里挣扎的学渣，却逆袭成了文科状元。

你们不一样，就是不一样！

一匹马，跑出江南

❖ 罗文骅

一匹马，跑出江南
载着白云，穿越山脉河川
蹄声阵阵，于高原旷野上
谱唱着江南的浪漫

一匹马，跑出江南
披着青山，掠过戈壁沙滩
嘶鸣轰轰，在晨风暮雨里
书写出岁月的灿烂

一匹马，跑出江南
奋蹄长空中，恣意张扬
云浓风烈时，扬鬃回望
一份份青春，正接力绽放

【栏目主持简介】

尹锋，生于70年代末，西洋江人。喜美文，好佳句，迫于生计，选择了药学。吾无貌无财，少瑜亮之智谋，拙苏张之口舌。在外漂泊十几载，终定居长沙，生活稍安，喜闲暇时约俩仨好友，穿梭于岳麓山、桃花岭、梅溪湖……妻梅子鹤，醉卧桃李之下，笑对苍月，旁观风云之变！

罗文骅，南岳庙人，青春不老70后，一匹来自芙蓉国默深故里漂泊在西南云贵高原贵山之阳的野马，餐风露宿，暮雨朝雾，喜好激扬文字，抬下轿子，吹下号子，出点点子，湖湘文化、湘商文化朝圣布道者、湘黔文化传播者，非著名传媒策划经纪人，盛世湘黔网/智维盛世传媒创始人。

燃梦辰水河

※ 周亦翔

二中百年，从金石桥、六都寨到铜盆江，三易其址却始终萦绕在辰水河畔。在这里，我曾燃起的两个“梦”，一个“清北梦”一个“作家梦”，皆随 1989 年高考意外败北，如同一串珍珠断线，碎了一地。五十而知天命，蓦然回首，兜兜转转，从读书人到卖书人再到出书人，终究绕不开“书”这个字，终究绕不开辰水河畔点燃的那些“梦”。

周亦翔，笔名周恨铁、舒文，男，20 世纪 70 年代生，隆回荷香桥人氏；1982—1989 年曾相继就读于隆回二中初 62、61 班，高 124、126、132 班；先后在隆回、邵阳和湖南省新华书店工作，历任湖南省新华书店总经理助理，湖南出版集团办公室主任，湖南省新华书店总经理、董事长、党委书记，现任湖南出版集团党委委员、中南出版传媒集团总经理；2021 年荣获第五届中国出版政府奖优秀出版人物奖。

入梦

1982 年，隆回县一中、二中首度恢复初中招生，我以全县统考前三的成绩，放弃了一中，直接转入父亲任教的二中初中部就读，其时我老兄周东翔也刚好高分考入二中高中部。几乎担任过二中全科老师的父亲，不仅高考曾上过清华的分数线，甚至考取过苏联的留学生，皆因爷爷那顶“地主”的帽子未能圆梦，因此对我们兄弟俩有极高的期待。我们也不负所望，成绩均在年级数一数二，一时风光无限，也成了老师们眼中“清北”的种子选手。时任政教处主任马铁麟老师甚至放下豪言：“周亦翔考不上清北，我不姓马!”于是，一个“清北梦”悄然在心中种下。

初三那年，影响我一生的默深文学社诞生了，瞬间唤醒了我深埋在童年心底的“文学梦”。作为曾经拥有不下百本连环画的村中孩子王，我小学阶段就读完了四大名著和中外经典童话。上了初中，我一个暑假就翻完了父亲监管的“教师之家”图书室中几架子的图书，几个学期下来，几乎涉猎了当代所有的名家名作。与默深文学社的邂逅正如“金风玉露一相逢”，让我胸中澎

孙梅生，男，1945 年出生，滩头人。其 1965 年毕业于隆回二中高 12 班并考上清华大学，1970 年毕业留校任教直至退休。孙梅生是学校创办高中以来考上清华的第一人，班主任为曾昭读。

湃的文字有了出口。南飞的雁阵、空灵的竖琴、拙朴的犁铧，皆会挑动我敏感的心弦，那时的我是为文学痴狂的意气少年，“用掀动着的书页作为风帆/横渡浩瀚的太平洋/用摇晃着的钢笔作为手杖/征服高峻的喜马拉雅山”。在默深文学社创始人萧逍遥老师的指导下，我的文字有幸变成了铅字，见诸《小溪流》《春笋报》《少年文艺》《语文报》《中学生报》《湖南日报》等省内外报刊，鲜花、掌声、稿费，还有读者来信接踵而至，极大地填补了一个文学少年的虚荣心，也燃起了火热青春里的另一个梦——“作家梦”。

梦碎

这场发着“高烧”的“作家梦”燃得轰轰烈烈。我几乎偏废了其他学科，上课就是读小说、搞“创作”。只有语文课，我才找到一点“学霸”的感觉。记忆里的语文老师们依然清晰而又亲切——琴棋书画无一不精的马轶麟老师，一口西北普通话的陈尚志老师，一头卷发，和学生打成一片的刘胜保老师，一手刚正板书的刘杰贤老师，都给我的“作家梦”添柴加火。而印象颇深的是范善成、谭其洪两位风格迥异的老师，前者上课娓娓道来，后者咬文嚼字、一丝不苟。范善成老师还是一位业余作家，获得过《年轻人》杂志征文比赛一等奖，退休多年还保留着写作的习惯。还有一批非语文老师的“文学大咖”，比如化学老师宋鹤鸣、数学老师朱贤舜、历史老师刘益轩、音乐老师尹爱民、英语老师袁愈生，还有我的父亲地理老师周青云，他们吟词作赋，堪称二中一道美丽的文化风景线。

那是一个连征婚都要注明“爱好文学”的年代，又置身于二中这样的文学氛围，我的“作家梦”一直燃烧到高考前的最后一学期。当江湖名声极大的默深文学社骨干马萧萧，因一直偏科，高考保送失利，被特招入伍，这消息无异于当头一棒，将沉醉在文学梦里的我敲醒。我幡然醒悟，奋起直追，成绩猛然回升，1989 年高三会考，已名列全县前茅。高考后的 8 月盛夏，我满怀期待和老兄骑上二八大杠，从二中出发风驰电掣赶到隆回县教育局，奋力挤到公示栏前，在名单前列寻找着自己的名字，却一直找不到，心顿时凉了半截，不得不顺着名单往下看，直到“489”闯入眼帘，我如遭雷击，酷暑中冒了一身冷汗，双腿如灌了铅般迈不开步子，特别是自认为考得最理想的数学竟然只打了 80 分。那一天，我不知道自己是如何走出县教育局，如何回到家中的，只记得父亲挤满皱纹失望落寞的脸和一地烟头。回到家，我一气之下，将自己发表过和没发表过的所谓作品全部付之一炬，誓与文学一刀两断。

我高考意外折戟，对父亲而言几乎是一场灭顶之灾。毕业于北京师范大学的他，一直指望子女再续自己的雄风，我的表现自然让他十分落魄。此后十几年，我不停地

陈东军，男，1966 年出生，隆回金石桥人。1983 年其毕业于隆回二中高 106 班，班主任为欧阳金竹，当年高考考入清华大学，现任教于北京交通大学电气工程学院。

从高考的梦魇中惊醒。若干年后，有幸和马铁麟老师聚首忆往事，我只能不断罚酒致歉，惭愧连清华的门都没见过，还贻害老师改姓。又若干年后，我和省教育厅主管基教的王玉清副厅长论及这段经历时仍心存余悸，我提出能否查一下当年的数学试卷，他笑答："查了又怎样？能改变过去么？福祸相依，如今的你不也发展得很好么？"

圆梦

似乎的确如此，成绩不是万能的，但热爱可抵岁月漫长。

1989年高考填志愿，只因看中了"出版"二字，似乎依然与"作家梦"搭边，我便毅然填报了湖南省出版发行学校，试图毕业后进入出版社的"象牙塔"，毕业了才发现，仅凭这样一个学历无异于痴人说梦。最后，我又顶着所谓地方作家协会会员的光环与虚荣成了卖书人，但梦想的兑现是依靠一辆不怕泥泞和摔打的自行车，我奔波在隆回山高路远的土地上，以一名基层发行员的身份开启了自己的职业生涯。从隆回、邵阳到长沙，从农村发行、基层文秘、中层管理到一个发行集团的负责人，无论是摔倒在隆回的山路上，还是先后接手出现重大经营危机的邵阳新华、湖南新华，抑或是面对着互联网时代对传统出版发行行业的挑战和冲击，阅读都曾给过我力量和方向。因为曾经被文学和书本照亮过，因此也期望让书本照亮更多的人。殊不知，在一个卖书人的背影里，还毅然站着当年那个为文学痴狂的意气少年。

如今，兜兜转转，曾经与文学敬而远之的自己，竟然成了一家出版集团的管理者，年轻时读过的书、写过的文字，当时以为只是平常，却不想在40年后正中眉心。其实命运早有预示，因为书与文字的机缘，我曾师从湖南省新华书店前总经理、《中国图书商报》原总编辑唐俊荣先生，担纲文字材料工作。作为"湖南出版五先生"之一的唐先生初小学历，高度近视，但嗜书如命，学识渊博，终成业界传奇。在他身边聆听受教，耳濡目染，我获益匪浅。有人说，读过的书、走过的路、见过的人集合在一起，就是你的人生格局。而站在一个文化企业的平台上，有幸与王蒙、唐浩明、韩少功、王跃文等当代名家大家交流对话，则让我的眼界和思路不断开阔，让我得以以更具世界的眼光去发现更多的好作品、好作者。

二中校园里激荡着的那些诗歌和文字，也如奔腾江水，悄然滋养着那群像我一样热爱文学的少年，让他们在各自的领域中熠熠生辉。马萧萧成了驰名全国的军旅诗人，刘仁文成为中国当代著名法学家，周劲翔成为中国著名编剧和影视界杰出风云人物，谭克修成为城市诗学的研究者与践行者，另有魏甫华、王朝晖、李傻傻、魏斌、罗晓晴、刘烨洲、刘旭明、谭华杰、罗茂卿、欧阳文邦、尹锋、陈卫民、李桃花、张胜、卿红、马

蔡水平，男，隆回鸭田人。1983年其毕业于隆回二中高105班，班主任为廖名齐，1984年考入清华大学工程物理系，现任职于广州某企业。

汝萍、龙学敏等一批业界精英。作为伯乐的萧逍遥老师，不仅官至长沙市中级人民法院院长、国家一级高级法官，而且著述颇丰，业已成为我们出版集团旗下湖南文艺出版社和《芙蓉》杂志的骨干作者。

司马懿有云："圣人不能违时，亦不失时矣。"而今，我们都已两鬓斑白，再回首，会发现人生没有白走的路。辰水河畔，那些文学的痴狂、不羁的梦想，在被成长的波涛一一打碎后，早已重新融入身体、流进血液，成长为兼具力量和韧性的躯体，不惧岁月和无常，在人生新的阶段和挑战里，重新开出绚烂之花来。

这亦不失为一种圆梦。

江萍，女，六都寨人。1984—1988 年其就读于隆回二中，1988 年高考考入北京大学，是隆回本土考入北大的文科女生第一人，班主任为丁乐云。其后获得清华大学硕士、中国人民大学博士。

光影中的青春

※ 欧阳文邦

14 岁那年，我疯狂地迷上了摄影。一时之间，家乡的村落田野、山岳溪涧、茶坡橘园，处处都留下了我的足迹，热辣的青春在光影中尽情地绽放……

初中二年级正是求学的关键阶段，作为学生的我，没有把任何心思花在学习上，每天就是端着相机这里拍、那里拍。有次我在县城街头特意拍下某个场景，兴致勃勃、满怀期待地投稿参加某摄影大奖赛，可我的作品最终却石沉大海、杳无音信。郁闷了一阵子后，我依然乐此不疲。一个偶然的机会，我被邀请给县直某机关的活动拍照，出乎意料的是，活动结束后人家付了一笔比我期待更丰厚的劳务费。这件事给了我很大的鼓励和信心，进而有了更多的动力投身其中，并正儿八经地买了一本《现代摄影技艺 150 问》像模像样地研究起来。

那是 1991 年，改革开放的春风尚未吹遍神州大地，社会经济普遍不发达，相机就好比现在的小型奢侈品，在成年人的世界里都不多见，更何况初中生。我的举动在校园里显得另类而大胆，甚至引起了身边人的“特别关注”。

有天早晨，我来到教室上课，发现自己带锁的抽屉被撬开了。不用说，教室晚上进贼了，一同被撬的还有班上其他几个同学的课桌。大家的第一反应就是小偷肯定是针对我的相机来下手的。那时候一台凤凰 205-A 型相机几百元钱，实在不是一个小数目。我平时都喜欢把相机锁在教室里，小偷肯定摸到了这个规律。谢天谢地，唯独那天晚上我把相机放在一位教工家里，这才避免了一场失财之灾。

欧阳文邦，男，1977 年生，隆回七江人；1990—1997 年先后就读于隆回二中初 78、79 班，高 178、180 班，2001 年毕业于南开大学政治学系，湖南大学新闻与传播硕士，湖南科技大学创新创业导师，湖南省作家协会会员，出版各类图书 33 册；栖居长沙，现为文邦教育创始人，高考研究工作者。

欧阳晓军，男，隆回司门前人；1986—1987 年就读于隆回二中，1987 年高考考入清华大学，班主任为欧阳和坤；现居广州，从事企业管理工作。

“课桌被撬”事件并没给我带来多少触动，之后我依然全身心投入拍照和设备升级当中。有一天，我觉得那种四个镜头的相机很有意思，拍一张照片就有四个等面积且连贯的图像，于是又东拼西凑花一百多元买入一台。谁知新鲜感一过，我就发现这种相机很不实用，因为一张照片本来就不大，还被分成四个相等部分，拍摄出来的人像又小又不清晰，非常不受待见。正在此时，照相馆老板找我逼债，因为我在那里洗照片欠了他不少钱，要我赶紧还钱。我实在无钱可还，只得把这台四镜头相机押在那里抵债。因为我正好不想要这个怪家伙了，能够让它去抵债，也算是发挥了最大价值。只不过这样做的后果就是从此不得不从老板眼前消失，甚至在高中时期路过那条街道都像做贼一样。玩摄影玩到这个地步，我心中不免有几丝酸楚，入不敷出，拆东墙补西墙，这样的日子何时才是个尽头？

混沌日子的尽头终于来了！初二的暑假，就在我偷了家里数百元钱准备购买更高档相机时，被父亲抓住一顿毒打，逃出去七天七夜才落魄归家，与我一起回家的，还有一张惨不忍睹的期末考试成绩单。我不知道那时候父亲对我有多绝望，反正当时他收缴了我的设备，给了我有生以来最严重的一顿“竹笋炒肉”，打得我身上皮绽肉裂。后来自己也做了父亲，面对眼前这个让我又爱又恨的顽童时，我才深刻体会到当年父亲心中恨铁不成钢的愤怒。

一顿猛揍、设备被缴和成绩单的刺激，如同一盆冷水浇醒了沉睡的灵魂。人的精力总是有限的，在某个地方投入过多必定顾不上其他地方，我开始重新审视自己——成绩直线下降，经济上入不敷出，父子关系紧张至极……也许，是时候作个取舍了！

寒冬，屋后，茶山中，升起了一股浓烟。我狠下心，把少年时期所有的照片都付之一炬！我恨曾经的轻狂，想和过去的自己在烈火中永诀。我站在山坡上，望着烟灰在空气中飞舞，仿佛感觉到光影中的青春从此远去，书香中的青春正在款款而来。

彭南友，男，隆回鸭田人；1983—1989 年就读于隆回二中，毕业于高 130 班，班主任为丁火焱，1989 年高考考入清华大学，现居上海，任职于上海电信公司。

逐梦诗歌

❖ 马迟迟

马迟迟，原名龙运杰，男，1989年生，隆回司门前人；2003—2008年先后就读于隆回二中初122班、高310班；有大量作品发表于《诗刊》《星星》《十月》等刊物；曾获《西北军事文学》2015年年度优秀作品奖、2016年湖南年度青年诗人奖提名奖；曾受邀参加2015年《中国诗歌》“新发现”诗歌营、2016年《十月》杂志社第六届“十月诗会”；现居长沙，从事影视广告导演工作。

2003年的暑假，那时我刚在老家金潭中学念完初一，父亲通过亲戚介绍把我送去了隆回二中寄读，当时分在了初中二年级的122班，班主任是谢艳萍老师，从此开启了我在二中的求学时光。初三毕业后，我顺利通过考试，升入二中读高中，高中是在310班，班主任是彭正清老师。

从初中到高中，我在二中度过了五年的青春时光，五年，在人生的长河中转瞬即逝。也是在这期间，我知道了二中还有一个著名的文学社——默深文学社，文学社培养了很多具有全国影响力的作家和诗人校友。大概是在初三的最后一个学期，有一天我看到学校张贴了一张巨幅海报，报道了80后作家、校友李傻傻登上《时代》周刊的事情，我曾驻足在那张海报前许久，心想，要是以后像他一样成为一个作家就好了。

或许命运的齿轮就在此刻开始转动，或者更早，其实早在我读小学时，我的语文老师就说我有写文章的天赋，他曾把我的一篇作文在课堂上传诵。那时候我只是对阅读课外书特别痴迷，尤其是读武侠小说，然而，阅读武侠小说在班上是绝对不允许的。在进入高中的时候，学校门口的书店经常售卖金庸、古龙、梁羽生等人的盗版小说，我是书店的常客，我还订阅过武汉的一本武侠杂志《今古传奇·武侠版》，经常把杂志和小说偷偷带入课堂，在同学们之间传阅。彭正清老师还为此跟我谈话多次，要我用心学习，但我依旧没有听从，最后彭老师放弃了对我的教育，他无奈地说：“你自己一个人看可以，但是不要影响其他同学。”我成了老师眼中调皮的坏学生，看小说、逃课、通宵玩网络游戏，学

黄亿华，男，1971年出生，七江人。曾就读于隆回二中高128班，班主任为胡绍轩；1990年考入北京大学，后于美国康奈尔大学获得生物化学及结构生物学博士学位，现为中国科学院博士生导师。

习成绩自然一落千丈。我后来想，那时候要是能听进去老师的话多好，高考就不会那么糟糕。

原本想成为一个像金庸先生那样的武侠小说家，我曾偷偷在晚自习的课堂上写过很多夭折的武侠故事，足足有三四个日记本那样厚。或许缘于二中浓厚的诗歌写作氛围，我最终走向了诗歌创作这条道路。大概是高二下学期或是高三上学期，一次，我把自己写的一首稚嫩的诗歌投给了文学社的《风声报》，没想到发表了，当时班上的同学都对我投来了羡慕的眼光，我的虚荣心在那一刻得到了满足，也无形中得到了一种鼓励。我转而开始阅读一些中国现当代诗人的作品，像闻一多、穆旦、海子、北岛、舒婷等人的诗歌，都对我前期的创作或多或少有过影响。

后面我还了解到，从二中走出去的诗人有马萧萧、谭克修、海啸、魏斌等，他们对我的影响是潜移默化的，从此诗歌成了我人生中必不可少的课题。在二中求学时，我对诗歌的理解还仅仅是停留在业余爱好者的层面，也没想到会坚持至今。诗歌和文学，让我在二中求学时荒废了学业，辜负了父母和老师的期望，就像大诗人希尼曾说："在某种意义上，诗歌的功效等于零……"诗歌在当今这个时代被不少人认为是无用的，它并不能转化为生产力，甚至在某些时候还会伤害到你原本从事的行业，分散你的精力，在工作中，诗歌写作通常被视为是不务正业。

离开二中后，诗歌伴随着我的求学、生活和工作，通过多年的写作，我渐渐对诗歌这门艺术有了更深刻的认知。我也在一些国家级、省级刊物上发表了大量的作品，成为所谓的半个职业诗人，有了些微薄的声名。然而，我现在所从事的行业是影视媒体，与诗歌没什么关系。时至今日，我也并没有成为一个学生时代期望的职业作家。进入而立之年后，诗歌是我面对坚硬现实生活时，那幽暗中的一缕光。它不能"抵挡一辆坦克"，却能给予一种心灵情感上的安慰，帮助我们更好地理解人生。写诗是需要勇气的，它给予了我们一种无用之用的生活方式。有时，当某个朋友问道："你为何写诗？你又是从什么时候开始写诗的？"我脑海中就会立刻浮现出在二中那段美好的求学时光，或许冥冥中那次驻足已经为你的人生标明了注脚。

陈明，男，1983 年 6 月出生，隆回周旺人，2001 年毕业于隆回二中，班主任为曾宪东，当年高考以理科 684 分考入清华大学自动化专业。

默深往事

❈ 袁叙田

袁叙田，男，20世纪80年代出生，隆回高平人；2002—2006年先后就读于隆回二中高275班、283班，曾任默深文学社社长；《深圳诗人》主编，深圳市作家协会会员，深圳市龙华区作家协会理事；湖南省诗歌学会创会会员，邵阳市作家协会会员；出版个人独著诗集《静物》（长江文艺出版社），与人合著《深圳九人诗选》。

时间的沙漏永远不会漏下最后一粒沙子，站在十字路口，我才恍然大悟，原来时间已经过去了这么久，而往事却记忆犹新。

离开校园走入社会后，我一直身处南国，回乡的时间不多，回到校园——隆回二中的时间就显得更加珍贵了，但每每有一丝关于校园的消息，便会忆起隆回二中的每一个角落、每一条小路。老师们和同学们的微笑，满载着我的青春回忆。在隆回二中，我度过了一生中最重要的时光，那些日子，不管我是用什么样的形式度过，毫无疑义地成了我生命中的分水岭，在我的命运之纸上画出了一条明显的界线。直到如今，也许我当下的生活在长辈和旁人眼中并不是最优秀的，最值得去自豪的，但只有我自己知道，走出的这一条路，所经历的这些事，都将成为我生命内心深处最珍贵的财富，无法衡量。在漫漫人生路上，文字给予我的力量，远远超出了除此之外的其他事物，像明灯一样，指引我一路向前，所有的这些，得益于我在隆回二中度过的那些日子，而隆回二中的默深文学社对我整个生命的走向发挥了不可替代的作用。

在进入隆回二中就读之前，我并未来过隆回县城，更别说隆回二中了。我第一次来到隆回二中是因为颜公中学组织有报考隆回二中意向的同学来参观校园，进入校园，颇有刘姥姥走进大观园的感觉。现在依旧能清楚地记得：当我从大门走进二中的校园时是从右边进入的，首先看到的是一长溜的乒乓球台子，至少有二十多张，我当时是极为震惊的，因为颜公中学只有两张红砖砌的乒乓桌台，四角、中线还是破碎的，一到课间休息的时候就要

史兴清，男，1986年2月生，隆回金石桥人；2003年曾获全国中学生物理奥林匹克竞赛湖南省一等奖，2004年毕业于隆回二中，当年高考以666分的成绩考入清华大学物理学专业，班主任为谢久雄。

"抢台子"，这对喜欢打乒乓球的我来说就是一个不小的诱惑。我沿着校园小路快速地游览了整个校园，虽然来不及去图书馆、科教楼等地方详细了解，看着偌大而又优美的校园，校园的各个角落都有同学在练习"疯狂英语"，大家行色匆匆，学习氛围十分浓郁，校园的公示栏，张贴着各式的喜报、奖状，其实，在那个时刻，要填报隆回二中志愿的种子已经在我心中播撒下来了。

2002 年，我用无数个挑灯夜战的煎熬如愿换来了隆回二中的录取通知书，现在已经记不起当时拿到录取通知书的激动心情了，却依然清晰记得中考前夕那些漫漫长夜，每天从家里到初中学校往返路程约 4 千米，天不亮就起床，徒步（基本上是小跑）到学校上早自习，晚上下了晚自习再回到家，继续学习，直到坚持不住了才去睡觉，如此反复，将勤补拙，终于不负自己的努力，如愿跨进了隆回二中的校门，成为我们组第一个考上隆回二中的人。

刚进入高中的时候，我并没有感受到高考即将来临的紧迫感，参加了各种社团，在高一的时候，加入了快速作文班，沉浸于那种快速成文的满足感里，后面又加入了默深文学社，从此开启了生命中的另一扇门。

我在初中时就特别喜欢阅读，在那个年代，父亲一直给我们兄弟灌输"万般皆下品，惟有读书高"的思想，创造各种条件让我们读更多的书。只是在那个课外书籍对于我来说极其匮乏的时期，读书确实成了一件不易的事情，但是我总是能想尽各种办法去搜罗各种书籍来阅读，慢慢地我也爱上了写作。当我第一次进入隆回二中的图书馆时，我又一次震惊了，海量的藏书，让我沉迷其中无法自拔，第一次借书就不由自主地拿多了书，因此还被图书管理员说了，借书证后面写得那么清楚，现在想来也许是太过激动了！近乎疯狂的阅读，占用了我大量的课外时间，假如我用这种状态去学习数理化的知识，也许，又会是另一种局面吧。

回想当时的默深文学社，每周都有固定的讲座，基本上是由半夏子老师主讲，偶尔也会由其他老师客串。由于社员人数较多，大部分都是利用初中部的阶梯教室讲课，有时也会组织社员们进行课外采风，采风结束后，在规定的时间内要上交稿件，再评出奖项，有证书、有奖品，一般都是笔记本、钢笔之类的，写得好的文章择优刊发在《凤声报》上，在当时，这是非常有诱惑力的。记得在进入文学社一个月左右，我就有一首很简短的诗歌《奶奶》发表在了《凤声报》上。当看到自己的文字第一次变成了铅字，我心中有种难以言表的成就感。这让我看到自己的努力和一点点的才华得到了认可，也意味着我的文字将被更多的人看到和分享。我知道这是经历过半夏子老师无数次的修改和润色，才最终出现在印刷品上面的，但是，这件事情却彻底激发了我的写作热情，从此，

覃旺军，男，1986 年 12 月出生，隆回周旺人；2004 年毕业于隆回二中，当年高考以理科 656 分考入北京大学（医学部）基础医学专业，班主任为陈定球。

我成了半夏子老师手中交稿的常客。老师对我的每篇稿件都会认真地批正，指出不足，圈出好的用词，更重要的是他会及时纠正我们各种不好的写作风气，教我们怎么为文、做人，这种做法往往比写作本身更加有意义。至今，我都保留着半夏子老师为我批阅的稿子原件，上面用红笔标注着半夏子老师对我作文的各种指点，及时地纠正我不要走作文的弯路，教我不要被社会上一些不好的作文风气影响，坚持自己的初心，写自己熟悉的事物，淡泊名利，踏踏实实地对自己的每个文字负责，不能太浮躁，要厚积薄发，这些道理，时常为我在往后的行文、做人路上指点迷津，成为一盏永不熄灭的明灯。

随着我不断地坚持写作，越来越多的稿子通过半夏子老师的指导后在《凤声报》上刊登，也有部分的作品被正式刊物转载，因为当时我们的《凤声报》是向全国各地的杂志社都邮寄的，得益于此，我偶尔还能收到一点稿费，这对于山旮旯出来的我来说，简直就是无法拒绝的。文章转载的越多，笔友也慢慢地多了起来，那个时候，传达室基本上每天都有我的信件，有些是转载文章的刊物寄来的样刊，有些是全国各地笔友的来信，这也让我花了不少的时间去回信，多多少少会影响到我的学习，只是自己当初深陷其中，没有察觉到而已。

写得多，坚持写，用沉迷写作来形容我当时的创作状态也是不为过的，总体来说，写作的水平肯定是慢慢提升的。后来，我又当上了默深文学社的社长，《凤声报》为我开辟专版推介作品，被转载的作品也越来越多，参加了全国“作文杯”大赛，并获得了一等奖。

其中有个小细节我还能清晰地记得，在部分杂志刊物上发表作品的时候，学校会写一张红色喜报贴在食堂的门口，现在我也没有弄明白，当时是在哪些杂志刊物上发表作品才会有红色喜报。看着来来往往的同学从食堂门口经过的时候，看到写有自己名字的喜报，我想当初心里肯定是美滋滋的。多少年后，我们再来回忆成长道路上那些细碎的事情，有多少能像这样鲜明地被记起。

高中毕业后，我对写作就没有了那么狂热，但是一直在坚持创作，陆陆续续也有发表。进入社会以后，我也有坚持写作，也获得过大大小小的奖项，后面加入了一些协会，拓展了更为广阔的视野，但此时的创作，更多成为生活的一种调味剂。

近期，我的第一本诗集《静物》由长江文艺出版社出版，这也算是对我坚持创作十多年的一个小小的阶段性总结，前面的路还很长，正如我身边的一个长者对我说的，我们应该寻求未来更多的可能性，把自己的思想引入一个更高层级，这就需要突破，也需要取舍。

2023 年国庆，我第一次去了魏源故居参观，深入地了解魏源的生活、思想和学术成

罗敬平，男，1987 年 7 月出生，邵阳县长阳铺人；2005 年毕业于隆回二中，当年高考以 655 分考入清华大学核工程与核技术专业，班主任为欧阳勇华。

就，感受先生的勤奋和才情。我深深觉得，作为隆回二中学子，我们应该站上更高的高度，不断完善自己，修身养性，不断擦亮“默深”这块金字招牌，激励自己勇往直前。

老虎山下，青葱岁月一去不复返，默深窗前，感叹时光飞逝，回忆起那段难忘的时光，那些美好的瞬间已经成为过去，那些过往的人和事，终将永远铭刻在我的心中，成为我人生中最珍贵的回忆。

再次回过头来，我想默深文学社给予我的，是在我成长的道路上播下了文学的种子，也许有一天它会开花结果，也许它会成为一种无形的力量，使我不以物喜、不以己悲，一直萦绕在我的身边，让我不惧一切！

欧阳恩林，男，1988 年 6 月出生，隆回七江人；2006 年毕业于高 299 班，因同时获数学、物理奥赛两个全国一等奖，被保送清华大学数理科学基础班，班主任为魏先俊；现任教于北京大学数学学院。

我在隆回二中学语文

※ 胡信军

胡信军，男，1973年生，隆回羊古坳人；1986—1992年在隆回二中学习，先后就读于初70班、高147班和高三地矿班；后考入湘潭师范学院（现湖南科技大学）中文系，毕业后在株洲六〇一中学工作10年，现为深圳市南山实验教育集团华侨城高级中学教师。

1986年暑假的某一天，我接到了隆回二中的录取通知书，我们中团乡一共录取了三个，彭国贤、刘牧舟和我。那个时代大家的信息都不灵通，只知道我们三人考上了隆回二中，一只脚踏进了大学的门；而对分数、排名和其他同学的情况，我却一无所知。多年以后，无意间看到1986年那次小学升初中的考试成绩，我不由得身子一颤，如置身冰窟，后背阵阵发凉——如果不是我的语文优势，我命运的齿轮将如何转动？

于是，就这么静悄悄地，我成了一个光荣的二中生，消息传出去后，我在乡下的小名不再是“小猪”“二狗”，而是变成了“大学生”。

但是，我很快接受的是人生第一次降维打击，我这个偏远地区的小学“学霸”来到了集全县精华一起的隆回二中，我倍显平凡，甚至可以理解为“弱智”。

数理化方面，我根本就没上道，“学霸”刘力雄曾好心帮我讲解一道数学题，三遍过后我照旧懵圈，刘力雄不由得露出难以置信的眼神，然后叹了口气道：“算了，你别搞了。”那个小眼神，一直“伤害”着我幼小的心灵。三十年后，两人再次相遇时，他已是一个谦逊温柔的小胖子，我由衷地对他说，我还是喜欢你当初嚣张跋扈的样子，你这一温文尔雅让我很难接受。

英语方面，对我来说真是天书，一个偏远农村的孩子，从没接触过英语，26个字母只会用汉语拼音的方式读出。但是，同样出身的魏良云同学，却用一口流利的英语惊艳了我，我到现在还在佩服他的刻苦努力和大胆。

袁星驰，男，1995年7月出生，隆回高平人；2013年毕业于隆回二中，当年高考考入清华大学航空航天工程专业，是隆回二中通过自主招生考入清华北大等顶尖名校的第一人，班主任为邹芳。

还好，我有语文。

在那个“学好数理化，走遍天下都不怕”的年代，语文成绩的好坏是无足轻重的，语文成绩根本拉不了分，高几分低几分谁也不会在意。所以，我的学渣身份完全掩盖了我客观存在的语文优势，甚至我自己都一度怀疑到底还有没有语文优势。

只是，很庆幸，我在无意中竟然坚持了下来，而且走出了一条学习语文的正确之路——阅读。

1986年，隆回二中刚刚从六都寨搬到花门，家大业大，搬个家挺复杂，重新布局更难，所以很长一段时间，学校没有图书馆，甚至没有固定的阅览室。很感谢有远见的学校领导，他们想出了一个临时解决办法，在教室旁边的走廊上设立了一个阅读长廊，由高年级的同学管理，把当年的文学期刊摆放在一排长桌上，下午放学后到晚自习之前的时间段，所有学生都可以去自由阅读。

阅读时光是那段艰苦岁月里很难得的享受时刻，我已经不记得我当时的晚饭是怎么解决的，留下的印象就是每个下午，我都会出现在这个阅读长廊，一直要到晚自习铃响才恋恋不舍地离去。久而久之，管理书籍的师姐认识了我，一见到我就会给我一个会心的微笑，这个微笑，是对我莫大的鼓励，直到现在，每每忆起，都十分甜蜜。后来，她看我实在舍不得离开，就特许我把书籍带去教室里读。有几次经不住诱惑，我在晚自习里偷偷看小说，被值班的学生会干部逮住，没收了。只是这些书我最后好像也没有赔偿。没收书的是学习部长孙卫贵，毕业多年后再谈到此事，彼此莞尔一笑。

我对文学书籍颇有偏爱，阅读的选择也比较狭窄，基本局限在《当代》《小小说选刊》《萌芽》《微型小说选刊》等文学刊物，这些文章大多是中短篇小说，很适合这么长的时段读。那时候没有太多的目的性，大多是因为有趣；而且因为当时的信息闭塞，很少看到媒体的相关报道与评论，都是凭自己的感觉选择阅读。只是很多年后，当我进入大学中文系，学习20世纪80年代的改革文学、伤痕文学和反思文学，我才发现我初中时已经在第一时间读过太多相关的经典作品，我在不经意间竟然见证了一个伟大的文学时代。

我的语文学习很“正”，不为应试教育而学，但却又只局限在应试教育内。80年代的中国是一个诗歌的国度，名气很大的有马萧萧、龙学敏和海啸等，他们的作品经常在学校默深文学社刊物发表，在全国也很有影响力。虽然经常有阅读，但是我一直没有勇气向他们学习，甚至没有动过投稿的念头，只是一直默默地阅读着，偶尔在某次考试后，我的作文会被老师当作范文念。记得初三的一次考试后，语文老师兼班主任陈扬桂老师特意喊到我说：“你这次考试是不是有夹带，作文怎么写这么好？”我老老实实地回答，

秦艳玲，女，隆回三阁司人，2014年毕业于高493班，当年通过了清华大学自强计划的材料审核、笔试和综合面试，是湖南省综合评分第一名，加60分被清华大学录取，班主任为史湘萍。

考试前自己刚好读过同主题的作品，就试着改编了一下。他笑着说，是改了不少标点符号嘛。

甚至，阅读，我也很“正”，不敢偏离太大的轨道。同学中真正的阅读牛人是刘唐、欧阳栋轩。那时候，我最喜欢跟刘唐聊天，他竟然能把梁羽生武侠小说的整个体系整理清楚，这个任务我到现在还完成不了；而欧阳栋轩据说那个时候就能背《葬花吟》，不知真假，下次见面要他背背，只知道他现在的古诗词、对联写作功底深厚。

初中三年，两位语文老师，米小伍，陈扬桂，都是一代名师，也都是我的贵人，但奇怪的是，给我影响最大的却是一个从没教过我的老师——马轶麟，这个到现在我还很难打出全名的老男人，给了我很大的影响——在二中的六年时光里，“马主任”一直就是神一般的存在。

他据说是语文老师，但没教过我们班，只是他女儿马泛萍（现在是上海语文名师）跟我是同班同学，所以我们班顺理成章地变成了他巡逻时的重点关照对象，有几次他进入教室后，有感想发，就会“同学们，我跟大家聊几句”。在我当时的朋友圈，马主任肯定是即兴演讲最有激情的人，甚至还是普通话最标准的人。所以，每当他开场白一说，我就会放下笔，饶有兴味地听他神侃，具体内容早已忘记，但那激情四射、眉飞色舞的神情至今仍然令我记忆犹新。他的经历、他的教育思想，都无形地影响着我。那时候我认为马主任普通话真的好标准，只是现在经常看到他的电视采访，才发现其实是很有长鄄特色的。

初中的三年过得很快，记忆中，贫穷（包括饥饿）是一部分，学习压力是一部分，但毕竟是那个年龄段，“少年不识愁滋味”，在一班高不可攀的“学霸”与更加高不可攀的美女的共同裹挟下，我度过了最青葱的初中岁月。

感谢语文的优秀，并由此带来的历史政治地理也不算差，我初中毕业以班级中等成绩考上了二中的高中部，能继续跟一伙优秀的“学霸”做同学。

但这个时候，我发现了身边同学结构有了很大变化，一些初中语文优秀的同学竟然有几个没能考上高中，即使上了高中，大部分都默默无闻。后来在高三文科班成绩优异的一批“文科生”，此时的总成绩也是不显山不露水。

这时，班级“学霸”毫无悬念的是欧阳潞，现在我们都叫他“潞公公”。他的优秀是全方位的，年龄最小，人长得帅，成绩最好，还能谈一手好恋爱。在我看来，他是不屑于在语文方面花功夫的，所以我与他基本没什么共同语言，当然更多的是他也没时间跟我有共同语言。

班上当时最精彩的一幕就是看刘光勇和周泽民斗嘴辩论，刘光勇正气凛然、慷慨激

魏龙，男，隆回司门前人；2015 年毕业于隆回二中高 518 班，班主任为魏先俊，当年考入清华大学。

昂，一激动就出口成章，文采斐然；周泽民波澜不惊、有理有据，谈到兴起雅俗共赏。我内心更欣赏周泽民的辩论方式与为人之道，我们算走得很近的朋友了。

但高一时，语文方面最风光的都不是他们，而是一个叫“活金刚”（贺金光）的同学，他有一身的幽默细胞，写的语句很接地气，大雅归于大俗，语文老师范国泰老先生经常拿他的文章作为范文。现在想来，金刚同学真是一个天生的语言大师。

我还是一如既往地做着自己的边缘人，中不溜秋的成绩，中不溜秋的表现，一下课就四处翻同学课桌，找书看，惹得周曙光同学多次严正抗议，但总是无效。高一的班主任陈坤元老师刚刚毕业工作，对我这样的学生估计既没经验也没时间来管理，何况他教的历史我不上课也能搞清楚大概，所以他对我的教育基本是放任自由发展。借此机会，我读到很多的杂书，琼瑶的、金庸的、王朔的、余华的，等等，来者不拒，甚是过瘾。

直到某次期末考试后的一天，帮老师统计分数的刘牧舟同学不经意说了一句，你是你们班的语文第一名，我还很严肃地不好意思地说，怎么可能？搞得牧舟同学也不确定了，只能说应该是你，你的名字我不会记错。

后来，美丽的校花颜梦玉同学（父亲是颜扬孝校长），她也看过我的作文本，夸了两点，你的字认真写起来真好看，你的文章写得真好。善意的表扬很是让我轻狂了好一阵子，到现在我还记得她说这话时的温柔。

高二年级时，我很幸运地碰到了两位重量级人物，一位是班主任魏仁杰，一位是语文老师陈慈英。两位老师和我都是来自以前司门前大区的人，自然有一种本能的亲切感。

魏老师为人潇洒飘逸，温文尔雅，他是生物老师，但可惜的是我对他的生物课竟然没有半点深刻印象，他在班会课上讲的“伍子胥报仇”的故事反倒是令我深入骨髓地记得。毕竟不是专业历史，可以掺杂传说虚构，所以，一个故事讲得荡气回肠、绕梁三日，一节课的时间竟然还不够，我就这样被一个理科老师征服了，这个时候我才体味到文理兼通的妙处，心底暗暗有了想法，我应该发展全面一点。

讲真，我高中的正式学习是从高二下学期开始的。我重新规划了学习方向，舍弃了暂时无用的课外阅读，把自己的精力集中在数理化英方面，又如当初阅读小说那般投入。我甚至抛弃了一起玩的好友，跟最好的朋友隆吉武几乎都不再来往，整天钉在了座位上。因长期阅读而养成的阅读能力，以及能静得下来的良好心态，在这个时候起到了巨大的作用。一个学期的努力，让我很有进步，慢慢挤进前几名。

只是，此时我的语文，基本是在吃老本，无论阅读、上课还是考试，都没有留下太多的痕迹。甚至新换的新语文老师陈慈英，我也很少跟她互动。这个学期，我基本是一台做题的机器。

陈彦，男，隆回司门前人；2019 年毕业于隆回二中高 632 班，班主任为贺伟华，当年高考考入北京大学。

进入高三，重新分班，我选择地矿，不为别的，就因我的地理最强，我有优势。再加上班主任是我初中的数学老师隆万里老师，那更是“君臣”协和了。

记得有一次月考后，刘朝阳同学很好心地告诉我，你这次总分隆老师少给你加了十分，你应该是第三的。我尽管心里很欢喜，但还是满不在乎地说，没事没事，不管它。当时潇洒，很多年后我却对此耿耿于怀，原因当然不是怪隆老师少加十分，而是两点：一是那时过于轻狂，以为这个考试只是开始，事后发现那才是巅峰，在地矿班能进前三太难了，那可是有陈登峰、黄朝丹、罗锋、刘朝阳、刘华、肖时题共存的圈子啊，后面我再也没进过前三；二是就这么一次考试，我对名利对分数都毫不在乎，实际上就是对自己的不负责任、没有要求，而刘朝阳同学对数字如此敏感，举一反三，细想起来，他后来能当银行行长，和他面对事情的那份认真是分不开的。

高三的学习是很紧张的，我反倒有点轻松了，终于可以腾出手来做点自己喜欢的事情了。当时我已经凭本能意识到语文是所有科目的基础，学好语文对其他学科的学习有不可替代的推动作用。我当时做了一个规划，把《新华字典》通读一遍。好基友罗锋打趣我，你这计划很难完成。

但是，很感谢那个时候经常有小偷进教室，于是学校规定，每晚派两男生在教室睡觉值班，我主动申请，同阳吉人一起守了一年的教室。守教室的最大好处就是可以省去回宿舍的时间。晚自习结束后，整个教室就属于我们两个，我就可以毫无顾忌、念念有词地把《新华字典》通读一遍。

不知道谁带来了一本《红楼梦》，于是我又有时间认认真真地把它通读了一遍。当然，这个阅读的时间是漫长的，读懂是具有挑战性的，但又是极富诱惑力的，能顺利完成《红楼梦》通篇阅读，必须得感谢班主任隆老师，他肯定知道，而且默许了。

某次考试，试卷讲评完了，陈慈英老师突然拿起了我的试卷，读起了我的考试作文。那一次考试的作文素材是伟人毛泽东穿的衣袍很随便，爱因斯坦穿的鞋子很随意，但是不影响两人取得伟大成就。估计是我模仿《陋室铭》写了几句歪诗打动了阅卷老师，他们竟给出了 34 分的高分（总分 40）。歪诗已经记不太清楚，大意是：

衣不在新，遮体则行；鞋不在贵，暖脚则灵。虽是破裳，唯余德馨。

…………

中有润之袍，外有爱翁履。胡子云：何陋之有？

我依然清楚地记得陈老师在读完这首歪诗后忍俊不禁、差点笑歪倒在讲台上的场景。还有台下一个听课的小姑娘也笑得花枝乱颤，她叫刘平花，后来她又把这歪诗传给了她的闺蜜——农医班的郭苏容，于是，“胡子”这个名字就此有了点班际影响。

魏召珂，男，隆回七江人，2021 年毕业于隆回二中高 672 班，班主任为陈玉娥，当年高考考入清华大学。

后来，阴差阳错，我被湖南科技大学中文系录取，没有成为我最强的地理学科方面的人才，却回归到了语文教学。多年之后，在长沙再次见到陈慈英老师，我很自豪地跟她说，真正继承您衣钵的人就是我，我就是一个高中语文老师。

再后来，我的梦里总会出现一个永恒的主题：高考。

梦境里有一个永恒的镜头：我只会做语文题，其他的都不会。

不知不觉，我在高中语文教学岗位上工作 27 年了。回顾自己的前半生，我得感谢命运的眷顾，让我在每个关键环节（小升初、中考、高考）都能幸运过关，而且基本是以最好的结果。更为重要的是，我的学业、我的事业，都是我本来的最爱。我是一个彻头彻尾的文人，一辈子做的所有事情都跟语文有关，何其幸哉！

一年前，我一个在家乡当老师的小学同学，找到了 1986 年的小升初分数，那时候只考语文数学两科，总分我排全乡第三，排第四的同学数学比我多了 7 分，我却硬生生地靠语文的优势总分反超他 2 分——语文拉开 9 分的差距有多难啊！而我们整个乡就只有三个指标。

于是，我现在又有了一个新的思考题：假如，当初不是语文拉了我一把，我就此与二中无缘，那我的命运之路该如何改写？

谢槿旋，男，隆回荷香桥人，2022 年毕业于隆回二中高 706 班，班主任为邹芳，当年高考考入清华大学。

我在二中“打酱油”

※ 孙建群

孙建群，男，1987年生，隆回司门前人；2003—2006年先后就读于隆回二中高284、288班，2010年毕业于石河子大学汉语言文学专业；后辗转回乡，现供职于隆回县某机关。

稀里糊涂之“入校”

2003年暑期那个遥远的午后，母亲将我从睡梦中摇醒说：“快起来，二中的老师来了，问你去不去二中。”睡眼惺忪的我晕晕乎乎：“我考的是一中，二中的老师咋来了？”想到之前万和的老师也来过，大抵明白是怎么回事了。来到堂屋，原来是邻村一位在隆回二中任教的老师，已经来了好一阵了，听说我在午睡，不让叫醒我。我妈知道我睡觉沉，怕老师久等，过意不去，于是把我叫醒。那位老师具体说了什么已然记不清，只记得那天下午我懵懵懂懂地跟着他们搭上了去县城的班车，进了二中校园。就这样，我稀里糊涂地成了二中人。

新生军训已经开始了，第二天我被编入了一个陌生的集体，跟着一群小伙伴立正稍息齐步走，在黄土坡上跑圈。然后知道了这个班级编号284，传说中的实验班之一。班主任卢建庭老师，教数学，皮肤黝黑，脸上总是挂着金子般灿烂的笑容。军训结束后不久，学校举行了入学摸底考试，我排名竟然进了全年级前20，正当老师们对我寄予厚望、各种鼓励之际，事情却朝着意想不到的方向狂奔，还是八头蛮牛都拉不回来的那一种……

事情的起因是这样的：我们隆回这个地方有点神奇，十里不同音就算了，南面北面乡镇的人初次见面，要是不借助翻译或是使用普通话，是无法交流的。直到三年之后，在大学的现代汉语课堂上，我才发现隆回北面属赣方言洞绥片，妥妥的方言孤岛，而南面是湘方言娄邵片，当然这是后话。卢老师哪儿都好，就是

魏先来，男，1930年出生，隆回司门前人；新隆中学初3班毕业生，曾任隆回县委书记、娄底地委副书记等职，两届省人大代表，三次赴京参加全国农业学大寨会议。

不会讲普通话，课堂上一口流利的南面方言，他讲得是热情洋溢，我听得是昏天暗地。经过快一个月的磨合适应，渐渐能听懂一点他的话了，但是基础也落下了，对数学的兴趣也没了，分数也越来越难看了。连带着，物理、化学也沦陷了。渐渐地，理科老师们都对我放弃治疗了。

毫无悬念之“选科”

转眼高一即将结束。眼瞅着这个娃儿没得救了，咱卢老师也不藏着掖着，把我叫到办公室，带着他标志性的笑容说：“就你这个情况，在我班上是没任何希望了，去文科班吧，也许，还有点希望。”那时候都喊“学好数理化，走遍天下都不怕”。卢老师是怕我死磕，想给我指条明路。其实不用他老人家开口，我早就打定主意了，那可怜的数理化分数，再留在班上拖后腿，我良心上都过不去。毕竟“学霸”们都在拼命刷题的时候，我在习题本上画小人，也怪无聊的。

就这样，我成了 284 班唯一出走的男生，来到文科 288 班，投入尹建兴老师门下。

尹老师治教严厉，遐迩闻名。报到那天，我心生忐忑，到教室门口打了个探头又溜了，在校园四处闲逛，百无聊赖，思来想去，这个报到还是要去报，不然就得回家种田了。再次来到教室，尹老师依旧冷峻：“刚才看你来过，怎么又走了?”我不知怎么应答，他又来了一句：“没事，你的情况我知道。”我心里一惊：哦呵！一来就被盯上了，往后这两年怕是不好过……

288 班也算是未挂牌的文科重点班，名师云集，尹老师是班主任兼教语文；魏先俊老师是数学王牌，我们那一届的天才选手阳恩林就是他的得意门生，但碰上我这个数学白痴他也是脑壳生疼；英语老师邹芳，一句“terrible”口头禅魔性又洗脑，这么多年不碰英语的我居然还能够麻溜儿地拼写出来就足以证明；秦后东（半夏子）老师是最会写文章的地理教师，长年指导默深文学社，成绩斐然，教着教着因文学特长调到邵阳市一中去了；宁佐维老师每次上历史课都是洋洋洒洒写板书，堪称最佳劳模。还有几位老师印象已不是太深刻，也有的是在学期中被一中挖走了。那时候我还想，一中真不够意思，二中挖你几个学生，你半路来挖二中的老师，釜底抽薪啊。

文科班的同学们也是百花齐放、争奇斗艳。学生社团、音体美、播音主持，各个领域都有人物，尽管后来成名成家者寥寥，但当时走在校园回头率还是不低的。由于班上俊男靓女多，青春的荷尔蒙蠢蠢欲动，空气中总是飘荡着暧昧的味道。虽然老师们强力压制，棒打鸳鸯的事情也没少干，但地下的眉目传情依然生命力顽强，后来还开花结果。据不完全统计，班上最终修成正果的至少有 4 对，有的还带着娃娃回去看老师，颇有点

陈早春，男，1935 年出生，隆回金石桥人；1953 年毕业于初 2 班，曾任人民文学出版社社长兼总编辑，全国第八、九届政协委员；中国作家协会会员，著有长篇文学《冯雪峰》，散文集《蔓草缀珠》。

示威的味道。不知道他们当年的那些小动作，到底有没有逃过老师的法眼呢？

无悔青春之“冲刺”

进入高三，空气也跟着紧张起来，仿佛所有人的人生目标只有一个——高考，其他都是浮云，连打情骂俏的也收敛了不少。在“奋斗创造奇迹，拼搏可写神话”“努力不一定考上大学，不努力一定考不上大学”等简单粗暴的口号刺激下，大家像打了鸡血一样，没日没夜看书、刷题，学校也是一周一小考、一月一大考，循环往复，乐此不疲。班主任尹老师轻功过人，即使穿着皮鞋，走路也是来去无声、飘忽不定，每当你昏昏欲睡、困倦发呆的时候，他总是神不知鬼不觉地出现在身后，打你个措手不及，三魂七魄立马归位。

在我看来，高三 288 班最大的优势就是占据了全校离食堂最近的教室，临近饭点的课，只要老师不拖堂，吃货们都是提前准备，只待铃声一响，全都像饿了三天的囚徒，以迅雷不及掩耳之势向食堂进军，根本没把食堂门口马铁麟老校长亲自撰写的“要向书中着力，莫朝此处冲锋”的谆谆教诲放在眼里。

高考结束的那天晚上，尹老师一改往日的严肃，毫不吝啬其铁汉柔情，带着我们吼、带着我们跳、带着我们唱《别亦难》，和我们一一拥抱告别，说着祝福的话语。大家的眼里，分明噙着的泪珠，后来都不争气地掉了出来。

遗憾的是，严重偏科的我到了文科班成绩依旧没有大的起色，虽然语文和地理偶尔能拿个年级单科第一，但数学成绩经常稳定垫底，所以总成绩总是在中等偏上徘徊，且起伏不定，属于那种努把力就上、不加油就挂的油条型选手。尹老师恨铁不成钢，隔三岔五找我谈心谈话，要我架起势、争口气、强弱项、补短板，但我总是左耳朵进右耳朵出，好不过三天又是涛声依旧，辜负了老师的期望。现在想来，甚是惭愧。

填高考志愿的那天，看到喊我“圉茄子”的魏先俊老师远远走来，我本能地想躲，却被他一把叫住：“要得咯，看到我就躲。你这次高考数学居然上了三位数，怕是祖坟冒青烟了哦！祝贺你，不容易！”

就这样，我在二中的“打酱油”生涯结束了。

邹邦基，男，1935 年出生，隆回司门前人，毕业于新隆中学初 7 班；1957 年进入中科院沈阳应用生态研究所，从事土壤微量元素与植物营养研究，其成果曾获国家科技进步奖三等奖等十余项奖励。

邮票印记的五彩青春

※ 谭泽锋

谭泽锋，男，1986年生，隆回荷田人；2002—2005年先后就读于隆回二中高270班、275班；高级工程师、国家注册规划师；现居长沙，湖南未来建筑规划设计有限公司创始人、斯丹普国际工程咨询有限公司执行总裁。

坐回办公桌上的时候，阳光刚好从岳麓山山尖上漫射而来，越过宽阔平静的湘江，抵达我的桌面，与正摊开的《早春时节》（母校隆回二中建校90周年校庆纪念文集）撞个正着。在绚丽夕阳的映衬下，书里的文字一个个都更加活跃起来，一篇篇情真意切、骨血丰满的文章把我带回了那个五彩斑斓的高中时代，那些消逝在青春长河的往事，在思绪重启的这一刻被一一照亮。

我的二中三年是充实、激荡、疯狂的：充实的是孜孜不倦、如饥似渴的学习状态；激荡的是猝不及防、来去如风的青春情感；疯狂的是不舍昼夜、难分主次的爱好追求——而这所有的一切，都被一枚枚邮票代表的一封封书信所托起，化作岁月的底色，印记了那段五彩青春。

延续友情岁月的同城邮票

第一次踏入隆回二中大门的时候，我刚刚搞完“双抢”，满身的泥土味。比初中大出二十几倍不止的青葱校园，让我目不暇接，想到未来三年要在这朝着梦想的象牙塔发起冲击，我激动的心也如一只迷路在城市广场的野兔，忐忑不安。

高一的第一次月考，也在这种忐忑不安中来临，结果是全班五十几个人里，我排在了后十名！这个成绩让我这个乡里来的“天骄”亲身体验了“从云端跌入尘埃”里的感觉，那种切肤之痛宛若针扎，仿佛是走进了一个充斥着黑暗的囚笼里，我奋力挣扎着，企图突围而出，却一次又一次败下阵来……这个时候我想起了我初中的那些“战友”们，与我一同从乡里的泥坎走来的同

廖初江，男，1936年10月—1980年11月，隆回六都寨人；20世纪60年代学习毛泽东著作积极分子典型；1956年入伍，1969年任解放军报社领导小组组长、党的核心小组组长，1973年任副社长。

学们，他们是不是也和我一样，迷失在这陌生的环境里？失去了“勇占鳌头”的勇气？陨落在高手如云的竞争中？带着这样的情绪和疑问，我把高中生活里的不适、失落、迷茫写进了一封封信笺里，让两枚五毛钱的邮票带给了一中、九中、一职中、十二中的他（她）们……

很快，回程的邮票带来他们的消息：他们有的和我一样碰了一鼻子灰，如一中的欧阳建贤，但是他并没有像我一样一蹶不振，在信中我反而看到了他后来居上、舍我其谁的斗志！有的保持了良好的学习心态，没有落后的同时，还加入了校学生会，在新的角色中实现新的进步与发展，如一职中的谭秀电；也有的发现了自己的新优势，转型去了新的赛道努力拼搏，如十二中的谭金、欧阳群，他们每天 6 点就拖着废旧轮胎在铺满煤渣的跑道上奔跑，在天不亮的时候就去魏源湖（六都寨水库）大坝土坡上下冲刺！还有彭乐雄、谭宗凯、谭晓倩、欧阳丽、王丽芬他（她）们几个，他（她）们都写得一手漂亮的字，每次阅读他（她）们的来信，都是一次文字艺术的审美体验。我们在信中分享着人生新阶段里的体验，鼓舞彼此振奋精神、迎难而上，相互激励在新的旅途里创造新的高度、冲击梦想的象牙塔。

就这样，我们用一枚枚同城邮票，串起了我们的初中情谊，在我们从乡里田坎上走过来的友情岁月里，谱写了新的篇章！

放飞缪斯梦想的跨区邮票

初中时候，偶然间得到一本刘豪放老师主编的《凤声》文集，马萧萧、周亦翔、龙学敏、谭克修、海啸、陈勇光、周劲翔、魏斌等一系列名字和他们的文字，就像闪耀的星星，骤然点亮了我刚启智的心灵，隆回二中、默深文学社也在我心里播下了信仰的种子。

来二中后的第二个月，我以现代诗《我喜欢水》获得了文学社现场作文大赛第一名，并被“委任”为高一年级文学小组长“要职”，此后我与文学社的牵绊就变得愈加深刻、丰富起来。学习之余的所有空闲时间，我都泡在了《凤声报》编辑部，在这里，我结识了《凤声》文集里以外的一些名字：蒲友德（李傻傻）、周玉意（朝利）、郑明富、李晃、蒋胜金、刘孝平、刘定光、袁蛟、江冬，他们虽已不在默深文学社的江湖，但江湖留下了他们的传说，于是我产生一个大胆的想法：给他们写封信吧！告诉他们我来了！初生牛犊不怕虎，我从半夏子老师（时任文学社指导老师）那要来了他们的地址，把印有我作品专版的《凤声报》，连同对他们在二中时期所写作品的解读、我的一些文学创作观，以及创作与学习上的困惑等一同打包在信中，贴上邮票，寄给了他们。

张全寿，男，1937 年 7 月出生，隆回金石桥人，1952 年毕业于新隆中学初 11 班，品学兼优的学校教工子弟；曾任北京交通大学担任副校长、教授、博士生导师，是著名的计算机专家。

刘定光回信了，他在信中勉励我：根植于生活的创作才会永葆生命力，热爱、观察生活，是文学创作的基础技能。彼时的他正求学于湖南师范大学中文系作家基地班，同时主持着全国高校文艺界知名度前列的“黑蚂蚁诗社”，创作状态正值上升期，在信中可感受到他的意气风发！他甚至在另外一封给我的回信里，完整分享了他创作诗歌《姐姐》《水稻》的全过程：如何起笔、定韵，如何顺承、转折，如何升华、提韵（诗眼），再如何把这些分解成行、凝练成诗。对于靠着天然的自觉性去写作的我而言，这些独家秘籍都极大地震惊了我，他的回信分享为我打开了一扇新的大门。

袁蛟也回信了，他在山东农业大学读行政管理专业，相比较刘定光的豪迈、浪漫而言，他的回信显得更理性、严谨（这点也体现在他俩的字迹上）。袁蛟告诉我：写作是一辈子的事，我们当下还是要搞好学习，明确主次关系，这个残酷而野蛮的现实世界，不允许我们只拥有诗情画意，更重要的是要保留自己内心世界的诗意，保留去学习、发现美的能力，为我们的庸常生活保持一些希望。事实上他也是这么做的，后来他本科双修了行政管理、法学学位，又继续考研、考博，成为法学博士，文学于他而言，只是他美好生活的一个重要组成部分。

西安联大中文系在读的江冬、深圳著名打工诗人李晃等人都给我回信了，我们用一枚枚邮票，描绘了一幕幕默深文学薪火相传的场景。小小的邮票，是他们走出去的见证，也是我茁壮成长起来的养料……

铭刻文字模样的样刊邮票

《风声报》作为全国十佳文学社之一的二中默深文学社内部刊物，每学期会出两期，主要作品精选自文学社现场作文大赛、主题征文大赛、户外笔会写作大赛等参赛稿件，同时也接受学生投稿和老师推荐稿件，但这些都需要经过我们学生编辑、指导老师前后三轮审稿后才能定版发表。每期《风声报》出版后，我最为开心的是两件事：一是把我们的报纸装进信封、贴好邮票、手写好地址寄给全国各大杂志报刊社；二是隔段时间后，去教学二楼收发室拿取文学社专柜里的读者来信和转载作品的杂志样刊。

外面正规杂志、报纸转刊我们的作品后，除了有稿费单以外，还会寄送样刊给文学社编辑部，编辑部做好作品发表登记后，再把样刊发放到社员手中。最为自豪的是亲自拿到发表自己作品的样刊的那一刻，每每这个时候，在登记完发表记录后，我都会小心翼翼地再打开信封，怀揣着虔诚而激动的心，把样刊放回信封中，保存起来，生怕弄坏了一丁点，哪怕是样刊信封上的邮票，也力求保证其完整性。

印象最深刻的是不同时间段的一期《散文诗》和一期《中国校园文学》，他们都是

老后，原名刘启后，男，1944—2021年，六都寨人，高63届校友；民俗摄影专家，中国摄影家协会会员，湖南省作家协会会员，对花瑶民俗和梅山文化情有独钟，著有《神秘的花瑶》《花瑶女儿箱》等。

开辟了我的作品专刊推介，我也早早收到了他们的稿费单，但是直到我稿费都花光了，都没等到他们的样刊寄来，反倒是读者来信每日要收到几百封，等样刊的心，就似诗歌《静女》里的人“爱而不见，搔首踟蹰”。

直到半年后，还有读者来信说看到我的专刊推介，我才挑选了几个读者回信过去。幸运的是，他们有多余的期刊，就主动寄了一本给我。至此，也算一种特殊的“样刊邮票”吧。而且是同一种事件，两次发生在我一个人身上，叫人如何会不记忆着这青春趣事？后来我和寄我“样刊”的读者朋友成了亲密笔友，他们的来信和其余样刊，共同铭刻了文字的模样，留下青春的印记！

写到这的时候，太阳已经完全隐匿到岳麓山后去了，湘江对岸洋湖总部经济区的楼宇立面上亮起了五光十色的霓虹灯，映衬着波光粼粼的湘江水。忽明忽暗、忽近忽远的江水，仿佛在呢喃：“从前，车马很慢，归途的小路总是慢悠悠。现在，通讯很快，身边的人反而离我们越来越远。”

而我，所幸的是：在装载着成长的时光里，有一枚枚邮票，引领着我打开那封五彩青春信笺，还能看到蓬勃朝气、活力四射的我们，漫步而来！

胡光曙，男，1941 年出生，隆回七江人；1956 年毕业于初 8 班，系中国民间文艺家协会会员、中国作家协会会员、湖南省作家协会会员，出版了诗集《七水江，我的家乡》，散文集《乡情随笔》等。

跑步

❈ 肖体忠

肖体忠，男，1974年生，隆回七江人；1986—1992年先后就读于隆回二中初69班、高151班，太原理工大学工学士，华中科技大学管理硕士，九三学社社员，高级工程师；现居深圳，从事光通信、智能电子产品、新能源智能车的技术开发与供应链管理。

我的少年时代是在隆回二中度过的，六年野蛮生长的学习生涯没有给我带来掌声与鲜花。骨子里的自卑大概都藏于那时候的记忆里，我就像一棵无人问津的小草，只能不断地和自己交流。现在想来，二中留给我最好的礼物，就是跑步。

我出生在贫穷的农村家庭，从小就在水稻田里摸爬滚打，虽然不是身强体壮但也没啥毛病。隆回二中从六都寨搬到花门，我们成为这边的第一届初中生。我在二中69班待到快毕业时，在市教育局当领导的伯父考虑到我家的困境要我考中专，结果我考上了。在那个时代，考上中专是非常难也很光荣的事。伯父后来听隆回县教育局领导说："你侄儿以后考大学没啥问题，不要去读中专了。"这下他改变了主意，说："你还是读高中吧，以后考个大学！"因此我又在二中读了高中。但少年的心脆弱又敏感，我心理素质不好，老是想着中专没去读，要是高中成绩不好，考不上大学，被人家笑话，所以压力很大，最后搞得注意力不集中，导致成绩不理想，心情更加沮丧。后来我偷偷摸摸去花门医院看医生，那时花门卫生院没有脑电图仪等检查仪器，医生只是开了几瓶补脑药，建议我多跑跑步，可以放松自己，提升注意力。我想，这个处方简单实用，要买药我确实没钱，而跑步不用花钱，于是我决定，就这么干！

当时高中学生每天早上要出操，体育委员还要点名，想早上不出操到外面去跑步是不符合规定的。我就找了初中同学肖东光，一起向班主任申请早上不出操，而是到公路上去跑步。也许是我俩满满的诚心，班主任竟然同意了我俩的申请。这下可以光

魏维，男，1945年出生，隆回司门前人；1964年毕业，坚持戏剧创作、新闻报道和文艺宣传；贵州省作家协会会员，多次荣获全国和省级文艺创作奖，已出版《独行吟》《双荐贤》等多部著作。

明正大地外出跑步，那心情就一个字——爽。于是我特意买了一双十三元的白色“回力”跑步鞋，跑了一周后，我把跑步鞋洗得干干净净，洗完后放在窗台上晾晒，结果上完晚自习回来后，我心爱的珍贵的“回力”鞋不见了！要知道，这是我用省出来的半个月伙食费买的。我没有告诉任何人，只是一个人独自流泪，一夜未眠。很多人不理解穷人被偷东西的那种痛苦心情，但我一辈子都会记得。

我们从学校沿着320国道跑到铜盆江桥，再跑到九龙村折回来，约5公里。那时候啥也不懂，觉得跑步比走路快些，跑步的姿势、步伐没有规范，跑前热身与跑后舒展也都没有。当时320国道上汽车不多，冬天的早上天还没全亮，两个人就开始跑步了，过程中也没啥交流，我不知道肖东光跑步时在想啥，但我在这跑步过程中想到了很多：春天，晨风中夹杂的淡淡花香，朵朵桃花绽放枝头，我感觉到了蓬勃的生长气息；夏天，早上很热，跑完步后底裤都湿了，想着回去赶紧拿个水桶洗漱一下去上课，免得一身臭汗；秋天，路边的水稻金黄金黄，收获的喜悦会涌上心头；冬天，在没人踩过的雪地上跑步，开创者的自豪感油然而生……在这两年周而复始的跑步中，我的忍耐力得到了极大的提升，注意力也集中很多，身体虽然还有点营养不良，但日趋强壮。

也许是天赋不佳，跑步并没有让我成绩大幅提升，于是我在高三阶段去邵阳市一个补习学校复习迎接高考，没有和我隆回二中的同学共度高三这既艰难又最有挑战性的时光。在补习班时，我租了一间民房，做饭、吃饭、复习与睡觉都在这个约20平方米的小屋度过，我没有时间跑步，只是在无休无止的题海中挣扎。这让我感觉生活中缺少了很多东西，但我却无能为力，渐渐地学会了独处，承受住寂寞，更明白了生活与学习中的很多事不是你所期望的，但它的确真实存在。我想逃避，但逃避不了。每当回忆起在二中春夏秋冬坚持不懈地跑步，想起未来也许能考入自己梦想的大学，这些回忆与期待一次又一次地让我重新振作，鼓励自己——人生就如跑步，有平路，有爬坡，也有下坡，现在就是爬坡，挺起胸坚持跑就好了。

高考前夕，我回隆回二中时，好多同学不认识我，但与我一起跑步的几位同学特别热情，如钱隆、陈波等。大家有一种默契，一起鼓起勇气闯关，但事与愿违，我高考失利了。那年暑假，看着很多同学兴高采烈地奔赴自己的大学，我羡慕他们，而自己，则背着一个收音机独自去外地打工，每天靠体力换来30元的收入，我感谢几年跑步积累的体力与干劲。我在燥热的夏天熬过一个多月的辛苦后走向了复读之路。在复读班的日子，我每天都坚持跑步，在天蒙蒙亮大家还没起床的时候，我穿着短衣短裤奔跑在隆回朝阳大街上，默默地看着早起的清洁工人在日复一日地清扫各个大街，总会突然想起“同是天涯沦落人”这句话，又差点掉下眼泪，但很快，心中又冒出一个念头——奔跑吧，风

刘本粹，男，1944年7月出生，隆回七江人；1962年毕业，考入武汉水利电力学院；后任国家电网西北电力公司党组书记兼总经理、国家电网顾问，曾荣获“全国五一劳动奖章”。

雨过后总有一天会见彩虹。

后来，我跨过了最煎熬的时期，开始跑向一段人生坦途。进入太原理工大学学习机械设计后，我特别珍惜这迟来的机会，就像三天没吃饭的饿汉见到面包与牛奶一样。周末，我经常跑进图书馆看原版英文资料，大一过英语四级，大二过英语六级，还报了计算机辅助设计作为第二专业。刚毕业时，我自认为厉害，但很快就出现了人生第一次设计中的计算错误。设计油缸行程时，实际的油缸行程要以理论值加上 5 毫米，但我计算错误，实际的油缸行程比理论值还少了 5 毫米，最终的结果是油缸行程不足。看着几台设备从深圳蛇口中集集团拉回公司返修油缸，我的内心无比痛苦，以前觉得数学计算错误没啥关系，但现实告诉我，作为一位工程师，数学计算错误就是灾难。后来我又换了公司，先后进入两家顶尖的美资企业，可以充分发挥我的英文专长，和不同国家的同事用英文交流，了解到各类同事不同的价值观后，才发现我只是生活在一个小空间，外面的世界很大，远比我想象的复杂。

在繁忙的工作中，只要有机会，我就会坚持早起跑步，在跑步的途中，我看过烂漫的日本樱花，欣赏过印度洋的日出，此时跑步已然完全变成一种习惯与享受。在没有压力的跑步中，我也不断思考个人的价值与成长。在思考中，我非常不满意自己的表现，于是工作多年后考入华中科技大学攻读管理硕士学位。此时的我，依然感到孤单与寂寞，但有了工科与文科理论知识的双重加持，工作绩效明显提升，能轻松应对各种复杂的技术问题，与行业精英共同攻关，突破了很多技术与工艺难题，收获颇多。比如大家每天都要使用的手机超级快充技术，就是我们利用高中二次函数等数学模型不断优化工艺获得，我的工作要用到很多高中学习到的知识，如不等式、数理统计、一次与二次方程等最基础的知识。在隆回二中学习时，我根本没想到未来的工作就是建立在这几年的基础上，就像当年跑步时也没想到跑步会影响自己一辈子。是跑步，培养了我的坚持、忍耐与自信。

如今，因为工作的原因，我经常要到祖国各地出差，但只要有机会，我依然会早早起来跑步，看看东南西北各地的市井人生，看看风花雪月，看看大好河山。我也能遇到各种跑友，尽管年龄不一，尽管互不相识，偶尔会展个笑脸，做个手势，也许跑步人就有一种默契，有一种心领神会的共鸣和意境。

感谢隆回二中的跑步经历，让我深深理解到：人的一生就是不断奔跑的过程，在跑的过程中，尽管没有鲜花，没有掌声，但我知道，要学会为自己鼓掌。我就是一棵无人问津的小草，在跑步中不断与自己交流，不断地思考。毕竟有些路，只有亲自跑过，才明白它的曲折，才明白它的宽广与光明。

欧阳可人，男，1948 年出生，隆回七江人；从小热爱美术，隆回二中初 31 班毕业生；现为中国山水画家协会副秘书长，国家一级美术师，湖南省美术家协会会员。

高中——我的疯狂之旅

❈ 胡忠春

转眼自2005年高中毕业已经19年过去了，母校给我留下的一些温暖回忆时常在脑海浮现，仿若昨日。每个人都会用不同的词语来形容人生中美好的高中三年时光——风华正茂、努力拼搏、情窦初开……而我更想用“疯狂”来形容那段难忘时光。

胡忠春，男，1987年生，隆回司门前人；2002—2005年就读于高268班、275班，后毕业于湖南工业大学；曾在深圳中信证券股份有限公司工作7年，后创业至今。

疯狂的文学之旅

默深文学社是母校的一大特色，入学后不久我就被她吸引加入了，为了不在文学社表现落后，我开始了一段“疯狂”文学之旅。高一的学业负担相对较轻以及学校图书馆丰富的藏书给我提供了大量阅读课外书籍的机会。那段时间，我就好像发现了新大陆一样，常常一下课就往图书馆跑，如饥似渴地借书、读书。文学社的老师还经常通过讲座带领我们领略文学作品的优美意境和作者们的丰富情感与厚重情怀。此外，文学社组织的外出写生活动是最让人向往的。写生时，我们在风景秀丽的自然环境中，自由地观察、记录、遐想和表达，每次参加回来，仿佛身心度了一个小假，这真是紧张学习过程中难得的放松和惬意时刻。而当自己的作品在校刊上发表时更会让我增强自信，给自己的校园学习和生活增添动力。这段经历虽然过去了多年，但每次回想起来，仍然觉得真是一段非常美妙有趣的时光，更重要的是这段经历让我形成了良好的阅读习惯和文字表达能力，伴随着我走过后面的日日夜夜。

疯狂的运动之旅

高二那年我所做的一件“疯狂”之事，让我每每想起都心有

彭诚，原名彭珍，女，1944年11月出生，隆回金石桥人；1963年毕业于高6班；文学创作一级，系中国散文学会会员、中国小说学会会员、中国新文学研究会理事、湖南省作协理事，出版专著数部。

余悸。记得当年母校为庆祝争创省重点中学获得成功举办了规模盛大的校运会，我闷头参加了男子1500米跑步比赛项目。然而这对我来说，是具有非常大的挑战的，我之前从没参加过跑步类竞赛项目，也没有受过专业指导和训练，只凭借自己爱好跑步就冲动地报名参加了。比赛时我站在起跑线上，看着身边都是身强力壮、四肢发达的运动员，我不得不承认自己和他们在这项运动上的差距。发令枪一响，我更是发现竞赛氛围和自己平时训练完全是两回事，竞赛时每个人的那种紧张、拼搏的状态完全是我平时从来没有体验过的，还没跑到一半，就感觉口渴到舌头都不能在嘴里活动的程度，咬着牙跑下来，感觉心脏简直要从胸腔里跳出来，手脚都不再属于自己，由同学搀扶着才能勉强站立。这些感觉到现在回想起来还是印象深刻，真是一次疯狂的运动之旅。

疯狂的英语之旅

高三时风靡全国的“李阳疯狂英语”也让我在学习英语时“疯狂”了一回。对于偏远农村的孩子来说，在英语学习上总是要相对差一些。在离高考只剩半年多的时候，我的英语模拟考试在总分150里还只能得60分左右，我知道这会严重影响我的高考成绩，于是下定决心要提高英语成绩。当时恰逢“李阳疯狂英语”盛行，“李阳疯狂英语”通过在课外随时随地大声朗读英语句子的方式来学习英语和突破性格中的自卑胆小，这正是我所需要的。于是我带着宿舍的一位好兄弟一起开启了“疯狂英语学习之旅”。那段时间，校园道路上、食堂里、教学楼下、足球场中到处都有我俩朗读英语的身影。同时为了提高英语高考成绩，我们还把历年英语原题作为朗读的材料，把原题里每个单词都完全吃透背熟，到后面发现每年考试题目中所用的单词、考试知识点题型，甚至选项设置都是一样的，而我对它们非常熟悉了。几个月的时间里，我们几乎废寝忘食地恶补英语，当然结果也是非常好的，我在高考时英语取得了120分的成绩。这件事情给我带来的影响全面而深远，不仅让我在高考时变英语劣势为优势，帮助我考上了较为理想的学校，还让我自卑的性格得到了突破，给了我面对困难、战胜困难的勇气。

高中三年就在这一个一个“疯狂”的经历中飞逝，现在回头来看，正是这一个个“疯狂”的举动让我在高中生涯收获了一段段精彩。在这些“疯狂”的经历中，我得到了不同的学习和成长，自己也在一个个经历中变得更强大、更美好。虽然时间已经走远，但这些经历带给我的学习和成长却一直陪伴着我，带给我力量、勇气和慰藉。这就是我高中三年的“疯狂”的青春，“疯狂”的岁月，无悔的岁月。

欧阳恩成，男，1950年出生，隆回七江人；1969年毕业于高60班。身为七江乡建华少儿活动中心主任的他曾获得全国劳动模范、全国新长征突击手，多次受到党和国家领导人接见，中共十五大代表。

从默深园启航的心理学之旅

※刘　武

我于 1995 年进入隆回二中，就读于高 185 班（理科实验班），高三时转到了 187 班（文科班）。在隆回二中，我度过了个人性格形成、心理成长最关键的青少年阶段。在二十余年的心理学学习中，我在行业内取得了一定的成就，需要感谢的人和事有很多，但我最需要感恩的是我的高中母校——隆回二中。因为，我的心理学之旅，启航于隆回二中。

刘武，男，1979 年生，隆回雨山人；1995—1998 年先后就读于隆回二中高 185 班、187 班，2003 年毕业于湖南工业大学汉语言文学专业，辅修北京大学、湖南师范大学心理学专业；系中国社会心理学会会员、长沙心理学会会员；现居长沙，创办长沙最爱幸福教育咨询有限公司，主要从事教育咨询、心理咨询和培训业务。

我的心理学之路，源自隆回二中的同学们。185 班班主任是米伯良老师，他对学生要求严格、教育有方，让我们 185 班在 1998 年高考中，85%以上的同学考上本科大学，其中包括国防科技大学、中国人民大学、中国农业大学、北京师范大学、南开大学、中南工业大学（今中南大学）、湖南医科大学（今中南大学）等重点大学，创下了隆回二中有高考生以来的升学奇迹！现在这些同学活跃在全国学界、商界、医学界……有些同学在自己的专业领域，已为国家和社会作出了突出贡献，比如参与国家航天事业的范某智同学、从事医学研究的孙建波同学，在医疗一线工作的范卫兵、刘小华、孙飞、刘智勇、范小艳、罗翱翔、周炜等同学。二中的很多同学、校友是我学习的榜样，也是我不断学习、心理成长的精神动力。

我的心理学之路，源自隆回二中的老师们。高二下学期，由于理科成绩不好，我从 185 班转到文科 187 班，这是我中学时代的一次重大挫折，让我郁闷了好长一段时间。187 班的班主任刘中清老师是教政治的，很有才华和思想，他以为我很厉害，就让我当 187 班的班长。只是我才疏学浅，班长没当好，成绩也不突

庞德修，男，高 74 届校友，崇拜毛泽东军事思想，高中期间投身军旅，后从辽宁省交通运输厅安全总监任上退休。自 1993 年以来，他每年 12 月 26 日都要去韶山瞻仰毛泽东主席铜像。

出，当年高考也没考好，辜负了刘老师的一片心意。但刘老师从来没有批评过我，反而不断鼓励我调整心态，搞好学习，同时搞好班级管理工作。在我心灵最苦闷的这段时间，语文老师廖敦燕推荐我看一些有营养的课外书目，比如畅销杂志《读者》，以及余秋雨的《文化苦旅》。这让我喜欢上了阅读，养成了阅读习惯，而这个良好习惯，我保留至今。

我的心理学之路，源自隆回二中的校园文化。在丁字楼前，有一排报刊橱窗，这是我们学习之余最爱去的地方之一。橱窗陈列的《光明日报》《参考消息》等国内知名报刊，让我了解到了国内外大事，大大开阔了眼界，尤其是《中国青年报》的“青春热线”栏目，里面讲到的青春期心理健康知识、中学生心理咨询方法，让我从高中开始，就喜欢上了心理学和心理咨询。值得一提的还有在默深文学社的日子里，我和各位文学大咖、文学爱好者交流文学和思想，他们或在文学才华上让我佩服，或从思想深度上给我启迪，带给我充足的精神养分……我一直认为，我之所以这么喜欢心理学，也和二中校歌的激励作用密不可分，每次在广播中听到校歌，每次在重要场合唱起校歌，我的内心就充满力量与奋进的激情，二中求学期间，我就萌生了考上好大学、外出闯荡的念头。校歌是校园文化的重要组成部分，也是人精神力量的源泉之一，而心理学正好研究人的精神世界。优美动听又慷慨激昂的二中校歌，激励我在心理学之路上，越走越远、越走越广！

来有来路，归有归途。隆回二中哺育了我，我也有幸能反哺母校的学弟学妹。

2016年，我还在北京从事心理学方面的创业，受隆回二中时任党总支书记王书博老师的邀请，我从北京回到湖南，回到母校隆回二中，在学校体训馆给2000多名学弟学妹分享心理健康知识，一些老师、家长也闻讯赶来听心理讲座。讲座受到二中广大师生和一些家长的广泛好评，大家纷纷表示：这种心理健康讲座要多讲，心理老师要多来二中科普心理健康知识！今年（2023年）10月，学校发起“百名校友回归母校讲学系列活动”，在现任党委书记李柏树老师、校长廖敦燕老师，以及校庆办刘光文老师等人的邀请下，我非常荣幸地再次回到母校，为二中学弟学妹和学校心理老师、心理部成员，分享心理学知识，做了一场心理学专题报告，主题是“了解自己的心理优势，自信迎接未来”，在隆回二中全体师生中，再次赢得了强烈反响！母校二中邀请我回去开展心理讲座，是对我心理学事业的认可，也是对我坚定心理学之路的鼓励与支持！

1998年我从隆回二中走出，相继求学于株洲、长沙，在大学学习教育心理学，创办大学生心理与发展协会。大学毕业后，我毅然从湖南北上，北漂北京，辗转于北京大学、清华大学、北京师范大学等高校学习心理学知识。在北京吉利学院工作时，我还讲授

邹联运，男，1953年出生，隆回荷田人；初44班毕业生，自幼吃苦耐劳；现为湖南省联运投资集团邵阳矿业有限公司董事长，邵阳市工商联副会长，2014年为母校百年校庆捐款300万元。

“大学生心理健康”公共选修课，参编高校教材《服务心理学》；加入中国社会心理学会，成为中国社会工作联合会心理健康工作委员会学部秘书长。近几年，我回长沙定居，也从事心理学方面的创业，并加入了长沙市心理学会……

二十多年来，我的心理学之路走得更加坚定，前途也变得更加广阔，我的内心常常充满力量。饮水思源，所有的这一切，我最感谢的是隆回二中。二中的老师、同学、校友、校园文化等太多的美好回忆已融入我的生命，也成为我心理学事业的力量源泉！

欧阳日坪，男，1954年生，隆回七江乡人；毕业于隆回二中高31班，后就读于长沙铁道学院外语系；著名企业家，曾任特迪瓦大通集团股份有限公司、中华药品批发股份有限公司董事长。

有味人生始于二中

❈ 翟 亮

翟亮，男，1983年出生，隆回高平人；1998—2001年就读于隆回二中高205班，2002—2006年就读于长沙理工大学，先后在长沙县水利局、长沙经济技术开发区管理委员会工作；现任长沙经济技术开发区管委会经济合作局副局长。

回忆起隆回二中的生活，一开始的感觉是中规中矩、普普通通，没有什么特别之处。于是，我尝试着将高中、大学以及参加工作之后的自己联系起来看，总算是有些收获。我发现，很多现在的工作、生活习惯都来自二中，可谓“有味人生始于二中”。之所以说“有味”，完全是从自我认知的角度来讲，一来算是真实表达，二来不至于狂妄自大。

因为父亲在隆回三中任教，中考前不知道是受周围人言语蛊惑，还是想逃离那个从小长大的地方，考进在县城的一中或二中便成了我的目标。中考后，家里人商量志愿就报二中，靠稳些！到二中后，金石桥、七江、六都寨各个地方的同学都有，都是些读书厉害的人。如果说高一高二大致还能跟上，到了高三我就明显感觉到吃力，也不知道是方法问题，还是习惯问题，成绩总是上不去，一度差点被分去文科班。只记得有一次，自己写的一篇作文被老师在课堂上作为范文读了，这件事是我现在都会用来和自己小孩吹牛的。

记得当时“素质教育”开始流行，我是从内心里赞同，因为相比文化课我更热衷于各类文体活动，二中恰好给我提供了这种氛围，提供了我所需要的阳光、空气和土壤，让我不至于每天在学习中焦虑，有时还能找到点吸引女生眼球的自信。首先是广播体操，亲身经历了“湖南第一操”，我无比惊叹于进场与退场的线路设计，那么多同学在那么短的时间内，从有序聚集到有序散开，再有序退场，这配合度，只能说绝了。一提起广播体操，我自己都佩服自己，这算是与生俱来的本事了，很多同学要练很多

张建秋，男，1962年生，隆回六都寨人；1978年毕业于隆回二中，就读期间就是超级“学霸”；复旦大学电子工程系教授、博士生导师，主要研究方向为信号处理理论及其应用。

次的动作，我几乎只要看个一两遍就会了，并且动作是相当规范到位。这一点，后来读大学，乃至参加工作，但凡要做广播体操，我总免不了当领操员。我曾经一度想过，当时如果不是在农村，而是在某个城市，有机会去练体操，说不定也能搞出点名堂。

我初中时就有些篮球基础，每逢暑假总会蹲守隆回三中男篮的训练，有时还会混进女队打打半场，到了二中之后没怎么长个，但力量和速度好了很多，投篮准星有了大幅提高。所以上篮球课，总是我最期待的。记得晚自习前，但凡有点时间，篮球场上总少不了我。有时候还非得等到上课铃声响起，才肯收球往教室跑，在班主任的怒目注视下跳入座位，狼狈至极。当时二中没有篮球校队，每次其他学校来交流比赛，大多喊些搞田径、打排球的体育生来撑场面。有一次少了控球后卫，找到了我，我欣然上场，输赢不记得了，但我记得有这么一次代表二中打比赛的经历。

排球是二中的优势项目，教练要求严格，运动员们训练也很刻苦。每天晚餐时，排球队的训练还没搞完，我会拉着唐吉奎、周全等同学端着饭盆在训练场边看，最有意思的是球星们“一不小心”的扣球。有时会命中热水瓶，“砰”的一声，玻璃内胆冒着热气碎了一地；有时则命中同学手中的饭盆，“哐当哐当”饭菜掉一地，引得旁观同学哈哈大笑。由于有一定的篮球基础，看着看着，逐渐排球也能打了，班级之间的比赛，只要对方没有体育生，我们 205 班绝不惧怕。

第一次接触羽毛球也是在二中，记得有一次体育老师在满是沙尘的场地上，轻松写意地划上线，找了两根标枪架起了网子，拿着拍子问大家：“你们谁能来打两拍？”我见一时无人上前应战，有些自以为是地挺身而出，结果可想而知，被老师打了个落花流水。但那是一次让我印象极其深刻的经历，我头一回知道正手握拍与反手握拍的区别，头一回知道羽毛球不是要打给对方能接得到，而是要控制好力量和线路，想办法让对方接不到。

演讲比赛我也参加过，评委老师给我的评价是“音色很美”，这让我暗自窃喜了好一阵子，心想“哥是听杨钰莹的歌声长大的”。后来，二中搞文艺汇演，每个班都要出节目，我们 205 班那年排了两个节目，都选上了。一个是群星《激情飞跃》，一个是舞蹈，伴奏用的是那英的《青青世界》，班上同学忙前忙后练习了好一阵子。临近正式演出了，由于现场能容纳的人数有限，各班只能在各自班级看闭路电视转播。由于没有舞台经验，前奏还没响起我就冲进舞台了，在一顿忙乱中唱完了，回到班级后有同学悄悄问我，那个前面冲出来后面又退回去，然后再上来的是哪个？我脸红得跟个猴子屁股一般。

临近高考，为了缓解紧张情绪，我又迷上了跑步。不管晨雾弥漫，还是刮风下雨，

王亮生，男，1964 年 11 月出生，隆回羊古坳人；1980 年毕业，2001 年于日本鹿儿岛大学获农学博士学位，作为优秀海外人才被中国科学院植物研究所引进，现为中科院研究员、博士生导师。

每天我偷偷摸摸很早起来，到“黄土高坡”的跑道上放肆跑那么几圈，一边跑一边下决心，以后一定要混个名堂出来；每次都要搞到出一大身汗才肯罢休。跑完之后那种酣畅、通透的感觉，使我内心十分满足。

体操、篮球、排球、羽毛球、唱歌、跑步这些文体活动从二中开始伴随了我一路成长，到大学后凭借这些经历，我竞选了体育部部长，组织开展了各种文体活动，根本没时间去玩电脑游戏。这种选择既丰富了生活，也磨炼了意志品质和精神力量，更收获了难得的球友情谊。参加工作后，我又增加了游泳和骑行的爱好，每周 2~3 次的体育锻炼是我雷打不动的生活习惯，既是为了身心愉悦，也是为了更好地完成各项工作。

人有一件事情非常难得，那就是能从事自己感兴趣的工作。这一点，我觉得自己特别幸运。大学时，我学习的专业是水利水电工程，之所以学这个专业完全是那年看了三峡截流工程施工的电视直播，心想男子汉大丈夫，就应该投身国家重大项目建设。相比现在的就业形势，在 2006 年，水利专业那叫一个好得不得了，面试时记得用人单位只问了两个问题，一是老家是哪里的，是不是农村的？二是有没有女朋友？有的话一起带来！后来，我阴差阳错到了长沙县水利局，再后来通过考试进入了长沙经济技术开发区管委会，从事人才引进和服务工作。朋友说，我学水利专业，干人才工作，很吻合，因为水利需要引流、蓄能、发电，人才工作同样要引才、赋能、发挥效益，想想也是真有异曲同工之妙。所以，学什么不重要，做什么才重要！单调不好玩，丰富才有味！始终保持开朗乐观、积极向上的状态，尊重自己的兴趣爱好，不霸蛮追求成绩，做自己能投入、专注、快乐的事情，这是我所理解的“有味人生”。

谭劲松，男，1965 年出生，隆回荷田人；1981 年毕业于隆回二中，就读期间学习优异；曾任中山大学管理学院党委书记、副院长、教授、博士生导师。

传抄“读物”的不羁青春

※ 谭旭东

20世纪80年代，改革开放初期，人们对知识的渴求和市面上读物的匮乏成了当时知识界的一对矛盾。那是一个书荒的时代，书店也都开门，但是卖的都是《毛泽东选集》，公开出版的是《艳阳天》《金光大道》，鲁迅的小说如《孔乙己》《阿Q正传》，还有八个样板戏等，这些书对于年轻人来说，要么就是反复看过许多遍的，要不就是不感兴趣的。感兴趣的书又没有卖，于是手抄本就成了当时最为流行、成本最低、人们最易于接受的一种读物。

手抄读物在当时都是被称为“封、资、修”（即封建主义、资本主义、修正主义），不能在书店公开出售但在民间悄悄流传的为民间所喜爱的书。那时流行的手抄本主要有两类，一类是《增广贤文》《三字经》还有算命风水等民间读物或启蒙读物，另一类是《第二次握手》等言情小说，但流传最广、影响最深的手抄本要数《少女之心》了。

我初次接触手抄本是在读高二（我们那时高中只读两年）那一年。和我同桌的同学叫张建，这哥们神通广大，不知从哪里弄来《增广贤文》《三字经》等手抄本，而这些东西本来就是国学精华，朗朗上口，寓意深刻，对于从没接触过这类东西的我来说，比数理化的公式定理要有趣得多。于是，在别人争分夺秒猛攻科学堡垒，抢占高考独木桥的关键时刻，我就在淡定地恶补国学启蒙知识。除了《增广贤文》《三字经》外，还有《四书五经》《幼学琼林》，甚至还有《算命解释》等，我整整抄了四大本笔记。在一天吃了晚饭后，张建神秘地拿了一本书问我要不要

谭旭东，男，1965年生，隆回鸭田人；1978—1982年在隆回二中学习，先后就读于高85班、高83班和高89班；广东医学院临床医学系毕业，现为汕头大学附属深圳妇儿医院纪委书记、主任医师；中国妇幼保健协会宣传工作委员会常务委员，深圳市书法协会会员；在人民网、光明网、《南方日报》、《南方都市报》等发表新闻稿件千余篇次、诗歌散文数十篇；书法作品多次在市级展览会展出。

魏威，男，隆回司门前人，高80届校友，在校期间多次获书法竞赛大奖；参加工作后，曾获全国政法题材“十佳书画作品”奖；现为湖南省书法家协会会员、湖南省摄影家协会会员。

看。我一看封面，套着《毛泽东选集》的红皮，我说这个看了很多遍了，不看，他说你看里面内容不一样的。看他那神秘的样子，我于是又拿起来。原来是本笔记本，第一页用铅笔写了“少女之心”几个歪歪斜斜的大字，谁知不看则已，一看就脱不了手。那里面的性描写对于我们这些性知识一片空白的情窦初开的少年来说真的是脸红心跳，欲罢不能。由于手抄本辗转多人抄来抄去，里面错字连篇、谬误百出，但我却看得津津有味。现在想来，那里面的性知识，正是我们那个年龄段的学生渴望知道，在小学初中就应该知道的。但在那个思想禁锢、谈性色变的年代，只能通过这种神秘的地下渠道获得，不能不说是一种悲哀。这本万把字的“书”我没过多久就看完了，正当张建要和我分工合作抄写《少女之心》的时候，另外有同学来要了，说这本书不能抄，千万别对别人说，被老师知道了，轻则要开除，重则要坐牢的。我一听坐牢就怕了，赶紧把书交了出去。

后来，通过下课后的交流和寝室的卧谈会上得知，其实绝大多数男同学都看过《少女之心》，也有人看过《增广贤文》《三字经》等普及读物，因那时青春期男女界限分得很清晰，男女生基本上没有任何交流，女生们有没有看过我不得而知。但像我这样在关键时刻悠闲地抄了几个笔记本的人可能绝无仅有，以至于我的成绩一落千丈，毕业的时候连高考考场的门都没有摸到。

现在想，这是我的悲哀，但可能也是教育界和知识界的悲哀，更是一个时代的悲哀。但也庆幸，在书籍极度贫乏的年代，我及无数个像我一样的少年，通过传抄“读物”，打下了一定的国学基础，种下了爱好文学的种子。

王本陆，男，1967年生，隆回高平人；1985年毕业于隆回二中，就读期间学习优异；现为知名专家、教育学博士，北京师范大学课程与教学研究院院长、教授、课程与教学论专业博士生导师。

乒乓少年

※ 欧阳文邦

欧阳文邦，男，1977年生，隆回七江人；1990—1997年先后就读于隆回二中初78、79班，高178、180班，2001年毕业于南开大学政治学系，湖南大学新闻与传播硕士研究生，湖南科技大学创新创业导师，湖南省作家协会会员，出版各类图书33册；栖居长沙，现为文邦教育创始人，高考研究工作者。

小学三年级时，小伙伴当中兴起了一股打乒乓球的热潮。大家卸了门板当球台，拿起木板做球拍，乒乒乓乓干得挺起劲，可我觉得推来推去没啥意思，就没有加入他们。后来，领略到乒乓球的乐趣时，我竟然比谁都疯狂。

乡村卫生院有张洗衣台，那里成了大家挥洒汗水的乐园。扫开水泥台上的厚雪，我和小伙伴们热火朝天地搞起来，天气实在太冷了，手都被冻得麻木了，只好把脏手放在嘴巴里，呵着热气去温暖冻僵的小手。一个外号“雄鸡公”的小伙伴，发球特别厉害，他发一个旋转球，身体会急速旋转360度，转过来的时候，对方回球刚好到他正手方向，只见他抡起膀子一记重重的扣杀，对手只有望球兴叹。对付此人发球的办法只有两个，一是用不带胶皮的“光拍”消解其旋转，二是赌一把，迎着球扣过去，扣不住就拉倒。少年时期总有用不完的精力，那段日子天天打球，打得不分风里雨里，打得汗流浃背，有位年轻帅气的魏医生也被我们的热情所感染，加入我们的队伍中。他年龄比我们大，个头比我们高，可打起球来，走动不如我们快捷，反应不如我们灵敏，面对我们忽上忽下、忽左忽右的攻势，一下子就被搞得气喘吁吁。

后来，建华中学修建了新教学楼，增加了两张标准尺寸的水泥乒乓球台，我和小伙伴大喜，毫不犹豫地更换了阵地。有一次，建华中学搞了一场教师乒乓球赛，阳济仁老师获得了第一名，欧阳熬老师获得了第二名。我非常想和济仁老师打一场球，看看建华中学第一高手的水平究竟如何。可那时的我只是一个小

刘仁文，男，1967年出生，隆回七江人，法学博士；1986年毕业于隆回二中。现任中国社会科学院二级研究员、刑法学科带头人，中国社会科学院大学教授、博士生导师，兼任中国刑法学会副会长。

学生，出于对中学老师的敬畏，哪有胆量挑战济仁老师。后来我在隆回二中读高中时，回到建华中学打球，却也能够做到不输给济仁老师，总算了却了儿时的一桩心愿。

熟能生巧！天才出自勤奋！这些耳熟能详的话语用在我的球艺提升上非常贴切。随着水平的增长，我一度狂妄起来，尤其是能够接住“雄鸡公”的发球并打败他之后，我自认为是建华第一高手，打遍建华无敌手。

孰料狂妄没多久，我就在建华信用社的乒乓球室遭遇了对手。那次我在和小伙伴较量，突然闯进一个高个子陌生人，直接说要和我打一把，还说我打球一点也不行，激得我气急败坏。我和高个子首先对杀一局，比分是6比21，我被打得落花流水。我不服，提出更换场区再来一局，结果又是5比21蒙羞告终。说实话，我连人家的球都接不到，更别说取胜了。我们建华这等小地方难道还有如此高手？怎么从来未曾见过此人？如果他是建华当地人，那我就不是建华第一高手了！为了保住自己的身份，我连问了他三次“你是哪里人？”，高个子回复了一句“就不告诉你”后扬长而去。想起来，那时候的自己真是可爱！

承蒙小学打下的底子，在隆回二中读中学的时候，我的球技自然也在高手行列。初二阶段，由于学习成绩奇烂无比，我对乒乓球的追求达到了巅峰，甚至幻想着通过打乒乓球为自己谋一条出路。那时学校连水泥球台都没有，只在食堂有一张破旧的木质球台，如何占据阵地让我费尽了心思。办法终于出来了——吃饭铃一响就去打球，别人吃饭我打球，别人吃完了我再把阵地让出来，然后一边吃饭一边欣赏其他人打球。这个办法的确非常好，根本不用担心学长们跟我们抢夺阵地。于是乎，一到吃饭时间，我几乎成了整个食堂最耀眼的焦点，因为只要喜欢乒乓球的人，很大一部分都会端着饭碗欣赏我和小伙伴打球，看到精彩处，还会情不自禁地敲着饭盆，发出阵阵喝彩。

印象最深的是我和教工子弟魏文哲的一场厮杀，真的可以用幸运至极来形容。魏文哲的特点是扣球凶狠、命中率较高。我的特点主要是稳，轻易不出手扣球，推过去的球基本上能安全地接回来。对付魏文哲，我的策略是不给他扣球机会，于是使出了左右摆短的招数，不留高球不出台，他纵使力拔山兮气盖世，在我这有劲也使不出来！当然，对手也不是吃素的，他很快就习惯了我的打法，双方对战二十几个回合，难分胜负。这魏文哲实在是太难对付了，他甚至学会了以其人之道还治其人之身，一次次左右摆短展开反攻，好几次置我于险境，幸好我的削球回得又低又平，始终没有给他机会。好一场斗智斗勇！渐渐地，到了四十几个回合的时候，两个人的体力明显不支，我稍占主动，但也难以坚持，他略显被动，左突右奔。围观者喝彩声一浪高过一浪，有的观众甚至还在一旁直跺脚，还有的大声向我支招……说时迟，那时快，趁他回球稍高给出一个机会，

欧阳恩良，男，1968年10月出生，隆回七江人；1986年毕业于隆回二中，爱好历史人文，中国人民大学历史学博士，二级教授，博士生导师；现任贵州师范大学副校长。

我一把扣杀过去，球落到了对面桌上的一个凸起处，然后斜斜地弹了出去，魏文哲怎么也没想到，自己竟然这样失去了关键一分，放下拍子悻悻地回家吃饭去了。

高中时期，我在隆回二中178班就读，那是一个学习氛围浓郁的集体，大家几乎把所有心思用在了功课上；那也是一个热爱运动的集体，足球运动开展得如火如荼，乒乓球队伍也是高手辈出，我和李君、陈谦益、刘颜隆等人被称为班级四大高手。那段时期我的学业成绩虽然好了不少，但在乒乓球运动中争强好胜的个性依然没有改变，拉着其他三位高手轮番比赛，非要争个你死我活。表现最为突出的是高二年级的乒乓球比赛，我们如愿进入决赛并且和对手184班争夺冠军。184班是全年级学业水平仅次于178班的一个集体，在学习上和我们有差距，于是希望借助这次比赛把我们比下去，该班有个超级厉害的单打高人刘伟峰，带着两个兄弟和我们班决战，来势汹汹。包括我在内的班级三位选手铆足了劲誓夺第一，因为我们想打破其他人心中“178班读书厉害搞运动不行”的固化思维。如此爆棚的集体荣誉感在彼此心中升腾，那绝对是一场精彩的比赛。只可惜对手实在太强大，我们班最终以2比3抱憾屈居亚军。

平台越高，高手越多。在南开大学求学的时候，同宿舍住着一位高水平运动员，虽然他的运动项目不是乒乓球，但较量起来我根本就不是人家的对手，21点只能获得可怜巴巴的三四分。2000年3月，作为现场观众，我观看了国手刘国梁、马琳在南开大学体育馆进行的比赛，在全场学子一浪高过一浪的喝彩声中，我仿佛又回到了激情燃烧的乒乓少年时代。走上工作岗位的最初几年，我对乒乓球的热情依然很高，甚至还买了一张球桌放在自己的出租屋里。在招考机构工作时，单位组织了一支乒乓球队，球队里的高人不光操练刻苦，而且各怀绝技，有的扣球特别凶狠，有的反手超级厉害，有的装备无比出众……真的是高手辈出，卧虎藏龙！

回首过往，无限感慨。曾以为自己是建华乡乒乓球第一高手，不料被人打了个落花流水；在中学阶段为了逃避学业成绩的重压，苦练球技依然难以站上小圈子的巅峰；后来考入“学霸”云集的南开大学，却被不一样的风景所震撼；尤其是看了国手对打后，才惊呼少年时想靠乒乓改变命运的梦想有多么轻狂……岁月的车轮无声碾过，带着少年时纵横球台的那份激情，我在当下的工作岗位上潜心耕耘、刻苦钻研、精益求精，职场之路变得豁然开朗。今天，虽然我投入乒乓球运动的时间越来越少，但只要闲暇下来，脑海中常常会不由自主地跃现出那个排除万难、勇于拼搏、争强好胜的乒乓少年形象。我确信，未来的生活中无论遭遇旋球抑或重球，我都会一拍抡过去！

龙泰良，男，1968年出生，羊古坳人，1987—1988年就读于二中；现任茂名石化宣传部部长，中国作家协会会员、中国石化作协副主席，曾获中国工业文学奖、中华铁人文学奖，著有《楼外山》等作品。

只把青春当作酒，饮尽满杯愁

※ 罗开成

罗开成，笔名鲁三，男，1999 年生，隆回七江人；2014—2017 年先后就读于隆回二中高 592 班、588 班，曾担任默深文学社社长；2017—2021 年就读于许昌学院法学院；现居宁波，担任浙江京衡（宁波）律师事务所合伙人。

当高三跑操的口令在晨曦露水的桂花香中响起，男生七舍后的泥土味氤氲在清晨的薄雾里，那如酒的青春又一幕一幕浮现在斑驳的岁月里。

2014 年 9 月，我从隆回县北面的七江镇鸟树下中学考入隆回二中，初中成绩平平的我在高一成了 592 班的一员，班主任是宁教力老师。2015 年 9 月，高二文理分科，我因选择文科的缘故从 592 班分到了文科班 588 班，成为班主任袁艳春的学生。

多年后的今天，再回想起这一路走来的泥泞，我仍觉得自己是个幸运儿。回首生活在二中的青春岁月，我才恍然领悟到“隆回二中”对我的平凡人生确实有着非比寻常的意义。在我目前有限的认知里，二中就像一架梯子，一头插在泥糊糊的稻田上，一头伸进霓虹璀璨的星光里。即使大学毕业就业后，我无法成为生活富足养尊处优的人，但在二中生活学习的时光给我带来的精神上的富足和饱满以及养成的一步一个脚印往前走的生活习惯，仍然足以让我受益终身。

从村镇中学里的泥娃娃考到县城读高中，学习和生活环境的改变一度让我极不适应，我陷入自卑和自我拉扯的诡异情绪里。多年以后的今天，我常常觉得在二中生活的日子就像一壶酒，一饮而尽，满杯都是愁。

刚刚进入二中的那一年，初中到高中的巨大落差让我极不适应。这个落差不仅仅来自内心深处作为所谓“泥娃娃”的自我定位，许多时候也来自乡村到县城生活后周围环境的变化。例如，高一那年，同宿舍的一个同学半学期买课外辅导书花的钱可以给

刘淮保，男，隆回滩头人，1987 年毕业于隆回二中；中国音乐家协会会员，湖南省教育厅艺术教育委员会委员，湖南省音乐家协会艺术教育委员会副会长；2010 年出版个人 CD 专辑《海国图志》。

我在二中交一年学费，这还不包括他作为县城桃洪镇上的孩子报寒暑假辅导班花的钱。

这种巨大的危机感让我深刻意识到周围的同学有着怎样的优势和机会。那时文理没分科，每次月考我的成绩总是不理想，反反复复的挣扎给我带来很大的心理压力。

高二进入文科班以后，自由的氛围和对文学社科类书籍的阅读给我很多的慰藉和感动。高中的业余时间我基本花在阅读和写作上，高二那年，我开始在各类报刊上发表文学作品。同年，我担任了默深文学社的社长，除此以外的意外之喜是：每个月百余元至几百元不等的稿费收入让我有闲钱能够买书和自由阅读。

高中时代，我受语文教师陈自雄的影响很大。陈老师对于文学、哲学等社会科学的阅读和研究影响了我此后很多年的阅读习惯和写作习惯。陈老师上课，不依凭教材，不讲课后习题，但告诉我们用怎样的方法去理解作者的写作视角和所要表达的情感和旨趣。作为一名语文老师，他确确实实引导了学生自己去思考。

2015 年我进入文科班以后发现，二中文科班的管理很宽松，当时我无法理解为什么以严管著称的二中对文科生如此宽容。甚至，当年我对此还十分反感。但是现在回首看，其实这样的管理是有利于学生的个性成长和未来发展的。我也是在文科班待了一年左右才发现：其实很多的文科生是很有思想、很善于思考的。自由和宽容的学习环境让我更加自律。

今夜的宁波下起了大雨。我记得——每次二中下雨的时候樟树落叶也多，雨后的校园里空气清新，那时候田径场还没修，联运楼还在建，高三那年每次卧谈会总是开到深夜。

高二时，我暗恋同班的女“学霸”，她英语很好，而我初中高中到大学，英语都很差，高考英语才 79 分（总分 150 分）。那时候觉得人家闪闪发光，不知道怎么表达这种实际上是仰慕但又带着点别的复杂情愫的感觉，于是每次月考出成绩了我就很喜欢和她比总成绩，她那时候数学成绩其实不比我差，但我基于运气好，数学常常会比她多考几分，我很少看到自己不如人家的地方，总喜欢盯着数学和语文这类比人家好的地方，然后和朋友吐槽、聊天。现在回头想，成绩我是远远不如人家好的，后来高考她考得也比我好，听说后来硕士毕业在长沙当高中老师。

记得高中刚刚毕业后去袁艳春老师家里拿填志愿的那两大厚本，她突然问我：“你是不是和班上的陈某某同学在谈着？”我满脸通红地否认掉……

2017 年高考前夕，我申请了湖南大学文学院的自主招生考试，高考出成绩的那天，文学院杨院长给我打电话，问我为什么志愿没有报他们学校，他们已经按国家政策在院校投档线上给予了优惠，只要我填报他们就考虑。我当时一语哽咽，没好意思说自己高

马萧萧，男，高 88 届校友，在高中期间就已经成为全国十大校园诗人，默深文学社《凤声报》首任学生编委，后入伍从军，任职于西部战区，享有军旅诗人、水墨画家、周易学者等众多殊荣。

考成绩没上一本线。其实，当年我比二本线也只高出了几分，唯一幸运的是：大学在法学院，我也碰到了极好的老师，当然，那又是另外一个故事了……

我常喜欢把青春比作酒，但事实上这并没有可比性，酒可以留着再喝，而青春是一去不复返的……

谭克修，男，1971 年出生，鸭田人；1989 年毕业于隆回二中，中学期间开始写诗，曾获得“中国当代十大新锐诗人”称号；现为湖南方圆建筑工程设计有限公司总规划师，享有“诗人设计师”之美誉。

仅仅没有虚度年华

❈ 欧阳旺云

欧阳旺云，男，1960年生，隆回荷田人；1978—1980年就读于隆回二中高86班、84班；毕业于湖南大学，任职于长沙交通学院（今长沙理工大学），多次评为优秀教师，后调广东从事工程管理，高级工程师，退休后长住老家；著有主要作品：《房屋、道路、桥梁施工与计算试例》和《钢筋混凝土结构学习指南》，均在中国建材工业出版社出版。

小时候听人家讲，隆回二中有很多学识渊博的名师，因此我从小对二中很向往。又听人家讲，二中就在六都寨街的河对面，可几次到街上往河那边看，都没有见到二中。1975年，表哥带我去西山做篾匠工夫，经过二中围墙北侧，表哥说，这是二中，我说："是二中吗？"读不到二中，看一眼也满足。

读不到二中，倒不是我考不上，那时候初升高的比例只有30%，读高中是由大队推荐的，出身不好的我不会被推荐。1977年，国家恢复高考，我已经到了谈婚论嫁的年纪，也成为生产队能挣10工分一天的农技齐全的甲等劳动力。1978年，我报考了中专，上了中专线，但未被录取。当时的荷田中学校长廖水林老师给我写了一封信，说我有三种选择：到荷田中学复习，来年考中专；到六都寨中学复习，也考中专；到隆回二中读高中，后年考大学。由于家里穷，只想快一点考出去，过了10月1日，我就去六都寨中学复习了。在那里复习不习惯，我萌生了读高中的念头，尽管大学的录取率很低，但我想凭自己的努力，不说考重点大学，考个一般大学还是有希望的。于是，我回家将此想法跟母亲商量（父亲已不在人世），没想到的是，母亲欣然答应，她不畏自己劳苦，觉得送儿子读高中是她应尽的义务。我去六都寨教育办，说中专未被录取，想读高中，教育办领导立即打电话联系了二中，二中答应了。接着我又说，要读重点班。二中回复说，两个重点班都插不进了，学生已坐到了教室后门口，一有位置空出来就会安排。

到了二中，没读到重点班的失落感，很快被繁忙的新课学习

龙杏华，男，1977年9月出生，隆回司门前人；1996年毕业于隆回二中，就读期间成绩优秀；后考入四川大学建筑学院，2001年参加工作；现任桂林市人民政府副市长。

和老课补习所取代。我坐在最后面，有次物理课，受到了陈兰玉老师的表扬，她说，后面那位高个子同学听课很认真。在毕业 30 周年回母校聚会参观虎形山时，我问陈老师：“还记得您表扬过我吗？”陈老师说记不得了。

不到两个星期，学校履行了诺言——教导主任周青海老师把我带到两个重点班之一的 86 班。在 30 周年回母校聚会上，我问周老师还记得把我带到 86 班的事吗？他说：“记得。”

世界上难得到的东西显得更宝贵，为了这来之不易的学习机会，我如饥似渴地攻读，听好课的同时，更仔细地钻研教材。光学等内容没有听老师讲过，我总是理解不深刻。幸亏那年高考没有出太难的光学题。年纪较大，记忆力差了，课文背不上，我就多读几遍。没有心情看书，就抄一遍。在 86 班，金步云校长教物理，他免费给我补了 3 次课。很快就期中考试了，怕我不会做题而紧张，金步云老师特意到我座位前，要我不要紧张，答不出来没关系。第一次期中考试，我的成绩排在班上第 13 名。因为刚到校不久，能取得这个成绩就不错了，我受到班主任刘代涵老师的大大表扬。高一第二学期，学校将高考大纲发给我们，我看到作文要求中有一句话——不堆砌辞藻，于是恍然大悟：作文不是看用了多少词语，应该是用来表达感情的。懂得这个道理，我就觉得作文不难写，写起来越来越得心应手，多次受到老师的圈点。到了期末，我的成绩已经排到全校应届生 7 个班的第一名。意想不到的是：在以后的三个学期，我还能基本上保持这个排名。

在二中就读期间，我抵制了很多的诱惑。比如，在某天早上出操的路上，荷田中学一位来二中办事的老师快速跑过来，告诉我当时中专政审未通过的情况，我向这位老师点头表示感谢。老师本是一番好意，但我觉得没有必要纠结了，自己已经读高中了，并且露出了考上大学的良好势头。

第二个诱惑来自恋爱。在二中读书，我每星期回家一次，每次进出校门，都能见到跟我第一次相亲的姑娘，她在校门外北侧担金，所谓担金就是把含金的砂石担到淘金床。嫌我出身不好，她家人不同意这门亲事。在二中期间，我专心读书，没跟这个姑娘有任何联系，路过也只偷偷看一眼，装作不认识。二中有很多漂亮的女同学，我不动心，一心学习，因为我觉得读书才是自己的第一要务，考上大学，不愁找不到好女孩。其间难免有个别女同学向我示爱，我当时没有发觉，即使发觉了也没有那方面的思想准备。

第三个诱惑来自食物。我有一个家住六都寨街上的婶子，她在二中卖包子，我躲着她，从来不吃她的包子。几个女同学告诉我，那个卖包子的阿姨找我，可我从不为所动。很多同学说学校的汤难喝，有时汤里只有几丝南瓜，我没有觉得难喝，反而有感恩之心，因为那汤是免费的。

抵制住诱惑给我的学习带来立竿见影的效果，在学校每学年举行的数理化比赛中，

刘曦，男，1971 年 6 月出生，隆回县六都寨人；1986 年毕业于二中初中部，学习成绩优秀；现为北京大学造山带与地壳演化教育部重点实验室副主任、博士生导师。

物理比赛我都能取得第一名，数学和化学比赛也能取得名次。到了高二，学校不再办重点班，我特别喜欢的金步云校长被调去隆回县教育局担任局长了，上一届教重点班的那一批老师也不再教我……形势似乎急转直下，但我以顽强的毅力克服了学习上的困难，在付颖清老师担任班主任的 84 班更加刻苦努力。高二第一学期期末考试，我们一届同学只有我一个人全部及格，作文得了满分，符合评三好学生的条件，我成了本届应届生唯一的三好学生。回想起来，二中的老师教学方法是有一套的。语文老师让我们反复练习写读后感，那年的高考作文题就是读后感；王谐和老师的几何证明题讲得津津有味，学生慢慢喜欢起来；学校把预考通过的学生汇集成了一个班，阳伯龙老师将物理分成 10 部分内容讲解，每讲完一部分，出 1 道题，让我们先做，然后讲评，受益匪浅；那年高考出现了一个有争议的化学题，那是我们化学老师宋鹤鸣特级教师最拿手的讲课内容。

高考成绩出来了，结果与学校首次由 1 个区的生源扩大到 5 个区的生源优势不太相称，应届生只有 1 个上重点线，3 个上一般大学线，1 个上专科线，另加几个中专。有人把这归罪于高二没办重点班，有人认为当时高考录取率太低……坊间传闻很多，但我印象最深的还是高平的聂庆平同学跟我说的，84 班会有好运，果真验证他的话，我们班高考成绩最好。

离开二中后，在大学第一个学期，我给曾经的班主任刘代涵老师写了一封信，表达了对母校和老师的敬仰与感激之情。感谢恢复高考，使我得以入读二中；感谢母校，让我度过了充实而快乐的时光，超预期实现了升学目标。我感谢同学、热爱同学，他们是那样的单纯和友好。在毕业 30 周年回母校的大聚会上，他们一点也不嫌弃我这个有点迂腐的书呆子，以书面形式选我担任同学会会长。其实，相比很多在职场上卓有成效的 80 届同学，我个人的成绩只能用平淡无奇来形容，要说有点成绩的话，就是在单位担任总工程师期间，我始终保持清醒的头脑，抵制各类诱惑和腐蚀，廉洁自律，没有走上违法犯罪的道路。在回报母校方面，我组织本届同学捐资 16 万元修建了魏源文化长廊，现在已成为母校一道亮丽的风景线。而今我已退休安居老家，回想自己的有生之年，在二中就读期间仅仅做到没有虚度年华，在工作中也没能为母校争得亮丽的荣光，仅仅做到没有碌碌无为而已。

最后，献上一句金步云校长给我们上课时经常引用的励志名言，和广大校友与在校师生共勉——人的一生应当这样度过：当他回首往事时，不会因为虚度年华而悔恨，不会因为碌碌无为而羞耻。

周亦翔，男，1971 年出生，荷香桥人；1982—1989 年就读于隆回二中，文学特长突出；现任湖南出版集团党委委员、中南出版传媒集团总经理；2021 年荣获第五届中国出版政府奖优秀出版人物奖。

车来车往的二中岁月

❈ 吴厚发

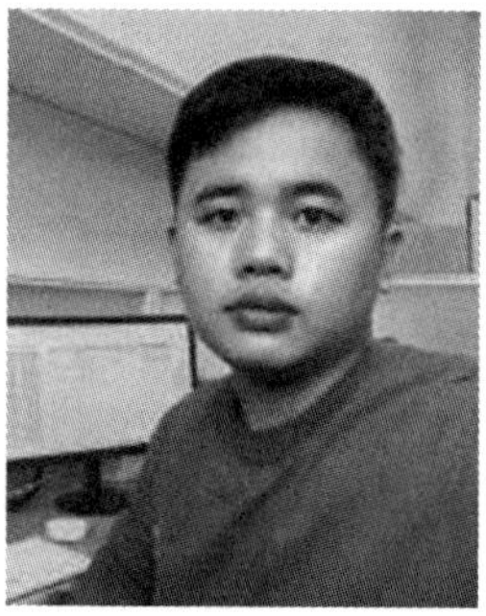

吴厚发，男，1996年生，隆回麻塘山人；2012—2015年就读于隆回二中高530班，后于中南大学冶金与环境学院获得工学学士、工学硕士，2022年进入中国五矿集团长沙矿冶研究院工作至今；曾获中南大学硕士国家奖学金、中南大学校级优秀毕业生，发表SCI论文7篇，其中学生一作3篇，申请专利6项，其中学生一作2项、授权专利1项。

青春如歌，人生如路，路上总有太多坎坷。在隆回二中的三年，让我最无奈、最难受、最难忘的就是每一次的车来车往。

第一次接触二中是在十二年前的中考。那时从偏远的麻塘山到隆回县城，早上八点左右乘坐大巴出发，大概需要四小时的车程。我是知道自己晕车的，但是具体晕到什么程度却不太了解，所以坐车之前没有太大的心理负担，只是提前准备了一个红色塑料袋。山路蜿蜒曲折，峰回路转，回头弯、反向弯接踵而至。司机师傅犹如赛车手般，充满着速度与激情，将一辆笨重的大巴开得飞起。结果车才刚开出四五里地，就感觉小腹处升腾起一股微弱的气流，似要席卷全身，我顿感不妙，攥紧了手中的红色塑料袋，不停降低重心试图压制这种感觉。然而，随着一声干呕，这份压制被彻底打破了。四小时的车程，我吐了七次，胆汁几乎被清空。

中考完毕，返途。兴许是考得还不错的缘故，我和几个好朋友坐在最后一排，十分高兴地唱起了歌，竟没有再晕车，还时不时饶有兴致地看看窗外不断掠过的风景。那时候听的、唱的大多是汪苏泷、许嵩、徐良以及六哲等人的歌，一首接一首地唱着，路有多远就唱多久。车上，有同学在拥抱，带队老师在微笑，我们在高歌，大家对初中生活做着最后的告别。

中考成绩出得很快，我得了875分，以1.5分的差距与全乡第一失之交臂，虽然失去了乡里唯一进入二中珍珠班的名额，但还是顺利被二中录取。八月下旬，开学了。正巧父亲在县城建筑工地做工，我便搭着父亲的摩托车前往学校。我是不晕摩托车

谭仕龙，男，1972年出生；1989年毕业于隆回二中，文字功底突出，后求学于中国人民大学；曾任南方报业传媒集团党委委员、副社长、副总编辑，现任清远市委常委、宣传部部长。

的，清风拂面的感觉非常舒适，最重要的是没有大巴车上独有的难闻异味。我们走的是近路，不需要绕道小沙江，却也有将近两个半小时的车程。我跟父亲相处甚少，记事起父母就在外打工，一年到头仅有过年能见几天，后来有了弟弟，母亲便留在了家中，父亲依旧在外漂泊、养家。一路都没怎么交谈，我俩都是比较沉闷的性格，唯一的几次对话就是我问父亲需不需要休息一下，父亲说不用，然后便没了下文。这很符合我对父亲的印象，固执、执拗，总把我当小孩子，甚至现在都是。父亲的车开得很快，但也很稳。路上，青山绿水，随风而起的尘沙，这些场景直到现在都还历历在目，宛若昨日。到了二中才发现，没有带被子，好在那时候是夏天，即使不盖被子也没什么大事，军训时的天气再怎么样都不会太差。不过父亲还是给我置办了一床新被子，并嘱咐我认真学习，靠着半铺半盖的技巧，我度过了在二中的第一个月。

终于熬到了月底放假的时候，各地接学生的班车过来了，在大操场停了一排又一排。我不喜欢这样的场景，每一辆车都散发着难闻的气味，还需要一辆又一辆地找车，以至于后来一到放假那天，想到坐车就忍不住恶心干呕，已然到了谈坐车色变的程度。带着满腹的烦闷还有迫切的归家之情，我不得不走上了开往麻塘山的班车。上车之后我只需要做三件事：拿几个红色塑料袋，找位置坐下然后把书包盖在肚子上，然后睡觉，以至于高中三年都没记住回家的路线。

实践证明，睡觉是减轻晕车症状的有效方法，但不能完全避免，该晕的还得晕。高中三年只要坐班车，我几乎没有不晕车的。班车的路线是固定的，走的是六都寨—小沙江—麻塘山的方向，有一段路特别破，路上大坑小坑无数，司机技术再好都躲不过去。每次经过那里，我都会被颠醒。最夸张的是有一次去晚了没有位置，只能跟人挤在后排，在经过这段破路时，直接给我颠得飞了起来，一头撞在了车顶上，足以见得这条路的恐怖。不过好在颠簸不会让人晕车，急刹和拐弯才会，后来每次经过这里，我就大概知道离家还有多远了。

月假放完，返校，还是父亲的摩托，后边绑着一床被子。不过这次父亲只是在隆回县城中转，他准备去海南，他说那边活更多、工价更高。车同样开得很快，也很稳，一如父亲的人生。同父亲告别之后，我再次踏进了二中校园，但是这次感觉完全不一样，我觉得应该能在这里读出点名堂，我这么告诉自己。也是在这个时候，发生了一件事，更加坚定了我的决心。那是一节数学课，魏风南老师在黑板上出了四道函数题，点名解答，我不幸被抽中。数学对那时候的我而言就是天书，看着旁边三个同学在黑板上奋笔疾书，我却只能尴尬地写下一个“解”字。台上的五分钟如同一个世纪般漫长，我如同等待着被行刑的犯人，坐立难安。终于，时间到了，我解放了。老师看着我的解答，意

谭华杰，男，1973 年 2 月出生，隆回荷田人；1982—1988 年就读于二中，就读期间被誉为“神童”，后考入华中科技大学；曾经担任万科集团董秘，2014 年以年薪 488 万元名列中国第一董秘。

味深长地看了我一眼："吴厚发同学，我应该没有记错，你是我们班上成绩比较好的同学吧？这个题目做不出来，那说明还没有学进来。不过有一点值得表扬，还知道写个'解'字。"很难去描述我那一刻的心情，但是自此之后我开始刻苦学习数学，在2015年高考交出了130分的答卷，也算是没有辜负老师的期望与殷切教诲。

父亲去了海南之后，我就只能自己坐大巴去县城。麻塘山一天只有两趟车去县城，一趟早上六点，一趟早上七点，我家距离班车发车点有五公里，就需要母亲骑摩托车送我去大巴车的发车地点。夏天还好，早晨有点凉还不至于冷，春秋和冬天就有点冻人了，一般是我骑过去，母亲再骑回家。返校时，母亲都会往我的书包里装一些罐装的炒好的鸡鸭鱼肉，又或者是一两双棉鞋，有时候也会让我带一些家乡的特产，比如猕猴桃。再后来我就提前一天去朋友家住，他家离得近一些，我们可以自己走过去，但是大多数时候都是朋友的父亲送我们过去，也是摩托车。有次因为看错时间，我们提前两个小时到等车地点，等了许久也不见车来，一度以为已经发车。没有手机手表看不了时间，寒风呼呼地刮着，我们只想找个角落缩着，找了半天最后钻到一个钢筋围成的圆筒里边，正好能够挡挡风，我朋友紧着衣服蜷在一旁睡觉，我睡不着借着路灯写着假期没动过的作业。

四个小时的车程，大概上午十点十几分就能到花门，但是最后一段路需要自己走过去，我个人是很乐意走路的，因为可以不用坐车。秉持着这种观念，我周假出去玩不到万不得已是不坐公交车的，最喜欢的就是徒步到九龙广场逛一逛再走回来，然后在门口的小吃摊吃个晚饭刚好赶上晚自习。关于门口小吃摊，令我印象比较深刻的是高二的时候发生的一起食物中毒事件，门口炒面炒饭的摊贩将亚硝酸盐当成食盐添加，导致多名同学中毒被送往医院，幸好我那时囊中羞涩，没有出门。

度过那些车来车往的岁月，不知不觉间就到了2014年，应该是暑假，由朱洪波老师带领，我和一大群同学去长沙进行物理奥赛培训。活了将近18年的我第一次出了隆回县城，坐着大巴，高速一路平坦，倒是没有晕车，但是下了高速立马就被打回原形。下了大巴坐上前往湖南师范大学的公交，长沙公交车师傅的开车风格可以用两个字概括——狂飙，这让本就晕车的我更加难受，只觉得浑身发冷，虚汗直冒，也顾不得形象捂着肚子一屁股坐在了公交车的台阶之上，这才勉强忍着没有吐出来。

晚上，朱洪波老师领着我们走过了橘子洲大桥，在桥上俯瞰湘江，波澜壮阔的江水让只在麻塘山小水沟里钓过鱼的我感慨万千，以至于刚走到橘子洲，我就发出了"湘江真是太宽了"的言论，走过之后才发现还有另一半的湘江。这一次长沙之旅，我们见识到了繁华的太平街口、广阔的大学校园，见到了每周六都会绽放在湘江上空的烟花，心

聂普焱，男，1972年出生，隆回高平人；1991年毕业，就读期间学习优异；曾获"新世纪百千万人才工程"国家级人选荣誉称号，2022年荣获广东省五一劳动奖章，现任广东财经大学经济学院院长。

潮澎湃之下想学伟人吟诗几句，奈何水平有限，只有听取“哇”声一片。后来因参加物理奥赛竞赛，我又来了一次长沙，侥幸拿了个省二等奖，可惜那时候单凭二等奖已经不能报北大、清华、浙大这些名校的自主招生了，而剩下的武大、厦大、中南我自己也能考上，只能将“二等奖证书”裱起来做个纪念了。

后来我再坐班车去隆回，是去见湖南大学的招生老师。招生老师许诺只要去湖大，专业随便挑，我当时觉得还挺不错，便留下了老师的联系方式。后来有朋友戏说，湖大的女生太多了，怕我把握不住。我一听，心想我是要认真搞学习的，便把湖大的优先级往下调了一调，最后去了湖大隔壁的中南大学。现在想来，呵呵，该朋友误我呀。

在二中的这三年，一次次的车来车往都在见证着我的不断成长。车如人生，当回首来路时，至少要对得起自己这一路的颠簸，还有藏在身后那一份份的期许。

海啸，原名邓力群，男，1973年出生，桃洪镇人；1986—1992年在二中就读，曾任默深文艺社社长，是20世纪80年代中学校园诗人代表人物；出版有诗集《爱的漂泊》《最后的飞行》《心存感动》等。

汗水和乐曲相伴的青春

❈ 李京哲

李京哲，男，2003年生，隆回金石桥人；2015—2021年先后就读于隆回二中初157班，高672班、676班，现为中国矿业大学经济管理学院本科生。

我在隆回二中度过了六年难忘的时光，那是一段与汗水和乐曲相伴的青春。

第一次来到二中是参加小升初考试，考试地点在图书馆左边的教学楼，我得以见到各个乡镇的尖子生，紧张而激动，以至于考试时手心都有点冒汗。那时候对于二中没有什么概念，只觉得学校很大，教学楼很多，校园环境也很好，加上又是爸爸的母校，我很希望自己能够成功。当然，我最终还是以一个比较稳的成绩通过了考试。

初中三年，我的班主任是莫小勇老师。整个三年，我们都在正对校门口的那几棵大石楠花树右边的老教学楼里上课。虽然三年寄宿生活伴随着升学压力，但我还是觉得那时的生活无忧无虑。周末的时候，班上往往会举行篮球比赛、拔河比赛，有时候也会玩一些全班参与的小游戏，每次我都全身心投入，不到大汗淋漓誓不言退。

从小学开始，我一直都喜欢弹吉他和唱歌，所以寄宿生活于我而言还会有一些与音乐做伴的乐趣，除了平时会有机会上讲台展示自己这方面的才艺，让我印象最深刻的要数初二那年登上了学校元旦晚会的舞台。记得当时的演出形式是乐队表演，我跟一群高二学长组成了一个简单的小乐队，我是电吉他手，乐队里还有鼓手、贝斯手、钢琴手和主唱，演奏的曲目有《我相信》和《真的爱你》。回想起那时候，我常常能以排练节目为理由，在黑板上正大光明地请假然后出去活动一下。排练室在进入校门后左边那栋比较旧的校史馆大楼里，这里没有人上课，所以乐队排练

周劲翔，男，1975年出生，隆回罗洪人；1994年毕业于隆回二中，1999年毕业于北京电影学院戏剧影视文学专业，著名编剧和影视制作人，曾获中国电影文学最高奖——夏衍文学奖。

不会对其他人造成影响。一直到元旦晚会之前，我们的排练还算顺利，大家也是干劲满满把整个曲子都磨合得非常完美，虽然乐队成员在讨论细节时会有不同的意见，但最后这些问题都伴随着所有人达成一致自然而然得到了解决。在正式演出的日子，我们的节目获得了鼓励奖，第一次大汗淋漓、荡气回肠地向全校同学展示自我，我感觉整个演出过程紧张而兴奋。

虽然假期不多，但因为乐曲和汗水相伴，整个初中阶段我过得还算充盈且多姿多彩。

除开这些回忆，其实这三年里我也经常会心烦，我不太喜欢去死记硬背很多东西，所以当堂检测总是不合格，因此总是被罚抄。莫小勇老师不准我们吃零食，甚至不准去小卖部买垃圾食品吃，以至于有一段时间我们连吃泡面和买个薯条都得躲起来偷偷吃，因为莫老师不仅仅会自己去抓人，还要求班级的同学互相举报。此外，学校的寄宿生活管理也很严格，为了能够及时在熄灯之前洗完澡，我们总是跑着回到宿舍抓紧时间洗漱，如果等到熄灯后还有动静就该扣班级的分数了。早上起床后，我总是在最后的时间段才能冲刺到班级集合的地方，汗流不止却还要挨批。现在回忆起来，这些规章制度虽然不太人性化，但也确实帮助我养成了一些良好的习惯，直到现在我还保持着早睡早起的好习惯。

回想起来，在初中 157 班的三年，我真的很感谢莫老师对我们的悉心照顾和倾情付出。

初中毕业后，我以优异的成绩成功升入了隆回二中的实验班，高一我在 672 班。还记得开学第一天，晚自习就要跟新同学见面了，可我却还在跟初中的老朋友们酣畅淋漓地打篮球。打完球后，我浑身是汗去到新班级里，穿着一件湿透的白色短 T 恤，因为我当时是个小胖子，所以圆滚的肚皮一览无遗，一路上还怪不好意思的。虽然在隆回二中已经熬成了“地头蛇”，但轮到本人自我介绍时，我还是结结巴巴涨红了脸，汗水再次喷涌而出。

在 672 班的一年里，令我印象最深刻的莫过于班主任陈玉娥老师的严厉，到什么程度呢？校运会来临之际，我们宿舍同学因为晚上讲小话被罚长时间平板支撑和蛙跳，一番大汗淋漓之后，人都要虚脱了，还有就是因为地理导学案没写完我被罚回家反省……当时的惩罚制度还是很多的，这让我感到压力很大，不过这也促使我重新面对压力以便适应高中学习。

从高一开始，我一直都有看书的习惯，我偏好那种思维类和心理学类的书籍，那时候会看《批判性思维》《暗时间》《少有人走的路》等书籍，虽然它们属于班级禁书，但我还是会偷偷抽出时间看。现在想来，这些书还是让我收益很多，直到现在我还一直告

袁政，男，1977 年 3 月出生，隆回高平人，1995 年毕业于隆回二中；北京 2008 年奥运会火炬手、“湖南青年五四奖章”获得者、长沙市“十大杰出青年”，现任职于长沙市消防部门。

诉自己不要固化思维，要多方面学习，理性看待各种现象。也希望学弟学妹们在不影响学习的情况下去看一看此类图书，我相信会对你们的成长很有帮助。

高二分班，我有幸被分到老牌珍珠班班主任罗飞老师的班级，我选的科目组合是物化地，罗飞老师教的是物理。到现在我还记得罗飞老师有趣的物理课课堂，几乎每节课他都会为我们分享他对于各类社会事物的见解，又或者是一些有趣的各类物理科普，也经常会用隆回方言逗得全班捧腹大笑，在他的课堂上大家表现得都很积极，也经常会有同学被叫起来展示自己，虽然他是我们班的班主任，但是课堂氛围却一点也不拘束。

高二这年，学习压力还不算太大，我又报名参加这一年的元旦晚会。一开始我准备的曲子是吉他弹唱的《南山南》，在经过初选之后，我跟其他几位同样演奏乐器的小伙伴协商，把曲目换成了《大鱼》。经过一番人员的协调分配之后，我自认为唱功最好却被分配去担任鼓手，另外两位同学用木吉他伴奏，一位同学进行古筝伴奏，还有一男一女两位主唱。与初二不同，高二时我没有太多时间去跟他们练曲子，只能在课堂之外每天花点时间去排练，这就导致排练力度不够。果不其然，我们在最后一次临演的彩排中出现了比较大的失误，节目被刷下了，这也是我高中三年中的一个小遗憾吧。

这之后，在快节奏的紧张学习中，其他时间都被压缩。高三时我转为了通宿，每每晚自习结束之后，去校门口就能买到一根有滋有味的淀粉肠，边走边吃上一口，感觉无比满足，这是我高三生活最为放松的时刻。

高三生活虽然节奏特别紧张，但是仍然有很多悠闲的时候。记得罗思怡同学早上会自己炒饭带到学校当早餐吃，辣味十足，吃得大汗淋漓直呼过瘾。我总喜欢去找她蹭饭，周末如果放上两节课的假，我们会找机会去她家美滋滋吃上一顿，直到现在我还羡慕罗思怡有一手好厨艺。

我在高三时也经常打篮球，因为篮球场实在太抢手，所以我经常早饭都不吃就去占场地打篮球，由于班级在教学楼顶楼，我都是掐着手表在下课铃响起来的一瞬间就弹射起步去占领球场，气喘吁吁、酣畅淋漓地打完球以后，觉得背书和上课都更有精神了。至于早饭，我一般是在早读期间或者课间偷偷吃完。想起来有点不符合主流，因为大部分同学都是吃饭打冲锋，只有我是为了占球场而打冲锋。

在刻苦复习的某些时段，班级课间的氛围总是会莫名地有些压抑，这时就会有人在走廊过道上打闹，大多数是男生挤在一起撞来撞去，但是也有男生不识趣去招惹女生，我就是那个不识趣的男生，以至于我有好几件衣服都被那几个女生揪得变了形，一身臭汗熏得她们掩鼻而逃。记得有一次，我被追杀到班级后方的工具房里面，把门顶住之后，有女生气势汹汹地敲门，大声嚷嚷要打我，却一直没有发现罗飞老师就在身后端详，当

邹茜鸶，女，罗洪人，2002—2008年就读于隆回二中，默深文学社第一任女社长。《网聚乡情》《早春时节》《放歌默深园》图书副主编，湖南师范大学文学博士，实现了业余爱好和专业方向的完美对接。

时我的脸都笑成一朵花了。

高中毕业，告别二中。在中国矿业大学学习的日子里，我经常回忆起自己的中学时代。有两点特别想和学弟学妹们分享：一是不要相信上了大学就很轻松这样的鬼话！大学是距离职场最近的一个站点，没有挥汗如雨的努力，我们就不能到达理想的彼岸；二是大学生活不同于高中阶段，并不需要每天苦哈哈地学习，踏着欢愉的节奏跳着自己的舞曲才是至高境界。

周志雄，男，1979 年出生，隆回六都寨人；1990—1995 年就读于隆回二中，1995 年高二期间考入吉林大学少年班，成为隆回二中第一名少年大学生，后攻读清华大学博士，现为辽宁某高校副教授。

老虎山下走出的懵懂少年

※周　新

周新，男，1981年生，六都寨丁山人。1994—1997年就读于隆回二中高178班，1997—2004年就读于兰州大学，获得硕士学位。现居江苏镇江，从事基层城乡规划管理工作。

老虎山下，赧水河畔，320国道边，美丽的隆回二中就依偎在这一山一水一道构成的风景画中。自1997年离开，暌违已近三十载。虽然我是懵懵懂懂进入隆回二中的，但现在回想起来，应该说，从进入二中起，我命运的齿轮才真正开始转动，三年基本确立了我的方向，职场之路逐渐清晰起来。

说起我的懵懂，第一个表现是普高差点变职高。我是一个在山村里野蛮生长的娃娃，父母的见识少得可怜，那时没有想过初中考中专，更没有想过高中考大学。乃至当年中考参加中专考试，我填报的高中志愿全部是职高类，想学点技术以后好养家糊口，对此，父母竟没有不同意见。幸亏初三班主任觉得成绩不错的我上职高可惜，让我改成了普高，二中是第一志愿。就这样，我和隆回二中三年的缘分开始了。

说起我的懵懂，第二个表现是少不更事。我读高一时，比一般的同学要小个两三岁，因而被称为“小不点”。我进入的是学校历史上第一个实验班——178班，里面高手如云，能人异士众多。与同学们有着清晰明确的目标且持续不断地努力相比，我的三年可谓是懵懵懂懂、浑浑噩噩，只是简单地随波逐流、得过且过，从没有想过可以考上大学，更别说考虑学什么做什么。有幸和本书的主编哥哥是同桌，他读书很努力，我却喜欢“骚扰”他，看到他翻起的白眼和无奈的神情，我却感觉有点得意。那时候我也没什么拿得出手的特长，除了吃饭打冲锋比较冒尖，其他各方面可以说非常平庸。记得三年总共就中过三篇广播稿，而且是我多次“处心积虑”、绞尽脑汁的“丰

廖运河，男，1978年出生，横板桥人。1996年毕业于二中，当年高考考入西安交通大学，后被选拔前往南洋理工大学交换留学，成为1997年前后隆回二中的新闻人物。现居新加坡，从事软件架构工作。

硕”成果。那时真心羡慕能参加默深文学社的同学，更羡慕那些动辄出口成章的诗者。

说起我的懵懂，第三个表现是无知者无畏。我的死党当时读书压力很大，努力却又见不到太多成果，结果深陷神经衰弱的困扰，那时每天早上听得最多的一句就是“昨晚又没睡着”，甚至有的晚上睡觉铃响后他还出去跑步，我甚至还讥笑他懂事太早！不过，上了大学以后，他的神经衰弱症状就自然消失了。正是这种无知者无畏，让我无忧无虑、无拘无束度过了三年高中生活。

岁月流逝，梦若华年，过往的青春年华是最关键的评判师。我究竟是从二中走出来的，是母校形塑了我，在潜移默化中熏陶了我，这是我现在人到中年、追思过往时越来越清晰的认识。

高二时，地理老师周跃平成了我们的班主任，我对他印象深刻，一是因为他高一教我们地理时，讲课风趣幽默，甚至对我们这个实验班有点冷嘲热讽，可能是我们班的表现没有达到学校的期望吧。奇怪的是，自从他成了我们的班主任以后，风格完全切换了，冷嘲热讽没有了，代之以鼓励鞭策、谆谆教诲。二是他留着胡子，脸上有残存的痘印，当时流行塑框变色眼镜，他却戴了一副塑框不变色的眼镜。三是他打球上篮动作特别干脆潇洒，据说在邵阳师专读书时，他虽然个子不高，但也属于运动健将。四是周跃平老师曾经担任邵阳师专学生会主席，这本身就说明他是一个优秀的人才。除了这些外在的印象和听到的传说，周跃平老师对我影响至深的还是授课内容。记得有堂课讲的是化工厂要放在什么位置，主导风向的上风向还是下风向，河流上游还是下游。那时我隐约觉得自己对这方面的东西感兴趣，可我当时既自卑又腼腆，不敢跟老师深入交流，如果主动靠近一下，激发起自己对地理的兴趣，或许可以早点坚定目标、提升定位，估计人生又会是另外一番光景。

那时候二中偶尔放映露天电影，我印象最深的是《解放大西北》，当时就被大西北苍凉雄浑的地形地貌震撼和吸引，很直接地就和更小的时候看过很多遍的《海市蜃楼》产生了联结。人喜欢什么是由心境决定的吧，那时候我的内心是悲观凄凉的。

周老师潜移默化的影响，以及电影《解放大西北》带给我的冲击，让我不自觉地把大学目标定位在大西北，把自认为的规划学科（实则是地理类专业）作为首选专业。冥冥之中，我把一生的职业与用生命和爱诠释教书育人的周跃平老师紧紧联系在一起。遗憾的是，英年早逝的跃平老师离开我们已经10多年了，不胜感怀，唯有永远铭记！

俱往矣，弹指一挥间，27年过去。当年老虎山下的懵懂少年，从兰州大学经济地理学与城乡区域规划专业毕业后，一直在长三角从事城乡规划管理工作，也算是兴趣和职

魏斌，男，1978年10月出生，司门前人。1993—1996年就读于隆回二中，中学时代就开始发表作品，1997年“诗神杯”全国诗歌大奖赛中获得一等奖第一名。现为《爱你》杂志主编。

业的叠合，虽不感觉多幸福，但内心还算充实。我一直庆幸当年自己的选择，也很欣慰过往的经历和际遇。我常想，人总是要有点情怀的，家国情怀尤为大者，我们切不可为了时代而放弃永恒（胡塞尔语），每个人心中都有一个太阳，主要是如何让它发光，那么，听从自己内心准没错。

康一丰，男，隆回虎形山人。1991—1997 年就读于隆回二中，就读期间关心时政、擅长辩论，后就读于西南政法大学。现居广州，担任广东法盛律师事务所合伙人。

一个小镇做题家的青春回忆

※ 肖振民

肖振民，男，1991年生，隆回横板桥人。2007—2010年就读于隆回二中高402班，浙江大学电子信息工程专业工学学士，通信与信息系统专业工学硕士。现就职于网易伏羲实验室，任资深产品经理，从事AI Agent相关产品设计和研究工作。

近期获悉母校即将于2024年迎来百年华诞，加之敬爱的高中班主任和语文老师2023年暑假也荣休颐养，似乎那段岁月、那片土地，与我关联也越来越少，因此想静下心来写点东西，给那段“小镇做题家”岁月一个回应。此文一半回忆，一半感悟，与其说是怀念母校，更像是怀念那段青春岁月，怀念岁月里那群可爱的人儿。

坎坷初识

2007夏天，我从横板桥中学毕业，以全校200名开外的成绩考入隆回二中。暑期4个实验班提前开课，我被划分到了实验一班，周围都是中考分数比我高出好几十的才子才女，这一下子让从小在乡镇里拔尖的我优越感荡然无存，甚至产生了一些自卑感。第一次住校也让我难以适应，入住的一周里，我特别恋家，产生了不想读书的念头，当然，这个念头在与一位我很敬爱的长辈电话沟通后，立刻就烟消云散了。回想起来，一个愿意开导、理解晚辈的长辈，对一个学子来讲显得弥足珍贵。

我的暑期准高中生活就这样开始了，短短的一个月对于我而言却是真正意义上的认知启蒙经历。从心理学的角度，知觉主体形成第一印象只需要5秒钟，我因成绩在实验班中整体偏后段，暑期班主任老师对我的第一印象可能没用上5秒钟。暑期一个月，让我知道了在课堂上后进生积极举手回答问题似乎成了一种错，耿直的少年在课堂上当面问老师缘由，老师的答复是：“这样会影响其他同学的课堂参与感。”少年心里苦，若不举手，点

唐军，男，1990—1996年就读于二中，数学成绩尤其突出，后就读于陕西科技大学会计学专业。曾任职于富士康财务部，现为蓝思科技监事。2020年为母校二中捐赠《早春时节》7200册。

名回答问题的随机数仿佛只落在优等生名单区间内。年少轻狂的我满心惆怅，如何能坦然接受这种区别对待？但至今回想，我对这位老师的感激之情却超过了大部分其他老师，他确实占据了激发我奋发向上的外部因素中的大半部分。

印象最深的课是数学老师的第一堂“抓老鼠”：老鼠落在木桶里，用长杆一分为二、再二分之……集合、补集的理念在“抓老鼠”的过程中潜移默化地印入少年的脑海；物理中零摩擦力的理想实验，引出牛顿第一定律——惯性定律；化学的化合价，分子、原子理念，元素周期表等让少年感叹伟大学者天马行空的想象力和用实验闭环去证明的严谨科学态度。

暑期班学习一月余，我听说我的结业考试理科学科总分名列前茅，具体名次未知，名列前茅也是从暑期班主任挽留我的口中得知。暑期班结束，我被重新分配到了另一个理科实验班——402班，至此，我从内心中接受了这个我将度过未来三年的高中。

一鸣惊人

常有人问，如何在高中阶段脱颖而出？站在上帝视角，复盘个人经历，有以下三点建议：一是激发骨子里的竞争意识；二是道阻且长，结伴而行；三是既定目标，全力执行。

正式迈入402班，我了解到班里居然汇集了中考全校前十的近一半，包括全年级第一和第三。第一名是一个看起来安安静静，时时刻刻都在座位上读书的女生（暂且称之为A）。骨子里的竞争意识唤醒了我，“别人能做到，你也能做到”，父母从小对我的教诲也回荡在我耳边。我把读书当成体育竞技一样，在长跑的队伍里，暗暗告诫自己一定不能跑在后半段，至于是能赶到队伍前半段，还是名列队伍前茅，既看努力程度，也看天分。

从进入402班的第一天起，我便把A当成了我要超越的对象。极端到哪种程度？举个例子，A若12：40离开座位去吃午饭（一般午饭时间是12：15—13：00，午休到13：45），我也会在41分乃至更晚才离开位置，这个习惯，从高二文理分班她离开后，也一直保留到高中结束，只不过参照的对象变成了午间的铃声，卡在午睡铃声响起时踏进寝室的房门依旧是一段珍贵的回忆。在这个过程中，我结识了一群同样聊起问题两眼发光、挤出一分一秒来学习的同伴。我充分利用每一分每一秒来学习、做题，因此也被称为“小镇做题家”。

高一第一次月考，我交出了一份让自己满意的答卷：年级第二，唯一的数学150满分、物理99分，在传统更重视理科的二中一鸣惊人。至于A，不出意料地拿到了全年级

李傻傻，原名蒲荔子，男，隆回桃洪镇人。1999年毕业于二中，中国作家协会会员，广州市作家协会副主席。出版有《红×》《被当作鬼的人》等。2005年6月登上美国《时代》周刊。

第一，语文接近满分（其中作文60分满分）、英语接近满分，两门课超过我50分，总分超过我近30分，真正意义上的遥遥领先。至此，我清晰地认识到自己有能力独占鳌头，成为所有人追赶的对象。这种锚定目标—奋力执行—建立认知的思维、行为模式，一直沿用到我未来的工作生活当中。

灿烂绽放

A的成绩常年第一，我在第二和第五名之间反复，这个过程一直持续到高一上学期结束，高一下学期期中考我第一次如愿取得了全校第一。初中班主任也从别处听到了这个消息，还专门托人让我回个电话畅聊。那一段时光，成绩优异带给我情感上的正反馈远超所有物质。从此我似乎打通了任督二脉，尤其是在高二文理分科时A选了文科后，常年大大小小的月考、中考，我的成绩基本保持在第一名。

"二中第一个国旗下讲话的学生""邵阳市高中物理竞赛第一名""湖南省物理竞赛二等奖"等荣誉接踵而至，那一段时光成了我人生最高光的时段，似乎所有美好的事物都在围绕我发生。在学习之外，我也有些调皮有趣的经历：仗着学习成绩好，公然在班级上顶撞班主任督促剪短发的行为，惹来了劈头盖脸的批评，把我羞愧得无地自容；偷偷不参加体育课的热身活动，单独拉人一起打球，被老师发现后，被批评罚站的画面依旧历历在目；还有利用周末小半天的休息时间，与朋友轮流抽签抢占篮球场等。

遗憾离场

进入高三，校领导和班主任单独找我沟通不下十余次，核心思想是我将作为头号种子去冲击清华北大，二中好几年没有出现考入清华北大的学生了，责任重大。十七八岁的少年啊，满心志向、自信满满地答应。可接下来的三件事情，为冲击清华北大的目标蒙上了一层阴影。一是湖南省物理竞赛以二等奖第一名的方式收尾（省一等奖才有20分的高考加分）。二是学业水平考试时我不够重视，60—90分钟的单科考试，我15分钟铃响直接交卷，没有取得隆回县总分第一名。但后来才知道，高中学业水平考试成绩与省优秀学生（高考可以加15分）评比挂钩，而且隆回县只有一个指标。三是认知不够，未参加任何形式的清华北大自主招生。

临近高考，学校组织多次摸底统考，理科榜上我第一领先的优势逐渐从十几分领先到三十余分，似乎一切都朝着冲击清华北大的既定目标前进。高考来临，2010年湖南高考改革，数学、理综出奇的简单，没了理科优势项目，加之平时对语文、英语偏稳重的学习方式，我最终以学校理科第二、与清北录取分相差近20分的方式结束了高中生涯，

陈吉军，男，初86、88班校友，在校期间讲义气，爱打抱不平。热衷公益事业，2008年走上了志愿反扒的道路。后担任长沙市朝晖青少年公益发展中心理事长，进入2022年"湖南好人"9月榜单。

带着遗憾离场。

后记

毕业十三载，从少年到青年，提起隆回二中，青春的一幕幕在脑海快速闪过，遗憾的、骄傲的画面，每一帧都弥足珍贵，不自觉扬起的嘴角依然是我热爱母校的最好证明。学习对于我而言，成为我一个“小镇做题家”在大城市的立足之本，成为去任何大企业、行业的敲门砖，成为父母在家族以及社交中的自傲之源。其次，学习让我更清楚地认知世界的运转规律，例如，通过马斯克的人形机器人擎天柱，我会立刻联想到它背后的机械结构设计、材料、电路、芯片架构、算力和认知—决策控制链路，而不是停留在视听觉、触嗅觉等可触达的表面。最后，学习能建立起个人完整的认知体系，教会我去甄别所有外界观点的对错、表征现象的深层原因，从而影响个人最终的决策，俗话说，选择比努力重要，人不能赚取认知以外的钱财，说的都是这种。至今，高考仍是我们绝大部分普通人，尤其是隆回二中学子们改变人生命运的最佳路径。期望我一个“小镇做题家”的经历能同样激励将来会成为“小镇做题家”的学弟学妹们。祝愿母校越办越好，祝愿母校的学弟学妹们都能通过学习实现自己的理想抱负！

于华南，男，1984 年出生，三阁司人。1995—2001 年就读于二中，同济大学硕士、华盛顿州立大学博士。曾任西雅图交通厅高级工程师兼运行部主管，现任长沙理工大学教授、博士生导师。

那段颠倒黑白的日子

※ 欧阳文邦

欧阳文邦，男，20世纪70年代出生，隆回七江人。1990—1997年先后就读于隆回二中初78、79班，高178、180班，2001年毕业于南开大学政治学系，湖南大学新闻与传播硕士研究生，湖南科技大学创新创业导师，湖南省作家协会会员，出版各类图书33册。栖居长沙，现为文邦教育创始人，高考研究工作者。

《恋曲1990》迅猛流行的那年9月，怀着对新生活的美好憧憬，我从乡下来到城郊的隆回二中读初中，开启了一段颠倒黑白的人生旅程。

开学第一天，我意外见到了小学时期的好朋友树敢同学。树敢是学校教工子弟，在老家小学待了三年后转学到县城，他对我印象并不深，但还是十分热情地接纳了我，彼此在对过往的回忆中交谈甚欢。树敢当天做了两件对我初中生活影响甚大的事情：一是跟父母提出要和我同到78班就读并如愿以偿；二是把他的围棋师傅谢健介绍给了我。

谢健也是教工子弟，在二中算是神童般的人物，学业水平跟他的近视度数一样高不可攀。他和我同年同月同日生，不过我读初一，人家是高一。我认识谢健的时候，他正沉浸在黑白世界的美妙之中不能自拔，经常邀请树敢和我一起下围棋。谢健毕竟是师傅，接触围棋的时间比我们长，应对技巧更加老练，章法比我和树敢也更加规范，所以我俩一直都是他的手下败将。记得有一次我和他单独对弈，一开始就被他牵着鼻子走，通盘都被他压制，每一步都在他的算计之中，那种挫败感实在是太痛苦了。全局下来，望着星星点点存活的几小块，我半天都未能接受现实——这个文文弱弱的书生，为何总让我感觉到棋盘之中弥漫着一股无形的杀气？

为了打败谢健，我和树敢苦练棋艺，利用早中晚三餐的休息时间，一边吃饭一边在树敢房间下棋，直到上课铃响才恋恋不舍地跑回教室。由于实在太痴狂，我们的行为引起了树敢父母的反

阳杰华，男，高03届校友。曾就读于中南大学、中科大等高校，现为中国科学院大学博士生导师，中国科学院地球化学研究所国家重点实验室研究员，入选中科院“西部之光”人才计划。

感。无奈之下，树敢带着我开辟了一个新阵地——学生食堂后面的灶膛边，一边烤火，一边吃饭，一边下棋，真乃人生美事也！艰难困苦，玉汝于成！在持续不断的操练下，我俩的棋艺慢慢达到一个比较高的水平。

觉得时机差不多了，我们集体向谢健发起挑战，每走一步都严格协商，每落一子均思虑再三，尽管那次我们表现得不错，但结算过后还是输了一大片。究其原因，主要还是受了“金角银边草肚皮”这个观点的毒害，在实战中我们太在意边边角角的得失，太注重建了根据地再谋求突破，一言以蔽之，我们输在没有大局观。

大局观固然是围棋对弈中的核心策略，但精于算计又何尝不重要呢？在经历了多次对决后，我们揪住谢健视力不好、在对弈中经常悔棋这个特点，提出要改变规则，一是吃对方棋子的时候可以不“叫吃”，二是坚决不能悔棋。谢健根本不把我们放在眼里，很爽快地答应下来。规则一变，显然对我们更为有利，一方面是因为我俩视力超好，二是我和树敢下棋反应迅速，落子果断。反观谢健，由于视力特别不好，有点瞻前顾后、优柔寡断、患得患失。正是因为抓住了这两点，我们在新规则下多次于对决中扭转战局，基本上能够做到胜负三七开。这对我们来说，已经是非常优秀的战绩了。

由于沉迷于围棋不能自拔，几乎没有多余的精力用在学习上，我和树敢的成绩简直可以用惨不忍睹来形容。树敢的父母见势不妙，在初二第二学期结束以后让他留级去了79 班，以这种方式强势切断树敢和我的联系，希望他在新环境中努力学习。

初三第一学期期末考试后，面对学业成绩一塌糊涂带来的中考升学压力，我也被迫选择了留级。当时只有两个选择，一是加入树敢所在的 79 班，但这样肯定会引起其父母的强烈反对。二是到 80 班就读，但该班班主任米伯良老师是上届物理老师，对我知根知底，我担心人家不要我，于是只好瞒着树敢的父母去了 79 班。

两人再次“合体”，我和树敢既有担心但更多的还是开心。我们经常在棋盘上对弈，由此吸引了很多同学饶有兴趣地前来围观。少年时期，大家总是擅于接受新鲜事物，慢慢地，慢慢地，全班的男生几乎都投入了这场围棋运动当中，也有少数女生参与其中，甚至连隔壁 80 班的同学也被卷进来。那时大家买不起围棋，只好在黑板上下棋。一到下课，黑板前马上围了一大堆同学。大家先在上面画棋盘，然后用不同颜色的粉笔在格子上画棋子，关于下一步怎么走，参与者争论不休，人声鼎沸。上课铃一响，大伙一哄而散，黑板上甚至还会留下围棋格子。有时，课间没下完的棋局还会让我们回味无穷，进而在课堂上悄悄争论，争论的结果就是在练习本上继续画格子对阵……

身为学生却做着不合时宜的事情，那段时光于我来说是一段颠倒黑白的日子。白天，经常会有些不知天高地厚的挑战者前来找我对弈，对于他们我总是毫不留情，来一个干

江冬，男，1985 年出生，隆回鸭田人。1997—2003 年就读于隆回二中，担任默深文学社社长。中国作家协会会员，鲁迅文学院第三十四届高研班学员，湖南省“三百工程”文艺人才。

掉一个，尤其是看到一个个“学霸”在对弈中落荒而逃时，我的虚荣心得到了极大的满足。只有在黑暗绵绵的夜晚，我才会想到学业和升学，想起一长串的数学公式、难以理解的物理定义、无穷无尽的英语单词……担忧留了一级却依然考不上普通高中，担忧无法面对家人的质问，担忧儿时小伙伴看我的笑话。可这一切随着天亮云消雾散，因为我又可以下围棋了，我又可以在围棋中打败“学霸”了。围棋，与其说是我精神的寄托，倒不如说是神经的麻醉剂。

拐点终于到了！有一天，树敢的妈妈来找儿子拿钥匙，她的眼神透过窗户在教室里四处寻找，竟然发现树敢坐在一个不显眼的角落里，隐藏在一片书山后，不过不是在努力读书，而是在下棋。定睛一看，跟其儿子同桌下围棋的人居然还是我！当时，正在专心下棋的我只听见窗外传来一声惊叫——“天呀，他怎么又和我儿子在一个班？”

那是一个母亲绝望的呼喊，更是一次灵魂深处的拷问！这声惊呼让我心里一颤，下围棋的手停在了半空中。

从那以后，我莫名地觉得围棋没那么大的吸引力了，尤其是考虑到中考升学的压力，我开始收拢心思，聚焦于学生的本分。随着成绩稳步提升，我渐渐地远离了那段颠倒黑白的日子。

一晃到了高三。隔壁班掀起了一股围棋热，我虽然早已处江湖之远，但江湖依然有我的传说。欧阳健是当时炙手可热的第一高手，特地慕名前来找我下棋，引得其他小伙伴纷纷围观，那次我费了九牛二虎之力，可还是在对决中小输一把。我呆呆地望着最后的残局，初中三年的积累，竟然被高中时代的一个新手打败，那我过去三年的积累又有什么意义呢？我不好意思计算自己到底输了多少目，趁上课铃快要响起之际把棋盘掀掉，悻悻地回教室读书去了。

印象中，那是我最后一次下围棋。

罗艳云，女，2003年毕业于二中。学校的文艺骨干，后毕业于湖南师范大学。湖南省歌舞剧院歌剧团独唱演员，湖南省音乐家协会会员，曾获“中国星”全国声乐大赛民族组金奖、美声组银奖。

叛逆·自卑·责任

❈ 阳海霞

默念着“隆回二中”这个无限亲切的名字，一抹浓浓的温馨荡漾在心房深处，随着那些明媚青葱的记忆在脑海中渐次浮现，一颗在世俗红尘中饱蘸了酸甜苦辣的心，也瞬间恢复了轻盈灵动。

阳海霞，女，1987年生，隆回羊古坳人。2002—2005年先后就读于隆回二中高268班、275班，后毕业于石河子大学政法学院法律系。现在长沙从事律师工作，为湖南金厚律师事务所合伙人、破产团队负责人，长沙高新区旺龙小学法治副校长。

秋日漫漫，青春灿灿

犹记得2002年9月，我带着满身独属于少女的青涩纯真踏入了隆回二中的校门。落叶翻飞的日子里，我年轻的双眸看见的不是秋日的萧瑟冷寂，而是满目金光灿烂，一如我刚拉开序幕的高中生涯。

作为高一268班班长，我手握挑选班干部的“大权”，可由于初来乍到，熟悉的人不多，我便将班干部的职位都授予了跟我同姓或玩得好的同学。现在想想，其实那时的我，只不过是小小偷了个懒罢了，或许是秋日的阳光太过醉人，这些十六七岁的少男少女们，也都慢慢开始展露出了青春期的敏感。被我选为团支书的凯子同学居然在众目睽睽之下脸红了。尽管他低着头，垂下的眼眸几乎没怎么看我，但我还是清清楚楚地感受到了他的羞涩。我心里很纳罕为什么选个团支书，他竟也会流露出那样一副万分拘谨的样子来，难道是平日太欠缺历练吗？可一段时间后，通过一些同学的“转述”，我方才明白他其实是误会我对他有“情愫”，才会把那么重要的职位交给他。

“误会”解开后，没过多久，我们便又若无其事地相处了。就像是一颗小石子被投入心湖，等湖面的那一圈圈涟漪都慢慢散

刘姝麟，女，2006年毕业于二中，青年女高音歌唱家、北京音乐家协会会员。2005年参加“中国星”全国声乐大赛，获湖南赛区金奖及全国赛区金奖。参加工作后，多次获得国家级、省级奖励。

去之后，湖水便迅速平静下来。待到高二分班后，再在新班级中遇见这位凯子同学，看到他昔日那张文静羞涩的脸，便多了几分说不出的亲切。

以光以热，纵情闪耀

原本物理、数学成绩优异的我，分班时应该顺理成章选择理科，但最后却不信邪地选了文科。或许在乖乖女、好学生的外表之下，我内心也有一种叫作叛逆的情绪在作祟，周围人越是告诉我应该怎么选，我就越不想表现得太过顺从。

进入高二 275 班时，我有幸跟默深文学社的社长、大家公认的才子“寒柯”成为同班同学。在一干同学眼中，“寒柯”是个身披万丈光芒的人，不管他站在哪里，都会是人群之中的焦点。

因为害怕在与“寒柯”的竞争中落败，所以我便主动退出了班长竞选。可能这么做有点“怂”，可在十多岁的青涩年华里，我的自尊心就像一棵脆弱的幼苗般禁不起一丁点风雨的打击，在明知赢面不大的情况下，“退出”是我能想到的保护自尊心的最好方式了。

事情发展到最后，我当选为副班长，虽然是“二把手”，任期内我也十分认真负责地履行着副班长的职责。在潜意识里，我想成为像“寒柯”那样备受老师同学喜爱和认可的人，所以在副班长的职位上，我非常乐意多发一点热，多放一点光，将自己最好的一面展示给大家。

既叛逆，又有点小小的自卑，与此同时，又很有责任心，这么多矛盾的特点糅合在一起，那便是高中时代的我。虽然现在早已是成熟稳重的“社会人”，但每当我在不经意间翻到高中的照片时，便会情不自禁地怀念起二十年前的自己。

点点滴滴，时光无痕

高考成绩公布后，我经历了短暂的失落。但细细想来，青春本就不该被单调地定义，比起孜孜不倦地在书山题海中奋战，谁又能说，整个高中阶段一直忙着交笔友、谈恋爱、爬围墙、野炊、逃课的我，所拥有的那样肆意洒脱的青春，就不值得怀念呢？大声地唱，痛快地哭，没心没肺地笑，一个人的一生中，原本就只有这段少不更事的时光，我们可以毫无顾忌地做自己。

步入社会后，我成了商事领域的资深律师。在“律师”这个光鲜亮丽的头衔下，我不断地经历，不断地成长，也在别人的故事里不断地修炼着自己，这也是我所认为的，做律师最大的妙处。在人前，我扮演着落落大方的职场精英形象，但在人后，我的内心

刘茜醇，男，2006 年毕业于隆回二中，曾在全国化学奥林匹克竞赛决赛中获得银牌保送至南京大学。现居衡阳，担任南华大学化学化工学院硕士生导师。

深处，依旧住着一个活力无限、毫无畏惧的小女孩。哪怕年岁渐长，胸腔中那颗怦怦跳动的心也始终处于青春期。

我依旧像在隆回二中读书时那样，不愿被周遭的人和事定义。我不断尝试着自己想做的事，挖掘着从前未曾展露的潜能，努力成为自身生活和工作的主导者。我手中牢牢握着的那支笔，写下的是我自己的人生故事。这种感觉，真的很美妙。

我想，今后不管身在何方，我都会是不折不扣的二中学子。带着二中赋予我的气质，二中赠予我的能量，我会以青春昂扬的姿态不停地向前走，翻山越岭，抵达自己心中的梦想殿堂。

刘小娟，女，2002—2008 年就读于二中，曾担任学校舞蹈队队长。中南礼仪形象大使选拔赛总冠军，2020 年度中南地区十佳形体仪态培训师、高级礼仪培训师，中国旗袍协会湖南舞蹈行业协会副会长。

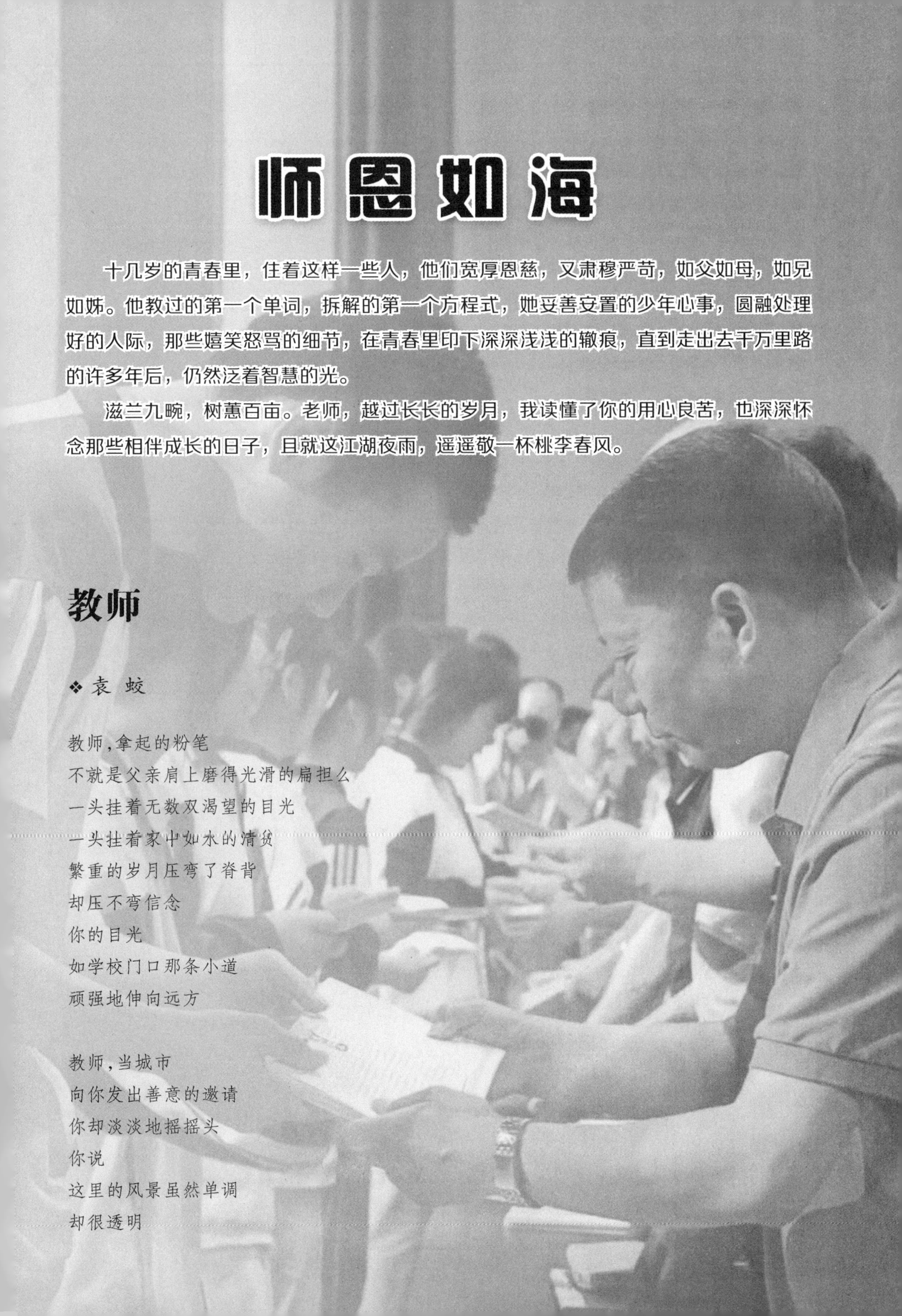

师恩如海

十几岁的青春里，住着这样一些人，他们宽厚恩慈，又肃穆严苛，如父如母，如兄如姊。他教过的第一个单词，拆解的第一个方程式，她妥善安置的少年心事，圆融处理好的人际，那些嬉笑怒骂的细节，在青春里印下深深浅浅的辙痕，直到走出去千万里路的许多年后，仍然泛着智慧的光。

滋兰九畹，树蕙百亩。老师，越过长长的岁月，我读懂了你的用心良苦，也深深怀念那些相伴成长的日子，且就这江湖夜雨，遥遥敬一杯桃李春风。

教师

❖ 袁 蛟

教师，拿起的粉笔
不就是父亲肩上磨得光滑的扁担么
一头挂着无数双渴望的目光
一头挂着家中如水的清贫
繁重的岁月压弯了脊背
却压不弯信念
你的目光
如学校门口那条小道
顽强地伸向远方

教师，当城市
向你发出善意的邀请
你却淡淡地摇摇头
你说
这里的风景虽然单调
却很透明

【栏目主持简介】

邹茜鸶，90后，罗洪人，非著名段子手，水瓶座老少女。地摊文学家，人类观察家，人生体验家，在野占星家，一名未被发掘的诗人。

曾止戈，作为美术专业生，在文字上付诸的时间并不多，好在绘画与文学，一个空间艺术，一个时间艺术，让我将缤纷的色彩与零星的感动尽收眼底。

他们，陪我走过少年时代

❈ 欧阳晓风

欧阳晓风，男，1967年生，隆回荷田人。1982—1985年就读于隆回二中高110班。长沙交通学院学士，湖南大学硕士，中南大学博士。高级会计师、高级经济师。现居长沙，任湖南省工业和信息化厅党组成员、副厅长。

2005年10月，在我们高1985届（107—110班）毕业离校二十年之际，我们回到母校，参观了老校区，见到了很多久违的老师，真是百感交集！记忆中，陪我走过少年时代的他们，又一次浮现在我的脑海。

高一年级，我们班的班主任是语文教师欧阳和坤。和坤老师性格沉稳，中等身材，一头短而浓密的头发自然蜷曲，像是打了摩丝一般。当然，那个连饭都吃不饱的时代，摩丝是断然没有的。老师长相有点“捉急”，乃至几十年之后见他，同学们都惊讶：“老师您怎么这么不出老呀！”和坤老师是“文革”后首届高考生，从湖南师范学院（现湖南师范大学）中文系毕业，分配至隆回二中任教。记得和坤老师给我们上的第一堂课是朱自清的《荷塘月色》，讲课内容现在已经基本还给老师了，但老师清新的台风、从容的神态、标准的板书和富有磁性的男中音却已留在了记忆深处。和坤老师后来离开隆回二中，赴任县教育局语文教研室主任，并官至县教育局副局长、隆回一中校长，为隆回县教育事业作出了重要贡献。2000年初的一天，一个邵阳号码打进我的手机，接通后发现是和坤老师！20多年过去了，他的声音未曾改变，我激动地喊道：“多年不见，老师可好呀！”老师在电话里跟我说，他老家桐木桥复元村属于岩溶地貌，水源干涸，老百姓人畜饮水困难，现找到了水源，但引水工程耗资巨大，当地财政困难，群众难以筹资，看我这个在省直单位工作的学生，能否帮忙协调解决点资金，从此与和坤老师又有了联系。2005年10月，85届4个班的同学回母校聚会，和坤老师与我们见了面。有一年

二中两年，很多事给我留下深刻印象，如李卓群老师收留我同居一室、金步云校长带我去图书室阅读《海国图志》……这一切我都铭记不忘，也祝母校越办越好！（高74届谢跃进）

和坤老师收儿媳妇，在隆回办酒，打电话来邀请我参加，因为是工作日，俗事缠身，遂没有应约前往。心里总想，来日方长，和老师见面的机会还多得很。谁知 2018 年 5 月，刚退休的和坤老师因急病忽然离世，给我们留下了无尽哀思与遗恨。

高一数学老师是李建军老师，长沙人，上课很严肃，不苟言笑，讲一口长沙话，让我们这些讲隆回北面土话的乡里伢子很不适应，后来慢慢从不蛮懂到全懂，最后还能鹦鹉学舌地讲几句，跟李老师"逗霸"，课堂气氛也活跃了。高一二期期中考试，我数学考了满分，各科总分 630 分，和班上的刘庚兰同学并列全班第一，这是我在二中三年考得最好的一次，以后就每况愈下了。李老师教完我们高一，就调回长沙了，一直不知李老师在哪个学校教书，是不是继续教书，同学们曾多次打听，一直杳无音信。那时六都寨去长沙的交通极为不便，在这个人生地不熟的地方工作生活，想必李老师吃过不少苦头吧！

丁乐云老师教我们英语，从高一到高三。最初班上大多数同学的英语基础很差，号称"聋子英语"——听不懂；"哑巴英语"——不会说。那时流行"学好数理化，走遍天下都不怕"，大家都不太注重英语学习，我也是其中一个。初中是从 ABC 开始学英语的，老师从民办教师中挑选出来，送到县教师培训学校短期培训一下，回来后现学现卖，给我们初一学生授课。因此，高中升学考试，我的英语成绩是 15 分，严重拉了总分后腿。丁乐云老师却很专业，她用浓郁的桃花坪口音对我们说："要想考大学，各门功课不能有跛脚的。"从高一开始，我就跟着丁老师认真学英语，她讲课不紧不慢，善于把知识点串起来，由此及彼，由表及里，举一反三。我自己也发扬死记硬背的优势，单词、短语基本能默写出来。最头疼的是口语，由于音标学得不扎实，总不会读，就在英语单词上注上相近的汉语，如 picture 注上"屁股口"，vegetable 注上"喂得太饱"，face 注上"背时"。在丁老师的精心辅导下，高考英语我得了 90 分，不仅没有拉后腿，反而成了得分主力。但是我的英语口语带有浓厚的六都寨方言口音，以至于多年后，我在国防科技大学进行出国英语强化训练时，听到我用英语介绍自己，教口语的张老师就问我："你是隆回人吗？"我很惊愕，问道："您咋知道的呀？"张老师神秘一笑："我曾在你们隆回下放过两年，你们隆回话我听得懂！"

阳同福老师教我们高一物理。同福老师姓"阳"，其实也是"欧阳"，习惯性简称而已。他个子不高，内向憨厚，讲课时语速较快，但条理清晰，神情笃定，似乎大自然的一切运动规律都尽在他的掌握之中。同福老师很少批评同学，看见有人课堂捣蛋，他可以把目光转向更遥远的角落，做到视而不见，给人一种大智若愚的感觉。同福老师不仅教给我们物理知识，同时也是示范一种做人的道理——有些人你永远不必等！

没有袁愈惠老师，就没有今天的我。他把我当作亲儿子一样看待，不断支持我，鼓励我，使我成为 1993 年上线本科 30 人中的一员。一辈子感恩袁老师。（高 155 班蔡昌龙）

高一化学老师是廖中和老师。中和老师英俊潇洒，与刘文贤老师、萧逍遥老师并称“二中三剑客”。“三剑客”同一年从邵阳师专（现邵阳学院）分配到二中教书，不仅人长得标致，而且能力水平也是“小荷才露尖尖角，早有蜻蜓立上头”，三人又是挚友，经常在校园内齐步走，常常引得同学们特别是女同学的注目和尖叫。“三剑客”中廖老师个子最高，记忆中他一年四季都穿一件淡黄色的风衣，有人说这件风衣是廖老师女朋友所赠，老师舍不得换洗；也有人说，廖老师出身农村，那时大学毕业才参加工作，囊中有点羞涩。后来廖老师考上中山大学研究生，毕业后在珠海市政府机关工作，功成名就又辞职下海，成为市场经济的弄潮儿，赚得盆满钵满。我喜欢上化学课，并不是因为廖老师的课上得精彩，而是廖老师给我封了一个“官”——化学课代表，这是我人生中的第一个“官”，尽管这个官唯一的权力就是帮老师收发作业本，但我常常屁颠屁颠跟在廖老师身后，感觉很荣耀。廖老师给我们上的第一节课是讲授“硫元素”，可能是第一次正式上讲台，有点紧张，加上九月份的气温还有点高，廖老师的脸上渗出大滴的汗珠，情急之下举起臂膀用衣袖擦拭，搞得一脸粉笔灰。课讲完了，时间还剩下一半，老师吩咐同学们温习，有问题老师再答疑。我跟张家亮同学坐一桌，家亮同学经常主动向廖老师请教问题，多次得到廖老师表扬。有一次，廖老师对我们说：“你们要想考大学就要向家亮学习。”此后我常常暗中观察家亮，学习他的优点。家亮同学现在佛山工作，成为覆铜板材领域和安全工程领域的专家，撰写的多篇覆铜板材论文在国家级和国际期刊上发表，多次参加覆铜板材领域国际研讨会，在书法和诗词研究方面也有很深的造诣。至今我们都保持着密切联系，成了一生挚友。

刘文贤老师教我们政治课，从高一一直教到高三，高二时还当了一年我们的班主任。文贤老师年轻有为，德才兼备，实为青年才俊，是组织重点培养对象。工作两年即被提拔为校教导主任，而后不断被提拔到重要岗位历练。老师字如其人，飘逸潇洒，无论是粉笔还是毛笔，那书法功底是相当了得！他和蔼可亲，年龄比我们大不了几岁，和同学们能够玩在一起，没有代沟。几十年来，虽然他历经多个岗位，如县委组织部、县政府、市委组织部、市总工会，也不管职位有多高，部长、县长还是书记，都能与同学们“摸爬滚打”，嬉笑怒骂，女同学愿意跟他谈心、汇报思想和工作，男同学喜欢跟他打邵阳跑胡子。遗憾的是，我不会打跑胡子，觉得跑胡子太难了，太活了，我们家男女老少都会玩，就是我不会，所以我从来没有陪老师玩过跑胡子，感觉有点对不起老师。高中政治中的哲学部分很多同学不太喜欢，觉得太抽象，但老师课讲得好，能够把深奥的哲学道理，深入浅出地告诉我们。记得老师给我们讲过一道题，题目是试用马克思主义原理，说明分田到户（家庭联产承包）的合理性。那时粮食不够吃，又是长身体的时候，一天

致恩师丁火焱：受教半载，常回顾，令人神往。唯师恩，如日之恒，地久天长。三十流金再回首，一千里路湘遇黔。空余恨，天地两茫茫，情难忘。（高 164 班罗文骅，原名罗义驰）

吃一斤米，早晚各4两，中午2两，到晚自习时，已是饥肠辘辘，饥饿难忍，所以对什么时候能吃饱饭特别期待，我非常认真地听了老师讲解，而且憧憬着哪一天能够吃顿饱饭。后来饭能吃饱了，但又吃得太多，结果吃出了糖尿病，哎，这也许就是老师说的辩证法吧！老师讲课逻辑性强，告诉我们答题要用三段论，第一段提出原理，第二段分析论证，第三段得出结论。所以老师不仅教会了我们养成正确的世界观，而且教会了我们正确的思维，正确的方法论。这一点是我们受益终生的。世界并不是非黑即白的，还有灰色地带，人也如此。老师善于融会贯通，把各个知识点用一棵红线牵起来，便于同学们记忆。记得高考前，刘老师给我们讲的最后一堂课，把三年课本知识浓缩成一棵知识树，其中主干大概是：世界是物质的，物质是运动的，运动是有规律的，规律是可以认识的。还有很多枝干，已经记不起了，全部还给老师了。当然，老师讲的有些课，我至今都还认识模糊，不能准确理解，比如，老师要我们用马克思主义原理批判"真理是有用的"，我到现在还没想通。

周青云老师是二中的一面旗帜，早年毕业于北京师范大学，20世纪70年代到隆回二中教书，他什么课都能教，语数外、史地生，哪门课缺老师，他就顶哪门课。他给我们上的是地理课。他上课不拿教材，只拿两三支粉笔，仿佛所有的知识都装在他的脑子里，嘴角永远叼着一支自己卷的喇叭纸烟，总是吧嗒吧嗒地吸着。着装也很是随意，中山装是那时的标配，衣服有时还有点打皱，穿鞋子也是春冬季节穿解放鞋或布鞋、夏秋季节穿塑料凉鞋或草鞋，偶尔衣服和鞋子上还沾有少许泥土，可能是经常在田地里劳动的缘故。他讲课貌似漫不经心，实则极有章法。声音不大，但总能循循善诱；语调平缓，却常常引人入胜。记得有一次老师课堂提问："一天中什么时段最热？"同学们有的回答中午12点，有的回答下午1点。老师不置可否，又问："一年中最热的月份是几月？"有回答6月份的，有回答7月份的。老师眯眯笑，在黑板上勾勒出一个地球，又在地球上画出纬线和经线，然后又把一个东西模仿成太阳光线在地球上照射，然后得出结论：一天中，下午两点最热；一年中，8月份平均气温最高。青云老师为教一生，桃李芬芳。四个子女，个个成才。长子周东翔博士，既是我们110班的同学，也是我的牌友，只有他能忍受我不堪的牌技。周东翔同学原安排在109班，因109班的班主任是周青云老师，所以把周东翔调到了110班。周东翔是隆回二中绝对的"学霸"，总是稳居年级前三名，当年应届考上全国重点大学南京工学院（现东南大学），后又获硕士、博士学位，任国防科技大学教授，科研成果无数，为国防科技事业作出了重要贡献。

日子，像门前的辰河水，静静地流淌，转眼就到了高二。在我的记忆中，高二阶段没有留下更多的印象。有三点变化，一是换了教室，从前排低矮的一层教室换成了有三

郑玮华老师，您为我开了上课能打瞌睡的先例。在您的默许下，化学课我都听着您的声音入睡。好在我也很争气，能用全班第一回报您。谢谢您保证我的睡眠！（高174班刘元龙）

层的大教学楼一楼，宽敞明亮，教室门口有桂花树，金秋季节，丹桂飘香；二是换了班主任，我们110班的班主任换成了前文介绍的刘文贤老师，这是几十年后我们跟刘老师还玩在一起的重要原因；三是换了部分任课老师，数学换成了李泽群老师和周炯华老师，物理换成杨小艳老师和夏长青老师，化学换成了胡绍祥老师。李泽群老师当时年纪已经比较大，主要讲授无理数，教了大概一个学期，就退休了。周炯华老师接着教。周老师不苟言笑，中等个子，戴副镶着红边的眼镜，皮鞋总是锃亮，留一点小胡子，身穿那个时代时髦的喇叭裤，皮鞋后跟上钉着铁马掌，有节奏地撞击在地面上，发出铿锵有力的回响，走起路来昂着头、背着手，绝对是校园内一道亮丽风景。高三二期，周老师当了我们一期多的班主任，我们一起爬米珠峰，一起准备预考、冲刺高考，一起度过了在二中的最后时光，他把我们送出了隆回二中的校门。2005年10月，我们回母校聚会，专程看望了周老师，布满沧桑的脸上依然能辨认出当年的风采。物理杨小艳老师长相秀丽，当时还是未婚女青年，有点邵阳口音，着装时髦大方得体，课讲得很好，还能打得一手好篮球，这在女老师中是凤毛麟角的。我们大概是杨老师在二中的最后一批学生，教完我们后杨老师就不见了，是否调回邵阳了？也没有人能告诉我，至今也不知道杨老师在哪里，也不知道是谁给杨老师披上了嫁衣。杨小艳老师走后，夏长青老师继续教我们高二物理。夏老师个子瘦高，戴一副眼镜，看得出眼镜上的圈圈很多。夏老师课讲得好，抽丝剥茧，引人入胜。多年后，刘自云同学还深情地回忆，“我很喜欢听他的课，尽管我的物理不太好”。胡绍祥老师个子不高，敦敦实实的，脸上时刻浮着微笑，走起路来不紧不慢，头抬得高高的。胡老师讲课也是慢条斯理，每一个细节交代得清清楚楚。在胡老师教化学的这一年里，似乎忘了我这个化学课代表，从没要我收发过作业，这是我常常纳闷的一件事儿。

转眼几十年过去，如今恩师们已不复从前青春，少年时代的我也早已步入中年，可他们的形象在我心里却越发清晰。

初入高中，米伯良老师对我说：“倒数进实验班，若摸底考不理想就会被淘汰。”在此鞭策下，我努力进取，最后获得年级前50的成绩。十分感谢米老师挖掘我的潜能！（高204班刘丹）

师恩伴我行

❖ 庞德修

人生天地之间，若白驹之过隙。一路匆匆走过，总会遇上很多老师，但真正称得上恩师的不会太多，而我有幸遇到了一位影响自己一生的恩师——郑利民。

庞德修，男，隆回荷田人，1956 年生，研究生学历。1972—1974 年先后就读于隆回二中高 40 班、43 班。1976 年入伍，曾任辽宁省路政管理局副局长兼大连市路政管理局局长、党委书记，辽宁省交通运输厅安全总监等职。

1972 年，作为荷田公社背溪村唯一走进隆回二中的高中生，我带着荣耀与优越感进入 40 班学习。然而，在那个信奉“学好数理化，走遍天下都不怕”的年代，较差的数学成绩给我了当头一棒，我被“发配”到了 43 班。在自惭沦落成“二等公民”的沮丧中，我在语文课上遇到了郑老师，这也许就是冥冥之中命运的安排吧。

那时，郑老师还不到三十岁，她中等个子，戴一副眼镜，镜片后面是清澈柔和的目光，就像一个亲切的邻家大姐姐。时至今日，她让我最难以忘记的，是对学生贴心的关怀、独特的开导方法、温和的教育态度，她用轻柔的目光、和蔼的微笑，带给我们迎难而上的勇气与坚忍不拔的信念。由于我各科基础参差不齐，刚进入高中时很是吃力，再加上因为数学落后被调剂到“差班”，情绪之低不言而喻。细心的郑老师很快就洞察了我的心思，她对我说：“每个人都有自己的特长，不能因为某个学科暂时落后就妄自菲薄，要发挥自身的优势，通过优势科目把学习积极性调动起来，积极性上来后，再把暂时落后的数学补上来。”郑老师的这番话令我百感交集，她温和地指出了我的问题，也给出了解决方法，我非常乐意接受这种春风化雨、润物无声的教育方式。

谈话结束后，我并没有像往常一样低头溜回座位，而是昂首挺胸地走进教室学习，小手紧紧地攥了几下，一种向上的力量在

囊中羞涩时，是李婵老师的 50 元钱，让我吃上米饭。家庭变故后，是阳林老师鼓励我学习，减免我费用，打消我的辍学念头。是两位恩师照亮了我前行的路！（高 331 班范小英）

心底油然升腾。自那以后，郑老师经常牺牲业余时间耐心给我辅导功课，在她的精心帮助下，我的语文成绩节节攀升，还当上了班上的语文课代表，并且光荣地加入了共青团组织。在语文的带动下，我对其他科目的学习热情也空前高涨。

如果说郑老师的鼓励增强了我破浪远航的勇气与信心，那么她对我的写作指导则帮我挂上了顺风前进的云帆。郑老师对我最大的影响，是她用爱心与耐心提高了我的文学兴趣，加强了我的文学素养。那时，我喜欢观察身边的点滴事物，随手写些短文，郑老师无意间得知后，便鼓励我写日记，她说："日记就是写给明天的回忆，很多人和事都会随着岁月的流逝而渐渐远去，唯有文字可以留住当时的心情和感受。"这句话使我养成了写日记的习惯，我的文学功底也因此在点滴间打磨积累。有时候，郑老师也会出些题目让我练练笔，写完之后她总是仔细阅读，一遍又一遍地认真修改，划出我写得比较好的句子，及时给予表扬和鼓励。就这样，我的写作水平得到飞速提高，为今后的工作打下了坚实的基础。这几十年来，我一直没有放弃对文学的热爱，一有兴致就写上几句，并在各类媒体上发表文章800余篇，有的还获过全国或者行业的奖励。也因为自己的兴趣和功底，单位的年度工作报告，我每年都坚持自己起草。现在想来，我能有今天的文字功底，主要还是郑老师那时的鼓励和栽培的结果。

1976年2月26日，是我告别校园应征入伍的日子。临行前，武装部安排我们住在隆回一中校舍，我趁机去郑老师家里和她道别。那一次，她请我在家吃饭并给我讲了很多人生的哲理。老师语重心长地对我说："做人做事是一门艺术，更是一门学问，一定要记住'谦、淡、自、正、勤、实、创、宽、坚、乐'这十个字，并给我一一进行了解释。淡：淡看人生，善待生命；自：男儿立世，自己拍板；创：想人家想不到的，做别人不敢做的，敢为天下先……"

由于那时交通和通信不方便，我到大连当兵后，与郑老师中断了联系。可多年来我一直铭记着恩师对我的谆谆教诲，她送的"十字箴言"我始终牢记在心，并以此作为提升自我修养的规范，告诫自己淡泊名利，并深刻领悟了助人为乐的道理。十字箴言让我在陌生的北方环境中克服困难，勤奋努力，一步步登上视野更开阔的管理岗位。

郑老师善于观察学生心理、细心发现并发扬学生的优点，不光丰富了我的高中生活，也潜移默化地引导我去发现事物长处、辩证看待人生风景，这些特质进而又使我在各种管理岗位上赢得了尊重、取得了成绩。

再次见到郑老师已是三十年后的事了。1986年，我从部队转业，留在大连工作。随着时间的推移，我对恩师的思念也越来越浓，于是多方打听、寻找郑老师，但所得只是老师调走的消息。无奈之下，我给湖南省教委写信求助，希望得到老师的联系方式，仍

我最想感谢李婵老师。我在宿舍摔了腿，李婵老师听说后第一时间赶到现场，送我去医院的路上紧抱我，到了医院也一直陪着我，直到家人赶来，她才离开。（高334班王烨）

旧石沉大海。也许是我的真心打动了上苍，2004 年，一个偶然的机会，湖南省有几位离退休老同志来大连，与他们相聚时，得知其中一位是隆回一中退休老校长聂先日，我赶紧向他打听郑利民老师的去向，聂校长告诉我，郑老师早就从一中调到长沙工作，现已退休并定居长沙。得到这一消息后我激动万分，很快就联系上了恩师。让我高兴的是，这么多年过去了，郑老师依然还记得我。我迫不及待地邀请她来大连小聚，终于在 2006 年如愿以偿见到了郑老师。无情的时光阻隔了我与恩师的联系，却永远无法阻隔师生的深厚情谊，在辽宁相聚一周的日子里，我常常惊诧于我们一直有说不完的话，道不尽的情。而此后每次回家乡，去拜访郑老师亦成为我行程里从不变更的一项安排。

“人生岂得长无谓，怀古思乡共白头。”我不到 20 岁就离开了隆回，思乡情感对于我来说，并不仅仅意味着那方生我养我的热土，也不只等同于抚育我成长的父母亲人，在乡情、亲情之外，还有郑老师等老师给予我的关爱和教诲……父母生我养我，赐予我的身体与生命，亲情胜海；恩师教我育我，深化我的思想与灵魂，恩重如山。古人信奉“天地君亲师”，又云：“一日为师，终身为父。”师恩已经升华、深化，超越血缘，不是亲情却不亚于亲情，和亲情一同给了我跋涉人生的信念与勇气。而今，我身处渤海之滨的大都市，每当夜幕降临，在鳞次栉比的楼宇间，看着那万家灯火，郑老师那清澈柔和的目光就会浮现在我眼前，谆谆教诲亦响彻我耳畔。我对恩师的思念，便是那少年日记里漫山遍野的雨后春笋、崇山峻岭中的潺潺溪水、青砖白瓦间的袅袅炊烟……

郑玮华老师，您的课堂十分有趣，对学生也很耐心。不仅打消了我的厌学和自卑，还帮我开导了对学习同样兴致平平的妹妹，真的谢谢您！（高 528 班杨涛）

让我难忘的三位老师

❈ 龚志勇

龚志勇，男，1978年生，隆回羊古坳人。1994—1997年先后就读于隆回二中高183班、179班，后深造于湘潭大学、华南理工大学，管理学博士、高级工程师。现居北京。

1994年秋天的一个早晨，隆回县北部山区的一名少年背上行囊，满怀憧憬、生涩无畏地来到了赧水河畔的著名中学——隆回二中，在这里，他度过了三年艰苦充实的岁月，遇到了一大批良师益友，如饥似渴地遨游于知识的海洋，汲取行走的力量。这名少年就是我。

后来的许多年里，我去过国内外大大小小的地方学习生活，接触过很多名师教授，却唯独对在二中度过的那段岁月记忆最深。

说起二中，我首先想到的便是陈惟凡校长。民以食为天，那时学校的条件比较艰苦，而高中几年正是长身体的时候，每一个月，同学们都要自己从家里挑来大米，上交学校食堂，换成饭票。其间种种麻烦，不一而足，很多同学都有饿肚子的经历。新来的陈惟凡校长了解情况后，马上在学校搞起了食堂改革，师生们积极响应，我也自告奋勇地谋了个生活委员的小职务。生活委员的主要任务是在下课前几分钟跑到食堂，把全班同学的饭盒领出来，再分成饭块。铝合金装的一大盒米饭，由我分成6份，为了避免同学们闹意见，我会尽可能地分均匀。有时我提前一点到食堂，会帮师傅们淘米，偶尔碰到陈校长，他也参与淘米，一边搅拌一边看大米成色，这画面令我记忆犹新。

陈校长的食堂改革得到了大家的肯定和支持，学生的基本饮食有了保障，但大锅菜毕竟油水不多，没法完全满足青春期少年的口腹之欲，有些同学晚自习结束后还是容易感到饥饿。于是有好心的老师开始提供新鲜出炉的肉包子，五毛钱两个，馅多肉

亲爱的贺利文老师，“跑操一二一”“恋曲1990”还有高考最后一天在车上为我们加油打气的瞬间，都是我最美好的回忆。特别幸运能遇见这么好的老师！（高720班范凌芝）

鲜，少年们的参差需求由此找到了补给的口子。每到晚自习结束，肉包子队伍人头攒动，肉香氤氲，好不热闹。我想，这份甘美的记忆与陈校长对学生餐食的重视以及所采取的灵活政策，是颇有关系的。

除了生活，二中的任课教师也非常负责任，教学水平在县城首屈一指，我的两位班主任老师，对我影响都非常大。

一位是我高一的班主任老师——卢小军，他在学业上对我们非常严格，说一不二，他说：“学习没有捷径可走，我的梦想是让所有同学都能依靠自己努力拼出灿烂的未来。”但即使是严肃的卢老师，也会留心同学们的心理变化，每当我跌入低谷，他就会轻声鼓励，他说：“成败都是一时，只有不断努力，成功才会离我们更近。”卢老师很有才华，常常出口成章，用各种名言故事来激励我们不断学习，不断进步。在卢老师的监督和鼓舞下，我开始热爱学习，敢于尝试，积极进取。卢老师还鼓励大家发挥特长优势，有一次，学校在后山搞了个篝火晚会，全年级都参与，热闹非凡，到了才艺展示环节，我也参与其中，用竹笛演奏了一曲。活动结束，卢老师喜不自胜，说我们班是多才多艺的班级，并重点表扬了我。虽然后来我没有走上艺术的道路，但这给了十几岁的我极大的勉励。

另一位是我高三的班主任老师——肖体玉，他也是我们的数学老师。当时已经文理分科了，我们是文科班，整体数学成绩在全校不算太好，但是在肖老师的倾力教学下，我们的数学成绩一路飙升。他重细节，黑板上的板书每次都写得非常工整漂亮，让人一目了然；他负责任，为了把枯燥的数学讲得精彩纷呈，他的教案写了一本又一本，作业也常批改到深夜；他有技巧，肖老师的课往往由浅入深、通俗易懂，针对班上同学数学基础特别薄弱的部分，还会单独开课。渐渐地，班上一些原本学得很吃力的同学爱上了数学。最让我感动的是，当时我和另外三位同学睡眠质量差，为了确保有充沛的精力应对高三学习，我们找到了肖老师帮忙。肖老师二话没说，找学校后勤部门商议协调，最终为我们申请到了一楼二楼之间的阁楼，作为四人小间供我们学习。这份照顾是前所未有的，我们也因此更发奋图强。在这间特别的小阁楼里，我们度过了紧张而充实的高三，最后一起考入了理想的大学。而肖老师自此也像阁楼里驱散黑暗的灯光一样，永驻在我的心里。

高中三年一晃而过，回想老师们的故事，宛若昨天。师恩如海，恩师难忘！毕业 20 多年来，我仍对母校怀念至深，因为这里是我行走世界的起点，是我初心不忘的故土，是我梦萦魂牵的精神家园。在隆回二中百年校庆之际，我特向所有老师问好，同时也祝母校年年桃李，岁岁芬芳！

王飞、陈世楚、彭正清、徐三寿和廖敦燕等老师，当年的谆谆教导，如同一盏明灯，指引着我前行，长大后，我就成了你。感恩有你们！（高 188 班肖芳花）

我跟他们学语文

❈ 马柏华

1982年9月到1988年7月，我在隆回二中度过了六年难忘的中学时光。六年里，每一位老师都给我留下了深刻的印象，其中语文老师就有好几位，这里，我专门谈一谈其中的三位。

马柏华，男，1969年生，隆回荷田人。1982—1988年先后就读于隆回二中初61班、高123班。同济医科大学（现华中科技大学同济医学院）医学学士，湖南师范大学法学硕士，二级心理咨询师。现居长沙，任职于长沙市中级人民法院。曾获“长沙市优秀共产党员”、全国法院党建工作先进个人等荣誉称号。

他多才多艺充满魅力

我在二中的第一位语文老师是马轶麟老师。

“文革”后二中恢复初中招生的第一届总共招收两个班，我在初61班，马老师是隔壁初62班的班主任。尽管他只教了我们班不到一个学年的语文课，但他独特的教学风格足以让学生终生难忘。

马老师给我们布置的第一篇作文，是描写二中校园的景色。为求真实生动，他先带着我们在校园里走了一遍，教我们认识了法国梧桐、美人蕉、剑麻这些植物，然后才让我们下笔。

马老师讲课时使用普通话，声音激昂洪亮、抑扬顿挫。他爱使用比喻、对比、夸张的手法，生动形象，风趣幽默，常常令人忍俊不禁。当时有一篇课文是《第比利斯的地下印刷所》，马老师一边讲解，一边根据课文的描述，用粉笔在黑板上画出了这个从一口水井出入的地下印刷所的剖面图，一目了然地反映了课文内容，绘声绘色的讲解，完全打消了我对说明文的枯燥印象。又比如，“骂”这个汉字的写法，现在看起来最简单不过，但当时对许多初一的孩子来说并不容易，有的同学将这个字上半部分写成了“四”。马老师于是编了几句顺口溜：“老马讲话不留情，两眼鼓成正方形。对待敌人还可以，对待同志可不行。”他一边说，

隆万里老师，您的隆回普通话、丢粉笔时的帅气抬眸，以及背着手英姿飒爽的背影，几十年后，我仍记忆犹新。感谢您的严格教导，才有我们的灿烂人生！（高206班胡柏祥）

一边瞪大眼睛装出骂人的样子，逗得同学们哈哈大笑。欢声笑语里，知识就这样一点一点，印刻在了我们的脑海。在那个物质和文化相对还很匮乏的年代，听马老师的课，对于我们这些大多数来自山沟沟里、连电视机都没有见过的孩子来说，无疑是一种享受！

马老师古文功底深厚，尤其工于对联。学校理发店大门两侧“虽为毫末技艺，却是顶上功夫”，还有食堂大门“要向书中着力，莫朝此处冲锋”的对联，都是马老师的手笔。他还喜欢写古诗词和骈文，后来出版了《扶风诗文》一书。

马老师不仅对联一绝，演讲也是拿手好戏。出色的组织管理才能，与演讲才华相得益彰，让他工作起来驾轻就熟。到二中不久，他兼任了我们少先队的大队辅导员、校生活管理员，每天清晨，全校学生在大操场做广播体操和跑步前，马老师经常面对着全体师生就最近的生活管理情况进行讲话——取得的成绩，存在的问题，还要从哪些方面注意，讲得声音洪亮，激情澎湃，很有鼓动力。

马老师处理事情充满智慧。我读高中时，学校成立了政教处，负责抓校风校纪，马老师是第一任主任。当时有学生馋学校橘子园的橘子，违反规定三五成群去偷摘，马老师于是在晚自习时轮流到各班教室，宣传诚实守纪的重要性和必要性，末了他说：“政教处的老师们趁你们睡觉时，闻了你们衣服上的气味，哪些人摘过橘子，我们一清二楚。摘过的，赶紧来政教处主动坦白。”第二天，他就忙着在办公室接待陆陆续续前来“自首”的学生。

刚开始，初中部的老师不太够。除了教语文，有一段时间，马老师还教过我们社会发展简史（政治）、音乐、美术，无不妙趣横生。他编排了《三朵小红花》《食堂里的大老鼠》等歌舞小品节目，教一些学生排练，参加学校文艺汇演引起了轰动，还获得了县里的一等奖。他教这么多门课程，确实是教一门，钻一门，精一门。课余，他坐在教学楼一楼最右端的办公室兼宿舍里吹笛子，有时还有袁愈生老师过来拉二胡，清脆的笛声，悠扬的二胡声，和着明月，伴着微风，在宁静的夜空里回荡。

他携和煦春风而来

我要说的第二位语文老师，是刘胜保老师。

大概从初二开始，刘胜保老师开始教我们初61班的语文，一直到毕业。因为班主任是刘林杰老师，同学们私底下就称刘胜保老师为“小刘老师”。那时他刚刚从邵阳师专毕业，二十出头，戴着一副深色塑料框边眼镜，温文尔雅。他的嗓音富有磁性，普通话也很标准，晨读时，除了朗读和温习教材上的课文，他还喜欢用漂亮的粉笔楷书在黑板上写下一首课本上没有的古诗词，比如辛弃疾的《破阵子·为陈同甫赋壮语以寄之》，

我们215班是罗崇顺老师在二中当班主任的“开门”和“关门”弟子，“老罗”刀子嘴豆腐心，总把学生当亲崽带。一朝沐杏雨，一生念师恩，老罗我们很想你！（高215班贺荣）

毛泽东的《十六字令三首》等，用标准的普通话带领我们声情并茂地朗读和背诵。

小刘老师的宿舍距离我们班教室和男生宿舍都不远，非常方便学生来找他，他虽不是班主任，但也像个班主任一样，对学生非常照顾。当时我们只有十二三岁，却需要每个月挑着三十斤大米来学校，上交给总务处作为口粮。我家离学校有二十里，常常需要步行过来，有一次不知什么原因，我没有带米来，还有一次不小心把5元钱的伙食费搞丢了，绝望之际我首先想到的是去找小刘老师。他刚参加工作不久也不宽裕，却二话不说，拿了米和钱，还问够不够。现在想来，刘老师给我那种“靠山”的感觉，依然非常温暖。

刘老师很关心我们的学业。学习语文讲究听说读写，但“写”对我而言却始终是弱项。一些悟性高的同学，初中阶段就已经开始在文学上崭露头角，文章频频在省内外报刊上发表，刘老师经常在课堂上朗读他们的范文，让我羡慕不已。我虽然也向学校广播站投过一两篇通讯稿，但写作方面始终比较平庸。为了增加学生的阅读量，培养我们写作的兴趣，刘老师总是将自己的藏书借给学生阅读。有一次，他特地借给我一部长篇小说《青春之歌》，这本书让我耳目一新，我一口气读完。这件事让我觉得刘老师对我有特殊的期望——事实上，他对每一个学生都是如此，让学生感受到他真诚的期望。还有一次，他不知从哪里搬来了一二十本同样的小说——《卓娅与舒拉的故事》，分发给我们阅读。只可惜，当时我对扩大阅读量还不够重视，竟然没有读完。一想到这里，我就有几分愧疚。为了锻炼我们的写作能力，刘老师还要求我们坚持每天写日记，他审阅后总要写下评语，还有一些鼓励的话。可惜后来我的日记本都遗失了，假如它们保留至今，将会是多么珍贵的人生记录呀。最让我难忘的是，刘老师有次在班上朗读了我的一篇作文，并且大加表扬，迅速增添了我填补作文弱项的信心，我的语文成绩从此节节高升。在刘老师教我们语文期间，学校组织我们参加过县里的语文基础知识竞赛，我获得了三等奖，后来又参加邵阳地区的语文基础知识竞赛，这一次竟然获得一等奖与五元钱奖金。刘老师颇为我感到高兴，多年以后，还在他的文章中提起这件事。

刘老师最大的特点是为人和善，从来没有非常严肃地批评过哪一个学生，也没和其他老师或学生讲过一句重话。他非常谦逊低调，从来不夸耀自己，即使在二中任教超四十载，当过班主任、教研组组长、年级组长，他的心思也全都花在了教学上。

近日，我从网上看到二中退休教师的重阳节合影，一眼就从人丛中认出了他——当年那个文质彬彬、头发乌黑浓密的“小刘老师”，现在已是满头白发，顿生唏嘘。四十多年间，刘老师教过的学生成千上万，其中许多人因为他的热心鼓励和帮助而渡过难关，点燃梦想，成了社会精英、国家栋梁。学生们敬他爱他，他就像和煦春风般滋养着学生

魏先俊老师，22年前跟您争论数学题的情形还历历在目，后来再难碰到您这样真挚可爱又可敬的老师。“顺满”罗崇顺老师，永远记得您送我入高考考场时鼓励和期待的眼神！（215班黄志坚）

们成长，温润人心。

他如雨丝细润无声

三年以后，我遇到了我的高中语文老师李汉斌老师。

李老师曾经在其他中学教过多年语文，后来调到县委宣传部担任通讯组组长，但他还是更加热爱教学，所以不久又主动请求离开县城，调到位于三十多公里外的六都寨老二中。

李老师讲课不紧不慢，娓娓道来，带着浓浓的滩头口音。第一课教的是朱自清的《荷塘月色》。在他的讲述下，一池沐浴在牛奶般月色中的荷花悄然绽放，我们都沉浸在他描绘的场景里，下课铃响好久都无人出教室。他对学生很耐心，轻言细语，只有当我们太不认真的时候，才会提高语调制止我们。

课堂上，李老师经常引用毛泽东同志的名言："语言这东西，不是随便可以学好的，非下苦功不可。"他还经常在课堂上引用那句古老的谚语"师傅领进门，修行在个人"，并用内因与外因的辩证关系来解释这句话，以此启发和鞭策我们，学习上一定不能对老师过度依赖，要充分发挥个人的主观能动性，自己多领悟多努力。我当时听得似懂非懂。岁月流逝，年华易老，现在我才越来越理解了恩师当年谆谆教导我们的一片苦心。

最让我难忘的是，有一天，李老师把我叫到办公室，让我陪他一起到附近的六都寨造纸厂去采访，他还送给我一本绿色塑料封面的小本子，封面上写着下方伴有拼音的几个字"采访本"——这个本子我一直保留着。李老师骑着他的自行车，载着我走了大概一公里路程，就到达了造纸厂。采访的经过我已经不记得了，只记得采访过程很短，采访记录也是李老师自己做的。过了一段时间，李老师又把我叫到他的办公室，出乎意料地给了我四元钱，说是上次采访的新闻发表了，一共得了八元钱稿费。我非常犹豫地接过钱，感到十分不好意思，因为我并没有参与新闻稿的撰写工作。但自此以后，我一度产生了要学习新闻写作的想法，还利用一次进城的机会，到新华书店买了两本新闻通讯写作书，也一直保留至今。写到这里时，我才猛然醒悟，那个四元钱，很可能是李老师了解到我的家庭条件想帮我，又怕伤我自尊，才导演了"采访发表得稿费"这么一出戏，真是用心良苦啊！

参加工作后，我曾经去李老师家中看过他，他也曾来长沙看过同学们。2009 年元旦期间，我们组织了毕业二十周年同学聚会，李老师欣然应邀前来，并为我们的同学录撰写了"老师寄语"。后来，我们接到他不幸身患白血病在湘雅二医院住院的消息，同学们相约去医院探望他，他身穿病号服，虽身形消瘦，但精神仍然很好，与我们照样谈笑

米伯良老师善诱，刘胜保老师儒雅，彭正清老师细致，肖希跃老师勤恳，阳自田老师睿智，郑玮华老师温柔，刘中老师风趣……教诲犹在耳边，师恩永记心间。（高 185 班孙建波）

风生。谁都不曾想到，对战胜病魔充满信心、乐观豁达的李老师，却在几个月后与世长辞，同学们闻讯无限悲痛……

1988年，我高中毕业，顺利考上同济医科大学，从此以后就没有正式听过语文课，但几位语文老师对我的教诲，一直伴随着我的成长。我对语文学习的热情并没有减退，反而因为实践需要，变得更加热切而执着。在恩师们的熏陶下，我不断学习提高，较好地适应了各个岗位上应用语言文字的需要，曾多次参加单位组织的竞职、述职、宣传动员等类型的演讲，还受邀主持过三场婚礼，都获得了较好反响。我追求高质量的演讲，一度成为省演讲学会的早期会员。所有这些是原来沉默内向的我想都不敢想的事情。

回首二中六年，我的心中常怀感恩，作为农家子弟，我的先天条件非常有限，智力并不突出，体能也很一般，情商和悟性更是比不上许多同龄人，读书高考，基本上是当时改变命运的唯一途径。何其有幸，在二中遇见了如此好的老师们，马铁麟老师的多才多艺，刘胜保老师的温文尔雅，李汉斌老师的用心良苦，是我长久以来汲取精神滋养的宝库，恩师们的教诲和关爱，更让我顺利通过了中考和高考，打开了职业道路的新大门。

感恩恩师，教给我学习方法，教会我做人做事，教给我勇于尝试、战胜困难的信心与决心，为我人生之路打下坚实基础。我看似只跟他们学了六年语文，实则学的是一辈子的人生！

阳林老师，您幽默风趣的教学风格，让我记忆犹新，对我影响深远，您让我对人类的过去有了更加深刻的认知，照亮了我探索历史的道路，感谢您为我们扬帆！（高351班周卉）

纪念两代人的恩师袁征凯

※ 李桃花

李桃花，女，1970年生，隆回高平侯田人。1982—1988年先后就读于隆回二中初61班、高122班。在隆回二中度过六年人生中最宝贵的少年、青春时期，被二中的老师、同学深深影响一生。走过祖国大江大河，五岳三山，在梦中依然是二中操场上飞奔的少年。

周末回家，看到床头多了两本小册子，原来是90多岁高龄的袁征凯老师委托他外孙大海师弟寄来的，一本是袁老师的散文集《鳞爪集》，一本是袁老师编辑的趣味数学题。

《鳞爪集》封面除了有袁老师手写的书名、姓名、印刷日期外，还端端正正写着“李桃花女士雅正”。我感动之余，又觉受之有愧。

因为袁老师高尚的品德、渊博的知识、生动的教学，还有对学生的关爱，在《早春时节》里，多位作者都提到这位令人尊敬的好老师。这些作者中有几位是我的父辈，例如，毕业于隆回二中初14班的欧阳群老师、“全国五一劳动奖章”获得者——毕业于初18班的刘本粹学长，而更多的是我的同辈。我特意做了整理，写作了这篇读后感《纪念两代人的恩师袁征凯》。

初次认识袁老师，是在1982年秋天，11岁的我被录取到隆回二中初61班。第一次离开家，爸爸挑着扁担送我到六都寨拜访袁老师，袁老师家在老二中教工食堂旁的教工宿舍——一栋二层楼的砖房，一楼是溜光的水泥地板。进了屋，父亲让我叫“表爷爷”（袁老师母亲是我们族人），见我羞怯地低头不语。袁老师温和地说：“就叫老师吧。”

虽然袁老师没有给我上过课，但是我在二中的日子，一直受到袁老师和师母的照顾。刚进学校的冬天，我患支气管炎，常咳嗽，每天需要吃药，那时候同学们好像都是打开龙头喝生水，教室和宿舍没有开水。于是我每天三次都要去袁老师家吃药，师母会给我倒一杯温开水服药，同时轻言细语问我学习及生活情况。

刚来二中时，对于新环境我极其不适应。当时我很崩溃，班主任孙婉梅老师耐心疏导我、关心我，陪我走出了那段时间，在此对孙老师深表感谢。（高814班钟爱珍）

每次寒暑假前，我都会把被褥送到袁老师家，师母总是给我浆洗干净，再细细地缝好。开学抱着干干净净的被子时，闻见被子上阳光的味道，我都会贪婪地吸一口气。走在校园，一年四季，无论早晚，遇到袁老师或师母，尽管有时三言两语，有时只点点头，但笑容总是那么温暖，那么亲切。

翻开《鳞爪集》，我便细细地、认真地读了一遍。在集子里，我更清晰全面地看到了一个完整丰富的袁老师。

开篇是“前言”，袁老师简单介绍了自己的生平及印刷此书的目的。“我生乙丑，木讷如牛，终生执教，无悔无尤。”

序一是张嘉兴老师的用心之作。张老师说：“与之交往，屈指逾半世纪。而彼此从无纤芥，无牙磕之碰，无利害之攸关。”这可见袁老师与人无争，固守君子之道。张老师又赞“伊学识丰富，德才兼备，态度严谨，教学有方”，这是对袁老师为人师表的真实写照。有幸受过袁老师教诲的人，都对袁老师认真的态度、渊博的知识印象深刻。还有，他对学生发自内心的关爱，不带任何的功利心，不管是成绩好的学生，还是调皮的“差生”，他都一视同仁，真正做到了有教无类。

序二是马铁麟老师的大作。老马说：“自名《鳞爪》，取‘一鳞半爪’之意呼？则心之过谦，言之过逊也。”是的，袁老师有一个突出的品德就是谦逊、谦卑。古今中外，越高尚的人越谦卑。袁老师的谦卑深深地感染着他的学生。他高尚的品德，影响了二中一批又一批学生的人生。十年前在广州同学聚会，建军师弟回忆起中学时光，一直被袁老师的谦卑感动；五年后在长沙，当日光师弟说到 90 多岁依然精神矍铄的袁老师和师母，仍满腔尊敬和爱戴地祝福“仁者寿”。

正文第一篇“雪泥鸿爪”，是袁老师回忆他在新化的求学生涯，及执教五十年的点点滴滴，还有隆回三中的历史沧桑。很多故事，感人至深。例如在《一个虚心请教的中学老师》一文中，记录了在“文革”刚结束时，深夜赶到三中向袁老师请教几何题目，然后又连夜赶回 70 里之外的滩头大观的一位年轻老师。这位没有留下名字，只留下姓氏的马老师，是否还记得这一幕？《施恩图报非君子》写了二中 80 班的杨同学家境困难，学习刻苦，袁老师从生活上帮助他，精神上鼓励他，后来杨同学终于考上大学，多次向袁老师表示感谢。袁老师谦虚地写道：“施恩图报非君子！我虽窝囊一生，常以君子之行自勉……”字里行间，都让人看到一个谦谦君子的形象。《在隆回二中初 61、62 班联席班会上的讲话》一文中，袁老师讲学习方法，讲人生理想，循循善诱，娓娓道来，即便已为人父母，读起来仍然收益颇深。

第二篇“祖德流芳”，介绍家族，姓氏源流，先人记略；第三篇“杂烩一碟”，介绍

陈定球老师，承蒙不弃，协助贫困学子清扫求学路上荆棘，让我相信不管身处怎样环境，世界依然有阳光。追光而遇，沐光而行，心存希冀，前方终会是温柔。（高 340 班郑兴隆）

乡土奇闻逸事，包括高平的大力士，曾国藩轶闻；第四篇“铭记历史”多写历史掌故；第五篇“诗词片羽”，收录袁老师在各个时期的诗词歌赋。薄薄的小册子，不过131页，呈现出一位热心乡土、博学多才、文采华茂的袁老师，字里行间流露出的正直、平和、宽容、感恩……这些积极的人生态度永远值得后辈们学习。

春风化雨，润物无声，袁老师身教重于言教，对学生从不说教。桃李不言，下自成蹊，他的高风亮节感染了一批又一批学生。正如《鳞爪集》里《重道尊师尚有传人》一文所记录的，老师的恩德正在一代代传承。

“吉军，现在成绩不好，没有关系，龙爷爷扯一下你的耳朵，以后一定也会是龙爷爷最优秀的学生……”教诲如春风，师恩似海深。感谢您，龙吉水老师！（初88班陈吉军）

寄情杯中齐荡漾

※张　胜

张胜，女，1971年生，隆回六都寨人。1982—1988年先后就读于隆回二中初62班，高124、126班，后毕业于长沙理工大学。现居长沙，任职于湖南省电力公司。

今夜，一场久违会晤，让多年未见的师生欢聚一堂，如果用一个词来描述感受，我选择“荡漾”二字。

Dang yang，再用隆回六都寨方言念出来试试，哈哈，似乎又多了一份让人哑然失笑的喜感。这份喜乐是尹爱民老师带给我们的。

此时，我的嘴角不自觉地上扬，又忍不住偷着乐了。我们的音乐老师咋这么幽默又可爱呢，敬个酒，碰个杯，都要造出一个让人难以忘怀的笑料来。

只见尹老师举着酒杯，细眯的双眼，戏谑的神情，笑盈盈地用六都寨方言对我们说：“我对你的情，在杯中荡漾。”边说还边晃悠着他那精瘦的小身板，故作羞涩妩媚状，那种违和的幽默感，顿时让我们笑喷！

尹老师在我们眼里，一直就代表着快乐。他教我们识五线谱，教我们吹口琴，教我们跳集体舞。虽然我早已把五线谱知识还给了老师，但是口琴，却是我迄今为止唯一会用的乐器。这点雕虫小技，还曾为我赚来些许的掌声，骗得个多才多艺的美称。

尹老师从教时间不长，自1985年调离二中赴县委任职后，就再也没有登上三尺讲台。但是看得出，在二中的四年，是他最值得回忆，也是最得意的时光。他能够记得当年很多同学的名字，记得他们各自的特长。同学们也都津津乐道尹老师当年的点滴乐事。

我笑曰，一个副科老师，能够被同学们这么深深地惦记着，实在大赚啊！也许，在那个物质匮乏的年代，音乐所带来的精神

刘坚毅老师，转科的时候，我和母亲到处寻找能接纳我的老师，感谢您接纳我。高考时我忘拿餐票，您把自己的餐票给了我，自己却饿着肚子陪我们，谢谢您！（高702班李粤湘）

给养，更能给人成长的力量。

三十六年后，再见到杨小艳老师，依然如记忆中那般身段纤细，举止优雅。

初二时杨老师教我们物理，但她却是真正的多才多艺。她打得一手好篮球，三步投篮的身姿，潇洒干练，带球过人，如入无人境地。

最让我们印象深刻的是，她还跳得一手好舞，舞姿优美灵动，更有天才般的编舞技能。在那个年代，没有影像设备，无从效仿，全凭自己对音乐的理解、对舞蹈的感悟自编自创。当年杨老师指导我们六个女生跳的《赤足走在田埂上》，曾代表二中赴县城参加隆回县汇报演出，获得舞蹈类一等奖。

这是我今生记忆最深刻的舞蹈，也是我今生作为舞者，登上的最高的舞台。三十多年来，我一直记得这个舞蹈动作，记得杨老师带着我们在那个简陋的舞台，一点一点帮我们纠动作的情景。现在每每被友人夸赞我拍照会摆姿势时，我总觉得这和当年杨老师的指导有关。

随同尹老师、杨老师一起来与我们见面的，还有曾红日老师。曾老师教体育，但是没有教过我们班，同学们对他印象相对模糊，但是听尹老师一番介绍后，我很是诧异。当年我们赴县城参加舞蹈比赛的配乐，是现场伴奏的，曾老师担任的是小提琴演奏者！

天啊，体育老师拉小提琴，即便是用今天的眼光来看，也是神奇的，令人赞叹，令人折服！

席过半程，萧逍遥老师匆匆赶来，让我们甚是欣喜。当年二中成立默深文学社，创立《凤声报》，肖老师便是第一任社长，首任主编，带领一拨对文学满怀憧憬的稚嫩少年，跋涉于文学的崇山峻岭中，默深文学社的美名，名扬三湘。时至今日，肖老师依然对当年突出的几个文学才子如数家珍：王子曰、周亦翔、马汝萍……

当年，面对文学社的大门，我的内心是卑微的，那是我无法企及的高度。每每只是怀着敬仰之心，品读带着油墨香味的《凤声报》，从没想过自己去投稿尝试。

然而时至中年，我却对文字的表达，产生了饱满的热情。起初只是出于一个做母亲的爱和责任，以流水账的形式，去记录孩子的成长历程，慢慢地我感受到了文字带给我的快乐，渐渐能够写出一些有点质量的随笔。日记，让我把外在经历变成了内在财富。

我以这种笨拙的坚持，克服了年少时面对写作的怯弱。虽然这种以记录生活为主、自娱自乐式的文字，不是文学创作，但于我，已足矣。

我很认同肖老师席间说的一句话：“中国的物质文明发展到今天，更需要精神文明的进步，文学能够为它的进步产生推力。”

是的，无论是社会的发展，还是个人的成长，都离不开文学对内心的熏陶和滋养。

龙定旺的信手拈来，龙卫红的谆谆教导，郑丽娟的寓教于乐，罗杰的风趣幽默，逍遥的尽职尽责等，让我们在枯燥乏味的学生时代有了奋力拼搏的无限动力。(高 828 班袁丹)

期待肖老师的作品，也期待当年众多文学才子们的作品！

时光可以改变我们的容颜和境遇，时光也可以磨平我们的心气和棱角，但是，唯有真情，它带不走，磨不平，改不了！

开怀畅饮杯中酒，我心荡漾诉师情！

来，干了这一杯！

毕业那天，彭亦龙老师在讲台上的含泪嘱托，至今仍深深影响着我。彭老师因材施教，循循善诱，教我知识，更让我拥有解决问题的勇气和能力，谢谢您！（高476班刘翠萍）

白云之上

❖ 赵辽乐

赵辽乐，男，1978年生，隆回司门前人。1990—1996年先后就读于隆回二中初77班、高174班、高172班，后毕业于山东财经大学。现居东莞，从事外贸工作。

作为农村山区长大的孩子，我12岁去隆回县城读书之前，除了在村办小学接受课堂教育，许多时间都在走路爬山，看天发呆。那时我家所在的山区没有马路，一切都靠走，茫茫大山，方圆几十里，需要翻山越岭，一步一个脚印去丈量。在丈量的间隙，我用“发呆”放飞想象力的翅膀，走在田埂间的时候，在山上放牛的时候，我眺望远方，对着山顶的云朵发呆，想山的后面和白云的上面会是什么。

1990年，12岁的我第一次走出大山，来到隆回二中读初中一年级。入学没多久，机缘巧合下我成为默深文学社的一员，没过几个月，我写的第一篇诗作《秋天》，被选入刊登在文学社主办的校刊《凤声报》，从那时候的稚凤发声，到今天混迹珠三角大湾区成为资深“凤凰男”，在智能制造的道路上寻求涅槃，一眨眼，已经33个年头。我走到了山的后面，仍在求索着白云之上的风景，而12岁走进的二中，给予了我一生求索的船与桨。

保守你的心

对于来自隆回北面乡镇的同学而言，来到县城读初一，堪称我们成长过程中的一个标志性事件。到学校寄宿跟同学过集体生活，意味着在生活上要摆脱对父母的依赖，在心理上彻底断奶，完成社会化。我还记得，刚开始的那两个星期很不适应，因为太想家，好几个晚上都在被窝里抹眼泪，在这个衔接过程中，很幸运遇到了我们初中三年的班主任——刘爱武老师。

刘老师也教我们数学，那时候很多同学都喜欢下课后跑去刘

感恩邹利章老师为我提灯引路，感恩刘辉黎老师教我淡定从容，感恩黄岩园老师对我殷殷教导，感恩陈维勇老师悉心教诲。千言万语道不尽感谢，一生念师恩。（高511班蔡菲菲）

老师宿舍，请教不懂的数学问题，一不留神到了饭点，刘老师就留我们在她家里吃饭。刘老师把学校和班级当作家，把学生当作孩子，我那时候甚至感觉，她对我们比对自己的孩子还要好。她教我们缝被子，教我们唱歌，带领我们参加校园劳动，带我们出早操，晚上自习课以后，她还要监督我们关好灯，睡觉不说悄悄话。

她不仅在校期间认真负责，就连假期都兢兢业业。初二那年暑假，刘老师把班上几个对数学感兴趣的同学组成了一个兴趣班，免费补习了一个多月。她就是这样的，几十年如一日，用一辈子时间奋斗在教育战线上，践行着一个教育工作者的人格理想，燃烧自己，照亮别人。

十几岁是人生观、世界观初步形成的阶段，而刘老师用言行教育我的，是管理欲望，不忘初心。因此，当我第一次读到“君子爱财，取之有道”的时候，深信不疑，因为刘爱武老师说过：“书中曾说，要保守你的心，胜过保守一切，因为一生的果效，都是由心发出。”

用战斗换和平

当时的隆回二中，有各种各样的兴趣团体，尤其倡导生活教育和体育教育，跟教学楼一墙之隔的是几百亩橘子园，每个学期好几次，同学们都需要以班级为单位，去橘子园劳动和采摘，那种金橘挂满枝头的丰收喜悦，让我记忆犹新。

学校提倡“文明其精神，野蛮其体魄”。每年最大的盛事，除了放暑假前丁字楼桂花树下玻璃橱窗里的高考成绩揭榜、大学录取同学名单公示，另一个就是每个学期的学校运动会。

20 世纪 90 年代初期，市场经济迅速在全国各地涨潮，小县城里的市井和街头文化开始兴起，部分社会不良青年和街头混混不时跑进校园闹事，干扰学校的正常教学秩序。

隆回二中的位置当时还有点偏远，想要保护校园里每张课桌的安宁，靠警力肯定不及。这个事情，激起了当时的政教处主任马轶麟老师的血性。没错，就是平时喜欢吹拉弹唱，负责学校仪仗队的马老师。他把学校体育特长生召集起来，号召大家为保卫校园和平而战，组成护校队。每天早上，我们去食堂吃早饭的时候，都能看到护校队的同学们刚从“黄土高坡”大操场上大汗淋漓地训练回来。

几次课间休息，看见几十号街头混混手持棍棒冲进校门，想跟某个班上与他们结有梁子的同学火拼，马主任哨声一响，护校队的猛士们从各个班级操起家伙冲出来，还没交手，堂堂之阵就已经把混混们击败。

我在二中的最大遗憾，也许是没能到街上去跟混混们干过仗。当然了，如果后面还

邹水平老师在那个物质不是很丰富的年代，私掏腰包为班级举办周末晚会，带我们爬山和野炊，给备战高考的枯燥生活带来了很多乐趣，留下无数美好的回忆。（高 337 班向桂香）

能加入护校队，那就更威风啦。

自古知兵非好战。马铁麟老师给我们男同学上了重要一课，是男人，就该敢于战斗！一个国家所拥有的和平和尊重，是自己用勇气、智慧和实力挣来的——个人也是如此。

享受你的人生

高中二年级毕业会考完毕，所有同学需要按文理选科重新分班。高三开学报到第一天晚自习，同学们来到教室里都会有些兴奋，除了一个暑假不见，学校生活开始变得有点新鲜，还有一个少年维特的秘密，因为重新分班跟拆盲盒似的，很有可能，某个自己暗恋已久的隔壁班女神，突然成了前后桌的同班同学。

这一天，教室里正人声鼎沸，讲台上忽然站了一个人——迥异于普通南方人的长相和平均身高，这厮目测一米八几大高个，身材壮硕，不怒而威，教室里瞬间变得安静。

完了，这就是我们的高三班主任兼政治课老师——胡益良老师。很多同学私下里称呼他为老胡，老胡不老，当时应该也就三十来岁。

慢慢开始了解和熟悉老胡，我们开始对他浑身散发的人格魅力着迷。人狠话不多，望之俨然，即之也温，闻其言也厉，这些话放在他身上，再合适不过。

作为我们的政治课老师，老胡讲课绝对称得上我们那时的“非典型”，他讲课提纲挈领的架势，大概跟他的身高优势有关，他看待很多问题举重若轻，经常让人感觉他其实想说“多大点事儿”。关键是，老胡见多识广，我记得他讲到民族问题那几章时，满蒙藏回，民俗风情，随口道来，妙趣横生。那个时候，我时常感觉到老胡站在讲台上自带光芒，炫目夺人。

更“非典型”的还在后头，元旦的时候学校搞新年晚会文艺汇演，主持人报幕，下一个歌曲《乌苏里江》，演唱者胡益良。果真是他，开口“呵啦啦啦，呵啦啦啦……”那一段唱出来，我们就听蒙圈了，当时只是感觉，那个歌儿唱得让我不由自主地想起黄河之水在奔腾，小鸟振翅飞入白云之上、遁入云天，那是一种怎样的从未有过，又无法言说的轻松、美妙和自由啊！

追求进步和成长的人生道路，道阻且长。就像我小时候爬山，每次爬到山顶，总是觉得远处的山更高一点。用一句“鸡汤”的话来说，没有比人更高的山。历经世事，才明白这个人就是自己。每当我把自己的生活弄得一地鸡毛的时候，我时常会想起中学时代的许多老师，他们在我耳边轻语：“沉下来，豁出去；人只活一次，多大点事儿，享受你的人生！”

陈晚姑老师，犹记您中学讲课时的声情并茂，多年后我也像您一样爱笑。高考后进入邵阳师专有幸再次遇见您担任班主任，跟着您锻炼三年。微笑和健康是您赠我的最好礼物！（初 79 班陈玲珍）

青葱岁月里的周飞跃老师

◈ 陈卫民

我从小特喜欢语文，数学稍差。开家长会时，小学班主任老师对我母亲讲，这孩子成绩可以，就是有点“跛脚”（意即偏科），母亲听成我腿脚有毛病，扯着老师衣袖问：“何得了！怎么解决？”老师啼笑皆非。

陈卫民，男，1980年生，隆回周旺人。1993—1999年先后就读于隆回二中初85班、高192、194班，后就读于湖南工商大学会计系。现居长沙，任长沙市隆回商会秘书长。

上了初中，数学依然是我的噩梦。成绩不好，见了数学老师自然有点害怕。但是见了周飞跃老师，害怕少了一半——他身材微胖，皮肤白皙，稀疏的几根胡须，脸上始终挂着神秘的微笑；讲一口荷香桥味道的普通话，声音也很温和；肚子不见得大，但皮带总是微微耷拉着——这随性与温和的形象，使他颇为平易近人。

但班主任毕竟是个难办的差事，周飞跃老师当班主任，有人爱，也有人恨。恨他的，是那些调皮捣蛋的极少数；爱他的，是诚实上进的大多数。

周老师讲课是启发式教学。课前休息时，他会喊书法好的同学把题目提前抄在黑板上。上课开始，让大家先思考，然后问，有谁愿意上来解答？刚开始，总是应者寥寥，于是周老师会随机喊人上去答题，台下顿时个个胆战心惊。记忆最深的是一位叫姗姗的同学，很害羞，容易脸红，有一回被周老师点名，她紧张地走上去，面若红霞，语无伦次，周老师温和地引导她，一条辅助线画出，一个公式引出，姗姗终于做对，我们也豁然开朗。还有一次，周老师心血来潮，干脆要姗姗把解题思路跟大家分享一下。姗姗硬着头皮讲完之后，周老师宣布，奖励操行分5分！多么阔绰啊！要知道，作文比赛获奖，才奖励操行分3分！从那以

高中叛逆三年，做了不少傻事混球事，是王丽卿老师不断将我从悬崖边拉回来，给予我很大帮助，永远记得她说的“心似平原走马易放难收，学如逆水行舟不进则退”。（高351班丁科峰）

后，大家都积极上去答题，我这种有点偏科的，对数学也开始产生了兴趣与信心，而原本数学成绩中等的姗姗，因为得到几次表扬，自信心暴涨，初中毕业会考，数学拿到了满分！

对数学好的“学霸”，周老师有着自然的偏爱。一个谢磊，一个国栋，课堂上，周老师对他们点头赞许，眼神都格外亲切；课后，经常喊他们去“开小灶”，学习那些让我们百思不得其解、玄之又玄的奥数。

对数学不好的“学渣”，周老师也有着恨铁不成钢的督促。态度端正，能力不足的，他不吝鼓励，哪怕只有微小的进步，也会当着全班的面表扬；要是能力不足，态度又吊儿郎当，他有的是办法收拾你：罚站、扣分，或者开点小玩笑。

罚站往往是口头警告无效之后采取的惩罚措施。开始是罚站在后面，后来发现，板书时后面有窃窃私语声，原来，罚站者依然在那挤眉弄眼，逗大家开心。这下，周老师“怒”了，罚站者只能站在离讲台最近的地方，与周老师的板书亲密接触，在知识的海洋里接受心灵“改造”。

至于扣分，至今听到操行分几个字，好多人心里仍然习惯性紧张，因为操行分跟期末综合测评挂钩，一不小心，就有可能被扣分：吃饭打冲锋，上课讲小话，作业交迟了，早操出晚了，方方面面，时时处处，都可能被扣分。一学期下来，扣分多的同学便与各类奖状无缘了。

总有个把油盐不进的，罚站跟扣分都没用，那就还有一招，开小玩笑。周老师总是在你分神的时候，突然站在你面前，也不骂人，只是带着神秘微笑，摸摸开小差者的头，或者在寒冷的冬天里，把冰块一般的手，从颈窝一直插到男生的脊背，这一招屡试不爽，比如斗鸡场上生龙活虎的麒麟同学，对此阵仗，便吓得只敢瑟缩着脖子。

周老师能准确及时逮住开小差者，源于他的“窥视”功夫。晚上自习，关着窗，开着灯，从窗户看外面，就像照镜子一样，“镜子”里面也是明晃晃的灯光，还有伏案学习的人影；而从走廊看教室里面，却是洞若观火。冬天晚自习，靠窗的两个女生，正在说着悄悄话呢，感觉教室有点闷，顺手推开窗户，砰的一声，刚好撞到了正在窥视的周老师，周老师揉着脑袋，低头疾走。晓玲同学说，以后的学生生涯，晚上再也不敢推窗！

学习上，周老师管得紧，生活上，周老师也管得细。

那时我们入住在“黄土高坡”的老三栋宿舍，经常积水，水深时可以养鱼。走廊过道，得垫砖才可以通行。宿舍人多，两人一铺，各带一床被，一床当垫被，一床当盖被。梅雨时节，有同学发现，垫被的棉絮上，有一团团霉印子，同床两人都怀疑对方尿床，又坚决不承认，于是由争执变成打架。自然是周老师来调解，后来干脆规定，垫被盖被

高中进入叛逆期后，我总会干出些出格事，一向和蔼可亲的班主任被我气了好几次，却仍一如既往地开导我，时隔多年，我明白了您的良苦用心，感谢阳衡老师！（347 班李永军）

一个月轮换一次，天气好，就把被子拿出来晒。

有段时间，宿舍水管里的水，间或流出绿色的滑溜溜的青苔，大家都不敢再喝，出来寻找没有关严的水龙头，偏着头，等着水滴进嘴巴里。生活委员报告给了周老师，没过几天，广播里传出校长李世藩讲话：“最近同学们反映，水管里流出少量青苔，是水塔没有清洗所致。现在，水塔经过清洗，经检测，水里含有微量元素，请放心饮用。”听广播时，我的舌尖仿佛掠过一丝甜味，像周老师神秘的微笑一样。

同宿舍小伙伴谭晟，月假回去拿了米和生活费，生活费就顺手放在米里。因为快到期末考试了，抓紧时间在车上看书复习一下，偶尔也望着车窗外的连绵青山，心里还沉浸在离家的不舍中。车过六都寨，谭晟突然发现，放在过道里的米袋子不见了！他顿时大脑一片空白。在花门下车，徒步去了隆回县城找亲戚借钱无果，离过年只有个把月了，怎么办？没办法，鼓足勇气，让我陪着一起去找周老师借钱。站在周老师家门口，嗫嚅了半天，才讲出窘境，声音比蚊子还小，周老师根本没法听清，好在他的女儿就在旁边，复述了一遍，周老师很爽快地拿出五十块钱，还问够不够。站在谭晟身边，我心想，周老师真的很可爱啊。

那时，菜票是学校的通用货币，分为一角、两角与四角。一角票是绿色的，两角票是红色的，只能买素菜；四角票是高贵的橙色，可以买肉菜。我们算了一下账，即便餐餐吃肉，到月末还有结余。于是，我们破天荒买了橙色菜票，买了个油汪汪的红萝卜丝炒肉，狠狠地打了个牙祭。春节后开学，谭晟去还钱，周老师却已经不记得这茬事儿了。

我对周老师的感情里有过“恨”，这是一段“叛逆少年”的“叛逆记忆”。那时我作文竞赛得奖，内心膨胀，以为写东西就有了一切。数学拖后腿，有了破罐子破摔的任性；对学校的条条框框，浑不在意；对实习老师动辄“在我们大学，如何如何”的说教，不以为然。一切都是懒洋洋的，一切都是慢腾腾的。周老师无可奈何，使出了杀手锏：喊家长。在他家里，周老师严肃地教育我：“有些严重偏科的，考不上大学，诗人也变成农民，必须全面发展，考上大学，梦想才有支撑。”面对母亲着急失望的眼神，我第一次痛哭流涕。那次月假回家，我浑身被父亲抽打得满背是竹枝印子。我把这一切，怪罪于周老师，有很长一段时间，在路上碰见他，总要远远地避开。

随着时间流逝，少年成人，当时平淡或激烈的情绪都已经消散了，再回想与周老师相关的一切，心中悠荡的是一份感激和许多怀念，那个始终带着神秘微笑的数学老师，长长久久地住在我的记忆老房子里。

魏华习老师，在外部环境影响下，青春期的孩子总是容易产生一些莫名情绪，是您的包容、信任与肯定，让我一直能够保有乐观、自信的生活态度，谢谢您！（高 351 班廖小军）

《风声报》编辑部

※ 刘定光

刘定光，男，1982年生，隆回南岳庙人。1996—2002年先后就读于隆回二中初94班，高214班、220班，湖南师范大学文学学士。现任株洲市荷塘区委常委、政府副区长。

隆回二中有孟母三迁的历史，《风声报》编辑部则不知有多少迁的历史了。我当文学社社长时，其址已由第一教学楼二楼最右端迁至一楼右端。那是个隐蔽的房间，四十平方米，光线也很暗。又邻接楼梯，上下楼梯的脚步不断，传至房内余音绕梁，三日不绝。一盏日光灯悬于窗边，扫了蜘蛛网，擦了红锈罩上几张报纸，光便跳跃下来，跳在地下，弹在墙上。只幸其活动的空间不大，整个房间倒也亮得像一个房间。灯下放三张桌子，两张靠背放齐，一端挨着窗子，另一端横放一张，很可爱的一个矩形。再把窗打开，几股清新的空气溜进来。在墙上钉一排钉子，架几叠报纸，悬社内章程和档案文件。再往桌上码两叠旧书，房门上固定好“风声编辑部”的牌子，整个就像个有模有样的编辑部了。

指导老师半夏子是个讲究生活情调的人，老是“缠”着师母要剪纸。师母不堪其烦，终于买来剪纸，剪了些可爱的小动物，如小鸭、企鹅、飞鹤、小老鼠。将其贴在墙上、窗上、灯上，几张还用玻璃板压在桌上，温馨之感倍增。老师便有了几分得意的骄傲，不止和我们一起赞美师母精湛的手艺，还乐此不疲地称赞自己如何慧眼识师母，说着说着便由纸说到爱情上去了。说起过去，眉宇间更加得意，简直要飞扬了。

《风声报》每学期出两期。每到快要出刊时，编辑部便开始“车水马龙”起来。送稿子的、打听信息的、拿退稿信的，还有缠着老师索要写作秘籍的，或者什么也不干，专门来凑热闹的。编委会的几个同学每人一大沓稿，逐字逐句地审稿。末了，不准备采用的打点批语，写点不采用的理由并附两句鼓励的话。老师

郑时坤老师的课堂，声音极具穿透力，嗓音响亮激情，可震醒午后隔壁班犯瞌睡的同学。他还很潮流，在流星花园风靡全国的那个夏天，他穿着F4的T恤，嗓门一出，活力十足。(高256班罗慧慧)

也审稿，却更像一个监工。每篇不用的稿子都要传到他的手上再审，若审稿不认真漏了好稿则必受责备。碰到好文章或里面有亮点，他就不厌其烦地传给我们，评价、讲解，甚至动不动就把我们的文章与之比较，要求我们甄别吸收。

周末无其他要事，半夏子老师就召集我们几个机构成员，到编辑部开个作品朗诵兼讨论会。同学们在会上朗读新作，讲讲创作心得，然后其他同学发表意见。有时分歧争执不下，老师便进行化解。老师也朗诵，同学可各抒己见，老师有时也自我解剖。记得他有组诗，名为《春天的故事》，几臻完美，他却说出了几个不足，个别的字还当场向我们求教，后来发在《风声报》，果然被十多本杂志转载。

半夏子老师语文功底了得，却是地理老师。在地理课上总是滔滔不绝，总之像语文课。课堂上最经典的话是“话说……”，接着，一大堆课外知识和小故事就如黄河之水天上来了。最让我感动的是高二那年，半夏子老师花了九牛二虎之力从学校弄了个靠近厕所的很小很暗的房（靠近编辑部），以此开辟了学校第一个自由“图书角”。更有甚者，传其因为书的缘故，曾和几位老师有过过节。有时其他老师去借书，比借他的孩子还艰难！而这次老师却倾其书柜，一时被学校视为当年的奇闻！

“图书角”开张后人流络绎不绝。黄昏里，微弱的灯光里，淡淡的厕所臭味里，他丢了魂似的一个人闷坐着，对在场的我们都没精神搭理，我们怯怯地看到他的眼睛里有点红，活像个受了委屈的小孩，老师的威严一刹尽失。我们料想图书角看样子是要关门了。许久，他自己咬咬牙，像自言自语似地说：“明年图书角要好好加强管理才行！”真的有点哭腔，但图书角还是坚持下去了。

人办事需要恒心，也需要信念。作为一个老师，甚至不是语文老师，对一份内部中学生文学刊物如此执着，一般人是难以理解的，难道就只是因那一种对文学赤忱的热爱吗？后来我在他的一篇取名《百般酸苦话办报》的散文中读懂了其中真情。从大学办系报，毕业后就创办文学社、办社刊，再接手二中老牌的默深文学社，一干就是十几年，其中的酸苦也只有他自己知道。功夫不负有心人、不负苦心人，汗水洒下去了，委屈咽下去了，一个又一个的捷报传来：默深一次又一次获奖，默深人散布各地，清亮的风声传遍全国，蒲友德（笔名李傻傻）出书了，袁蛟成全国十佳校园诗人了，魏斌成办刊名人了……这些只有他的学生自己知道，只有在他影响下的默深人知道。

不知现在《风声报》编辑部的条件如何了。读大学那会，拿着半夏子老师寄来的清新质朴的《风声报》，简直情不能自已。我们的写作学李作霖教授看了，说在一个山城中学能办出如此报纸，简直是个奇迹！

是啊，那人、那山、那编辑部都是个奇迹吧！

张美兰老师是我记忆里的最美教师，那时她刚毕业入职，怯生生的，容易脸红，说话温柔细致。有次，我物理分弄错了，她亲自找到我，帮我改分，谦逊又耐烦，如沐春风。（初129班王乐）

感激·崇拜·愧疚

——怀念隆回二中的三位老师

❈刘　卫

刘卫，男，1982年生，隆回七江人，中共党员。1999—2002年先后就读于隆回二中高225、221班。湖南城市学院工程管理专业本科毕业，中国人民大学在职研究生，高级政工师，一级建造师。现居北京，担任中国中铁集团宣传处处长。

2024年是母校隆回二中建校100周年的喜庆年。100岁的隆回二中雄姿英发，风采卓越地迈着稳重的步伐向我们走来。作为一名二中人，我真心为见证二中年富力强的华诞而欣喜。游子漂泊已久，母校常驻心间，二十多年来，因工作、师友的缘故，我与二中割舍不断，交集良多，缘分的线从未断过。二中，是我生命中不可分割的部分。

让我心怀感激的陈惟凡老师

记得1999年4月的一天，陈惟凡副校长作为二中招生带队负责人，走进我就读的建华中学。按照片区上学规定，建华中学只能报考隆回二中，且只有年级前8名才能参加二中组织的中考。初中时的我成绩还是不错的，第一次全乡统考，考试成绩在全乡位列第10名，学校年级排名第3名；初一下学期稳中有升，成绩在学校年级排名第2名。然而，初三时成绩不太理想，在学校年级排名位列第9，根据规定，我本无缘参加二中的招生考试，但陈校长念及我过往的努力和农村孩子求知若渴的坚毅，素昧平生却为我争取了一个考试名额，所幸未负众望，我拿到了通往二中的入场券。

进入二中以后，我亦曾多次得到陈校长的谆谆教诲，他是我生命中的贵人。记得我在学生会担任保卫部长、副主席等职务时，经常热心于学生会工作，忙得不亦乐乎。每次碰见陈校长，他都对我肯定有加。同时也会善意提醒我，学生的主要任务是学习，要在学习上下苦功夫，争取考个好大学。一位认真负责的校

高海英老师对我而言不仅是老师，更像一座桥梁，她带我接触文字深处关乎于思想的内核，无法形容，却深刻影响我的人生，让我在某些契机下恍然大悟。很庆幸能遇到高海英老师。（544班谭江）

长，一位苦口婆心的长者，一番番语重心长的教诲，在我脑海中永远挥之不去。

让我内心崇拜的周家龙老师

刚进二中时，稚嫩却朝气蓬勃的我们喜欢掰手腕。在当时的225班，能抵挡住我3秒的同学比较少，同学们都说我力大如牛，于是大家都喊我“阿牛”，这个名字一直沿用到现在。我是比较崇拜“力量”的人，有“力量感”的周家龙老师令我非常崇拜。

记得高一时一堂数学课上，县城的一个小伙子，到我们班上来骚扰一名女同学，周老师多次警告他不要影响正常教学，可这名小伙子低估了周老师对学生的关爱，也高估了自己的实力，置若罔闻。多次警告无果后，平时温文尔雅的周老师，把教案往讲桌上重重一丢，大步跑出教室，直接把小伙子拎起，往政教处方向拖。当时我们班上同学都傻眼了，经过目测，这名小伙子的体重至少在130斤左右，但周老师能够轻松拎起来，我的崇拜之情油然而生，崇拜的不仅是力量，更崇拜他对学生的爱护。当然，我对周老师的崇拜远不止这些，他学为人师、行为世范的风格一直影响着我。

让我满怀愧疚的魏先俊老师

文理分班后，我来到了文科班221班。这是我们那一届12个班里面最调皮的一个班，光高三这一年，我们就换了3个班主任，离高考只剩下150多天时，魏老师临危受命，担任了班主任老师。如何管理班风、转变学风，成为魏老师面临的一道难题。思量再三，魏老师采取了“拉拢一批、安抚一批、打压一批”的政策，分类分级管理。在魏老师的引导下，大家开始认真思考，自己到底该怎么办？将来选择一种怎么样的人生？这种跳脱小我的大格局分析提高了大家的目标感，在较短的时间内，全班凝聚起浓厚的学习氛围，全力投入高考冲刺。

高三最后阶段，魏老师对我特别关心，总是耐心辅导我，安抚我焦躁的情绪。遗憾的是，张榜公布时，我因英语分数偏低，未能考入理想大学。魏老师并未因此看轻我，他第一时间开导我，帮助我从高考的失落中走出来。

在二中的三年里，还有很多老师在学习、生活、工作中以身为范，助我良多，因为篇幅原因没法一一记录。从懵懂无知迈入四十不惑，从湖南山区到跻身北京，从一名基层技术人员到央企总部的管理干部，二中岁月时时给予我蓬勃的能量，那些老师们成为我人生道路上的指路明灯，常常激励我勇毅前行……

阳勇华老师，您好！毕业十五年，我时常怀念高中时光，感谢您当年的辛勤付出和无私奉献。如今，我仍铭记您的教诲，努力前行。愿您身体健康，工作顺利，幸福常伴！（高338班陈良）

李柏树老师二三事

❖马　伟

马伟，男，1984年生，隆回桃洪镇人。2000—2003年就读于隆回二中高235班，后毕业于中国美术学院。现居长沙，担任美创艺术培训学校创始人兼校长。

隆回二中的百年发展史，是一卷辉煌灿烂的教育画卷。踏破峥嵘、风雨兼程走过百年春秋，在这些浸透汗水、承载希望、绽放荣光的日子里，无数校友在这里淬炼品性，培植情怀。“饮其流者怀其源，学其成时念吾师”，欣逢母校隆回二中即将举行百年校庆，我与所有校友一样，怀着浓厚的感恩之情，感激谆谆教诲我们的老师，李柏树就是一位让我感恩至深的老师。

初识李柏树老师，是在千禧年金秋。父亲带着我去二中报到，当天遇到的第一幕可以用超级震撼来形容，让我一辈子都无法忘怀。只见校园围墙处，一群穿着体育训练服装的学生，一字排开，依次接受一位老师的训斥。这位老师措辞非常严厉，样子甚至有点“凶恶”，不时伸出大手准备揍那些顽劣的家伙，顽劣少年吓得赶紧偏向一边……一番训斥之后，围观的同学们议论开了，有的说在二中爬围墙是触犯“天条”，有的说以后再也不敢爬围墙了，有的说体育生是该整顿一下了，等等。至于那些挨训的顽劣少年，似乎受到了一场心灵的洗礼，乖乖地返回教室学习去了。我和父亲也是现场围观者，父亲看后特别高兴，直截了当地告诉我：“隆回二中的老师很负责，对学生管得严，你在这里我很放心！”我相信，父亲的观后感，代表了他这位普通家长对学校最朴素、最直观的感受。不久后我才知道，报到第一天给我留下深刻印象的这位严师，就是我们的政教主任李柏树老师。

印象中，李柏树老师是政教工作的有心人。乍一看，他头发后梳，油光可鉴，胡须浓密，活脱脱一副“土匪”模样，颇有几分杀气。为了营造“人设”，他一直煞费苦心，比如，在处理调

李伍莲老师，还记得那次在您课上和同桌讲小话，您看到后叫我回答问题。我的窘迫被您发现，您温柔地说上课要认真听讲，便让我坐下。因为您的温柔，我热爱英语，谢谢您！（高351班贺惠）

皮捣蛋的学生时，他总是先来一句“我是隆回四大恶人之首”，以此给那帮捣蛋鬼施加极大的心理震慑力。只可惜，毕业这么多年，我到现在还不知道到底哪些人是“隆回四大恶人”。

我在二中期间，虽然不属于顽劣之徒，但是因为小吵小闹而扣操行分的次数也不少。比如，有次吃饭打冲锋不幸被李老师抓住并在一旁接受处理，本以为会受到暴风骤雨般的处罚，没想到罚站几分钟就被李老师放行了，还被警告下次不要再犯，要把冲劲用在学习上。本来想着冲锋一下可以提前吃饭，结果因为罚站反而吃在了最后，我的心情十分沮丧。不过，这也让我长了记性，再也不会轻易打冲锋了。

不打不相识，那次和李老师亲密接触以后，彼此之间熟悉起来。每次相遇我都会主动向李老师打招呼示意，他也会回之以点头或微笑，偶尔还告诫我要努力学习。李老师看着不好接触，同学们远远瞧见都会本能地生出几分惧意，不管犯没犯事都绕着他走，但只要与他相熟，你就会发现，李老师其实是特别友好的，他倾尽了一位教育工作者所应有的包容，教育学生时春风化雨、和颜悦色、轻声细语、关爱有加……我常常想，“四大恶人”之首怎么就一点也不凶狠呢？

每周一举行的升旗仪式，是李柏树老师留给大家的集体记忆，这时他西装笔挺，双目炯炯，用那独特的滩头口音念着“封神榜”，因为他念的都是谁犯错、谁记过、谁扣分等内容，私底下被我们说成是“封魔榜”。“封神榜”念完之后，李柏树老师往往会对全校同学进行国旗下的讲话，就近段时间校内存在的种种问题，深入浅出地讲解做人做事的道理，让我们受益匪浅。

搞政教工作难免得罪人，李柏树老师也不例外。记得有一阵子，初中部有几个男生形成一个团伙，咬牙切齿、多次发誓，一定要在毕业后把李主任给“包饺子”。我知道情况后，还特意劝说了几位学弟，也把我心中对于李老师的真切感受说给他们听。当局者迷，旁观者清！后来几位学弟似乎收敛了许多，也许，是他们更加深刻地理解了李柏树老师的不易，在日复一日的教诲中铲除了歪曲的种子。

虽然工作角色要求李柏树老师自带几分霸气，却由于其本身的义道、不拘小节，又藏着几分豪爽。早在20世纪90年代，李柏树老师尚在隆回五中教书，便以乐善好施出名。有一位在东莞经商的荷香桥籍罗姓企业家，当初家里穷，供不起他读书，李老师不仅给他掏了学费，还安排其与自己一起住在单身教工宿舍。他非常慷慨大方，往往工资才到账就所剩无几，不得不带着学生去教工食堂赊账。虽然这位罗姓企业家最终未能考上大学，但经过数年打拼，事业却获得了重大成功，他在不同场合都感念李柏树老师的恩德。这个故事也成为李柏树老师乐善好施、扶贫帮困的一个经典案例，在隆回老乡之

罗飞老师，您那平易近人的性格，幽默风趣的物理课，深深地吸引着我，让我对物理学习兴趣浓厚，并最终在您的影响下也成了一位物理教师，在此特意谢谢您的教导。（高411班周乐泉）

间流传甚广。

我从中国美术学院毕业后，也成了一名教育工作者，在长沙开办了美创艺术培训学校。随着时间的积累，学校在行业内具备了一定的知名度，很多隆回二中的艺术生都在这里接受培训，我和母校之间的联系渐渐多了起来。

2023 年 11 月 18 日，是一个让我永远无法忘记的日子。久违的李柏树老师那天给我打了一个电话，他说他在长沙进行百年校庆的动员工作，结束后要前来美创艺术培训学校，看看正在迎战艺术类专业统考的二中高三学子。我挂了电话后百感交集，李柏树老师刚刚升任隆回二中党委书记，和在我这里学习的这批孩子尚未谋面，就如此牵挂和关心他们，实在让我意外。后来据校庆办主任李庆刚介绍，李柏树在隆回一中担任党委书记的时候，也会抽空来长沙为艺术生鼓劲加油。他从来不会认为，把艺术生丢给培训学校就万事大吉，文化生高考成绩固然重要，艺术生成长成才也具有和文化生同等重要的地位。

当天下午阳光很好，大概是不想太正式，以免给同学们太大压力，李老师身着黑色夹克，双眼熠熠，风尘仆仆地出现在同学们面前。他先是观摩了现阶段学生的作品，在座谈会上细致了解学生的生活和健康情况以及学习时遇到的种种困难，并有针对性地给我提了几点建议。临走时，李柏树老师一再嘱咐我，作为学长，一定要把学弟学妹们培养好，争取选出优秀苗子冲刺清华大学，献礼百年校庆。这是一位学校领导对于创业校友的诚挚慰问，这是一位恩师对于学生成长的深切关怀，更承载着一位教育工作者对于无数孩子未来沉甸甸的责任。我在李柏树老师的眼中看到了肯定，感受到了信任，这是我第一次得到恩师的认可，一时心如擂鼓，险些当面涕零。

回望毕业后的二十年，曾经被李柏树老师反复强调的校训“厚德、励志、博学、卓越”一直回响在我耳畔，至今仍旧潜移默化地影响着我，而李柏树老师亲身前来、当面教导，更是赋予了我投身艺术教育培训的坚定决心，增添我扎根教坛的勇气和底气。蓦然回首，原来我始终没有离开母校的怀抱，一直在师恩中汲取前行的力量。

谢谢丹丹老师，化学对于我来说不算容易，因此一到化学课就会很紧张，但当您成为我的化学老师后，您的耐心，您的和蔼可亲让我不再害怕，甚至喜欢上了化学。感谢您的教诲。（高 828 班刘彦杉）

打磨灵魂的巨匠

❈ 聂凤娇

聂凤姣，女，1984年生，隆回高平人。1997—2000年就读于隆回二中初中部101班，2000—2003年就读于隆回二中高中部226、235班。后毕业于湖南科技大学，现任职于广东省佛山市南海区人民法院。

在我内心最柔软的地方，一直隐藏着一群可爱的人。他们在赧水河边活色生香，在桃花小镇恣意绽放……他们都属于一个共同的集体——隆回二中。他们是镶嵌在我人生路上的一颗颗璀璨明珠，那么耀眼夺目；他们是我生命历程中不可或缺的一部分，共同完整了我的人生！

这群可爱的人中，有无论山高水长、一直魂牵梦绕的挚爱亲人，有不怕困难险阻、始终做事可靠的同窗挚友，更有不畏严寒酷暑、数十年如一日辛勤耕耘的人类灵魂的工程师。他们是邱文华、肖志斌、罗忠波、王松、王艳、孟彬、肖聪、胡强、彭长久、陈宁、范洛华、宁聪生、孙红梅、尹建兴、邹代竹、阳征志、陈世楚、罗志辉……他们的名字数不胜数。

花开有时，青春无悔

如果说每个孩子都是一张白纸，那每一个我们生命中经历的人和事就共同构成了我们的人生画卷。最浓墨重彩的几笔，往往是那些对我们影响至深的人，和那些当时看似无关紧要、实则决定后续人生轨迹的事。在我的人生画卷中，最动人心弦的几笔都离不开那个打磨灵魂的匠人——尹建兴老师。

初认识他的时候还是1999年，那年我读初二，已经来到隆回二中一年多，已经历过范洛华、宁聪生、孙红梅三位班主任，他们让我感到无比的亲切和美好。

第一眼看到尹老师的时候，感觉他目光犀利、精明能干，给人一种不苟言笑的感觉，个子不高的他，留着板寸头，前面稀疏

很遗憾同贺雏凤老师只有一学年的师生缘分，但并不妨碍我一直以来如她所言“做一个有社会责任感的人”，她的教诲让我在过去很多难过的时刻得以坚持。谢谢！（高488班邹默语）

几缕刘海垂下来，有点时尚和前卫，感觉是一个帅气的小伙子。据说当时我们101班是从其他几个班抽调出来的学生拼凑而成的，因此有点调皮和难管，所以学校特意安排尹建兴老师当我们班主任。

与以往的班主任相比，他确实有点特别，我当时想，这下我们班应该会转运了。果然，尹老师很受大家喜爱，他对同学们都很好，大家特别喜欢上他的语文课，更喜欢听他有事没事的侃大山。因为是班主任，他常常在自习时间给我们全班补课，还借用班会时间与晚自习时间给我们讲人生哲理，他喜欢利用自己的一切资源给我们讲他身边的人和事，各种案例让我们感觉特别新鲜。只要他一开口，我们都立马放下手中的笔和书，纷纷洗耳恭听，陶醉其中。即使到现在都觉得，那时候能遇上他，我们班是幸福的，我们都是幸运的。也许，正是那些看似无关紧要的一次次侃大山，慢慢地影响了我们的人生轨迹，使大家都决定好好读书，静待花开。

许是因为我是班长，他对我的影响非同一般。那时候，我们被要求每天写日记，尹老师会不定期收上去检查，我常常会在日记中写一些自己的感想和困惑。本以为老师检查只是随便翻翻，但每次发下来都发现他不仅有仔细阅读，还很认真点评，总是圈圈点点做满了各种红色标记，而且尹老师还会在空白处回答我的各种疑问。我一直记得他在日记点评中写道："错别字，对于一个优秀的孩子来说，是一个美丽的错误，如果你犯错了，老师也是会批评你的……"正是在尹老师的一次次鞭策与鼓励之下，我让自己越来越优秀，以使自己能配得上他曾在同学家长面前介绍的"这是班上最优秀的孩子"。为了让我顺利就读高中而不读中专，尹老师还特意去我家做了一次家访。虽然那时候读中专已经不流行了，但我有一个成绩很好的邻居姐姐读了中专，毕业后很快就当了老师，所以爸妈也希望我能读中专早点出来工作。尹老师知道这个消息后，马不停蹄地从学校来到我们远在高平的山区小村，一本正经地跟我父亲谈了很久，"孩子是个很好的苗子，一定不要浪费了。读中专会走很多弯路，像我一样，现在还不是要继续读本科，远不如读高中上个好大学"。一直到我父亲不停地点头称是，他才放心离开。那时候，我真心觉得，是尹建兴老师，改写了我的人生。后来发现，其实尹老师经常会去学生家里家访，无论成绩好的、不好的，不管家里有多远、有多偏，只要他觉得需要，就会不辞辛苦地一步步走向学生的家，深入探访孩子成长的环境，设身处地、发自内心、无微不至地关心着、关爱着、帮助着他们。他的足迹遍布隆回县的各个小镇、各个山头，深入到每个孩子的家庭内部和内心深处。

学海无涯，人生有憾

千帆过尽终是客。很快，我们就初中毕业了。毕业典礼的晚会上，尹老师为全班写

卢建庭老师，感恩您对学子学业与身心的多重关怀。发烧时，您骑着"老摩托"载着质朴的情换来学子的硬身板！经济困难时，您亲自拿着助学申请填满浓浓的爱换来学子的青云志！（高463班阳镇）

了一首长长的诗，他一边念，一边泪流满面。那一刻，我们全班都哭成了泪人。在难过和不舍中，我交给尹老师一封长信和一本空白留言册，希望他能给我写几句留言。

读高中后，虽然尹老师也教高中，但还是很少遇见。有一天，他突然亲自给我送来了留言册，亲手捧过留言册的那一刻，我特别感动。看着他熟悉的微笑和亲切的面容，我一时不知道说什么好。打开留言册，是熟悉的、独特的、漂亮的行楷字迹，我忍不住泪眼婆娑，读着他一句句入心入肺、感人至深的话语，我激动万分！只是当时我没有想到，这篇留言（全文附后），会成为我珍藏二十多年的铠甲。每当难过的时候，我都会拿出来看看，它总是能在我想要放弃的时候给我重新振作的力量，在我满心疲惫的时候让我满血复活。就像他预言的一样，“融入既往的甚至未来的生命”。

高中三年，我和尹老师有过不多的几次见面。有一次是我去看他，那是高二，当时我在 226 班，他是 239 班班主任，无意中听到广播中 239 班的同学给他点播了一首歌曲，说祝他早日康复。我一时愕然，就赶忙约了肖志斌、罗忠波等几个初中同学去他家看他。万幸！他没有大碍。看到我们，他满脸绽放笑容，热情地接待了我们，给了我们很多水果和零食，还一一问了我们每个人的近况和学习状态，当时我们正面临文理分班，于是他问我：“学文还是学理？”我说：“我想学理科。”“理科？也许文科更适合你吧。”他笑着说。我突然内心咯噔了一下，因为此前我从来没有想过要学文科，也没有任何人建议过我学文科，我一直觉得学理科是理所当然的事情。但当时我只是很认真地看了他一眼，没有继续问他为何文科更适合我，因为其他同学还在你一言我一语地找他聊天。回去之后，经过仔细思考，我觉得也许文科可以打开一片新天地，于是我去教务处找老师，将已经选好的理科志愿修改成了文科。真没想到，他不经意的一句话，又一次改变了我的人生轨迹。

就这样，在与尹老师的一次次接触里，我学会了感恩，并初步形成了自己的独立人格，学会了怎么做人，怎么待人处事。如果能一直聆听他的教诲，也许我未来的路会顺遂很多。可倔强任性的我，不经历一点人生的坎坷与困难，又怎么能安心过平凡和普通的一生呢？只是当时我们都没有想过，其实大多数人最终都会变成最普通的普通人。所以在我成绩直线下滑被约谈那次，办公室里怒其不争的他狠狠批评了满脸无辜和委屈的我，我没有抗辩。但我的任性倔强，终究还是给我的青春留下了遗憾，我没能考上好的大学。万幸，尹老师没有因此不理我。

二中毕业后，我依然与尹老师保持联系，他还是一样热心、一样真诚。2023 年国庆，我带着孩子去看他，下车那刻，他一把接过我手中的二宝，那么自然、那么亲切，那么让人沉醉……在我心里，他是恩师，更是亲人。

难忘二中恩师情，对我影响最大的当数范国泰老师。当年染上打扑克陋习，范老师苦口婆心、谆谆教导，自此我发奋学习。惋惜范老师因病早逝，祝他在另一个世界安好。（高 180 班张代军）

“逝者如斯夫，不舍昼夜”。即使时光飞逝，毫不留情地带走了很多美好和眷念，但曾经剪辑的倩影，早已定格成一个个记忆犹新的画面，每一帧感人至深的片段，都刻骨铭心，是我人生中最值得珍惜、最值得回味的美好时光。

附文：

我亲爱的学生：

从双手接过你对老师浓浓的思念，我曾捧读过无数回，亦为自己两年的浑噩竟然收获了沉重而深挚的一份难忘而兴奋过。抹干湿润的脸颊，在事隔四个月的今天，破戒留下歉意和愧疚。但愿这份迟到的赠言能够化为清晨一声莺啼，唤醒明媚天空凝固的灵性；抑或幻成黄昏一抹晚霞，为未来的征途染满辉煌的底蕴；也许我冰冷的面罩下那份直率的真情会融入既往的甚至未来的生命。悉心呵护被白雪覆盖的童话吧！即使火炉添炭的人走了，窗外的流星即使划过，也请守住你的眼泪，护好你的纯清，别让年轻的心再去占揉来时的雨雾、去时的风沙，更不应让心在冬天里失眠，惟请相信，我愿陪你走过冬天。

走吧，即使不能时常相见，但在冬天的入口处，我的思念已站成傲霜的枫树，燃起熊熊的篝火，驱逐严寒，陪你踏入艰难的征程。惦念的小花会绣在单薄的风衣上，让你忘却寂寞和冷落，感受温馨。

我会用心撑起一把伞与你在意念的风雨中并肩同行，等到系着鸽哨的杨柳在春风中飘拂，你心中忧闷的冻土就会因春光般的注视泛青，长出毛茸茸的希冀。化雪的那天，你会采撷到一枚粉红的太阳。

当你捧着色彩缤纷的油画注视世界，回眸飞逝的过去，只希望那份真切的眷恋永远化作一面彩旗在心的高岗上飒爽的飘……

冬天过后肯定是翠绿的日子。

只因为我也曾陪你走过。

你的不称职但

永远感激你的老师 建兴

2000. 10. 28

地理老师阳银华，总是一脸严肃、不苟言笑的样子，和她的教学风格以及她梳的短马尾一样，严谨、板正。偶尔一笑却能让人温暖许久，是我最怕但是也最敬重的老师。（高 584 班罗晶）

如果我是你

❈ 刘昭陵

初中毕业很多年，我的脑海里经常浮现一首歌的旋律：如果我是你，我就不会忘记……

刘昭陵，女，1987年生，隆回高平人。2000—2006年先后就读于隆回二中初112班、高288班。北京理工大学文学学士、文学硕士，中国社会科学院法学博士。现居北京，从事法律工作。人生格言——做一名有温度、有力量的法律人。

歌词具体是哪样的，已经不记得了，只记得这是一首“劝学歌”。这首歌，是初二时的数学老师兼班主任赵瑞蓉老师在某一天的自习课上教我们的。赵老师初二才接手我们班，是我人生中第一次遇见的数学老师兼班主任。

说实话，当年的我并不是一个讨喜的学生，一直想离赵老师远远的，因为她有点高冷的气质，总是让我不自觉地想往后退。但再仔细想想，可能不仅仅如此，更有一层“失落感”在其中——自读书起，我一直习惯于被老师捧在手心，而作为数学老师兼班主任的赵老师，并未在一开始就给予我赞赏和青睐。这没有被“多看一眼”的寻常待遇，伤害了一个少女矜持的自尊心，因此有些破罐子破摔的“敬而远之”心态吧。

这种心态，对于一个初中生来说无疑是影响巨大的，尤其在此之前，我已受惯老师赞许的目光，远远迎过去，老师微微点头，眼睛里流露出肯定和包容，令我十分欣喜，也随之自信满满。而赵老师的一眼扫出去，目光从来不曾在我身上停留，让我心理失衡，好久不能适应。我甚至将这种困惑写在日记中，交给语文老师看，语文老师给我回复：人不能一直吃精粮，也要习惯粗粮。

不幸的是，在接下来的两年，我一直没能很好适应这碗“粗粮”。按现在的话来说，谁还不是个宝宝呢，本宝宝那会确实没有彻底地断奶，需要哄，需要喂，需要老师来适应我。但是或

史湘萍老师，由于高考数学和理综接连考得不理想，以至于英语还没考，心里已经在考虑复读的事情了。感谢您及时的鼓励和开导，让我重新调整心态，轻装上阵。（高346班李秋良）

许，我需要的只是更多一点的关注和肯定。今日回想，具体怎样的一种心态不得而知了，我能够记起来的是，在初中阶段的后两年，我慢慢失去了学习的热情。

于是，初中一毕业，我义无反顾去了一中。与其说是择校，不如说是放弃与逃避。毕业之后，我也从来不曾联系过赵老师，即使高三再次回到二中，路上偶然碰见，我也选择远远避开。

在毕业后的漫长时间里，我偶尔会想起曾经与赵老师的相处，心里的感受是远不及我与其他老师之间亲近。甚至在毕业之后回母校看望老师，一次都不曾去找她。也许我想的是，赵老师应该不记得我了；也许我还没有放下曾经心里对她的疏离感。

而时间终究是最好的良药，医好了我的玻璃心和宝宝病，也医好了我对过去的偏见。

今日回想起来，赵老师并非如我上文中所写那般不关心学生，她有她的理性与公平。作为班主任，她理应对班上的同学一视同仁，而不是仅仅把注意力集中在某一个同学身上，尤其是她可能并不知道我原来有“公主病”；作为数学老师，她更关注某些数学成绩更好的学生也在所难免，而在数学课上没收我的小说，何尝不也是一种关心。

当然，我也记得她在没收完我的小说之后，语重心长地跟我讲不偏科的重要性；记得她也是一个幽默的数学老师，为了让我们记住“外公切线”，她故意读成“外公”切线；记得中考备考时那一本厚厚的数学笔记是我有史以来做得最工整的笔记，十几年之后还躺在我的“宝箱”里，让我想来仍成就感满满；当然更记得初三的那个夏天非典肆虐，咳嗽了一两个月的我怀疑自己得了非典，她为了打消我的疑虑，亲自带我去看病。

正如我多年以来脑海里不曾忘记她曾经教给我们的那首“如果我是你”，我只记得一点点，却不曾清晰地回忆起歌词中苦口婆心的劝诫，我也不曾全面地去回忆一个对学生严厉而关爱的赵老师。

或许是我长久以来的偏见，让我看不见她的好，记不起她曾经对我的关怀；也或许我都知道，只是很多年不联系，已经不知道该如何去联系，而记忆中的疏离感却越来越重。

好在老师不只有我一个学生。也好在我依然记得那首“如果我是你”，依然会回忆起那天她在讲台上教我们唱这首歌时笑容甜美的样子，这时一点疏离感也没有，她的笑容很明媚。

张绍芳老师，青春期的我躁动叛逆，您没有放弃我，孜孜不倦教诲我。您的聪明才智和教育情怀，给我带来了无穷的力量和感动。谢谢您的陪伴和付出，我将永远感激不尽！（初130班刘宽）

岁月因你们而温暖

❖ 魏立宇

魏立宇，女，1991年生，隆回司门前人。2001—2007年先后就读于默深中学119班，隆回二中308班、314班。2017年获中南大学法律硕士学位。现居长沙，任职于长沙市天心区人民法院，一级法官。

初中

2001年9月，我来到了默深中学读初一。离家之前，内心因获得自由而雀跃，然而到了学校之后，却因人生地不熟而多次暗自垂泪。

去学校报到的前一天晚上，母亲特意叮嘱我："女儿，你吃饭做事都慢，出门在外切莫拖拉，凡事跟上同学的节奏，不要给自己惹麻烦。"

入学第二天，睡得迷迷糊糊之际，我听到有同学起床洗漱的声音，生怕迟到的我吓得一骨碌爬起床迅速洗漱。刷牙之际，班主任肖卫华老师和宿舍长突然走了进来，原来此时还没有到起床时间，我因提前起床导致校徽被收走，不知会面临怎样的处罚。等我走出洗漱间，发现之前起床的那些同学不知何时又重新回到了床上，只有我这个倒霉蛋被抓了个现行，收走了校徽。我心情沉重，灰溜溜地重新回到床上躺下，眼泪唰唰地流，感觉自己辜负了母亲的嘱咐。然而担惊受怕几天后，老师就把校徽还给了我，并没有任何处罚措施。

入校第一个月，我总是情绪低落，因思念父母，每天都要打电话回家。打完电话仍无法缓解思念之情，于是走在路上默默垂泪，课堂上无声啜泣，在宿舍床上眼泪打湿衣被。现在回想起来，那时候的我是如此依赖父母，而父母给了我无限的关爱与支持。

班委正式竞选之前，我经常因上课讲小话、看小说，又桀骜

敬爱的宁瑾老师，回想当年在球场上带我飞驰以及高考之后在体育馆那番语重心长的教诲，往事历历在目。祝您在今后的日子里工作顺利，身体健康！（高275班贺飞）

不驯不听纪律委员提醒，屡次被纪律委员龙韬记名，总被处罚打扫女厕所。我现在还记得自己当年在厕所一边拖地一边哭脸的样子，然而下次继续上课讲小话被记名，屡教不改。直到班委竞选，我当上副班长，和龙韬成为好朋友，我俩各自在自习课上偷偷看小说，彼此相视一笑，互不记对方名字。

入学第一个月，总是心情郁闷的我就餐颇不积极，下课后总是要给父母打完电话才去吃饭，到达食堂时偶尔碰上饭已经卖完了，于是又哭哭啼啼给父亲打电话说吃不上饭。父亲知道后第一时间联系了陈惟凡校长，校长马上承诺以后一定要让所有学生在任何时候都吃上饭。自此之后，不管我多晚去食堂，再也没有出现过吃不上饭的情况。二中的校长、老师们以学生为本的思想贯彻在生活、学习的方方面面。

我小学在乡下读书，从来没有学过英语，突然接触英语，不会拼读，只好在一个个英文下面标注上汉字，又读不标准，听写总是不过关。第一次英语单元测试只考了40多分，小学毕业被评为县级三好学生的我感到无比挫败，无地自容，难过得号啕大哭。

班主任肖老师见我学英语无比努力却收效甚微，于是私下和英语老师沟通，让她多鼓励我，上课时多叫我回答问题。慢慢地，我的英语成绩上来了。第二次单元测验考了60多分，第三次80多分，期中考试，我的英语竟然考了97分。二十多年过去，我依然记得谢艳萍老师当年递给我期中考试试卷时目光中流露出的惊喜与赞许。

初一上学期的第二个月左右，入学考试成绩出来了，我考了年级第33名，班级前6名，拿到了入学奖学金1000元。我交到了新朋友，班主任肖老师也特别关照我，我的学习、生活渐入佳境，自此很少哭脸，开始融入集体生活。

初中三年都是肖卫华老师担任班主任。肖老师非常严格，初一时就制定了规矩，每天各科学习内容都要找小组长过关，无比珍贵的周日下午，留半天“放风”休息时间，如果听背没有过关就别想出去玩了。

这样的严格要求让我们既痛苦又无奈，觉得班主任未免管得太宽。我们心想，她管她的语文就好，为什么别的科目也要横插一手？为了这珍贵的每周半天自由时间，同学们不得不上课认真听讲，一下课就争着抢着去找小组长过关。得益于肖老师的严格要求，我的政治、历史测验经常得满分。

肖老师对学生要求非常严格，班风班纪尤其抓得紧。初三时，班上很多同学进入了叛逆期，对老师的严管颇有微词。肖老师对我一向很好，听到同学们背地里说她的坏话，我要么为她辩解几句，要么保持沉默。二十几年后，当我为人母亲，再回想老师对我们的态度，觉得她当时对我们的所作所为已经远远超越了老师的本分，待我们就像对自己的孩子一样，严管即厚爱，却因为方法不当费力不讨好。得益于老师的严管，我们班上

陈世楚老师，您是我二中生涯的第一盏灯塔，照亮了我从乡下田埂到象牙塔最初的路！愿您身体健康，平安顺遂！（270班马瑞兰）

早恋的同学很少。

肖老师是第一个夸我漂亮的人，她见我第一眼就夸我漂亮、皮肤好，还让我做她干女儿，这让一向在外貌上非常自卑的我简直不敢置信。从小，妈妈总是忧心忡忡地对我说："女儿呀！你长得这么不漂亮，只能好好学习，不然以后都嫁不出去！"妈妈的评价，让我在外貌上非常自卑，总觉得自己哪哪都不好看，就像丑小鸭一样。

自从肖老师夸我好看之后，每当我觉得自己不美时，想起老师对我发自内心的赞美，我的心瞬间变得柔软、坚定而温暖。在我心里，肖老师不仅仅是我的老师，也是我最亲近的长辈之一。虽然她很严厉，我却不太怕她，总是信任她，喜欢她，祝福她。初中毕业考试，我的分数上了一中的线，因为肖老师的缘故，我毫不犹豫地选择了留在二中。

高中

高一我分在308班，刘胜保老师是语文老师兼班主任。刘老师上课特别富有激情，我现在还记得他在课堂上抑扬顿挫地朗读舒婷的《致橡树》，鼓励女生在爱情中要独立自主，不要失去自我。我一边听老师朗读，一边贼兮兮地在座位上偷偷吃零食，刚把一颗话梅塞进嘴里就被刘老师发现了，老师立马叫我起来朗读诗歌。我嘴里的话梅吐也不是，不吐也不是，只好用舌头把它推到一边腮帮子，红着脸开始朗读诗歌，心里觉得这老师也太不给面子了，竟然当场拆穿我。

高一入学开始，因成绩下滑，追求完美的我每晚焦虑得睡不着觉，晚上九点多上床，不到十二点睡不着，早上就起不来。为了多睡一会儿懒觉，我眉头一皱，计上心来，故意让同学们把我锁在宿舍里，这样我就可以心安理得地睡懒觉了。睡了几次懒觉后，刘胜保老师就问我为什么不出早操，不上早自习？我厚着脸皮答："我上洗手间时不小心被同学们锁在宿舍里了。"老师意味深长地看着我，有点无奈地对我说："下次速度快一点。"我点头如捣蒜，背地里却阳奉阴违，下次继续被锁，老师也从未因此严厉地批评我。

进入高中，我的数学、物理成绩每况愈下，导致总体成绩不佳。高一上学期结束时，我的成绩下滑至年级第520名，大约排名年级前三分之一，这让心高气傲的我非常受挫和难过。刘老师见我灰心丧气，总夸赞我头脑灵活，天资聪颖，就是有点贪玩和调皮，鼓励我脚踏实地，更加专注于学习。高一下学期，我洗心革面，重新做人，全身心专注于学习，成绩提升很快，一个月的时间就从年级500多名上升到年级200多名。高一结束后，我选择了文科，去了314班。每次在校园内遇到刘胜保老师，他都热情地和我打招呼，鼓励我好好学习。

非典型地理老师、文学狂热爱好分子、幽默段子手，这都是半夏子，亦师亦友亦兄，情谊伴永恒。(219班袁蛟)

高二读文科后，没有了拉胯的物理，我的考试成绩排名迅速靠前，稳定在年级前 30 名左右。文科班的学风和理科班相比宽松许多，“游手好闲”的我数学课上用学习机打游戏，语文课上和赵呦呦下五子棋，历史课上看小说，政治课上吃零食……玩得不亦乐乎。此时的班主任是刘玲老师。刘玲老师教英语，特别认真负责，尤其是晚自习时喜欢趴在窗户上偷看我们到底有没有在认真学习。不守纪律的我被老师抓到很多次现行，不是在讲小话看小说，就是在吃零食下五子棋。老师数次把我叫到她办公室耐心教导，我却在心里嘀咕：“大晚上的，不好好在家里带娃，为嘛要来抓我们？何况侦查手段太不光彩！”

刘玲老师对待学生贯彻鼓励为主、教育为辅的原则。我作为一个不遵守课堂纪律的“惯犯”，老师对我也是厚爱为主，批评教育为辅，很好地保护了一个爱面子少女脆弱敏感的心灵。

刘玲老师那时爱穿阿依莲的衣服，还喜欢看韩剧。我心里直犯嘀咕：“老师的孩子都三四岁了，怎么还和我们花季少女一样的喜好？”现在，我自己已经是一个近六岁孩子的妈妈，却厚颜无耻地宣称自己还是个宝宝！转眼十七八年过去了，现在的刘玲老师依然拥有一颗纯粹的少女心，喜欢看韩剧，喜欢世间一切美好的人事物，对待学生又温柔又负责。当我也成了妈妈，才真正理解老师对我们的良苦用心，在心里生出了对老师深深的感恩之情。

二中的集体活动中，留给我最深印象的是元旦的猜灯谜活动和免费晚餐券。有一年元旦，学校组织全校师生猜灯谜，猜中有奖品，每人还发了一张免费的晚餐券。当我们开开心心猜完灯谜，去食堂吃饭时，食堂为我们准备了非常丰盛的晚餐，每人还有一只可口的鸡腿。我喜笑颜开地啃着鸡腿，内心是满满的幸福与感动。现在回忆起这个画面，内心依然充盈着满满的爱、温暖与感恩。

时间如白驹过隙，稍纵即逝，转眼我已从懵懂少女成长为成熟女性。蓦然回首，师恩难忘！我的每一步成长都凝聚着老师们的智慧、爱与心血，是老师们用知识开启了我的智慧之门，是老师们用爱温暖了我的青春年少，是老师们用付出教会了我何为责任与担当。老师们对我的深情厚谊，永远铭记在心！

感谢张绍芳老师对我的关心关爱，您的言传身教，我铭记于心，受益良多，学生无以为报，唯愿您身体健康，阖家幸福，桃李满天下。（高 343 班王轮）

春风化作雨，薪火永相传

❈宁　博

宁博，男，1992年生，隆回麻塘山人。2007—2010年就读于隆回二中高386班。2010—2020年就读于厦门大学经济学院金融系，获得经济学学士和博士学位。2020年8月至今，任教于厦门大学管理学院财务学系，研究方向为传统文化、制度变迁与公司金融，公司治理及资本市场相关研究。

“寒门今难出贵子”——近几年，我和同事、朋友闲聊时经常感叹。在这奔腾向前的时代，田垄间的赤脚少年，不知要多幸运、多努力才能在天黑前赶上入城的末班车。而每每想到这些，又不免感慨自己的幸运——我也曾是乡野小道上的赤脚孩童，幸而一路奔跑，一路花开，终于跳出农门，扎根城市。

生于村野　跃入龙门

我出生的小山村距离隆回县城120公里，山清水秀、风景绝美。30年前，为了生存，村里的青壮年劳动力不得不背井离乡，南下谋生。父母背着行囊出门那年，我刚满两岁。

爷爷是家族里为数不多上过学堂的人，早年在村校教书，深知读书的重要性。爷爷对我期望很高，说我出生时找人算过，我命带文曲星。在我很小的时候，爷爷便教我读《论语》、对对联；稍大些后，他激励我要考个好高中、读个好大学。对我有着同样期望的，还有辗转海南、广州等地务工，饱尝生活艰辛的父母。

隆回二中，便是村里人认可的唯一好高中，也是北面考生的梦想殿堂。在爷爷离开我们4年多后，我以全乡第一的初中会考成绩，在八月某个阳光灿烂的下午，如愿收到了隆回二中的录取通知书。

自此，我实现了人生的第一次跃升。

寒窗三载　长沐师恩

2007年8月21日中午，我第一次踏入二中校门。

刘琼老师，衷心感谢您的辛勤培育和教诲，您的每一次教导都让我受益匪浅。谢谢您的耐心指导和关心爱护，让我在成长道路上更加坚定和自信。（初129班谭静）

在丁字楼一楼报到时，我根据此前收到通知的班级在学生名单里找了两遍，却始终没有找到我的名字，一度怀疑自己被二中抛弃。在二中教书的堂兄宁瑾老师告诉我，我从普通班被调到了实验班386班。彼时懵懂的我尚不知其中缘由，后来才知道，是堂兄和另一位从未谋面的同乡罗毅老师，认为我能从教育资源匮乏的偏远乡下以全县排名较为靠前的成绩考进二中实在不易，所以在我毫不知情的情况下，在报到前夕帮我做了调整。

在教学2号楼一二楼中间的教师办公室里，我第一次见到班主任尹建兴老师。初次见面时，尹老师很严肃，给人一种负责且严厉的感觉。开学第一天，因为陆续有新生找尹老师报到，我和尹老师并未有深入的交流。

作为班主任，尹建兴老师是公认的严厉负责，甚至隔壁的387班对尹老师也非常敬畏。不过在我心里，尹老师虽然严肃，却也亲切可爱。在高中三年的学习生活里，尹老师给我非常多的关怀和帮助：如果大小考试中我有发挥失常，会单独叫我去办公室给我分析原因；每次月假我不回家，总是反复叮嘱我要注意安全；有几次见我一人月假留校，还开车带我去校外的饭店改善伙食；诸如此类，不胜枚举。

受爷爷影响，我自小便喜欢语文。尹老师上语文课时，总能用独特的方式方法，深入浅出的讲解，将枯燥的课本内容生动形象地呈现给我们，让大家印象深刻。毕业以后，我曾多次与人聊起尹老师和他的语文课，而每次都逃不过关于我的一件趣事。高一时，尹老师课上布置了一个作业，让我们将自己的名字嵌入一副对联。和当时班上其他同学相比，这可谓是从小耳濡目染的我的拿手好戏，稍加思索，便大笔一挥写下：宁弃三分春色，要博几点红颜。后来，尹老师在课上将我写的对联当众念出，夸赞之余，还笑着调侃我说“没想到你还挺多情”，我才发觉自己秀过了头，本意是希望多交朋友，却没多想红颜一般指美女，由此便在同学朋友口中落了个风流的绰号。

作为四个实验班之一，386班高手如云，我的会考成绩在班上只是中等。加上个子较小（入学时身高仅152厘米），我在班上并不起眼。犹记得英语第一堂课，谢艳萍老师叫同学回答为何选择二中。很幸运，我被点到了。不幸的是，中学时期学的是哑巴英语，我支支吾吾的回答未让老师满意，更未让自己满意。这是我第一次强烈感受到我和班上同学的差距，就在入学的第一个月里，我每天早起练口语、午休背单词、晚上复习单词，其他各门课程亦未有一丝松懈。第一次月考，全班仅我和罗攀同学（英语课代表）英语上100分（总分150），谢老师点名表扬时发现是我，赞许的眼神里又带有一丝不可思议。不仅如此，我还在同级近两千人的第一次月考中，杀到年级第15名。高中第一次年级大考，给了我莫大的信心，而后三年，我的成绩基本稳定在班级前三，年级前列。

李君琴老师，您在第一堂课上写的——Attitude determines everything，至今让我记忆犹新。这句话也成了我的座右铭。能够在高中时期遇到您，我真的很幸运。（高717班廖俊威）

高二文理分科后，文晓莉老师开始教我们班英语。有趣的是，高一还不敢开口的我，竟变成了英语课代表。文老师的性格非常乐观积极，做事干脆、说话直率，且让人觉得温暖，如沐春风。假期时，文老师会请我们几个经常“烦”她的学生吃饭，带我们去她家里玩。私底下，会开玩笑地八卦我，或者和我一起讨论她听到的同学们的八卦。在文老师亦师亦友的教导下，我学英语的兴趣持续高涨，英语水平也更上一层楼，高考中取得了高中三年最佳的成绩——138 分。

数学老师是王育仁老师，一个可以将数学知识像说相声一般讲出来的男人。高中三年，我数学成绩一直比较稳定，王老师对我也比较有信心。因此，高三国庆前夕，学校要派学生去省里参加数学奥赛，名额还有空余，王老师特别举荐我去参赛。虽然我从未参加过相关的培训，最后还是利用王老师课上教授的基础解题方法侥幸拿到一个省三等奖。不过遗憾至今的是，高考时我唯独数学没有发挥好，将本来简单的题目复杂化，最后数学分数几乎与语文持平，当年甚至差点为此选择复读。也因为此，对于王老师我一直心有惭愧，有负师恩。

爷爷曾说，我的人生会遇到贵人。现今回首，深以为然。除了宁瑾堂兄、罗毅老师、尹建兴老师、谢艳萍老师、文晓莉老师、王育仁老师，还有即使是生气酒窝也很好看的化学老师欧阳征志老师，有被学生私底下评为最帅老师的物理老师王新杰老师，有讲话特别温柔的生物老师谭雪云老师……师恩似海，莫不敢忘。

2010 年 7 月底，我收到了来自厦门大学的录取通知书——在隆回二中，我实现了人生的第二次跨越。

谆谆教诲　受益终身

“细节决定成败”，这是尹建兴老师除课本内容外对我们讲得最多的话之一。在高中早期，我虽然看似少年老成，实际做作业和考试的时候却较为急躁，经常因为粗心而丢失大量分数。最突出的一次，我各个科目因为粗心失分达 53 分，排名大幅下跌。尹老师用上述简短的话点醒了我，自此以后，每次考试后我都会特意计算粗心失分情况，查找粗心原因。经过两年改进，高三以后，我每次都能把所有科目因粗心而丢失的分数控制在 5 分以内。在高考时，更是一分未失。

不仅如此，“细节决定成败”作为我高中以来的座右铭之一，还对我最近十多年的学习、工作产生了尤为重要的影响。大学至今，不管是老师、导师还是领导，鲜有人对我完成的工作表达过不满意，而我也因此收获了更多的机会和回报。

“机会总是留给有准备的人”，这是尹老师教给我的另一个人生哲理。不曾料想，尹

谭日珍老师，感谢您多次在课堂上把我自觉蹩脚的作文当范文念，这让我对语文有了莫名的自信和热爱，因为您的存在，“语文”有了绮丽美好的靓妆。（高 337 班戴晓丹）

老师的这句话甚至会在我高中毕业多年后完全改变我的人生轨迹。大三下学期，潘越教授给我们上本科专业课，课上她给我们布置了一个案例分析的作业，但不强制完成。我花费整整一个周末完成了一份让自己满意的答卷。在随后一周的课上，当潘越教授问有无同学上台展示但无人举手时，我选择了自告奋勇。也正是这次课程作业展示，让潘越教授记住了我。大四刚一开学，在我获得保研资格后，潘越教授便让门下学生第一时间找到我。此后，我跟随潘越教授读研、读博，最后留在高校做科研。一想起这个改变我人生轨迹的机遇，心底总会冒出来尹老师当初提醒我们的那句话：机会总是留给有准备的人。

世人常说，一个好老师对学生的影响是终身的。我很幸运，遇到了尹老师。同时，我也感谢年少时的自己，听进去了老师的教诲。

三尺讲台　薪火传承

2020 年 8 月，我留校任教，实现从学生到老师的身份转变。

2021 年 9 月，我第一次担任本科班主任，在班主任见面会上，我也和满脸青涩的同学们说，“细节决定成败”“机会总是留给有准备的人”。再后来，我请他们吃饭，听他们讲心事，和他们聊人生、谈理想……

我家领导和我是二中同届校友，她从事的是幼儿教育事业。我常与她睡前卧谈：以后她负责小孩启蒙，我负责大学教育，小学初中在厦大附属学校，待到高中便送回隆回二中。她笑道，等到那时，你心心念念的老师们都退休了。

——可二中还在，传承还在，信仰就在。

写在最后：

此次受邀撰稿，倍感荣幸，亦诚惶诚恐。回望高中三年，学习生活丰富多彩，除了师生情，还有同学情，以及和家中领导刚刚萌芽尚未戳破窗纸的懵懂爱情。往事历历在目，纸短情长，在此不作展开，还望诸师友见谅。

值母校百年之际，谨以此诗祝福母校：

和风化雨育桃李，风霜砥砺作华章。
春晖满园藏不住，再领风华数百年。

我曾极度内向，高一班会时我鼓足勇气唱了首歌，水平堪忧，但是庞风云老师依然带动同学给我打气，让我觉得当众表演不是难事，从此之后我不断打开自己，逐渐从 I 人变成 E 人。（高 361 班王协怡）

我的恩师记忆簿

❈罗 涛

罗涛，男，1998年10月出生，隆回金石桥人。2013—2016年就读于隆回二中高544班，湖南科技大学工学学士，2021年9月—2024年6月就读于湖南大学材料科学与工程学院攻读硕士，研究方向是生物医用植入材料和金属材料的强韧化。现居湘乡，在湖南埃普特医疗器械有限公司担任研发工程师。

农村长大的孩子，从小便知道走出大山的唯一出路是读书，于是书一读便是二十几年，“老师”成了我的第二个父母，大到人生选择，小到生活习惯、为人处事，都仰赖师长再造之恩。

2013年9月，我兴奋地踏上去县城隆回二中的旅途。那天乡下的路泥泞坎坷，正常一小时左右的路程，花费了两个半小时以上。父亲不放心我第一次离家这么远，于是亲自送我来学校，我们轻装简行，以往为了省钱，从家里自带的被子、毛巾等洗漱用品，这次都选择在校外超市购买，大概父亲希望我有个崭新光明的开始吧。进入校园，操场上络绎不绝的师生家长令我大开眼界，二中实在是太大了，足足有几十个初中学校那么大，我站在辛劳佝偻的父亲身边，暗暗发誓，一定要成为优秀学生。

第一份自信来自英语，我们高一544班的英语老师是邹芳老师，邹老师个子不高，戴着金丝边小眼镜，走起路来非常自信。在她悉心教导的三年中，544班的英语始终名列年级前三。邹老师的英语课生动有趣，充满活力，就是在这种朝气蓬勃的课堂上，我学到了很多东西，虽然乡下英文教育起步晚，但我的英语成绩却也进入了班上尖子生行列。邹老师专业强，人也温柔，时常会在英语课堂上鼓励我们——544班小可爱们、544班的小朋友们真可爱……外人听见，或许会觉得老师特别幼稚，在我看来，这是邹老师对我们的宠溺。她不只是我们的英语老师，还是我们的心理老师。许多同学进入青春期焦虑，会在课余时间找邹老师诉说，我也不例外，当我向她倾诉自己对暗恋女孩有追求想法时，邹老师对我说：“男孩子和女孩子们都要自重，在这个年

高考前一个月，是班主任邓老师的微笑和英语李老师的心理辅导，鼓舞了迷茫的我，让我相信未来有无限可能，要放手一搏创造奇迹。由衷感谢我的老师，愿老师工作顺利，生活美满。（633班马娟）

龄段，你的主要任务就是学习，丰富自己的知识，当你很优秀的时候，你才会遇到对的人。”邹老师在教学上劳逸结合，每每按照教学计划教完一个阶段后，会给我们一节课时间放电影。那时学校会没收所有电子产品，看电影是一件非常奢侈的事情，而老师放的都是英文电影，这使我们在观影同时，也接触到了更纯粹的英语口语，于是我们都很配合她积极完成每个阶段的学习任务，热切期盼着“奖励课堂”的到来。

高三时由于一些特殊原因，我们的班主任由陈勇军老师接替，起初因为不熟悉，部分同学心里有些抵触情绪，尤其任课老师都换成了在高三一线教学的老师们，比如王育仁老师接手了数学学科，高海英老师教语文，大家心里都有些恐慌，这时邹老师成了我们的主心骨，她说：“不论什么原因，544 班我是一定要教到毕业的！”邹老师的确做到了，她留给了 544 班学子一份扎实而完整的英语学习记忆。

高三接手的陈老师已经是快退休的年纪，讲课达到了炉火纯青的水平。印象中，天气稍微转凉后，他总是会穿一个小马甲，戴一个加绒的鸭舌帽，一副金丝边框眼镜。课上讲到精彩处，总是会手舞足蹈，给我们的生物课带来了许多乐趣。陈老师对于上课是非常严格的，他会和我们约法三章——上课之前先说好要求，不允许说话，不允许吃东西，有事情请举手。他从来不带课本，仿佛书本就在他脑中一样，每一节课，陈老师只会讲授特定知识点，会特意剩 5—10 分钟给我们巩固知识。

高三还有一位特别有趣的老师，教数学的王育仁老师。王老师整个人看起来比较瘦。印象中，王老师常常身着一身绿色长衫，每每说到尽情处会挽起袖子，摸一摸嘴角的胡子。他有一句常说的话——拿到题目你应该从出题者的角度去思考，他到底要考你什么，只要你反向思考清楚，这个题目就逃无可逃了。王老师在课堂上总会把一些重点、难点的知识点用一些通俗的比喻来解释。例如，我们学习到多重积分计算的时候，他说我们解决这类问题的方法就是像剥洋葱一样，一层一层剥开，先剥开外层，再剥开里面，这样一层一层剥开，答案自然就会出现。我是一个脑子笨但是敢于找老师讨论的人，王老师带着家乡口音一针见血地说出我的缺点：“罗涛同学你就是太懒了，数学成绩要想好，你一定要多花功夫在这个上面。”这句教诲我铭记于心，那时我常会因为数学成绩而自卑，但是在王老师带领下，虽然成绩不如意，仍然越战越勇。

多年后回首在隆回二中的岁月，心里还是会有许多感想，不舍，遗憾，怀念，感恩……感谢隆回二中邹老师、陈老师、王老师等老师的授业之恩，没有老师的倾囊相授就不会有现在的我，恩师教诲，是指引我人生道路的航向标！在母校百年华诞之际，我很荣幸写下这些文字，纪念自己的二中岁月，写下对师长的感恩之情。最后，祝母校越来越好，母校老师们身体健康，桃李满天下！

刚入初中诸多不适，成绩下滑。您把我叫到办公室鼓励我肯定我，让我别再像兔子赛跑睡懒觉。后来我冲进年级前十获得了诸多奖项。廖淑华老师，感谢您，世上最温柔的老师。（初 111 班陈佩）

我的班主任

❈ 于华南

于华南，男，1984年生，隆回三阁司人。1995—2001年先后就读于隆回二中初90班、高209班，石家庄铁道大学学士、同济大学硕士、华盛顿州立大学博士。曾在美国西雅图工作，任西雅图交通厅高级工程师兼运行部主管，2018在省人才计划支持下回国。现任长沙理工大学教授、博士生导师，华盛顿州立大学客座教授。中国科协海智计划特聘专家，湖南省百人计划专家，湖湘高层次创新人才。

童年在我的记忆里，是每天傍晚要去放的那头老黄牛，是每个夏天的抢收抢种，是做上记号的那棵野枣树，和有着各种传说的岩洞。那时，好像从没有想过未来，又好像憧憬过却不知如何实现。直到小升初前夕，作为小学老师的爸爸带我去二中校园走了一圈，我才知道，原来，大家口中的二中校园有这么大、这么漂亮。也渐渐明白，我可以从这里打开一扇窗，窗外面是我不曾想象，也不敢奢望的远方。

当时我就读的小学能考上二中初中的人非常少，可能好几年都考不上一个，我很幸运考上了二中。拿着录取通知书步入二中校园是1995年的金秋，那年我11岁。犹记得当年去学校的行程，先走上半个小时路到镇上，在镇上坐拖拉机到县城南，再走路穿越大半个县城坐公交去学校，而这条路线一走就是6年。

开学的第一天，我便犯了一个错，第一次上晚自习的我，不知道晚自习还要上两节，第一节课下课铃刚响，我便迫不及待和两三个同样不知情的同学跑回宿舍。当天晚上，班主任就要求我们写检讨书，在宿舍熄灯后，我在惴惴不安中，跑到厕所旁边的路灯下写下了我入学后的第一篇检讨书。这是班主任教给我的第一课：错了就是错了，无知不是可以犯错的理由。

我初中的班级是90班，班主任老师叫谢坚明，年纪也就比班上同学大十来岁，谢老师给我的第一印象是严肃，对学生要求非常严格，这从开学的第一篇检讨便可领略。我当时对谢老师的感觉是既爱又怕，爱的是谢老师对学生很细心，谢老师不止对班上的学生学习情况非常了解，而且对学生的家庭情况也非常清

袁愈柱老师，对我而言，您如同挚友，如兄，如父。曾经年少无知，渐入沉沦，您宽厚的目光从未离开我。您对我最后的抢救措施是写好介绍信，连同350元钱送我去朝阳。（高180班王旭初）

楚，以至我们从二中毕业二十几年后，谢老师仍然能清楚记得每个同学家里的情况；怕的是谢老师对我们要求非常严格，当然这也极大程度培养了我那种坚持和坚韧的学习品格。

我读初中的时间是 1995 年到 1998 年，许多农村人下广东赚了些钱，社会风气因此比较浮躁，我有许多同学小学毕业就开始出去打工。社会上经常充斥着学习无用的论调，班上也有人隐隐产生些类似思想，谢老师为此多次跟学生讲知识的重要性。同时，谢老师除了带我们之外，自己也每天都在持续学习，在我们考大学的同一年，谢老师也考上了研究生。谢老师用行动告诉我们，学习永无止境，学习才是充实思想和改变命运的途径。

初中毕业后，我顺利考上了二中的高中，幸运的是，谢老师在做了 3 年初中班主任后，继续做高中 209 班班主任，不幸的是，当时我并没有分在谢老师班级。在高中报到之前，我一再跟爸爸说我一定要去谢老师班，于是在开学报到的时候，我们找到谢老师，在谢老师的帮助之下，我也顺利调到了 209 班。

如果说初中以被动学习为主，到了高中之后，我开始制定学习计划，有意识地培养自己的学习习惯。因此，我对学习的兴趣也越来越高，相对于初中来说，我的高中成绩在班上稳定了很多，尤其是文理分科之后，基本上都稳定在班上前三名。

11—17 岁在二中的这段岁月，我认为是我生命中最重要的一段时期，在此期间，我基本上养成了自己的学习习惯，形成了专属于自己的对待学习的准则，因为谢坚明老师对我影响尤其深，我姑且叫它“谢式准则”。从那之后，我所有的学习和研究工作都牢牢打上了“谢式准则”烙印。在初高中，我并没有意识到这种学习习惯到底会对我产生多大影响，高中毕业后，我考上了石家庄铁道大学，直到上大学之后，当我继续在学习中坚持在二中培养的“谢式准则”的时候，我才慢慢意识到，原来好的学习习惯有多么重要。我后来考上同济大学研究生，在美国华盛顿州立大学读博、在西雅图工作，再到后来回国工作，我也一直坚持我在二中培养的学习习惯。

现在，我自己也成了一名大学教师，我时常会思索，师生关系到底是什么。我国古代，师生关系多为木匠、裁缝、中药等知识的传授，相当于把自己的平生所学悉数传授，师傅对徒弟更多的是知识和实践的传递。现代的师生关系，是教导学生养成良好的习惯和正确的价值观，教师对学生是方法和理论的传递，我姑且认为这是教育的进步吧。我很庆幸也很感激，在我那懵懂的青葱岁月，遇到了培养我良好习惯和正确价值观的好老师，这是我人生中最大的财富。

肖体玉老师曾对我说：“你能考上，我用指甲盖舀干井水。”后来，他摸着我的头说：“还真考上了呀。”再后来，他说：“事业家庭都很重要。”这份诲人不倦正是二中屹立百年的底蕴。（高 179 班马胜佼）

幸遇“青云”

※魏 威

魏威，曾用名魏学武，号子钧，男，隆回县司门前人。曾就读于隆回二中高 86、85、94 班，公共管理硕士，省司法厅二级巡视员。二级心理咨询师、足部反射疗法中级按摩师、省委组织部面试专家库专家、湖南省书法家协会会员、湖南省摄影家协会会员、湖南省楹联家协会会员。

这些天静下来了，就有时间和心思思考过往的人和事。周公青云先生是我记忆中闪现频率颇高的人，先生 2010 年冬天走了，我因公务缠身，未能去送他，至今引为憾事。

先生是我 80 年代初在隆回二中上学时的地理、英语老师，复读时，又担任我的班主任。他中等身材，浓眉，络腮胡子，烟不离手。温文尔雅，朴素实在，慈善正直，才华横溢，待生如子，是我脑海中对先生挥之不去的印象。

听说先生当年高考超出清华大学录取线几十分，但因家庭出身地主，最终被调剂到了北京师范大学。先生原来在邵阳师专教书，因师专专业调整，来到了隆回二中。师母是先生的同乡，为了爱情，后来没能上大学，当时人们曾揣摩先生会不会变成“陈世美”，但印象中师母虽身体不佳，瘦弱多病，对先生和孩子们却照顾有加。先生的宿舍就在教室隔壁，大家从未听到先生家中高声言语，夫妻恩爱在学校传为佳话。

记得班上有同学谈恋爱，先生在班上公开讲道理：“花香自有粉蝶来。”给青春躁动的学生开了一剂良方，激励我们专心致志考大学。“花香自有粉蝶来”，也成了我的座右铭。

现在想来，先生和同为教师的先父有太多相同之处，这都源于他们的善良、正直、刚强。印象中先生爱打抱不平，无论领导、同事还是学生，先生正气凛然，无私无畏，年轻的老师都爱和他相处，师生对他敬重有加。

先生对学生要求是严格的，批评起来也不留情面，那时读书尽管学费和生活费不高，但对普通家庭来说也是不轻的负担，先

篮球场漂移投篮的身姿与地理课上纵横捭阖的演讲，都深深地印在我的脑海里，范晓华老师，感谢您对我们孜孜不倦的教导！（高 275 班欧阳凯）

生常强调“你在这里读书要对得起家里人”。那时我父亲刚复职，先生知道我家里人多负担重，常轻言细语嘘寒问暖，鼓励我克服困难。

记得校园内空地多，好些教职工课余种种菜。师母没工作，身体又不太好，一家六口，全靠先生那点微薄工资养家糊口。早晨或傍晚，常见先生挖土挑水，掏粪施肥。

刚到二中时就听说先生是全科老师，每门课都能上。先生讲课不紧不慢，娓娓道来。他上过我的英语课、地理课。先生写得一手大气、简洁、清秀的字，现在想来有点章草和于佑任先生的草书气韵，当时班上有个名叫刘文星的同学，学先生的字体最像。

我当年高考地理成绩87.7，居全市第三，得益于先生教导有方。如何计算时区，对于数学成绩不太好的文科生来说是大难题，但又是必考内容，甚至是以时区为基础的大题，先生教授时区草图法，以至于一考地理时，试卷未发下来，大家就在草稿纸上划时区格了，屡试屡中。先生上地理课，很少带教材，但地图册必带。先生强调：“把地理知识巩固在地图上。”因为他的教导，我养成了将物产、人文、历史记在地图上的习惯。记得教材上说山东盛产花生，花生是先父的最爱，当时我就想将来买山东花生给爸爸吃，后来这个愿望实现了。因为笔记记在地图上，每到复习迎考时，我就只看地图册了，加上我善于形象记忆而弱于抽象记忆，先生的教学方法让我大受裨益。甚至于参加工作后，还循先生方法辅导同事朋友孩子及儿辈地理课，颇见成效。

先生的办公桌上，有一台铝饭盒大小的录音机，平放着，上英语课时，先生带到教室放磁带给学生听语音，在办公桌前，先生边放音乐边工作，我几次都碰到这个场景，心想，这不影响工作吗，学生如果边学习边听音乐，肯定会被家长教训“一心不可二用”。但其实恰恰相反，脑力劳动繁重时，来一点轻松的音乐，一来可以让自己的身心更放松，二来可以让自己的效率变得更高。以至于参加工作后，我也养成了工作、学习及生活与音乐相伴的习惯，尤其灵验的是，如果哪天去现场听了交响乐，那晚睡眠必好。

先生才情，令人望尘莫及。工作之余，见先生常拉拉二胡，吹吹笛子，让学生羡慕着先生的才气。近二十年前，先生来长沙大儿子家，我去拜访，先生聊到准备编关于诗词鉴赏的书，令我当时一惊。先生说到做到，2004年12月，湖南大学出版社便出版了先生29万字的大作《历代诗词曲精选》。当时先生说签名送一本给我这个文科学生“批评指正”，我到师弟那里去取时，恰巧师弟出差没如愿，后来也不好意思再去，于是网上购买，改日还是再问问师弟签名本。

清代诗人罗振玉《鸣沙石室佚书·太公家教》中云“弟子事师，敬同于父，习其道也，学其言语……忠臣无境外之交，弟子有柬修之好。一日为师，终身为父。”——就教青云士，何其幸哉！

天南地北任我行，地理指引梦想路。感谢阳银华老师，您用生动的语言和丰富的知识，让我们对地球有了更深刻的认识，打开了我们的视野。（高351班胡剑波）

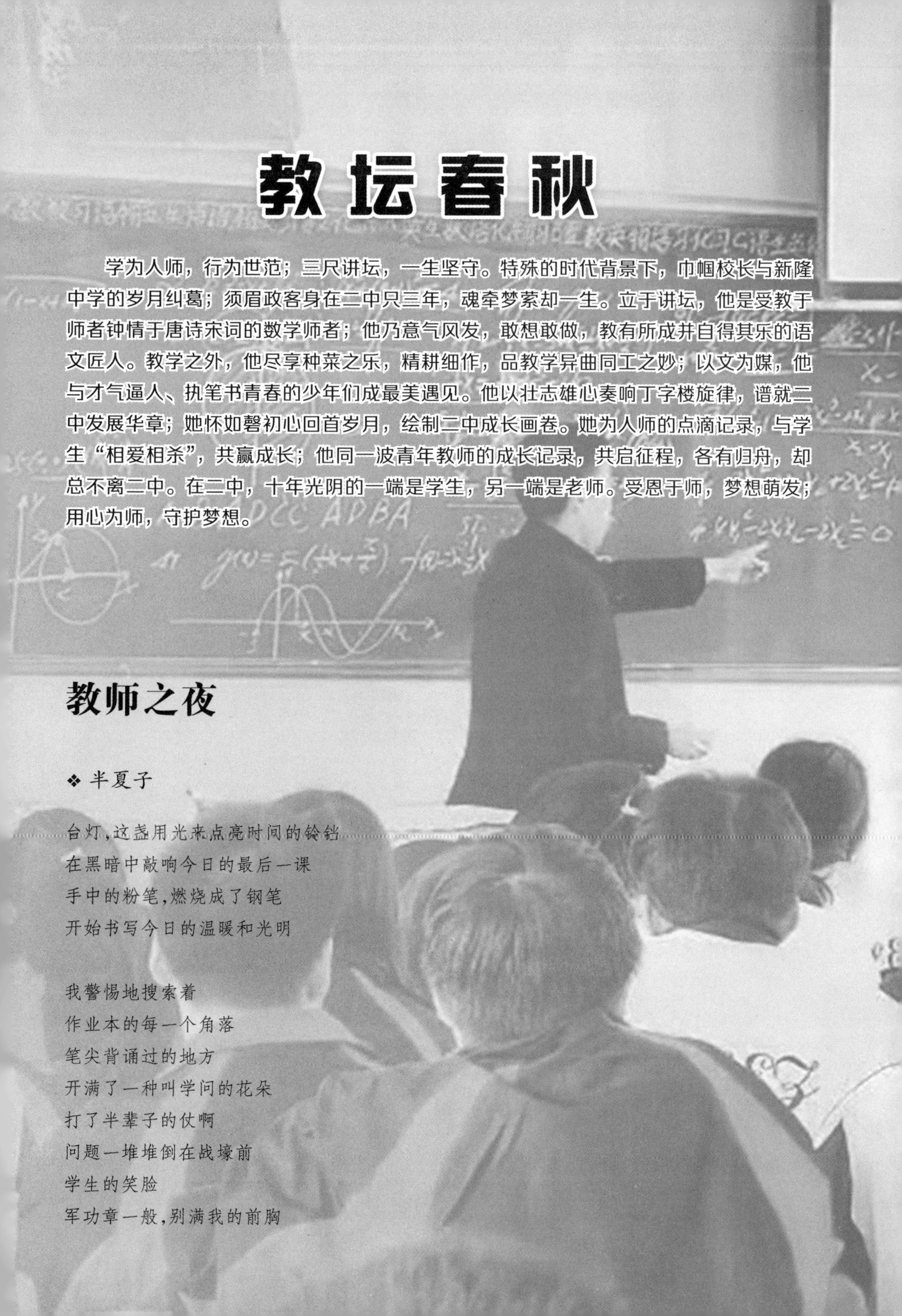

教坛春秋

学为人师，行为世范；三尺讲坛，一生坚守。特殊的时代背景下，巾帼校长与新隆中学的岁月纠葛；须眉政客身在二中只三年，魂牵梦萦却一生。立于讲坛，他是受教于师者钟情于唐诗宋词的数学师者；他乃意气风发，敢想敢做，教有所成并自得其乐的语文匠人。教学之外，他尽享种菜之乐，精耕细作，品教学异曲同工之妙；以文为媒，他与才气逼人、执笔书青春的少年们成最美遇见。他以壮志雄心奏响丁字楼旋律，谱就二中发展华章；她怀如磐初心回首岁月，绘制二中成长画卷。她为人师的点滴记录，与学生“相爱相杀”，共赢成长；他同一波青年教师的成长记录，共启征程，各有归舟，却总不离二中。在二中，十年光阴的一端是学生，另一端是老师。受恩于师，梦想萌发；用心为师，守护梦想。

教师之夜

❖ 半夏子

台灯，这盏用光来点亮时间的铃铛
在黑暗中敲响今日的最后一课
手中的粉笔，燃烧成了钢笔
开始书写今日的温暖和光明

我警惕地搜索着
作业本的每一个角落
笔尖背诵过的地方
开满了一种叫学问的花朵
打了半辈子的仗啊
问题一堆堆倒在战壕前
学生的笑脸
军功章一般，别满我的前胸

【栏目主持简介】

李君琴，隆回“小西藏”土生土长之人。二中求学三载，北京追光七年，毕业后回母校任教五年，现选调至星城，高中英语教师一枚。虽未有大成，却一直坚持写字，为记录，当出口，铸情怀。“Stay hungry, stay foolish”，以渴求之心接物，以愚者之姿待人。

生命的印记

※ 张全寿

张全寿，男，1937—2023年，隆回金石桥人。1950—1952年就读于新隆中学初11班，后毕业于北京铁道学院（今北京交通大学）。曾任北方交通大学（今北京交通大学）副校长兼党委常委、教授、博士生导师，国家级有突出贡献的中青年专家，享受国务院政府特殊津贴。1993年调铁道部工作，担任铁道部电子计算技术中心主任兼党委书记（正局级）。

新隆中学（隆回二中）与我们家有着不解之缘：20世纪40年代，我老兄张鹤寿从该校毕业；50年代，母亲谢希韫在此担任副校长兼教导主任，二姐张宝莲和我随母亲在这里读书，宝莲还没毕业就由学校入伍从军，我则毕业后考取了湖南省立六中（今邵阳市一中）；60年代，我妹妹张君莲与其爱人贺才理从隆回二中毕业；90年代中期至21世纪初，我大姐张湘莲的大女婿陈惟凡在该校担任副校长、校长等职，小女儿李冰泉后来也调到学校任教。隆回二中培养了我家兄妹数人，并恩泽到家里的第二代、第三代，这些无不令我们全家充满感恩。但我最想书写的，还是母亲谢希韫在新隆中学工作的那段往事，在新旧社会交接时期她与学校一路走过的艰辛和不易。

母亲1905年出生于洞口，在邵阳爱莲女子师范学校就读期间，曾担任学生会主席，她是中共早期的地下党员，也是当时邵阳学生运动的骨干。1927年大革命时期，母亲由中共湖南省委委派到武冈县（现武冈市）任地下党特支书记，领导了武冈县轰轰烈烈的农民运动。“马日事变”前后，身为共产党员的父母遭到了国民党当局的追杀，被迫逃往湖北黄冈，直到抗日战争时期为时局所迫，才重新回到父亲的老家金石桥。母亲从此在当地一直以教书为生，并在工作中表现出了出色的教育管理能力。中华人民共和国成立前夕，她在地下党领导下组织“新民主主义建设协会”，收集敌人情报协助剿匪，开展宣传活动。

1950年1月，人民政府接管新隆中学后，母亲被县委派往新隆中学任副校长兼教导主任，主持学校行政和教学工作。母亲走

新隆中学第一任校长为孙泽英，司门前孙家垅人，中华人民共和国成立前任过县长，属于比较开明的绅士，曾参与松坡中学（今隆回一中）的筹办，任期为1945年8月—1948年7月。

马上任的首要任务就是改变旧的办学体制，更换旧的教材。她下了很大功夫修改旧的规章制度和教学体制，修订了教学计划。进入新社会，旧的语文与政治课本完全不能用了，当时获取教材非常困难，即使派人到邵阳也只能拿到一些样本。没办法，学校只好自己油印。此时，父亲在金石桥开办的文化服务社帮上了大忙，他买了钢板和油印机，日夜加班帮学校印教材。父亲曾在湖北地方法院做过录事，写得一手好小楷，刻的钢板印出来的东西非常清楚。刚到新隆中学的日子，尽管母亲和父亲都忙得吃不好饭，睡不好觉，但是心情非常舒畅。

母亲做的第二项大工作就是开门办学：把办学与社会的革命斗争联系起来，让学生们不再“两耳不闻窗外事，一心只读圣贤书”。

此时金石桥的土改、反霸工作已开展起来，阶级斗争又以另一种形式激烈地进行着。母亲在学校校务会上明确指出，学校工作必须与社会上的革命斗争融合在一起，除了在课堂宣传当前革命形势和党的政策外，就是再忙也要配合土改做些宣传工作。于是她千方百计挤出时间，组织教师和学生排演了一出话剧《血泪仇》，讲的是某个恶霸地主向他的佃农逼债，强奸佃农妻子，霸占佃农女儿的故事。在母亲的努力下，第一次演出就非常成功，有人看到悲惨情节放声痛哭。由于演狗腿子的教师把狗腿子的坏表现得淋漓尽致，导致有次一个农民冲上舞台用拳头把演员给打倒了。事后那个教师不敢再演，母亲做了很多工作，派了专人保护，演出才得以继续下去。金石桥区的毕区长看后非常满意，他对母亲说：“你做这件事对配合土改工作太有意义了，我看了都想哭，你们学校要安排好时间，到全区主要乡镇去演出。”这事在新隆中学成为美谈，也成为那个时代师生共同的回忆。

在土改不断深入的情况下，母亲还花了很大的精力维护学校正常的教学秩序。当时校内不少教师是地主子弟或他们本人就是地主成分，于是有农民不断来学校揪斗教师和搜查财物。母亲既要保护教师，使学校教学工作不受影响，又不能伤害农民的感情，她的处境进退两难。后来，母亲磨破了嘴皮去做两方面的工作，向双方宣传党的政策，又根据实情与区政府联系，提出每个具体问题的处理方案，较好地解决了这个政策性很强的难题。

由于新隆中学是全县第二所中学，学生来自各地，大家只能住校读寄宿。当时的经济情况普遍不好，农民子弟状况就更不用说了，地富子弟正处于土改之中，家境也很困难。针对这种现实问题，母亲做的第三件事就是组织学生自力更生，一方面培养学生热爱劳动的品行，另一方面保证大家有饭吃、不辍学。当时学校校园很窄，操场尤为狭小，母亲利用土改良机，向区政府申请将校园前面马路两侧的地划归学校，得到了毕区长的支持。母亲将新分配的土地除一小部分用作操场，其他都作为菜地分到各班，并给每个班配发了农具，由学校伙房的大师傅做指导，利用业余时间带领大家开展种菜活动。一

新隆中学第二任校长为龚述畴，任期为 1948 年 8 月—1951 年 2 月，他和学校共同经历了国家政权的更替时期。

时间，每块方整的菜地上都竖起了标识牌，标明了菜地的所属班级，以利于开展劳动评比。母亲不失时机地提出了“我们自己养活自己”的口号，得到了广大师生的支持，大家的劳动热情空前高涨。每天晚饭后，菜园子里一片繁忙的劳动景象。同学和教师都自觉自愿地到菜园劳动，有的松土，有的除草，有的施肥……很快学校的菜园一片郁郁葱葱，蔬菜长势极好。不久以后，学校就实现了蔬菜的自给自足，这给大家节省了不少的生活费。更为重要的是，这一举措培养了师生热爱劳动的美德和集体主义精神，对个人的成长影响深远。

最有意思的数组织师生下河抓鱼了。母亲对各班班长说：“我们能解决蔬菜问题，难道就不能自力更生改善改善伙食？河里有鱼，能不能抓点来打个牙祭？”学生都是农村的孩子，一听说下河抓鱼，个个高兴得跃跃欲试。一个星期天，母亲与体育老师带领一百多名学生拿着锄头、水桶、脸盆和渔网，浩浩荡荡地向离学校不远的河边走去，我和二姐宝莲也兴高采烈地加入了抓鱼队伍。大家一路上相互拉歌，高唱革命歌曲，兴致格外高昂。

队伍来到事先选定的一个河段旁边，河水在这里分叉，分出一股水流入支流，主流的水则流入一个水潭，支流的水经过一段流程又与主流汇合。根据经验，这样的水潭里肯定有不少鱼。母亲把同学分成两部分，一部分人在河流分叉处筑一道坝，将河水引入支流，那里水很浅，用石头和草皮就可筑坝。另外一部分人则到支流汇入主流的河段上面一点也筑一道坝。那里水也不深，用石头堵住不让鱼跑就行了。坝的中间留个口子张个渔网，专等随着水流下来的鱼入网。

大家很快就把坝筑好了，随着两条坝之间水位的下降，水潭中较大的鱼，纷纷随着水流往下游逃命，乖乖地进入了渔网，大家一时兴奋到了极点，一边把它们捞进水桶，一边不断地高呼：“哈！下来了一条大的！看，又有一条大的！”

师生们的歌声、喊声引来了许多看热闹的老百姓，河岸上很快就站满了人，许多人都在一旁指指点点，出谋划策。小孩子个个手痒得跃跃欲试，吵着要下河抓鱼……水潭里的同学看到水不流了，就开始用脸盆往外排水，随着水量的减少，那些深藏在水底石头缝里的鱼相继被抓了出来。大家呼喊着、尖叫着，现场气氛又一次达到高潮。

经过整整一个上午的战斗，我们抓了好几桶鱼，同学们的衣服都湿透了，但一个个都极其兴奋。吃着美味的“鱼宴”晚餐时，大伙还在津津有味地谈论着抓鱼的刺激。

1950 年下半年，学校还发生了两件大事：一是动员学生参军；二是成立少年儿童队。

1950 年 6 月 25 日朝鲜战争爆发后，母亲接到任务，要求动员一批学生参军。这在当时是一项非常艰巨的任务，一方面是传统思想的影响，地方上流传“好铁不打钉，好男不当兵”，中学在当地已是最高学府，上了中学再去当兵的抉择需要慎重。另一方面是民

新隆中学第三任校长为张杰，任期为 1951 年 3 月—1952 年 11 月，是隆回县人民政府任命的第一位校长。

众心目中还有恐美思想，抗美援朝与美国打仗，许多人认为是拿鸡蛋碰石头。在这种情况下，尽管母亲做了很多的参军动员工作，但响应者却寥寥无几。正在母亲想方设法准备深入做思想工作之际，我二姐张宝莲于某天放学后找到母亲："妈妈，我要去参军！"母亲对此毫无思想准备，她一直把工作对象放在年满 18 岁的男孩子身上，宝莲是个刚满 17 岁的女孩，竟然主动要求去参军，实在出乎她的意料。母亲说："你年纪还小，女孩到部队上会有很多困难！""妈妈，我想过了，我要像您老人家年轻时那样到外面去闯一闯。"宝莲说。

母亲仿佛从宝莲身上看到了大革命时代的自己，心弦被拨动了，她深知女儿机警过人，不愿意窝在家中无所作为，就对她说："那好吧！我回去跟你爹商量一下。"商量的结果就是支持宝莲的选择，让她到外面去闯一闯。谢校长的女儿张宝莲报名参军了！这个消息在学校传开了，引起了大家的震惊。有人带了头，很快有人相继报了名。经过部队的审查，最后批准了两名女孩和五名男孩参了军，接收单位是西北军区。

宝莲一行七人出发的那天，学校敲锣打鼓欢送他们，母亲代表学校给每人戴上了大红花。我带着妹妹一直跟着欢送队伍欢送二姐，望着前往遥远大西北的二姐，我们的眼眶里都含满了泪水，我也看到了母亲眼里晶莹的泪花。

1950 年 4 月，共青团召开全国少年儿童工作会议，决定建立全国统一的"中国少年儿童队"（1953 年改为"中国少年先锋队"），归共青团领导。当时的新隆中学没有党团员，更没有党团组织，在母亲的一再要求下，县里派新民主主义青年团老团员王民初来校担任政治辅导员。王老师来了后，就着手组织"少年儿童队"。经过层层选拔，几百人的学校，第一批只选出了 30 人，入选条件可以用"非常苛刻"来形容。值得骄傲的是，我也成了第一批"少年儿童队"成员，并当选为副大队长兼学习委员。名单确定后，学校召开了隆重的成立大会，母亲与王民初老师都讲了话，王老师给每人戴上红领巾，学校给"少年儿童队"买了洋鼓洋号，吹打起来特别神气……

母亲后来常常和我说起在新隆中学工作的那段往事，那些刻在生命中的印记早已成为她一生中最为珍贵的回忆。2014 年是母校建校 90 周年，我参加了隆回二中北京校友会的成立大会，面对老中青三代二中校友欢聚一堂的热闹场面，我仿佛看到 90 年历史的河流一路奔涌而来，而母亲则是河流中一朵美丽的浪花。

谨以此文献给在隆回二中这片热土上倾心付出过的母亲，她已于 1985 年 9 月永远地离开了我们。

——原载《早春时节》（湖南人民出版社，2014 年 9 月第 1 版）

隆回二中第一任校长为彭德新，任期为 1952 年 11 月—1954 年 7 月，他见证了新隆中学到隆回二中的转型，也主持了学校由金石桥迁往六都寨这一重大工程。

唐宋情结

❖ 朱贤舜

朱贤舜，男，1949年生，籍贯娄底双峰，中学高级教师。曾远赴西藏支教，后长期在隆回二中任教，为湖南省数学会、中学数学教改研究会会员。数学著述、论文颇丰，为《数学通报》《中学生数理化》特约撰稿人。先后被评为拉萨市先进工作者、邵阳市劳动模范、全国优秀教师。

作为教师，我是在隆回二中成长起来的，多得嫡派真传。钟情唐诗宋词的我，说来也巧，引路人竟是二中两夫子唐道雄、宋鹤鸣，他们分别毕业于湖南师院中文系、华中师院化学系。唐师的国学功底深厚，业内翘楚，自不待说；宋师负笈于省立六师，有着坚实的国学功底，堪与宿儒比肩。

得到唐师的耳提面命，纯属机缘巧合。我的国学根基，多亏了唐先生，其次是宋先生。

唐师初次谋面，印象中是不修边幅，甚至有点邋遢，应是不及强仕之年。厄运带来穷困潦倒，不见了昔日儒雅仪容，却依然口齿犀利，所出毫不掩满腹经纶。先生对我的一副嵌名对联赞赏有加：

> 启锚趁良辰，想航程尚远，当协之波推百舸；放喉迎浩水，号运业维艰，须会乎勇进千帆。

我因而有缘向他讨教，后来，我与之成了忘年交。

至今仍记得先生吟咏周敦颐的《爱莲说》，平仄依古，腔转随情，摇头晃脑，一咏三叹，颇具感染力。今天的老师朗诵起来，难免隔了些古意。

读罢孔稚珪的《北山移文》，很多典故一知半解，于是请教先生（也想考他一下），不料先生一瞥题目，把书合上，诵之行云流水，典故如数家珍。我打心眼里佩服之至。如先生解读“泪翟子之悲，恸朱公之哭”说，翟即墨子也叫墨翟，朱公指杨朱。《淮南子·说林训》有这样的话：“杨子见逵路而哭之，为其可以

隆回二中第二任校长为陈涛元，任期为1954年8月—1956年7月，他曾于1980年4月—1984年8月再度出任隆回二中校长（第七任），1987年退休，1992年1月24日因病猝然去世，享年64岁。

南可以北。墨子见练丝而泣之，为其可以黄可以黑。”这样去理解原文，让我茅塞顿开。

我的祖籍双峰，文风颇盛，民间历来重视旧学，可谓弦歌不辍。龆年要读《三字经》，幼年读《幼学琼林》；志学之年读《曾文正公家书》《古文观止》《古文笔法百篇》等。这些让我潜化于无形，耽读之余，不经意中就领悟了文言，虽不足以从事什么声韵训诂，但至少可以做到文字顺畅，达意通情。仰慕唐师背景，我试写文言，可没想到凭我这一手稚嫩的文言，怎能入夫子的法眼？我把“火眼金睛”掐尾生造“火眼”，以为文言。先生说：“你错了，火眼是中医上的急性结膜炎。文言‘法眼’可表示火眼金睛，原本是佛教所指认识到事物真相的眼力，后以泛指敏锐深邃的观察力。火眼金睛一般表示愤怒，眼睛发赤，像冒出火来。”接着解读“法”字，给我上了一课，古体的法是由水、廌、去三部分拼得来的会意字：用三点水表明其平如水，公正；廌，是古代神话中异兽，也叫獬豸，形状像羊，但少一只角，能够辨别是非曲直，见人争斗，就用角去触理屈的一方；去是赶走的意思。“法”的本意为：如果有人行为不正，大家就要公道行事，对他予以制裁。

唐先生教我写散文，取材不要贪大，篇幅可短，要抒情赋感，捕捉事物中的那份情趣、理趣和意趣，切中人情世故，这才有读味。如能旁征博引，古人、时人的隽言妙语信手拈来，赋文以鞭辟入里的洞见，起伏跌宕的波澜，则丑也有几成了。我能见诸报刊的很多散文，都得益于先生的点拨，也体现着先生的教诲。

至于旧诗词，除了课本上有的，没有老师着意为我启蒙，倒是性之相近，习以为常，又可从唐、宋二师得到耳濡目染，我有了长进。常听二位吟诵唐诗宋词，是越腔吴调的哦叹之音，几近越剧的道白，又夹以湘楚乡音，一波三折，余韵袅袅，情意绵绵。听得“弃我去者，昨日之日不可留；乱我心者，今日之日多烦忧”或是“长洪斗落生跳波，轻舟南下如投梭”，顿觉太白、东坡就在肘边，一股豪气上通唐宋！《晋书》王敦传说，其酒后，辄咏曹孟德古诗，一边用玉如意敲击唾壶作节拍，壶边尽缺，唐先生的一个缺沿的茶杯，想来也是这样敲得的？今用普通话吟诵旧诗词，只恐怕永远难与古人意通呢！

宋先生于我印象是稳重、练达。常见他迈着八字步踱来，沉思中嘴撇得像瓢儿。写散文，先生从技法层面上示导我。他说，文章起笔要突兀见新，让人读来欲罢不能；结尾要斩钉截铁，笔住而意犹不尽。你读贾谊的《过秦论》，篇末的五十四字长问：“然秦以区区之地……为天下笑者，何也？”竟以短答煞住：“仁义不施而攻守之势异也。”令人拍案叫好！先生又说，文章切忌多用虚词，唯转折由之，方显得朴拙有味。于实词的运用要多斟酌，在遣词丽藻方面多下功夫，期于至当。比方说，将麻将桌上洗牌的动作比作蛙泳，就形象具体。

隆回二中第三任校长为宁峥嵘，任期为 1956 年 8 月—1964 年 9 月。

学会写点律诗，得益于宋师的指津。先生说，学理科的，若心无旁骛，少得乐趣。若能学习写点旧诗，很有意义。诗的身份特殊，性格鲜明，最能刺激一般人的幻想。“幻想”对于学理科的，真是太重要了，没有门捷列夫的幻想，怎么得来化学元素周期表？牛顿若不是幻想，怎会异想天开发现三大定律？先生说，律诗要求句子合律、简练、含蓄，这样在文法上就成特殊的结构，显得耐读。如王维的《过香积寺》有“泉声咽危石，日色冷青松”，每一句中两事物的关系，全靠一个单字“咽”“冷”来联系，中间没有介系词来调整，留出了想象的空间。下句，到底是日色照到青松上使青松显得冷呢，还是日光因落松间而自己显得冷了，还是松色和日色看来一片凄冷，无所谓谁使谁冷呢？你看唐诗的魅力，涵泳于其中，吟来写来理科脑瓜不就活泛了？我有一些歪诗，多承宋先生点窜涂乙，方勉为汔可。如律句“三餐怜子弟，一饭想爹娘”，改“爹娘”为“庭闱”，与“子弟”雅说相谐。古代男主外，女主内；庭在外，闱在内，代指父母。杜诗有“我已无家寻弟妹，君今何处访庭闱？”先生说：古云诗言志，歌咏言。写诗，不能少了情；抒情不要露骨，沦为滥情就不好。给人无端道愁的空洞之感，诗意在哪里呢？好诗总是寓情于叙事、写景、状物之中……这让我至今莫忘，作为鞭策。最近我从荷香桥老街故居归来，吟成一首七律，题为“老街感怀”：

老街寻梦渐依稀，往日繁华已式微。
紫燕双飞南去远，白头独守晚来唏。
吟诗总怕牵寒韵，饮酒还忧捧冷卮。
最是大年三十夜，团圆盼子晏回归。

倏忽几十年过去了，记得在一次文艺晚会上，宋先生善箫吹奏，我同台献丑操琴，唐先生击碰铃谐节拍，赢得台下喝彩。二老早已辞世，想来怅然！我以一副嵌名联以志怀念：

一缕青烟，化鹤归华表，顿叹恩师难道失？
双帷绛幕，谐鸣绕舞台，犹聆叨教久雄浑。

唐、宋二师已作古，免忧“白头独守”“寒韵”“冷卮”了，倘在天有灵，还可以手捧唐诗宋词，尽情曼吟回唱。可不是吗？昔之铿锵余韵，犹萦耳际，让我顿觉二师就在肘边，一股豪气直通唐宋！

——原载《早春时节》（湖南人民出版社，2014 年 9 月第一版）

隆回二中第四任校长为戴辉堂，任期为 1964 年 10 月—1965 年 5 月，共 8 个月，是到目前为止任期最短的校长。

二中三年

※ 陈扬桂

我自1980年邵阳师范毕业后，任教于周旺中学，到2023年退休于邵阳市纪委监委。40余年里走过十来个单位，除了在其中一个单位待了十年有余，其他都是一两年、三五年。在隆回二中，我工作了三年。

陈扬桂，男，1962年生，隆回周旺人。湖南省作家协会会员、邵阳市党史联络组成员。1987—1990年任教于隆回二中，曾经担任默深文学社指导老师。退休前担任邵阳市委巡察组长、巡察办二级巡视员。

1987年，我从邵阳市教师进修学院脱产学习毕业后，被调入二中。一同进修的同学，原则上是从哪里来回哪里去。我在进修学院任学生会干部，学习刻苦，成绩也很好，被重新安排。可能是考虑到安排早了会引起其他同学情绪波动，秋季开学前，我的去向还没明确。那年8月下旬，周旺区教育办领导告诉我："你可能不会回原学校了，教育局说让你在家等通知。"一直到教师节过后，我才接到去二中的通知。

到二中报到后，学校安排我教高一136、137班的历史课，同时协助高三文科班范善成老师批阅作文。文科班有百多名学生，在四合院里最大的一间教室上课，首届中国十大校园诗人马萧萧就在这个班。没过多久，学校要我继续教两班历史，不再协助范老师批阅作文，而是担任初二70班的班主任，教这个班语文。后来还兼任过一些班级的政治课。

因为我一开蒙就读小学三年级，那时农村小学又不重视拼音教学，所以我的拼音总是念不准。在周旺中学任教的5年，基本上是用方言进行教学。在二中教语文，尽管自己除了拼音，其他的语文知识都比较过硬，但那口塑料普通话实在让我难堪。领读课文的任务有时就仰赖尚红湘、马泛萍、陈爱晖、郑倩、董凤颖、裴湘军等普通话基础好的学生了。对70班，我倾注了心血，

隆回二中第五任校长为陈龙楚，任期为1966年6月—1969年9月，他和学校刚好历经"文革"初期，后来也曾担任隆回一中的主要负责人。

最终也获得了学校和学生的认可。这个班从我接手的第二期起，期期被评为优秀班，我也被评为优秀班主任。到这个班快毕业的时候，我患上了咽喉炎，不堪其扰，便滋生了改行的念头。因而接下来带的 76 班学生，我只教了他们一年。他们可以说是我的关门弟子，我至今仍对他们心怀愧疚。但这两个班的学生，对我一直敬爱有加。他们建班级 QQ 群、微信群，都把我请了进去。考虑到有个老师在里面，他们同学聊天会拘谨，便一一请求退出来了。

改行怎么改呢？我先是想改行教美术。我在师范读书时，美术得过奖，在周旺中学我也教过美术。为此，课余时间，我不时跟着阳立刚老师习画。但是，学校美术课开得不多，有阳立刚老师一个人就够了，即使要增加美术老师，比我美术强的，二中还大有人在（比如多面手朱贤舜老师），所以也轮不到我来当美术老师，只得作罢。

在二中，我与萧逍遥老师同事了一年，他当时教一班语文，兼任学校默深文学社指导老师，把二中的文学社团办得风生水起、声名远播。肖老师改行去娄底行署后，游祖丁接任文艺社指导老师。一年后，游老师改行去了隆回县政府，初 70 班也毕业了，学校安排我任初 76 班班主任，并教该班语文，同时兼任文艺社指导老师。

在二中三年，我教的两个初中班，出了大量品学兼优的学生，其中不少学生直到现在还与我保持密切联系。如 70 班刘力雄，身为重点军事院校的军官、教授，几十年如一日，每个教师节和春节都不忘给老师发信息问好，令我很受感动。在我任班主任的这两个班级，像刘力雄这样有情有义的好学生难以枚举。我跟任教历史和政治的几个班级的一些学生，比如现为湖南师范大学教授的赵玉燕、隆回县民政局副局长的魏先成等也有联系。因此，我感到在二中的三年，是我一生中最有想头的三年。我在二中指导默深文学社的一年，在前任指导老师的基础上，发展了二中的学生文学活动和校报编辑出版工作，出现了海啸、周劲翔、陈勇光、罗晓晴、刘烨洲等文学骨干。为了激励学生志存高远，向二中优秀校友学习，我一接手文艺社指导老师，就向二中高 1 班 1 号老校友、人民文学出版社社长兼总编辑陈早春先生去信，请他题写《风声报》报名。陈先生热情地用毛笔书写了几张寄来。略感遗憾的是，因事先没有请示学校领导，领导不同意改用陈先生题写的报名。

二中图书馆藏书丰富，甚至拥有一些难得一见的善本、珍本。我很珍惜这个机会，并得到图书管理员阳金竹、刘求凤老师的特别关照。那几年，我一有空，便钻进图书馆的故纸堆里，抄阅典籍。对魏源的著作，我摘录了《默觚》，一字不漏地抄录了《海国图志》的前四卷。后来，我根据在二中图书馆读书的心得，写了一篇学术论文，参加了盛况空前的纪念魏源诞辰 200 周年国际学术研讨会。

隆回二中第六任校长为金步云，任期为 1970 年 2 月—1980 年 4 月，后调任隆回县教育局担任局长。

二中三年的生活是紧张而快乐的。我进二中晚，没有分到理想的住房。理化生实验楼旁边的偏房有6个单间，先来的方云望师傅住了一前一后两间小的；和我同年进二中的陈扬乐、胡志仁、金龙永，都刚从大学毕业，尚未成家，每人住一间小的；我因为成家有孩子了，学校给我分了一间大房子，我用大衣柜将它隔成两个通间。我等身居陋室，心里敞亮。休息日，他们三个快乐的单身汉不时聚在一起聊天、喝酒、玩牌。我和方师傅，有时还有扬乐的同学刘淮保、扬乐的未婚妻陈曼贞老师也参与其中，大家玩得开开心心、快快乐乐。一年后，扬乐和志仁读研究生去了，金老师后来也荣调县教研室了。我们住在小偏房的四位老师都先后调离了二中。

1990年五一节前后，一位朋友告诉我，县政协机关想物色一名写材料的干部，我请他向政协领导推荐一下。这年暑假期间，我便收到通知，要我去政协上班。到政协报到时，毛汉周主席亲自接待了我。他告诉我，手续正在办理，估计很快会办好，问我是否可以先来上班。我说可以。毛汉周同时向我透露了他到二中考察我的情况。他说，放暑假前，他让司机把小车停在氮肥厂，同郑和阶主任一起装成学生家长，来到学校门口，向门卫老人了解我的情况，听到赞许后，又一路与人攀谈到教务处门口，看到墙上贴了几张喜报，其中我的名字出现次数最多。再找学校领导了解情况，都对我评价很好，于是，调入县政协的事情就定下来了。因为学校众多领导和同事美言，再加上与我有关的喜报，比如《中学生思想政治教育的问题与对策》获市级论文一等奖，《实施义务教育法之我见》获县级论文一等奖，都正好集中在那个时候张贴出来，使得县政协对我的考察顺利结束。于是，从教十年后，我就这样改行离开了二中。

后来的日子，我很少去二中，却常常与她在梦里相会。两年前的一个周末，我回到桃花坪，入睡前突然想念二中了，便驾车直奔澄水，邀约了我当年从金石桥马过桥招到二中75班的学生，时任二中高三年级组主任陈定球老师，一起在魂牵梦萦的二中校园漫步、回想、感慨……

隆回二中第八任校长为宋鹤鸣，特级教师，隆回横板桥人。任期为1984年8月—1988年8月，因为主持了学校由六都寨迁往花门这一历史事件而彪炳史册。

难忘那三块菜地

❈ 廖敦燕

2023年8月14日，时隔16年，我重返赧水河畔默深园。这里发生了翻天覆地的变化：2公顷的橘园变成了高标准的塑胶田径场与气派的体艺馆。曾经仅一栋五层高教学楼——默深楼，现在周边竟然排立了七栋：厚德楼、砺志楼、博学楼、卓越楼、联运楼、明志楼、致远楼。原来的24个班居然扩容至127个班！主干道升华路西边低矮的大食堂消失了，荷花池旁的荒草地上矗立起了拥有1900个座位的餐饮大厦。学生公寓数目由“2”变“8”。曾经绿油油一片、生机盎然的上百亩菜园已被八栋教工宿舍取替。校园姹紫嫣红、井然有序，书声琅琅，让人心旷神怡。不变的，只有那俄式建筑丁字楼、讲师楼、文体活动中心与“黄土高坡”了。

廖敦燕，男，1968年生，隆回县六都寨人。1996—2007年在隆回二中任教，曾担任教科室主任；后任隆回一中党委委员、纪检书记；隆回县万和实验学校党总支书记。2023年8月调回隆回二中，担任党委副书记、校长。现为湖南省特级教师、中小学正高级教师。2021年11月被邵阳市委认定为邵阳市第一批高层次人才。曾任湖南省廖敦燕名师工作室主持人、湖南省示范性普通高中督导评估专家，是湖南省教学比武一等奖获得者，教育部“一师一优课”课例获得者。

一日在校园踱步，偶然间瞥见了宣传栏内的一张通告：“校园内禁止种植蔬菜。”讶然之后仔细搜寻，发现校园内多处贴有这样的警示语。我这时才惊觉默深园内确实只有零星几处菜地了，老一辈人大多转战围墙外打靶场附近去种了。在那里，我见到了穿着长筒雨靴的胡德龙、袁愈惠、刘正东、黄正文、陈苾铖等老教师身影，他们劳动习惯依然未改。

我1996—2007年在隆回二中生活过十二年。那时条件异常艰苦，上街买菜极为不便，得坐摇摇晃晃、慢慢悠悠的三轮车。于是，各家各户都自力更生，纷纷培育瓜蔬以自给，好有一份丰富的享用。

那时不足百人的教师队伍中有许多劳动能手。很多人乐谈范善成老先生上树劈柴火的故事，钦佩刘检球、阳银花等同志烈日

隆回二中第九任校长为颜扬孝，隆回岩口人，任期为1988年9月—1991年8月。他出身行伍，属于“老三届”毕业生，大学毕业七年后即任隆回二中校长。

下担淤的精神，佩服徐三寿、刘仕礼等老先生穿着短裤子开荒挥汗如雨的干劲。我深受他们的影响，教学之余，也常松土莳菜，至今难忘二中那三块菜地。

我的第一块菜地，是邹鸿飞老先生匀给我的，曾经有人侍弄过，是一块熟地，在讲师楼与老三楼之间的东门侧，紧挨围墙。最忆那素淡的蔬菜清香，最忆那新鲜的泥土芬芳，最忆那静夜里的蛙鸣与蛐蛐声相和，最忆那盛夏时节围墙上丝瓜、苦瓜、白瓜与蛾眉豆悬着挂着的场景。那四季豆苗、甜高粱疯长，长得比围墙还高。这得益于围墙边的小水沟，使得浇水极为方便。刚种菜时，我特地从张邦运老师家属承包的养猪场挑了三担猪粪来改善土壤，跟随刘检球先生从一栋公寓旁的公共厕所里担淤来打底。有了好的底子，才有好的收成。俗语云：庄稼一枝花，全靠粪当家。可惜耕种不到三年，这里被禁种，学校规划在此建设第二栋家属楼，于是平整了这片菜园地。

2000 年，寻寻觅觅，在“黄土高坡”西端铁门边开辟了第二块菜地。种南瓜、种冬瓜、种玉米、种红薯，也种大白菜，种红萝卜，不时与秦后东、陈世楚等同志切磋种菜技术。那一片菜地被我们平整得格外精致，未曾留下一兜杂草。你看那绿的白菜、青的黄瓜、红的辣椒、紫的茄子……真是一种享受！谁见了都要称赞几句，直说我们永葆本色，是真正的农民的儿子。我们一日看三回，看得心生欢喜。不承想，2001 年的 8 月 15 日中秋夜，我们的南瓜、冬瓜、玉米不知被哪位“好心人”看上收走了，气得我们如霜打的茄子，蔫了好几天。加之曾有过几次红薯玉米被黄牛啃过的记忆，从此对这块菜地失去了兴趣。

不过在我们隆回北面，八月十五偷瓜是一种有趣的习俗，窃瓜祈子，是被允许的。瓜内有“籽”，与“子”同音，人们往往还相互鼓励去偷南瓜呢，偷瓜得福嘛，所以也没怎么太生气，只是内心多少有些犯嘀咕，这习俗怎么这么快就传到隆回南面来了呢。

既然靠近西门边种菜不安全，那就往校园里边挪一挪吧。于是我的第三块菜地选在“黄土高坡”的东北边，位置相对偏僻，过往行人少之又少，不会被人惦记。但这是一处茅草地，我翻垦时倍觉这儿的草根甜，咂巴咂巴嚼了七八根。在磨破了两双白棉布手套，浇上了十多担淤之后，菜地才有了绿意，葱、姜、蒜、芫荽菜等渐渐冒出头来。最开心的是第二年，我在这两小垅黄土地上播种了一通花生，收获了二十几斤。每当就着那花生，喝点浊米酒，顿感齿颊留香，回味无穷。

如今，第一块菜地那里已成了炒砂坪，第二块菜地已被蓊蓊郁郁的樟树遮蔽，第三块菜地已辟成了樱花园。物换星移，往事如烟，流水不管年华任它去，悠悠我心无处寻觅，且让我跟过往干一杯。

而种菜，远不止是施施肥、培培土、浇浇水那么简单的事情。譬如种瓜，必须要配

隆回二中第十任校长为欧阳钟瑞，隆回司门前人，特级教师，任期为 1991 年 9 月—1992 年 8 月，后任邵阳市二中校长。他曾经求学于隆回二中，是高中 1965 届毕业生。

合浸种、压秧、扎架、捉虫等一系列操作。种菜如绣花，是个精细活儿。种菜又是一门学问，你得不断学习精进。你熟悉“姜在地下长，土里要干爽”吗？你听说过“涝不死的黄瓜，旱不死的葱”么？你明白为什么历朝历代的不少知识分子主张“耕读传家”么？

育菜如育人，育人如育菜，都须精耕细作，凝心聚力。只是育菜功夫多在手上，育人功夫多在心上。

隆回二中第十一任校长为罗宝田，隆回滩头人，任期为 1992 年 9 月—1995 年 8 月。

最美莫过少年时

※ 半夏子

我于1996年接手默深文学社，到2005年调离隆回二中，总共担任了九年的默深文学社指导老师。这是我人生最为得意的九年，也是我三十余年教书生涯中的高光时刻。至今难忘文学社那群活力四射、才气逼人的少年身影。

半夏子，原名秦后东，男，1968年生，隆回长鄄人，中学高级教师。中国地理协会会员，湖南省诗歌协会会员，邵阳市作家协会会员。曾获全国中学生文学社团优秀指导老师，全国中学“十佳”校报主编。诗文100余篇（首）发表于《星星诗刊》《诗潮》等刊物，参与编辑出版《雏凤清声》《雏凤心声》两部文学作品集并担任执行主编。1983—1986年就读于隆回二中高111班，1996—2005年供职于隆回二中，担任默深文学社指导老师兼校报《凤声报》主编，现供职于邵阳市一中。

> 我遒劲的翅膀划破遒劲的风/以天空为背景的一幅自然巨画/我飞翔的巨毫在瞬间完成。　　——《鹰的飞翔》

迎面走来的是蒲友德，一个瘦瘦高高帅气的男孩。他是学校广播站和电视台的播音员，各种文艺汇演当仁不让的男主持，也不知道学的哪个明星范，时不时嘴角一歪把垂到眼角的长发吹上去。他第一次走进我办公室时显得腼腆而真实，把几页稿纸胡乱地卷着递给我，上面是几首小诗。他的诗基本取材于自己熟悉的生活，印象比较深刻的比如《我的石磨》《老祠堂》《龙骨车》等，朴素而纯净，用少年特有的清亮的眼光打量着这个世界，读起来亲切可感。他后来又写小说写散文，每一样都写得像模像样。他当过一年文学社社长，工作、学习、写作都很努力，后来考上西北大学中文系，大学期间成为当时最火爆的新一代青年文学干将，出版了长篇小说和散文集。尽管他的笔名一改再改，先蒲苇，再蒲荔子，最后李傻傻，名气也越来越大，但他的行文风格一如既往。正如冯有源先生所言：“有一种自然天籁的韵味。他写的童年、故乡，是他生活的那一方水，那一方土，那一方的人情世故，风俗习惯，自自然然，原本存在，只不过被他的天性驱使记录下来罢了，没有丝毫的做作与粉饰。”

第十二任校长为李世藩，麻塘山人，任期为1995年9月—2001年7月。在他任期内，主持了学校的远景规划，为学校申报省重点奠定了良好的根基。他曾于1964—1967年就读于高16班。

那时令我比较头疼的是郑明富。别人交稿是以篇来计算，而他是以本来计。隔一周半月，就交来厚厚的一个笔记本要我批阅。当我为很多会员不能按时交习作稿件头疼时，也为明富写得太多而头疼。怕他因为文学爱好而耽误学习，怕他过多挤占休息时间写稿而影响身心健康，所以时不时提醒他现在还不是专业写作的时候，学习才是最重要的。他口头答应，然而不过十几天又一大本笔记本交上来了！有次他给自己取个笔名叫雯僧，为这事我还批过他："雯太过女性化，僧是和尚，和你都毫不搭界。"他辩解说这是"文星"的谐音。可普通话再差的人也不至于把"僧"读成"星"吧！他无话可说，翻一翻白眼走了，估计心里很不服气。他的文字虽然不是特别有灵气，但他有着山里孩子特有的拧劲和韧劲，做事极为投入和专注，参加文学社后进步很快，社报为他出过专刊，在许多报刊杂志也发表了文章。这股劲头后来用在工作和事业中，使他在每个岗位上都干得有声有色，先县后市再省，最后供职于武警总部。有一年我去北京开会路过长沙，他迎来送往，直到把我的行李安放在行李架上，才赶在火车开动前转身离去。他的小说《衣锦还乡》让我记忆犹新，后来被转载到几家中学生刊物上。

大概是 2002 年暑假吧，我从湘潭回来，正值大学放假，当天的火车特别拥挤，每个角落都站满了人。这时猛地听得一声大喊："半夏子老师！"然后就看到一个瘦高的青年背着一个鼓鼓囊囊的包，正拼命地从人群里挤过半个车厢向我靠过来！他就是周玉意，彼时正在长沙一高校读书，高中时是默深文学社的骨干。时隔数年，不承想师生再次见面竟如此不堪，两个人浑身被汗水湿透、蓬头垢面。他硬夺过我的包提在手上，加上他自己的包，一边摇摇晃晃地努力保持着身体平衡，一边和我说着他的现状。他母亲去世多年，父亲七十多岁，虽兄姐很多，但他们生活也是极为拮据，根本无暇顾及他这最小的弟弟。他一边读书一边想办法给自己挣生活费以减轻老父亲负担。我陡然想起他高中时的笔名"朝利"，不知他为什么取这么个名字，是不是和他苦难童年有关？他大学毕业后，干过很多行当，并没有给他带来很多"利"。最后还是拾起曾经遗落的笔杆子，谋了个《湖南法治报》驻怀化记者站站长的职位。我时常调侃他，都怪我这师父不好，没教会你赚钱没教会你当官，如今只好靠一支破笔谋生。

"锈迹斑斑的镰刀/挂在墙上/成为农家最朴素的风景/父亲双手用的镰刀/在墙上轻声细语/聆听的父亲/是它最可靠的朋友。"

高中时他学会了用诗的语言描写自己并不幸福的生活。令人庆幸的是，他是天生的乐天派，性格极为开朗豪放，也极为重情义，每次出去笔会或者联谊，都搞得笑料百出，并结交一大帮朋友回来。

隆回二中第十三任校长陈惟凡，1959 年出生，隆回金石桥人，全国优秀教师，中小学正高级教师，湖南省特级教师。任期为 2001 年 8 月—2006 年 12 月，他担任校长期间，隆回二中成为湖南省重点中学。

刘定光和袁蛟同届，我既是他们的文学社指导老师，也是他们的地理老师。他俩性格迥异，定光开朗而通达，变通能力和协调能力比一般人强，写的东西视野开阔，总能找到令人眼睛一亮的闪光点。“是一方如砥的红壤平原/却从不生长高粱和小麦/从不接受太阳的爱抚”“你看它宽大的嘴深厚的肚/一生要吞吃多少的光阴啊！”这是他对课桌的描写，奇思妙想，生动活泼。正因为他思路开阔，所以我推荐他参加《萌芽》杂志社主办的创新作文大赛。他闯进了决赛，拿了大奖。他当过几年文学社社长，事事安排得极为妥当，让我省心不少。袁蛟相对沉稳内向，不善多言，极为自律，学习极为刻苦努力。有次在白马山笔会，其余会员在外面围着篝火唱呀跳呀赛诗呀，开心得不亦乐乎，他一个人窝在被窝里打着手电筒做数学题。他的诗文也正如他的为人，朴实无华但情感真挚，他写自己的姐姐，写打猪草的女孩，写春天的田野，读之，一股浓浓的乡土味扑面而来。

“十七岁的我们长成了树/遒劲的根须紧揪住大地的心脏/笔直的枝干扎向寰宇的胸膛/我们是大地最宠爱的儿女/我们是太阳底下一群巨大的惊叹号。”

读着这朝气蓬勃、热情洋溢的诗，你或许会认为小作者一定是一位性格开朗、豪爽大气的男孩。可事实并非如此。我经常开玩笑说文学社有两大怪才，刘孝平就是其中之一。他的诗特别有灵气特别有个性，可性格却很内向，看见老师来了都要绕着走，当其他会员热热闹闹争成一团的时候，他一个人躲在角落里不吭一声。他高三时选择了并不擅长的理科，致使第一年高考落榜。令人惊掉下巴的是他第二年复读时改读文科居然夺得了全县文科状元！他毕业后再没和我联系，不知道他现在在哪里谋职，是不是还经常用诗歌抒发自己不善于言说的情感和见地？

性格和孝平有点相似的是江冬，也是不善言辞，但极为温和友善，当过社长，虽然没有杀伐果断一呼百应的魄力，但他总能用自己的勤奋和真诚带动其他会员。他爱写诗，很少看见他写小说。大学毕业后历经辗转最后在《初中生》杂志社担任编辑。有次他在微信上告诉我，说成了某著名网站的网络写手，写的竟然是长篇小说！后来又在很多全国著名的杂志社看到他的中短篇小说。去年在一则新闻中看到湖南省“三百工程”文艺人才名单，他的名字赫然在内。这么些年他默默地耕耘着，从无张扬，除了给我寄过他的小说集《鲸鱼和老头的故事》外，只字未提过他的成就。前几天看到“湖南作家网”记者采访他的报道，其中特意写到我，写到默深文学社，写到他由诗歌向小说转轨的历程，于是在微信上和他聊了一会，得知他已经升任主编，很是欣慰。我有理由相信他一定会成为文学湘军的干将主将，因为他是如此有才华而又安静勤勉的人。

在我担任指导老师期间出过两本社员作品集，《雏凤清声》和《雏凤心声》，分别由

隆回二中第十四任校长为胡名顶，隆回横板桥人，湖南省特级教师，享受国务院政府特殊津贴专家，任期为2006年12月—2009年7月。

作家出版社和中国文联出版社出版发行。前一本书是2002年秋由印刷厂用大卡车拉到学校来的，丢在图书馆门厅堆积如山。我召集了一些会员把书搬进室内，一包书很沉，两三人抬一包都累得龇牙咧嘴。这时只听一人猛喊一声："这要抬么子，我一个人就可以背一包。"我一看，只见一个单薄的少年已经把沉重的一包书背起来踉踉跄跄走了，我跑上前制止了他，他犟着说："这有么子吧这有么子吧。"此人就是谭泽锋，其时他尚在高一，做事勤快，性格开朗，情商高于常人，当过几年社长，很有魄力，时不时幽默一番，号召力极佳。他也是长于诗歌，并在社刊上出了几个专版。他以"寒柯"为笔名写的《瑶家组诗》反响很不错，大学毕业后从事与文学不搭界的建筑设计。

让我多少有点意外的是袁叙田，在文学社时虽然也是骨干，但并不特别出众，他考的大学也不是很理想，一直在深圳等地奔波谋生。然而生活的重压并没有让他失去对诗的热爱，不管走到哪里，都笔耕不辍，这也许得益于著名打工诗人——他的高平老乡李晃的鼓励和引导。前年他给我发了很多诗来说要出诗集，托我写序，我当时正教高三，没日没夜地忙，没能如其愿。前几天诗集出版了，第一时间寄了两本来，细细读来，很为他感到高兴，勤奋如此，挚爱如此，何愁不成功呢?

此外，我接手文学社的第一任社长尹锋；羞涩爱脸红的刘义；精力充沛奇招百出的晏志成和刘仕成兄弟；憨厚敦实的周志雄；爱写小说，前几年给我寄过她的小说集《南方有约》的胖女孩魏兰芳；很不乐意我说她脸太圆的初中部丫头，据说如今已经是博士的刘昭陵；那个一年四季穿个油渣似的皱巴巴的蓝西装滑稽幽默的"猴子"廖登辉；把她妹妹说成是"刘若英带出来的小疯子"，最擅长写散文的陈莉莉；有史以来挨骂最多且"鬼点子一箩筐"的文学社秘书长袁飞……这群个性迥异的少男少女，我至今都很得意他们!

现在一二十年过去，他们都长大了，成家立业，为父为母，有的成了单位的中坚人物或领导，有的成了小有名气的专业作家诗人，有的成了企业家或律师，他们在各行各业混得风生水起。常有这样的时候，某一天走在大街上，突然一个摩登时髦的雍容女郎或者气宇轩昂的壮汉冷不丁地喊我一声——半夏子老师!还没等我反应过来又加一句"我是文学社的某某某耶!"而我在倒退三个趔趄之后赶紧在大脑里飞快检索和比对一番，自然也如梦初醒："哦，是你呀!"在想象里努力去掉其脸上厚厚的铅华或者肆意横生的浑身肌肉之后，他们昔日的少年模样渐渐浮现出来。

最美莫过少年时，有文学加持，美丽更甚。在老师眼里，他们永远是当年那些青涩清纯的少年，那些用文字记录生活、雕刻苦难、分享愉悦的少年。

第十五任校长为卢小军，1964年8月出生，滩头人，1982—1983年求学于二中。任期为2009年8月—2023年8月，任期内被评为全国优秀科研校长，举办了90周年校庆，是目前为止任期最长的校长。

丁字楼的旋律

❈ 贺春晖

丁字楼，二中的办公楼，二中的“心脏”。这里曾留下宋鹤鸣、颜扬孝、欧阳钟瑞、罗宝田、李世藩、陈惟凡等一代代校长奋斗的足迹。1987 年，初识丁字楼，正是二中南迁时，脚步匆匆，事务繁杂，那时的丁字楼，留给我的只是一个朦胧的背影。时光荏苒，十年后，1997 年春，我有幸走进了丁字楼，与诸多同仁一同唱响丁字楼的旋律，这一“唱”就是十一年。如果说每年唱一个音符的话，那么刚好就是“哆唻咪发嗦啦西哆西啦嗦”。在那有苦、有乐、有酸、有甜，奏响“丁字楼旋律”的日子里，确实有许多值得回忆的人和事，期间的酸甜苦辣在记忆的长河中流淌开来……

贺春晖，男，1963 年生，隆回金石桥人。1997 年 1 月—2007 年 7 月先后任隆回二中主管德育、教学、后勤副校长。后任隆回职业中专党总支书记、万和实验学校校长。湖南省首批正高级教师、湖南省特级教师、全国模范教师（省部级劳模）、全国优秀校长、中国课改优秀校长、湖南省优秀教育工作者。

三年政教唱响高亢的“哆唻咪”

走进丁字楼，我主管政教工作。三年中，我与政教处的同志摸爬滚打，与全体班主任真诚合作，彻底改变了二中政教工作面貌，开创了隆回二中政教工作新局面，铸就了二中良好的校风，获得了社会各界广泛的关注，迎来了省内外一个个教育团体的考察。

2000 年全省首届德育工作研讨会上，我校作为邵阳市唯一先进典型做经验介绍，好评如潮。我们以敏锐的目光，超前的教育理念，率先引进心理健康教育，送教师去湖南师范大学培训，建立全县第一个心理咨询室。良好的政教局面在老二中人的心里，当难忘怀。

隆回二中第十六任校长为廖敦燕，男，1968 年出生，隆回六都寨人，湖南省特级教师、中小学正高级教师。2023 年 8 月与校党委书记李柏树搭班子，分别成为学校党政一把手。

一年教学弹奏迷人的“发发发”

三年后，工作分工调整，我分管教学。我原本是抓教学出身，回归本行，如鱼得水，信心十足。实干、巧干、雷厉风行、讲求工作高效，是我奉行的工作作风。我根据学校情况当即制定了《教学常规管理制度》《教职工考核方案》《教职工奖励方案》《高考奖励方案》，重奖教学有功之臣，充分调动了老师的教学积极性。

这一年中，我与时任教务主任胡绍轩带领一班子人深入课堂，与老师们一起研究学生、探讨教法，一年中听课 86 节，教学出现了令人可喜的局面：县、市教学比武我校 15 名教师获一等奖，聂翰贤老师还获省一等奖；教研教改获市先进单位；学生男排跻身全省五强；还开创了二中获全国奥赛金、银牌的先河；2001 年高考首次进入全市五强，陈明同学考上清华大学，这是近几年来我校高考成绩最好的一年。这里要衷心感谢全校老师，尤其是高三老师们艰辛的付出。教学质量的优良，奥赛成绩的辉煌，为二中创建省重点中学打下了坚实的基础。

三年后勤哼出悦耳的“嗦啦西”

2001 年下学期，高中教育体制改革，陈惟凡同志出任一把手。我服从安排，放弃了高三化学教学，丢下我喜爱的主管教育教学的老本行，改行从事后勤管理。新工作、新思路、新方法，一切从头开始。教育教学设施的改善；教学环境的优化；350 多亩校园的管理、建设、绿化、美化、净化、亮化；上千万元的校产管理；全校水、电的供应，教职员工的工资福利待遇；几千号人马的吃喝拉撒，油盐柴米酱醋茶；锅碗瓢盆交响曲；各种纷繁复杂的应酬……事无巨细，皆需过问；千条万绪，皆需亲理。

后勤服务工作需要热心、耐心、诚心和责任心，2001—2004 年这三年中，我可以自信地说：“我做到了！”后勤部门的同志们也做到了，而且做得很好！全力保障了教育教学这一中心工作，创造了优美的育人环境；后勤服务居全省先进行列。在后来的省重点中学评估时，周乐苏局长跟我说：“春晖你是称职的。”陈校长说：“总务处在处室中是领先的。”老师们也说：“后勤校长是称职的。”领导的褒扬，同志们的认可，我当知足。

唱响更为动听的“哆西啦嗦”

2004—2007 年 7 月，隆回二中被评选为省重点中学后，我仍任二中副校长，主管后勤工作，继续唱响“哆西啦嗦”……

全校师生在陈惟凡校长、陈华堂书记的带领下，丁字楼的旋律奏得更为动听。正确

陈慈英，女，1963 年 12 月出生，隆回司门前人。1990—1997 年在隆回二中任教，她曾担任学校教务处副主任、副校长，隆回县教育局副局长，分管教育的副县长，湖南省民政厅副厅长、一级巡视员。

的办学思想、先进的办学理念、明确的办学目标，使二中步入发展快车道。办学规模、办学业绩、办学成果不断彰显，创造了二中的新辉煌。我作为丁字楼旋律的弹奏者之一，亲历其中倍感荣幸与自豪。

托起孩子们的未来，全面提高教育教学质量成为主旋律。2004 年，高考二本上线人数首次位居全县第一，史兴清考入清华大学，覃旺军考入北京大学；2005 年，罗敬平考入清华大学；2006 年，阳恩林获全国数学奥赛、全国物理奥赛两个一等奖，并参加了清华大学本部的现场考试与面试，以名列前茅的成绩免试提前录取为清华大学数理班学生。这几位同学走进清华北大，主要靠自身的奋发努力，也得益于谢久雄、陈定球、阳勇华、魏先俊、肖绥成等名师的辛勤教导和全体二中人的共同支持。为了帮这几位同学实现清华、北大梦，我帮助他们做好规划，加强与招生组的联络与沟通，了解招生政策，全力推荐。2004 年高考分数一出，我与肖体玉老师、孙中觉同志迅速赶往长沙及时对接清华、北大驻湖南招生组，史兴清、覃旺军分别顺利被清华、北大录取。史兴清同学因家庭极为贫困，我又跑到市教育局工会争取到助学金 5000 元，又亲自带头并组织老师捐款共计 10000 多元，保障其顺利进入清华大学就读。2006 年 1 月，时值深冬，我带阳恩林去北京参加清华大学的笔试和面试，恩林在考场里考三个半小时，我就站在场外等候三个半小时，空旷的坪地，大雪纷飞，寒风刺骨，一眨眼，我就变成了一个雪人。正因为有一大批对教育执着的二中人，二中的教育教学质量才得以全面提升，迈上新的平台、融入新的行列、步入新的阶层。

献爱心，让品学兼优的贫困学子能茁壮成长成为次调旋律。2005—2006 年，陈校长带领我们全体班子成员奋力奔波成立隆回二中校友助学会。校友欧阳征初、欧阳晓风、欧阳文邦精心组织，马昌忠等老领导亲切关怀，校领导积极努力，于 2005 年开始筹划，2006 年上半年在长沙启动，下半年国庆许多校友回校参加校友助学会成立大会，欧阳征初当选为校友助学会理事长，发动广大校友捐资助学，当时筹集资金约 100 多万元，为二中贫困生就学开辟了绿色通道，为品学兼优的学生成长注入了新动力。经过之后持续的努力，校友助学会不断发展壮大，学校在丁字楼前操场西侧立功德碑以示纪念。校友助学会的成立对二中贫困生就学是件功德无量的大好事，一批批孩子茁壮成长，有的已成为栋梁之材，反哺母校。在校友助学会的整个运作过程中，我作为骨干成员，做了许多卓有成效的实际性工作，做出了自己应有的贡献，心存善意做善事，格外高兴。

提供更好的硬件设施，绿化美化校园，将二中建成花园式学校成为调性旋律。2001—2006 年短短几年，教学楼、图书馆、体训馆、综合实验楼、餐饮楼、学生宿舍（共 7 栋）、教工宿舍（共 8 栋）拔地而起，错落有致，功能齐全，分区合理，为二中持

戴明礼，男，1963 年 1 月出生，隆回横板桥人。曾任隆回二中副校长、常务副校长等职，在二中工作期间，获评“湖南省数学特级教师”，后任国家中职示范校隆回职业中专党总支书记，现已退休。

续发展奠定了坚实基础。整修道路，开辟人行道；整修丁字楼前操场，修建标准篮球场10个；整修丁字楼周边花坛、柚子林；修建图书馆前“腾飞”雕塑、葡萄架；修建美化餐饮楼广场、默深园广场、默深池、默深亭。铺设从教工宿舍沿东南环校园围墙跨320国道至赧水的排污管道1200余米，从根本上解决了二中长期不规范排污的心头之痛。为绿化校园，我从全国著名苗木基地浏阳花很少的钱引进广玉兰、雪松、茶花、香樟、四季桂、八月桂、罗汉松等苗木，将全校所有道路两旁栽上行道树，还建起了餐饮楼后面的十余亩植物园，全校绿化跃升全新的档次。为美化校园，我与玉湘、华习等同志踏遍全县山山水水，把适合校园的景观园林奇石二十余方请进校园，安置于合适方位，成为一道道独特的奇石文化风景。

如今，漫步校园如入公园，处处是景、步步含情、大路铺展、曲径通幽、香樟挺拔、雪松摇曳、丹桂飘香、绿草满地、四季花开、令人陶醉。厚重奇石，寓意深睿，韵味无穷，陪伴校园，守护平安。葡萄架下、默深园里、默深亭中、默深池旁、绿荫树下……皆是读书的好去处。默深亭上嵌着楹联并刻着捐建老师们的名单，记录着老师们当年从微薄工资中挤出来的钱捐建斯亭的浓情厚意。二中的校园大气、朴实，硬化、绿化、美化、亮化、文化提质升华，并被授予“湖南省绿色学校”“湖南省园林式单位”。对此，我为自己的奋斗并与同志们一道谱绘出的二中美丽校园深感骄傲。

唱“嗦”的日子（2007年）我只唱到一半就调县职业中专任党总支书记，后又转战县万和实验学校任校长十多年。人离开了二中，可对二中丁字楼的旋律仍是那么熟悉，对二中的那份感情仍是那么浓厚。

与一所学校相约、久处，能成为人生中一笔重要财富。我在二中工作十多年，离开十六年，如今已经退休，虽然头发白了，皱纹也爬满了额头，但我总忘不掉那段在二中的峥嵘日子。流金岁月，汇成记忆长河，风吹两岸，人影依旧，唏嘘感慨。百年二中，我们怀念什么？其实我们都是在找寻自己！找寻自己曾经的脚步，找寻自己过往的汗水，找寻自己奋斗的身影！

我在二中十多年奋斗的青春岁月，永生难忘，“丁字楼的旋律”永远在耳边回响……

贺春晖，男，1963年2月出生，隆回金石桥人。1997年1月—2007年7月先后任二中主管德育、教学、后勤副校长。湖南省首批正高级教师、湖南省特级教师、全国模范教师、全国优秀校长。

愿有岁月可回首

❈ 庞凤云

百年二中，我见证了变化最大、规模空前的近二十年，何其有幸！翻阅保留的一张张照片，一幕幕往事仿佛就在昨天……

庞凤云，女，1970年生，隆回小沙江人，中共党员，中学语文高级教师。1988年步入教坛，2001年2月至今任教于隆回二中，现为学校妇委会主任兼支部书记，曾多年担任语文教研组（备课组）组长。

一栋栋新楼拔地而起

2001年，一月既望，刚调来二中的我分得19栋的一间房。那时，总觉得住房离当班主任、上课的默深楼有点远，每天来回几趟跑下来腿脚酸软（现在早已习惯了，觉得正好散散步）。好在没多久学校就计划拆除旧房，建设"以息代租"房，它就是教工四栋，在校内没房的老师都积极申报分房。我暂时搬到默深楼的教室旁居住，课余时间常和老师们轮流监工。那时在建筑方面我啥也不懂，是个标准的小白，最多只能看看建筑工人的砖墙砌得整不整齐。但后来分房抽签时手气不错，抽到了三层楼的东边户——最好最贵的一套。与之同时修建的还有面积更宽的教工五栋，当时要资深老师才有资格去住。斜对面是老三楼，一年后也拆除重建，就是现在的教工七栋。再后来是四栋正北面、七栋西边的教工六栋，当时主要是为广大青年教师修建的一室一厅一厨一卫，最后修建的是七栋北面的八栋，当时几乎是每进一批教师，就修一栋教工宿舍。那时的隆回二中对全县教师的吸引力很大，这应该也是一个很重要的原因。每一栋教工宿舍的修建，都倾注了领导和老师们多少的心血、目光和希冀呀，每次都能让几十位老师眼睁睁地看着、盼着自己的新房修好，那种幸福感、获得感的确爆棚！再加上隆回二中校园面积宽敞，校内环境优美，现在专门的教师住房就有十栋（加两栋讲师楼），有近二百位教

萧逍遥，男，1963年出生，毕业于邵阳师范高等专科学校。1982—1988年在隆回二中任教语文，他是默深文艺社的首任文学指导老师，《凤声报》首任编委。

职工在校内有住房，常年以校为家，散散步就到了工作地点，晚上还有免费开放的乒乓球室、羽毛球室、排球室、篮球室、舞蹈室、卡拉 OK 室、桌球室与健身房，老师们可以兴之所至，各取所需。这在全国应该也算稀有吧，不知羡煞多少人！

除了教工宿舍，陆续修建的还有图书馆、餐饮楼、教学四楼、教学一楼与实验大楼、体训馆、学生宿舍 3—7 栋、联运楼、体艺楼等。这一栋栋楼房拔地而起，领导、老师、学生自然都欢欣鼓舞。伴随校园越来越大气，师生人数也越来越多，从最初的每个年级几个班，逐渐发展到每个年级十几乃至二十多个班，教职工人数由最初的几十上百人逐渐增加到后来的两三百人。2020 年暑假，万和学校高中部撤编，高三 10 个班整体并入二中，再一次使二中的师生人数骤增，从此每个年级的班级数都增至 30 个以上，加上初中部现在共一百二十多个班，学生总人数几近八千人，教职工总人数达到四百多人。政府与学校又修建了学生 8 舍、明志楼和志远楼等，这恐怕是这二十多年来让许多人始料不及的事吧。

一项项比赛捷报频传

各级各类的教学比赛、数理化生奥赛、科技创新大赛、艺术节、田径运动会、各类球赛，还有征文、论文、演讲赛、抢答赛、象棋赛、师生三笔字现场书法大赛、红歌大赛、太极拳比赛……只要隆回二中派人参赛，不管是老师还是学生，每项都能获奖。

早些年的教学比赛都要去校外的现场比，我们很多老师，如范晓华、申莉、周晓燕、朱洪波、邹泽恩、阳林、范奇才、鞠科伟、宁佐维、袁艳春、罗小英、袁安全、伍雪梅、彭振涛、章娜等，都是经过逐级比赛与选拔，获邵阳市第一名，才有资格参加省里的教学比赛。各级教学比赛，在别人看来可能就是几天半个月的忙碌，只有我们参赛者自己知道这常是废寝忘食、夜以继日、殚精竭虑的比拼，有时真有“吟安一个字，捻断数茎须”“为伊消得人憔悴”之感，但参加比赛能让人快速成长，如何备课，如何设计，需要再三比较斟酌，我常常半夜三更醒来，若能灵机一动想到什么好点子，会兴奋得睡不着觉。到底如何上课好？当时的教科室主任廖敦燕给了我一些很好的建议。平常上课肯定没这么讲究，但上比赛课前我们常在脑海里反复推敲，不仅要翻阅很多资料，寻找理论支撑，还要思考顾及学情，再对比、学习他人的经验，还要有创新，不走寻常路。可最终往往顾此失彼，却也能吃一堑，长一智，专家的点评有时让我们醍醐灌顶，有时让我们刻骨铭心，这样每参加一次比赛，收获巨大。

近些年，随着录播教室的新建与普及，教学比赛大多改为录课参赛即可。据不完全统计，我校李霞飞、袁丹、陈艳凤、罗立军等老师的课例被教育部评为“优课”。罗安、

游祖丁，男，20 世纪 60 年代初期出生，隆回金石桥人。1988 年 9 月—1989 年 8 月担任默深文艺社指导老师，后进入隆回县政府部门工作。因为身体原因，不幸英年早逝。

胡运娥、罗立军、邹艳芳、廖丽新、曾婷婷等老师的课都曾被评为省级优课。刘艳凤、杨艳、刘向东、张义琳、谢芳敏、戴贤惠、范海花、卿尧、邹煜慧、章娜、范雨晴、龙卫红等老师的课例都被评为省级精品课。罗安、聂翰贤、彭亦龙、杨征志、刘光文、杨小燕、王聪、谢艳萍、姚伟等老师在湖南省普通高中校本课程开发成果评审中荣获一等奖。在湖南省在线备课大赛上，我与王屹、陈礼梅、康伊慧、李婵、陈志福等老师已两次获奖，谭冬、曾林丹、钱霞艳、欧阳飞、刘晓玉、袁友如、魏颖华、宁慧红、罗静等老师也都获过奖。

在数理化生奥赛方面，阳恩林、史兴青、谭星、刘茜醇等同学都拿过全国奥赛一等奖，金牌教练与任课教师是魏先骏、肖绥成、谢久雄、罗崇顺、刘期彪、贺鹦等。近些年朱洪波老师在物理奥赛辅导方面也颇有建树。在科技创新方面，郑喜华是金牌指导老师。在排球、羽毛球、乒乓球、田径、武术等方面，隆回二中多次在全县拿第一。排球和田径、武术表演还多次在全市拿第一，肖建华、罗亮老师分别是男女排金牌教练，李兆民、刘丁光、徐会兵老师是田径金牌教练，孙卫龙、谢家成老师是武术金牌教练，颜平良、陈艳凤老师是啦啦操金牌教练。总之，隆回二中藏龙卧虎，人才辈出，多才多艺。书法大师有朱贤舜、丁泰山、廖国义等老师，带领一众书法特长生每年都获奖。象棋大师廖吉仁、陈拥军、肖文等老师也常组队参赛获奖。羽毛球健将有刘丁光、罗亮、徐会兵、彭一雯，后起之秀有刘光杰、宁佳良、向苏环、陈雅芊等，2023 年又拿了全县第一名。篮球主力有宁瑾、陈群、徐会兵、庞石华、阳助、范小华、易松柏、蒋德洪、宁佐维等。各种赛事，二中一般都在全县数一数二，学校还有专门的总结和报道，用捷报频传来表述一点也不为过，学校宣传栏也常有更新，在校师生都有目共睹，在这里我就不一一赘述了。

我的爱好比较广泛，参加比赛的项目相对有点杂，除了参加过省、市、县的教学比赛，也多次参加过邵阳市、隆回县的乒乓球比赛、象棋比赛，还有隆回县的书法比赛、红歌比赛等。

回想起来，收获最大的是教学比武，印象最深的却是乒乓球比赛。我们隆回二中的乒乓球老师团队，个体实力不算最强，只有我侥幸拿过两次全县女子单打冠军，但整体实力不弱。陈勇军老师是教练加主心骨，打球最稳、最巧，范小华老师攻球很有特色，邹立章老师削球比较有杀伤力，周宏老师攻防兼备，王书博书记和工会刘兴高、史湘萍主席是我们坚强的后盾，有那么几年我们真是打遍全县无敌手，几次在全县拿过团体冠军，也有两次眼看着要输了，又神奇地翻盘。

象棋比赛太费脑筋，书法比赛功夫在平时，红歌比赛与太极拳比赛相对轻松，都是

陈扬桂，男，1962 年出生，周旺人。1987—1990 年任教于二中，1989 年 9 月—1990 年 8 月担任默深文艺社指导老师。湖南省作家协会会员。退休前担任邵阳市委巡察组长、巡察办二级巡视员。

集体项目，几十人自愿报名，每天下午第九节课或晚上练习。教练是郭龙、彭一雯、杨自东、孙卫龙等老师，一串串音符、一句句歌词地学，一招一式地练，讲究团结协作与整体效果，练到最后，我们自己都乐在其中，习惯成自然了，拿奖自然水到渠成。

此外，作为语文老师，我也常指导学生参加各类征文赛，比如，全国中学生作文赛、作文新奥赛、叶圣陶杯作文赛、德育报征文赛等，获奖次数也较多，但与默深文学社刘剑老师比起来，简直不足一提，刘老师已指导学生发表了300来篇作品。随着年岁的增长，学校的教学比武、研究性学习、征文赛、演讲赛等，我早已从参赛者变为评委，每参加一次，总有眼前一亮、人才辈出之感，总是感慨良多，收获满满。

一样样活动丰富多彩

寄宿制高中，都是月假制，一个月就放那么三四天月假，常常一周连一周，周而复始。没有双休，天天少不了备课、上课、阅卷、学习。但是，每年定时或不定时的，还是有党员活动、教研活动、工会活动、班主任游学与妇女节团建等，活动丰富多彩。

党员活动我们到过革命圣地井冈山，吃了红米饭南瓜汤；也到过十八洞村，学习总书记精准扶贫，顺便实地走访了沈从文笔下的“边城”；今年还去了云上花瑶，亲身感受了瑶乡翻天覆地的变化。其中以下乡扶贫、入户走访，参与乡村振兴为主的活动最多。教师扶贫，没有资金，也搞不了什么项目，大家就像走亲戚一样，贫困户家有学生的，常送纸笔书籍，贫困户家是老人的，多送水果吃食。

在我的印象中，隆回二中的教研活动是最频繁的，教研组长几乎每周都要在校内组织教研活动，外出教研的机会到高三时相对多一点。最远的我们去过河北衡水中学取经，其次是到湖北华中师范大学听课，去得最多的是在长沙、邵阳召开的高三的一轮、二轮复习研讨会，曾有一次，全体任课老师外出澧县一中教研。还有送教下乡的教研活动，我也偶有参与。前些天就去了隆回六中，感觉很正规、很有意义，我们聂翰贤语文名师工作室、史湘萍英语名师工作室一行九人在自己学校上完两节课才出发，到六中又扎扎实实上或听了三节课，评了一节课，隆回六中同科目的老师都参加了，与会老师应该都很有感触和收获。前些年我主要到麻塘山、小沙江、虎形山一带送教下乡，那时我校还有外籍教师，她们大多是年轻的志愿者。这些金发碧眼白皮肤的外教老师很受学生欢迎。我最佩服她们的有两点，一是毫不认生，见到谁都主动打招呼，能迅速与学生玩到一块，比如，下课时，她们会主动与学生打篮球，尽管她们并不会打，好不容易抢到球还投不中，但她们竟然乐此不疲，一点都不尴尬。二是在有些事情上，她们竟然比国人更自律，那时晚餐还可以喝点酒，中国人在喝酒上的热情无人不晓，东道主要求每人至少喝一杯，

王勇，男，1968年出生，隆回北山人。1990年—1996年任教于隆回二中，1990年9月—1992年8月担任默深文艺社指导老师和《凤声报》主编。现居昆明，担任昆明理工大学艺术与传媒学院副院长。

有一位外籍教师却怎么也不喝，她说她还差些天才十八岁，她们那儿有规定，未满十八岁的人是不能喝酒的，她的坚持和自律让我们肃然起敬。

在紧张、忙碌的教育教学工作之余，我们每期也开展工会活动。每年班主任也可能有一次游学活动。几乎每年我们都组织了女教职工欢庆妇女节的活动，县内的魏源故居、向家村、崇木凼，县外的新宁、韶山、宁乡，邻省的广西、贵州等，都是我们的好去处。世界这么大，都想去看看，老师们不仅要读万卷书，还应该行万里路，饱览万里河山。隆回二中的历届领导，在这个方面很开明，老师们要求也不高，只要学校允许，一般选在月假期间，大家自愿报名，学校按规矩补一点，老师们自己出一点，就能得偿所愿。二十多年来，我们基本上把附近的山山水水、名胜古迹看了个遍。

一次次聚散动人心弦

有人说老师是渡船，送走一届又一届学生；有老师觉得，我与春风皆过客，你（学生）携秋水揽星河。不可否认，的确也有这样的师生关系。但人非草木，孰能无情？学习或工作三年，那是一千多个日日夜夜呀，朝夕相处，教学相长，喜怒哀乐，任何一件事都有可能让某些老师与学生刻骨铭心、魂牵梦萦！

我不会忘记，449 班的同学曾悄悄而又精心地为我组织过一次生日派对，我嘴上批评学生不务正业，但心里非常感动。于是召开了一次如何过生日的主题班会。待到中秋，我自掏腰包给每个学生买来月饼，组织了一次中秋赏月活动以表答谢！

默深中学 139 班的同学不会忘记，2011 年的年底，毕业 5 周年聚会在“非常味道”餐厅举行。因是寒冬腊月，冰天雪地，同学们来二中接我时我还有点犹豫，但仔细一看，贺居上之等同学从深圳赶回来了，张绿红、周春江等同学从云南赶回来了，曾志远从贵州回来了，龙威、欧阳昆等同学从长沙赶回来了，胡梦君等同学从虎形山、小沙江走下来了……大家不远千里、不畏严寒，从四面八方来相聚，不就因为同学之情吗？我又岂能却之？

每一届学生毕业时，大多会自发向老师表达心意。他们在赠送纪念品时可谓煞费苦心，载满深情的祝福卡片、折纸、留言，超级实用的茶杯、钢笔、夏凉被等五花八门，都是学生的真情流露，不管是什么都让老师感动。就拿 2021 届的毕业生来说吧，只教了高三一年的 690 班，说我字写得好，赠了我一支书法笔。从高一教至高三毕业的 689 班，知道我腰椎间盘突出，赠了一把筋膜枪。只教了高二一年的 696 班，因换班主任而被迫换了语文老师的他们，高三毕业离校那天，竟然也给我买来了一副乒乓球拍，说我曾许诺他们班，如果学考考得好，我将带他们去学校乒乓球室打一节课的乒乓球，这个承诺

刘豪放，男，1969 年出生，高平人。1991—1995 年在二中任教，1992—1994 年任默深文学社指导老师。湖南省作家协会会员，著有《梦开始的地方》等图书，获全国冰心文学奖等四十余项奖励。

看来只能等将来同学聚会时才有可能兑现了！这一份份承载了感恩之心的物件，谁说承载的不是师生之间厚重的情谊呢？

毕业后，师生之情随着时间的流逝、身份的变迁可能变淡，但大多数人对自己的母校、老师、同学的关注绝对不会少。有要求加个微信便于联络的，有用快递寄信寄特产的，有逢年过节打电话问候的，也有寒暑假回来了，再来看看学校看看老师的。从新疆读书回来的王小峰，约了几位同学，特意找到我，说我是第一个关注他没有书的任课老师，当时他因专业课没考好，文化课也无心学，从没想过自己还能靠文化课成绩考个二本，他说没有我的关注、鼓励与督促，就没有他的现在。大学毕业后本来在贵州发展的焦伟嘉，前段时间从深圳回来了，他说他还没回自己家，先来看看我。疫情三年，很多企业处境艰难，他也到深圳创业去了，还好总算挺过来了。他问我还打乒乓球么，我说因腰椎间盘突出，几年没打了。他说他也是，但一个老中医帮他治好了。没过多久，我就收到了一大包中药，还有焦伟嘉同学写的温馨的煎药吃药注意事项说明。焦伟嘉同学从二中毕业十一年了，只要有时间回隆回，大多会来学校看看，像这样的同学还有很多，比如阳志飞、龚坚等，就不一一列举了。俗话说，无情未必真豪杰，你已就职、就读的学校就跟你的出身一样，无可挑剔，无法重来，人这一辈子，每天都是现场直播，没有彩排，毕竟一路走来，经历了，聚散都是缘、都是情。

一份份捐赠彰显大爱

这些年，隆回二中的校友都是好样的，不仅在各条战线、各个岗位上干得风生水起、游刃有余，有能力的都不遗余力回报母校、回报社会：

初 44 班邹联运校友捐建了联运楼。

欧阳毅、袁广见携初 72 班捐建魏源铜像。

2000 届毕业生捐建“希望之光”雕塑。

高 97 届同学捐建“摇篮”雕像。

87 届高 117 班邹今友校友捐赠黄蜡景观石，同时还结对资助了多位品学兼优的贫困学子。

初 101 班聂凤娇、罗中波、肖志斌等校友，98 届 186 班校友助学金，04 届校友张伟等奖学助学基金，郭友利校友助学金，刘丰个人爱心资助，顺丰莲花助学基金，爱心人士的“春蕾计划”等都定期对二中学生进行资助，他们是捐资助学的典范。

高 144 班魏彬、陈代云、袁小黎、王小琳等捐资 40 万硬化科教楼前停车场

颜和平，男，1971 年 1 月出生，隆回岩口人。1994 年 7 月—1995 年 11 月在隆回二中任教，期间担任默深文学社指导老师。后进入仕途，现任衡阳市政协党组成员、副主席，衡阳市石鼓区委书记。

与汉白玉栏杆。

办公楼前的汉白玉栏杆是93届156班校友王江田捐建的。

92届149班丁群校友捐了大型电子显示屏。

90届135班丁斌校友设“明朗眼镜”奖学金十多年如一日。

还有97届校友刘志福、欧阳文邦、李方在校庆之前率先为母校良图教育教学奖捐款。

更有97届校友欧阳文邦、尹锋盛情邀请一百多名校友深情撰文，与刘昭陵、邹茜鸶、李君琴、陈卫民等热心校友辛苦操劳快两年，倾情主编纪念文集《早春时节》《放歌默深园》，廖中和、刘志福等校友捐资出版印刷，哺育了二中一代代莘莘学子。

…………

隆回二中的今天，离不开党和政府的大力支持，离不开全体师生的努力奋斗，也少不了无数能干、有大爱的校友慷慨解囊、鼎力相助！

总之，中国的学校百媚千红，但在我心中，隆回二中呀，唯独你是我情之所钟，我不敢说你是春风十里扬州路，卷上珠帘总不如，但这二十多年，你也算春有百花秋有月，夏有凉风冬有雪。

百年二中，愿你追风赶月莫停留！愿你千山暮雪海棠依旧！愿你人才辈出代代强，桃李满天美名扬！

也愿所有二中人皆有岁月可回首！

半夏子，男，原名秦后东，1968年出生，长鄄人，中学地理高级教师，1996—2005年供职于二中。他连续九年担任默深文学社指导老师。现任教于邵阳市一中。

我和学生共成长

❈ 廖小菊

廖小菊，女，20世纪70年代出生，隆回大水田人。1987—1993年先后就读于隆回二中初中71班、高中152班。2001年进入隆回二中工作，任教语文科目至今。

我喜欢写日记，日记本一大摞，有的已经泛黄，密密麻麻地记载着我为人师的点点滴滴。岁月渐行渐远，往事却如在目前。

2003年8月7日　星期四　晴

今天去隆剑寒同学的家里做家访，他初中毕业会考成绩优异，但被隆回一中挖走了，我想把他请回来，让他回二中读高中。可不知谁走漏了风声，他父母在我来之前就躲起来了，我从朝阳升起等到夕阳西下，也没能等到他的家长，只好无功而返。

隆剑寒就读于默深中学（隆回二中初中部）116班。2001年9月，我调入二中，接手初二116班的班主任和语文教学工作。后来我才知道，我是这个班的第三任班主任，第四任语文教师。该班学生异常聪明，也异常调皮捣蛋，所以频繁更换老师。

一年后，116班被评上了优秀班级。两年后，116班考上二中高中部的人数在全年级遥遥领先，阳恩林同学后来还考上了清华大学。大家都认为我的工作干得好，我也一度沾沾自喜。

但现在回想起来，很多事情都处理欠妥。

那时男生们甚是懒惰，袜子短裤不及时清洗，脏了就藏在褥子下面。我把那些臭烘烘的东西一股脑儿带到教室，让他们一个一个来讲台上认领。从此，褥子下面再没有出现过脏袜子脏短裤。但有人告诉我，直到现在，他们还不能对此事释怀……

记得当时我住在21栋，那是一栋即将拆除的老房子，空洞洞，黑乎乎，两层的楼只住了三位老师。那天晚上，其他的两位老师都不在，我很害怕。何斐是个人见人爱的小姑娘，我很想让她陪我一

张怡春，男，1968年出生，隆回桃洪镇人，中学语文特级教师。2001—2011年任教于隆回二中，任默深文学社指导老师和《风声报》主编，被评为“全国文学社优秀指导教师”，现任教于深圳平冈中学。

晚，但我又不愿在她面前露怯。于是，以违反纪律为名把她带到我的小房间，先是对她“狂轰滥炸”一番，再让她站在墙边。很晚了，她不方便回寝室了，我就把她留了下来。清楚地记得，何斐像一只小猫一样蜷在我床上，一动也不敢动，不知她那晚睡着了没有。

周杨琦成绩不太好，那天不知道是哪根筋不对，在早读课上“专注”地做小动作，我那天也不知道是哪根筋不对，竟去摇他的肩膀，他伸手来挡。这一幕恰好被周飞跃老师看到了，周老师以为周杨琦要打老师，就让周杨琦到讲台上当着全班同学的面向我道歉。我明知道他无意打我，但没有勇气说出来，还煞有介事地接受了他的道歉。

米双鹏是个品学兼优的孩子，他曾考出了年级6连冠的好成绩，但有一次发挥失常，从第一名跌到了第三名。从此，这个孩子变得焦虑无比，拿笔的手都在发抖，书写一塌糊涂，成绩直线下滑，我竟然无计可施。

一天，我在112班上课，彭南清匆匆跑来，说罗林与周若凯打架，罗林受了伤，我让他赶快带罗林去医务室。后来罗林对我意见很大，说我没能在他受伤的第一时间来看他，说我处事不公，袒护成绩好的周若凯。他哪里知道，我管这个班已经很吃力了，碰到这种本可避免的打架事件，我很烦躁。

客观地讲，我管理这个班是失败的。我虽然很努力，但我并不懂爱，我在意的是学生的考试成绩，还在意别人对我的评价。我就像是个消防员，一天到晚盯的是谁犯了错，哪里有错就到哪里去“灭火”，我几乎是在团团转，很累，很累。

2011年8月19日　星期五　　晴

今天，我无比委屈。在这个高二跨入高三的暑假，我被我带了两年的学生炒了鱿鱼。

隆回二中有个规定，老师能不能教高三，要看教学成绩和学生信息反馈的满意度，不符合要求的，该老师就要被替换掉，由上一届高三的老师来接任。我教的445班，对我满意度过低，我被炒鱿鱼了。

2006年秋，二中初中部停止招生，我改为教高中。两年后，我改为负责《凤声报》的编辑。2009年下期，我担任445班的语文老师，一年后，又加上一个465班。

我非常认真地工作，很想干出点成绩，争取从高一教到高三。我对自己要求很苛刻，教案工工整整地写，作业一丝不苟地批，不允许自己有一丁点儿的不完美。慢慢地，这种苛刻也向学生蔓延：讲台上不能有一点粉笔灰，黑板要擦得锃亮，教室里不能有一丝的杂乱，我甚至到了“洁癖”的地步。

我以为我越严格就是对学生越负责，我作为老师都做好了，当学生的更应当毫无条件地要做好，我像个“雷公”一样，动辄就“轰隆隆”地发脾气。当周伟英在课堂上玩

张良，男，2006年9月—2008年7月任教于隆回二中，并担任默深文学社指导老师。他带领文学社进行大改革，增添新闻部等多个部门，将纯文学报改成囊括新闻报道的《凤声报》。

手机时，我不给任何机会地当众把她的手机摔得稀烂。后来周伟英是再也没有玩过手机，但她是不是在认真学习，我无从得知。

有个学生叫向苏环，很腼腆，笑点很低，她是个体育特长生，字写得很糟糕，作业有时完成不了，课文也不能及时背诵。我找她谈话，明明我在批评她，她却在一个劲地笑，我一下子就发火了，狠狠地骂她，语言很难听。后来，向苏环也回母校当了一名老师，每每见到这姑娘，我觉得很不好意思。

有一天，一个叫廖珊的女孩子怯怯地塞给我一封信：

敬爱的老师：

您好！

很冒昧前来打扰您，利用假期这个空闲，到您的博客里面逛逛。看了那一篇篇感人肺腑的文章，我哭了……您那些话语触动了我的内心，所以才冒昧地写这封信。

还记得第一天见到您时，我认为您是一个很活泼的老师，您说，要想学好语文，就必须爱您！说这句话的时候，您笑得好开心。

……

下面我想对您提几点建议：

一、希望老师可以改掉洁癖。爱干净纵然好，可是不要发展为洁癖，否则容易给人一种敬而远之的感觉。

二、希望老师能够发自内心地快乐，不要总是伪装自己，不要勉强自己去笑，要真正地去笑（笑的时候很可爱噢）！

老师，您知道吗？我今天看到彩虹了！相信您的明天也会有彩虹！

您的学生：廖珊

2011 年 3 月 13 日

直到这时，我才意识到，我还无法做到与学生共情。我严格要求学生，只是为了他们能考出好成绩，从而证明我教书教得好。这就注定了我会被他们投以不满意票，注定了会被他们炒鱿鱼。

2018 年 7 月 31 日　星期二　晴

高考志愿已经填完了，大家也松了一口气。下午，我收到了两件礼物：一本《把时间当作朋友》的书，一条淡蓝色的连衣裙。礼物是彭硕怡送来的。

廖小菊，女，20 世纪 70 年代出生，隆回大水田人。2008 年 9 月—2009 年 8 月担任默深文学社指导老师和《凤声报》主编。2001 年至今任教于隆回二中，曾被评为邵阳市优秀教师。

彭硕怡是一个美术特长生，刚参加了高考，成绩优异，在艺术班中夺冠。她在高中阶段尤其是高三阶段严重失眠，情绪十分低落，经常伤心流泪，说是得了抑郁症。她向我寻求帮助，我开导她，要她不要用“抑郁症”这样的病名来定义自己，我经常跟她谈心，或者听她倾诉。她很争气，在高考中成功上岸。这不，她带着礼物来了，来感谢我。几年以后，在一次升旗仪式上，学校王书博书记在“国旗下的讲话”中提及此事，说我是关爱学生的典范，让大家都来向我学习。

2012 年到 2019 年，这是我进步最大的七年，我变得成熟、稳重，学会了接纳与欣赏。

我放低了姿态，不问“你们听懂了没有”，而是问“我讲清楚了没有”。“我讲清楚了没有”这句话，还被 646 班的学生捕捉到了，印在了毕业纪念 T 恤上。

学习成绩并不是衡量一个学生的唯一标准，有些孩子成绩并不突出，但他热爱劳动，或者很有爱心。特别是体育特长生，他们会花很多时间在室外进行专业训练，文化科目的学习就跟不上，在遵守纪律方面也时有不足。我常常找他们谈心：“特长训练很辛苦，但你们能坚持下去，说明你们很能吃苦耐劳，你们有特长在身，已经具备了其他同学不曾有的优势，训练之余，在文化学习上也多花点心思，你们一定会有更加美好的前途……”这是我的肺腑之言。在田径运动会上，我会到比赛现场去给他们呐喊助威，陈牡丹、刘向东等同学获了奖，我会对他们表示祝贺。课前三分钟的活动，许多同学都是演讲，而刘向东却表演了一段精彩的街舞，我同样对他热烈地鼓掌。对于他们，我会抽出更多的时间来辅导他们学习文化知识。此外，我会关心他们早餐吃好了没有，关心他们晚上睡觉是否睡得踏实，我会提醒他们在寒冷的天气里要穿上能遮住脚踝的袜子。住校的女孩子，离开了妈妈，面对生理期，有很多的困惑，我也会尽其所能地帮助她们。考试之后，我会给每个学生的答卷进行二次批阅，无论成绩好坏，都会认真地给他们写评语。一个正在吃零食的女孩把她的零食分一半出来，硬塞到我手里；一个高高大大的男孩跑来跟我说悄悄话，分享他青涩又美好的早恋故事。这是他们给我的美丽回馈。

2023 年 9 月 4 日　星期一　晴

今天，让我倍感高兴的是，我教的两个班的学生，在考试之后，都能发现参考答案不完美的地方，还懂得提出修改意见。他们终于学会了独立思考。

这两个班就是 817 班和 826 班，2022 年下期入校，经历过疫情，上过网课，他们是最特殊的一届学生。

817 班是物化生组合，班上“学霸”一大批，数理化学得很好，但语文实在很糟糕。高一第二个学期的期中考试，他们在同类班级中成绩最差，在全年级也是处于靠后的位

刘剑，男，1973 年 4 月出生，司门前人。2007 年进入二中工作。2009 年至今一直担任默深文学社指导老师，在他的带领下，默深文学社被评为“全国中学生百牛文学社”“全国优秀文学社团”。

置。我无数次分析学情，也无数次做过自我解剖，还无数次想过要放弃。但是，在考试之后，他们用更大声的朗读来表示以后要加倍勤奋，在课间，拿着各种问题来请教我的人也越来越多。也许，他们需要的是老师更多更耐心的教导；也许，他们有比其他班级更多的上升空间；也许，他们是那一片忘记了花期但终究会绽放的花海。

信心于学生而言是很重要的。记得有一次，我叫了离我最远的某个男生回答，大概是刚才的课没完全听懂，他说话没有底气，声音很小，我啥也没听到，场面一度尴尬。周围的人为他当“扩音器”，我还是啥都没听清，于是表情凝重地说：“我有听力选择症……”他们以为我得了什么大病，一下子也表情凝重起来，焦急之情流露在脸上。我顿了顿，接着说：“一般来说，错误的回答我是听不见的，正确的回答我才听得清清楚楚，所以，你不要害怕，只管大声说就是了。”他们发现自己“上当”了，教室里顿时活跃起来……

826 班是物化政的组合，女生多，乖巧，笔记做得相当好，作业工工整整的，很多同学的书写像艺术品一样。他们为人热情，语文课代表中途转到历史类的班级去了，第二天早上我一踏进教室门，就有 20 多个人高高地举着手要当课代表，想成为我的助手，为班级服务。后来，我选择了一个比较内向的男孩杨宇。

这是多么温暖的一个班级啊，可到了课堂上，却安安静静的，老师讲什么，他们就记什么，像接受知识的机器一样。哪怕我的讲授有明显的漏洞，他们也“沉默是金”。这是多么可怕的情景呀！我制造各种机会让他们质疑我，让他们胆子大一点儿，再大一点儿。有一天，刘晴轩问我：“祥林嫂当了乞丐之后，她手中的那只竹篮，是不是阿毛剥豆时用的那只篮子？”又有一天，陈宏超问我：“学校不是不让我们恋爱吗？为什么课本上会有《与妻书》这样刻骨铭心的爱情？”他们的提问，仿佛一束光，照亮了整个教室，慢慢地，慢慢地，他们就不再依靠“喂养”过日子了。

我们的孩子，并没有大家想象的那么优秀，而我，在带了一届又一届学生后，多了份淡定和从容。我像个园艺师，经营着我的小花园，园子里长着各种植物，花期各不相同，有的用艳丽的花朵来让我赏心悦目；有的开花不显眼却默默地结出硕果让我心生欢喜；有的根本就不开花，只给我一片葱茏的绿意。无论什么样子，我都爱着，每天驻足欣赏，流连忘返。努力松土，努力浇水，努力施肥，辛勤耕耘，然后，静待花开……我的心中有一个坚定的信念：

他们一定会越来越好。

我们一定会越来越好。

廖中和，男，丁山人，1979 年毕业于二中，1982—1991 年任教于二中，隆回籍著名企业家，珠海中和航务工程有限公司董事长。2014 年，他捐赠 15 万元资助出版学校 90 周年校庆文集《早春时节》。

那些年，那群人，那些事

※ 陈齐政

隆回二中，百年凤鸣。

小英老师询问我，能否作为我们“那一届”的代表，为百年二中写点东西。

美女群主的信任，我自是不敢辜负。离开二中已四载光阴，确实也有必要写一点东西来纪念那些我们逝去的青春。可真正提笔，才后悔自己草率答应。一是跨度太长，不知如何取舍，从何写起？二是琐事万端，静心不易，加之腹内草莽；三是大咖云集，忝列其间，贻笑大方。尤其是近些日图书编委会不时在群里公布入选稿件名单，更是让我寝食难安，“压力”山大。

虑及“作业”切峻，谨“奉诏”涂鸦数语，聊以交差，路边鼓掌，兼作怀想，未为不可。

陈齐政，男，80后，隆回岩口人，中共党员，中学高级教师。入选教育部（2023—2024）新时代中小学学科领军教师培养计划，湖南省“最美基层共青团干部”，湖南省楹联家协会会员，邵阳市委党校第三期青干班优秀学员，隆回县骨干教师。2003—2020年在隆回二中工作，期间担任过语文教研组长、办公室副主任、教务处副主任、团委书记。现为隆回一中督导室主任，兼负责学校宣传工作。主持或参与市级及以上课题5项，主持或参编专著6部，发表教育教学论文30余篇。

那一年，2003

这是我们的微信群名称，群主就是上面提到的刘小英老师。

2003年，隆回二中以其“非凡气魄”和“卓越眼光”，大手笔、一次性从高校招聘本科学历教师22人，这绝对是史无前例，我美其名曰为二中的“高光时刻”。这22人，也自然而然成为当时二中的一道亮丽风景——当年出入校门、食堂和教学楼时，因为太年轻，我们经常会因“没戴校牌”而被学生会干部盘问。

作为故事的主角，这22位老师中，语文有陈志福、李宏、邹艳芳和陈齐政，数学有黄志光、刘霏、刘筠、刘志婧，英语有范忠阳、黄妩珍、马美艳、杨礼娥，物理有粟莉莉、张美兰，化学有刘小英，生物有周晓艳，政治有贺雏凤、袁友如，历史有刘

周青云，男，1938年3月出生，隆回荷香桥人，中学地理特级教师。毕业于北京师范大学地理系，曾长期任教于隆回二中，曾有隆回二中“学历最高教师”之美誉。

丁东，地理有蒋德洪、阳利庚，计算机有王菲。

犹记得新教师报到时，时任校长陈惟凡在座谈会上勉励我们这些年轻教师，要珍惜平台，力争“一年站稳讲台，三年独当一面，五年成为优秀教师，十年成为教学名师”，陈校长还说：“你们刚来，要开支的地方多，知道你们没什么钱，先给每位同志发 300 元……”20 年前的 300 元，真是不少，让我们感动了很长时间。虽然事后知道这是预发，会从月底的工资中扣除，但校长的那份体贴和关怀让我一直铭记于心。

一入教坛常忘年，就这样，我们 22 个人，开始在三尺讲台上抒写着各自教书育人的缤纷故事，为二中的发展担当使命、贡献智慧，共同肩负起培养一代又一代学子的重任。弹指一挥间，20 年过去，大家都成了各自学科的骨干和中坚力量，有的甚至还走上了领导岗位，大家也都或为人夫（妻）、为人父（母），变成了“上有老、下有小”的中年大叔大妈。

时光的年轮，旋转着岁月的芬芳，站在百年校庆的节点上，感谢《放歌默深园》让我遐想，感恩大美二中让我们历练、成长、成熟，感动还在默深园这片沃土上默默坚守、辛勤耕耘的这群曾经的“年轻人”。当然，那些因各种原因已不在二中工作的“年轻人”，比如陆续到县一中的周晓艳、黄志光、陈齐政、范忠阳、刘小英、邹艳芳，县纪委的王菲，洞口一中的粟莉莉，邵阳市二中的张美兰，长沙市长郡芙蓉中学的刘志婧，海口市龙华区中山街道办的刘霏，每每念及二中，也一定会是他们心底最柔软的温暖吧。毕竟，那里见证了我们的青春！

凤凰涅槃，各竞风流

二中的发展，必然滚滚向前；年轻教师的成长，必是刻不容缓。那些年，二中对年轻老师的培养，可谓尽心焉耳矣。除了跟师学习、注重过程，最重要的一点，就是“结果运用”中“残酷”的淘汰机制。以当班主任为例，量化分、教学效果、学生信息反馈等，每一项都会成为我们“上不去”的理由，而且淘汰率高达 30%。于是，那些陪伴、指导我们的领导和恩师们，一边狠心，一边流泪；而我们这些构成“亮丽风景”的个体，一面享受着前辈们“倾囊相授”的厚爱和“年轻真好”的艳羡，一面也经历着成长必经的或长或短的“阵痛”与“至暗”时刻。三年一轮摸爬滚打下来，从高一一口气平稳直接升到高三的，仅有数学黄志光、英语黄妩珍和政治贺雏凤。直至今天，这三位，依然是一骑绝尘，成为各自学科领域的一面旗帜；而余下的我们，也骄傲地成了最坚实的底座，为后续的喷薄积累着蓬勃的力量！

阳光会一路照亮未来，努力亦不曾辜负每一位奋斗者。果不其然，当年的教坛新秀，

朱贤舜，男，1949 年出生，娄底双峰人，中学高级教师。曾远赴西藏支教，后长期在隆回二中任教，为湖南省数学会、中学数学教改研究会会员。先后被评为邵阳市劳动模范、全国优秀教师。

除了上述提到的三位，还有王菲和刘霏，从“水深火热”中走出，在行政体制内如鱼得水；其他人二十年如一日，躬耕杏坛，经凤凰涅槃，各显风流。如志福老师严谨扎实，不畏权，不媚俗，少有的教坛清流，看似严肃，实则“很特别、很亲切”，时至今日，2007 届毕业生笑梅同学都感慨“每次回隆回，只要有空都会联系陈老师，无论是星期几，可以和曾经的学生一起嗦米粉的老师真的很可爱……”李宏老师，腹有诗书气自华，文学功底深厚，小孩培养得棒棒的。艳芳老师，卓尔聪慧，书写灵动，32 岁就被评为高级教师，羡煞很多人。刘筠老师不仅数学教得好，计算机水平杠杠的，还是妥妥的暖男一枚。志婧老师能被省城长沙挖走，懂的人都懂，而且人缘很好，每次“回娘家”，都会给大家来一波“回忆杀”。忠阳老师很好辨认，于千万人中海拔最高，著名的“男高音”，曾主持过二中的元旦晚会，初显领导才能，现为一中的副校长，被小英老师收入囊中。美艳老师是湖南师范大学外语系高材生，思想潮流，认真如斯，作为典型模范被表扬。礼娥老师轻言细语，如流水潺潺，当班主任时间不长，但培养的学生挺不错，茜鸳同学就是典型。莉莉、美兰老师，人美就算了，还教物理，教物理也算了，还教得这么好。小英老师的课堂，总是充满活力，配上她甜美爽朗的笑声，不止让忠阳迷醉，也迷倒万千弟子。晓艳老师无论是教学，还是班主任工作，都很出色，孝敬公婆，堪称“道德模范”。友如老师能将家国天下事，巧妙融入课堂，引人入胜，三个娃的妈，更是把家庭经营得风生水起。丁东老师，教授级别，大师风范，本群唯一的研究生学历，对二中爱得深沉。德洪老师，二中好男人，兢兢业业，淡泊名利，教得好书，炒得好菜。立庚老师，勤快得很，当班主任是一把好手，所带多届文科班，笑傲群雄……

时光只解催人老，我们一边工作，一边生活，我们也一路捡拾，一路失去。除了刚参加工作那会，这 22 个人，范围或大或小、程度或浅或深地相聚、交往；此后，各自乘流，各有渡口，各有归舟，难得相聚。2013 年 9 月、2023 年 7 月，或许是想拼命挽留点什么，我们各有相聚，其间不免感慨，唏嘘，年年岁岁，岁岁年年……

那些年，那群人，那些事，即使再也回不去，我们遥想以当归，仍然温暖如初。

而二中，永远常谈常新，永远魂牵梦萦。

说说我自己

从大学毕业参加工作，直至退休，不过三十几年。

百年二中，我与之相交 17 个春秋，历经陈惟凡、胡名顶、卢小军三任校长，三位在我的人生成长中都给予了不少指导和帮助。陈校长在任期间见证了二中很多年轻教师的婚礼，并一一讲话。很荣幸，他把总结讲话放在了我的婚礼上（此后他去了教育局和一

欧阳同福，男，1954 年 5 月出生，隆回横板桥人，湖南省物理特级教师。1981—2019 年在二中任教，他也是迄今为止在二中工作时间最长的老师。期间，担任过教务处主任、党总支副书记等职务。

中）。他勤政务实，西装配波鞋的装束，以及 2004 年的高考战绩，永远让人难以忘怀。胡校长平易近人，没有架子，待每一位师生都很好。我和卢校长相处的时间最长，受其点化尤殷，受益尤深，在其带领下，学校工作也不断迈上新台阶。在此期间，我得以在文学社、教研组、办公室、教务处和团委等不同岗位上锻炼，每一个岗位都让我深刻体会到了处室工作的艰辛、充实与快乐。

在这漫长的岁月里，我曾担任过 302、327、388、397 等班的班主任，同时我还依次担任过高中 296、315、328、347、389、406、469、470、546、559、625、652、660 和初中 157、164 等班级的语文教学工作，用文字和知识滋养着他们的心田。当然，渡人渡己，我也跟随学生一起成长，共同进步。

如今，我离开隆回二中已经四载光阴，但我依然怀念那里的每一个角落，每一寸土地，每一个故事：那些在餐饮楼顶楼一起打地铺的日子，在六栋端碗串门聊家常的日子，在同事家混饭的日子，在“青蓝工程”评选中力争上游的日子，以及每一次上课、教研、辅导、阅卷、集体备课、升旗、教工大会的日子……甚至恋爱、结婚、生子、晋职等人生大事，包括稚嫩、青涩、彷徨、迷茫、振作、蜕变等人生状态，悲悲喜喜，起起落落，都在二中演绎。

时光缱绻，葳蕤生香。17 年，转瞬即逝；17 年，恍惚如昨。那些年，那些事，每当回想起那些温馨的时光，我都会深深感激二中给予我的关爱和支持。

在未来的日子里，我会带着二中的教诲和祝福，继续前行；而隆回二中，也将永远留在我的心中，成为我人生中最美好的篇章。

百年薪火相传，百年凤鸣不息。

百年二中，又是一个崭新的起点，祝愿你我，更加荣光；祝福二中，接续辉煌！

聂翰贤，男，1969 年 10 月出生，正高级教师，湖南省语文特级教师，全国优秀语文教师。2000 年调入隆回二中工作至今。现任二中教科室主任。

我在母校当老师

❈ 李君琴

李君琴，女，90后，来自有着“小西藏”之称的小沙江。2005—2008年就读于隆回二中高354班，曾任凤声报社新闻部主任。首都师范大学英语语言文学系硕士。2016年回母校任教，任职五年后，选调至长沙，现任教于长沙市田家炳实验中学。

十五岁，我扎着高高的马尾辫，黝黑的皮肤，穿牛仔裤运动鞋，从有隆回“小西藏”之称的小沙江经山路十八弯，怀着忐忑激动的心情跨进了二中的校门，成了二中的学生；二十五岁，我顶着一头长卷发，着白裙子细跟鞋，从北京归来，怀着忐忑激动的心情再次跨进二中的校门，成了二中的教师。

二中求学三载，无数师者曾为我引导指路。三年的班主任刘辉黎老师，用他的人格魅力与华发早生向我展示了一个师者能给学生为人带来的积极影响；高一的语文老师马艺玲则让我深深地爱上了阅读；那时文学社的张怡春老师则在潜移默化中影响着我执笔作文；那时最喜欢的是历史课，因为历史老师王洪海的教学总让我着迷惊叹；地理阳银华老师那句“在北京，只要花两块钱便可以逛遍整个北京城地下”让我更加坚定“一路向北”的步伐。这些伴我在追梦路上奔跑的老师也让我更加坚定为人师者的目标。二中以及二中的老师激励了我大学梦的萌发、生长，又为我的大学之路“披荆斩棘”。在北京七年的学习与实践，让我对教育与为人师有了更为深刻的认识。一位师者的力量纵然有限，无法影响所有人，但若能以己之力为哪怕一个孩子带去微光就已足够。带着这样的教育理想，我先后去了很多地区进行教育实践。这些都为我回母校任教奠定了坚实的基础。

十年后，我以教师的身份回到了隆回二中，续写我与母校的故事。

十年后的二中校园依旧。丁字楼依旧敦实地端坐在进门就能看见的地方，操场旁郁郁葱葱的香樟树依旧疯长，阳光的斑驳光

肖谅，男，1969年9月出生，正高级教师，湖南省语文特级教师。2007年9月调入隆回二中工作至今，曾先后担任政教处副主任、督导室主任兼纪检监察室主任、纪委书记。

影似乎未曾被风吹散过。"黄土高坡"还在，被荒草覆盖，一脚踩上去，沾满一脚泥。老虎山也依旧，恍惚间仍能看见十五六岁的少年们在周日放风的时间里手执树枝，一边大声歌唱一边穿过密密的山林。图书馆后的雪松愈加挺拔，教学楼前的茶花依旧红艳艳，道路两旁的水仙花素净纯白，宿舍楼侧的迎春花墙依旧开得铺天盖地。只是那树呀，更粗更壮，绿意似乎是一年一年叠加上去的。新近矗立起来的教学楼，让人生出想亲近又怕生的感情，因为那儿没有我存在过的痕迹。消失的红房子多少让人生出惋惜来。理发店、洗衣房也通通闭了店，拿纸质票剪发，抱着被墨水濡染的衣服跑进洗衣房的岁月也都画上了句号。但我知道，这依旧是我少年时做过梦的二中。

十年后，当我再次踏进母校，我与我的恩师们成了同事，也因此看见了更立体的他们，感受到了他们更多的人格魅力，也遇见了很多求学时不在二中的优秀老师们。说是同事，他们在为人师这条路上仍是师者，是前辈。我依旧是那个带着虔诚仰慕之心跟在他们身后学习的学生。初站讲台，总有些怯场犯怵，是老师们不断地鼓励、引导与支持，将我引上工作正轨。学校更是开展"青蓝工程"为我们青年教师一对一配备了教学上的师父，从多个方面对青年教师提出要求，为我们的成长保驾护航。我有幸成为邹芳老师在班主任工作与教学上的徒儿。可爱可敬的师父言传身教，既对我班主任工作的开展进行宏观把握，又对具体事情的处理提出建议。我还认真观摩前辈们在开展班主任工作时所采取的方式方法，结合我班特点进行总结、应用。在英语教学上，除却邹老师的耐心指导，我还通过听英语组各位前辈的课学习经验，与自己所熟悉的教学模式融会贯通。所有这些，都极大地推动了我的成长，让我走稳了为人师的第一步。

十年前，我是十五六岁的少年；十年后，我成为一群十五六岁少年的老师。这是时间施展的神奇魔法。每每站上讲台为他们讲授专业知识，为他们描述外面的世界，为他们勾画美丽的未来蓝图时，一双双清澈求知的眼睛将我包围。那些眼睛里，仿若有我的一双。我也曾坐在讲台下，以同样的眼睛看着讲台上的老师，如海绵般吸收着无尽的知识，感受他们的人格魅力。我也总是能从不同学生的身上看到曾经同学的影子。性格、爱好、学习、才情，方方面面。某某学生真是某某同学的翻版呀，连话术都是一模一样。同一栋教学楼、同一间教室的同一个位置，曾坐着一起学习、打盹、传纸条的我们呀。同学间的小口角、偶尔的成绩起伏、因为卫生扣的分、没吃到的鸡腿、碎掉的开水瓶，那时我们以为天大的事，于现在的他们而言，仍然是大事。于我而言，却是再不值一提的小事了。再看小 A 和小 B 的相处，他俩莫不是暗生情愫了吧。心底轻笑，却又一本正经地叫他们过来谈话。小 C 一直沉默寡言，鲜有和同学老师之间的互动。询问之，才知他初中一直被霸凌的往事，心疼并开导之。军训场上，篮球赛事，运动会，我依旧是那

邹芳，女，1973 年 8 月出生。正高级教师，全国优秀班主任，培养了袁星驰、谢槿旋两位清华大学学生。

个呐喊助威之人。在二十几岁的年纪，还能一次又一次感受十几岁蓬勃的青春与活力，真是幸福的事情啊。

在母校当老师，熟悉的校园让我如鱼得水；经验丰富且不厌教诲的老师同事们让我如有神助；青春蓬勃的少年们则将我们的青春在相同的地方不断重演。诚然，我深知，要做一位好的师者，对于我来说任重道远。但因为在二中，在母校，我更有信心怀着对教育的赤子之心，坚持最初的教育理想，用自己生命的质量支撑起教师二字的分量，用自己生命的光亮点燃教师二字的光华。

史湘萍，女，1976 年 3 月出生，中学英语正高级教师。2001 年 8 月调入隆回二中工作至今。2014 年，所带学生秦艳玲以 683 分被清华大学录取。从 2020 年 9 月开始，担任隆回二中工会主席。

岁月如歌

时光荏苒，时光倒流，回望往昔峥嵘岁月。如今的我们，成长了许多，年长了些许，但在记忆的脑海里却仍然是那个年轻的自己。岁月如歌，曾经的梦想，热血沸腾，岁月的沉淀在脸上留下印记，但心中的梦想，依旧年轻如花。回忆里的青春，像是昨日才刚刚结束。静思过去向往未来，深感岁月如歌，梦想里的未来，依然充满着希望和光彩，你依然是那个有着万丈雄心，百折不回的“青年”，芳华依旧，才气依然，热血仍澎湃，胸怀仍广阔。

一百年前，月亮来过我的院子

❖ 邹茜鸶

一百年前，月亮来过我的院子
那时她还年轻，穿着缥碧纱裙推开门
万只蝉在深林喁喁细语，夜色如水
舀一碗便清冽
茉莉洗过的叶还未吹干
狐狸用尾巴清扫着篱笆
古磨摩挲着青苔，又进入徐徐的梦

后来，院子里什么也没有
蛛网不结，尘灰不生
只有一汪幽幽的井
井里不知多少年的酒
遥远的月光回头看了一眼，就醉了
深山最老的树，哼起一支古老的调

【栏目主持简介】

刘昭陵，隆回二中2006届毕业生。一个渐入中年却童心未泯的律政美少女，充满好奇心和创造力，爱好制作黑暗料理和研究疑难案件。人生信条是：“生活就像一幅画，我们需要用心去描绘，用爱去填充，让它变得更加绚丽多彩。”

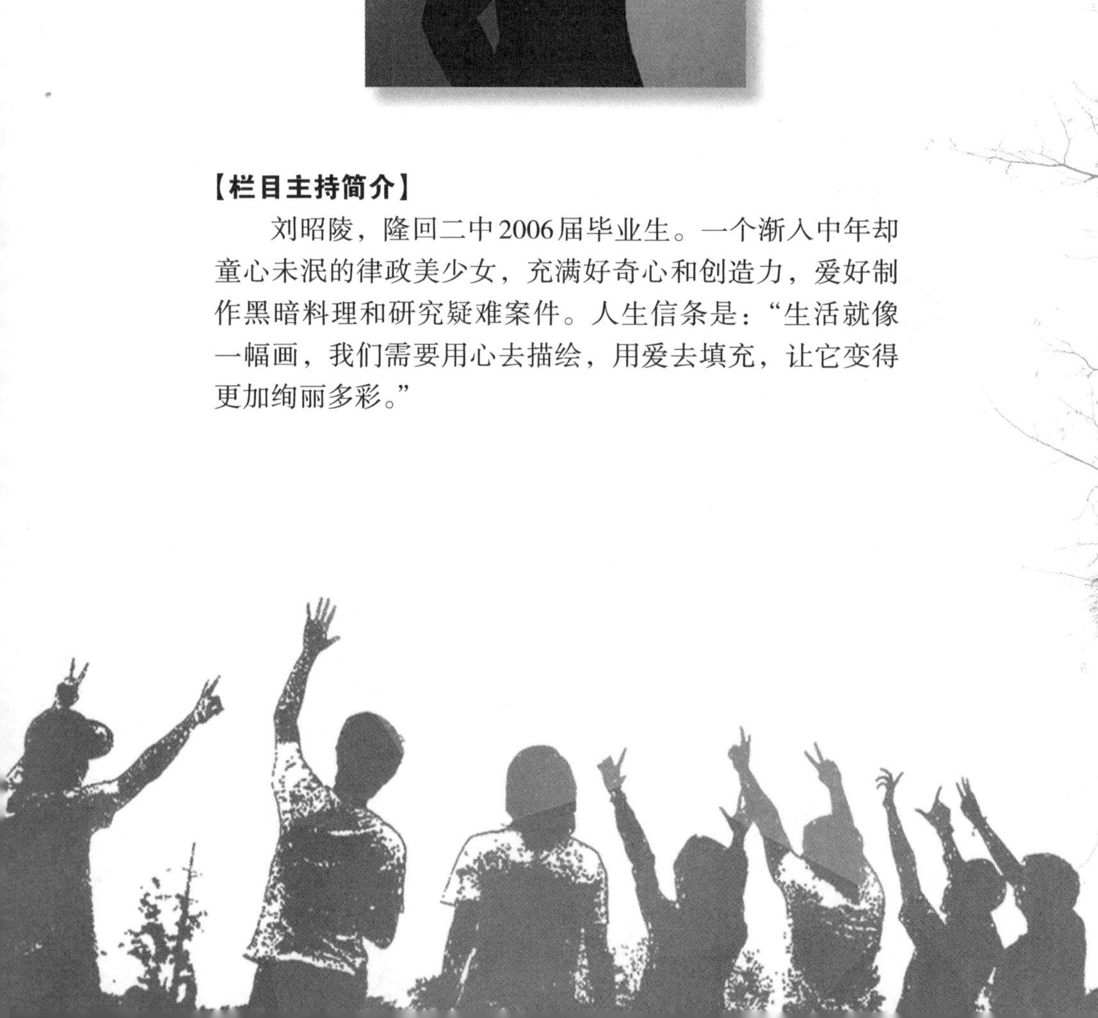

风雨如晦那六年

※ 刘本粹

刘本粹，男，1944年生，隆回七江人。1956—1962年先后就读于隆回二中初18班、高4班，后毕业于武汉水利电力学院。教授级高级工程师、高级经济师，"全国五一劳动奖章"获得者，享受国务院政府特殊津贴。曾任电力部基建司司长、西北电力公司党组书记兼总经理、国家电网顾问，主抓的国家第一条750KV输变电工程，是世界上海拔最高的电压等级最高的线路工程，获2007年国家科技进步奖一等奖。

1986年之前，隆回二中曾长期在六都寨办学，那里背靠苍山翠岭，与六都寨镇隔河相望，环境十分安静，无鸡鸣狗跳，无外界干扰，虽比不上岳麓山、颐和园的优雅，但也独具一格，不愧是读书求知的好地方。1956—1962年，我在那里度过了难忘的中学六年。

1956年中秋节，月亮皎洁，繁星闪烁，这是我们进入隆回二中度过的第一个节日。大家坐在辰河边的沙滩上，吃着学校发放的香甜月饼，听语文教研组长张嘉兴老师给我们讲"嫦娥奔月"的童话故事。他讲得那么投入，描述得那么生动，一幅"岁月静美，现世安稳"的场景深深地刻在我的脑海里。

那时的邵阳很大，娄底、涟源、双峰、新化都隶属邵阳。我们到涟源参加过"双抢"、挖过红薯，到滩头铁炉冲修过路，到岩口搬过木炭，到九牛坳挑过石灰，给造纸厂运过砖瓦与河沙……学校烧的柴火全是我们从丁子山砍了挑回来的，食堂的菜都是我们自己种的，辰河河滩上好大一片菜地都是我们自己开垦出来的，西红柿、白菜、莴笋、辣椒、茄子、南瓜、菠菜等品种繁多，最让我难忘的是一种叫厚皮菜的叶子菜，它的产量真高，今天剥了叶，明天又能长出新的来……

屋漏偏逢连夜雨！1959—1961年正是国家"三年经济困难"时期，饥荒席卷了大江南北。可怜的我们每月本来只有十斤谷子，折合大米才七斤，每顿只能吃上二两米饭。即使这样，我们每周从家里背粮食到学校时，狠心的大队会计竟然克扣我和胡奠基、胡光倡三个同学的口粮。对于正在长身体的孩子来说，那么

高1993届校友、长沙市邵阳商会常务副会长、长沙隆回商会执行会长、湖南省医疗器械行业协会执行会长、泰瑞医疗董事长叶钊晖为隆回二中百年校庆捐款捐物300万元。

一点口粮可真难为了负责总务的史主任，他想方设法为我们增加食物，主食少瓜菜代，甚至还学了“双蒸饭”——把二两米加水在蒸笼里蒸熟后，再加水再蒸。这样，二两米蒸出来的饭就有四两米蒸出来的效果了。

“大饥荒”带来的是更艰辛的劳动。那时运木炭、挑石灰、砍柴火等劳动都是分产到人。初 15 班同学都是个高身壮，18 班同学个个身单力薄，15 班同学经常主动帮助 18 班，谱写了一曲同学之间团结互助的赞歌。这方面我记忆尤其深刻。由于我个小身瘦，每次劳动尤其是挑东西走远路都是高个同学出手相助，像黄秉宪、谭绍书、欧阳征庭等同学都曾帮过我，好几次让我感动得热泪盈眶。过苦日子时，物资匮乏，但同学之间同舟共济、苦中作乐，别有一番滋味。今天这个带来了父母做的野菜饼，明天那个捎来了自家兄嫂制作的糠粑、蕨粑、笋粑，我曾把外祖母制作的腌菜——萝卜辣椒炒小鱼虾带回学校和同学们分享，荷田马家山的马求生经常把他父亲打的野鸡、野兔让他母亲做好，和大家打了好几次痛快的牙祭。那一去不复返的美食，那浓浓的人情味，至今都让我深深感怀。

那时候尽管条件艰苦，但学风淳朴，纪律严明。夜晚四人一桌共一盏煤油灯就学，学习秩序井然，教室里鸦雀无声。学校还经常举办各种比赛，作文、数学、物理、外语、演讲、歌咏、书法、体育……门类繁多，参赛水平都不低，彰显隆回二中致力培养全面发展人才的教学理念。1961 年，那个连饭都吃不饱的年代，学校依然重视校园文艺生活，组织排演了大型话剧《我的一家》，阳文华饰母亲，我演欧阳理安，马求生扮演我的弟弟……

我们能在如此艰苦的条件下坚持学习，首先得益于校领导宁峥嵘和梅俊琳的引领，他们倡导的校训和学风，他们严谨的管理风格至今历历在目。他们言传身教带出了一批好班主任和好教师：欧阳丽、唐智超、杜彬、李忠魁、凌吟文、贺光辉、朱郁华、刘衡山、唐道雄……尽管 1958 年二中刚办高中，不少教师都是由初中教师升上去的，但他们孜孜不倦的钻研精神和诲人不倦的奉献精神让我们大为感动。1962 年，高考招生比例不到百分之十，学校少，招生少，加之第一届高中班没有考好，很多同学都不想参加高考了，校长和老师们不光对大家鼓励有加，还四处给我们找复习资料，悉心辅导答疑，启发解题思路，传授公式记忆方法。高考结果揭晓，刘志洪、陈平贵考上了武汉大学，我和胡奠基考上了武汉水利电力学院（现已并入武汉大学），这两所学校都在 1960 年全国 64 所重点高等院校名单上。有意思的是，我们这四个同学都来自七江，而且都是千古坳小学毕业的。犹记得 1962 年我们去桃花坪参加高考，因路途遥远，班主任和校领导考虑我们几个小个子同学走不动，疲劳过度会影响考试水平的发挥，专门租了一艘小船，让

高 1997 届校友、宁波龙回机电工程有限公司总经理刘志福为隆回二中百年校庆捐款 30 万元，其中 20 万元用于出版校庆专著《放歌默深园》及再次印刷《早春时节》。

我们从六都寨坐到桃花坪。一路摇摇晃晃，可能受了一点风寒，到桃花坪的当晚我发起了高烧，这可把老师们忙坏了，一会叫大夫给我打针，一会喂我吃药，真像父母那般关心体贴……最让我终生难忘的还是校长和老师们的谆谆教导，“少年强则国强”“先天下之忧而忧，后天下之乐而乐”“少壮不努力，老大徒伤悲”“要报效祖国，做一个有益于国家，有益于人民的青年，首先得学好文化，丰富知识”……他们的教导给我们指明了人生方向，增添了克服困难的勇气和力量，使我们不因“三年经济困难”吃不饱、穿不暖而丧失对生活的渴望和对未来的憧憬，不因招生名额少、高考渺无希望就临阵脱逃……

俱往矣，风雨如晦的中学时代，回首已过去了半个多世纪，但我永远也不会忘记，辰水河畔那座安静美丽的校园，那些风雨飘摇之中依然屹立不倒的二中人，以及师生之间、同学之间如父子兄妹那般毫无间隙的深厚情谊！

——原载《早春时节》（湖南人民出版社，2014 年 9 月出版）

高 1987 届校友、湖南海谊建材有限公司董事长邹今友博士为隆回二中百年校庆捐款 10 万元。

隆回二中，我的转角处

❈ 欧阳棠

欧阳棠，男，1963年生，隆回荷田人。1977—1979年先后就读于隆回二中高73、72班。曾任湖南省人民政府办公厅二级巡视员。

世事纷芜，回眸皆景。人生坎坷，秉性如初。

走过近半个世纪，收到为母校百年大庆抒怀的邀请，瞬时神游于隆回二中故地，倍感“多少往事仿佛就在昨天”。二中于我，是逐梦的支点，有一种转角处的期待、一股精灵般的魅力……

忽逢桃花夹岸开

1977年全国恢复高考。9月，我有幸就读于公社高中。然而，兴奋稍纵即逝。公社中学条件有限，能否考上大学很难说，加之两个同学先后转入隆回二中、十二中就读。羡慕之余，我向父母说了自己的忧虑。父母辗转努力，促成了转学之事。

1978年春天，桃花盛开的季节，父亲送我去隆回二中，二中位于六都寨镇桃花村畔。说是镇，其实东西面都是山，南北是一个较为开阔的狭长地带。从西边山脚流过的辰河在中部拐了个弯，把整个盆地分成两半，二中犹如怀抱中的一瓣桃花。穿过沿河铺满青石板的主街，中部东边码头处有一座木桥跨过几十米宽的河面。河水奔腾而下，不时卷起一阵阵浪花，发出哗哗的声音，好似欢迎迟来的远客。桥面人来人往，不时颤颤悠悠上下左右晃动，发出嘎嘎声。初来乍到，不免暗增几分害怕，多了几分小心。过了桥，走一段乡间小路，就见学校大门。

进门映入眼帘的是宽阔的操场，道路两旁柏树参天，排列整齐，林荫掩映下一座座低矮的红砖平房呈对称式分布。通过第一排中间的房子，便到了校长办公室。金步云校长是位戴着高度近视眼镜、中等个子、操外地口音（双峰）的中年人，笑容可掬，

高2003届校友、长沙市岳麓区美创艺术培训学校校长马伟为隆回二中百年校庆捐款10万元。

边说边领我们去里边的一栋平房，见77班班主任——郭晓菊老师。郭老师马上带我到总务室交大米和伙食费，又送我去宿舍，安排好床位。二中的学习生活由此拉开。

人面桃花相映红

高二分文理科重点班，我在73班学习了约个把月又被分到理科72班。在这里虽然只有一年半，却是我生命中最早、最重要的跳板。美丽的校园、敬爱的老师、可亲的同学、充实的生活，都给我留下了不可磨灭的记忆。

最温暖的是细心。郭老师是班主任，也教英语，身材瘦小，口齿伶俐，条理清晰，走路轻巧如风，笑容满面，腮边酒窝颇显青春的甜美，看上去有几分柔弱。她很注重班纪班风，遇到不太认真的同学，循循善诱之外，有时脸上会飘来几朵阴云，嘴上挂着几句唠叨，自是责任感使然。我转学来得迟，老师对我甚是关心。记得我入团之前，她派班团支书等两名同学，步行30多里前往大队考察政审。老师回家度假，就让我住她宿舍，方便晚上复习。走前还特意让我给父母捎了一封信，鼓励我学习，并把我当"弟弟"，令我感动至深。

最揪心的是"杀敌"。寝室里臭虫猖獗，提起席子用鞭子一抽，虫子像筛糠一样密密麻麻，同学们经常被咬得红斑红点满身，痒得要死，严重影响睡眠和学习。学校为了全面消灭害虫，暑假修了几个大灶塘，把双层木床一一放入池中煮泡，方才赶尽杀绝。

最惊险的是逃生。有个晚上，天还未亮，急促的铃声把同学们从梦中惊醒，广播里不断大声呼叫赶快起床，老师们也赶到寝室里催促。原来是学校后山修建中的水库（现名魏源水库）大坝被冲垮，洪水已涌入学校围墙边的公路，而雨还在哗哗地下，学校要求师生迅速向后面的米珠峰撤离，书本和财物统统不要管。雨声、铃声、喊声混作一锅粥，大家忙乱地穿上衣服，拔腿就跑。当我们跑到礼堂边的围墙时，已有很多同学踩着课桌椅子往墙外翻，喊的、叫的，拉的、跳的，哐咚哐咚，鱼贯而出。约莫半小时，一场撤退战打得又快又好。拂晓时分，同学们黑压压地站到了山坡上，看洪水滔滔，还真佩服紧急时刻少年们身手不凡。雨慢慢变小，大家松了口气，庆幸老天保佑，有惊无险！

最紧张的是备战。想当初，同学们怀着大学梦，从全县四面八方走来，成绩不一。记得到二中不久，参加数学比赛，一道指数方程题让我目瞪口呆，深感差距之大，唯有加倍努力。听我下铺的廖中和同学讲，他刚转来时借女生的物理笔记自己补习。我们重点班的任课老师全校最优，满腔热情使出浑身解数。在73班，李卓群老师用"落雨天留客天留我不留"的断句，生动说明标点符号的重要性，还有漂亮的板书，我至今记忆犹新。还有语文张嘉兴、物理阳伯龙、化学宋鹤鸣都是名师，他们性格平和，讲课深入浅出，娓娓道来，一比一划、一俯一仰，恰到好处，给人以美的享受。班主任陈昌合身材高挑，剑眉大眼，炯炯有神，声如洪钟，激情四射，时常用“想穿皮鞋还是草鞋”激励士气。为确保精力，要求学生在教室午睡，陈昌合老师甚至把凉床搬到讲台边，陪着大家睡。偶尔课上还是有同学打瞌睡，他看在眼里、急在心里，生气地说“早死三年，睡得几多”。其情之切、爱之深溢于言表。毕业 30 周年，同学们济济一堂，陈老师由衷的微笑写满师生情和幸福感。

最遗憾的是分别。因梦相聚，因学结谊，少年们擅长苦中作乐。当时每月伙食只 3 元钱，一周才尝一次肉，却能美上好几天。餐桌的乏味被代之以课桌的有味。早读前可听广播教歌，课间时可读中青报，可见球场上的英姿。这些时空交织，汇成一场顽强的攻书战，一张生动的友谊网。可惜的是，毕业时没有典礼、没有赠言、没有合影。也好，就当没有告别！高考揭榜，绝大多数榜上有名。我面对一张中专通知书，有些惆怅，但没有选择复读，也算梦想初圆吧。“向来桃花逢春发”，后来同学们各奔东西，自放异彩，有的几年、十几年不见，但毕业 30 周年的盛大相约，喜气洋洋，同学微信群的吆喝，情深可见。平日小聚，品酒品茶，家国天下事，或论或怼，亦几多欢快。

前度刘郎今又来

1981 年师范毕业后，我回家乡当了初中语文老师。欣喜、安定之余，又多了几分不安与不甘。一番纠结，决定再战高考！一边工作，一边复习，关键是英语算总分了，数理化基础都不如后来的三年制高中生，谈何容易。“为了梦中的橄榄树”，只好改搏文科！每天早上六点半准时收听陕西人民广播电台的英语辅导。几年准备，1984 年高考来临，湖南又要预考。然出师不利，甚是怏怏。所幸，次年通过了预考！为了取胜，我请假两个月，不要工资，去二中复习。这样，开始了我的第二次寻梦。时隔几年，重返母校，一切那么熟悉亲切，只是树色更加葱郁，设施更加健全，新修了一栋四层教学楼。我被安排在文科 109 班，教室在一楼东头，门前有棵大桂花树。置身这些小几岁的学弟学妹之中，感受其朝气，羡慕其运气，暗自发力。这个班的语文、历史、地理老师皆名师。史地以前接触少，但老师的人品、知识和方法都让我受益良多。印象很深的地理老师是双峰人，总把“中”说成“东”，对地理知识了如指掌，教法形象直观，便于记忆。周青云老师是北京师范大学的高材生，全能型教员，疾恶如仇的性格让我非常敬佩。记得课间他调侃道，把这些贪官拿来全部枪毙，可能有冤枉，隔一个枪毙一个，可能有漏网。他对学生和蔼可亲，耐心细致，有问必答，尽职尽责。两个月来去匆匆，虽有所获，

高 1989 届复习班校友、湖南致用文化传播有限公司总经理罗泽中为隆回二中百年校庆捐款 2 万元。

却未遂心。不过当时湖南电大同期招生，有这个复习打底，我有幸以全市第二的成绩被录取。读电大时又参加自考，于1989年取得湖南师范大学中文自考本科毕业证和学位证。载着大学梦的小船儿，可谓几度风雨，几度沉浮。

桃花依旧笑春风

二中，也如我一样，在时代洪流中摸爬滚打，毅然前行。据说因为地质原因，二中整体搬迁到县城郊外，后将隆回十二中迁至此处。此事一言难尽，但对老二中的学子来说，着实失去了所有触摸，悬空了很多寻味。但新二中占地更宽、交通更便，校园美不胜收，办学突飞猛进，如同追赶太阳的夸父，他的手杖已化成了大片桃林，而我又以另一种方式与二中相遇。1988年，我从电大毕业来十二中工作，再度踏进二中旧址，睹物思人，确有物是人非之感，但二中精神早已融入心灵，时时激荡。得知廖中和等同学工作后考取了研究生，我也准备考研。不久，一个偶然的机会，我被调入县委政策研究室。新的工作没有泯灭我的考研梦。5年中又经两次统考，终如所愿，入读颐和园北。

从转学二中至考上研究生，历经16年跋涉，一路犹如初入校时踏过辰河木桥，有惶恐、有向往，跌宕中总有一种力量在萦绕、在引领。勿忘少年梦，敢用千钧力；勿怕荆棘路，永葆火热情。转角遇见新的自己，这大概就是二中赋能所致吧！

今日隆回二中百年华诞，却是少年华彩，书生意气根脉相承。二中学子遍及海内外，桃李满天，名不虚传。庆典来临之际，怀感恩之心祝福母校生生不息，蒸蒸日上。

高2001届校友、湖南通程律师事务所合伙人、副主任戴海律师为隆回二中百年校庆捐款2万元。

一甲子的回眸

※ 李美仁

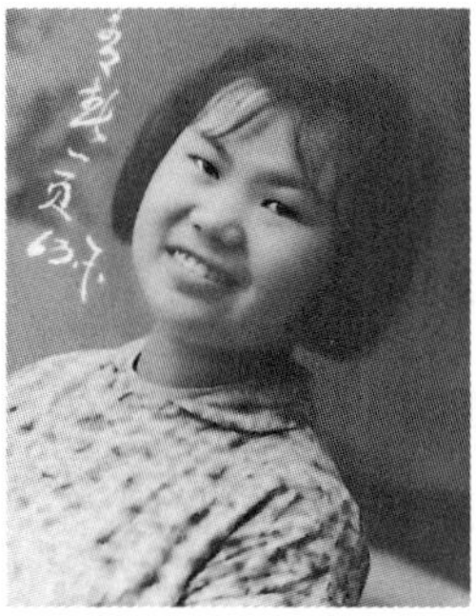

李美仁，女，1942年生，隆回金石桥人，中共党员。1957—1963年先后就读于隆回二中初22班、高5班，高中时担任过校学生会主席。后退休于隆回县粮食局。

从1957年入读初22班，到1963年从高5班毕业，我在隆回二中成长、学习了六年。离开她60多年了，转眼一甲子，回望意迟迟，我现已年逾八旬，但校园生活的点点滴滴，我始终记忆犹新，隆回二中永远是令人留恋的母校。

我们在校期间，正赶上1957年“反右”、1958年“大跃进”以及1959—1961年“三年经济困难”。在“特殊”年代里，我们挑着与自己差不多高的簸箕，去砖厂挑砖瓦，去河滩挑碎石河沙，去九牛坳挑石灰，热火朝天参与修建校舍和大礼堂；炼钢铁、修马路，支援农村“双抢”，我们干劲十足；我们开荒种菜、养猪、找野菜、打蕨粑，积极参加生产自救，苦度“三年经济困难”；在时断时续的复课学习中，我们抓住一切机会刻苦求学……

难忘在校时的那段艰苦日子。读初中时，有一年夏天我们去七江农科所参加“双抢”，下田后不久就汗流浃背，很难受，大家都坚持劳动，不当逃兵。高温下小泥鳅浮到水面，艰难地扭动身子，一会儿就被晒死了。只有讨厌的蚂蟥时不时来攻击我们，把它们使劲从腿上拔下来，它们很快又叮吸手指的血，真哭笑不得。一周“双抢”结束，我们回到学校，精疲力尽，瘦小的身子再也不想动弹……

“三年经济困难”时期，我们口粮减量，每月15斤大米，每天两餐。为了让学生有饱腹感，老师用心良苦，蒸饭时多放点水，饭蒸熟后再蒸第二次，饭香味没有了，饭粒变大了，满满一钵子饭，吃到嘴里不用嚼就化成糊直接下去了。“双蒸饭”骗不了肚子，还是饿得咕咕叫，有些男同学肚子饿得不行了，课余时间去捡白菜根、红薯藤，用搪瓷杯装着，捡些干树枝生火煮熟就这么吃。忘不了学校后勤保障部的史占桢老师、陈求德老师。他们廉洁奉公，全心全意为学生服务。我们每月交 3 元钱伙食费，他俩精打细算，硬是保证每周能吃上一次豆腐。

我读高中时家里经济困难，负担不起。学校安排我暑假喂猪，吃学校的饭，给 20 元工资，加上我每年能拿到一等奖学金 20 元，经济困难解决了。当年与我一起喂猪的是高一个年级的女生刘士英。我们每天挑着簸箕下水塘捞水浮萍，水较深，只能穿短裤，蚂蟥吸血是个大威胁。捞完水浮萍，我俩又挑着簸箕去菜地拔菜叶瓜藤，这些都是喂猪的好饲料。1960 年放寒假前一天，学校杀猪，每个学生分半斤猪肉，大家高兴极了。同学们用搪瓷杯子装好猪肉，用三个石头支着，捡些干树枝生火煮肉，校园里烟雾笼罩，肉味飘香。我手掂猪肉，左看右看，肉味飘来，好香啊，我也想吃，但一想起父亲得了“浮肿”病，我咽下口水，把肉包好放进书包。第二天回到家，只见父亲双眼肿得像两个桃，摸扶着墙壁走路。我妈急忙煮肉让父亲吃了，第二天早上父亲眼睛就消肿了，恢复了正常视力。事后想想，如果我在学校把肉吃了，那会遗憾终生的。

难忘学校为了度饥荒，向大山要粮。1959 年 11 月，在组织学生到“铁炉冲”修马路的同时，学校还组织了四组学生上山打蕨粑，每组四到六人。男生三个组，廖远兰、廖满足、方桂蓉和我组成一个女生组，我当组长。去打蕨粑的地方叫“大水田”，是远兰、满足的家乡，属雪峰山脉。那一天我们吃完早餐，背着被服包，满怀信心向大山挺进。路途约 40 里，都是上坡路，中午没有东西吃，饿了就喝口冷冽甘甜的山泉水，走走停停，下午才到达。远兰、满足两家住得很近，我们住在远兰家里。四位慈祥的长辈把一切安排得妥妥当当，无偿借给我们住房、锅碗瓢盆以及打蕨粑的所有工具，并向我们传授提取蕨粑粉的技术。还告诉我们，要选择蕨叶密集、叶柄粗的山地，蕨根才多。有点斜坡的山地挖时省力，表层蕨根含淀粉不多，要深挖 2~3 尺深，蕨根淀粉含量才高。

第二天，我们分工劳作。当时我们每人一天只有半斤米，每天吃两餐，野菜与大米一起煮，没见过半点油腥子。一人管生活，负责做饭，捡柴火，找野菜，去收割后的红薯地里刨红薯藤蔸，填补口粮不足。其他三人一大早上山，选好山地，把蕨叶砍光，齐头并进挖蕨根。我们把拔出来的深褐色粗壮蕨根一条条堆放起来，挖到快中午了，每人才挑着一担蕨根下山。回到居住地，我们顶着秋风，在溪水中一根一根清洗蕨根。再把洗净的蕨根放在平整石头上，用长木棒捶，捶得很烂很烂，再用水桶清洗。然后再将过滤了好几次、没有丁点渣滓的纯淀粉水倒入大桶中，沉淀一个晚上。第二天早晨倒掉大木桶里的清水，沉在桶底的是湿蕨粑，用棉布包袱包好，吊在木桩上，让湿蕨粑流干水分，打开包袱就见到一大坨雪白的蕨粑，晒干后就是顶级好的蕨粑粉。不到三天，我们手上就打出血泡、虎

高 1997 届校友、任职于中国建筑第五工程局有限公司（简称“中建五局”）的李方为隆回二中百年校庆捐款 1 万元。

口震裂流血，浑身疼痛。天气越来越冷了，站在溪水中，我们腿脚都冻得通红。学校没有鸣金，我们绝不收兵，坚持劳动了半个月。我们挑着蕨粑粉返校时，山路上的石头已经结了冰。回到学校，我们女生组完成任务最好，得了四张奖状。巾帼不让须眉，我们很欣慰。现在我们都是八十多岁的白发老人了，桂蓉在网上聊天这么说我："你是合格的组长，我们想尝口蕨粑，你不准我们吃，说是要上交学校的。"我只能哈哈大笑。

最难忘在那段特殊岁月里，学校有计划组织上课，老师认真严谨，授课内容丰富，讲解清晰易懂。老师们的激情和专注，感染着我们。我们端端正正地坐在教室里，聚精会神听课，一丝不苟做笔记，积极举手回答提问，踊跃参与课堂讨论，眼神里透露出求知的渴望。站在知识海洋岸边的我们，决心用坚强的意志和不怕困难的精神到达彼岸！寸金难买寸光阴，尤其是临近高考，我们课余抓紧分分秒秒，操场上、树荫下、寝室里，三三两两学习忙。我们紧锣密鼓地复习，晚上熄灯钟响了，我和彭诚、李美英同学拱起被子，亮着手电，每晚要学好几道题才能安心入睡。

忘不了语文老师唐道雄、历史老师周鑫、俄语老师刘隆庭、物理老师郑洁源……他们牺牲休息时间辅导我们，讲解难题，抓住重点。语文老师唐道雄心胸宽广，教学尽职尽责。他身材魁梧，讲课幽默风趣，兴至时手舞足蹈、生动形象；他知识渊博，讲课内容丰富，博古论今，不仅传授知识，更教做人道理；他双目炯炯有神，讲解清晰，深入浅出，我们学起来愉快轻松，受到了浓厚的人文熏陶。我们那届同学语文功底比较好，同学贺方锡现在写律诗仍然有板有眼，文思敏捷。

成长、学习在母校怀抱里，我们无比幸福。师长如父母，同学似兄妹。学校领导、老师们无微不至的关怀令人终生难忘。同学刘启后是孤儿，由外公外婆养大，家境贫苦，不到月底餐票就吃完了。梅俊琳副校长在食堂见不到刘启后身影，就知道他又挨饿了，就会给他送些餐票，并叮嘱他："刘启后，你可不要饿死啊。"这是几年前，启后同学亲口讲给我们老同学听的。改革开放后，启后同学全身心投入小沙江地区花瑶文化发掘、整理和推介，成了卓有成就的民俗文化专家。我们感恩宁峥嵘校长、刘有胤教导主任，忘不了初中班主任刘福湘老师、高中班主任付心庆老师和所有授课老师，也忘不了其他全身心服务学生的管理、后勤师长前辈们。

1963 年高考，记忆中母校共考取 19 人，我们高五班考上 11 人。那年的作文题是《唱国际歌时所想起的》，我却错写成《唱国歌时所想起的》，痛失了上大学的机会。回眸近一个世纪的人生，令我倍感欣慰的是：我两个儿子和两个女儿都考上母校隆回二中。感恩母校培养大儿子陈东军高中入党，评上湖南省三好学生，1983 年考上清华大学。我也因此被评为 1983 年度湖南省优秀家长。二十年后，我的儿女们陆续替我圆了大学梦。

高 1981 届校友、贵州吉利汽车制造有限公司贵阳公司总工程师罗显任为隆回二中百年校庆捐款 1 万元。

从米珠峰到老虎山

❋ 邹宗德

米珠峰下的复读生活

邹宗德，男，1964年生，隆回司门前人。1982—1983年在隆回二中文科二班学习。1986年毕业于邵阳师专中文科。现居邵阳，于中国银行退休。

我在隆回二中的学习时间只有一年，那是1982年入读的复习班，1983年考上了大学。二中留给我的记忆不多，也可能是因为复读，心中未免自卑的缘故吧。

当时二中还在六都寨，记得刚进入校园的时候，首先映入眼帘的是一个大操场，因为经过了一个暑假的休养生息，操场上的草生长得比较茂盛，仿佛长在我的心上一样。入校的心情比较复杂，现在也回忆不出当时的感觉了。可能是因为我并非成绩十分出色的学生，过得比较平淡吧。在我保存的作文本上还找到了一篇《来校途中》的作文，文中记叙，在来校途中偶遇一位带薪去读书的同学，这位同学接了父亲的班，单位送他去学习，我很是羡慕，很是酸楚。文末有这样一段话，记录下了当时的心态："我默默地想，现在这样苦苦地读书是为了什么呢？一旦高考落选，出门，将无脸见人，求学，也几无门路。今后的生活，更没有保障。而我的那位同学呢，即使胸无点墨，也有父亲留下来的铁饭碗，心安理得地享受着父辈留下的果实。人啊人，为什么差别就这么大呢？"如果没有文字的记载，这种心情也被时间磨洗掉了。世事沧桑，那些在父辈庇荫下的接班一族许多也下岗了。现在想来，不管在何种情况下，还是要多读书，多读书才能长本事，才能笑到最后。

我被分在文科二班，学号是41号。班主任是聂松山老师，他满头白发，操一口高平腔。聂老师兼教我们语文课，给我印象比较深的是，每次上课，他总要用一块小黑板抄一段古文教给我们。我的笔记抄了厚厚的一大本，至今还保存着。这为我的古文功底打下了一定的基础。

在二中这段记忆中，最刻骨铭心的还是对食物的渴求。最开心的时候莫过于听到开餐的铃声。铃声一响，同学们便像潮水一般地涌向食堂，当时的食堂就是大礼堂。有一次，在一个拐弯处，与另一位逆向冲锋的同学发生了严重碰撞，我的下嘴唇被牙齿戳破，鲜血直流，现在嘴唇中还有一处硬块，就是这次碰撞留下的纪念。每到星期天，很多同学都回家了，有钱的同学上街去了，没钱的同学只有待在教室里学习，但饥饿就像魔鬼一样折磨着我。为了熬过去，不被街上的包子烤饼所诱惑，我总要给自己多布置一些学习任务，规定自己在做完老师布置的作业外，还要读完哪些书，抄写哪些文章，以忘却饥饿带来的煎熬。但肚子时不时提出抗议，饥饿魔鬼时隐时现，毕竟食物的诱惑力太大了。有一次，实在熬不住了，便来到六都寨街上，想买个包子烤饼吃，我记得当时一个烤饼大概是一毛钱，一个包子好像也差不多。可那一毛钱要从口袋里掏出来，需要经过激烈的思想斗争，它就像身上的肉，总舍不得割舍。正当我犹豫不决的时候，恰好碰到了在六都寨政府工作的表姐夫，他看出了我的心思，给我买了五六个包子，我狠狠饱餐一顿，也是我在二中这一年中唯一一次吃饱的记忆。食堂里每餐是四两米，吃的菜基本上是小菜，其中以小沙江的干萝卜丝吃得最多，这些萝卜丝是在石头上晒干的，菜中常常夹杂着干青苔。一周有两餐好菜，一餐豆腐，一餐肉。说是一餐肉，实际上只有几片小肥肉，但对我们来说，那是最幸福的时刻。饥饿让我对“牙祭”一词有了深刻的理解，不知道是谁发明了这个词，绝对是一位语言天才，让我崇拜得五体投地。因此我对莫言作品中关于饥饿的描写总是产生强烈的共鸣，钦佩他的文笔。其实，比起我们的父辈来，这种饥饿根本算不了什么，他们只要是能吃的东西都吃过了。

当时，六都寨有一家隆回最好的企业——六都寨造纸厂。我很羡慕这里的子弟，他们过着衣食无忧的生活。我有个堂哥在厂里工作，而且负责基建方面的事。我父亲为了给我交学费，也曾在厂里打工。父亲来学校给我送过东西，他从没见过这么大的学校，颇是惊讶。我似乎感觉到了他为儿子能在这里读书而骄傲的心情。有一次，我去了父亲打工的地方，他在那里为厂里锯木板。几位工友用木渣煮了一铁锅米饭，我在那跟着撮了一顿。假期，为了给自己筹点生活费，通过堂哥的介绍，我也来到厂里打工。我们主要负责拆除旧厂房里安装机器的钢筋水泥构件，这些构件很结实，需要用大铁锤摧毁。大铁锤很重，每个人每次抡不了几下就要休息一会，我们只好轮番上阵。我和工友们都很合得来，上班时说说笑笑，一块四角钱一天的工资，那些工人们

高 1980 届校友、佛山市北川电子科技有限公司董事长欧阳征魁向隆回二中百年校庆捐款人民币 10 万元。

是六都寨街上的，没有我这个乡里孩子能吃苦。所以，我觉得当时的工作不是很累，反而觉得比读书过得快乐，而且厂里的饭菜又好吃又便宜，令我欲罢不能。我特别喜欢那包子，又大又香，五分钱一个，不过要持餐票排队，去迟了就没有了。1983 年，高考结束之后，我又加入了打工队伍。期间，高考成绩揭榜，我上了专科线，当时能上线的人应是凤毛麟角，一个班也就几个人，我委托二中的老师去查了一下档案，隆回二中 1983 届的人数是 599 人，但没有查到上线人数，只查到了二中 1984 届的本、专科上线人数为 66 人。当年还划了中专线，能够上中专线也是十分庆幸的。工友们知道我成功上线了，都为我高兴。

米珠峰下的其他记忆

为了写这篇文章，我竟然从自家书柜中查找到了在二中学习期间留存的一叠试卷和复习资料，全部是油印的。我记得到二中后拿到的第一份油印资料就是《在希望的田野上》那首歌曲。那钢板字，方正秀雅，就像铅字印刷一样，令我震撼不已。后来我也刻过不少钢板，对钢板字的难度深有体会。要用铁笔在钢板垫底的蜡纸上刻好字，那是很不容易的。在一般人手里，蜡笔的笔触总不听使唤，字迹容易变形。刻蜡的力度也需要均衡，既要把蜡刻掉，保持字迹的清晰度，又要确保不将蜡纸划破。比我们用钢笔在纸上写字不知要难多少倍。刻蜡纸必须全神贯注，不能出现差错，一旦出现错误，整张蜡纸就废了。因此，我特别崇拜这位老师，他对我后来的治学态度产生了潜移默化的影响。写到这里，我打电话向曾在二中工作过多年的马轶麟先生，询问这位刻钢板老师的尊姓大名，马先生告诉我说，这位老师叫丁火焱，一位数学老师，他的教案本也和他的钢板字一样，因为太漂亮，经常送到市里、省里去展览。遗憾的是这位老师现在已经去世了，不然我还真想去拜见拜见。马先生告诉我说，丁火焱老师是陈球德老师的徒弟，陈球德老师的钢板字更好，他刻的书籍现在都成为文物了，成了很多人的收藏品。陈球德老师是我们邵阳市楹联学会理事，和我是忘年之交。我原来只知道他的毛笔书法，还不知道他的钢板字这么好。我突然想起，几年前武冈的杨运焰先生送了一本隆回二中于 1969 年油印的《革命联语》给我，那一手字确实更漂亮，我于是拍照发给马先生看，马先生确认就是陈球德老师的手迹。陈老师去世之前出了一本自选诗联集，还嘱我在卷前给他题写了一副对联。听说他在病床上看到自己的著作后，才安然地闭上了眼睛。很遗憾，我如果早知道陈老师有一手这么好看的钢板字，我一定要建议他用钢板字油印自己的著作，那将是一件多么有意义的事啊！

隆回二中长株潭校友 2024 年新春联谊活动于 1 月 28 日在长沙举行，会议宣布高 1963 届校友欧阳征初担任名誉会长、高 1993 届校友叶钊晖担任校友会会长、高 2001 届校友胡柏祥担任校友会秘书长。

我和二中的渊源，还可以追溯到更早之前。我岳父唐道雄先生也是二中的老师，工作时间是1959年8月—1970年7月期间。因为他家是洞口的，后来申请调去隆回十中工作。岳父是研究古代汉语的，知识渊博，是邵阳地区有名的语文教师。他的很多学生和我讲，唐老师对学生比自己的孩子还好，上课不带书本，讲得生动有趣，深受学生喜爱。他将全部的爱倾注在学生身上，培养了一大批人才。他的学生彭诚是一位女作家，曾写了一篇文章回忆他，该文还收入了《早春时节》中。

我和马先生也算是忘年之交了，其实，我们还是通过马铁麟先生的父亲马暄甫先生认识的。马暄甫先生是邵阳市楹联学会的早期会员，我24岁就担任邵阳市楹联学会的副会长，得以与一大批的老同志相识相交。1992年6月7日，作为二中副校长的马铁麟先生邀请我在二中大会议室举办了一次对联知识讲座，我记得八十多岁的马暄甫先生也亲临捧场，当时他住在二中儿子家。此时，二中已经不在六都寨米珠峰下了，而是到了桃洪镇澄水路的老虎山下。二中当时很重视学生兴趣的培养，自1988年以来，学校以默深文学社为基地，把联对这一传统方式引进语文教学和思想教育领域，学校的教室、寝室、食堂等地都贴有马铁麟先生亲自撰写的对联。每逢开学伊始和重大节日，或由楹联爱好者撰写对联，或在学生中进行专题征联。1992年春季在全校范围内收到应征联2000多副，并予以评比奖励。教师节到了，学生们给老师撰写嵌字联贴到门上，以表尊师盛情；在学雷锋、送温暖活动中，他们把自己撰写的对联贴到五保户老人、敬老院门口；学生回到家里给自己的家庭或邻里乡亲撰写对联，深受社会好评。他们的经验曾在《中国教育报》《邵阳日报》《邵阳工作》等媒体上介绍，在社会上产生了良好的影响。

后来，马铁麟先生调到一中担任党总支书记，退休后又在万和担任校长几年，一直致力于将对联引入课堂，他把自己也培养成了一位著名的对联家。后来马铁麟先生虽然调离二中，但二中的对联文化一直没有停滞下来。2011年，二中为打造历史文化名校，在师生中征集到600多副对联，通过评选，在学校办公楼、教学楼、体训馆、食堂等处刻挂了永久性对联，其中邀请我写了四副。2015年联运楼落成，邹水平副校长又向我约稿两副。那些悬挂了十多年的对联，因为年深日久出现了破损，2023年学校对校园的破损对联重新进行了制作，将旧对联更换了下来，面貌焕然一新。

老虎山下的陪读生涯

2014年，我将女儿从邵阳送到二中来学习。

送女儿到隆回来上学的时候，我向单位领导请假，领导说，你干脆到隆回去当行长，

隆回二中北京校友会于2014年5月17日成立，高1985届校友、北京师范大学王本陆教授担任北京校友会会长，高2003届校友李小亮担任校友会秘书长。

陪女儿读书吧。领导这个主意可谓一举两得，既照顾了我，也照顾了原任行长，原任行长曾多次向领导提出回邵的请求。说实话，如果不是为了陪女儿读书，我是不会愿意从机关下来当行长的，领导曾做我的思想工作，要我去邵东当行长，我没有答应。因为当行长的工作压力很大，加之我2000—2005年，曾在隆回当过一任行长。俗话说，好马不吃回头草，我十年时间在职位上没有进步，又回原地踏步，恐被人笑话。但为了孩子，这些问题算得了什么？于是，我在二中租了一间房子，每天除了上班，还要给女儿准备三餐饭，这就是当一把手的好处，时间可以自己支配。幸而妻子休的不是周六周日，每周可以从邵阳来替换两天。当然，我的工作是没落下的，隆回行的业绩在市辖行中常常排名第一，而且进入了省辖行前列，我还享受了省行奖励的高级经理待遇，直至退休。二中校园的绿化很好，像一个森林氧吧，住在这里感觉特别舒服。假日里，我常常爬到老虎山上玩。老虎山下有一片樱花林，樱花盛开的时节，我还邀请单位的伙伴们来赏花，并在家里给他们煮饭吃，和员工们相处得开心融洽，没有人告过我的状。晚上，我常常在二中校园里散步，睡觉之前还要走到操场里转一圈，尽情享受这种闲适幽雅的校园生活。在校园中给我印象最深的是，晚自习的教室不见老师坐堂，总是鸦雀无声，同学们都很自觉。如此校风，可见学校的管理工作相当出色。我庆幸为孩子选对了学校，因为一个学校的校风是最重要的。

我孩子的班主任聂翰贤老师是语文特级教师，也是教科室主任。聂老师知道我是邵阳市楹联学会会长，便邀请我给他所教语文的两个班上了一堂对联课。尔后，他又邀请我为学校校本课上对联课，我欣然接受。每个学期五次课，每次两个课时，一般放在周日。说实话，从这个课堂上，我收获了不少快乐。在同学们渴望知识的眼神里，我分明感受到了他们对对联的热爱之情，课堂上数十颗心紧紧地跟随着我的思维在转。我一走入课堂，就感到十分快乐。在竞争激烈的银行工作岗位上疲惫劳累的我，一进入教室就笑逐颜开，激情飞扬。我觉得我不是在上课，而是在开心地娱乐，是在释放工作中的压力。学生们在快乐地学习，在快乐中获得知识；我在快乐地教学，快乐着学生们的快乐，教室里经常洋溢着欢乐的气氛。学校里还出了两本学生的对联作品集，一本是《隆回二中学生对联习作选》，一本是《联苑新花——隆回二中楹联班学习成果汇报集》，集子中也收入了孩子们学习对联的心得体会，他们的文字常常感动得我心里发酸。2017年，女儿毕业了，考上了大学，我从二中搬了出来，住到了县城街上，但校本课我几乎没有断过，遇到特殊情况，实在不能上课，我便委托隆回的弟子去代课。2018年，我调离了隆回，校本课依然坚持了下来，专门开车到隆回来上课，疫情期间也没有停过。屈指算来，我在二中已经上了整整十年的校本课了。十年间，给孩子们心灵中播下了对联文化的种

隆回二中上海校友会成立于2014年4月19日，高1991届校友粟斌担任上海校友会会长、高1997届校友邹宗威担任校友会秘书长。

子，也算是为母校尽了我的一点绵薄之力，我深感欣慰。

2022年，隆回县申报中国楹联文化县，需要同时申报一个中国楹联教育基地，在我的心目中，二中自然成了首选的对象，我极力促成了此事。6月25日，中国楹联学会在隆回县里隆重举行“中国楹联文化县”授牌仪式，二中卢小军校长也同时领到了一块“中国楹联教育基地”的牌匾，这是一块国家级金字招牌。而且与县里的“中国楹联文化县”匾牌一起颁授，是二中的荣耀。授牌仪式上，我看到卢小军校长接过匾牌时，开心地笑了，我也开心地笑了。

隆回二中广佛校友会于2024年分别设立广州校友会、佛山校友会。高1993届校友阳润民担任广州校友会会长，高2003届校友周毅担任广州校友会秘书长。

怀念胡光曙老师

※ 刘仁文

刘仁文，男，1967年生，隆回七江人。1983—1986年就读于隆回二中高111班，中国人民公安大学法学学士，中国政法大学法学硕士、博士，中国社会科学院经济学博士后，北京大学社会学博士后，美国哈佛、耶鲁和哥伦比亚等大学访问学者。现任中国社会科学院二级研究员、刑法学科带头人，中国社会科学院大学教授、博士生导师，兼任中国刑法学会副会长、中国犯罪学会副会长、最高人民法院特邀咨询员、最高人民检察院专家咨询委员、中国警察协会学术委员，系国务院有突出贡献的政府特殊津贴专家等多项荣誉获得者。

2024年，我的高中母校、湖南省示范性普通高级中学隆回二中即将迎来建校100周年。记得2014年隆回二中建校90周年时，我曾写过一篇纪念周青云老师的文章收入校庆文集，以表达我对母校老师们的感激之情。这次，我想写一篇纪念一位二中学长胡光曙老师的文章，以表达我对战斗在祖国各条战线、分别在各自领域做出贡献的校友们的崇敬之情。

胡光曙老师是隆回土生土长且长期坚守乡土，闻名全国的作家、诗人和文物学家。我与先生同属隆回北面的七江镇，上初中时，他还曾教过我地理（当时身份是民办教师），有时会调课去长沙甚至北京参加作家协会举办的会议，回来和我们讲起外面的世界。40多年过去，我如今仍然挥之不去的，竟然是他和我们讲到有一次乘坐电梯被关在电梯里的历险记（那时没见过电梯，只能借助想象）。

我上高中后，胡光曙老师也因落实政策，解决了县城户口，正式调入隆回县文化馆，迎来了自己创作的又一春天。那时，我也热衷文学创作，经常去拜访他，周围人和家里都知道我和胡光曙老师的关系。后来我高考时，招生老师从北京来邵阳面试，我当天外出，父母接到通知后首先想到我应当是去找胡光曙老师了，所以先联系了胡老师，问我有没有去他那里。

到北京上学和工作后，我在相当长一个时期里，与胡光曙老师保持有联系。他在隆回县本土文学期刊上数次选用过我的作品，也不止一次给我寄过他的诗集和散文集。有一年，他陪同县领导来北京为魏源故居申报全国重点文物保护单位，我们相聚了

隆回二中深圳校友会成立于2014年，高1991届校友魏彬担任校友会会长，高1998届校友郭时碑担任秘书长。

一次，席间他谈到公差之余，还要去拜访臧克家、艾青等文坛泰斗，后来阅读他的相关文章，方知他与这些文坛泰斗有着很深的交情。我早年回老家时，只要有机会，都会在县城拜访一下胡老师，他的谈吐和精神气质总是给我留下一个儒者的形象、一股清流的印象。后来他把主要精力从文学创作转移到魏源研究上，为魏源故居成功申获全国重点文物保护单位立下了汗马功劳。再后来，他又潜心研究楚文化的重要一脉——隆回的“梅山文化”，在此领域贡献良多。我曾在日记中把他和沈从文先生相比，认为他是隆回的“沈从文”。

先生是一个神奇的人物。他在隆回二中读初中时，就在当时全省唯一的文艺期刊《湖南文艺》发表诗歌，引起关注，大家都知道隆回出了一位少年诗人胡光曙。1957 年，时为高二学生的他发表了长篇抒情诗《七水江，我的家乡》，其诗风被当时的名家誉为几乎可以与艾青的《大堰河——我的保姆》相媲美。我特别喜欢先生的这首诗，时至今日，每当想念家乡的那条小河时，就会从书架上取出先生的诗集，吟诵它，在悠扬的韵律中梦回故乡。1958 年，先生成为湖南省作家协会年龄最小的会员，同年出版的《湖南诗歌集》收录了先生的《五月端午艳阳天》，跻身于名家行列，一时风光无限，颇有一发不可收之势。

然而造化弄人，据胡光曙老师的弟子、隆回民俗学家易立军先生介绍，1959 年，刚刚高中毕业的胡光曙，被湖南人民出版社负责文学编辑的黄起衰老师约去出版社工作。没过多久，省委宣传部唐麟部长到湖南人民出版社考察工作，见到胡光曙，就说：“小胡，你这么小，不能到出版社当编辑，应该到生活中去，才能写出大作品，当大诗人。”虽然唐部长是一番好意，但先生却从此由天堂跌落凡尘。作为一介文弱书生，回到农村的他，肩不能挑重担，手不能提四两，整日面朝黄土背朝天，苦不堪言。加上三年困难时期，相继又是各种运动，先生遭遇的人间疾苦不堪回首。后来虽然当了民办教师，但生活仍然清苦，心情郁郁不得志。

获得新生后的先生，先后担任隆回县文物管理所所长、隆回县作协主席，并连续多届担任县政协委员。他马不扬鞭自奋蹄，在文学创作的同时，又写出一系列很有分量的文史文章，还参与组织了魏源思想国际学术研讨会等重要活动。他对魏源极为尊崇，曾动员我发挥专业特长，研究一下魏源的民主法治思想，我当时也觉得他的这一提议甚好，并曾初步搜集过一些资料，但至今没有产出。

先生在家乡文化界的名望很高，和我有过交往的罗长江、马萧萧等隆回走出的知名作家和诗人，以及在北京工作的全国总工会原副主席周玉清、人民文学出版社原社长陈早春等隆回乡贤，与我谈到胡光曙老师时，都对他为隆回文学作出的贡献表示钦佩，让

珠海校友会属于隆回二中成立较早的一个校友会组织，高 1979 届校友廖中和担任珠海校友会会长，高 1993 届校友陈晓宇担任校友会秘书长。后来的珠海隆回同乡会也是在此基础上建立起来的。

我这个他昔日的学生与有荣焉。我曾经看到家乡的不少同仁发表纪念胡光曙老师的文章，称他是“光华灿烂一支笔，曙色斑斓万首诗”。

由于彼此专业不同，加上后来我越来越忙，与胡光曙老师的联系几近中断。直到2016年他去世，我才从易立军先生等人的悼念文章中获悉这一不幸消息。先生是2015年年关前夕不慎摔了一跤，被医院诊断为脑出血，经过一段时间的治疗，本来有望康复，谁知祸不单行，又摔了一跤，结果一切归零。

七年来，我一直想给胡老师写点东西，但由于各种各样的原因，总不能如愿。许多次翻开他赠我的文集，看到其儒雅的题赠和夹在里面写给我的便笺，不禁屡屡忆起先生。近日因身体小恙在家静养，恰逢图书编委会发来约稿信息，乃草就前述文字，谨表对先生的怀念于万一。

2014年6月28日，隆回二中东莞校友会成立，选举高1989届校友刘秀斌担任会长，高2007届校友欧阳习遐后来增补为秘书长。

怀念我的母校隆回二中

※ 廖敦水

廖敦水，男，1964年生，隆回县六都寨人。1978—1980 年在隆回二中 85 班学习。1985 年 6 月毕业于邵阳师专中文科。自大学毕业一直在隆回一中居住并任教。

不经意间离开母校隆回二中已经四十多年了，岁月的流逝不但没有冲淡我对母校的记忆，反而越发清晰，仿佛一切就发生在昨天。

1978 年 9 月 2 日的夜晚，我已睡了。父亲从离家约 15 公里的六都寨水库的工地匆匆赶回，接我去隆回二中报到。原来是他在工地劳作之余（吃了晚饭后），见隆回二中学生已报到读书，而他的儿子不知怎么样了。于是独自来到隆回二中看分班榜，才知道他的儿子被分在第 82 班。

隆回二中的确是一处风景秀丽、人杰地灵的校园。坐落在隆回县北部名镇六都寨，当时母校占地约 3 万平方米，呈南北向长方形，东西向稍短，南北向稍长，辰河从东南绕过，但在二中看不到河水出口，据德高望重的老人们说，这里是风水宝地！学校的西北耸立着高高的青青的米珠峰。当时校门开在偏东南方向，离辰河大约 200 米。只有长长的木板桥连接到辰河对岸的六都寨镇。沿校园南北中轴线两边，兴建了一系列俄式建筑，东有 3 座平房教室，每座两间教室；再往里走有两座并排的平房男生宿舍，每座两间大寝室。校园西边也有 3 座平房教室，每座也是两间；再往里走，好像有平房四合院女生宿舍。在校园南北中轴线上，也兴建了一系列俄式建筑，有学校领导办公平房、图书室、阅览室、实验室、医务室、食堂、礼堂。其中特别让我魂牵梦绕的是校园内的花园，每当春天橘子花开、秋天桂花飘香的时候，我就幻想着有朝一日能到隆回二中诗意地工作和生活，该有多么惬意！校门口有东西两个小操场：东边是一个土篮球场，有两个

隆回二中邵阳校友会成立于 2014 年，初 44 班校友、湖南省联运投资集团董事长邹联运担任首任会长，高 1999 届校友周玉意担任校友会秘书长。

篮球架，西边是风雨田径场。校园南北中轴线上的道路铺有鹅卵石，宽敞而平展，四通八达。道路两旁有茂盛粗壮挺拔的不知名的乔木，郁郁葱葱，时有小鸟欢歌。教室宽敞，但只有南边有窗户，光线较暗。理、化、生实验室齐备，里面设备齐全。我最喜欢的阅览室，图书杂志充实，幽静干净整洁。

我高二 85 班的教室在东边第二座靠东的一间。清晨，朝阳洒落在茂密的树木缝隙间，露珠晶莹剔透地在花草上翻滚，小鸟在枝头鸣叫，同学们自由自在地高声朗读，我则喜欢坐在教室靠窗的座位上，面对伸手就可以够着的女真树，背诵文言文。到了下午课后，同学们一个个生龙活虎地在操场上散步、打排球、打篮球。我因为个子太矮小，也怕损坏唯一的一双棉布鞋，经常独自一人拿着书本，到学校后边种有梨树的小山上高声朗诵古文、政治、历史。

母校教师大多正直朴实、学有专长、尽心尽职、严谨治学。我最崇拜的老师是李卓群先生，他为人端方正直，教书育人水平极高，能自编语文复习资料，上课语言活泼生动，能简明扼要地抓住要害，编的顺口溜又好记又好应用于做题，效果很好。李老师最擅长作文指导，既教做人，又教写作文方法！他最喜欢面批学生作文。为了让学生积累写作素材，他每天用红毛笔标出报纸重要内容，及时展示在教室走廊的报架上。他的毛笔书法让我班同学痴迷，我班同学喜欢买书看，并喜欢让他给我们的新书书写名字。先生提倡背诵古文，他亲自编印并讲解许多文道统一的古文名篇，班级同学非常崇拜他的博学多才，我也深深地喜欢上了古文，写作文常常自然带上几句文言。背诵古文不仅有利于掌握语文这门工具，为我后来阅读大量文言文创造了条件，而且对了解儒家文化起了潜移默化的作用。有一次考语文考得好，李老师表扬了我，我心里乐滋滋的，更增添了我学好语文的兴趣和信心。身为班主任的李老师尤其会做学生思想工作，课前课后三言两语总能说到学生的心坎上，我一日不见李老师的身影，心里就发毛。他对学生非常关心，我因太瘦小，米饭有时被人偷吃了，李老师就烧柴火煮饭给我吃，现在还记得吃先生那红红的酸辣椒下饭的幸福情景呢！有学生感冒了，李老师会及时送来药物，一吃就好。

我崇拜的另一位老师是周青云先生。他博学多才，毕业于北京师范大学，很会教地理和英语。他的教学语言非常准确，清新悦耳，喜欢咂嘴，非常投入的样子。上课喜欢写板书，往往讲到一定程度的时候，就在黑板上用红粉笔圈点勾画，让学生当堂掌握上课内容，上他的地理课是一种莫大的享受。他极爱学生，尽管自家人口多、负担重，但还常用自己微薄的薪水奖励学生，我曾多次得过先生的现金、书本或作业本奖励。

我崇拜的第三位老师是教数学的欧阳如（儒）先生，高度近视，头发灰白，满腹经

我们曾携手度过了艰苦的、不平凡的读书岁月，在祖国前进的脚步声中一起茁壮成长，在人世沧桑中一起变老，但我们的情谊永在，对母校——隆回二中的情谊永在。（高 1964 届魏维）

纶，典型的中国正直的知识分子形象。他的教学态度极其认真，每天要布置三五道题，及时看完，及时讲评。我因基础差，每次碰到疑难问题，他就带我去他的小房间讲解，有时因为太晚，他就打着手电筒送我到寝室，并和管理寝室的付先生讲好话，我至今还能记得当时他那慈祥的面容。从此以后，我就爱上了欧阳老师，最喜欢听他的数学课，对于每天的数学课，我的内心常有一种莫名的兴奋与向往。当时的我天真地认为，也许读书是人生中最快乐的事情吧!

值得我感怀的恩师还有许多。如博学多才、品节高尚的阳伯龙先生，敦厚质朴、和蔼可亲的宋鹤鸣先生，开明达观、教学严谨的李清平先生，声音洪亮、慷慨激昂的廖春和先生，善良慈祥、思路清晰的袁征凯先生，严厉清明、激情满怀的刘代涵先生，温和朴实、爱生如子的张嘉兴先生，常牵出我泪水的、如泣如诉拉二胡的袁愈生先生，最负责的"活阎王"陈昌合先生，"老学究"曾昭犊、王庚甫先生，鹤发童颜的聂松山先生，关爱学生的周青海主任，精明能干的范志龙老师，认真负责的管寝室的付老师和图书室的阳金竹女士，年轻有为的周乐苏老师、陈建元老师、阳业德老师、陈兰玉女士和刘定宗老师……

难以忘怀的还有那与我朝夕相处的同学，如天真活泼、睿智聪颖的赵晷湘、王爱松、魏迪中、刘昆堂、阳银花、肖淑娥、王友禄、廖敦溪、刘爱民、魏学武，有老成持重、学业优异的龙志奇、李喜云、阳国江、王化平、李艳红、阳征炳、刘文星、陈云鹤、陈甲发、刘翠萍，有开朗乐观、颇善交际的谭中洲、谭亮生、谭化民、阳习美、江志超、阳红兵，有品学兼优、闻名全校的校友阳旺云、奉清清、袁海平、阳了英、李艳玲、彭清清、王亮生、谭克理、谭宏怀、廖树青、廖昌保、廖春华、刘小洋、周铁钢、邹启文、刘光玉、罗立华、胡国彬、谭礼环……

隆回二中，我的母校，我的家园，我少时的乐土，我成长的摇篮，我魂牵梦萦的地方。回望母校，总有种温馨暖人心的力量在鼓舞着我不断前进。

2023 年 10 月 13 日写于松坡园闻达楼

高 2007 届校友、杭州天钼艺术培训学校副校长伍坚先生向隆回二中百年校庆捐款人民币 1 万元。

祖孙三代二中情

❈ 欧阳晖漫

欧阳晖漫，女，1970年生，隆回七江人。1982—1988年先后就读于隆回二中初62班，高124班、126班。现居广东佛山，喜欢云游四海。

有这样一个地方，父亲、弟弟、妹妹、我的儿子以及我自己，都曾在这里孜孜求学、幸福成长；有这样一个地方，祖孙三代都对她心怀感恩，情有独钟。她就是我们的母校——隆回二中。

和二中的奇缘，得从父亲欧阳有福（现名欧阳群）这里说起。

1955年的小升初考试，父亲以优异的成绩考进隆回二中初14班。三年后，父亲以出色的成绩毕业，进入二中高2班就读，他是隆回二中第一届高中生，并在应届毕业考上了湖南师范学院。父亲酷爱体育，在二中求学期间，他当了6年的体育委员，且学业成绩优异，他应该是二中史上成绩最出色的体育委员了。

父亲中学时代的名人光环也让子女无比自豪和骄傲。1982年，我以七江公社第一名的成绩考到二中初中部。一天晚饭后，我在操场草地上玩，一位两鬓斑白而又慈祥的老师过来问我是不是有福的女儿。我说："是的，欧阳有福是我爸爸。"老师说："你和你爸长得好像，他读书成绩好，喜欢打球，喜欢到河里去捉鱼，还送过两次鱼给我。"后来我知道这位老教师叫李驰云，爸爸读书的时候，李老师是学校办公室主任。袁征凯老师是父亲的数学老师，后来又教我的数学，他也对父亲的天资聪颖赞不绝口。

父亲大学毕业后，几经周折又回到母校执教，他曾长期担任二中奥林匹克物理小组的辅导员，桃李满天下。父亲以自己毕生的精力和心血反哺了母校，他的名字被刻上"二中名师录"，我

初中曾遭老师批评，加上自身抵抗力不强，中学六年饱受精神折磨。但刘胜保、刘爱武、周婉、范国泰、胡益良、龙吉水等恩师让我铭记于心。但愿母校更重视学生身心健康。（高172班黄敬柳）

以我的父亲为荣。

父亲退休后，每天都喜欢在晨昏围着校园走两圈，喜欢听孩子们琅琅的读书声，喜欢看他们在操场上打球，还常常笑眯眯地看着出神……就这样，父亲日复一日守候着见证他青春的二中校园，无怨无悔。

后来，父亲的母校成了我的母校。我 1982 年小学毕业，遇上二中“文革”后首次招收初中生，我们那一届入学时，班级编制从“文革”最后一届初中班顺承而来，定为 61 班和 62 班。

马轶麟老师是我们 62 班的班主任，他诗词歌赋、吹拉弹唱样样精通，我对文艺最初的热爱源自马老师。马老师不光语文课上得很精彩，课余还常教我们对对联，写古体诗词，演双簧、小品和相声。把玩笛子、箫、二胡、唢呐、铙、钹等乐器，马老师也是一把好手。一到少先队活动日，马老师就会教我们摆弄这些东西。在他潜移默化的影响下，即便是课间十分钟，我们班的同学也要拿出口琴笛子吹上一两曲。团委书记尹爱民老师教我们音乐，五线谱就是尹老师那时教会的。此外，还教我们跳集体舞，并组织了一次让大家终生难忘的篝火晚会。在马老师、尹老师的带领下，我们经常在区里和县里的文艺汇演中获得好名次，我第一次进隆回县城就是出演舞蹈《赤足走在田埂上》的时候。当时读初二，觉得县城好大好热闹，县委招待所的包子又大个又香甜放了好多糖，比六都寨街上的好吃多了。那时从县里回来我的理想就是长大后要进桃花坪工作，但当时总觉得这个理想太大了，似乎难以实现。

走向工作岗位以后，才觉得当年老师教的这些看似对升学没用的东西，现实生活中却比数理化更管用。我在隆回卷烟厂参加过多次演讲比赛、诗歌朗诵比赛、歌舞晚会以及各种类型的知识抢答赛，经电视一转播，我便成了“名人”。有次我到法院打官司，法官一眼便认出我是电视上那个演讲比赛第一名的小丫头；去邵阳当时最有名气的温州小黄理发店理发，温州老板对我也特别关照，不要我排队，还少收了我的钱。那时候还没有素质教育这个概念，事实上，我们在隆回二中接受的就是素质教育。

我像父亲一样热衷体育运动，因而被选进了校体训队。邹勇老师每天带领我们早训，所以我在二中可不上早自习；由于经常参与排练文艺节目，我经常晚自习都不用上。体育和文艺两样都比读书好玩，甚合吾意，自我感觉在二中的日子如鱼得水。马轶麟老师没收了我的小说，我以她的女儿马汝萍做内应，回头又从他家里把书给偷了出来。

高一我在 124 班，丁火焱老师当班主任兼数学老师，丁老师才思敏捷，说话风趣幽默，喜欢对联诗歌，比如，李调元戏苏杭六才子的佳话“十九月亮八分圆，七个才子六个颠，五更四点鸡三唱，怀抱二月一枕眠”，就是丁老师说给我们听的。丁老师特别喜欢

春风育桃李，秋果谢恩情，教诲如春风，师恩似海深！母校音容心底藏，栽培恩情永难忘！感恩母校，您是智慧的启蒙者，是幸福的引路人，愿母校的未来更加光明璀璨！（初 80 班袁媛）

下象棋，晚饭后常带着我们一起下棋。班里举行象棋比赛，我得了女子组第一名，谭雪云第二，她是我同桌，我俩上自习时常在桌子底下下棋。为了保险起见，我们下课用买来的木质象棋下，上课则用自制的纸板象棋对垒，万一纸板象棋被老师没收，也不会造成经济损失。

高二分科，我选择学文科，就读于 126 班。这时我对英语产生了极大的兴趣，想长大后当翻译家，父母只要我想读书他们就高兴，不惜花 380 块钱的高昂代价在邵阳买回一台燕舞牌收录机，专门供我学习英语用。我也不负众望，参加县里的中学生英语演讲比赛，拿了个第五名回来。

1986 年，二中南迁，那之后的两年我们劳动课最多，大家自力更生，美化校园，干得热火朝天。“黄土高坡”的脐橙、进校门两排广玉兰都是我们当时种的，38 年过去，那时的小树苗已成参天大树，每年五六月玉兰花开，整个校园花香浓郁，落英缤纷。

俗话说，前人栽树，后人乘凉。二十多年之后，我的儿子周灏迈着轻快的步子走在当年我们亲手栽种的这些广玉兰下面，他成了我们家第三代隆回二中人。周灏初中毕业后，在二中完成了他高一和高二的学习，至此，我们家与二中的缘分延续了整整三代人！周灏是在蜜罐里长大的孩子，所受的教育与上辈人很不一样，因而也有他独特的思想。

记得周灏读高二时的某个周日下午，学校放半天假，他和班上几个同学去总站玩学校明文禁止的电游。外公和班主任欧阳新苗老师联手对小家伙进行批评教育，还逼他说出同伙。周灏任凭外公和班主任“威逼利诱”，就是不肯说出同伙，他说：“我可以写检讨书，但不能出卖我的同学。”

爸爸在电话里和我聊起这个事的时候，我说孩子做得对，我在二中读书时也不喜欢背地里打小报告的同学。

暑假我带儿子回二中，与父亲在校园里散步。看着一排排苍翠的广玉兰，我想，它们是否还记得如今白发苍苍的父亲，也曾像他的外孙周灏一样朝气蓬勃？或者，它们是否能够想象今天稚气未脱的周灏，多少年后也会如他的外公一样垂垂老矣？这座校园、这些树、这里所有的一切，都见证着我们祖孙三代人的青春……

——原载《早春时节》（湖南人民出版社，2014 年 9 月出版）

在那烽烟四起的战乱年代，我们学文化、搞生产、斗土匪、闹革命，在新隆中学接受革命洗礼，度过了一段激情燃烧的峥嵘岁月，它为我以后走向新生活储备了取之不尽的能量。（初 1949 届邹建基）

我在梦中亲吻了“黄土高坡”和那座水塔

❈ 姚　静

姚静，男，20世纪70年代出生，隆回北山人。1987—1990年就读于隆回二中高134班，默深文学社成员。会计师、高级审计师、高级讲师。跨界从事教育工作，历任广西凤山县教育局副局长，广东东莞市振兴中学校长，东莞常平宣传教育文体旅游局副局长兼教育办主任，广东省教育学会教育管理专委会副理事长，东莞市成人教育协会副会长兼秘书长，东莞市教育学会终身教育专委会副理事长，东莞市人大代表，东莞市人民政府督学。

说来惭愧，自1990年毕业后，至今33年来仅回过母校两次。最近一次是在2020年元旦假期，恰逢134班同学聚会，推杯换盏之际，大家兴致突发，举杯抒怀，共忆母校。说来也巧，引起同学们共鸣的竟然是学校后面那一块荒地——“黄土高坡”，还有人专门提到了那座高高矗立的水塔。

当晚筵席散去，在二中任教的陈兵同学因没喝酒，专门开车带我和丁斌到母校走一走。听说“黄土高坡”还是原有的样子，我觉得意外而兴奋，执意要去现场感受一番。夜色朦胧，我迫不及待打开车门，踏上故土，站在空旷的山坡上，不禁大呼“黄土高坡，我回来啦”。冬夜的寒风吹来，酒意很快消弭，心中猛然腾起一阵暖意。重回母校，触景生情，颇多感慨。就在刹那间，仿佛穿越到了高中时代，原本模糊的印记逐渐变得清晰起来。

其时，我们（1987级）是二中从六都寨旧址迁来新址后招收的第二届学生。只记得当时的校门外是一条笔直的林荫大道，面向校园的大门左侧是保安室，右侧是理发室，我一入校就在理发室剃了个光头，借此显示自己的与众不同。进入校内，首先映入眼帘的是宽阔的运动场。一条梧桐大道呈爬坡状贯穿至学校最高处，这是学校的主干道，行政楼、教学楼、篮球场、锅炉房、澡堂、食堂兼礼堂、教师办公室、教工宿舍、实验室、学生宿舍等各类建筑依次分布于主干道的两侧。

整个校园分布有好几处教工宿舍与学生宿舍，有的教师宿舍与学生宿舍在同一栋楼里，有一栋筒子楼里一截住着老师，另一截住着学生；有的楼房一楼是教师宿舍，楼上是学生宿舍。三年

高2004届校友、前海极智佳物流（深圳）有限公司法人代表张伟向隆回二中百年校庆捐款人民币20万元。

当中，我们班只搬了两次教室，却搬了四次宿舍。最有意思的是高一第一学期，一年级好几个班近百名男生住在一栋砖木结构的二层楼上，齐刷刷睡在木地板上，一排通铺几十个人，很是热闹有趣。

靠近校门不远处有一间校办工厂，听说是生产粉笔的。当年，老师们用那里生产的廉价粉笔为我们上课。

运动场靠近校门处沿围墙建有一排平房，那是复读班的专用课室，与高一高二年级教学大楼隔着运动场遥相呼应。一批师兄师姐在那里挥洒青春，投掷希望。但是，有一些熟悉的面孔第二年第三年乃至更长的时间仍然出现在那里。记得有几位“老同学”，我读高一的时候，他们在那里复读，我读高三的时候，他们与我同学，当我读大学的时候，他们还在那里复读。在我心里，他们是与命运不懈抗争的人。

高一那年，我们班来了三位邵阳师专的见习生，他们用毛笔书写了条幅张贴在教室里的两面墙上：“昨夜西风凋碧树，独上高楼，望尽天涯路”“衣带渐宽终不悔，为伊消得人憔悴”“众里寻他千百度，蓦然回首，那人却在灯火阑珊处”。我们似懂非懂，不知道何为人生三重境界（其实到现在也没弄明白），以为老师是要教我们早早感受一下相思的滋味。

高中时代，我有很多的同桌，其中有男生也有女生。只记得最初的同桌是欧阳丽，她是一个微胖且有些腼腆的女生，并没有太多的言语。毕业多年后，我们在广东重逢，一见面就用“同桌的你”互相打趣。欧阳丽同学聪慧用功，毕业工作后又考取北京师范大学的研究生，她在广东多所高等院校担任领导职务（现在广州一所大学担任副校长），在学术上与行政工作中表现出色。她理论水平高，说话滔滔不绝，声音清脆且犀利，颇有领导风范，完全不见了当年学生时代腼腆害羞的模样。

行政楼下方的道路两侧竖立着几块黑板报之类的宣传墙，以此彰显学校的校园文化。语文老师刘杰贤的粉笔字遒劲有力，书写工整且严谨，他是学校里负责出墙报的主要人物。刘老师知道我对书法有些喜爱，常安排我担任他的助手。

行政楼里设有广播站，每天准时准点播读同学们的投稿，投稿被选中后，就可以为班级加分，赢得荣誉。我当年爱慕虚荣，喜欢投稿，每次投稿后，就格外留意当天的广播。

学校的广播站由团委和政教处负责，依我看归根结底是由政教处统管。说到政教处的马轶麟主任，大家一定不陌生。学校的大喇叭里总是会传出他略带嘶哑的声音，掺杂着浓厚乡音的塑料普通话通过高音喇叭的扩音器扩散至校园的每一个角落，伴随了我们整整三年。在我当年的想象中，马主任简直是一个一天 24 小时不用吃饭不用睡觉的超级外星人。每天早晨跑操集会时，他的声音准时发出，有时候甚至发出声嘶力竭的喊叫。他几乎天天会使用大喇叭训话，他总是有一肚子讲不完的大道理小道理。直到今天，我

忆往昔三年时光，蓦然回首，轮转的春夏见证了我的成长，从懵懂无知到勇敢自信，感恩母校三年的培养，感恩老师悉心的教导，涓涓师恩，铭记于心！祝愿母校越来越好！（高 2019 届肖微）

的脑海里偶尔还能再现马主任为我们训话时的场景。

在学校里，算起来我和马主任打交道的次数是比较多的，我估摸着他当年对我是又爱又恼，恼之又恼。我是一个极不安分的学生干部，身为干部却又偶尔犯点事。高三毕业考试的前一天，我们班同学在校门口因购买菠萝招惹了社会上的几个小混混，受了欺负，我当时头脑发热，冲动之下，执意要为同学报仇。于是带上几个同学冲出校门，在校外一家商店里找到一根扁担与那几个手持刀棍的烂仔单打独斗，几个回合之后，终因孤军作战寡不敌众，被砍得头破血流，场面甚是血腥。马主任与保安科的张科长闻讯后立即赶到现场进行处置，第一时间安排学校的卡车司机送我到县城，我在魏海军等同学的护送下到隆回县中医院接受治疗，头部缝合了好几针。第二天，我头上绷着纱布，带着伤病参加高中毕业考试。这件事在当年的二中校园产生了一定的影响，很多同学认为我为同学两肋插刀，很勇敢，不怕死，甚至有人把我称作英雄。事后，马主任并没有找我谈话，而是通过其他同学传达了他对这件事的态度，认为我的行为顶多属于哥们义气，不值得肯定，但也不属于打架斗殴，总之，最好是模糊处置，不了了之。我认为这样的处理结果挺好，由此，我隐隐约约感知到了马主任鲜为人知的柔软且善解人意的一面。

距离行政楼不远处的道路旁是篮球场兼露天会场，每个学期的开学典礼及全校性的各种集会活动都在此举行。最令大家期待的当数每学期一次的放电影活动。

篮球场往上是第一食堂，再往上是教工食堂，教工食堂旁边有一个外卖小食堂，几位教工家属在家里烧好了菜拿到这里来外卖。有一位容貌姣好的年轻家属做的红烧油豆腐特别好吃，我们戏称她为“豆腐西施”。

第一食堂兼用作大礼堂，一年一度的文艺晚会在此隆重举行。133 班张先哲表演的霹雳舞在那座简陋的礼堂舞台上大放异彩，常常引得台下一阵骚动。给我留下深刻印象的是英语老师袁愈生，他酷爱拉二胡唱京剧，每一次的文艺汇演，袁老师都会登台表演。

此处道路另一侧，是几排平房，供一些单身老师及部分教职工与家属居住。其中第一排靠近路边的房间是萧逍遥老师的宿舍。肖老师平时不住校，他的宿舍基本上由马萧萧支配。宿舍的墙上挂着条幅，写着屈原的名句“路漫漫其修远兮，吾将上下而求索”。我和魏甫华等几个文学社的挚友与萧萧来往密切，经常从食堂打好饭菜到宿舍共同用餐，那座低矮平房中的简陋宿舍里总是挤满了欢声笑语。

在几排教工宿舍的后面，有一家校内商店，之前好像是由李汉斌副书记的家属负责。后来，被数学老师黄正文的家属承包了。在我们高二那年，黄老师从其他高中调来，他不愧是数学老师，很有经商的头脑，一来就承包了学校的商店。他的儿子两年前以高分考入中国人民大学，成为他引以为傲的资本。

抚今追昔，半个世纪前在母校所经历的艰难困苦和奋争磨砺，所走过的漫漫长路，所感受到的母爱、师恩、同学情，令我永生铭记、难以忘怀。（高 6 班欧阳成）

商店往上走，是一个四合院，那是专供高三年级学习的地方，因为是四合院，故而貌似充满了某种神秘的色彩。我在这座四合院里度过了漫长而艰难的一年，并从这里出发，走上了新的人生旅程。

大约在商店隔大路对面不远处是物理和化学实验楼，附近有一片橘子园，是我们的劳动基地。秋天收获的时候，学校将采收的一部分橘子分享给我们。有一年，我代表班级为同学们分发橘子，每人 5 个，估计是 1 斤。橘子酸甜可口多汁水，那是母校的味道，永远印刻在我的记忆深处。

继续往上走，就是第二食堂。再往上，路的右边是教师楼，里面住的多是一些资历较深、年纪稍长的老教师以及学校的领导。陈兵同学的父亲担任学校副校长，自然有资格住在那里。趁他的父母不在家的时候，我们偶尔去他家里蹭饭吃。刘烨洲的父亲刘益轩老师也住在这里，我是他家的常客。刘老师戴一副高度近视的眼镜，头发花白，据说他的身体不是太好，偶尔生病入院，因此，到了高三时，历史课又转由金龙永老师教授。烨洲现任河源晚报副社长兼副总编辑。2009 年，烨洲兄带着一家老小前来我所在城市的一个假日酒店度假，我尽地主之谊接待，与刘老师短暂见过一面。此外，这里还有教地理的周青云老师，是师兄周亦翔的父亲，他是一位较温和且学问高深的老师。周老师看上去比较佛系，似乎永远也不会有生气的时候。他常常保持着有风度的微笑，他的那种微笑基本上是仅用嘴角表现的，加上他那天生慈善的面容，清瘦的脸庞给人以一种莫名的亲切感。他常穿一件四个口袋的蓝粗布中山装，把那个年代中国教师特有的形象表现得淋漓尽致。

教师楼往上，道路两边是大块的空地，被勤劳的老师及其家属开垦为菜地。再往前，路的左边是高三年级男生宿舍，宿舍的后面就是“黄土高坡”，其实是学校里一块空余的荒地，一个足球场的大小，山坡比较平整，地势较高，被称作“黄土高坡”。山坡上矗立着一座高高的水塔，水塔下分布着几条粗大的管道，打开阀门，自来水喷涌而出。我喜欢在闲暇时约上三五知己来此谈天论地，或者高歌一曲。失意的时候，我在这里仰天长啸，发泄自己的痛苦。空虚的时候，我在这里仰望星空，装作思考人生。这块不起眼的黄土地，承载着我们成长的故事，留下了我们曾经的梦想，挥洒了我们青春的激情。多少年过去了，星移斗转，寒来暑往，送走了一代又一代莘莘学子，她依然在此，与那高高的水塔相伴。

她见证了我们的喜笑苦乐，抚慰了我们的少年忧愁。她唤醒了我们的灵魂，托起了我们的梦想。

她静静地坐落在那里，低调地占据着学校的制高点。朴实无华，端庄厚重，博大精深，优雅含蓄，谦卑涵容……在我心中，她是母校的象征，神圣，伟大。

今夜，我要在梦中亲吻“黄土高坡”和那座水塔。

岁月如河，翻腾着无虑的浪花；青春如歌，跳跃着欢快的音符；二中如画，定格了无数精彩的瞬间。当年我有幸来到二中学习，那段生活成了我学生时代珍贵的记忆。（初 1956 届胡光曙）

一段由恨及爱的旅程

※ 刘建彪

刘建彪，男，1973年生，隆回丁山人。1984—1992先后就读于隆回二中初65、68、70班，高152、154班。后就读于湖南师范大学和暨南大学，曾在武警部队服役18年，现转业至广东佛山工作。喜围棋和文字涂鸦，撰有业务类和长篇小说作品数本。

回忆母校，请允许我从一个段子开始吧。

母校，就是我可以千百遍说她不好，但一次也不允许别人说她坏的地方。段子可能不太严肃，却颇为形象地概括了我在母校求学的心路历程。

时光荏苒，一晃距离进二中快40年了。记得刚进去读书的时候，母校留给我的唯一印象便是艰苦。几十个人的大通铺，密密麻麻仿佛沙丁鱼般挤在一屋，每个月7元的伙食费，寡油少味的大锅饭像猪食一般难吃。冬天来临，学校里热水供应紧张，我的双手双脚便冻得像红萝卜（后来知道，其实更像熊掌）……所有的这一切，让我压根儿无法适应。每月一次的放假回家背米拿钱，似乎成了我唯一的奢望和快乐。那时的我体弱多病，不放心的妈妈就时不时炒些好菜来看我。有一次，她坐拖拉机来，车却翻在了水田中，又狠狠地压在她身上，周围的人都以为完蛋了，万幸的是，母亲胸前装菜的保温杯却像一个千斤顶般扛住了所有，她居然毫发无损。物质上的折磨是一回事儿，精神上更是痛苦。那个时候，学校抓校风极其严格，每天天未亮，铃声一响，就得在10分钟内爬起来穿衣服再跑上一大截去做早操，自理能力很差的我常常狼狈不堪，不是鞋子掉了就是衣服反了，以至于常常成为同学取笑的对象。老师们抓校风校纪也极其严厉，他们总能像特务一样出其不意地蹲守在课堂或者宿舍的玻璃窗外，记忆中我就多次因为看闲书或者熄灯后讲话而屡屡被扣操行分。他们的名字到现在我依然能如数家珍，马铁麟、史屏越、刘胜保、金龙永……总之，那时候，我看见他们，内心便会产生恐惧，如

毕业二十余载了，我很爱很爱自己的母校，这里是我幸福美好的家园，在我心中，早已把她视为我的第二位母亲。忘不了恩师们对我诲人不倦的指导，让我将苦难变成了激励。（高1997届马美艳）

同老鼠见了猫，或溜之大吉，或绕道避行。最痛苦的当然还是学习，不仅枯燥，而且压力巨大。老师们动不动就公开宣扬，你们将来是穿草鞋还是穿皮鞋，都取决于你们现在是否努力。很不幸，那时的我在学习上简直油盐不进的圞茄子，某次英语考试，因为只得了 18 分，就被老师拉到讲台上整整罚站了一节课。总之，不用算命，那时的我看一眼就知道是个考不上大学，只能回家种地，穿草鞋跟牛屁股的娃儿。

简陋的食宿，严厉的老师，枯燥的学习，考试的压力……让我在校的日子度日如年。那个时候，我小小的脑袋里经常装着各种幻想，却唯独装不下学习，总叹息着这样煎熬的日子什么时候是个头啊，总想着要是明天能毕业能逃离这个像监狱一般的地方就好了。为了摆脱升学的压力，也为了给自己一点安慰，我甚至在初中时就已经提前做了规划，我订了全校唯一的一份《农业种植》杂志，想着自己没有考上大学的话，大不了就回去做一个有学问的农民。总之，那情形、那心境，完全就是后来美国电影《肖申克的救赎》里那段台词的翻版：这里是任何一个你不喜欢又离不开的地方，任何一种你不喜欢又摆脱不了的生活。

然而，命运总是善于开玩笑。在求学之路上，我这个不爱学习的人却并没有遭遇多少挫折，每次关键考试总能有惊无险、蒙混过关，初升高、高升大，一直到读研和后来的携笔从戎，都意外地顺利而平坦。我常开玩笑，母亲初一十五都要烧香礼佛，或许是她把菩萨感动了。但随着年龄的增长、社会的历练，我逐渐明白，自己所谓的一帆风顺，不过是当年母校威逼利诱换来的红利，而真正保佑我的佛，其实也包含母校那些严格要求的老师。依稀记得，那个改革开放初期的岁月，老师们住在拥挤逼仄的房子里，地位和收入甚至让他们在找对象时困难重重。曾经一度，老师们也迷茫、苦痛，逃离的想法仿佛种子一般在他们内心萌芽，有一段时间，老师们考研成风，好几个老师甚至一度计划跑去湘西、贵州等地任教。但他们只要在岗位上，就都有一颗度人的佛心，一颗育人的爱心。龙吉水、袁愈惠、刘爱武、范善成、刘林杰……他们教我的时间或长或短，但从未放弃过任何一个包括我在内的差生，他们诲人不倦开展教学的同时，还经常苦口婆心劝慰着每个走上岔路的孩子。以至于多年后，每每校友聚会谈及他们，我听到的全是恭敬和赞誉之言。他们是一代二中学子的幸运，也是撑起二中盛名的柱梁。

是的，有些事情的真正意义，需要你拔高视角、拉长时间才能清晰看到。对于母校曾经的憎恨，在岁月的磨炼和时间的长廊中，早已悄然间转换为热爱和温暖。人到中年，每一次回老家，我都尽可能抽空去母校走走，看丁字楼依然矗立，看“黄土高坡”的落日余晖，我似乎便忘记了所有的烦恼，又仿佛一个婴儿置身于母亲的怀抱，舒适而安定。徜徉在这既陌生又熟悉的校园，一群群青年学子扑面而来又匆匆而过，他们肤华如脂，

许多年过去了，在二中经历过的青春与感动凝结为最深刻的“三忆”：忆恩师、挚友、红颜，每每回忆旧事，反留我三道感叹：叹惋惜、无奈、遗憾，这青春的三忆并老年的三叹啊！（初 5 班魏洪华）

全然不再有物质上的烦恼，但硕大的书包却暴露了考试升学的压力仍无时无刻不在狙击着他们。我真想拦住他们并温馨提示一声：你们今天在这里度过的其实是人生最美好的一段时光，也会是未来回忆里最真实最纯净的一个片段，努力吧，少年，大抵过程让你痛苦的事物，才能真正成就你，我相信，将来的你们一定会心存感激再回望和怀念这方土地的。

身处他乡，蓦然回首，母校已成为为数不多的精神家园。每每有认识或不认识的校友过来，我都会感觉格外亲切，仿佛见到同胞的兄妹，也会尽可能地相邀小聚一番，把酒话母校，共忆往事稠，不厌其烦地让熟悉的校园、老师、“学霸”和那些少男少女的故事在杯酒声中流转。

当然，我也心存遗憾，我没有太多能力为母校回报些什么，唯有用一些零落的文字，记载她一路奔走前行的过往，记载对她的一片思念和感怀之情。同时，作为水利工作者，我也用职业语言送给和我一样平凡的诸多校友，我们或许不可能有长江的波涛壮阔，那就让我们保持小溪的清澈雅和吧，我们都是从母校这片肥沃土地上一路蜿蜒而出的风景，就用各自不同的方式感恩和祝福母校吧！

我是母校的阳光雨露浇灌出来的一颗小苗，根在母校，心在母校。（高6班彭诚）

金黄色的母校

※陈　林

陈林，男，1977年生，隆回金石桥人，1990—1996年先后就读于隆回二中初78班、高172班、高171班。湖南师范大学历史学学士、南京大学法律硕士。现居杭州西子湖畔，供职于某省级机关。

离开隆回二中快三十年了，我时常想起我的母校，耳边时常响起催人奋进的校歌。记忆中的母校是金黄色的，因为第一天到母校报到的时候，我见到的是金黄色的法国梧桐，见到的是橘子园里金灿灿的橘子，见到的是赧水河畔那一轮金黄色的夕阳。更重要的是，在母校六年里播下的梦想种子，在离开母校后的日子里不断发芽成长，并开始有了一点金黄色的收获。

我收到隆回二中录取通知书的时候，父亲正在湘西黔阳做木工，知道我被录取后很是高兴，早早就给我准备了学费。父亲曾以优异的成绩毕业于邵阳市一中，只因毕业于台湾中央大学的祖父在1957年被错划右派，在那个论家庭成分的年代，他就注定与入高校深造无缘了。“文革”结束后父亲曾有机会回邵阳市里工作，但是他却选择了留在农村，并把他全部的希望寄托在儿子身上。

开学的那一天，天刚蒙蒙亮，母亲就用一根扁担一头挑着木箱，一头挑着大米，带着我从家里出发去洞下小学对面等去县城的班车。从我家到上车的地方要走很远的山间小路和田埂路。中秋时节的山村小路长满了野草，野草上挂满了露珠，尽管我们手里拿了一根棍子打露水，但到车站的时候，娘俩的裤管还是湿透了。我和母亲翻过大山到达班车停靠点的时候，已经是旭日初升。等了一会儿，通往县城的汽车伴着飞舞的灰沙摇摇晃晃终于来了，我们急忙提着行李上了车。我在二中六年的学习生活从这一天就正式开始了。

办好入学手续后，很快就进行了为期两个礼拜的军训，这是

高1990届校友、隆回明朗眼镜店创始人丁斌向隆回二中百年校庆捐款人民币1万元。

我从没经历过的新鲜事。我们在校园操场上、梧桐树下一遍一遍地操练，军训结束时，母亲给我买的新运动鞋鞋底也磨破了，真是有些心疼。军训之余，老师就教我们唱校歌。现在想来，军训磨炼了我们的毅力，增强了我们的纪律意识，而校歌则是对我们进行了深刻而生动的理想情怀教育。从母校毕业已经快三十年，每当听到校歌我就仿佛仍置身中学校园，催我不断努力向前。校歌勾画了一幅多美的画卷啊！在赧水河边的桃花小镇，看梧桐拥翠，听江水滔滔，一群朝气蓬勃的孩子，在金橘飘香的校园里，书声琅琅，孩子们为建设家乡、振兴祖国在奋发图强……一届又一届的学子就这样唱着校歌走出了大山，奔向各行各业，走向了世界各地……校歌文化浸润着每个二中学子的心田，融入了二中莘莘学子的灵魂。

记忆里，二中一直非常重视书法教育。大概在初二的时候，全校上下兴起了练习书法的热潮，几乎每个同学都有字帖，毛笔字帖以柳公权、颜真卿的最多。硬笔字帖则五花八门，印象里喜欢庞中华硬笔书法的同学比较多，字帖内容主要是席慕蓉、汪国真的诗作，以及雷锋日记等。丁字楼西面的宣传栏里，经常能看到各年级同学的优秀书法作品，毫不夸张地说，当时二中校园处处弥漫着墨香。因为学习书法的氛围很浓厚，当时二中毕业的学生大多能写一手好字。我比较喜欢楷书，高二的时候曾获得过高中组硬笔书法竞赛三等奖。参加工作后毛笔书法也获过小奖，这与当时在母校二中打下的基础是分不开的。

回忆中学生活，就不能不提放月假的日子。平时学习忙忙碌碌，放月假如果不回家就给了我们很多自由安排的时间，或者三五好友去学校后面的山里游玩，或者去县城转一转，去县农贸市场里的小饭店改善一下伙食，去新华书店买一些学习资料和自己喜欢的课外书。我至今还珍藏有初二时在县城新华书店买的《绝妙好联》。放月假的日子里不需要上晚自习，晚上我们就在宿舍里天南海北地聊天，从课本学习到国际时事都是我们的话题。

高中三年，家里的情况实在有点糟糕，父亲种植的天麻要么被盗，要么就是丰产不丰收，总之就是各种烦心事情不断。家里这些境况间接甚至直接影响着我的学习生活。总体而言，我的高中三年过得紧张而低效。高二会考结束文理分科，我文理成绩总体比较平衡，选择理科也可以，但文科还是稍强，高二作文竞赛《从家国到国家》曾获得过高中组二等奖。经过仔细考量，我最终选择了文科。当然，选择文科还有一个原因，就是我特别喜欢金龙永老师的历史课，金老师学识渊博，其课堂融知识性、趣味性与思想性于一体，毫不夸张地说，遇到金老师实属三生有幸。后来，得知金老师去了县教育局工作，我为此遗憾了很久，总觉得这么优秀的老师应该留在学校培养更多的学生才是最好的安排。后来进入大学，学校要选拔一批学生进国家文科历史基地班，在数百名考生中我考了85分，也是全校唯一上80分的考生，这与我在二中接受了良好的历史学科教育是分不开的。

不过，1996年的高考，因为高度紧张，考前和高考期间的几天里，我几乎彻夜未眠，加上考试时上午火辣辣的太阳直接透过窗户玻璃照射到我的考桌上，七月的阳光把人晒得晕乎乎的，我没有发挥好，尤其是政治科目才考了84分，以总分512分落榜了，直到一年后的9月我才踏上北上的列车开始大学生活。

在二中六年的学习生活中我收获了什么呢？多年以后回望，首要的收获是母校优良的学风，这一直让我受益匪浅。二中从不缺乏优秀的老师，从不缺乏大量品学兼优的学生。老师们的言传身教，同学们的朝夕相处、砥砺前行，春风化雨，润物无声，一些优秀的品格就在这个大熔炉里慢慢养成。大学毕业参加工作后，我自学法律通过国家司法考试，再跨专业读研究生，以及后来辗转不同的工作系统，在京反腐期间主持审理疑难复杂的金融犯罪案件，多起案件入选中央反腐《金融案鉴》教育读本，并且有案件被最高人民检察院列入金融领域新型职务犯罪指导性案例，自己也获得国家部委“案件查办先进个人”等多项荣誉称号，这些都离不开不断学习。而这种不断学习思考的基因，就是在二中养成的。其次是磨炼了我顽强的意志力。一群十二三岁的孩子离开父母独自去二中求学，一个学期只回去两三次，要克服许多学习和生活上的困难，凡事都要自强自立，这些毫无疑问磨炼了我独立自主、自强不息的精神和坚韧不拔的意志。走上社会后，遇到各种阻碍坎坷，我都能保持冷静坚韧的心态处理。

校园记录着我们的青春，校歌承载我们的记忆。行文至此，我仿佛看到，金色的旭日缓缓升起，照耀着整个校园，同学们齐声合唱：金橘飘香，梧桐拥翠，滔滔资水，伴着琅琅书声……

在学校生活的这两年中，我真的十分快乐。这里有绿树成荫的校园，有宽阔平整的操场，有活泼开朗的同学，有知识渊博的老师……（高2004届肖喜爱）

怀念那段璀璨流年

❈ 尹　锋

摆在办公室书橱里的毕业照已经斑驳了时光，我闭上双眼，让时间的小河潺潺流过，繁华了两岸的花朵，如花瓣般的记忆在风中飘荡。宿舍楼后的“黄土高坡”，学校门前的美丽赧水，下课铃响后的吃饭冲锋，还有在默深文学社的激扬文字，“冲冠一怒为争水”的刀光剑影，点点滴滴，丝丝缕缕，依然弥漫在生命的脉管里，滋润渗透着激情涌动的灵魂。但已无法将那些记忆连成一条永恒的线，只能如一个个片段、一个个镜头在脑袋中回放。

尹锋，男，1978年生。隆回西洋江人，1994—1997年先后就读于隆回二中高182班、183班。喜舞文弄墨，但以药学谋生，现居长沙。

相识：生命旅途独一无二，上天命中巧有安排

我与二中的缘分始于1994年6月，正在准备中考的我收到了一中和二中的推荐表，只要我填好其中的任何一份，我就可提前进入一中或二中的实验班，但由于家境贫寒，我选择了考中专，因两分之差中专落榜的我本可进入一中，但因二中有亲戚，心灰意冷的我最终还是走进了二中。

冥冥之中，自有天意，我生命中最宝贵的三年注定只能在二中度过，无论当时的我是多么不情愿。然而在之后的岁月里，我慢慢学会了对二中的接纳和欣赏，我记忆中最难忘的风景就是入口处的两排法国梧桐，岁月层层剥落了的枯树皮，雕刻着过往的时光。夏日上午的艳阳，明亮且宁静，穿过梧桐浓密厚实的枝叶洒下一地的影影绰绰，道路两边的青石砖也有了色彩的斑斓。

文学：少年不知愁滋味，为赋新词强说愁，知音少

文学于我而言，是一座巍巍高山，我只能在山脚仰望。用我

雪峰山下，赧水河畔。几十载上下求索，砥砺奋发，英才辈出。如日之升，如月之恒，如南山之寿，不骞不崩，如松柏之茂，无不尔或承。祝二中新岁谱新章，再续辉煌！（高2005届黄婷）

的笔不断叩响缪斯的大门，却始终不得其门而入。

语文老师范国泰却始终激励我。在看完我的作文集后，写下了下面的话："人之所以谓人，因人皆有追求，有一明确之目标，有一坚定之信念，并孜孜以求之，舍此，还可谓人乎？你现在的文章如嫩柳之鹅黄，青竹之稚笋，但经岁月之风雨，心血之浇灌，必能长成一片欣欣向荣的绿茵。望你能持志以养气，博学以明理，血泪以俱，生死以之，成不朽之佳作！"

范国泰老师在我读高三的时候因患肝癌英年早逝，每每思之其言，我均感羞愧难当，因为我大学毕业后的二十多年已远离了文学，再没有写过称得上文学作品的东西，整天写的都是一些项目方案、计划、报告。

在 1995 年下半年，二中曾举办过一次作文竞赛，我侥幸和文邦兄并列第一，从而正式进入默深文学社，因能力有限及学业繁重，我徒担了一个虚名。不过这却为我大学掌管文学社，创办《青草园报》积累了一点经验。在这二十多年里，感谢文邦兄一直拉着我主编一些散文集，从《网住那缕缕乡情》《网聚乡情》，再到《早春时节》和现在的《放歌默深园》，让我没有完全远离文学。

江湖：红尘笑，笑寂寥，江湖笑，恩怨了

我们那届有位老兄曾冲冠一怒为红颜，约了一帮兄弟和另一帮人血战了一场，当时在二中也传为美谈。我却不是为了红颜，只是为了争水才卷入二中所谓的"江湖"。

高三在宿舍楼下为了争水，我一人独战邻班的两员猛将，在打斗过程中，我踩坏了对方班上某个人的塑料桶，因为赔偿存在争议，所以在一次学校放电影的时候，十余人将我拦在了教学楼下，坚持让我赔一百元了事。吃软不吃硬的我当然不乐意，又是一场混战，多亏了当时同行的一位美女，她递给我一个凳子（看电影用），我以此为武器才全身而退。

第二天，我约了一帮兄弟找他们复仇，又是一场刀光剑影，并且还有人流血负伤，从此便有了许多场"冤冤相报"的"战争"。后来，动用了一些不能说的"关系"才最终摆平此事。不过世事难料，被我踩坏桶的那个人后来却成了我夫人闺蜜的丈夫。

每思至此，我就为自己年轻时的轻狂和意气感到惭愧、后怕，也为当时没有惹出大麻烦而庆幸，更是在往后岁月里提醒自己，千万不要再好勇斗狠。

爱好：人间自是有"色"痴，此"色"不关风与月

高三，心灰意冷、昏昏沉沉的我对学业一点兴趣都没有，除了在本子上涂鸦，另一

身为教师的我，现在每每看到那些青春洋溢的学生们的身影，心里都会涌起一份对我高中母校——隆回二中深深的感恩与祝福！感恩老师们的辛勤付出与栽培！（高 269 班罗艺珠）

大爱好就是下午坐在教学楼前的草地上看美女，一见到不认识的美女，便编个号，然后打听清楚她的姓名、班级、年龄、有无男朋友等情况。按照气质、相貌、身材、皮肤等指标，我评出了二中九七届十大美女。为了避免争议，这十大美女的名字不便写出来，还是私下里交流吧。现在每每回想至此，皆感无聊荒唐透顶。不过，好色为男人之本性，好色而不淫，发乎情，止乎礼，也可谓读书人秉孔孟之道。

食堂：胖子冲锋陷阵，怪侠三扒两咽，代表以“柄”谋私

与二中食堂有关的三件事令我印象深刻，一是在快要吃饭的时候，老师还在讲台滔滔不绝，我们却在底下倒计时，只要数到零，有一位较胖的同学总是第一个冲出教室门，疯狂地冲向食堂，不知当时他哪来的劲。现今，他在隆回已是要风得风，要雨得雨，生活得非常滋润，如果要他再为一箪食冲锋陷阵，估计已万不可能，每思至此，便不胜唏嘘。二是原182班有一“怪侠”，吃饭时两脚叉开站在食堂正中间，腰身笔挺，将碗端至口边，三扒两咽就吃完了。此人胸怀天下，博览群书，高二读完就辍学了，云游四方去了，说什么要行万里路，读万卷书。三是学生自己管理了一天食堂，结果当天亏损了，主要原因是那些打菜的学生代表手里有了“菜勺柄”，以为权柄在握，过期作废，所以只认面孔，不认菜票。我当时就想，我们这些人如果做官，不知会怎样。

…………

追忆流年，往事浸润，如品一杯陈年的酒，如品一杯醇厚的茶，记忆中不再有苦涩，只有香甜留存经久不散。

有些时光过去很久不曾忘记，有些回忆存在脑海不曾退去，有些朋友总在心里不曾走远，怀念校园时光，感恩母校恩师！（高1997届阳波）

一份家常豆腐

※ 欧阳文邦

欧阳文邦，男，1977年生，隆回七江人。1990—1997年先后就读于隆回二中初78、79班，高178、180班，2001年毕业于南开大学政治学系，湖南大学新闻与传播硕士研究生，湖南科技大学创新创业导师，湖南省作家协会会员，出版各类图书33册。栖居长沙，现为文邦教育创始人，高考研究工作者。

欧阳自贵回来了，从大洋彼岸的美利坚回到了家乡湖南，他这一去就是整整14个春秋。自贵停留在长沙的那几天，隆回二中初74班、高160班的很多同学都从外地赶到，前来和多年未见的老同学叙叙旧，微信朋友圈一时弥漫着浓浓的同窗情谊……

自贵是我的本家，我们出生于同一个乡镇，同在隆回二中读初中、高中，后来又一起求学于南开大学，彼此之间缘分实为不浅！由于他在校比我高三四届，我俩交往其实并不多，但他却是我这一生中记忆深刻的一个人。难得他这次回国，我一定要请这位值得尊重的学长吃顿饭、聊聊天。

说起这位学长对我的影响，不能不提到1994年。那年高考，隆回二中表现得并不出色，但欧阳自贵却是母校的亮点——他一举获得了隆回县应届生理科第一名，算上全县所有复读生，他也是不折不扣的第二名。在那个年代，隆回二中要诞生一个县级理科状元非常不容易，因为往年的理科状元几乎非隆回一中学子莫属。自贵在高考中扎扎实实为母校争了光，为学弟学妹树立了一座高峰，也让他的名字沸腾了整个校园。

一时之间，大家议论纷纷，到底谁是欧阳自贵？他读书怎么这么厉害？学校为什么不刊登一张照片让我们见识一下这位高人？的确，那年九月新学期伊始，学校并没有在光荣榜上刊登欧阳自贵的照片，这反倒让大家心目中的“学霸”在校园里蒙上了一层神秘色彩。自贵考上南开以后，这所名校在隆回二中的知名度大幅提升，正在上高一的我，由于彼时的学习成绩刚刚“小荷初露”，只能望南开兴叹，但也就在那时，欧阳自贵和南开的名

每天上课要经过“厚德载物”的大幅书法旁，红砖白底墙，浓墨润劲的四个大字，一笔一画，温润，有力。那时我懵懵懂懂地开始对“何为德”的思考，受用终身。（高2008届袁鹏）

字开始印刻在我的脑海里。

1997年高考后，面对文科581分的估分，我开始考虑填报南开大学为第一志愿，这一方面是因为南开符合自己的定位；另外一个重要原因就是，欧阳自贵当年考上南开在二中校园影响太大了，如果我也能和他考上同一所大学，那照样会在母校留下一个传说。少年时期的那种虚荣心让我最终把自己的高考志愿圈定在南开，也让我和周恩来总理的这所母校有了一生的缘分。

来到举目无亲的南开后，我最想见到的人自然是欧阳自贵，我真的很想知道：这个影响我志愿选择的人到底是何方神圣？难忘1997年9月2日，我到达南开的第二天，就有人找上门来寻老乡，其中有个身影我看着熟悉，不用说，那人正是欧阳自贵。我们一见对方，立马惊讶不已、异口同声——原来是你！

的确，我和自贵虽然在隆回二中没有深交，但我们却也有一些共同记忆。我对他印象最深的一件事情是：我和他还有欧阳恩吉一起在他们班的教室里打过一次牌。那时我心里还想，和我一起打牌的人，学习成绩肯定不咋的，将来必定考不上大学。没有想到，现实和想象开了一个大大的玩笑，当年坐在教室和我打牌的正是偶像级“学霸”欧阳自贵。

当天中午，在南开大学、天津大学就读的隆回籍学长集体为我们几个新生准备了午餐。正当我们欢聚在餐桌边点菜的时候，自贵突然插了一句话：“文邦这个人只吃素，不吃荤菜，请你们给他点一份家常豆腐。”

啊！这番话一下子把我惊呆了，好久才回过神来：“你怎么知道我不吃肉呢？”

“你那时不是经常来141班的寝室找胡少涛他们给你带饭么，我哥哥和胡少涛一个班，我也住在他们寝室，经常听他们说起你这个特殊的饮食习惯。”自贵解释说。

经他这么一说，我一下子恍然大悟、百感交集：没有想到在人生地不熟的异地他乡，居然有这么一位和我并不熟知的学长，时隔多年依旧记得我这么一个独特的饮食习惯，还特意嘱咐其他人照顾我的特殊偏好。一股暖流顿时涌上了我的心头，进入大学的第一顿正餐，竟然留给我一份如此美好的回忆，一份洋溢着浓浓关爱的乡情。

说实在话，我也不知怎么回事这辈子就与素食为伍了。听兄长说，母亲在43岁生下我，心疼得不得了，加上那时家里条件有好转，于是有什么好吃的就先考虑给我吃。在我刚能吃米饭时，母亲喂我吃了三两猪肉，也许是食肉过猛，自从那次后，我就再也不吃任何荤菜了，最喜欢吃的菜就是鸡蛋和豆腐，然后就是一些瓜果类的菜，再就是叶子菜之类的蔬菜。1990年我进入隆回二中读初中时，由于当时食堂的菜品不多，我几乎餐餐都是吃油豆腐或豆腐皮子，以至于师母看到我，直接把油豆腐或豆腐皮子舀起来就是。

平心而论，隆回二中那时为了改善学生的生活还是做出了一些努力，饮食店的开办

怀念二中演播室的那扇破窗，它是我们文学社的投递口、收纳箱。稿件进进出出，书信来来往往，经历多少风风雨雨，才堆满了三年的点点滴滴。(695班郑云桂)

就是学校在这方面发力的一个明证。家庭经济条件较好的同学在大食堂打了饭之后，可以去饮食店买点小锅菜吃。有个比较麻烦的问题是，大食堂不会只卖米饭，必须饭菜一起卖，所以想去饮食店买菜的同学得先到大食堂买一份菜才行。可想而知，对于经济条件并不宽裕的同学来说，这显然是很难实现的。上有政策，下有对策。我们很多低年级的同学就找学长们给带饭：学长平时吃四两，我们给二两餐票给他，学长打了六两饭以后分二两给我们；然后再找一个学长给我们带二两，这样我们就有四两“光饭”了，然后欢呼雀跃地跑到饮食店去吃小锅菜。我那时就结交了这么一帮好学长，高 91 届胡少涛、龙志超、周路波、黄际强、彭国胜，高 92 届肖体忠、陈波、钱隆等人就是经常帮我带饭的“中国好学长”。也正是通过这种特殊的方式，欧阳自贵对我印象格外深刻，以至于来到南开后还依然记得我不吃荤菜这个饮食习惯。每次在南开的隆回老乡聚会上，他总会在点菜时提醒人家——麻烦点一份家常豆腐。

踏入社会以后，偶尔我也会碰到一些以我为主宾的应酬，餐桌上的大鱼大肉经常让我哭笑不得。吃又吃不下，不吃又扫人兴，最后还得和别人解释老半天，这常常让我在社交场合倍感尴尬。近年来，我主动推掉了很多应酬。个中滋味，也只有自己体会。每每此时，我更加怀念自贵学长的细心和体贴，因为他永远地记住了我那独特的饮食习惯。

自贵从南开毕业后，继续发扬“学霸”本色，1998 年考入北京邮电大学攻读硕士研究生，2001 年远赴夏威夷大学攻读博士学位，最后留在了美国本土。自从 1998 年南开之别，我们已经有 17 年没有相见了，这次他回来了，说什么也得同他喝上一杯。2015 年 5 月 19 日，我约上几个从南开毕业的隆回老乡，专门来到自贵在长沙的住处，只想诚心诚意地用一席薄酒表达我对这位学长由衷的感谢。

那天的晚餐，我早早地赶到了饭店做准备，还特意留出几个菜没有点，就是想让自贵学长为他们家的一对宝贝女儿点上几个菜，毕竟他们一家在美国生活多年，可能不太习惯国内的口味了。

随着两个叽叽喳喳的小女孩冲进了包厢，多年未见的自贵学长终于出现了，我赶紧把他迎上座并招呼他点菜，没想到他一看菜单上的已点菜品，直接说了一句：“服务员，麻烦再加一份家常豆腐……”

17 年后耳边再次响起这句简单朴实的话，思绪一下子让我回到了在隆回二中天天吃豆腐的岁月，更让我想起了自贵学长在南开对我的点滴关怀。一份再平常不过的家常豆腐，却是一份跨越了两所母校的珍贵情感，任凭时光飞逝，永远也不曾流失，想着想着，我突然感到鼻子一酸，眼泪差点掉了出来。

——写于 2015 年秋天

最好喝的奶茶，是每两周放半天假在校外买的那一杯。最惬意的路，是跟女同学一起散步闲聊的操场边的小路。最放松的时间，是高三体育课解散后在教室画五子棋的时间。（高 686 班郑云峰）

安泰

❖ 罗　义

罗义，男，1979年生，隆回南岳庙人。1992—1998年先后就读于隆回二中初84班、高185班。2002年毕业于南开大学微电子系，2018年进入中山大学岭南学院攻读MBA。曾任《中国证券报》分析师，上市公司中青宝董助等职。现居广东韶关，从事商业物业及投资管理。

一

离开隆回二中已经20多年了，今晚因为一件特别之事宴请母校几位老师。

刚进校园，闻到了熟悉的夏日校园的气息。打结的野草，玉兰花香，梧桐之絮，一张张洋溢着简单淳朴的欢笑的脸。在20世纪90年代，二中是很多贫寒学子的乐园。开阔的校园，草地茵茵，果林葱葱，老师严厉而和蔼，同学口音驳杂，交相学舌，淳朴而亲切。

那时候，和多数学子一样，我放月假回来挑着沉重的大米，大汗淋漓，往学校食堂赶，卸担，过秤，换饭票。每顿伙食菜钱2~6角，大米2~4两。然而，还是听到很多同学仅嚼米饭而解决三餐。记得有次大会，李世藩校长说，他去食堂巡查，发现在二中求学的一家兄弟俩，每天趁其他同学吃完散去才去食堂，舀一点剩下的海带汤，自备一包盐，这样和着吃完一顿又一顿。我有次和同学吵闹，裤子破了个洞，自己拙劣缝补却有很明显的“伤疤”，于是每天走路都靠近水沟一边，掩住“伤疤”的一面。想起来，在那样平凡的世界里，那样贫寒的岁月里，同学们多么艰苦啊！

但那个年代，二中却走出了很多才子，和一些正直的贫寒子弟。

罗飞老师既和我同村同宗，也是同级同学。他在二中教书，领衔珍珠班。我和美国回来的同学孙建波（老孙）教授一起，先

隆回高中三五所，以二中风景最佳。早晨鸟鸣清脆，傍晚彩霞满天；盛夏蝉鸣不绝，金秋桂花飘香；银杏叶落遍地黄，细雪飞舞满树花……如今，才倏然发现美景在旁而不自知。（高651班戴子博）

去校园找他。

到办公室，他正在打印室忙着打印考卷，招呼我们坐下，几张椅子，三杯热茶，课桌为台，闲扯起来。

“你们叫了哪些老师?”

“大概找了我们班主任米伯良老师、阳同福老师、黄东正老师，校友会王书博书记、刘胜保老师等，隆万里老师很有兴趣，也一起参加。”

“书博书记晚上有会，可能晚点到，到时我接他过去。”

“我去接黄老师，他儿子黄漫和我同学，我们熟悉一些，阳老师和米老师由孙教授安排。”

又闲聊了学校的一些变化，一些往事。漫步校园，闻一闻广玉兰的花香，在曾经打水的地方感慨下过去的斗勇，在熟悉的一起斗“瀑布”的地方看看浇灌过的花花草草，在熟悉的已经不在的那几栋四合院地方听听逝去的悠扬笛声和远去的老师查寝的脚步声，不知不觉快到饭点了。

二

黄漫同学和我初中同窗三年，他是班上年龄最小的一个，记得那时二中初中恢复招生不久，不少教工子弟在我们 84 班。他很活泼，每天笑嘻嘻，偶尔搞些恶作剧，很多同学都喜欢和他玩，却让老师有点头疼。

黄漫同学的父亲黄东正老师是五中调过来的，滩头人，个子不高，始终梳着一个大分头，锃亮的额头和炯炯有神的眼睛，一口普通话字正腔圆。印象很深的是，他勒令黄漫背诵新华字典，每天一页，那么大一本，枯燥乏味，看着头皮发麻，也十分不解这样的学习方法。直到初三某节语文课，老师念读范文，一种迥然不同的文风，深感诧异，待答案公布，原来是黄漫同学的大作。这位语文稀烂的朋友，竟然“登台出演”，让人刮目相看！回想应是背字典之功。诚然，文功之巅的语言大师们编纂出版的新华字典，录进中国文学典范之作为例解，实在是语文之母，精髓中的精髓，典范中的典范。我因而也暗暗对黄老师钦佩之至。

我虽说是隆回人，但对隆回街道不熟，绕了好几个弯子，我终于接到了黄老师。多年未见，黄老师仍是神采奕奕，面色有些稍黑，但额头仍是锃亮发光。一上车，照例问我在做什么，我说“沦落江湖”，在深圳一家上市公司做点投资。“哦，那和黄漫同行。”“漫哥搞得比我好!”“他呀，不扎实，没你扎实!”“扎实”二字，很熟悉的老师评价学生的话语，那种熟悉的老师讲评的腔调入耳，刹那有一种时光恍惚感。

在职美术教师曾长清老师向隆回二中百年校庆捐款人民币 22888 元。

于是慢慢聊起了晚上聚会的事。

我说，您是否记得以前高中有个北面苦寒学子叫“孙××”。

“哦，那是肖体玉老师的学生。”

我说，孙××因为老城拆迁纠纷，被羁押在看守所。

虽然此前跟他提了下，黄老师仍是很惊讶：“社会复杂，既是同学校友，看看有什么办法。”

孙××正是我归国同学老孙的二哥，他们兄弟两人也是北面来二中就学成才的典范。他们家兄弟姐妹四个，大姐早早打工供老二读书，老二毕业后又接济老三上大学读硕士乃至留学，而老四孙发展为了减轻家庭负担，很早就中专毕业去工作了。在那个年代，一家子读书成才，殊为不易。个中父母艰辛，兄弟姐妹搀扶支持，唯有经历过，才有深深体会。

二哥被羁押后，兄弟姐妹齐心协力营救，各有分工。老孙长期在国外做研究，对国内人情世故接触较少，老四蹲守邵阳，四方奔走，已经折腾半年有余了，有一些进展但仍需等待。

我和黄老师介绍了这些情况，黄老师频频点头说，你为同学肩扛道义，出手相助，令我们欣慰。

三

多年未探望老师，有“近乡情更怯”之感，上楼“咚咚”的脚步声，倒像自己心跳的节律。而一抬眼看到了久违的面孔，正想打招呼时，发现现场已经完全聊开了。很多老师已经退休，许久未见面，相互间有千言万语要倾诉。我招呼好黄老师落座，赶紧过去和恩师米伯良老师打招呼，还有阳同福老师、隆万里老师也在座，罗飞同他们都很熟悉，热情地招呼着。

米老师是从初三教我们，直至高中毕业的班主任，他是引领我们班成为二中史上“最牛高考班”的功臣，我们班唯一遗憾的是高考没人报清华北大，而重点本科上线有20多个，985录取10多个，最高分和录取率都远超一中，在1998年蜚声隆回教育界。

那几年他40出头，风华正茂。高185班是他的杰出作品，也是他的心血所在。

米老师一开口，仍是掷地有声的咬字，坚定刚毅的眼神，而笑容泛起时，嘴角翘起，真挚和蔼热情洋溢。听说米老师身体有些小毛病，但见到我们这些学生，却是喜上眉梢，很有兴头。

刘胜保老师做些校友会工作，他也很早赶到了。刘老师属于二中元老，从六都寨到花门，他是重要的见证人，也是一名优秀的高中语文教师，他的文笔和字迹板书都十分俊秀，令人赞叹。上课也是西装革履，端庄帅气，第一年做隔壁 186 班班主任时，因为太过和蔼可亲，着实为一些淘气的学生而头痛，后来专心教学至我们毕业，见面还是那么亲切的笑容，和气的谈吐。

王书博书记在我读书时已经是校团委书记，他那时年轻有为，组织活动很有一套，人很帅气，一件皮夹克和小分头，英姿飒爽。

王书记一来，大家开席，觥筹交错，酒光摇曳，谈起很多往事，同学们似战场归来，老师们如故友重逢，醇厚的酒，浓烈的情。

酒过三巡，老孙讲起了孙二哥的遭遇，老弟孙发展做了详细补充和解释，一时间大家思绪飞舞，献计献策。一杯一杯，叙的是青春，聊的是恩情，在同一片屋檐，众人摇橹，同舟共济。

我喝了个烂醉如泥，颤巍巍回到酒店，跟以前一样，一早起来找眼镜、找手机、找证件，找丢失的昨天的自己，丢失的时光。似乎每次聚会，我都会丢掉自己，或者时光流逝，但藏在酒中的青春，醉了才能找回一二。

早茶醒酒，望着窗外的车水马龙，我仍是怅然若失。

古希腊神话中，安泰是大地之神的儿子，他有无穷的力量，因为他每次回到大地，就有了力量的源泉。善良的品行，正直的信念，是母校和老师们教给我们的，这些在纷杂社会中需要坚守的理念和品格，就是我们脚踩之大地，有了这样的坚守，它就是我们的力量源泉。这种力量，渡我们于困厄，挽朋友出苦海。

驾长江巨浪，向着太平洋，奋进，奋进……耳中回荡着那首歌，回荡着那片理想之海，那股力量之源。

感恩母校，您是我青春的摇篮，知识的殿堂。在隆回二中的怀抱中，我茁壮成长，汲取智慧的力量。您的教诲，铭刻我心；您的关怀，温暖我身。（高 628 班李可仁）

清愁几许默深处

※ 龚厚喜

我本一凡夫，渺小如尘土。

我80年代生于西洋江畔，坠地时天无异象，求学中也不优秀，成年后更无功勋卓著。既非书香门第，也非豪门贵族，人生之路，唯有奋斗。一生平庸，两位小子，三观犹存，四肢也长，五官尚可，六根清净，七尺身躯，八出故土，九次投资，十回败输。青年时指点江山，文能写书，武可护犊，曾梦想仗剑走天涯，到头来蹉跎时光，四十载过去，已是一油腻大叔。腰包不鼓，发量不足，颜值不酷，前程不优。不晓世故，不懂美妇，不问前路，不知险阻。每天最大的乐趣，就是工作之余，种几样蔬菜，打几次球，读几页书，写几句诗，画几幅图，跟小说里的自个儿双向奔赴。

十载寒窗苦，默深耕耘路。

我初中三年，高中三年，皆就读于隆回二中，至今引以为誉。

1992到1995年度，我就读于82班，学习还算优秀，保持年级前序。记忆深处，教学楼是红砖建筑。课上，偶尔和同桌李春花窃窃私语，还时不时地划“三八线”，宣示领地权属。课后，最喜欢的事，就是和同学们打乒乓球，既可酣畅淋漓，也可绅士优雅。每每在球场休息的时候，就会静静地观看周边的同学打球，偶尔也会高呼一句“好球”。教学楼后，便是灯光球场，除了看球，最幸福的时光，便是看露天电影，其中电影《水浒传之英雄本色》，至今仍历历在目。星空下，草地上，大幕前，全校师生围在一处，聚精会神地观影，浪漫且复古！最尴尬的记忆，

龚厚喜，现名龚懿，男，1980年出生，隆回南岳庙人。1992—1998年先后就读于隆回二中初82班、高186班。毕业于中国石油大学（华东）电子信息工程专业，获工学学士学位。现居济南，供职于中国移动山东公司。系工业和信息化部评标专家，曾获国家级、省部级奖项20余项。著有诗歌体小说《超级连接体》多部。

因为有你，即便是普通的求学生涯，也是专属我的独家记忆。挥手跟青春告别，我把你也藏进了心底。此后，山河远阔，人间星河，无一是你，无一不是你。（高283班廖敦黎）

是班里一位女生，大大咧咧地叫我“老龚”，于人群里头，不管不顾……二十多年过去，当初的同桌李春花已为人母，成为一名优秀的私营企业主。当初的兄弟郭志鹏，已是隆回县乒乓球协会会长，羽毛球健将。2023 年底，我还与郭志鹏相约春节回母校二中学府，再行切磋交流……

1995 年，初中会考后，我以中考全校第一的成绩进入二中高中部。186 班是理科实验班，由于是按成绩排序，我的学号排在班里最前头。高中开学初，班里总共 7 个女生，有 3 个拜我为师父。然而，我很快就高开低走，走上了一条从“学霸”到“学渣”的断崖式下跌之路，触目惊心，不堪回首。学校里的文学社叫“默深”，在全国很有知名度，我也时常在《风声报》上发表“小豆腐”，也曾竞选过社长一职，结局当然是惨败，同班的晏志成则当选文学社的头头。这段经历对我很有触动。几年后，在大学校园，我成功创办校团委的团刊《荟萃青年》，并担任首任社长、总编的职务。我严重社恐，但也有些好友。联系比较多的师弟师妹，是初 93 班的刘定光、刘晔，初 94 班的阳艳、阳妍，初 92 班的廖秀秀……其中，刘定光是我小老乡，在《风声报》上发表了不少的诗歌和小说文著。刘烨在深圳，是一名私营企业主。至于阳艳、阳妍、廖秀秀，我本已失去联系许久，未知其踪，经过母校老师同学们的共同努力，终于联系上她们，互问一句：“师兄（妹），你现在如何？”阳艳换了工作，定居海南，其丈夫是 93 班同学，可谓是缘定二中结成的佳偶。阳妍从邵阳市中心医院，调到了邵阳学院，成了一名正科级干部。廖秀秀则从浙大研究生毕业后，又读了华南理工大学的博士，现在是广州一所大学的教授，而且现在很瘦很瘦，我差点就认不出……

六年母校“隆”恩似海，一朝同窗“回”首成序。

赧水河边，老虎山下，澄水路上，百年学府，高树深竹，亭榭楼阁，天然氧吧，求学圣域。我六载读书其中，扑面临头，受用一绿，幽窗卅卷，犹历历在目。每回母校，必四处转悠，品花开花谢，云卷云舒，看花季少年，意气风发，经纶满腹。深觉自己蹉跎岁月，无可名状，但有愧疚。

往事皆是序曲。最好的纪念，并非相聚，而是将脑海中的碎片与思绪，诉诸笔墨，分享给或熟悉或陌生的师长、同学、校友。

清愁几许，默深处。

在隆回二中的三年是决定我人生走向的关键时期，默深先生的《圣武记》让我对新疆产生了兴趣，并吸引我远赴塔里木大学任教至今，感恩母校！（高 2000 届欧阳习若）

二中人，二中魂

※ 聂怡初

聂怡初，男，1986年生，隆回高平人。2001—2004年先后就读于隆回二中高241班、246班，2008年与2013年于中山大学分别获得学士和博士学位。毕业后先后在广州医科大学附属第一医院、中山大学药学院（深圳）与佛山市第一人民医院等单位工作。

那一年，我11岁。姐姐考上了隆回二中，去了县城念初中。从此，二中学生成了成绩优异、生活自理、乖巧懂事等一切赞美之词的代名词。去二中念书，也成了我最重要的奋斗目标。

那一年，我15岁。我如愿考上了隆回二中高中部，有幸成了谢久雄、刘胜保、彭正清、刘兴高、龙正梅、阳志津、刘期彪、陈苾铖等优秀老师们的学生。从此，我的人生仿佛开了挂。我当上了班长，内向寡言的性格渐渐改变，开始成了老师的好帮手，同学们的好班长。我结识了一帮志同道合的同窗挚友，一起交流学习心得、畅谈人生梦想，度过了充实快乐的三年时光。我学会了感恩，能更好平衡家境带来的自卑以及由衷感激社会馈赠的帮助。我也学会了表达爱，有幸结识了人生最重要的成长伴侣。那三年，学习很忙，假期很少。尽管如此，“黄土高坡”上我们一起喊过口号、踢过足球、打过雪仗；赧水河边我们一起划过船、摘过野果、割过水稻；我们朝气蓬勃，斗志昂扬，风华正茂，不负青春！

那一年，我18岁。我考上了中山大学，二中校友开始成为我重要的身份标签。中大隆回校友群让我在四年本科、五年研究生求学生涯中拥有了一批双重校友身份的亲人。大家互帮互助、信息共享、传帮带共成长。依然记得2004年自己独自一人背上被子等行囊初到广州时的那种寒碜与狼狈，记得莹莹师姐去车站接我送我去宿舍，带我逛校园熟悉环境，带我参加校友会新生见面会的场景。依然记得在转专业和读研时与戴兴红师兄一起探讨，他给我的宝贵建议。当然也记得胡坚卓师弟每年总能第一时

时光荏苒，转眼从二中毕业快15年了，但那些美好的回忆却如影随形，永远珍藏在心底。我们曾一起晨跑、晨读、互相鼓励……曾经的我们为了梦想而努力的样子很美。（高376班廖曙辉）

间把考到中大的学弟学妹的联系方式搞到手，并拉他们进群，感受亲人的温暖。

那一年，我 28 岁。我开始了博士后研究工作。我有幸参与了隆回二中 90 周年校庆筹备活动，参与组建了隆回二中广佛校友会 QQ 群，有幸认识了一大批在大湾区发展的优秀二中校友，了解了他们不平凡的成长奋斗故事。在这段最迷茫的岁月里，二中人再次用他们的人生经历和宝贵建议给了我莫大的帮助。二中，成了舞台，成了纽带，也成了永恒的话题。

那一年，我 33 岁。高中毕业转眼已过 15 年。这些年我疲于学业事业，回二中的次数明显少了，但内心每每念及二中却愈感亲切。念念不忘，必有回响。我们 241 班与 246 班的同学们一起筹办了毕业 15 周年同学聚会。43 位同学与 7 位老师再次端坐在图书馆报告厅里，听刘胜保老师对每位同学的再点评，听得心潮澎湃，热泪盈眶。再次走进原 241 班与 246 班的教室，坐回原来的座位，那一张张熟悉的面孔连带那些尘封的往事，一幕幕又浮现于眼前。再一起吃一次食堂，回味当年一楼一块一的饭菜和偶尔花一块六去三楼打个牙祭的高中生活。那时候很苦，但现在回味，却满满都是甜。也正是这时候，师生们共同许下了毕业 20 周年再聚的诺言。二中，成了发现爱、感受爱、表达爱的窗口。

2023 年，我 37 岁。高中毕业快 20 周年，二中也即将迎来他的 100 岁诞辰。国庆假期，我又回了趟二中。我领着孩子，走在郁郁葱葱、书声琅琅的校园里。我已双鬓斑白、大腹便便，而二中却愈加优雅清新、生机盎然。我给孩子介绍默深亭，讲述魏源老爷爷的故事，带他参观图书馆、餐饮大楼，跟他讲他老爸当年在这座美丽校园里遇见的那些人，经历的那些事。“我以后也要像爸爸一样，努力读书当博士。”我想，这就是儿子给我最好的反馈。二中，是一种精神，一种醍醐灌顶、追逐梦想、自我实现的精神图腾。

我坚信我与二中的缘分还远未结束。二中，诠释了一种向上的执念，向善的情怀。随着岁月的洗礼，我定能从二中和二中人身上，更深切地感悟二中魂。

在外漂泊的我打开曾经的相册，二中的点点滴滴浮现脑海，让我学习知识的求知楼，让我锻炼身体的篮球场，让我探索世界的图书馆，以及在易逝的青春里，认识了那群小伙伴！（高 351 班胡剑波）

光阴的故事

❖ 刘江娃

刘江娃，女，1987年生，隆回六都寨人。1999—2005年先后就读于隆回二中初104、108班，高266、269班，2009年毕业于星海音乐学院舞蹈系。现居贵阳，从事媒体行业。

当我打开电脑，新建word文档，写下“光阴的故事”这个标题时，恍然如梦，我已经从隆回二中毕业18年了。

眼下正是秋天。在我的记忆里，二中的秋天没有金黄的银杏，也没有火红的枫叶，一切浓烈的色彩都与这里无关。校园里，有一片小树林，种满了一排排郁郁葱葱的广玉兰，青翠宽厚的树叶，偶尔有零星几朵肥硕的白花掩映在层层叠叠的绿叶间，一眼望过去，总能给人一种“消暑、降温”的神奇效果。

除了广玉兰，操场那一排如“绿色瀑布”般垂下来的迎春花也很招人喜欢，如果以前流行“打卡”拍照，我想这里一定很出片。

记忆拉回到1999年，12岁的我入学初中部，封闭式管理的全寄宿学校究竟是什么样子？那时的我完全没有集体生活的概念，全新的环境要重新认识朋友，适应学校的管理，在那个还没有所谓“内卷”和“躺平”的年代，我们谨小慎微地磨平棱角，适应主流，不动声色地悄然生长。

都说学生时代建立起来的友谊最为真挚和深刻，这句话好像颇有道理。小小年纪，一起在集体生活中经历挫折，互相成长，这样的友谊根基似乎很难不稳固吧。一直到现在，我最好的朋友除了发小就是中学同学了。前几年，我们建了微信群，名字就叫“光阴的故事”，大家想聊的时候就随便聊上几句，但每次无论是见面还是在群里聊天，只要聊到在二中的那些糗事总会忍不住发出“杠铃般”的爆笑。电影《绿皮书》里的一段话，说得很准：“这世界上有各种各样的人，恰巧我们成了朋友，这不是缘分，

我的一生几乎是在这里度过的。从上初中、读高中，直至教书，我在二中度过了整整31年，历经了母校的沧海桑田，见证了母校的腾挪发展，特殊的感恩与眷念情愫始终萦绕我心。（高1972届刘杰贤）

是因为我们本就应该是朋友。”

虽然我年纪很小便开始了集体生活，但还是多少有点社恐，I 型（心理学名词）人的特质从那时候就已经显现出来。譬如，下课去上厕所，一个人不好意思穿越一条楼道，非得拽上同学一起，才敢在嬉笑打闹的人群里穿过好几个班级。如果实在是没有同学一起，就要硬着头皮迅速“冲”过去。现在想起来，依然觉得需要勇气。

除此之外，中学时代的苦恼和困惑还有很多：每天的时间怎么这么漫长？什么时候才是个头？体育课 800 米的考试怎么这么难？男同学怎么都这么普信？以及为什么班主任总是喜欢晚自习时悄无声息地出现在某个玻璃窗外……

想象过很多次，现在的我们如果回到熟悉的校园，去教室上课、食堂吃饭、宿舍睡觉会是一种怎样的体验，至少那张一米的小床已经无法承载很多人了吧（暗指大家发福的意思）！

对于把好好吃饭看作“人生大事”的我来说，食堂是回忆里很重要的一部分。初中那会儿的食堂没有桌椅，大家都像西北人一样，三五成群蹲着吃饭，食堂门口有一条“人形警戒线”，每到饭点就有高年级生活部的学长来执勤，严防死守，防止大家把饭菜带回去宿舍吃。

初一的时候食堂菜品选择很少，加上胃口不佳，只有凉拌菜窗口能让我对吃饭有点盼头。印象很深的是三辣——辣椒、生姜、大蒜，跟米饭拌在一起，辣得鼻涕直流，但依然隔三岔五就要去光顾。偶尔还有凉拌海带丝、虎皮鸡爪，随随便便两勺菜就能吃下二三两饭。高中有段时间食量特别惊人，吃完二两觉得不饱，再去打二两，还要假装是帮同学带的，并不好意思承认一个女生能吃下四两饭，好像刻板印象里女生就应该只吃二两饭。现在想来，大可不必，应该学着像男生一样，大大方方拿出一个装过驴胶冲剂的搪瓷大碗毫不掩饰地说：“阿姨，四两饭！多打点菜！”

后来建了三层楼的食堂，桌椅也配齐了，大家终于能坐下来好好吃饭。一楼是便宜实惠的大锅菜，二楼是粉、面、包子，三楼以小炒为主，可以现点现炒。高中有一段时间我经常和同学去这个窗口点一个菜一起吃，抢着吃更香。甚至有段时间的早读课经常把面条偷偷带去教室吃，边吃边看“伤痛文学”，郭敬明、安妮宝贝、张悦然、韩寒……好像那时候不看他们的书就跟不上潮流，虽然现在已经对那些书都无感，甚至觉得过于拧巴矫情。也许，成长本身就是一个不断推翻自己的过程。

前段时间，复旦大学人文学者梁永安和脱口秀演员鸟鸟进行对谈。里面有一段话让我触动很深。鸟鸟说：“小时候受到的教育告诉我，你现在努力以后才能过上好日子。我努力到 30 岁还没有过上好日子，也不知道什么时候才能有好日子。所以现在我觉得重要

作为教师子弟，我有更多机会听闻和领教二中前辈的治学之道，我也庆幸年轻时接受到前辈们的教导和影响。在叛逆和迷失的时候，我会坚信，知识永远可以引导正确的方向。（高 1991 届丁亭亭）

的是千万不要投入过于单一的评价体系，想办法让自己快乐起来才是最重要的。不要焦虑，不要时刻用别人的价值观来批判自己。”

很多时候你会发现最终治愈生活的其实都来自生活本身。

万类霜天竞自由，百花齐放吧！现在，我想把这段话送给自己，也送给你们。

最后，同学们，如果有机会，一起再去食堂吃饭呀！

百年风雨沧桑，培育万千栋梁。感恩母校二中和众多恩师，给了我知识和力量，健全了人格和志趣，“厚德砺志博学卓越”在潜移默化中滋养着我们，浸润着我们，荡涤着我们。(高373班郑明凤)

三兄弟，考二中

※ 刘春玉

刘春玉，男，1986年生，隆回高平人。2002—2005年就读于隆回二中高270班，中国传媒大学本科，华盛顿大学硕士。曾就职于新华社，获中国最高新闻科技奖——王选奖，中国常驻联合国代表团年度优秀工作者等荣誉，另获省部级、厅局级嘉奖二十余次。现居美国，担任 Digital Ladder 公司创始人兼 CEO。

我家三兄弟，出生在隆回县城北面的高平镇富延村金凤山旁。金凤山凤首高昂，像要从村里振翅飞出。

爷爷命苦，在酒席上醉酒，猝然离世。父亲在弱冠之年，成了家里顶梁柱。

小时候日子清苦。我们三兄弟年龄相差不大，同时上学，家里压力不小。

1997年的一天，父亲闷了口米烧酒，放下筷子，在桌上立了规矩："你们考上隆回二中，家里砸锅卖铁也要供；没考上，那就出去打工。"

这个规矩，让二中在我们三兄弟心里打下了烙印，也成了父亲至今的痛。

一

父亲辗转去了湘潭的小煤窑挖煤，母亲跟着在废墟里掏碎炭。1999年春节后，我们三兄弟也跟着去了湘潭，那时哥上初二，我小学六年级，弟三年级。

一年后，我们回老家过年。哥想到只有奶奶一人留守，铁了心要在老家上学陪奶奶。但父亲要带他在自己身边以便照顾。两人倔强地各持己见，旁人劝也不听。于是父亲第一次动用了家法。那晚，雪花大朵大朵地落，夹杂着一声一声的家法。尽管结结实实挨了一顿"竹条炒肉"，哥仍然不松口。父亲见状，终归不忍强求，想到奶奶也要有人照顾，就同意了让他留在老家。

三兄弟中，哥最聪明能干，成绩也好，很有希望上二中。过

高1991届144班校友、广东恒伟建设有限公司董事长刘民安先生向隆回二中百年校庆捐款人民币2万元。

完年就是初三下学期了，他一心备战中考。然而，临考转学并不容易，一番折腾后最终以几分之差，与二中失之交臂。

哥的天空塌了。

当时家里没有电话，哥去村口的小卖部打给父亲，父亲一阵沉默。在父亲眼里，规矩就是规矩。

当时挂完电话，哥蹲在小卖部门口大哭一场，他说好想读书哇，好想去读高中。邻居们都背过身去，泪流满面。那天，奶奶炒的菜好咸……

哥终究还是没能读高中。在同学们背着书包成群结队欢欢喜喜去高中报名时，十五岁的他，毅然踏上了南下打工之路。

在外学汽修，学厨，开餐馆，进厂……小小年纪，没赚到多少钱，反让父亲操了不少心。哥开的餐馆被主厨师傅蒙骗，损失上万；他被地痞恐吓围攻抢钱，幸亏机智逃走；后来进厂的工钱和证件在大巴车上悉数被扒走，闻讯赶来的大姑和表哥把他送回老家……

打工没有想象中美好，在外流浪多年的他，终于扛不住生活的重压，回到了老家。父亲问他以后的打算，他说不想再被人骗，受人欺负。于是带着父亲和姑父给他凑的钱，踏上了习武强身之路。他径直去了少林寺，苦练基本功。下山后继续练习散打、李小龙截拳道、跆拳道，禅武合一。他说，不求以此谋生，但求无人敢欺。

那时的他可能想不到，盘旋崎岖、道阻且长的人生，会因为他习武的决定而柳暗花明。十年磨一剑，如今的他，也算是闯出了属于自己的一片天地。

父亲立下的那个规矩，曾压垮了他十五岁时不屈的倔强，也曾硬生生拉着他的脖颈在关键路口掉转方向，他成了一只断线的风筝。在那般无助之时，他也没有责怪过家人，他体谅了父母的难处。甚至到如今，也没有跟我嫂嫂提过这些事，被问起时，他也只说是自己不想读了，怕她有想法。

他一直很关心我和弟的学习，希望我们珍惜读书机会，考上二中，光耀门楣。在学习上，哥对我影响最大。我忘不了那天他蹲在小卖部无奈大哭的场景，我无能为力，心怀愧疚。可是除了攒劲读书，我还能做什么呢？

可以说，我后来读书，有一半是因为我哥。我暗下决心，要替他完成未了的心愿。

二

哥毕业时，我上完初一，从湘潭转回老家上学，接替他陪伴奶奶。

那时起，我是发自内心地想读书了，不需要人督促。家人在楼下热闹过年，我在楼

隆回二中虽已搬迁日久，但记忆中最美好的时光却还是停留在六都寨米珠峰下、辰水河滨那欢声笑语、生机盎然的隆回二中的校园！（高1980届复习班姚美其）

上学习，也不出门拜年；干农活家人也不叫我，我就是一心学习，也因此成了大家嘴里的书呆子。

我天生愚笨木讷，资质不如哥，好在努力，成绩差强人意，初一在湘潭时勉强进年级前十。

转学到高平中学时，因没有学籍，学校不接收。后来是邻居刘立功老师拍着胸脯收下，他正好是初二班主任。我很感激刘老师，好在后来没有辜负他的破例接收。我第一次期中考试考到了班级第一，全校第十。接下来两次全校第三，再两次全校第一，成为黑马。

最终不负众望，我顺利考入隆回二中。

知道被录取后，我最想告诉的人是哥。他那会儿还在广东进厂，那年正好爆发了非典，工厂被封，他四处找工作。得知我近视了，他立马花两个月工资给我买了一台磁疗护眼器。那时候我们没有手机，就每周互相写一封信，我向他分享二中的校园生活，他给我讲述社会上的经历，包括后来走上习武之路背后的故事。

有天，我开玩笑地问父亲，如果没有考上二中，你会让我也去打工吗？

父亲沉默不语。

三

规矩还是规矩。这命运的转盘，很快来到弟的面前。

我去二中报到，弟正好回老家上初一，接替我陪伴奶奶。弟也知道自己的处境，考不上二中，就去打工。

他很努力，成绩也不错，但偏科严重。最终遗憾没能考上二中。

哥得知后，立马给我打了电话，想让我和他一起说服父亲让弟读高中，“莫像我一样，有文化，以后打工也有得人要。”

哥问我的意见。我说，有你这句话，他读书有希望了。

我找到父亲，他正在犯愁，父亲说：“你弟没考上，我不能偏袒。不然对不住你哥。”

“如果我哥同意呢？”

听到这话，父亲抬眼看我，同样沉默，但眼里闪了泪光。

弟没能上二中，但所幸被哥护住了，重新拉回到他人生的关键路口。最后他幸运地去了万和高中读书。高中毕业后他很快被招进某特种部队，到如今一待就是十六年。

四

多年后，我跟父亲在饭桌闲谈，他微醺地放下酒碗，哽咽说道：“时代变了，如今多

隆回二中初 94 班、高 219 班校友，中山市神工智能科技有限公司法人代表胡永检向隆回二中百年校庆捐款人民币 5 万元。

好啊。想起你哥毕业那会，生活就达到温饱水平。做决定时晓得对错，但也顾不得那么长远。而今想来，我好悔……”

我从没见过父亲如此深情流露，正想接话，忽见窗外刮起一阵风，燕子成群结队地低空嬉戏，几只断线和没断线的风筝，在田野上空随风摆动。

高 1997 届校友、隆回二中英语教师马美艳老师和其儿子刘煜烨（高 758 班初 167 班）向隆回二中百年校庆捐款人民币 12558.67 元。

五月的广玉兰

❈刘　志

我瘫坐在午后的操场上，汗水四溢。不远处绿得发黑的广玉兰剪碎了阳光，一地斑驳。在这深秋的时节里，是看不见纯白灯形的花朵在那孤傲的枝头摇曳的。漫地落叶枯黄，慵懒随风游移，等待被拾掇，也许还有一场火，在不为人知的角落。

刘志，男，1987年10月生，隆回桐木桥人。2003—2006年就读于隆回二中高300班，2011年毕业于湖南工业大学工业设计系。现居长沙，从事平面设计。

记忆中也是有这么一片广玉兰的。就这么不声不响，安安静静地默立在校园的角落。时光荏苒，伟岸的身躯随着时间的冲刷，蜷缩坍塌成小块，仿佛胎记。在那烦闷潮湿、杂草疯长的五月里，广玉兰是开得正艳的。彷徨于石径小道的少年，要做无数早醒晚归鸟雀聒噪里格格不入的那一个。会向着教室相反的方向，穿过匆促的人群，到僻静的一角，看那一片开着白色花朵的广玉兰。

我起初并不知道这馥郁清灵的花叫广玉兰，而后好奇查索，知道了她的芳名，一时觉得那么贴切，恰如其分。或许带“兰”字的生灵都是高傲而不群的，总之君子之风，清流之骨，不落俗尘。又兼之有“玉”，更显清脆空灵。再一望去，便以为是一个个玉石雕琢的风铃，端坐枝叶间，微风徐来，好似音槌轻敲，泠泠有声。而其“广”，大概说的就是她的香味吧。凡花盛时节，百米之外，也准能知道她们已个个精神抖擞地站立枝头了。广玉兰的香很特别，浓而不腻，清爽宜人。细细品啜，有微微甘甜，也有微微土腥，是三月新采的茶，是夏日暴雨洗过的滚烫的石板路。充盈鼻翼，萦绕心海。

要说赏其颜色的最好时间，应该就是这五月之夜了。九、十点许，上罢晚自习，顺着昏黄瞌睡的路灯，来到那群高高的广玉

高1997届校友、隆回二中英语教师杨礼娥老师向隆回二中百年校庆捐款人民币1万元。

兰边。要隔个五到十米许，看枝叶之间，广玉兰花就着晚风与细碎的灯光轻曳。衬着肥厚翠绿，错综繁复的叶，仿佛碧海细浪里，摇荡出航小帆。影影绰绰，浮浮沉沉，将乍暖微凉的五月之夜，优雅地撕成碎片。

在强说忧伤的年纪，这便是最为动容的时刻了。甚于暗恋女孩的马尾发带，痴傻癫狂的狐朋狗友，操场边简陋的水泥球台。会借着微风，用细声低语回应你的失落；会夹着雨丝，用点点清凉洗去你的疲惫。碰上电闪雷鸣，狂风呼号，也会摇动枝叶，热烈起舞，应和与冷却你的愤怒狂躁。

这些总归是记忆了。离校十余年，便再没好好地像那样，独自静静地去看一看那群高傲的广玉兰了。五月之夜多雷雨，风滔云涌，雨灌水淹，一夜闹腾。这操场边的广玉兰，要在这样的夜后，一地狼藉了吧。晶白的被水洗过的宽大花瓣，躺在地上，踩踏反复。至午时艳阳，扫拢聚集，装盛垃圾车中，不复痕迹。

多年前，青涩的校园里，流连婉转的光景也恍惚了。记不清宿舍旁小池游鱼的名字，也快忘掉雨后泥泞的“黄土高坡”里，追逐翻滚的足迹。花有重开日，人无再少年。可我多想再回去，回到那片高大挺拔的广玉兰下，变回那个青葱敏感、愚蠢而清澈的少年。

高 1993 届校友、隆回二中广州校友会会长、广州乐图思服饰有限公司负责人阳润民向隆回二中百年校庆捐赠 540 件定制衬衣，价值 27 万元。

十年一梦·清欢

❀ 曾止戈

曾止戈，女，1999年生，隆回桃洪镇人。2013—2016年先后就读于隆回二中高544、551班，高中时任默深文学社文学部部长，作品见诸《邵阳日报》《高中生》《作文与考试》《课外语文》《散文诗月刊》《作文之友》等刊物。后毕业于湖南城市学院美术学专业。现居浙江金华，担任中学美术教师。

近来我很忙。为了追求更高的目标，我重新开始了高强度的学习。

忙着学专业，忙着上课，忙着备课，连休息日都要忙碌地打点人际，我想趁年轻取得更好的成绩。

学无止境，我恨不得拼尽一切植根于学习，清晨醒，凌晨睡。时间于我而言是财富，我甚至想一直醒着，不要睡去。

在极度高压且缺乏睡眠的状态下，我每周至少需要一次长跑来宣泄压力，调整完情绪，我便继续听课，完成作业。某些记忆不自觉重叠，恍惚间好像看到了十年前同样忙碌的自己。

盛夏斑驳的光点，晶石般璀璨的倒影，被一阵阵喧嚣簇拥着的我，走进高中校园。

空气里氤氲着辣条的辛香，刚擦过的黑板前阳光肆意挥洒着粉尘，一阵嬉笑声中，传来的是熟悉又陌生的上课铃。

这是一节英语课，像是刚小测完，前桌给了我一摞批完的试卷，示意我往下传，我低头看了看，空洞的试卷上只有一个59的得分。我茫然地举着试卷，直到同桌用胳膊肘捅了捅我略有些摇晃的书桌。

“老师喊你回答问题。”他如是说道。

我惊慌失措地起身，不想却撞翻了摆在窗案上的花盆，一番操作成功吸引了全班同学的注意，定睛看，那咕噜噜滚到我脚边的绿植，正是我高二那年收到的生日礼物——一盆仙人球。

那球原是在我桌上的，前桌嫌扎人，每每换座位都会帮我把球挪去最近的窗台，看着摔裂的花盆，我叹了口气。再好打理的

植物也有它更适宜的空间，趁它还翠色盎然，我用塑料袋套住送给了宿管阿姨。

阿姨笑眯眯问我："长得这么好怎么不养啦?"

我摇了摇头："现在不适合。"

回到座位我细数了一下刚发的作业，有三张试卷，六页习题，新发的题本好几课内容都已上完，听说明早还要听写单词……

"数学作业就你没交了。"同桌提醒我。

"好。"看着面前堆成一沓的书本试卷，我含糊回答，之前发的已经够多了，一节课过去，桌上又多了些许，凌乱着将我桌面原本清爽的布局全打破。

"可以不做吗?"我问出声。

同桌在奋笔疾书，头也不抬淡淡地说："这次数学作业比上次少一点，你加油补吧，没准能赶在课前送去。"

我知道，但我不想写了。我定定望着窗外，风在吹树，发出沙沙的声响。

好疲惫好疲惫，好像日复一日都如此，想发泄都提不起精神，如此，我坚持下去的目的是什么，意义在哪里?越是压抑越是感觉有什么东西要破体而出，烦闷与无力感同时袭来。

于是我把笔扔了，很幼稚的举动，看着它被甩在垃圾桶里也依然倔强地指向我，气不打一处来，跑上去又补了两脚。它依旧完好无损地躺在地上，我突然很难过。

是不是我也跟它一样，随时可以被抛弃，被欺压，却依然在等待着被捡拾。

数学作业我终究还是做完了，捡起的笔，尽管还如从前那般丝滑，却依旧没能赶在课前完成。从老师办公室出来又起了一阵风，我无心看树，径直走回教室。

书桌在教室明亮的灯光下静静等着我回来，试卷又多了，有几张从桌上滑落的，我弯腰捡起，抚净脚印。待自习课结束，黄昏也来了。饭点，同学陆陆续续出了教室，我不动声色地坐在夕阳里，抬头望着天空。

那天晚上我没有去上课，前方是灯火通明的教室，背后是漆黑一片的树林，我闭上眼睛，听着风动与虫鸣，心头竟是从未有过的空灵。

"偷得浮生半日闲"，我脑中突然蹦出这句诗。

我张开双臂仰过头去，向着被树的枝丫包裹得严严实实的天深吸了一口气，是青草香，混杂着些许泥土的味道，是脱离情绪后嗅到的，生活的味道。

层叠的叶后是一望无际的星空，我本就不善攀爬，为何非要强求自己攀上那高枝?

顿悟后，我心下了然。

转身离开了那片月影虫鸣之地，路过食堂门口的水池，水里映着云和月，我就这样

高1997届校友、广州天善电子商务有限公司总经理黄玲玲向隆回二中百年校庆捐款人民币9999.99元。

径直走回了教室。

我突然意识到，学习的目的本就不是完成多少作业，背诵多少知识。而是运用所学的一切，不断检验学习的过程。跟不上别人的脚步正常，无法按时完成功课正常，会疲惫更是正常。

人会因为眼前的失败否定掉自己先前的无数次成功，但这根本不能说明眼前的失意是无用的。

相比无休止地高强度应付习题，不如先沉下心，基础薄弱就先从基础开始，从一次次突破自己开始。

我提笔，风轻轻吹，摩挲着笔腹蹭过地面的刮痕，我推开窗让晚风的凉拂尽我心头的燥。

在滴滴答答的时钟背景声里，我悠悠转醒。抬眼看到的是桌上的仙人球，生机勃勃长势大好。方才意识到，此时已是十年之后，滴滴答答的不是教室的时钟，而是桌角的闹铃，时针指向的是两点方向，房间光线昏暗，若不是拉开窗看见外面狂风大作，黑云腾空，我真要以为又在桌上伏了一整天。

雷电混杂着雨声狠狠砸在窗前，砸得我一阵畅快，风在吹树，唰唰唰。

雷阵雨来得凶猛去得果断，冲刷掉了我近些天没来由的焦虑，此刻天光乍现，太阳从云层缝隙里四射开来。

感谢这场让我重回到十年之前的梦，与其说梦，不如说是一场穿越了时空的回响。

我不能因为时间紧迫便强压了自己，越累越要休息，退一步看的路更宽。

长舒一口气，点开音乐软件，刚好在一首歌的评论区看到这样一段话："长大后才明白，大部分人，高考都会失利，创业都会失败，婚姻都会坎坎坷坷，工作都会迷迷茫茫。人的一辈子，是在和平庸作斗争。所谓成功，只是突破了那一段时间的平庸而已。人生的常态，是夸父追日般的永难出头。"

是啊，张爱玲也曾说过，"人生是在追求一种满足，虽然往往是乐不抵苦的。"所以更应该苦中作乐。

我决定给自己放假一天。

高 1986 届校友、中国社会科学院大学刘仁文教授向隆回二中百年校庆捐款人民币 1 万元。

回首来时路，郁郁满芳华

❖ 陈玉凤

多年以后，面对逝去的高中岁月，我将会架起一叶小舟轻轻遨游其间，寻觅。

无论是临校门口的一排长长的青樟树、学校后山长草的废弃足球场、水泥堆砌成的乒乓球桌，还是曙光来临前在跑道里站立着的黑影、下课铃声响起时冲锋涌入食堂饥肠辘辘的斗士、俯首木桌前绞尽脑汁做题的学子……丝丝缕缕，它们就那样构成我平淡的高中时光，只是再回忆起来，那一帧帧，成了青春的独家记忆，绵长的思念。

陈玉凤，女，2000年生，隆回金石桥人。2015—2018 年先后就读于隆回二中高 620、高 619 班。2022 年毕业于湖南师范大学文学院。喜欢阅读，喜欢写作。追求“慎独”和“中庸”，诗意地栖居。

我的高中隆回二中，坐落在湖南省隆回县老虎山下赧水河畔。学校的校训是“厚德、砺志、博学、卓越”。我在这样的校训陪伴下度过漫长的三年高中求学生涯，直到后来再翻开高中的笔记本时，心底仍生起一种崇敬的情愫来。我会记得在那个未曾见过更大世界的年纪里，父亲第一次送我远行上学时内心的憧憬和忐忑；会记得每周一国旗升起时那个在人群里肃然起敬的中学生；会记得跟随着老师的脚步在课堂上驰骋的恣意……

校园蜿蜒的小道两旁生长着四季常青的树木，路的一旁有处亭子，名叫“默深”。“默深”是魏源的字，我的母校便建在近代“开眼看世界的先驱”——魏源故里，小亭旁的文化墙里陈列着伟人事迹。高中三年，我在这条小路上流连过许多次。墙上布满斑驳的痕迹，历史的悠久感生长在心间。我也正是在“默以养文，深以养德”的文化氛围里加入了默深文学社，在《风声报》里感知、品咂同龄人的文字。青春里播撒下的一颗关于文学的种子就这样在我的心中发芽、生长，我后来也走上了一条亲近文学的道路。

高 1997 届校友，洞口县卫生健康局党委委员、副局长米能文向隆回二中百年校庆捐款人民币 9999.99 元。

高一时，我凭借着在初中毕业会考中还不错的成绩顺利进入了实验班。当时的班主任是魏先俊老师，他教我们数学，同时他也担任年级主任。他认真严肃，偶尔也会与我们谈笑风生。魏老师上课习惯用粉笔，在他舒畅的粉笔字画中，一堂课行云流水，绘织成一幅独具魅力的数学画卷。当魏老师的角色从数学任课老师调换成班主任时，他的目光里充盈着对学生的严厉和关爱。他会告诉我们漫漫人生路上，要与志同道合的人前行，既要品味伯牙子期的高山流水，也要懂得管鲍之交的成全。当我们感到自卑失落时，他教我们要去悦纳自我，淡然面对。他也教我们要学会承受生命中的痛苦，去善待误解，包容流言。处变不惊，要让每个脚步坚实而有力量。

一眨眼，八年过去了。往事不再清晰，高一那个拘谨腼腆的我渐渐掩藏在时光的深处。被魏老师喊进办公室谈话时心底的恐惧与关怀的暖意，第一次站在满是人的讲台上传达老师的话时颤抖的双脚、模糊的视线，在高手如云的实验班里奇迹般考进全校前五十名的惊喜，在好朋友的陪伴和鼓励下脸上常常挂满的笑容……当然，我会记得高一时给我们上英语课的 Frank 老师，坦率幽默；我也时常会想起语文课堂上写得一手好字、说得一口字正腔圆普通话的范志军老师。老师们曾用爱在我的心里播洒甘霖，是他们的课堂，也是他们独具魅力的人格，让我小小的世界被慢慢打开了。后来，文理分科，我选择了文科，和我的大多数同学老师分别。高考完，我在校园里又见到魏老师，正如初见时。那天，我勇敢地走了上去，拥抱了老师，说着感谢也祝福的话语。没想过高中的青春是那样不经意落下帷幕的。

高二高三是在文科班里度过的。从实验班分到文科普通班，起初我的心里确实受到了打击，但这两年宽松的学习氛围，朋友的关心帮助，老师的鼓励指导，让我严肃紧张的高中时光有了许多喘息的时刻。班级所在的文科教学楼三楼的走廊尽头常被一棵高大的樟树隐蔽着，盛夏的课间一个人趴在栏杆上感受着阳光透过枝丫的间隙一点一点倾落，会想到远方，直到上课的铃声在耳畔响起，我从梦中醒来，匆匆回到自己的座位上。

这些旋转不已、模糊一片的回忆，向来都是转瞬即逝。只是，整个人沉浸在过去的时光里，向着从前不断追忆时，一些片段会偶尔闪现在脑海里。譬如，语文课代表胡美红在我的语文练习册里夹着的一张小小的便利贴，颇高冷的聂洁在一次换座位时走到我的身旁问我旁边有没有人坐时的第一声问候，毕业时与同学三年的肖露露各奔东西的再见，被班上另一位同学在进入高三时超了名次的失落以及那些洒落在青春里的遗憾，操场上一起奔跑过的身影，探讨某一道数学习题争得面红耳赤，因寝室扣分和一群同学被罚站在班主任办公室门口的窘迫，在薄雾的清晨里站在国旗下领“龙吉水奖学金”的庄严感，体育场上投进的第十个篮球……

高 1986 届 113 班校友邹志宏向隆回二中百年校庆捐款人民币 1 万元。

在构成那些时间的序列中有那样一些时刻同其他时刻一样真实，同时又更为重要。那样的时刻，常常活灵活现出现在脑海里，我存在于那样的时刻里。回想起来，是“你在我宁静的年轻心房中扔了一把火，它永远永远不会熄灭。”在我进入文科班后，我一如既往地安静，直到竞选班干部即将接近尾声时廖信山老师突然喊起我的名字，让我也上台试着介绍自己并参加竞选时，安静被打破了，新的大门在向我敞开。也有一次，站在教学楼的走廊上，老师指着田径场上奔跑着的健儿，他有些语重心长地同我说，学习又何尝不像这跑步呢，虽然有时跑在前面，但不要骄傲自满，要虚心，也有时可能被同学赶超，这也没有什么关系，重整旗鼓，汲取教训，谁能坚持到终点，才会是最后的赢家。我也还记得高考前廖老师让我们在场的每位同学到讲台上留言的那天，我说，不只眼前的苟且，生活尚有诗与远方。是的，那些句子可能在耳朵里起了茧，可正是在生命里的那一个瞬间，那些庸常的句子有了神奇的魔力，常常牵动着内心深处的某根弦。这把火，是许多老师在我青春懵懂的年纪里点着的，直到多年后，我才知道人生中遇到这么多好的老师，是我的幸运。青春年代里，有那么多同学一道前行，是我的欢愉。

从乡村到小镇到县城，再到后来的省城。这一路走来，坎坷艰辛又充实幸福。我遇见了很好的老师，到后来，我也想要去成为一名教师，自豪地站在三尺讲台上，只是发着自己的光，希望以生命感染生命，帮助更多学生。那些成长的岁月里，浸润在生活里头，我慢慢懂得了幸福不外乎来源于两点：自我实现和与他人建立温暖的连接。学校的学习，是一个开始，学习是终身的事情，要去享受它。我的大学同高中一样，也是在一座山下、一湾水旁度过的，与高中不同的是，大学时山是常去爬的，水是常去看的。岳麓山下湘江之滨，我为自己编织了一个文学的世界，尽情畅游其间，用文字、用图片为那段悠长的时光做注脚。大学时读到卡尔维诺《树上的男爵》里的一句话，我将尽一切努力以更配得上“人”这个称号，我将具备他的一切品质。我想，这或许是一路走来我渴望靠近的。

在二中这片沃土里，无意播下种子，却因遇着的一些人一些事，我生命里一些种子自然而然地被播种下了，它们又在后来的岁月里不断地成长，也得到许多爱和温暖的灌溉，我的生命也是在那些看似不起眼的时光里，以一种属于我自己的方式生长着。那逝去的高中岁月啊，很多记忆虽已不再明晰，确实，当我渐渐不能流畅地回忆起那些往事的时候，时光一程一程往前走的时候，过去的那段金色年华，那段对多年后的自己而言不寻常的日子也被裹了起来，逐渐地，一点一点地结晶。这个晶体变化极慢，愈沉淀愈悠远。里头贯穿着枝头那抹绿叶和静悄悄的、安静的、散发着迷人芳香的每一个钟点。正是文字，一种特别的仪式，自己喜欢的方式，我把那种生活保存了下来。

高 1991 届校友、中铁五局集团有限公司刘付国向隆回二中百年校庆捐款人民币 1 万元。

又见二中

❖ 王璐媛

王璐媛，女，2002年生，隆回羊古坳人。2016—2019年就读于隆回二中高636班，曾任默深文学社社长。现居隆回，任教于某中学。

隆回二中管理严格，若非得到允许，是不得随意进出的，于是我主动请缨，借着送妹妹去二中读书的缘由，和妹妹一同去学校，实则也是想趁着这个机会，再回母校看看。

在路旁等候不久，便有客车迎面驶来，白色的客车停下，卖票阿姨在车门口探出头来，还没等我们开口，便大声吆喝：“去二中吗？包送二中！快上车，送到二中校门口！”我们赶紧上车，心想正合我意，要知道，以前读高中时最庆幸的就是能坐到包去二中的车，可以免去从花门加油站去二中的那一段路程。虽然只有几百米，但走上那一段路程也让晕车的我苦不堪言。

客车匀速行驶，我望着窗外去二中的路越来越熟悉，又望见车内那一片片熟悉的二中校服，一见如故的感觉油然而生，仿佛与他们去往相同目的地的我，又变成了十六七岁的少年……

到达二中门口，大家陆陆续续地下车，我和妹妹一起带着行李进入校门，我心中既欣喜又期待，但更多的是亲切，踏入校门的那一刻，好似扁舟归港，好似旧燕归巢，更有似漂泊的游子得到了阔别已久的怀抱。走在飘香的桂花树下，经过熟悉的默深亭旁，众多景象都从脑海中的记忆变为了现实。景在眼前，却仿佛生出一个个熟悉的人来，是啊，每一处场景都承载了太多的回忆。

来到宿舍，高三那些熟悉的晨跑片段清晰起来……

早上5点40，当我还在贪婪地享受最后几分钟睡眠时间时，楼上便传来走动声——楼上寝室已经准备好冲去跑操了，虽然我还闭着眼睛，却已感受到她们蓄势待发的冲劲，只听“呤——”一声响，拔栓——开门——疾跑，一套行云流水的动作后，楼上宿舍的同学就已经跑得没影了。而她们跑这么快只为了早点去操场排队，在跑操开始前，能够多出一点时间去多背几个单词或者几首诗，不得不佩服她们的意志。我想，可能在我洗漱时，那群风一样的女孩可能已经背完几个单元的古诗了，估计这就是我和别人的差距……随着琅琅书声结束，井然有序的跑操开始，班主任与我们一同跑操，在各自班级嘹亮的口号中，拉开一天的序幕。

早晨的宿舍不停迸发着无限的活力，而晚上的寝室能抚平大家一天的疲劳。上完最后一节晚自习，大家在紧张的洗漱时间里也不忘一起打打闹闹，也不忘互相说说又遇到了什么趣事，这是一天里最放松的时光。十二个人的寝室总是有说不完的话题，甚至在熄灯后，大家还一边防着宿管老师的查寝，一边秉烛夜谈。男生寝室更甚，总听朋友说起，他们晚上熄灯后还举办宿舍版“中国好声音”，导师、选手一应俱全，点评、转身环节更是让人捧腹大笑。他记忆最深刻的是，有一回他们寝室有个同学熄灯跑出去喝水，而这时候班主任在他背后偷摸跟进了寝室，班主任听他们大谈阔论到半夜，几个人愣是没发觉他们的谈话早已被窃听，那位同学虽然想提醒大家，但迫于压力，只能大气不出。要不是班主任在寝室抓听 MP3 的学生，他们还没发现早已混入了“内鬼”，更是没想到这么滑稽的事还真就发生在他们身边。看来在二中的宿舍生活，是每一位学子回味无穷的呀！

帮我妹妹整理好宿舍，我们便一同去报到，此时经过了篮球场，高一时篮球比赛的激情时刻瞬间历历在目。

对于 2019 届的学生们来说，大型校园活动似乎很少，恰好高二又取消了文艺汇演，所以最让我怀念的便是高一的篮球比赛了。比赛前期，为了取得好名次，班上的男生到了自习课都去打篮球的地步。对于不懂球的我来说，以为只是一场普通比赛而已，没想到第一场居然赢了，有了看头，之后每每轮到自己班比赛，便去加油助威，大家根本不顾自己嗓子的安危了，每当投篮进球，就能听见大家欢呼雀跃，好似比场上的球员还要兴奋，以至于到后来，比赛前，班上的女生们便开始分发“金嗓子”。为了观看自己班的比赛，大家没有废寝，却都忘食了，到了晚餐时间，每个人都还在球场为班级加油助威，整个篮球场人声鼎沸。

大家都没想到平时周评比垫底的班级却冲入了决赛。这离不开班上男生的努力，更离不开其他同学热情洋溢的捧场。决赛时刻，是两个兄弟班的较量，场上的队员们紧张拼搏，场外的同学扯着嗓子一起助威：“636，加油！636，加油！”两个班不论比分还是加油声，都持续不相上下，大有你方唱罢我登场之势。时间越来越少，比分却还是拉得很近，最后一分钟更是把比赛推向了高潮。大家手心里都捏出了汗，场上的同学眼睛时刻盯着篮球，不停地有汗水沉重地敲打在地面。就在比分仅差两分时，最后五秒，我方居然夺到了球！最后两秒，他投篮了！那一刻，世界静止了，所有人都屏息凝神！只见

班主任兼数学老师蒋碧梧及高 195 班全体同学向隆回二中百年校庆捐款人民币 1 万元。

他眼神聚焦在篮筐，双脚腾空一跃，双手一抛，球砸向了球筐旁边的篮板——没进，没有奇迹。隔壁班胜利的爆鸣声传来，而我们班的同学们互相安慰默默散场，但这不意味着失败，对于受伤的球员，有细心的同学主动送了药，还有女生们商量着该如何安慰没有获得冠军而失望的他们。那一刻，我明白，原来班级的凝聚力是那样强大而具体的存在；那一刻，输赢不再重要，因为团结和集体荣誉感将这个刚建立几个月的班级牢牢握在一起了；那一刻，636 班的同学们变成了真正的兄弟姊妹。

我随妹妹完成报到后，商量着一同去食堂看看，民以食为天，在高中时期长身体的时候，食堂是否好吃，更是大家的关注点。

二中的食堂，品类丰富，不仅有各式早餐粉面，还有香气四溢的西点，但与其他学校最不同的便是拥有夜宵——三块钱一盒的炒粉炒饭。炒至金黄且根根分明的米粉，夹杂暖红的胡萝卜丝铺陈开来，些许细葱作为点缀，这样一份简单而又实在的夜宵，满足了大家夜晚的口腹之欲。从开放夜宵以来，短短几分钟，炒粉炒饭便会售卖一空，实在抢手，迟来一步都得铩羽而归。而文科楼离食堂不算近，因此我们没有十足的把握能吃到夜宵，便也发生了一些让人至今想起来都忍俊不禁的故事。

能因不会做数学题而气哭的人里，必然有我前桌的名字，而我的后桌也不甘示弱，我们作为数学学渣，虽然不能因为做出题目而兴奋不已，但能由于做不出题而崩溃，当我的前桌因为崩溃而跑出教室时，我便以迅雷不及掩耳之势追了上去，想法很单纯，为了好好安慰她，就这么安慰着安慰着，我们便踏入了食堂一楼的大门……和不知何时出现的后桌一起，三个人捧着盒饭在食堂大快朵颐起来，只顾一个劲儿地吃，早就把烦恼抛之脑后。等我们吃饱喝足，所有不快便也随着夜宵盒一同被我们扔进垃圾桶里。看来哪有解决不了的事，大不了吃一顿以后又是一条英雄好汉！哪有不会做的题，大不了吃完夜宵后继续回教室埋头苦干！

高中生活就在趣事如星河的时光中划过，后来我们就这样，在晨跑铿锵有力的口号中，在挥洒青春的篮球场上，在习惯二中食堂的口味后，毕业了。毕业照将我们的三年时光定格，那些在文学社的日子，在女生寝室的日子，在 636 班的日子，都一一只存于脑海。就像歌词所说："我们就这样，各自奔天涯。"但谢幕不是散场，毕业只是为了开启二中学子更精彩的下一章。几年过去，大家都在自己的生活里发光发热，这些在赧水河畔滋生的芽，于二中开出芳香四溢的花，又如蒲公英飞洒在世界各处，结出异彩纷呈的果，这便是二中的生命力。

时间不早，帮妹妹收拾好一切，又重温了阔别已久的母校，我也该回到自己的生活中去了，但我明白，这一面，不是别离。时间回不去，但母校，可以常回去；又见二中，再会，二中！

高 214 班校友曾隆峰、彭巧丽夫妇向隆回二中百年校庆捐款人民币 2 万元。

杀进武林会

❈ 罗雅妮

罗雅妮，女，2002年生，隆回桃洪镇石门人。2017—2020 年就读于隆回二中高 651 班，曾任默深文学社社长。现为湖南工业大学科技学院计算机科学与技术专业本科生。

你叫陆仁贾，梦想是成为名满天下的一代大侠。

你十六岁那年拜入当地有名的江湖门派——贰锺，春风得意了一整个夏天。爹娘嘱咐你不要浪费这两月，好歹预先着看一下那入门的心法。你不以为意，兰月摸虾桂月打果，游山戏水，摘莲蓬打山鸡，附近十里的野狗都被你和狐朋狗友招惹了个遍。

然而这种快活没持续太久，当入门后第一场比试你被对面掀翻在地时，烈日杲杲下你注意到他人手中打得你臂弯隐隐作痛的小木剑，才恍惚抓住一丝后知后觉——这里跟往日那教习些拳脚功夫的武学似乎并不太一样。

你收敛了三分，但也没安分到哪里去。你是天生的顽劣儿，有几分反骨在身上，从开蒙时你天赋便十分不错，更遑论你曾经的武学老师严苛非常，揪着你如老牛反刍般把稳根基的一招一式都吃得死死的，故而你对教习师傅正在上头讲习的基础心法并不上心，对着室外自顾发呆。初秋悄然而至，窗外仍簇拥着大团夏花，你看不清熙熙攘攘紧凑的枝丫背后何等景色，蝉鸣囿于枝叶间，你心里的蝉却飞出去了。

你结识了几名好友，闲暇之余仍然会在山门里四处闲逛。偶然间你们溜达到伯字辈师兄的演武场处，恰逢一场小试，高台上剑影刀光纷飞交错，你默默看了一会儿，听见自己发问，为何是剑呢？

“当然是剑！”同伴立马接言，“剑道乃天下唯一正道，千人景仰万人推崇，无论名门弟子还是闲人野修，练剑十二载就是为了在武林大会上夺得魁首，一鸣惊人，以此为契机被各路江湖名

无论何时，无论在哪里，我始终觉得：此生中对我帮助最大、影响最大的群体，就是我在隆回二中的学生；让我收获最大、最值得我珍惜的日子，就是在二中的这七年教书时光！（高 1979 届罗水和）

门招揽咯!”

同伴随手折了根树枝，比画了几番，他越舞越快，泠泠破风声如笛音撞弦，恰如名谱，你目瞪口呆看他嗖嗖挽了好几个流光溢彩的剑花：“不是，你几时学会的?”

得知这是教习师傅课上教的基础剑式时，你才发觉如今已不是你往日那些三脚猫功夫可以应付的时候了。于是你不敢再关心窗户外那些垂死的蝉，你的脑袋被各路剑法撑得胀痛，夜晚入睡前无数黑影在你眼皮下舞动那些招数，翌日醒来你却只记住了起式。贰锺每月一次的小比武里，你拿下了并不漂亮的名次。与你同龄的季字辈弟子中第一名是你昔日故人，那往日被你认作死脑筋的家伙。你有些挫败，难道进了这贰锺你被人用吸星大法把脑髓吸走了?

假若你是本武侠话本的主角，此刻该先破后立，置之死地而后生了。你该莫名其妙捡到本绝世秘笈，再辅以你坚忍不拔的决心，在接下来的一次次小比武中逐步脱颖而出，震慑众人。可你叫陆仁贾，还真就是个路人甲，这一时半会儿你捡不着什么武林众人眼红的秘笈，也没有话本主角那份深刻的“三十年河东，三十年河西，莫欺少年穷”的执念，你离武林大会还有三年，一千多个日夜在你眼里好似五百年漫长。那九门剑法里，你感兴趣能勤勤恳恳地跟着师傅进度的不过寥寥，其他几门便只当凑数，课业总是明日复明日，厚此薄彼，一到月试就如落水野狗般被痛打，如此这般，你竟是连看也不想再看了!

“那你想做什么?”老黄发问，你踌躇许久，答不出来，只能反问一句，只能修这剑道么?

老黄是你升到仲字辈后搁山门诗社认识的，当时见面第一眼便如王八看绿豆，天雷勾地火，十分投缘。于你这个明显愚蠢的问题，老黄并没有表示否定，只是多年后你也记不清当时她的回答了。你们之间有几次关于未来的谈话，但镌刻进记忆时只剩下聒噪热烈的蝉鸣，一首首情感汹涌的诗歌，裹挟着千百个日夜奔腾在坏死的岁月里。

那是那年里你为数不多的慰藉。

只能修这剑道么?

这个问题在你武林大会惨败后有人告诉了你答案。彼时你被送进了一处不为人知的小门派，里面寥寥几十弟子，皆是同你一般于大会上落败之人，默默等待着下一次武林大会。说来可笑，江湖是多么残忍的地方，仅靠一场比武便叫你们牢牢领教。那一年的冬天漫长得好似再也等不到春江水暖，等不到雁字回时，等不到一场东风点燃干瘪枝丫。

而你，这江湖中用以衬托那些天之骄子的背景板，这普天下千万个如出一辙的路人甲，你蹲在灯火阑珊的街道上痛哭，貌似是因为最后一支糖人售罄，貌似是因为这瓢泼大雨下了一整天，可你犹如 NPC（指游戏中的非玩家角色）被人触发后的台词却是一句——只能修这剑道么?

当然不是。有人这样告诉你，你扒开肿胀的眼皮看见一名老者负手而立，他道这天下熙熙皆为利来，天下攘攘皆为利往。修这剑道也不过为自己谋利，出人头地的法子何止于此乎。别走岔路，江湖在每个人处，也不过是一人份的江湖。

少年人的心像垂死的夏蝉，在灰败的窗前振动翅膀。那些长久得不到回应的反问，那些浑浑噩噩编订下的黑白岁月，那个你早认定算不得数的儿时誓约，打破这冗重的牢笼，高歌冲向云霄。有隐隐竹涛声横亘十年沧海拂过你耳边，也带来茕茕年少时，你站在山间高声发话许下的大侠梦。

真真恍如隔世。

你不再害怕那场比武，它也不再严苛地把你拒之门外。它选出来一个个剑道魁首，在这个江湖里谱写一段段传奇，他人的光风霁月与你无关，但没关系，你摒弃了那把爬满锈的剑，用刀，用笔，用赤手空拳，照样可以杀进这场武林会成为一代大侠。

高 2002 届校友、任职于广东省科技厅的阳志超先生向隆回二中百年校庆捐款人民币 1 万元。

她奔离了海滩

❖ 黄玉莹

黄玉莹，女，2002年生，隆回滩头人。2014—2017年就读于隆回二中初153班，2017—2020年就读于隆回二中高662班，曾任默深文学社文学部部长。现为南华大学计算机学院软件工程卓越班本科生。

我花了很长很长的时间去想怎么讲关于二中的事情。

最近看完了《地球上最后的夜晚》，大概在全书过半的时候，逐渐地跟不上作者的思维，感觉他在讲梦话，很抽象，描述得突然，好像把所有事物都描述成很突兀的行为和对话。我看得可谓痛苦，又觉得畅快，因为我常常做梦，醒来时有时候也会记录一下，但是梦境总是不合逻辑，瑰丽又灰暗，当我尝试用语言去表述，就会发现其实和我在书中看到的有着异曲同工之妙。

从要动笔写一篇文章描述关于二中的一切的时候，那种纷杂感就一直胁迫着我，我甚至写完了一个版本，又因为觉得空洞，所以留在了我的电脑文件夹里，被我创造，又被我处死。

这两天，我又开始看史铁生的《我与地坛》，进度缓慢。不知道是因为什么催促我（大概是拖稿太久），又或者是因为下午的太阳真的很好，唤醒了我脑海里一点什么，史铁生在书中描述关于“墙”这个意象的时候，我记忆中的二中的“墙”，也那样霸道地苏醒了。

宿舍楼旁边有一段路，墙壁很像那种古城的城楼，像杨柳一样垂下来的植物枝蔓，我到现在都不知道叫什么名字。有一天晚上我梦到了那面长长的墙，梦到可能是初中的我，也可能是高中的我，反正梦里的我坐在墙的边缘。其实现实是不可能的，那墙上边是路，路的边缘是花坛，种着观赏性的花草植物，往下才是墙壁，不说灌木难以腾出我坐下的空地，我要是真坐在那里，怕是要吓到过路的人。总而言之，梦里，我就坐在墙壁的顶端，我记得好像刮风，墙上的植物被吹得发痒，抖得厉害，跳下去的念

在母校生活，学习了三年，您就像我的另一个家，给我家一般的温暖，我真心地祝母校越办越好，培养出一个又一个，一批又一批的人才！（高2015届陈星灿）

头一直充斥着我的脑袋，然而我最终没有这么做，告诉自己也许时机在明天，然后梦就醒了。

我没有仔细去思考这个梦境是不是有什么含义，也许它有，但是过度的猜测没有意义。相比之下，醒来后那一整天我对这个梦回味了很久，觉得那样的场景应该发生在春夏之交，因为天气很好。关于二中的记忆总是天气很好，我猜想，也许人在某种意义上其实也是一类绿色植物，需要进行光合作用，才能感觉自己真正活着。

初中的时候，我喜欢和朋友们待在老五教前面的树下，石凳透过校裤布料向人传递着一种很冷酷的情绪，和艰难透过重重叠叠叶片阻拦的阳光温度形成一种很鲜明的对照。我们有世界上最棒的笑话和超越一切生物的苦恼，最后化成了情比金坚的约定，我忘记了任何一句当初的关于以后的设想，不过也许遗忘才是一种仁慈，所以我总是惦记着，在那段模糊回忆关于台词的空白里填进了许多可能性，像是盘核桃一样，把过往盘得圆润漂亮。

我也曾在二中写过很多“情诗”和酸不溜秋的哲言。大言不惭，如果只从我个人这一单一变量出发，学生时代的我，简直是最伟大的诗人。马艺玲老师是读过我写的东西的，那个时候她会带我们去老虎山采风，也给我们讲诗人的风骨和家国情怀，但是关于写作，我很少和她交流。当时的我一边觉得自己还算有点微薄笔力，又羞耻于自己太过幼稚的想法和表达。马老师也很少对我写的东西作出评价，只记得有一天她说我的文章好像总喜欢第一段只有一句话做开头，她挺喜欢。“她挺喜欢”这句话，加上那甚至算不上理由的理由，却成为我的一点勇气，让我记到现在。比起马老师的自由潇洒做派，高中遇到的刘述雄老师是实打实给我写的东西作出过逐句批阅的，那篇手写稿我还留着，但是很少敢再去看。那时我对很多人生大道理都把握得特别浅显，但撰文时喜欢自以为是地设计一个内核，写完发现完全四不像。刘老师倒也没有批评我，反而很中肯地在遣词造句上给了我很多建议。

至于“情诗”嘛，我觉得悲愤和爱是同一种感觉。十几岁的时候，我时而会因为校园里的落叶和果子成熟而高兴，时而又满怀着怨恨，讨厌凌晨的天光微亮，或者夜色沉沉。我写了很多诗去抒发无处安放的情绪，表达简单用爱或者恨不能概括的复杂情感。从六教到联运楼再到四教，好朋友罗雅妮的班级总在我们班的上层，有时候晚自习的课间，我上或者她下，给对方塞零食或者明信片，有时候也写信，或者画一幅小插画。古今中外的情诗我们都摘抄，有时候也自己写，很青涩又很老练。我喜欢用二中的草稿纸，雅妮喜欢用她自己的线条本，我们的字体都不可爱，但写的东西很有意思，我如今依旧将那些东西带在身边，觉得十六七岁是很浪漫的年纪。

高 1985 届 109 班校友、惠州市惠融国际商事调解中心理事会秘书长曾求凡向隆回二中百年校庆捐款人民币 16888 元。

初中毕业的晚上我没有什么感觉，因为和大多数的同学还是将在二中见面，而等到高中毕业那天晚上，好吧，我回忆了一下那天其实应该也不伤感。那样的情绪无以言表，好像很平静，没有道别的概念——我始终是个愚笨的人，在这样的事情上一再迟钝。那天夜里，我们偷偷分着喝了一瓶白葡萄果酒，甜甜的，半夜十二点的时候大家还亢奋着，管教了我六年的宿管老师第一次很温柔地跟我们说毕业快乐，以及早点休息。那天夜里，我们光明正大地进行夜谈活动，讲的什么我一句也记不清了，只记得那天我和室友歪歪扭扭，微醺着倒在对方的床上笑着睡去，匆匆度过了高中最后的夜晚。谁也没有道别。

原来那句“再见”要用那么长的时间去讲。我后来总是做梦，但是其实梦到二中的情况寥寥无几，随着时间的推移，我也很少花费时间去追忆往昔。以至于现在要我讲，我都不知道如何提笔，觉得假如任由思绪漫无边际，我应该可以写一篇鸿篇巨制——但那太无聊，我寻找了很久都没有找到切入点，但最后终于还是写到了这里，可以为这篇很简单讲述关于我的二中生活的文章做出总结性陈述。

我有时候觉得痛苦，但我也讲过了，我认为爱和痛如影随行，快乐和悲伤根本就是同一件事情，我不愿意去回想，因为我最好的年纪和最好的生活已经被二中霸占完，束缚住了，所有的人和事是那样蛮不讲理，又那样平和地包裹着我，包裹着那个曾经很是张牙舞爪的少年人。

最后，她奔离了海滩。

再也没能回来。

吾心归处是默深

※ 陈奕瑄

默以养文，深以养德。隆回二中就位于默深园中。

我在这里出生、成长、学习。二中的每个角落，充满了我的回忆。

悠悠百年转瞬即逝，历经百年沧桑，二中仍尽显活力，愈发生机蓬勃。

默深之美，四季轮回，时光惊艳。

外人只知隆回二中很大，殊不知校园的每一处都流淌着美的旋律。我喜爱它的一年四季：

当初春来临，我喜欢去学校后面的菜地，往更深处寻那盎然春意，于桃花树前驻足观望，或在落英缤纷中奔跑，抑或穿墙而过、爬上老虎山，在山顶俯瞰整个二中的好风景。

在夏天，住在教工二栋的我，每日被铃声和窗外的蝉鸣唤醒，我会走进餐饮楼前的荷花池中央的亭子，从早餐中省一点儿面包，喂食鱼儿，看它们嬉戏，或是与娇艳欲滴的荷花眉目传情。

当秋风吹过我的脸颊，一片片落叶像蝴蝶在空中飞舞，这时丁字楼前的桂花却开了，细细的、密密的，有淡黄、金黄，甚至橙黄，细酌那浓郁的花香，让人神清气爽；我喜欢踩在一片又一片落叶上，听清脆的“嚓嚓”声；我喜欢去联运楼前，看金黄的银杏，喜欢去教学四楼前，赏火红的枫叶，也喜欢去六栋西边的菜地里，和爸爸妈妈一起感受丰收的喜悦。

冬天的早晨，我喜欢踩踏图书馆前草地上那一层薄薄的冰面，若有幸下了大雪，我爱走进体训馆前的小树林，感受如仙境

陈奕瑄，女，2007年9月生，从小在隆回二中长大。2019年9月—2022年7月就读于二中初180班，任班级团支书，酷爱数学，喜欢写作，偶有作品见诸《作文之友》《邵阳日报》《高中生》《放学后》等刊物。因父亲工作调动，现就读于隆回一中高2209班。

高217/218班、初96班校友宁甲辉向隆回二中百年校庆捐款人民币10168元。

般美丽的景色，二中各处银装素裹，别有一番韵味。

我喜欢早晨的朝霞，傍晚的余晖，更爱夜幕降临，看各栋教学楼灯火通明，群星闪耀。

春夏秋冬，四季唯美，周而复始。一岁一枯荣，岁岁又年年。

大雪将至，气温骤降，时光远航，我又开始想念二中了。

默深之情，青春正好，人间温暖。

我的整个童年都在二中度过，可以说，那是一段无比惬意的时光。

我的爸爸在二中工作，周围的长辈们都很照顾我，我喜欢肖（东光）伯伯炒的牛肉，喜欢黄（妩珍）姨做的蒸鸡蛋，喜欢去（六栋）邻居龙（怀澄）姨家蹭零食，喜欢姑奶奶家的大白狗……我喜欢他们的友善，更爱这浓浓的烟火气。

同样，在二中，我也有许多朋友，同龄的有刘铭昊、伍婧翔、孙景熠、陈诺等，我们一起在金鹰卡通上幼儿园，一起在万和读小学，一起上下学，一起坐校车，放学后一起玩耍；比我们年纪稍大的欧阳晨、陈馨怡等，会带着我们玩一些新奇的游戏，我们也带着比我们稍小的邹嘉睿、陈雅欣等一起玩。

每每周末，二中校园的每一处，都回荡着我们的欢声笑语。我们趴在荷花池的栏杆上，试图捞住鸣叫的青蛙；我们骑在图书馆前对立的两块大石头上玩枪战；我们在漆黑的夜晚唱着《好运来》，彼此鼓励着走夜路回家；我们在草地上比谁打滚最快；我们瞒着父母相互扶持偷偷爬老虎山，站在山顶大声呐喊，兴奋地寻找自己家在哪……

从幼儿园到小学，我们一路相伴，构成了我童年最美好的画卷。

我也无比怀念在二中的初中生活，它的确不负我所望。老师们待我很好，我喜欢去办公室跟“遥哥”（数学老师肖遥）一起看修仙小说，喜欢语文马（艺玲）老师送给我的粽子，喜欢开学典礼上学校领导表扬“180 班”的那份自豪，更感动于班主任刘志华老师三年来对我的种种“恩宠”和“纵容”。

与同学的相处，其乐无穷。我喜欢跟肖芸一起吐槽班里校内的种种奇闻逸事，喜欢和孙景熠攀比成绩、互帮互怼，更热衷于跟陈慧琴、谭佳雯、谭复强一起面红耳赤地争论数学题。我们会在冬日大雪中打雪仗，会一起为班级比赛摇旗呐喊。

在这初中三年里，我结识了许多新伙伴，我们一起学习，共同成长，我也从一个稚嫩的小孩成长为一名青少年。

默深未来，你在我的视线里，我在你的航船上。

二中，一晃眼便是百年，在二中的校史馆里，在学校的喜报中，我看到了一代又一代人为二中建设呕心沥血，一届又一届优秀二中学子走出校门，走向世界，为二中争光。

高 1999 届校友、湖南链创智能科技有限公司总经理谭承海先生向隆回二中百年校庆捐款人民币 1 万元。

无论是童年时期，还是初中阶段，我感受着老师们的费心费力，耳边总是环绕着同学们的琅琅书声。老师们总说一代不如一代，但我觉得不然，在愈加浓厚的学习氛围中，相信努力终有回报，二中的将来必是一路坦途，愈加辉煌。

由于爸爸工作调动，高中我离开了二中。当脱掉那一身二中校服时，我感到怅然若失，我十分不舍，舍不得食堂可口的饭菜，舍不得这里的一草一木，舍不得这里的人和事，舍不得那些早已不复的时光。

感恩有那么一些老师给予我谆谆教诲，感激有那么一群伙伴陪我成长，感谢有那么一段岁月在二中度过。在我心中，二中是家，是无比温暖的存在。

无论身在何处，不论光阴流转，吾心归处是默深。

高 2003 届校友、杭州天钼艺术培训学校创始人王松向隆回二中百年校庆捐款人民币 10 万元。

写给六年的一封信

❈戴　嵘

戴嵘，女，2005年生，隆回横板桥人。2017—2023年先后就读于隆回二中初165班、高761班。2023年就读于长春师范大学戏剧影视文学专业。

亲爱的六年：

嗨喽，六年！你还好吗？别来无恙啊！我要和你说一个秘密——昨晚我梦到你了！我梦见我们都站在高楼，是昨夜的月光让我看到了你。我就这样与你遥遥相望，梦断开得真巧，未及我看清你，我就醒了。好吧，既然如此，那就记住你的轮廓好了，或许你就是想告诉我——你不必看清我，你也看不清我。

想来也有点无奈，六年啊六年，只剩下了一个轮廓。两段芳华，在天空和大地面前，什么也不算。但是事实就是这样，能记住朦胧的轮廓，已是万幸。

我记得，我曾在教五前面的那片林子里找你，我在那里为你朗诵《一棵开花的树》，我在那里长久地望着校外那个没有名字的小湖，我还在斑驳的树影里捡好多好多的树叶子。我记得，我在八舍后的那个小公园里坐着等你，在那里看到了不认识的女孩对自己18岁生日的祝福，在那儿肆无忌惮地为你歌唱，我想，这应该是一首属于我们的歌。我记得，我在“黄土高坡”上为你踩过一丛一丛的落叶，令我记忆犹新的是，那里的风真的很大，空气不干不湿，我能闻到泥巴的味道和风吹过树叶的味道，真的就在那一瞬间，哗啦啦的就不只是风声了，还有我噙着的泪水，或许，那就是治愈的味道。我还记得，我在“黄土高坡”齐胸的狗尾巴草丛里“荡秋千”，迎着落日的余晖，看着对面的赧水河，这就是独属于我们的快乐啊！

亲爱的六年，你送给了我太多的礼物，简单点，二两朋友，半斤同学，几章故事，一段人生。承蒙厚爱，如今也已非当年。

高2012届449班校友、湖南中翎教育科技有限公司总经理龚坚先生向隆回二中百年校庆捐款人民币1万元。

没有了初来乍到的稚气，倒是渐渐多了几分过来人的老练。试问，什么是过来人呢？如果说，这如今，指的是此时此刻，提笔的当下，初来乍到指的是 2017 年那年秋天，过来人过来的，那就是这消逝的六年咯！从过去过来，从现在过去，我的确是一个名副其实的“过来人”。宇宙时空任我穿梭，就像日月星辰昼夜交替，不知疲惫。我也没想到，原来现在的我也能如此轻描淡写地将二两半斤一笔带过，而那些年呢，轰轰烈烈的二两，咬牙切齿的半斤，怎么钻也钻不穿的牛角尖，以及无能为力的忧郁……说来也挺好笑，难道现在就是站在上帝的视角了吗？那也不见得。应是当时只缘身在六年中。遗憾的是，当时明白这个道理，却还是不能突破当时的桎梏，倒是为自己画了个圈，本来就不牢靠，又常常不经意出圈，便又做师父又做悟空，自己为自己念紧箍咒，难受得死去活来，却还是无能为力……好了，咱点到即止，关于上帝视角这个话题，现在的我也常常思考，或许这本就是需要终生探讨的话题，我看不清，正如我看不清那晚的六年……而我对于人生万物的思考，对于宇宙世界的凝视，我犯的错，种的因，结的果，本就是你送给我的至高无上的礼物啊！

冬有冬的来意，寒冷像花，花有花香，冬有回忆一把。长春的冬来了啊，着实让我好好感受了一把东北的寒。可这初冬的寒，却让我回忆起了六年里深冬的寒。我缩在被窝里将这封信写到了最后，其实想对你说的话还有很多，但说不出口的也有很多，希望你能理解我的欲言又止。我们就这样挂念着彼此，我好像是你的孩儿，你好像是我的圣母，我们都存在于这人间，又似乎都不在，我们都热爱着人间，又似乎都不热爱。爱你，爱你的一切，爱你予我的一切。

只此六年，恩我余生！

你的真诚的戴嵘

2023 年 11 月 1 日于长春

算起来，我在二中待了五六年，其间有快乐，有苦闷，有艰辛，有收获……经过岁月的漂洗和时间的沉淀，留下的只有美丽而温馨的星星点点，就像草原上盛开的一朵朵小花。（昆明理工大学王勇）

长记旧日

◈ 邢琦娟

邢琦娟，女，2006年生，隆回麻塘山人。2020—2023年先后就读于隆回二中高745班、759班，现为沈阳师范大学金融学专业2023级本科生。

那是一段可以踩着夕阳开怀畅聊的美好小时光。

——题记

长记旧日。常记，旧日。

坐在书桌前我的心情有些许复杂。昨天还是故事里的人，一眨眼就已成了故事外的旁观者。余光中曾说：“人生有许多事情，正如船后的波纹，总要过后才觉得美的。”那么，现在我把我的故事讲给你听。

初遇二中也不过是个普通的开学季，初秋的空气中仍弥漫着夏天的燥热，我踏入二中，走到了我人生中又一个转折点。其实脑海中对二中的第一印象早已模糊，只剩下痛苦的回忆在脑海中盘旋，如今回想，当时是如何青涩且幼稚。初来乍到时我的内心好像并不同于表面的雀跃，我深知自己的成绩与旁人有很大的差距，我很忐忑，甚至有些自卑，月考和期中考试的排名把我深深地笼罩在了阴影中。我装作若无其事甚至不以为然的样子，其实内心很难过也有些不知所措。我的不知所措被第一任班主任刘述雄老师看出来了，他对我说：“我相信你很有潜力。”这一句话我记了三年，无数次回想起来都无比感谢老师对我的认可。后来我也在老师的帮助下，渐渐变成了一个还不错的人。

春去秋来。一眨眼，我们就成了故事的主角。步入高三，我们搬到了新的教学楼，全力备战高考。进入高三，学习节奏陡然加快，大家都自顾不暇，教室里甚至有些死寂。紧张的感觉在我们心头蔓延。班主任周小爱老师是一个豁达的人，我们总是觉得他没心没肺。直到高三的一次班会，那是一次月考总结，不同于以往，大家意外地沉默。看出我们的消沉与不安，周老师没有冷嘲热讽，他对我们说："高考是重要的转折点，但不是人生的终点。"这句话改变了班上大多数人对他的看法，看似什么事情都无所谓的老班其实也很暖心。我们的英语老师杨礼娥，永远笑眯眯的，对待工作一丝不苟，她看向我们的眼神里永远有真诚的关爱。记得有一次，我英语考试没及格，早自习时，老师特意走到了我身边询问我的情况，并为我指点迷津，还耐心开导我。高中最喜欢的历史老师朱振中，是有名的"毒舌"，其实刚认识他的时候，我对他讲的话都不以为意，后来我发现他总能用让人哭笑不得的玩笑话点出历史逻辑的深层问题。我成了他的"崇拜者"，在他的教导下，我一点点进步。我还有一位时常头疼的数学老师范才伍，经常为我的数学成绩头疼，每次他看着我在数学课上昏昏欲睡的表情时，"恨铁不成钢"这句话好像写在他脸上，而我呢，向老师投去抱歉的目光后转头又沉浸在数学题中。我还有两个温柔的老师，一个是温柔俏皮的语文老师杨艳，她的课堂总是嬉笑不断，枯燥的文言文也在她的讲解下有了生趣；另一个是温柔如水的政治老师袁友如，杂乱的知识点经她之手就会变得清晰简洁。每位老师都给我留下了深刻的印象。

现在回想起来，高三的日子不算难熬。有并肩作战的伙伴，有真心关怀的老师，还有回到家后的每一顿丰盛的饭菜，这些不经意间的小事给予我莫大的动力。有时我会和伙伴相互倚靠在走廊上，看骄阳正好，树影婆娑，谈谈那个就要清晰的未来。高考倒计时一天天转动，那无数个日日夜夜仿佛就快要有答案。我终于踏上征程，带着所有人的希冀。记得那个燥热的夏日，看到随处可见的加油横幅，那一排整齐划一的送考车，我热泪盈眶。在那一刻，所有的不安与忐忑都被抚平。我无法用语言形容我所受到的震撼和那种灵魂深处的感动。短短三天，我见证了每个人的努力，警察、家长、考务人员。我看到了团结，大家力往一处使，给了我们一个安全、温暖的考场。第三天的下午，结束了最后一堂考试，我又回到了校园里。看到熟悉的一切，我想，这次是真的结束啦。复杂的情绪交织，我久久回不过神。

可能我早就爱上这一方天地了。清晨我迎着微风奔向教室，一草一木都甚是可爱。或是傍晚，操场上人群三三两两，昏黄的霞光染红了云朵的衣裳，晚风虔诚地托起落叶送给远方的人们。黑夜中，是沉浸的温柔，每棵树每缕风，抱着浅白色的月光，轻轻哼着小夜曲。抑或雨天，无尽的滴答声在地面响起，远的，近的，荡出一片涟漪，我看见万物生机勃勃，感受着迎面而来的泥土香，细细品味着这人间画卷……现在回想起来，那真是一段光是回忆就很美好的日子。我记得山风微微，月光盈盈，书声琅琅；我记得当时班里很乱，嘈杂中我望向窗外，不偏不倚，光打在我脸上，那是未来……回忆里的一点一滴都像是星星，点缀那深邃的夜空。每一颗，都是心底柔软的温馨。那些逝去的

母校让我的生命里充满了梦想和信念，充满了爱和温暖，母校给予我做人的启迪和方向，孕育着我对明天的期望；母校已延续在我的身体和事业中！我怀念母校，更感激母校。（高 2005 届李洁）

旧时光，如诗如画，在我心中悄然绽放，永存不灭。

初见时秋霜潋滟，告别时夏日倾情。十五岁时的青涩在十八岁时已然蜕变，当年一眼望不清的未来也已慢慢清晰。指尖透过疏落的字迹触碰到岁月年华，我看到厚重的云彩下藏着风的温度。我怀念的，是坐在燥热教室里，望着阳光照射书页，风吹起窗帘，掩盖了少年炽热的梦。至于高中，那只是生命里的一次体验。

高2001届校友、天人建设安装有限公司工程分公司总经理龙国志向隆回二中百年校庆捐款人民币5万元。

隆回二中百年校庆赋

※ 马轶麟

雪峰东麓，县府西门。后山虎踞，前水龙腾。书声壮华夏之威，黉舍冠楚湘之胜。桃香李硕，人杰地灵。举龙头而精示范，强教育以促文明。三楚名庠，百年华诞；八方学子，云集桃城。马足车尘，觅前人之足迹；眉攒心动，忆岁月之峥嵘。

隆回二中，筚路蓝缕；三迁其址，三易其名。

公元一九二四年：中华大地，民意沸腾；“五四”余波，日增月盛；征讨军阀，呼吁民生。于是乎，金石桥边，大园垴上，邵阳女校，茁茁诞生！争竞女权，担当使命。此即二中之前身也。

抗日烽火之中，改名新隆中学。卢沟月冷，传来战马长嘶；邵邑秋深，望去征鸿尽陨。耿耿书生，怀《指南录》之悲壮；莘莘学子，抒《救亡曲》之豪情。

有幸哉，山重水复，柳暗花明；云开九域，旗耀五星。中华人民共和国成立初期，迁历史名庠于寨上；米珠峰下，命“隆回二中”之大名。从此，高中初中并举，名声业绩同兴。

孟氏择邻，人称贤母；凤凰择木，世谓良禽。公元一九八六年，二中举校南迁。从此校园焕彩，面目一新；汇聚名师满座，招来高手如云。“以人为本、质量立校、突出特色、锐意创新”——办学之思路何等清晰；“求学圣地、清北摇篮、教育龙头、三湘名校”——社会之赞誉恰如其分！俊杰缤纷，靛花深比蓝花色；文章锦绣，雏凤清于老凤声。于是乎，“邵阳市重点学校”“湖南省示范高中”……盛誉芳名，沓来纷至；高才俊彦，江溢海盈。或洁身于公仆，或显赫于军营，或卓然于企业，或创

马轶麟，男，20世纪40年代中期出生，隆回荷田长郸人。毕业于湖南教育学院中文系。曾长期在隆回二中和隆回一中担任领导职务，是国家级优秀教师，事迹被收入《中国当代教育名人辞典》。现为隆回县老年大学国学班教师，省诗词、楹联两会理事，邵阳市诗词、楹联两会副会长，隆回县诗词楹联学会会长。

魏源像、默深亭、丁字楼，青葱校园很近也很远。风雨同舟，春秋更迭，值此百年！祝校友，鲜衣怒马踏平川，扶摇直上赴星河！愿母校，岁月鎏金歌不辍，桃李成林誉神州！（高2010届袁倩）

新于乡村。位居高位者，奉献基层者，苍髯白发者，年富力强者……无不兢兢业业，继继承承，无负前人厚望，频添母校殊荣。

噫吁嚱，佼佼名校，华诞百龄；隆隆庆典，境遇良辰。见证共和国百载沧桑兮，陪伴华夏族万古征程；秉厚德之心烛兮，载普世之盛名；立万古之高标兮，耀寰宇而永恒！

高 1997 届校友、长沙金领医药科技有限公司总经理尹锋先生为隆回二中百年校庆捐款人民币 1 万元。

二中六年

❈江 冬

江冬，男，1985年出生，隆回鸭田人。1997—2003年就读于隆回二中，曾任默深文学社社长。现为《初中生》杂志主编，创办有《千金作文》《最美母语》等品牌栏目。现为中国作家协会会员，鲁迅文学院第三十四届高研班学员，湖南省“三百工程”文艺人才。出版小说集《鲸鱼和老头的故事》(入选“21世纪文学之星”丛书)，长篇儿童小说《小懒驴奇遇记》（入选“红辣椒”书系）。获第二届湖南文艺奖·青年文学奖。

我在二中六年，十二岁到十八岁，这对于一个人身体与心智的成长，恐怕是最为关键的六年了吧。二中离家八十来公里，所以六年都是寄宿，而学校采取封闭式管理，每周日下午才有半天假和可出校门。另外就是每月一次两三天的“月假”，这时候才可以回家，但因为晕车，有时也选择不回。这样的六年，确实是足够让人“刻骨铭心”的了。但事实上，回望那段岁月的时候，似乎极少有事件和感觉是清晰的，大多只是一些支离破碎或模糊的片段与情绪。是因为已经时间久远了吗？也许吧，毕竟已经二十多年过去了。但如果细想一下，恐怕这还与我当年的懵懂有关。哪怕是成年之后多年，我都多次觉得，其实自己的心智是比一般人晚熟很多的。

正是因为“不开窍”，几乎整个六年，我都没有意识到学习成绩对于自己人生的重要性。我那时最痴迷的事情是两件：一是踢足球，二是搞文学。在老师们的眼里，这都是属于“不务正业”的了。不是没有老师警示过我，但与遥不可及的前程相比，该如何度过眼下的时光，似乎反而显得更重要一些。现在回过头来看，当时的我其实也算不上厌学，只是在日复一日单调而重复的学习之下，多少想要放松一下，想要“自由”一下——踢足球是身体上的，搞文学是精神上的。只是因为自制力的缺乏，“自由”得过度了一些，学习不可避免地受到了影响。初中的大部分时间里，我的成绩还属于班级前列，当时一些和我成绩差不多的同学，后来几乎都考上了名牌大学，但我只上了个二本。对于这个结果，如果非要从好的方面来看的话，就是我及时地意识到了

母校隆回二中是我撑杆一跳的平台，没有母校老师的栽培和教诲，曾经历迷茫的我，人生可能上不了正道。值此母校百年校庆之际，衷心祝愿隆回二中的明天更美好！（高2008届肖卫斌）

自己的卑微与平庸。这对于一个晚熟的人来说，算得上是一种难得的体悟了。

踢足球的球场被叫作“黄土高坡”，位置最高，又是黄土地。我上初中和高中的时候，班上踢球的人很多，都可以组一个队。初中时候的一些队友我还记得：张振辉、肖佳、田昌炎、周易龙……还有一个因为在球场上冲得快，得了“豹子”的外号，很可惜，他前几年已因故去世了。高中时候的队友也记得一些：米钦州、阳盼、伍振国……高中时班上还正式组了一个队，叫“红锋”，因为我们的球衣是一套上衣是红色的英格兰队服。文理科分班的时候，球队解散了，队员们就在每一件球服上签名。大家都知道签名是艺术，不能太规矩，所以衣服上显现的不是名字，而是一些线条涂鸦。球场只有一个，想踢球的又太多，抢场地就成了常态，最后往往是球场被分割成好几块，包括球门后方，也都有人在踢。有次我们两队约好踢全场，先去把整个球场占了，但场上的人越踢越多，有个场景我至今记忆深刻：我在离球门不远的地方得到球，有了射门机会，但抬头一看，前面好几个不相干的人，于是我连呼“让开、让开”。守门员和我关系不好，这时嘲讽我：“你个臭脚，让开也没用。”我带球前进，直面守门员时大力一脚，球进了，感觉像是出了一口恶气。

运动是上瘾的，尤其是这种群体性运动，容易相互带动、感染。每天晚饭后或周日下午，总有人呼引。只要天气允许，就几乎天天都去，成了惯性一样。虽然踢足球的人不少，学校还组织过足球比赛，但在不少老师那里，这项运动其实并不受待见，原因很简单——耽误时间、影响学习。不仅是因为球场远，而且踢球前后都要去寝室换衣服换鞋，甚至还要洗澡。初三的时候，有次年级集会，担任年级组长的老师就宣布了一条禁令：不准再踢足球。是彻底禁止，还是有条件的禁止，我已经不记得了。但当时那种踢足球就等同于“不学习而只顾玩乐”的感觉，还是比较清晰的。

在二中“搞文学”，对我来说是一件决定我命运的大事，毕竟我后来读了汉语言文学专业，现在从事的是文字工作，业余也依然在“搞文学”。刚进初中的时候，我恐怕连“文学”是什么都不知道，也没读过几本文学书。可是没过多久，我就做起诗来。还是现代诗呢！这可是一般人连读都读不懂的，虚荣心就这么膨胀起来了。作文写诗，在《风声报》乃至外面的报刊上发表，被人称为“才子”，这样的自豪感，岂是一个来自乡村、别无所长的少年所能抵挡的？不可否认，我的成绩因此滑坡了，但越是如此，我反而越是自傲起来，似乎只有这样，我才能继续“文学”下去。继续的后果，就是成绩更糟，仿佛成了恶性循环。至此，我像是在批判“搞文学”这件事情了，但真心不是的。时至今日，我有的只是庆幸和感激。这些年来，时常听到有上学的孩子有了抑郁的问题，哪怕在我身边，就有两个活生生的例子。有位同事的孩子，高三时选择最决绝的方式离

高 1971 届 31 班校友，科特迪瓦大通集团股份有限公司、中华药品批发股份有限公司董事长欧阳日坪向隆回二中百年校庆捐款人民币 1 万元。

开了。还有一位同事兼兄长，我们的关系如家人般亲密，他的孩子完全是看着长大的，非常优秀，爱好也广泛，也是到了高三，突然就得知是重度抑郁，不得不休学回家。兄长说，他现在每天会给孩子读诗，效果不错，孩子很喜欢。我当时就想起了自己的少年岁月——那时候学诗，是不是也起到了某种作用呢？诚然，那时候我们似乎并没有听到身边有谁“抑郁”了的。但事实上呢？那么多远离家庭的孩子，在日复一日的“封闭”环境下，又面临无可避免的学习、自理、交际等方面的压力，这难道比当下很多孩子的处境要更好些吗？只说我自己，到了高三的时候，其实已出现了比较严重的失眠情况，这至少也算得上是一个抑郁的前兆了吧？

是不是文学拯救了我，我不知道。但我想，以我当年的稚嫩心智，是很难独立去选择一条最适合我成长的道路的。成绩下降乃至厌学，是大概率事件，只是看由什么引发。表面上看，是对足球尤其是文学的痴迷导致了我在学习上的失利，但很大程度上，它们不过是恰好成了我舒缓精神压力的方式而已。很少有人会天生痴迷什么，只是在当时，可能没有更好的选择罢了。比如说文学，它的美好其实是需要多年的学习和品味才能够领略的，少年人对它的“痴迷”，要么是不得已（有写好作文的需要），要么是借此逃避什么。所以很多学生时代“热爱文学”的人，一离开学校就将之抛在脑后了。想到当年在不少老师的心目中，搞文学是比踢足球更影响学习的事情，还经常举一些“失败者”的例子。老师们自然是好心，但我觉得这应该是多虑了，因为搞文学影响学习这个事情根本就是不成立的。不像游戏、上网等具备足够的吸引力，搞文学往往都是主动的。因此，如果一个人想搞好学习，他不会去搞文学；如果他本身就不想好好学习，那搞不搞文学都没关系。如果是后者，还不如让他去搞文学，好歹是一件有益的事情，而且不影响他人。最后再说老师们所提及的那些“失败者”，他们也不过是高考不够理想而已，但从他们后续的发展来看，无论是职业成就还是生活质量，显然都是不错的。二中是有“搞文学”的传统的，默深文学社薪火相传，最重要的其实不是培育了一个个写作者，而是给予了一个个少年精神上的寄托与抚慰。试想一下，如果没有这个文学社，曾经多少感受到孤独、苦闷甚至是有些抑郁的少年，他们会选择一种什么样的方式去投入和释放呢？所幸没有如果。还让人感到幸运的是，当年文学社的负责人半夏子先生行事为人精诚纯粹，给了我们很多良好的指导和影响。他会每周一次在“阶梯教室”给我们上课，也常在《风声报》编辑部给我们改稿；他强调要打好古文功底，为此还组织过社员进行古文知识竞赛；他还每学期带我们外出采风，去过的地方有城步南山、洞口一中、白马山、九龙山……可以说，在所有影响过我的老师中，半夏子先生是最为重要的一位。

离开二中已整整二十年了。还记得第一次去二中，我坐了人生中的第一次班车。很

高 2013 届 488 班校友，任职于华为技术有限公司的陈汝涛向隆回二中百年校庆捐款人民币 39999.99 元。

快我就有了一种全新的体验——晕车，大晕特晕，不仅感觉天旋地转、头昏脑胀，腹内还翻江倒海，以致反反复复地呕吐。我的状态估计是过于糟糕了，所以带我去学校的亲人说："早晓得你这样，就不要你妈妈送你出来了。"她自然是随口一说，哪有因为晕车这点"小事"，就放弃上重点中学的呢？后来我所有的家人和我自己，都没有太在意"晕车"这回事。这似乎是正常的，但不那么正常的是，我们所有人都没有意识到，当我踏入二中的那一刻起，其实就是坐上了另一辆班车，而接下来，我几乎经历了整整六年的"晕车"，虽然不适的反应不是那么强烈，但当我从车上下来时，不仅带着失眠的症状，而且一脸的青春痘，很容易发怒、紧张，完全不善交际……当时没有人跟我说："原来你晕车啊，那你快点下去吧，你是可以选择下去的啊！"后来我不是没有想过，如果我是在家附近上的乡镇中学，那么我的身体和精神状况肯定会好很多吧。但我会因此就选择不去二中或半途离开吗？当然不会，最主要的原因就是，在那里，我可以踢足球和搞文学啊！是的，它们就是我心目中母校最具魅力，也最值得怀念的两个地方。

高2008届校友、昆明雁冰花卉有限公司创始人肖卫斌向隆回二中百年校庆捐款人民币12000元。

一百年，多少青春，多少梦

（后记）

八月末的一个傍晚，我走在大学母校——北京理工大学校园里，一缕若有似无的桂香袭来，北京的秋天又早早地来了。我的心却忽然飘往千里之外的南方小城，在那个遥远的绿树掩映的中学校园里，这个季节满是这样馥郁的桂花香。隆回二中，我的中学母校，在北京长居的18年里，我的心也许从未走出过她。而岁月不居，时节如流，今年十月，她一百周岁了。

十年前，应学长欧阳文邦号召，我与其他校友参与编辑了二中90周年校庆纪念文集《早春时节》；十年后，文邦学长再次召唤，集结原班人马，吸纳新生代校友，我们完成了百年校庆纪念文集《放歌默深园》的编撰。一样的情怀，不一样的人生阶段，十年是母校的弹指一瞬，却是主编们的“日新月异”甚至“换骨脱胎”。

“老大”是我们对图书第一主编欧阳文邦学长的尊称，这位曾经的隆回县文科状元，是两本纪念文集的总舵手。他聪敏睿智，才华横溢，自然而然，十年的时间也足够使他在自己的人生中不断进阶升级。从稳定的体制内转而投身高考升学规划行业，进至自创企业，他勇于跳出舒适圈，敏锐抓取市场需求，开启了为梦想而拼搏的完美十年，书写了一段“知识改变命运”的佳话。记得他有一次回母校讲学，PPT首页展示出“学业事业均因知识而兴旺，昔时今时皆以母校为自豪”这副对联，在场的二中学子无不深受鼓舞。有人形容他一夜之间就成了全国知名的高考研究专家，这是对老大勇气的认可，却又是对他实力的低估。

变化的是职业状态，不变的是对母校的情感。在90周年校庆纪念文集《早春时节》的编撰发行一事上，老大厥功至伟，从筹措资金，到约稿审稿，忙得不亦乐乎。《放歌默深园》编辑伊始，老大对团队成员发话：“100年了，该你们年轻人出来亮相了，这本书我不参与编写，组稿、改稿、定稿、把关，全部由你们搞定，我负责筹集经费，至于图书主编，我做第二第三主编都可以，谁把图书内容组稿编辑出版，谁就是第一功臣。”言语之间，老大准备让贤，他想把出版《放歌默深园》这件大事交给年轻校友来做。怎料组稿工作进行了九个月，手头还不足十篇稿子，其中四篇稿子还是老大自己的。老大看在眼里，急在心里，赶紧亲自出马，颇为神奇的是，只用了两个多月，编委会竟然为稿子超额而发愁。紧接着，他一边督促审稿，一边又动员自己的同学刘志福赞助出版经费。

老大经常跟我们说的一句话是："有生以来，我很少在一个单位待满七年，但我却在隆回二中待了七年时间，我在母校经历了人生的大起大落，因而用情至深。"2024 年 3 月 28 日出版的《凤声报》头版，刊发了文邦学长撰写的《我和隆回二中九位校长的故事》，百年二中，他用心用情伴随母校走过 34 年，学生时代为二中争光，工作之后深度参与母校建设，许多老师发自内心感叹："欧阳文邦这样的校友，是隆回二中的幸运!"

十年前，萌发"出版图书献礼母校校庆"这一想法的，还有图书第二主编尹锋，因为担任过默深文学社的社长，我们亲切地称他为"尹社"。2013 年，尹社还在福建某国企任副总经理，被派往厦门新建一家制药厂，建厂工作千头万绪，异常繁忙，他将几乎所有的闲暇时间都投入了《早春时节》的组稿编辑中。在外省任职，总有一种漂泊感，思乡情绪日益浓烈，于是他于 2015 年 9 月从国企辞职，举家回到长沙。在不断的尝试和努力中，尹社不光在故土站稳了脚跟，而且还在福建成立了金领信息科技有限公司，并被评为"福建省级高层次人才"。

十年前，图书副主编陈卫民供职于一家杂志社，从事着简单的文字工作，有纯粹的文学梦想，文字不断见诸报端，同时也参与了《早春时节》的编辑工作。后来，生活的苟且日渐压过了诗和远方，文学梦想离他渐行渐远，但与隆回二中的联系，从未中断。母校曾邀他回校进行励志讲座，他也曾经写过多篇有关中学时代的文章，母校作为永不枯竭的素材来源与灵感源泉，一直是他生命中最重要的篇章，十年后的他，再次热情满满参与了《放歌默深园》的编辑工作。

十年前，副主编邹茜鸶同学还在广州天河上班，朝九晚六，日复一日。十年里，她辞职读研读博、结婚生子。这位默深文学社第一任女社长，一直以来都是文字的朋友，从新闻学专业转入古典文学专业，从轻松无聊迷茫焦躁的生活状态，转为冲和优容的人生态度，实现了在隆回二中求学时代诞生的青春幽梦。

十年前，副主编李君琴同学已在北京求学五年，彼时的她是首都师范大学外国语学院英美文学专业硕士生。一边徜徉在英美文学的浩瀚深邃里，一边利用暑期去往四川震区支教调研。那次支教，让英语教育出身的她愈加笃定从教的梦想。2016

年，佛系加恋家加感恩，她从北京回归母校二中，在她梦想萌芽的地方开始教书育人的职业生涯。与昔日师者同站讲台，身处十六七岁就熟悉的校园，她的为师之梦蓬勃生长。2021年，因为家庭，她离开母校，奔赴星城任教至今。母校播下的关于梦想的种子，不管何时何地，始终都在。

十年前，同是副主编的我，获得硕士学位不久，供职于一家出版社，后却又辞职、跨专业读博，师从全国著名法学家刘仁文教授，追寻自己的法律梦想，进而成长为一名律师和刑法学教师……

从《早春时节》到《放歌默深园》，透过书中流淌的文字，共同的记忆将一代又一代二中人紧紧聚集在一起，青春之梦想荡漾在默深校园。

回忆二中，脑海中浮现出陈惟凡先生对二中成为省重点中学的回顾，欧阳晓风先生对少年时光的感慨，刘仁文先生对学长的崇敬，半夏子先生对文学社的深情，周亦翔先生对人生历程的感悟，以及江萍女士对师生情谊的珍视……这些人，这些事，虽平凡普通，却温暖了我们的心田，让我们领略了青春的美好。梦醒时分，那些温暖和美好如潮水般涌上心头，促使我们奋笔疾书。

“为什么我的眼里常含泪水？因为我对这片土地爱得深沉。”挥洒在母校的青春，如今依旧历历在目。编辑《放歌默深园》的想法一经提出，立即在广大校友中引起了强烈反响。奋斗在各个岗位的校友，以网络为纽带，以感恩为动力，以才华为依托，纷纷掀开尘封的记忆，回忆自己在隆回二中学习、工作、生活的点点滴滴。这些情意深深、情怀满满的文章，较之《早春时节》，大有“青出于蓝而胜于蓝”之势。

更令人欣喜的是，十年前读着《早春时节》长大的年轻学子，也加入了《放歌默深园》的作者队伍。文邦学长在《早春时节》后记中描绘的场景，栩栩如生地出现在眼前——《早春时节》在隆回二中代代相传，感恩母校的心绪在校友之间弥漫纷飞。我们有充足的理由相信，《放歌默深园》一定能把感恩母校的情怀传递给更多的青年学子。

《放歌默深园》记载了隆回二中从办校初年筚路蓝缕，到如今成为拥有近万人规模省级示范性高中的百年光辉历程，从太园垴上到米珠峰下，从辰水河畔到赧水河滨，从默深文学社建立到“湖南第一操”诞生，从“画一个圈”到省重点中学挂牌，弥足珍贵的诸多史料，让百年历程中的重大事件皆有章可循。

这一本静置在我们面前、散发着浓浓墨香的书，不仅仅是一部图书，它是109位作者和诸位编者辛勤的汗水和浓浓学子情怀的凝聚。编辑部组稿期间，作者与作者、作者与编者之间进行了深度交流。通过作者微信群，年过八旬的马忠善老夫妇联系上了失散多年的老同学李美仁女士，三位老人互诉衷肠，白发之时偶遇总角之交，全群作者为之动容！大家不仅线上交流频繁，线下聚会也在各地校友中如火如荼地展开，组稿成书期间，深圳、广州、长沙、中山等地的校友多次聚会，共同探讨文学和人生！

《放歌默深园》的编辑们，均不是专业的出版从业人员，只是因为对母校和文学的热爱聚集在一起。秉承着“沿袭《早春时节》超越《早春时节》，用精彩文集为母校校庆献礼”的理念，在三位主编的带领下，利用工作之余，不辞辛劳、不计报酬地认真校稿，短时间高质量地完成了图书的编辑工作，得到了作者们的好评和钦佩。而当大家看到一篇篇饱含热情的文章时，每每为之感慨万千，虽然编辑工作十分辛苦，但是我们一致认为，能让所有二中学子读到校友们如此真挚热烈的作品，再辛苦也是值得的！

十年匆匆，百年亦匆匆，百年二中恰是风华正茂。在一代又一代青年的拼搏奋进中，中国屹立在世界东方，作为祖国强大的一个小小缩影，我们的母校亦是带着百年的厚重历史，托起无数隆回学子的美好梦想。

一百年，多少青春，多少梦！二中百年历程，培养了无数优秀校友，他们的青春、他们的梦想各具特色。然而，篇幅有限，本书未能尽收更多校友佳作，实乃憾事。这种遗憾，就留待下一个十年，下一任编辑班子接过二中精神的接力棒来弥补吧。

高1997届校友刘志福先生慷慨赞助20万元作为出版经费，是《放歌默深园》的唯一“赞助商”。刘志福学长的义举，跟编辑团队一样，也是源于对母校的无限热爱，在此特别鸣谢致意。

刘昭陵

2024年9月1日

图书在版编目（CIP）数据

放歌默深园 / 欧阳文邦， 尹锋， 刘昭陵主编 .
湘潭 : 湘潭大学出版社， 2024. 9. -- ISBN 978-7-5687-1554-6
Ⅰ. I267
中国国家版本馆 CIP 数据核字第 2024VM8756 号

放歌默深园

FANGGE MOSHENYUAN

欧阳文邦 尹锋 刘昭陵 主编

责任编辑：肖 迪 唐小薇
封面设计：谭泽锋
出版发行：湘潭大学出版社
社　　址：湖南省湘潭大学工程训练大楼
电　　话：0731-58298960 0731-58298966（传真）
邮　　编：411105
网　　址：http://press.xtu.edu.cn/
印　　刷：长沙鸿发印务实业有限公司
经　　销：湖南省新华书店
开　　本：787 mm×1092 mm 1/16
印　　张：26
字　　数：553 千字
版　　次：2024 年 9 月第 1 版
印　　次：2024 年 9 月第 1 次印刷
书　　号：ISBN 978-7-5687-1554-6
定　　价：100.00 元